ALARICO
EL REY DE
LOS GODOS

BLAS ALASCIO

ALARICO
EL REY DE
LOS GODOS

Grijalbo

Papel certificado por el Forest Stewardship Council®

Primera edición: abril de 2023

© 2023, Blas Alascio
© 2023, Penguin Random House Grupo Editorial, S. A. U.
Travessera de Gràcia, 47-49. 08021 Barcelona
© 2023, Miquel Tejedo Castellví, por el mapa

Printed in Spain – Impreso en España

ISBN: 978-84-253-6196-8
Depósito legal: B-2.872-2023

Compuesto en La Nueva Edimac, S. L.

Impreso en Rotoprint by Domingo, S. L.
Castellar del Vallès (Barcelona)

GR 6 1 9 6 8

Para mis padres, María Teresa y Blas,
simplemente ángeles en la tierra,
y para mi mujer, Pepa,
y para mis hijos, Laura y Blas.

Con mi agradecimiento infinito
para Antonio Bulbena.

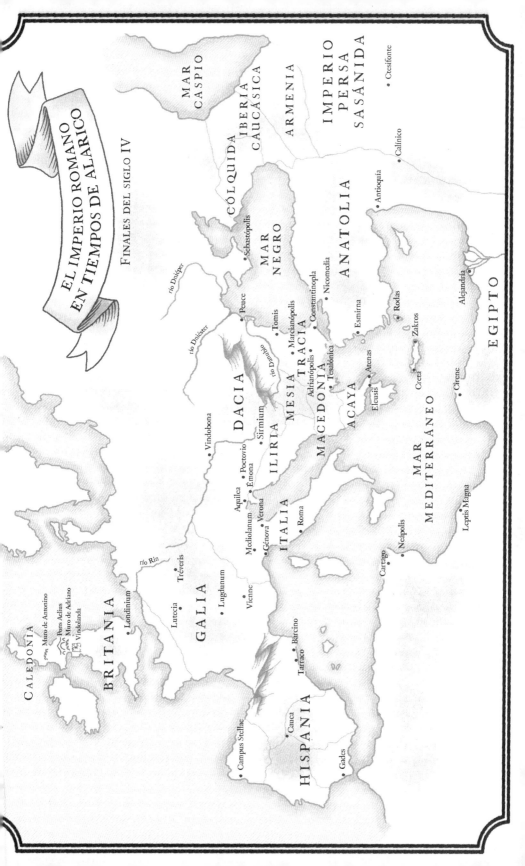

EL IMPERIO ROMANO
EN TIEMPOS DE ALARICO

FINALES DEL SIGLO IV

CALEDONIA

Muro de Antonino
Pons Aelius
Muro de Adriano
Vindolandia

BRITANIA

Londinium

GALIA

Lutecia
Tréveris
Lugdunum
Vienne

río Rin

HISPANIA

Campus Stellae
Cauca
Barcino
Tarraco
Gades

ITALIA

Mediolanum
Verona
Génova
Aquilea
Poctovio
Emona
Roma
Nápoles
Cartago

Vindobona

DACIA

ILIRIA

MESIA
Sirmium

río Danubio

MACEDONIA

TRACIA
Adrianópolis
Marcianópolis
Tomis
Peuce
Tesalónica

ACAYA
Atenas
Eleusis

río Dniéster

río Dniéper

MAR
NEGRO

Sebastópolis

CÓLQUIDA

IBERIA
CAUCÁSICA

ARMENIA

MAR
CASPIO

IMPERIO
PERSA
SASÁNIDA

Ctesifonte

Calínico

Antioquía

Nicomedia
Constantinopla

ANATOLIA

Esmirna

Rodas
Zakros

Creta

Cirene

Alejandría

EGIPTO

MAR
MEDITERRÁNEO

Leptis Magna

1

Dos traiciones y una derrota

*Ctesifonte, capital del Imperio persa,
año 363 d. C.*

La sangre le fluía del pecho a borbotones. La lanza le había entrado por la parte derecha de la espalda y le había atravesado la coraza de cuero por ambos lados. El autor de la lanzada, que se encontraba detrás del caballo del emperador Juliano, era el soldado más fornido de su guardia personal y había acompañado la embestida con su propio cuerpo para que el impacto de la afilada punta resultara más violento. Flanqueando al emperador se hallaban, también a caballo, el filósofo y militar Marco Probo, su ayudante y amigo, y el oficial godo Sáfrax, jefe de su guardia personal. No habían tenido tiempo de reaccionar. El colosal soldado seguía aferrado al extremo del venablo, lo agitaba en las entrañas de su víctima e impedía que esta cayese de bruces de su montura.

—¡En el nombre de Cristo —gritaba—, muere, Satanás! ¡Muere, apóstata!

Mientras Juliano caía del caballo, tratando inútilmente de

extraerse la lanza, Marco Probo lo sujetaba con dificultad. El emperador vomitaba sangre y notó que la vida se le escapaba.

—¡Venciste, Galileo! —alcanzó a decir, en referencia a Jesucristo.

Sáfrax, de un espadazo en el cuello, acabó con el homicida, que solo con su muerte dejó de agitar la lanza.

Al fondo, Ctesifonte, la capital del Imperio persa en guerra abierta con Roma, parecía envuelta en un aura de tranquilidad, ajena a los trágicos hechos que se vivían en la retaguardia del ejército romano. Las tropas persas, en silencio, esperaban la orden de atacar a las legiones.

El médico del emperador ordenó que no se extrajese la lanza para impedir que la hemorragia fuera mortal. Un carpintero la serró para que a Juliano le resultara lo menos dolorosa posible, y cuatro legionarios portaron al herido en andas hasta la tienda imperial. La brutal acción de aquel fanático se había producido antes de entrar en combate. Mientras caminaba junto al emperador, Marco Probo rememoró los momentos de gloria pasados durante los últimos años, desde que en el año 360 Juliano fue aclamado emperador augusto[1] en Lutecia Parisiorum[2] por los comandantes de su ejército, paseándolo sobre un escudo a la manera de los bárbaros, hasta la victoria casi definitiva del mes anterior sobre las tropas persas del rey de reyes Sapor II.

La situación daría un vuelco en Ctesifonte tras ese inesperado atentado. El joven Juliano había demostrado ser un gran estratega militar, y sus generales lo admiraban no solo como jefe, sino también como hombre. Para el choque definitivo con-

---

1. Augusto era el título principal del emperador. El rango inmediatamente inferior era el de césar, que significaba que ese trataba del heredero.
2. Lutecia Parisiorum era el nombre romano de la actual ciudad de París.

tra Sapor II, Juliano había preparado una estrategia de tenaza. Mientras las tropas persas se enfrentaban al primer cuerpo del ejército imperial, el segundo cuerpo, dirigido por el general Procopio, su primo materno, atacaría la retaguardia del enemigo con el objetivo de sorprenderlo y capturar al rey persa.

El segundo ejército aún no había aparecido cuando las tropas persas atacaron. El choque fue muy violento. Ambas partes se enfrentaban sin que ninguna lograse dominar. Luchaban obstaculizados por los cuerpos de los muertos y los heridos que enfangaban con su sangre la tierra reseca.

Juliano agonizaba en la tienda imperial rodeado por Marco Probo y los viejos filósofos Prisco del Epiro y Máximo de Éfeso, que lo acompañaban desde que, ocho años atrás, el emperador Constancio II lo nombró césar de las Galias. El médico taponó las heridas y, tras manifestar su impotencia, añadió que la providencia se encargaría de decidir la suerte del emperador. El ruido sordo del combate llegaba hasta el interior de la tienda y hacía que el Apóstata se agitase en su lecho.

—¿Ha llegado el general Procopio? —preguntó Juliano con la voz rota.

—No han sonado sus *cornua* de combate —dijo Marco Probo.

—Sin el segundo ejército estamos perdidos —balbuceó el emperador, que, falto ya de aliento, hacía un gran esfuerzo cada vez que pronunciaba una frase.

—El ejército imperial es invencible —lo animó Prisco del Epiro— y derrotará a las tropas de Sapor otra vez.

—Mis hombres no deben saber que estoy herido.

—No lo descubrirán hasta que el combate haya acabado. —Máximo de Éfeso intentó con estas palabras tranquilizar a un Juliano que se apagaba por momentos.

—¡Maldito Procopio! ¡Maldito Procopio! —se lamentaba

Marco Probo—. Nunca debiste fiarte de tu primo, emperador. ¿Cómo es posible que no se encuentre en el lugar asignado?

El emperador parecía dormido cuando una convulsión lo estremeció. Aquella tos breve y seca presagiaba lo peor. Juliano, que se consideraba filósofo antes que militar o emperador, pidió a Prisco del Epiro que le leyese algo de su admirado Plotino, el sabio neoplatónico.

—«Permitámonos ascender al bien que toda alma desea y en el que solo puede encontrarse el reposo perfecto».

Juliano le ordenó silencio con un gesto. Intuía que estas serían sus últimas palabras:

—Todos mis pensamientos se me vienen encima a un tiempo cerrándome la boca y sin dejar salir uno a otro. Durante mi reinado he luchado por mantener la diversidad de cada lugar del imperio. —Necesitaba tomar aire a cada momento—. Todos tienen derecho a adorar a su dios de la manera que lo hicieron sus padres y sus abuelos... Los galileos se empeñan en prohibir esa diversidad..., quieren una estéril uniformidad que acabará con la integridad de Roma... Voy a morir y no he designado sucesor... Cuidad de que el nuevo emperador no sea un cristiano. Comunicad a los generales que deben elegir al prefecto del pretorio,[3] mi buen amigo Salustio. Mi última voluntad es...

Y calló. Marco Probo le cerró los ojos. La muerte de aquel hombre significaba enterrar el proyecto de regenerar el orbe romano. Habían transcurrido cincuenta años desde que Constantino el Grande, el abuelo paterno del Apóstata, hizo del cristianismo su credo personal y lo impuso como religión de la corte. Juliano fue el primer emperador que se apartó de manera pública de la nueva fe.

Marco Probo se paseaba, presa de una gran excitación, de

3. El prefecto del pretorio era el jefe del gobierno imperial.

un lado a otro de la tienda imperial. Prisco del Epiro y Máximo de Éfeso trataban de tranquilizarlo.

—Nada se puede hacer —intentó consolarlo Prisco—. Ha muerto un gran hombre y el mejor emperador desde Marco Aurelio. El trono imperial de Roma nunca más será ocupado por un filósofo.

A pesar de que no quiso darse a conocer la muerte de Juliano mientras durara la batalla, los oficiales y los soldados que habían visto que la lanza atravesaba el pecho del emperador fueron difundiendo la noticia de su posible muerte entre los legionarios. Esto, unido a la ausencia del segundo ejército del general Procopio, hizo que las tropas en combate perdieran la fe en la victoria. De hecho, cuando un soldado gritó «¡El emperador ha muerto!», las legiones imperiales huyeron en desbandada. Fue la primera y única derrota del ejército de Juliano, al que llamaban el Nuevo Alejandro. Como el rey macedonio, había muerto a los treinta y tres años y no pudo completar su proyecto de regenerar el imperio estableciendo la libertad religiosa y reponiendo el culto a los dioses de la tradición romana.

La debacle fue total. El general Valentiniano, jefe del primer ejército, optó por rendirse para evitar una masacre mayor. Tras la muerte de Juliano todo se desarrolló tan rápido como soplaba el fuerte viento, que levantaba la arena del desierto. El segundo ejército seguía sin aparecer cuando, al día siguiente, los generales —después de que el prefecto del pretorio Salustio renunciara al cargo— eligieron nuevo emperador a Joviano, un militar cristiano. La memoria del Apóstata había sido traicionada por sus generales, quienes, una vez fallecido su jefe, quedaban libres para tomar su propia decisión. Joviano concretaría las condiciones de la rendición ante el rey Sapor II: el imperio, humillado, entregaría a los persas cinco provincias al oeste del río Tigris y el control sobre Armenia.

Los tres filósofos recibieron la noticia del nombramiento de Joviano mientras velaban el cadáver de Juliano. No se explicaban la renuncia de Salustio, y menos aún la elección de un emperador cristiano, lo que significaba el fin del proyecto de regeneración del imperio.

—Todo volverá a ser como antes —reflexionaba Prisco del Epiro en voz alta—. Nuevamente se prohibirán los cultos de la religión tradicional. Se retomará la destrucción de los templos. El avance de los galileos será imparable.

—Y un puñado de arribistas católicos volverán a copar los principales cargos políticos tanto en la corte como en las provincias. —Máximo de Éfeso se expresaba con la pesadumbre propia de quien había perdido definitivamente la esperanza de que el sueño que compartían con el emperador asesinado se hiciera realidad.

—Se trata de una religión de analfabetos. No hay una base filosófica que sustente esas supersticiones —apuntó Marco Probo, más radical—. Hace muchos años que Plotino nos indicó el camino hacia el único dios. Temo que los cristianos se apoderen de sus doctrinas y lo devalúen como hacen con todo lo que tocan.

Aquella fue la última ocasión en que los tres consejeros más próximos a Juliano se vieron. Sabían que no serían bien recibidos por el nuevo emperador y que sus vidas correrían un serio peligro. Al día siguiente por la mañana, Marco Probo, el amigo de la infancia de Juliano, partió hacia el norte, a exiliarse en la tierra de los godos. Prisco del Epiro, el más brillante de los tres, tomó la dirección de Atenas para ocultarse entre la miríada de filósofos que allí vivían, confiando en caer en el olvido. Máximo de Éfeso, sin embargo, permaneció entre las tropas para acompañar el cadáver del emperador hasta la tumba que lo aguardaba en Constantinopla, aun a sabiendas de que lo esperaba la muerte. Esa mañana fue detenido por orden de Joviano.

2

Un romano en la tierra de los godos

La tarde se extinguía en la Dacia[4] cuando Marco Probo llegó a Peuce, una isla recóndita en la desembocadura del Danubio, en el verano del año 364. A esa hora, la tenue neblina difuminaba la línea del horizonte restando nitidez a los campos de trigo y al cercano bosque, toda vez que recortaba, con trazos rotos de un brillo azulado, las viviendas. Marco Probo miró con añoranza el rojo disco solar, que simbolizaba para él la única divinidad: Mitra, el Sol Invicto. Le había costado sortear los pantanos del delta llenos de juncos y cañas, pero por fin cruzaba el tosco puente de troncos sin desbastar tan poco elegante como sólido y seguro.

Nunca había sido supersticioso y, no obstante, en su interior tenía la corazonada de que concluiría allí su larga peregrinación después de vagar durante meses por la Dacia. La

---

4. La Dacia fue una provincia romana, conquistada e incorporada al imperio por el emperador Trajano en la primera década del siglo II. Posteriormente, en el año 272, el emperador Aureliano la abandonó debido a la imposibilidad de defenderla. Se corresponde con las actuales Rumanía y Moldavia.

isla de Peuce era un lugar lo bastante alejado del corazón de Roma para mantenerlo apartado de su vida anterior. Atrás quedaban sus viejos sueños que permanecerían enterrados en la tumba de Constantinopla donde yacían los restos de Juliano.

Esa tarde estival se respiraba un ambiente de serenidad. Probo viajaba sin más compañía que su caballo y ligero de equipaje, con solo lo necesario para asearse y una manta para dormir. Aun así, llevaba consigo varios manuscritos que le había regalado el propio Juliano, que conservaba como un tesoro y de los que nunca se separaba.

Había pasado por los campamentos godos, donde los carros familiares eran a la vez sus casas y el aire libre, el lugar donde se vivía. Aquellos hombres tenían por techo el cielo y contaban con algún que otro sombrajo para cobijarse cuando llovía o el sol apretaba. En algunos pueblos godos los carros se situaban al lado de viviendas de piedra sólidas y amplias, con habitaciones y caballerizas por demás, que contrastaban con las noticias que llegaban al imperio al respecto de los bárbaros. Durante el tiempo que llevaba entre ellos, Probo había aprendido su idioma y sus costumbres. Puede que en aquellas remotas tierras no disfrutara de los lujos de Constantinopla o Atenas, pero al menos estaba alejado de los lugares que le traían malos recuerdos. En esos meses nunca le faltó un plato que comer ni un lugar donde dormir. La hospitalidad goda era proverbial.

A pesar de que había renunciado a las ropas romanas para pasar desapercibido, se reconocía en él un aire de extranjero que atraía la atención allí por donde pasaba. Los godos eran altos, rubios y de ojos azules, un aspecto que contrastaba con la apariencia latina de Probo. Era un hombre de estatura media, con el rostro regular, el pelo largo, la piel morena, los ojos oscuros y vivarachos, y una poblada barba negra que adornaba su mentón. Mientras se adentraba en el pueblo de los baltos[5] oyó que alguien se dirigía a él.

—¡Salud, extranjero!

Probo se volvió hacia la voz, que se expresaba en griego con acento de Constantinopla.

—Me llamo Ulfilas y soy el obispo cristiano de la nación goda. ¿Puedo ayudarte en algo? —continuó, después del instante de sorpresa de Probo.

Ulfilas era un hombre de unos cincuenta años, alto, fibroso y muy delgado, con la nariz aguileña, los pómulos salientes y el pelo canoso, mientras que la barba, del mismo color, se alargaba y acababa en una punta afilada. Cubría su cuerpo con una túnica negra impoluta. Hacía tiempo que Probo no oía a nadie expresarse con el acento de un hombre educado en los ambientes cultos del imperio. Contestó al saludo con una sonrisa y se acercó a él.

—¡Ave, Ulfilas! Mi nombre es Marco Probo. Soy filósofo y gramático. Fui militar en el ejército del emperador Juliano. He oído hablar de ti. Me gusta este lugar. ¿Vives aquí?

—Ahora sí. Mis obligaciones me exigen trasladarme cada cierto tiempo —contestó Ulfilas—. Hace años que predico el evangelio de Cristo por las tierras de los godos y nunca he residido de manera permanente en ninguna parte. Soy un nómada al servicio de Dios. Has llegado a Peuce, el pueblo de los baltos, gente hospitalaria que te acogerá con sumo gusto.

—Se cuenta que los godos convertidos son arrianos —dijo Probo.

—Así es. Yo soy seguidor de las doctrinas de Arrio. Los católicos nos consideran herejes porque no aceptamos que Jesucristo sea Dios, sino solo un profeta, el Mesías.

5. Los baltos era el nombre que recibía una de las estirpes reales de los godos.

Se dejó guiar por el clérigo y este lo condujo por las intricadas calles de aquel pueblo escondido entre pantanos hasta llegar a la plaza central, rodeada de soportales de madera. Allí se hallaba la casa de Rocestes, el caudillo de los baltos en Peuce, quien salió a recibirlos. Ulfilas los presentó.

—Este es Rocestes. Es descendiente del rey Balta, una de las castas que más soberanos ha dado a la nación goda, y hermano del rey Atanarico. Cuenta una antigua leyenda que de esta estirpe nacerá un rey que creará un imperio que unirá a toda la nación goda.

Rocestes era un hombre de unos cuarenta años de gran fortaleza física. La casa en la que entraron era una construcción grande dividida en varias estancias separadas por paredes de piedra. Los muebles, similares a los existentes en las casas patricias de Roma, constató Probo, habían sido elegidos por Lubila, la joven esposa de Rocestes. Contaba con un patio central rodeado de columnas de madera que soportaban unos voladizos de tejas cuya función era recoger el agua de lluvia. Ese patio porticado se usaba para las reuniones y las comidas.

—Amanda, tráenos algo para beber —pidió el caudillo a una joven que se había acercado a preguntar qué deseaban.

Probo cruzó una mirada con la muchacha mientras les servía la bebida. Amanda, que tenía solo diecisiete años, era una sobrina de Rocestes a la que este acogió de niña en su casa como si fuera su hija desde que se quedó huérfana.

Rocestes era el vivo ejemplo de la última generación de aristócratas baltos. Había estudiado con maestros de Constantinopla que vivían algunas temporadas como invitados en la Dacia y que le habían inculcado los valores de la filosofía y la literatura griegas. Tanto Ulfilas como Rocestes estaban interesados en conocer la historia de Probo. Sin embargo, el patricio les contestó con educadas evasivas. Al caudillo godo la presentación de Probo como filósofo lo había impresionado y deseaba que su huésped se sintiera cómodo en su casa. Por eso le preguntó:

—Dime, Probo, ¿estás de paso en Peuce?

—Llevo mucho tiempo viajando por la Dacia y este lugar me parece un buen sitio para quedarme, al menos durante unos meses —respondió Probo.

Acto seguido, comentó la positiva impresión que había sacado de su estancia en la Dacia. La actitud de los godos contrastaba con las noticias que llegaban a Roma al respecto de un pueblo salvaje y nómada dedicado al pillaje, y al que las legiones se encargaban de mantener a raya al otro lado de la frontera.

—Es cierto que los ciudadanos romanos nos ven así, pero la realidad no es esa. Los godos llevamos muchos años asentados aquí, y nunca hemos tenido intención de invadir el imperio, aunque ha habido algunas incursiones de saqueo y pillaje. Tras los acuerdos de paz con el emperador Constantino el Grande, esos pequeños ataques se han reducido hasta prácticamente desaparecer. De algún modo, la cultura de Roma forma parte de nuestra tradición, pues la Dacia fue una provincia del imperio hasta hace cien años y la huella de la civilización romana aún es patente.

Rocestes le habló del proyecto de los caudillos godos para conseguir una nación estable asentada en la Dacia, fuera de las fronteras del imperio y en convivencia pacífica con sus vecinos romanos. Quería conducir a la nación goda por el camino del progreso, empeño en el que participaban la mayoría de los caudillos y, por supuesto, Ulfilas.

—Rocestes, permíteme que te conteste que ese proyecto de romanización del pueblo godo no me parece ni adecuado ni conveniente —afirmó Probo con convicción—. Cada nación posee una manera de ser que se ha afirmado a través de los siglos y de su propia historia. Aunque amo a mi patria, no son los romanos el mejor ejemplo ni para los godos ni para ninguna otra nación de las que viven tras las fronteras.

—Creo que no me he explicado bien —dijo Rocestes—. Mi pueblo desea conservar su identidad, su lengua y su cultura. Aun así, necesitamos organizarnos para vivir de una forma distinta. Si no eliminamos de la mente de los godos su alma belicosa y violenta, no avanzaremos. Hay que inculcar un nuevo espíritu a los jóvenes. Quiero que aprendan a leer y escribir, no las lenguas del imperio. Bueno, no digo que no estudien el latín o el griego, eso sería extraordinario. Por lo pronto, sin embargo, quiero que aprendan a leer y escribir la lengua gótica.

—Pero ¿cómo enseñaréis a leer y escribir la lengua gótica? —se apresuró a preguntar Probo—. Es un idioma sin alfabeto ni gramática.

Ulfilas, que escuchaba con atención, intercambió una mirada de complicidad con Rocestes, pidiendo la palabra.

—Yo ya he empezado a crear el alfabeto —dijo Ulfilas—. Es una tarea complicada para una sola persona. Mi ayudante, el sacerdote Sabas, era mi colaborador en esta empresa, pero es un hombre consagrado a predicar el evangelio y se ha ido a las montañas con el rey Atanarico, que odia tanto a los cristianos como a los romanos. Sus hombres continúan creyendo en los dioses de las montañas, los bosques y los ríos. Esa superstición panteísta está tan arraigada que temo por la vida de Sabas.

—Debiste imponer tu condición de obispo —opinó Rocestes—. Sabas morirá si intenta convertirlos.

—Ni siquiera mi autoridad pudo vencer su férrea decisión de evangelizarlos.

—No creo en la violencia como forma de imponer los credos religiosos. Cada persona tiene derecho a expresar libremente sus ideas y su fe —dijo Probo—. Es una de las razones por las que me he alejado del imperio.

—Siento haberte incomodado —se disculpó Rocestes.

Ulfilas continuó exponiendo su proyecto de crear la lengua gótica.

—Probo, tú podrías colaborar conmigo. Eres gramático. Mi intención es crear el alfabeto gótico y traducir la Biblia.

El plan de Rocestes le resultaba atractivo. El fracaso del proyecto de Juliano era ya irreversible. Seguir aferrado a una quimera solo podría causarle dolor y en nada ayudaría a Roma.

—¿Todos los caudillos están de acuerdo en estos planes? —preguntó Probo.

—El más poderoso de los caudillos, Fritigerno, está decidido a conducir a la nación goda por ese camino. Pero Atanarico se opone de manera radical. Odia a los romanos y la religión cristiana. Para él, los godos hemos de ser un pueblo guerrero y devoto de los dioses tradicionales. Su actitud supone un grave problema porque, aunque quienes lo siguen son una minoría de caudillos, es el rey de todos los godos.

—Como bien dices, se trata de un problema grave. Y debe resolverse porque, según he sabido, Atanarico tiene un gran carisma y los jóvenes lo consideran una especie de dios —concluyó Probo.

—Se hace tarde y necesitas descansar —observó Rocestes—. Quiero que te sientas como si estuvieras en tu propia casa, por eso he pensado que Amanda sea tu asistente en todo lo que necesites. Es una joven tan inteligente que incluso colaborará en vuestro trabajo, pues hice que se educara como los hombres de nuestra familia.

Lubila acompañó a Probo hasta una estancia de la casa donde un lecho de lana lo esperaba. Hacía mucho que no dormía en una cama tan confortable. Antes de que el sueño lo venciera, pensó que era el lugar que buscaba desde que traspasó la frontera del Danubio y, por primera vez en mucho tiempo, tuvo pensamientos alegres y optimistas.

3

Un halcón para Alarico

En la primavera del año 365 se cumpliría el anhelado deseo de Rocestes. Lubila estaba a punto de dar a luz cuando, en plena mañana, el cielo se oscureció hasta convertirse en noche cerrada. No era la primera vez que los godos contemplaban este fenómeno que asociaban a hechos prodigiosos. Las flores multicolores, que cubrían los campos y las laderas de los caminos, se cerraron de golpe. Los pájaros prorrumpieron en una algarabía de trinos de pánico y volaron hasta sus nidos, donde metieron la cabeza bajo las alas y ocultaron a las crías debajo de sus cuerpos. El ganado que pastaba en las afueras del pueblo salió disparado hacia los establos. Un estridente ululato de lechuzas y búhos se unió a los chillidos de los murciélagos, que salieron a la desbandada de sus guaridas en ese extraño horario para retirarse asustados enseguida. Los habitantes de Peuce corrieron a refugiarse en sus casas, temerosos de consecuencias funestas.

El silencio se había instalado en el pueblo.

Horas más tarde, quedó roto por los gritos de dolor de Lubila e, instantes después, por los del niño que acababa de parir. Tal era el deseo de Rocestes de tener un hijo varón que, desde hacía tiempo, había elegido su nombre: se llamaría Alarico, que significa «el dueño de todos».

La noticia del nacimiento del pequeño en pleno eclipse corrió de hogar en hogar y despertó una gran expectación. En medio de la absoluta oscuridad, los vecinos, provistos de antorchas, se arremolinaron ante la casa de Rocestes. De improviso, como si de un prodigio se tratase, volvió la claridad del día y un zumbido agudo los hizo mirar hacia arriba. Vieron con sorpresa que se cernía sobre sus cabezas un majestuoso halcón que bajaba en picado del cielo para detenerse con suave elegancia sobre el dintel de la entrada, dejando las alas extendidas hasta que, al final, fue a posarse mansamente en el brazo derecho del caudillo. Para aquellas gentes, el halcón era el símbolo de la virilidad, y cuando Rocestes les confirmó que se trataba de un niño, los gritos de júbilo se extendieron por todo el entorno.

—Nuestros antepasados han enviado a mi hijo el mejor regalo que puede recibir un godo el día de su nacimiento.

Alarico era un niño fuerte y con rasgos indiscutibles de godo. Así lo delataban sus ojos de un azul intenso, su cara sonrosada y su pelo casi albino de tan rubio. Parecía rodearlo un aura mágica, y la fascinación por el niño balto fue extendiéndose hasta los confines de los territorios de los godos.

Cuando Ulfilas regresó de uno de sus viajes pastorales, inquieto por las noticias que había oído sobre el recién nacido, fue de inmediato a la casa de Rocestes. Lubila tenía a Alarico en los brazos, y el obispo clavó en el rostro del pequeño su afilada mirada. Pasó largo rato observándolo en silencio. En sus ojos se apreciaba un raro estremecimiento a causa del asombro, que le producía una sensación que no era capaz de definir. Algo veía Ulfilas en aquel niño que lo sobrecogía y, a la vez, lo inquietaba. Una cosa era que los supersticiosos aldeanos se admiraran de la presencia del pequeño, y otra que el astuto y sabio Ulfilas quedase fascinado. Por eso Rocestes, en cuanto el obispo salió de su ensimismamiento, le preguntó:

—¿Qué has visto? Advierto preocupación en tu semblante, y me extraña porque nunca has sido supersticioso.

—Algo me perturba, aunque no soy capaz de precisarlo. Este niño posee dones especiales que hacen que esté por encima de nosotros. Si no fuese porque soy cristiano, diría que se asemeja a lo que los primeros discípulos vieron en la figura de Cristo. Ni el rey Atanarico puede compararse en rebeldía y carisma con lo que advierto en este niño. Cuando crezca, será el hombre que decida el destino de los pueblos godos y posiblemente del imperio.

Todos los presentes quedaron impresionados por las palabras de Ulfilas. Incluso Probo, quien tampoco creía en supercherías, estaba desconcertado.

Desde que Ulfilas había pronunciado esas palabras, a la aldea no cesaba de llegar gente de todo tipo para contemplar al pequeño. Pronto relacionaron a Alarico con la antigua leyenda según la cual un día nacería un niño que uniría a la nación goda y construiría el más grande imperio conocido, un imperio superior a Roma. La mayoría de los godos no se tomaban en serio esa leyenda, pero evocarla con motivo del nacimiento de Alarico los reconfortaba. Nada se perdía con aguzar la imaginación para fantasear sobre un futuro glorioso.

En las semanas siguientes todo se desarrolló con tranquilidad. En una amplia habitación de la casa de Rocestes con salida a un pequeño jardín, Ulfilas había instalado el taller para la creación del alfabeto y adaptación de las palabras góticas de uso común. A esa tarea se dedicaba también Probo de forma obsesiva. Le resultaba tan absorbente que su mente vetaba cualquier otro pensamiento.

Cuando se fatigaba, descansaba leyendo alguno de los libros que Rocestes poseía. También se acostumbró a conversar con la joven Amanda, a quien le extrañó que Marco Probo no leyera en voz alta. Un día le preguntó:

—¿Puedes oír con los ojos?

—Todos se asombran porque piensan que solo es posible leer en voz alta. Pero en la Academia de Atenas aprendí que se puede leer en silencio. Y lo cierto es que es mejor hacerlo así porque te permite reflexionar sobre lo que estás leyendo.

—Voy a intentarlo. A ver si lo consigo.

Al principio hablaban sobre cuestiones triviales que a ella le resultaran atractivas; sin embargo, a medida que profundizaban en otras, el filósofo exiliado se sorprendía por la lucidez que la joven demostraba. Probo había cumplido treinta y seis años, y aunque le doblaba la edad, la relación con Amanda le deparaba los momentos más placenteros de su estancia en Peuce. En poco tiempo había pasado de ser su asistente a una compañera inseparable. Con ella satisfizo su vocación de maestro que hacía muchos años que no ejercitaba. Amanda, quizá por la atracción que Probo le inspiraba, resultó ser una alumna aventajada que leía con provecho los libros que el romano le prescribía. Cuanto más aprendía, más se interesaba por los temas que apasionaban a Probo, a tal extremo que se hizo imprescindible en su vida.

Cada mañana antes de sumergirse en el absorbente trabajo de la traducción de la Biblia, Amanda y Marco Probo paseaban por los alrededores de Peuce. Disfrutaban mucho del tiempo que pasaban a solas, especialmente cuando contemplaban el amanecer con el sol ascendiendo que se reflejaba en las aguas destellantes del mar Negro. Probo le hablaba muchas veces del dios Mitra, cuyo símbolo era el sol, y para Amanda sus palabras eran tan convincentes como las de Ulfilas cuando hablaba de los evangelios y la figura de Cristo, el profeta en el que ella creía.

Una mañana, cuando regresaban de su paseo, quedaron horrorizados por la visión de una cabeza humana arrojada en medio del camino junto al puente que había a la entrada del pueblo. Tenía los ojos abiertos y todavía sangraba.

—Dios mío… —dijo Amanda—. Es Sabas, el sacerdote ayudante de Ulfilas.

—¿Quién lo habrá hecho? —preguntó Marco Probo.

—Sin duda los hombres de Atanarico —afirmó con rotundidad Amanda.

Cuando el obispo se enteró de la noticia corrió, con Rocestes y otros habitantes de Peuce, hasta el lugar del macabro hallazgo. El obispo arriano tomó con sus manos la cabeza de su ayudante y, después de besarla, la abrazó con los ojos arrasados de lágrimas.

—Yo soy el culpable de su muerte —se lamentó el obispo—. Nunca debí permitirle ir solo entre esos salvajes.

—Si hubieras ido con él te habrían asesinado también a ti —le contestó Rocestes.

A Probo le pareció un crimen tan deleznable como los que cometían los cristianos cuando mataban a un pagano, a un hereje o a un judío. Pensó en la muerte de su admirado Juliano a manos de un católico fanático. El imperio había integrado en la religión cívica a los dioses de los territorios que asimilaban, si bien nunca lo lograron con los judíos ni con los cristianos porque esas creencias negaban a todos los dioses, lo que socavaba uno de los pilares de la sociedad romana. Estaba seguro de que finalmente el panteón desaparecería engullido por la fuerza bruta de esa nueva religión que iba imponiéndose mediante la violencia y la coacción. Y sabía también que, tras la desaparición de los dioses, se desvanecería el imperio que había tardado más de mil años en construirse.

—¿Crees que ha sido el rey Atanarico quien ha ordenado la muerte de Sabas? —preguntó Marco Probo a Ulfilas.

—No creo que él diera la orden expresa —contestó Ulfilas—, pero sin duda es una consecuencia de los valores de la facción de la nación goda que él dirige.

Marco Probo decidió abstraerse de aquella discusión religiosa como las que había vivido en el imperio y se fue al taller para proseguir su trabajo en la traducción.

—Dime, obispo, ¿qué debemos hacer? —preguntó Rocestes.

—No responderemos con más violencia —dijo con autoridad Ulfilas—. Convoca al consejo de caudillos para debatir sobre este crimen. Tienes que advertir al rey Atanarico que ha de controlar a los suyos.

—¿Y si no quiere?

—Su gente agrede a los misioneros y hasta ahora no ha atentado contra ningún godo. Creo que solo podemos advertirle. No quiero que, por culpa de la religión, entremos en conflictos de los que después nos arrepintamos —resolvió el obispo.

Amanda y Marco Probo se casaron y, a finales del invierno siguiente, la joven goda estaba a punto de dar a luz. La comadrona permanecía a su lado desde hacía varias horas. Probo, Ulfilas y Rocestes aguardaban en otra estancia de la casa esperando oír el llanto de la criatura. La inquietud de Probo era evidente, pues tener un hijo a su edad era un extraño fenómeno porque los hijos solían nacer cuando los padres eran jóvenes. Aun así, lo que a Probo más preocupaba en ese momento era la salud de Amanda, más incluso que la del niño. Su propia madre había muerto durante el parto. Con todo, se dijo que aquel hijo sería el complemento perfecto para una felicidad que no había decrecido ni un ápice desde que él y Amanda se conocieron.

Lubila, que estaba en avanzado estado de gestación de su segundo hijo, ayudaba a la comadrona en su tarea. Pronto ambas casas, la de Probo y la de Rocestes, se llenarían de un ambiente bullicioso. Incapaz de contener su ansiedad, Probo irrumpió en la habitación y abrazó a su esposa, que tenía el rostro tenso y los ojos enrojecidos por el esfuerzo. Amanda se aferró al cuello de Probo y de su boca salió un largo grito de dolor al que contestó un enérgico llanto infantil. Allí estaba la niña sujeta por la comadrona, llorando sin parar. Lubila la puso en los brazos de su padre, y en cuanto la miró propuso a su mujer que la llamaran Valeria en honor a su hermana mayor, quien había cuidado de él en su infancia.

A oídos de Ulfilas llegó la noticia de que el emperador había ordenado fortificar la frontera sur del Danubio, y consideró imprescindible poner al día a su amigo sobre la situación del imperio y de la propia nación goda. De modo que, con astucia, buscó la manera de sacar a Marco Probo de su exilio interior. Halló la ocasión mientras trabajaban en la nueva gramática, con motivo de adaptar al gótico los nombres propios. Cuando se enfrentaron al de Atanarico, Ulfilas aprovechó para relatar a Probo la grave coyuntura creada por el carismático rey godo.

—A-ta-na-ri-co —deletreó Ulfilas.

—A-ta-na-ri-co —repitió Probo conforme lo anotaba con sumo cuidado.

—El hermano mayor de Rocestes —explicó Ulfilas.

—Lo sé —dijo Probo—. Es el actual rey de los godos y un hombre controvertido.

—Además de rey, es uno de los grandes problemas de la nación goda.

—Él es quien ha de dirigir la nación, y no debería ser un problema —afirmó Probo.

—Se ha ganado el odio del emperador Valente y nos pone a todos en una situación complicada.

Marco Probo sabía que, después de la muerte de Joviano, el sucesor de Juliano, el ejército había nombrado emperador al general Valentiniano y este había designado a su hermano Valente como emperador de la parte oriental del imperio. No había querido comentar que Valente no le parecía la persona idónea para gobernar en Oriente. Los habitantes de Constantinopla no se sentirían identificados con un emperador casi analfabeto que ni siquiera conocía el griego, la lengua de sus súbditos.

—¿Por qué está enfrentado Atanarico con Valente? —preguntó Probo.

—El general Procopio, el lugarteniente de Juliano que dirigía el segundo ejército, alegando ser el último representante de la familia de Constantino, se nombró a sí mismo emperador con el apoyo de sus legiones y declaró que Valentiniano y Valente eran unos usurpadores.

—Eso no puede ser —lo interrumpió Probo—. El último representante de la familia de Constantino fue Juliano, que murió sin hijos. Procopio era primo de Juliano por línea materna, por tanto no era descendiente de Constantino. Aunque Valente no me parezca la persona más adecuada para ser emperador, ha sido elegido de manera legal. Además, sé que Juliano jamás habría designado a Procopio como su sucesor. Y ¿cómo nos afecta todo eso a nosotros?

—Atanarico actuó con precipitación, y, sin tener en cuenta la opinión de los otros caudillos godos, dio su apoyo al usurpador y le envió un contingente de tres mil guerreros que se integraron en las tropas de Procopio, quizá porque lo consideraba el heredero auténtico de Juliano o tal vez porque pensó que se haría con el poder. Tras una guerra cruenta entre Valente y Procopio, este último fue derrotado y decapitado.

—He subestimado a Valente —dijo Probo.

—El apoyo de Atanarico al usurpador provocó la irritación y el deseo de Valente de vengarse de lo que, a su juicio, era una traición y una afrenta —continuó Ulfilas—. Las últimas noticias procedentes de Antioquía señalan que Valente prepara una campaña para escarmentar a los godos. Ha acampado con sus legiones cerca del Danubio y lo cruzará para atacar a la nación goda. Los caudillos están, como casi siempre, divididos sobre cómo actuar. Rocestes desea conocer tu opinión sobre este asunto.

Las explicaciones de Ulfilas hicieron rebrotar la preocupación en Probo ya que los godos llevaban más de treinta años de paz con Roma.

El patricio romano conocía la poderosa máquina de guerra que eran las legiones. Era cierto que habían sufrido recientemente una humillante derrota contra los persas en Ctesifonte. Ahora, con la explicación de Ulfilas, quedaba claro que el retraso de Procopio no fue accidental. Se había demorado para que, sin la ayuda del segundo ejército, Juliano fuese vencido y él hacerse con el poder. Una traición en toda regla. «Maldito Procopio», masculló para sí Probo. En condiciones normales, pensó, las legiones de Roma eran invencibles para cualquier otro ejército, y muy superiores a las indisciplinadas y poco organizadas tropas de los godos, que eran poco más que bandas armadas.

—¿De qué apoyos goza Atanarico? —inquirió.

—Solo de la gente que se le ha unido. El resto de las tribus godas, incluidos los baltos de su hermano Rocestes, son partidarios de Fritigerno.

—Fritigerno es, por supuesto, cristiano —afirmó más que preguntó Probo.

—No, pero simpatiza con la religión cristiana por sus valores —respondió Ulfilas—. Creo que esa creencia constituye la argamasa que puede cohesionar el futuro de la nación goda.

—Me lo imaginaba. Las doctrinas del Galileo han emponzoñado todos los lugares, dentro y fuera del imperio. Roma es presa de una enfermedad incurable que acabará matándola.

Ulfilas no quiso hacer ningún comentario a la última afirmación del romano sobre los cristianos, quienes, desde hacía años, estaban inmersos en una persecución contra los paganos solo frenada durante unos meses por el ascenso del emperador Juliano al poder.

Rocestes, Ulfilas y Probo se reunieron esa noche.

—La mayoría de la nación goda no es partidaria de una guerra con el imperio —dijo Rocestes—. Pero el emperador tiene intención de pasar el Danubio con sus legiones.

—¿Qué posición tomará Atanarico?

—Es demasiado orgulloso. El enfrentamiento es inevitable —contestó Ulfilas.

4

Y la paz dio la espalda a la Dacia

Habían pasado cuatro años desde la llegada de Probo y, a la espera de las noticias de Valente, la paz reinaba en la Dacia. Amanda dominaba el nuevo alfabeto gótico y ayudaba a Ulfilas en la traducción de la Biblia. Eran felices, y Probo agradecía a la providencia la suerte de haberlo conducido hasta aquel lugar.

En la primavera del año 369 Valente cruzó el Danubio al frente de sus legiones y Atanarico volvió a pedir la ayuda de los caudillos godos, pero estos decidieron seguir las indicaciones de Fritigerno de no intervenir. Las noticias que llegaban de los frentes de batalla eran preocupantes. Atanarico había sido derrotado en varios combates y había sufrido muchas bajas, hasta que fue sitiado en una zona elevada y boscosa en el sur de los Cárpatos. Valente decidió que lo más sensato era conseguir la rendición por hambre del rey balto y sus tropas. Llevaban así varios días cuando a la aldea de Peuce llegó un mensajero pidiendo ayuda.

La reacción de Rocestes fue inmediata. Junto con Probo y un grupo de guerreros de su confianza se dirigió al lugar donde se hallaba sitiado Atanarico. Cabalgaron durante tres días y esperaron a que fuese noche cerrada para atravesar el cerco que el ejército romano había dispuesto. La situación en que encontraron a las huestes godas era desoladora. Miles de guerreros habían muerto en el campo de batalla y el futuro que esperaba al resto no era nada halagüeño. Los heridos, cuyas quejas quebraban el silencio de la noche, se encontraban por todas partes del campamento. Sin embargo, la actitud de Atanarico seguía siendo la de un caudillo soberbio incapaz de aceptar la derrota. Prefería morir con su gente a declararse vencido por las tropas de Valente.

Probo se quedó fuera de la tienda de Atanarico junto con los demás miembros de la comitiva de Rocestes. Cuando este entró, el rey balto se levantó de su asiento lleno de ira.

—¡He pedido la ayuda de los guerreros godos, no una visita de cortesía de mi hermano!

—No se trata de una visita de cortesía. He venido a explicarte, y espero que entiendas de una vez por todas, la decisión de la mayoría de los caudillos.

—¡Jamás me postraré a los pies de los romanos! Lo único que os pido es que actuéis de acuerdo con la tradición de nuestros antepasados enviando a los guerreros godos para hacer frente al ejército imperial.

—¿Qué pretendes? ¿El suicidio de nuestra nación? No estamos en condiciones de vencer a las legiones romanas. Valente no tiene intención de apoderarse de la Dacia. Lo que vengo a proponerte es que salvemos a tus hombres de ser masacrado. Creo que se podría parlamentar y llegar a un acuerdo.

—Valente no negociará. Quiere una victoria que le permita celebrar el triunfo[6] en Constantinopla y reconciliarse con sus

6. El triunfo es la denominación que se daba a los festejos civiles y religiosos por la victoria de un general en una batalla o una guerra.

súbditos. Pero no conseguirá llevarme al hipódromo cargado de cadenas para ofrecerme como espectáculo.

Rocestes, agotado por el duro viaje, se retiró a descansar. La expresión de resignación que asomaba a su cara cuando entró en la tienda en la que Probo lo esperaba, denotaba su abatimiento.

—Nada podemos hacer —se lamentó Rocestes—. Ahora me arrepiento de no haber apoyado a mi hermano. Sé que es un loco por haber actuado así, pero no me resigno a verlo morir.

—Un momento —dijo Probo—. Conozco a Valente, y hay una posibilidad.

—¿Qué posibilidad? —se interesó Rocestes con un tímido brillo de esperanza en la mirada.

—El emperador no es un hombre con confianza en sí mismo. Si le dices que puedes levantar toda la nación goda contra él, es posible que cambie de opinión. Es verdad que sus legiones serían capaces de aplastar a todos los guerreros godos, pero con un coste terrible también para ellos. No tiene la certeza del número de tropas godas y no se atreverá a averiguarlo con un enfrentamiento.

—¿Y si no cambia de opinión? Me veré obligado a convencer a Fritigerno para que levantemos a nuestras tropas contra el imperio.

—¿Tienes alternativa? —concluyó Probo—. Sé que no permitirás que tu hermano y sus hombres mueran a manos de Valente.

—No, no la tengo.

A la mañana siguiente Rocestes entró de nuevo en la tienda de Atanarico. Este se había resignado para lo peor y no esperaba las palabras de su hermano:

—Hay una salida. Si me autorizas a hablar con Valente, lo amenazaré con movilizar a toda la nación goda. Si se niega a negociar, lo interpretaré como una declaración de guerra.

—¿Quieres proponerle un acuerdo?

—Eso sugiero.

—Y si se niega, ¿movilizarás a los guerreros godos?

—Exactamente. ¿Me autorizas a negociar?

—En esas condiciones, estoy de acuerdo. La dignidad de la nación goda está salvada. ¿Cómo sabes que Valente accederá?

—No lo sé. Me arriesgaré. Un hombre que lo conoció antes de ser emperador me ha dicho que no se enfrentará a todos los caudillos godos. Afirma que preferirá negociar. Pronto lo veremos.

—¿Quién es ese hombre?

—A su tiempo lo conocerás. Es un romano que puede ayudar a la nación goda.

—¿Te fías de él? —preguntó Atanarico—. ¿No estará engañándote?

—Tengo mis razones para fiarme de él. Nada se pierde con intentarlo.

Valente accedió a recibir a Rocestes ese mismo día. Se conocían desde hacía tiempo y confiaba en aquel caudillo godo partidario de la paz con el imperio.

—Mi decisión está tomada —dijo Valente con autoridad—. Esperaré a que se entreguen o se mueran de hambre.

—Sería mejor para todos negociar su rendición y establecer un tratado de paz —apuntó Rocestes.

—No puedo fiarme. Si dejo con vida a Atanarico será para llevarlo a Constantinopla cargado de cadenas y exponerlo en el hipódromo ante el pueblo. Será el símbolo de mi triunfo sobre los enemigos de Roma.

—Eso me deja sin opciones —dijo Rocestes—. Nunca podrás atrapar vivo a mi hermano, y yo no permitiré que muera sin hacer nada por impedirlo.

Valente puso cara de asombro por lo que acababa de oír. Esperaba que el resto de los caudillos se le unieran en su confrontación con Atanarico. Pensaba que el rey era un problema también para la mayoría de las tribus godas. Las palabras de Rocestes le parecían una ofensa.

—¿Qué quieres decir? —preguntó Valente, enfurecido.

—Que la alternativa que me queda es levantar a la nación goda contra Roma. Y créeme que me apena, porque Fritigerno y el resto de los caudillos esperábamos un futuro de paz con el imperio.

—¿Os enfrentaréis a las legiones?

—No nos dejas otra posibilidad. De ti depende ahora.

—¡Fuera de aquí! ¡Has insultado al emperador! —gritó Valente—. Después de vencer a Atanarico tenía la intención de renovar los pactos de Constantino, pero ahora no quiero saber nada de firmar la paz con el pueblo godo.

Probo se había equivocado, se lamentó para sí Rocestes. Ahora solo le quedaba convencer a Fritigerno para levantar a los godos y enfrentarse a Valente.

Protegido por cuatro jinetes de su escolta, Rocestes atravesó el *castrum* romano, pero cuando estaba a punto de cruzar la valla que daba acceso al campamento de Atanarico una patrulla romana le dio alcance y lo hizo volver a la tienda del emperador.

—Está bien —dijo Valente de mala gana cuando el godo traspasó de nuevo el umbral de la tienda imperial—. Mis legiones podrían aplastar a toda la nación goda, aunque creo que, una vez derrotado Atanarico, nada ganamos con iniciar una guerra. —Hizo una pausa y esperó la reacción de Rocestes, que permanecía mudo y con la sorpresa reflejada en la cara—.

Estoy de acuerdo en firmar un tratado de paz. Pero seré yo el que ponga las condiciones.

Rocestes continuaba callado. No le quedaba más opción que aceptar.

—Aguardo tu respuesta —insistió Valente.

—Un tratado no es cuestión de una sola parte.

—Voy a celebrar el triunfo en Constantinopla. Por lo tanto, no estableceré los términos en este momento. Dos legaciones, una por cada parte, se reunirán después del verano y rubricarán las condiciones que yo disponga.

La iniciativa de Rocestes le había supuesto a Valente concluir aquella enojosa campaña de una manera razonable. Lo suficiente para presentarse en Constantinopla como vencedor. Podría afirmar que la derrota total de Atanarico había permitido establecer unas condiciones ventajosas para Roma. Estaría en disposición de reconciliarse con su pueblo celebrando un triunfo en el hipódromo.

Para Rocestes, la entrevista con el emperador había ido mejor de lo que esperaba. De una situación dramática se había pasado a otra que, sin ser la mejor, garantizaba la vida de decenas de millares de godos. En unos meses conocerían las consecuencias, pero por lo pronto los hombres de Atanarico podían salir de aquel agujero mortal.

Tras el acuerdo alcanzado, Rocestes reunió a Probo y a su hermano.

—He aquí al patricio romano que ha propiciado el pacto con Valente —dijo Rocestes.

A continuación vino la pregunta casi obligada de Atanarico:

—¿Qué hace un patricio en un sitio como la Dacia, un lugar del que los romanos se fueron hace más de cien años? ¿No serás un espía del imperio?

—Salud, Atanarico —lo saludó Probo. Y contestó—: No

soy un espía. Soy solo un hombre decepcionado con su patria. Ahora lo importante es que Valente se retira de la Dacia y la paz vuelve al hogar de los godos.

—No para mí —dijo Atanarico—. Si he cedido a las presiones de mi hermano ha sido para salvar a mis hombres de la muerte. Pero mi odio por Roma y por esa pestilente religión que contamina a mi pueblo no ha disminuido en nada. Yo no quiero la paz que nos ofrecen los romanos. Sabré esperar mi momento… Estoy seguro de que llegará.

Probo no hizo ningún comentario a las afirmaciones de Atanarico. Tenía ante sí a otro soñador. Sus palabras le recordaban al emperador Juliano y su afán por restituir los valores del imperio. Nada podía hacerse, salvo confiar en que cumpliera sus compromisos de paz con Valente y que, poco a poco, se sumara a los deseos mayoritarios de los godos. La presencia imponente del rey godo, con los cabellos rubios enmarcando un rostro que demostraba tanta altanería como autoridad, impresionaba a cualquiera, incluido el propio Probo. Una especie de aura mágica rodeaba tanto a su persona como sus intervenciones. No había duda de que era un gran caudillo.

—No me fío de los romanos —dijo Atanarico—. Me gustaría que formases parte de la embajada que debe reunirse con los hombres de Valente. ¿No supondrá para ti una deslealtad a tu patria?

—Creo que no hay en ello ninguna traición —respondió Probo—. Por el contrario, será un favor que hago a la propia Roma. El futuro del imperio se encuentra en la concordia entre Roma y los pueblos que viven al otro lado de la frontera. Y hemos de trabajar para que se produzca lo antes posible.

—No hablas como un romano —apuntó Atanarico—. A ti no se te nota el desprecio hacia los godos.

5

Un acuerdo humillante

El sol quemaba con fuerza esa mañana de septiembre. La frontera del Danubio en la Tracia romana se mostraba tan remota como borrosa para los habitantes de las ciudades mediterráneas del imperio que llevaban cientos de años sin ninguna agresión del exterior. El Danubio, que había funcionado durante siglos como un límite natural que dividía dos mundos tan distantes como distintos culturalmente, hacía muchos años que se había hecho permeable a la cultura y al comercio, que fluía en ambos sentidos. En un lugar perdido del norte de la región se celebraría la ceremonia para sellar el acuerdo de paz alcanzado entre godos y romanos.

Hacia allí se dirigía el rey Atanarico con sus generales. La seriedad en sus rostros denotaba preocupación. Había llegado el momento de aceptar las condiciones impuestas por Valente y que pondrían fin a una lucha a muerte. En el rostro de Marco Probo la preocupación era más intensa aún. Él, un romano que hacía tiempo que vivía entre los bárbaros, había sido llamado primero para participar en las conversaciones del tratado de paz y ahora para hacer de portavoz delante del emperador Valente, y eso lo inquietaba y lo enorgullecía a la vez.

Decidir el emplazamiento donde se ratificaría el tratado de paz fue lo que generó más dificultades. Atanarico consideraba que aceptar el compromiso en territorio romano era una humillación para su pueblo y Valente, por su parte, también había manifestado su negativa a cruzar nuevamente el Danubio. De hacerlo, alegó, sería para entrar en combate y no para firmar ningún tratado. Probo, que conocía bien a ambos, propició una solución aceptable para todos. El encuentro tendría lugar en el centro del Danubio, en un punto equidistante de los márgenes.

Desde sus respectivas riberas, se dirigieron hasta el centro del ancho río. Primero iban las embarcaciones de los líderes; detrás, los barcos con los prisioneros que serían intercambiados después de rubricar el acuerdo. Las aguas bajaban calmadas, y las partes se aproximaban en medio de un silencio solo roto por el crepitar de los remos. Las dos embarcaciones principales se rozaron ligeramente mientras los protagonistas se situaban de pie rodeados de sus hombres de confianza. A un gesto enérgico del soberano de Roma se hizo un profundo silencio.

Del lado de Valente tomó la palabra el general sármata Víctor.

—Saludos de Roma. El emperador considera que sellar el compromiso de vivir en paz cada nación dentro de su territorio es la mejor forma de zanjar el conflicto. Pues bien, ¿aceptáis los términos del acuerdo que los embajadores han establecido?

Con el semblante serio y sin dignarse replicar a las palabras de Víctor, Atanarico miró a Probo dándole la indicación de que contestara. Probo, cuyas ropas godas intentaban encubrir su condición de romano, no pudo ocultar su origen pues, al hablar, su lenguaje lo delató como patricio.

—Ave, Valente —dijo con la contundencia del militar que había sido—. El rey Atanarico conoce los detalles del acuerdo, pero desea oírlos directamente de boca del emperador de Roma. Ya que es tu fuerza la que ha impuesto las condiciones de paz, justo será que sean repetidas antes de aceptarlas para que los presentes tengamos constancia exacta de nuestros compromisos.

Iba a intervenir de nuevo el general Víctor, cuando el propio emperador lo detuvo para dirigirse a Probo.

—Veo que Atanarico usa a un romano renegado para concertar los pactos. Mis embajadores ya me habían informado de ello. —Valente miró a los ojos a Marco Probo—. ¡Romano!, tu voz denota autoridad y educación. Por eso deberías saber que no es lícito que un patricio se dirija a su emperador en esos términos. Pues bien —continuó—, di a tu jefe que las condiciones son las siguientes: primera, quedan suprimidos el comercio y los contactos entre romanos y godos. A partir de ahora, ningún bárbaro entrará en el imperio salvo que tenga autorización expresa de Roma. Y ningún romano pasará el Danubio para comerciar en la Dacia. Segunda, cada nación vivirá por sus propios medios y no habrá intercambio de monedas o mercancías. Tercera y última, la mayoría de los godos enrolados en el ejército romano como auxiliares regresarán a la Dacia. —Hizo una breve pausa—. A esto nos ha conducido la traición de Atanarico. —Clavó la mirada en el godo antes de añadir—: ¿Cómo osasteis apoyar al usurpador Procopio en contra del verdadero emperador?

Las palabras de Valente provocaron gestos y exclamaciones de indignación entre los godos. Los embajadores habían explicado las circunstancias del apoyo al usurpador, pero el mandatario pareció ignorarlas hasta el último momento. Por eso Probo intervino nuevamente.

—Emperador, debes saber que un auténtico ciudadano jamás traicionaría a Roma, y yo soy un verdadero romano —dijo con seriedad y tristeza—. Pero también soy godo por mi matrimonio con una mujer de esa nación. Creo que eres injusto. Las tropas godas apoyaron al usurpador Procopio porque, al ser miembro de la familia imperial, consideraron que era el emperador legítimo.

Valente no atendía a las razones de los godos. La comprensión no figuraba dentro de su vocabulario ni de su conducta. Es más, se sentía incomodado por las palabras de Probo. ¿Qué era eso de la «familia imperial»? Él, el *dominus et deus*, designado por su hermano Valentiniano, era el único emperador legítimo. No tenía intención de rectificar. No lo habría hecho con un romano y mucho menos lo haría con un godo.

—Solo quiero saber si aceptáis las condiciones que os impongo para dar por concluida la guerra. —De nuevo hizo Valente una pequeña pausa, tras la cual elevó la voz enfatizando el tono para resaltar tanto sus palabras como su ira—. ¡Sobre la justicia o no justicia de los actos del emperador únicamente el propio emperador puede opinar y decidir! Lo único que deseo oír de tu jefe es la aceptación de mis condiciones. Solo eso y ninguna otra cosa.

Atanarico mantenía el rostro alzado para enviar una mirada de odio a Valente, quien la recogió con los ojos llenos de furia. Finalmente, el orgulloso rey agachó la cabeza en señal de aceptación y el emperador dio por bueno el gesto. Ordenó al barquero volver hasta la orilla romana, pero antes se dirigió a Probo.

—Tú no solo has traicionado a tu patria sino que también has infringido la ley del imperio que prohíbe los matrimonios con mujeres de la nación goda. Mírate, vestido con esas ropas miserables y esa barba indigna de un romano. No sé tu nombre ni me interesa saberlo. Pero si lo que quieres es ser godo, lo serás para siempre. Yo, el emperador, te condeno. Mientras viva, no toleraré que pongas tus traidores pies en suelo romano. Ordeno que no pases al otro lado del Danubio y que, si incumples esta orden, seas ejecutado por cualquier romano, soldado o no, que te encuentre. De nada te valdrá ocultarte bajo las barbas o las vestimentas godas.

Las palabras de Valente hicieron mella en la moral de Probo. No volver a pisar suelo romano era mucho más que un castigo para un patricio nacido en el corazón del imperio. Su suerte parecía estar echada y por eso, superando la férrea disciplina que le habían inculcado desde niño de respeto a las instituciones y al emperador, se atrevió a decir:

—Es dura la condena que me impones. Quiero a la nación goda porque los godos son ahora mi familia, aunque mi patria es y será siempre Roma. Pero has de saber una cosa: esta barba que desprecias no es de godo, sino de filósofo. Es mi homenaje al último gran emperador de Roma, Juliano.

Probo había ofendido y desconcertado a Valente, y este se limitó a responderle con una mirada de desprecio para, acto seguido, ordenar al barquero que se dirigiera hacia la orilla romana del Danubio.

El griterío de los miles de godos del ejército de Atanarico que esperaban en la otra ribera del río se hizo más ostensible a medida que se acercaban las barcazas de sus generales y los rehenes retornados. Sería difícil para los godos asumir la supresión del comercio entre ambas naciones, vital para su economía.

Probo tenía sentimientos encontrados. De un lado, estaba contento porque el acuerdo permitiría sobrevivir a la nación goda y recuperar los rehenes que los romanos habían capturado. Siempre sería mejor que un enfrentamiento feroz entre las legiones y las tropas godas. De otro lado, sin embargo, la prohibición del emperador al respecto de su persona lo llenaba de tristeza.

Desde que vivían en la Dacia y con el paso de los años, la subsistencia de los godos se había hecho cada vez más dependiente de la civilización romana y eran conscientes de que su seguridad y sus condiciones de vida estaban vinculadas a sus buenas relaciones con el imperio. Y ahora todo había cambiado. El dinero que recibían los caudillos godos como compensación por su alianza con Roma desde los tiempos de Constantino el Grande por defender la frontera del Danubio ya no se recibiría. El intercambio de mercancías se había reducido hasta unos límites simbólicos. Pero, sobre todo, los ingresos derivados de los sueldos de los guerreros godos, que se alistaban como soldados auxiliares al ejército romano, habían mermado mucho y eran irregulares.

A la falta de ingresos de Roma se unió la sucesión de varias malas cosechas debidas a una sequía de tres años. A pesar de que el hambre formaba ya parte del paisaje de la Dacia, Probo no había pensado en marcharse con su familia. Sabía que el destino que lo había llevado hasta Peuce se había traducido en un compromiso personal contra el que ya no podía ni quería luchar. Su vida estaría siempre junto a los godos. Pero los problemas se acumulaban. También el ganado se reducía por el consumo de su carne, incluso los preciados caballos godos eran sacrificados para comer. Varios años después del tratado con Valente, ocurría justo lo que cabía esperar: solo las familias nobles, los agricultores y los pocos godos a los que se les permitía enrolarse como soldados auxiliares de las legiones podían sobrevivir dignamente. Los demás estaban condenados a subsistir gracias a la solidaridad o se veían sentenciados al hambre y a la muerte.

Por eso a nadie le extrañó la concentración de mercaderes al otro lado del Danubio. Después del tratado con Valente pocas cosas podían ofrecer a esos carroñeros que se habían instalado en la otra orilla. Pero esos mercaderes sabían muy bien lo que aguardaban. Cuando la situación se hizo insoportable y la hambruna amenazaba la vida de los más pequeños, sus padres los vendían como esclavos. De esta manera, la familia conseguía dinero para vivir durante un tiempo y el vendido salvaba la vida, si bien a cambio de un futuro de humillaciones y trabajos forzados en casa de alguna familia romana pudiente.

6

Un futuro rey para el pueblo

Alarico, cuya notoriedad como futuro líder no había menguado, crecía protegido por su familia como si se tratara de un bien de valor incalculable para la comunidad de los godos. De su preparación para la lucha y el manejo de las armas se encargaba un guerrero que había sido gladiador y militar en el ejército romano llamado Walfram. De su educación se responsabilizó Marco Probo. Este y su esposa Amanda se encargaban de la formación de un grupo de niños integrado por los hijos de Rocestes, los del rey Atanarico, sus propios hijos y los de otros caudillos.

Desde pequeño, en Alarico se manifestó un espíritu rebelde que hacía difícil someterlo a disciplina. Así, a pesar de que Probo era un excelente maestro con la rara capacidad de rebosar pasión en cualquiera de las enseñanzas que trataba de inculcar a sus discípulos, el niño era más partidario de practicar la lucha y el manejo de la espada que del aprendizaje del griego y el latín. Probo, que había demostrado mucha más paciencia de la exigible, se veía desbordado por la falta de interés de aquel alumno que en varias ocasiones incluso se mostraba despreciativo con él.

—No insistas —le dijo Alarico en cierta ocasión—. No me interesa lo que quieres enseñarme. Soy un godo y lo que tú explicas es para los romanos.

—No, Alarico. Lo que yo enseño vale para cualquier persona. Y tú, más que ningún otro, estás obligado a educarte porque eres de la estirpe de los baltos y en el futuro serás un caudillo. Y un caudillo, además de saber luchar, debe tener la capacidad de dirigir, y eso solo se consigue mediante el estudio y la disciplina.

Varias veces Probo reunió a una especie de consejo en el que, además de Amanda, estaban presentes Rocestes, Walfram y el obispo Ulfilas.

—No sé qué camino tomar con este niño. Si no consigo que se concentre en los estudios jamás llegará a ser el caudillo que la nación goda necesita —se quejó Marco Probo en una de esas reuniones—. Walfram sostiene que es el mejor alumno que ha tenido, que no le importa repetir los ejercicios físicos y el manejo de las armas todas las veces que sea necesario. Afirma que será un guerrero invencible.

—Bien —dijo Rocestes—, si no quiere estudiar, nada podemos hacer. Confiaba en que él sería el caudillo que aglutinaría a todas las tribus y castas godas. Pero si no es posible, que lo sea Ataúlfo, el hijo de mi hermano Atanarico.

—Creo que ahí está el problema —intervino Ulfilas—. Alarico pasa demasiado tiempo con su tío, y tu hermano es quien más lo influye porque el niño le profesa una admiración exagerada. Y Atanarico solo le habla de armas y fomenta en él el odio hacia todo lo que sea romano.

—No puedo prohibir que lo visite —admitió Rocestes—. Es el rey, y el pueblo, a pesar de su derrota ante los romanos, sigue adorándolo como su líder. Lo peor es que a este niño no se le puede convencer con castigos. No le hacen efecto.

—Pero ninguno de los hijos de los otros caudillos tiene la inteligencia y el carisma de Alarico. Ni siquiera Ataúlfo. Quizá haya una forma —dijo Probo—. Por lo que sé, lo que más le interesa son los combates y las batallas. Ese puede ser el camino.

A partir de entonces, Probo dedicó mucho más tiempo a Alarico. Pero tenía que engatusarlo con algo que llamara su atención, que lo sedujera.

—Imagina el guerrero más grande de la historia —le dijo un día.

—¿Hablas de mi tío?

—No. Atanarico es un gran guerrero, pero yo me refiero a Alejandro Magno.

—¿Fue un guerrero más grande que mi tío?

—Era invencible —respondió con seguridad Marco Probo.

—No hay nadie invencible.

—Alejandro lo era. ¿Quieres saber quién fue? —insistió.

Enseguida comenzó a explicarle la biografía del rey macedonio, y a medida que avanzaba en su exposición, Alarico se interesaba cada vez más.

—Era hijo del rey Filipo de Macedonia y sería en el futuro el rey. Su preceptor y maestro fue el filósofo Aristóteles.

—¿Qué es un filósofo?

—Es complicada la respuesta, pero, para que lo entiendas, te diré que es un hombre sabio que conoce todas las ciencias.

—¿Para qué quiere un guerrero conocer todas las ciencias?

—Alejandro no fue un guerrero cualquiera, sino el guerrero más grande. Y lo fue porque lo educó un filósofo. Aristóteles sabía que la pericia en el manejo de las armas y la lucha individual eran insuficientes. Un gran guerrero es también un pensador que está obligado a planificar las batallas y dirigir a su pueblo. Por eso su padre le puso un filósofo como maestro.

—Entonces ¿tú eres como ese Aristóteles?

—Yo soy filósofo y, aunque no puedo compararme con Aristóteles, mi función sería como la suya: transmitirte los conocimientos necesarios para que llegues a ser un gran guerrero.

—Si tú no eres como Aristóteles, yo no podré ser nunca como Alejandro.

—Si te lo propones, lo serás.

—Háblame más de Alejandro.

—Te contaré una anécdota. Cuando empezó a conquistar el mundo, tuvo que combatir contra Tebas. Pidió a las autoridades que se rindieran bajo la amenaza de destruir la ciudad y ejecutar a sus habitantes.

—¿Se rindieron?

—No. Y Alejandro cumplió su amenaza. Todos los habitantes de Tebas, ancianos y niños, hombres y mujeres, fueron ejecutados. Nadie sobrevivió. Y después ordenó que la ciudad fuese arrasada hasta que no quedase piedra sobre piedra.

—Lo único que hizo fue cumplir su amenaza.

—Es verdad, pero él no quería hacerlo. Era un amante de las artes y en su mente no cabía destruir un lugar tan bello como Tebas.

—Pero lo hizo.

—No le quedó más remedio que cumplir su palabra para mantener el respeto de su ejército. —Probo se detuvo un momento y pasó a formular un deseo—: Ojalá nunca te veas en la situación de tener que destruir una ciudad a la que amas. Debe de ser muy doloroso actuar en contra de tus principios.

—No creo que yo tenga que destruir ninguna ciudad a la que ame porque no amo a ninguna ciudad.

A pesar de todo, poco a poco fue produciéndose el milagro que Probo esperaba: Alarico se sintió fascinado por la historia de los griegos y también por la del Imperio romano conforme

Probo, a base de explicarle los hechos más memorables, se ganaba, por otra parte, su devoción.

Cierto día, le ofreció una biografía de Alejandro Magno.

—Este libro me lo regaló el emperador Juliano, que era un gran admirador de Alejandro —explicó a Alarico—. Si lo lees, además de ampliar tus conocimientos sobre el rey macedonio, podrás perfeccionar tus conocimientos del latín.

Probo, que siempre hablaba en latín con Alarico, disponía de muchos libros donde estudiar las batallas y las guerras que tanto interesaban al niño. Pasado un tiempo, era Alarico quien quería hablar con Probo para que le aclarase o le ampliase lo que estaba leyendo.

—En el libro que me regalaste se dice que Aquiles era el héroe que Alejandro más admiraba.

—Sí. Era un gran héroe que luchó en la guerra de Troya. Alejandro quería ser como Aquiles.

—¿Y dónde puedo saber más sobre él?

—Hay un libro, quizá el más antiguo de los griegos, que se llama la *Ilíada* y explica los hechos gloriosos de Aquiles. Era el preferido de Alejandro y siempre lo llevaba con él. Se lo regaló Aristóteles. Diré a Ulfilas que te ayude a leerlo porque está escrito en griego.

A medida que Alarico crecía, también lo hacía su interés por las enseñanzas de Marco Probo, y así, antes de cumplir diez años, el pequeño godo se había educado como un patricio romano. Hablaba a la perfección latín con acento de Roma y griego con acento de Constantinopla. Tenía muchos más conocimientos que cualquier niño de una familia rica griega o romana. Además, bajo la dirección de Walfram estaba convirtiéndose en un hábil guerrero.

Aquel grupo de niños que crecían bajo la tutela docente de Amanda y Marco Probo eran como una piña. Siempre estaban juntos. Valeria, la hija de ambos, había sido un puntal para que Alarico acabase por integrarse en los estudios y era quien más lo estimulaba a mejorar.

—Si, como dicen todos, vas a ser un gran caudillo, te relacionarás con otros pueblos, en especial con el imperio —dijo Valeria—. Para imponerte, has de ser mejor que ellos.

—Tienes razón. Leeré las biografías de grandes hombres como Octavio Augusto, Trajano, Adriano o Marco Aurelio.

—Para mi padre, el mejor fue Octavio Augusto, el primer emperador de Roma. Era un gran militar y un gran político. En nuestra casa hay varios libros que explican su vida.

—Sé que tomó el poder con dieciocho años y lo mantuvo durante casi sesenta —dijo Alarico.

Los mejores momentos eran los que pasaba junto a Valeria. El espíritu rebelde e indomable de Alarico contrastaba con la dulzura y el sosiego de la niña. Ella estaba siempre presente en sus entrenamientos. Cuando Walfram disponía como ejercicio una lucha, Alarico parecía transfigurarse. En muchas ocasiones el combate era con Ataúlfo, que además de ser su primo era su mejor amigo. Esas peleas lo colmaban de satisfacción. En contraste con ello, los ejercicios que más agradaban a Valeria eran los de equitación, en los que ella también participaba. Con diez años eran consumados jinetes que realizaban proezas tales como montar de un salto sobre un caballo al galope.

Muchas veces, después de los ejercicios ecuestres, los tres cabalgaban juntos disputándose el honor de llegar el primero a un bosque cercano que los godos consideraban sagrado, para luego refugiarse en él y hablar en la intimidad que los escasos claros ofrecían.

—Fue aquí donde mi padre juró ante los dioses godos lealtad eterna hacia nuestro pueblo —explicó Ataúlfo a sus amigos cierto día en aquel bosque—. Fueron esos dioses, en medio de una tormenta, los que le revelaron el camino que debía seguir.

—Cuando llegue el momento, yo también haré el juramento a los dioses en este lugar —dijo Alarico—. Espero que me indiquen el camino que deberé seguir en el futuro.

Poco a poco, la amistad entre Alarico y Valeria fue transformándose en algo muy parecido al amor. No podían estar el uno sin el otro. Y Alarico lo pasaba mal cada vez que, acompañado de su fiel Walfram y una escolta de guerreros, visitaba con Ataúlfo a su tío Atanarico en las montañas de los Cárpatos. Sufría por estar separado de ella.

La primera vez que se besaron fue en aquel bosque también. Eran demasiado niños para entender el sentido de aquel beso, pero sí supieron de inmediato que estaban sellando un compromiso.

Los godos seguían viviendo en la penuria como consecuencia de las condiciones del acuerdo impuesto por Valente. Pero aquellos niños, pese a no disponer de las comodidades que la abundancia posibilitaba, no parecían sentir ninguna carencia. Al acabar el verano del año 375, Probo les presentó a un nuevo alumno.

—Se llama Sarus y es de la estirpe de los amalos.[7] Su padre ha sido hasta hace poco oficial de las tropas auxiliares godas en la frontera con Persia y quiere que me haga cargo de su educación.

---

7. Los amalos fue una estirpe tan antigua como la de los baltos y que también, como esta, dio reyes a los godos.

Sarus era un niño poco mayor que ellos, pero con una corpulencia impresionante. Era varios dedos más alto que Alarico, y eso que este ya destacaba sobre los demás por su potencia física. Tenía el pelo rojizo y rizado, la nariz achatada y los ojos pequeños y hundidos en las cuencas. Cuando llegó por primera vez, los niños lo miraban fijamente porque jamás habían visto a ningún otro de ese tamaño y les infundía temor.

—Es como un oso. ¿Has visto sus manos? Son enormes —susurró Ataúlfo al oído de su primo—. Debe de ser invencible. Ni se te ocurra enfrentarte a él. Podría destrozarte.

Con el paso de las semanas, Sarus se obsesionó con Alarico porque sabía que era el escogido de los dioses para ser el futuro rey. Cuando se unió a las clases, demostró que solo poseía unos rudimentarios conocimientos de latín y poco más. Pero lo que les dejó claro de inmediato fue su carácter pendenciero y, sobre todo, que quería ser el líder de aquel grupo. Así, en los ejercicios de lucha pedía siempre competir con Alarico, si bien Walfram se lo impedía en todas las ocasiones.

—Tienes que combatir con alguien de tu tamaño —le decía, y buscaba a un niño mayor al que, inevitablemente, Sarus vencía.

Alarico, que siempre obedecía a Walfram, no se sentía contento por aquella prohibición. Y hacía caso omiso de las bravuconadas del Oso, que era como empezaron a llamar a Sarus.

—¿No te atreves a pelear conmigo, Alarico? Te aseguro que no te haré daño. Solo te reduciré.

Unas de las veces que Alarico luchaba con Ataúlfo, Sarus se colocó al lado de Valeria y dijo en voz alta para que lo oyera todo el mundo:

—¿Puede alguien sin valor ser el futuro rey de los godos? ¿Puede un gallina dirigir al pueblo godo?

Aquello era más de lo que Alarico estaba dispuesto a soportar. Ataúlfo, ante los graves insultos del Oso, dejó de luchar.

—No caigas en la provocación —dijo a su primo—. Es más fuerte que tú.

Alarico clavó una mirada feroz en Sarus.

—Mañana, aquí mismo —lo retó.

—Quedarás destronado —contestó Sarus.

A primera hora del día siguiente, Ataúlfo llevó una nota a Sarus en la que le indicaba que la pelea empezaría cuando Walfram se ausentara. Así nadie podría impedirles luchar. Valeria se oponía a aquel combate en el que Alarico llevaba todas las de perder, pero este hizo que le jurara que no llamaría a nadie mientras no hubiese un vencedor. Los contendientes acordaron que no habría ni reglas ni limitaciones. El hijo de Rocestes no las tenía todas consigo, pero sabía que si rehuía el enfrentamiento su condición de líder podría resquebrajarse.

Cuando estuvieron frente a frente, comenzaron como los animales salvajes, observándose el uno al otro. El enorme cuerpo de Sarus contrastaba con el de Alarico. Se habían quedado en taparrabos para evitar que ninguno ocultara algún arma. El primero en atacar fue el Oso, que lanzó un puñetazo a Alarico, si bien este logró esquivarlo ágilmente. Con la fuerza de la inercia, el Oso se fue hacia delante, circunstancia que su contrincante aprovechó para propinarle un fuerte golpe en la mandíbula que le hizo soltar un grito de dolor.

—Maldito… —masculló Sarus—. ¡No volverás a cogerme desprevenido!

Alarico no contestó al insulto porque estaba concentrado en evitar los golpes de su rival. Durante un rato jugaron al gato y al ratón, y parecía que Sarus llevaba las de perder. Pero un manotazo del Oso lo alcanzó de lleno en la cara, y Alarico empezó a sangrar por la nariz y la boca, lo que el otro aprovechó para seguir golpeándolo sin piedad hasta derribarlo. Entonces se abalanzó con todo el peso de su cuerpo sobre un Alarico que parecía vencido. Antes de que el Oso tocara el suelo, el joven godo se puso de pie de un salto y, mientras Sarus caía, le propinó una patada en el rostro que le hizo sangrar no solo por la nariz sino también por los ojos. El Oso casi había perdido la visión, pero Alarico siguió dándole puñetazos en el pecho, el vientre y la cara.

—¡Parad de una vez! ¡Vais a mataros! —gritó Valeria entre sollozos mientras Ataúlfo y los demás miraban sin atreverse a poner fin a la horrible pelea.

Pero el Oso era demasiado duro para darse por vencido. A pesar de la torpeza de sus movimientos, logró sujetar a Alarico por una pierna y, con un brusco giro, lo hizo caer. Los puñetazos y las patadas continuaron en el suelo, y los contendientes, con la cara ensangrentada, seguían la lucha que ya duraba un buen rato. En un momento dado, Alarico, mucho más ágil que Sarus, logró incorporarse y, visto y no visto, se abalanzó sobre su contrincante, que había quedado bocabajo, sujetándolo por el cuello e inmovilizándolo con las piernas. El Oso bufaba, falto ya de resuello, al tiempo que golpeaba la tierra con los puños.

Todos volvieron el rostro cuando oyeron los gritos de Walfram.

—¿Estáis locos? —exclamó mientras apartaba a Alarico de un empujón y dejaba libre a Sarus, que se levantó y, cuando iba a atacar de nuevo, recibió un tremendo golpe de Walfram que lo dejó inconsciente.

—¿Por qué no nos has permitido terminar? —protestó Alarico con la cara, los brazos y el torso cubiertos de sangre.

—Os prohibí que pelearais y no me habéis hecho caso. Podríais haber muerto cualquiera de los dos.

—Él me insultó. Me llamó cobarde, y eso no se lo podía permitir. No me ha quedado más remedio que pelear.

Cuando recobró el conocimiento, Sarus resoplaba mientras decía:

—Te has librado porque Walfram ha intervenido, pero me vengaré. Esto no ha acabado aquí.

Alarico no quiso responder a la bravuconada.

La noticia de la pelea circuló con inusitada rapidez por la Dacia, y todos, si bien interpretaron que no había habido un vencedor, se volcaron con Alarico por tener el coraje de enfrentarse al gigante.

Ulfilas fue encargado de investigar qué había pasado y, cuando quedó claro que el niño solo había respondido a las provocaciones y los insultos de Sarus, tanto el Oso como su familia fueron desterrados del pueblo.

7

El horror llega desde Asia

Poco a poco los godos se adaptaban a la precariedad en la que el tratado con Valente los había sumido. Rocestes y Probo sabían que tarde o temprano el emperador suscribiría un nuevo pacto que los hiciese *foederati*, una forma de ponerse al servicio de Roma con una contraprestación económica, con la obligación de defender las fronteras del Danubio e integrarse como tropas auxiliares del ejército romano. Solo había que esperar a que la amenaza del Imperio persa se concretase en una nueva confrontación y las legiones hubiesen de abandonar la frontera del gran río. Pero lo que ni siquiera intuían era que una amenaza mucho mayor se cernía sobre su futuro.

En la primavera del año 376, las informaciones que llegaban desde el este, la tierra de los ostrogodos, la rama oriental de los godos, eran inquietantes. Un descomunal ejército de hombres cuyo idioma era desconocido estaba asolando la tierra de los bárbaros alanos al este del río Dniéper. Se hablaba de una nación entera que viajaba desde el interior de Asia, integrada por centenares de miles de familias que hacían la vida en carros. Se afirmaba que esos hombres eran unos jinetes formidables que casi nunca bajaban de sus caballos, sobre los que comían, bebían y dormían. Eran seres imberbes en cuyos rostros apenas si se reconocían los rasgos humanos. Pero, sobre todo, las noticias hablaban de su extrema crueldad. El río Dniéper era la frontera natural entre los alanos y los ostrogodos, y esos hombres, a quienes llamaron hunos, estaban a punto de atravesarlo.

Desde hacía meses, por la Dacia circulaban rumores acerca de las atrocidades de esos asiáticos: asesinatos de niños, torturas salvajes, violaciones y muertes de mujeres y niñas que infundían terror entre la población. El rey Atanarico había enviado mensajeros al resto de los caudillos con el objetivo de acordar una estrategia para defenderse de futuros ataques de los hunos, y, en los últimos tiempos, pedía a través de ellos que las tropas godas se trasladasen a la frontera del Dniéper con el propósito de apoyar a sus hermanos ostrogodos. Había que detener a los hunos costara lo que costase.

Según las últimas informaciones, los hunos habían conseguido cruzar el Dniéper y habían entrado en la tierra de los ostrogodos. Cuando oyó estas noticias, Marco Probo fue a buscar a Rocestes y Ulfilas porque ya no se trataba de una simple amenaza. El peligro estaba cerca.

—Quizá debimos haber hecho caso a Atanarico —dijo Rocestes con cara de preocupación.

—Atanarico estaba en lo cierto —afirmó Ulfilas, a pesar de que ignoraba qué podía hacerse para evitar el peligro que acechaba a todo el pueblo godo.

—No sé cómo debemos proceder… Tan solo sé que es urgente reunir a los caudillos para acordar la estrategia a seguir —opinó Probo—. Nuestra nación no está preparada para resistir el ataque de un ejército de salvajes dispuestos a morir matando.

—Los alanos, que son excelentes guerreros, no han podido detenerlos... Me temo que pasará lo mismo con nuestros hermanos ostrogodos —dijo Rocestes—. Debemos convocar al consejo cuanto antes. Tardaremos varios días en reunir a los caudillos. No hay tiempo que perder.

Ahora estaban atrapados entre dos fuegos. Por una parte, la prohibición del emperador de cruzar el Danubio y, por otra, los hunos que amenazaban la supervivencia de toda una nación.

La llegada de un jinete ostrogodo gravemente herido anunciaba los peores presagios, y los cuernos visigodos entonaron la llamada a la celebración de un consejo urgente. Nadie de la nación goda podía recordar una turbación semejante.

Hasta el lugar de la convocatoria llegaron representantes de todas las tribus. Era costumbre que presidiera la asamblea Haimerich, el más anciano de los caudillos, que, aunque ya conocía las nefastas noticias que traía el mensajero, prefirió que fuese este quien tomase la palabra. Debilitado por los días de camino y por el dolor de las heridas, tuvo que hacer un esfuerzo para incorporarse.

—Hermanos visigodos, la nación de los alanos ha sido diezmada por los hunos —dijo con mucha dificultad—. No han respetado nada. Han incendiado las aldeas, han violado salvajemente a las mujeres y las niñas, han matado a una gran parte de los hombres... El resto no tendrá más remedio que someterse. Ha sido una verdadera carnicería. En estos momentos deben de estar atacando a los ostrogodos. No se les puede hacer frente. Son unos monstruos que disfrutan con el asesinato y la violación.

Después de las palabras del mensajero, se hizo un silencio inquietante. Nadie osaba intervenir. Aun así, no había tiempo para dilaciones porque solo había dos posibilidades: enfrentarse a los hunos o huir de inmediato. Por fin el caudillo Alavivo, que había combatido años atrás enrolado como oficial en el ejército romano, habló:

—Aunque son muchos los años que llevamos asentados en esta tierra, no nos queda otra opción que abandonarla. No podemos recurrir a nuestros hermanos del Báltico porque sus tierras están muy lejos. Por el sudeste están los persas, pero el camino está cerrado por los hunos. Al sur y al oeste, tenemos a los romanos. Pasar el Danubio no sería demasiado complicado y las fortificaciones de Roma nos servirían como defensa. Llevamos siglos relacionándonos con los romanos y el emperador Valente podría…

En ese momento lo interrumpió Atanarico, que se expresó de manera contundente.

—¿Te consideras godo y solo hablas de la posibilidad de huir? ¿Dónde están la dignidad y el orgullo de los godos? ¿Huiremos como gallinas asustadas? A lo largo de la historia nos hemos enfrentado a los persas, a los alanos e incluso a los romanos. Nunca nos ha temblado el pulso. Nuestra nación está acostumbrada a luchar y siempre ha sobrevivido. ¿Serán más temibles los hunos que los legionarios de Roma? Prefiero morir luchando contra los hunos que perder mi honorabilidad suplicando asilo a los romanos.

Haimerich hizo callar a Atanarico y pidió a Alavivo que continuase.

—Muchas tierras de la Tracia y la Mesia están abandonadas sin que nadie las cultive. Esos territorios podrían acogernos, y el río Danubio sería una frontera segura contra los hunos. Si conseguimos llegar hasta allí podremos continuar unidos como nación. Soy el primero que no se fía de los romanos, pero son nuestra única alternativa en estos momentos.

—Sí —convino Rocestes—, aunque pareces obviar que no nos dejarán cruzar el Danubio. Las legiones del emperador Valente, desde las luchas con Atanarico, han reforzado las fortificaciones en la otra orilla y están apostadas para repeler a quienes intenten vadear esas aguas por la fuerza. Además, el río viene crecido y se avecinan lluvias intensas. Creo que no nos queda más remedio que enfrentarnos a los hunos.

—Quizá haya una posibilidad —dijo Fritigerno—. El emperador Valente es cristiano arriano como muchos de nosotros. Solo tuvo problemas con Atanarico. Las relaciones con los demás han sido razonables y sin conflictos. Nada se pierde con pedirle que nos permita atravesar el río para luego asentarnos en la Tracia o en la Mesia. Como contrapartida, podemos ofrecerle que los propios godos seamos los garantes de la defensa del Danubio. Todos saldríamos ganando. —Hizo una pausa para que los presentes consideraran la propuesta—. Mientras nuestras familias se dirigen hacia el oeste, una delegación se adelantará a hablar con el emperador para que nos permita cruzar el río. ¿Qué decidís?

A pesar de la oposición de Atanarico, después de un encendido y largo debate, la mayoría se decidió por la opción de negociar con el emperador. Los caudillos de las tribus godas organizaron a su gente para dirigirse al oeste con el objetivo de pasar el Danubio antes de la llegada de los hunos. Solo los hombres de Atanarico y sus familias optaron por quedarse con su rey y volver a las montañas para preparar el enfrentamiento con los hunos. Nadie esperaba sobrevivir a una batalla contra los fieros guerreros de Asia, pero lo preferían a la vergüenza de tener que ser acogidos por los romanos. Por eso antes de abandonar la reunión, Atanarico manifestó a los caudillos sus intenciones.

—Sé que mis hombres y yo nos dirigimos a una muerte segura, pero nuestra resistencia os dará tiempo a organizar la huida.

Tras esa reunión del consejo se imponía actuar con rapidez. Las caravanas de carros estuvieron listas en menos de una semana y la nación goda se dispuso a abandonar las tierras en las que los visigodos llevaban viviendo desde hacía varias generaciones. Necesitarían casi dos semanas más para llegar hasta el lugar del Danubio en el que el paso era más sencillo. Mientras tanto, una delegación de los caudillos encabezada por Fritigerno se dirigiría a entrevistarse con el emperador Valente.

Rocestes fue a comunicar a Probo la decisión del consejo de huir al interior del imperio.

—No tenemos otra opción. Hay que prepararlo todo para salir lo antes posible. Hemos de procurar que nuestras familias continúen juntas hasta cruzar el Danubio.

Los ojos de Amanda, que escuchaba las palabras de Rocestes abrazada a sus hijos y en presencia de Ulfilas, se llenaron de lágrimas. Se desvanecía de pronto todo un futuro en la Dacia al lado de Probo y los niños para volver nuevamente a la ya olvidada e inestable vida nómada. Además, sabía que Valente había prohibido a su esposo cruzar el Danubio y, conociéndolo, estaba segura de que Probo no incumpliría una orden dictada por el emperador. Sin secarse las lágrimas ni decir palabra alguna comenzó los preparativos de la huida.

Probo, Rocestes y Ulfilas continuaron la conversación lejos de los niños.

—Es imprescindible que Ulfilas y yo vayamos con Fritigerno al palacio imperial de Antioquía para hablar con el emperador Valente —dijo Rocestes—. La mayoría de los hombres acompañarán a las familias hasta el Danubio. Los demás irán hacia el este, hasta el río Dniéper, donde tratarán de crear una línea defensiva para demorar el paso de los hunos.

Las palabras de Rocestes no podían ser contradichas porque no existía ninguna alternativa. Probo, que era el militar más experimentado, se quedaría. En la Academia platónica de Atenas había aprendido que el hombre debe hacer frente a su destino con dignidad y valentía. La protección de su nueva nación y la salvación de su familia merecían el sacrificio. Por eso dijo sin titubear:

—Yo organizaré la defensa con los voluntarios que quieran quedarse. Iré junto a Atanarico para detener a los hunos durante el tiempo que podamos resistir. —Acto seguido, pidió al obispo Ulfilas que cuidase de su familia—. Son lo único que tengo, y lo más probable es que no vuelva a verlos. Protégelos y mira por su bien. Si así me lo prometes, moriré tranquilo.

Por más que sabía que los apreciaba, la respuesta de Ulfilas lo sorprendió.

—Mientras me quede un aliento de vida cuidaré de Amanda y de tus hijos, pues para mí son mi familia, Probo.

Las palabras de Ulfilas le supusieron cierto alivio, pero su futuro se desvanecía sin remedio. Una sombra de tristeza se apoderó de su rostro. No podía soportar la idea de perder a Amanda para siempre o imaginarla violada por aquellos salvajes asiáticos. Eso era lo que lo preocupaba y no la muerte cierta a la que él se enfrentaría.

Abrazó al obispo, como si con ello pudiera transmitirle la fuerza que necesitaría para cuidar de los suyos.

Ulfilas conocía bien al *comes*[8] de la provincia de la Tracia, Lupicino, la persona a la que debía dirigirse para concertar la audiencia con Valente.

---

8. En el Bajo Imperio romano, *comes* era el título con el que se designaba al gobernador de un territorio.

La expedición estaba compuesta por los caudillos Rocestes, Fritigerno y Alavivo, además de varios miembros de su guardia personal. Cuando Ulfilas se unió a ellos, Fritigerno le dijo:

—Obispo, vamos a cabalgar al galope hasta Antioquía y temo que tu cuerpo no esté acostumbrado. ¿Estás en condiciones de acompañarnos?

—No lo sé, es posible que no, pero no me queda más remedio que hacerlo —respondió Ulfilas—. El emperador nos recibirá porque me conoce y se fiará de lo que yo le diga.

En pocos días Marco Probo tuvo a su disposición un contingente de treinta mil guerreros godos que se habían ofrecido voluntarios para detener, aunque fuese temporalmente, el avance de los hunos. En su vagar por la Dacia nunca había llegado hasta la tierra de los ostrogodos. La frontera entre estos y los alanos era el río Dniéper, y hacia allí debía dirigirse. Sabía que nunca regresaría y que tampoco volverían los guerreros que lo acompañaban, pero no tenían más opción que sacrificarse si querían retrasar la llegada del pueblo de las estepas hasta el lugar de concentración de los godos junto al Danubio. Debía confiar en la habilidad de los caudillos godos y Ulfilas para conseguir que el emperador les dejase cruzarlo. Pero eso nunca lo sabría. Había acordado con el rey Atanarico que los dos contingentes de godos se encontrarían en una encrucijada de caminos cercana al Dniéster, el primero de los dos grandes ríos que cruzaban las tierras de los ostrogodos. El otro era el Dniéper, que se hallaba a ciento cincuenta millas al este. Iba como asistente del patricio romano un joven alano llamado Briton Drumas, que conocía el territorio en el que debían enfrentarse a los hunos.

El contingente del rey Atanarico era de más de veinte mil

guerreros, muchos de ellos veteranos y de un valor contrastado. Cuando los dos jefes se encontraron, el rey godo saludó a Marco Probo.

—Salud, romano. Hasta que mis ojos no te han visto no podía creer que tú comandarías el ejército godo.

—Salud, rey Atanarico —respondió Marco Probo—. Muchos caudillos se presentaron voluntarios, pero yo me ofrecí porque, como a ti, se me vetó entrar en el imperio.

—¿Eres consciente de que vamos a morir?

Probo sabía que era una pregunta retórica para la que el rey godo no esperaba contestación.

Acamparon en el lugar del encuentro, y esa noche se reunieron para acordar la estrategia.

—Mis mensajeros me informan de que los hunos han cruzado el río Dniéper, pero que llevan allí acampados varios días —dijo Atanarico.

—Eso quiere significa que todavía no han pasado el río Dniéster —apuntó el joven Briton Drumas—. En ese caso, lo más eficaz sería establecer una barrera de guerreros en la orilla oeste del Dniéster y aguantar el tiempo que nos sea posible. Lo primero que deberíamos hacer es destruir los tres puentes por los que podrían cruzar. En esta época los ríos suelen ir crecidos y eso les dificultará el paso.

—¿Solo hay tres? —preguntó Marco Probo.

—Sí. No hay ningún otro hasta el mar Negro. El paso por otras partes del río se hace con barcas.

—Mañana, antes del amanecer, un contingente de guerreros se adelantará para destruir esos tres puentes.

Al día siguiente, cuando el grueso de las tropas llegó hasta la orilla del Dniéster, los guerreros que formaban la avanzadilla habían logrado demoler dos puentes y luchaban a muerte con un destacamento de hunos que intentaban impedir que se destruyera el tercero. Los godos, que eran excelentes arqueros y más numerosos, consiguieron abatir a muchos hunos, que dejaron a su vez algunos muertos y heridos. Marco Probo atravesó el puente con un grupo de jinetes godos para perseguir a los que trataban de huir en sus monturas; aun así, varios escaparon. En poco tiempo tendrían en la orilla este del Dniéster al enorme ejército huno.

—Que acaben de destruir el puente —ordenó Atanarico—. Mientras esos salvajes llegan, hay que fortificar esta orilla cuanto nos sea posible.

—¿Para cuánto tiempo tenemos provisiones? —preguntó Probo.

—Para al menos tres meses. Ese es el límite de nuestra defensa del río —dijo Atanarico.

8

Una decisión polémica

Fritigerno y la delegación goda llegaron a la corte de Valente en Antioquía tan rápido como sus monturas les permitieron. El *comes* Lupicino, que se les había unido por el camino, los había autorizado a utilizar las postas imperiales para los relevos de los caballos agotados. No había tiempo que perder. La nación goda corría peligro de extinción. No disponían de demasiadas cartas que jugar delante del emperador, y Fritigerno debería aceptar las condiciones que le impusieran para salvar lo que pudiese de su pueblo. Ulfilas, conocedor del funcionamiento de la corte imperial, no las tenía todas consigo. Aunque estaba seguro de que finalmente les dejarían pasar, quedaba por saber el precio que los romanos exigirían. Todo dependería de los consejeros de Valente. Al obispo le preocupaba sobremanera que Lupicino actuase como el asesor más cualificado por ser el *comes* de la Tracia. Lo conocía desde hacía años y sabía que solo lo movía la codicia. Les había dicho que él se adelantaría para concertar la entrevista con Valente, de manera que estaban a la espera de que se les comunicara cuándo tendría lugar la audiencia con el emperador.

El *consistorium*, el consejo de gobierno, se encontraba deliberando en la gran sala del Silencio del palacio imperial de Antioquía. Además del emperador Valente se hallaban presentes el responsable de las finanzas, el general en jefe del ejército, Víctor, el sármata, y, como invitado, el *comes* de la Tracia, Lupicino. Junto a ellos se sentaban el resto de los consejeros y el gran chambelán. Había llegado el momento de tratar el enojoso tema de la petición de acogida del pueblo godo. Valente estaba informado de las pretensiones de los godos y no sabía qué determinación tomar. El emperador no paraba de pasearse intranquilo de un lado a otro por la silenciosa sala en la que solo resonaba el eco de sus pisadas mientras hablaba en un tono alto y nervioso.

—Parece que esos malditos salvajes quieren ser ciudadanos de Roma. Si los admito en mis territorios, mis súbditos no me lo perdonarán. Además, ¿quién me garantiza que después de ellos no entrarán los ostrogodos, los alanos o los mismísimos hunos? ¿Y qué pasa con Atanarico? ¿Ese malnacido también tendrá que pasar a mis dominios de la Tracia? Todo esto es una locura. ¿No será mejor dejar que los hunos los maten y así nos ahorramos un problema? A nosotros nos bastará con defender la frontera del Danubio como hemos hecho hasta ahora.

Valente cedió la palabra a los presentes para que expresaran su opinión. El primero en intervenir fue Fortunaciano, el responsable de las finanzas.

—Hablas con sabiduría, emperador. Muchas son las desventajas, coincido contigo; no obstante, es necesario mencionar también las ventajas que puede aportarnos la llegada de los godos. Es cierto que los romanos despreciamos a esos bárbaros toscos y malolientes, pero ahora nuestro ejército está débil debido a la escasez de auxiliares y se anuncia una nueva amenaza del Imperio persa. Difícilmente podemos defender las dos fronteras. Así pues, no nos vendría mal un pacto con los godos para que estos defiendan la del Danubio. La situación ha cambiado desde que estableciste el anterior pacto porque una invasión de los hunos haría que se tambalease tu autoridad, emperador.

Casi sin dejarlo terminar, intervino Lupicino.

—Eso nos ahorraría un gran número de soldados romanos, así como también sus pagas. No habría que reclutar más tropas entre los ciudadanos de Roma porque habrá miles de godos como tropas auxiliares por un precio muy inferior. Además, emperador, podrás concentrar el ejército regular en la frontera oriental para controlar a los persas. Los ciudadanos aceptarán de buena gana sustituir la incorporación a filas de sus hijos y sirvientes a cambio de entregarte una cantidad importante de dinero.

Esas argumentaciones satisficieron a Valente. Acabar con la sangría de romanos y sustituirlos por los aguerridos godos no era una mala cosa, como tampoco lo era la posibilidad de incrementar la recaudación imperial con el oro que habían de pagar los romanos que se librarían del servicio militar. Sin embargo, el general Víctor no era tan optimista; de hecho, sus gestos delataban que intentaba deslucir tan prodigiosa idea.

—No puedo estar de acuerdo con esa propuesta. Si aceptas la entrada de una nación entera, emperador, puede ser el principio del fin del imperio.

A medida que avanzaban las deliberaciones, el general Víctor iba quedándose en minoría ya que los consejeros de Valente, adoctrinados por el codicioso Lupicino, apoyaban la posición contraria. Él fue quien aportó los últimos argumentos para que venciese la opción de permitir el paso a los godos.

—Es una oportunidad única —adujo Lupicino—. Son ellos los que nos piden ayuda. No se integrarán en el imperio, ni se les otorgará la ciudadanía romana ni tendrán un Estado propio. No estamos obligados a pactar esas cosas. Permitamos que se instalen como refugiados y que se comprometan a defender las fronteras del Danubio. Será una jugada maestra del emperador. Podemos exigir que Atanarico y sus fieles no entren en el imperio. No tendrán más remedio que aceptarlo.

Este argumento fue el que finalmente determinó a Valente a permitir a los godos su traslado al otro lado de Danubio.

—Los caudillos godos esperan una respuesta en las afueras de la ciudad —dijo el *comes* de la Tracia.

—Mi decisión está tomada, por tanto, no será necesario que los reciba. Lupicino, tú serás el encargado de comunicársela a Fritigerno —dijo Valente—. Los godos pueden cruzar el Danubio, salvo Atanarico y su gente. Los demás entrarán por el siguiente orden: primero los niños, después las mujeres y, por último, los hombres. Cincuenta hijos de los caudillos serán tomados como rehenes y trasladados a diferentes ciudades del imperio bajo la tutela de familias romanas como garantía de la lealtad de sus padres. Los godos serán responsables de defender la frontera del Danubio frente a los hunos, pero deben entregar todas las armas, no sea que una vez dentro del imperio se vuelvan contra nosotros.

El general Víctor intervino para puntualizar.

—Emperador, si les quitamos las armas, ¿cómo defenderán la frontera?

—Según me decís, los hunos todavía están lejos de la frontera. —Valente hizo una pausa larga y reflexiva. Luego continuó—: Mis instrucciones están dictadas. Que Lupicino se encargue de atender a esos desarrapados. Proporcionadles, sin coste alguno para ellos, barcos para atravesar el Danubio, lugares donde alojarse y víveres suficientes. Construid campamentos para acogerlos dignamente. Si van a ser futuros soldados del imperio, no quiero ahorros en esa materia. Después los distribuiréis por las provincias de la Tracia y la Mesia. Cada familia recibirá un terreno para cultivar y el ganado que necesiten. No tendrán que pagar nada. Deseo mostrarme generoso con ellos.

Antes de abandonar la gran sala del palacio imperial de Antioquía se dirigió al *comes*:

—Lupicino, quiero que cumplas mis órdenes al pie de la letra. Los godos no han de pagar ni un sólido[9] y deben ser atendidos como invitados del imperio. Ah, y que ese renegado de Probo no pise suelo romano. Espero que los hunos den buena cuenta de él.

Era noche cerrada cuando el ruido de los cascos de los caballos de la guardia imperial sobre la calzada anunció a Fritigerno y a los suyos la llegada de la delegación romana. Los godos habían establecido un pequeño campamento a las afueras de Antioquía y allí esperaban que los condujesen en presencia del emperador. Lupicino descabalgó y se dirigió a ellos. Ulfilas, Alavivo, Rocestes y Fritigerno se pusieron en pie y, con semblante preocupado, escucharon las palabras del *comes*.

—La decisión del emperador está tomada.

Ulfilas quiso adelantarse a las explicaciones de Lupicino.

—¿Cuándo nos recibirá? —preguntó—. No disponemos de mucho tiempo.

—No será necesario. Me ha comisionado para transmitiros

9. El *solidus* fue la moneda que el emperador Constantino el Grande instituyó al principio de su reinado, en el año 409, y sustituyó al devaluado *aureus* de Diocleciano. Esta moneda se mantuvo estable durante los siguientes setecientos años. Tenía un peso de 4,4 gramos de oro puro y un diámetro de 22 milímetros.

sus resoluciones. Si queréis salvar vuestra nación habréis de actuar con celeridad.

La cara de Ulfilas expresaba contrariedad y escepticismo por la decisión de Valente. El *comes* se dirigió a él de forma expeditiva.

—¡Tengo plenos poderes del emperador! —gritó con enfado. Después se encaró con el obispo—. Ulfilas, hace años que nos conocemos y espero que tu intervención no me obligue a tomar represalias contra el pueblo godo. Eres solo un sacerdote, no un caudillo que pueda hablar en su nombre. Mi único interlocutor es Fritigerno. No estamos aquí para negociar nada, sino para comunicaros las órdenes del emperador. Si las aceptáis, pasaréis el Danubio; de lo contrario, las legiones se encargarán de impedirlo.

—Y bien, ¿cuáles son las condiciones de Valente? —preguntó Fritigerno.

—Estas son —respondió Lupicino—. El emperador os autoriza a instalaros en el imperio, pero nos entregaréis a cincuenta de los hijos menores de los caudillos y también las armas. —El *comes* hizo una pausa porque sabía que sus siguientes palabras suponían una traición a las órdenes de Valente—. Cuando vayamos a atravesar el Danubio dispondré el orden de paso. Lo más importante es que deberéis pagar hasta el último sólido que cuesten los barcos y los alimentos que os entreguemos. No tenéis demasiado tiempo para decidiros, ni tampoco alternativa alguna. ¡Solo os está permitido decir sí o no!

Ulfilas intuía que Lupicino los engañaba, pero dado que Valente se había negado a recibirlos no tenía posibilidad de contrastar si lo que el *comes* acababa de exponerles se correspondía con la voluntad del emperador. Después de las palabras de Lupicino, los caudillos debían deliberar si aceptaban las condiciones que este les había impuesto.

—Malditos romanos —protestó Alavivo—. Eso es casi peor que quedar en manos de los hunos. No podemos aceptar.

Ulfilas no se atrevía a pronunciar palabra. La rabia lo corroía, y se obligó a contener las lágrimas que anegaban sus ojos para no condicionar a los caudillos.

—Dinos, obispo, tú que eres nuestro mejor consejero, ¿qué debemos hacer?

—He querido ser el enviado del Señor para llevaros por el camino de la fe —respondió Ulfilas—. Roma era el espejo en que me miraba hasta ahora. La codicia se ha apoderado del mundo...

—¡Pero van a quitarnos a nuestros hijos! —exclamó Alavivo—. Nos privan de las armas y nos obligan a quedar indefensos. Pretenden despojarnos del poco dinero del que disponemos. ¿Cómo sobreviviremos?

—Si la alternativa es la muerte de nuestro pueblo, estas condiciones al menos nos permitirán ganar tiempo. Ya veremos cómo resolver los problemas a medida que vayan planteándose —dijo Fritigerno—. Contestaremos que sí. Pero juro que no descansaré hasta vengar las ofensas que se infligen a la nación goda. Yo sentía respeto por Valente, pero me ha demostrado que los romanos son peores que las serpientes venenosas. Debemos destruir a esos miserables. Hemos de acabar con ese egoísmo ciego. El imperio está podrido. ¡Odio eterno a los romanos!

Después de la corta deliberación, Fritigerno fue en busca de Lupicino.

—Aceptamos porque no podemos hacer otra cosa —le anunció—. Sin embargo, no era esto lo que esperábamos de Roma.

Lupicino disimuló la satisfacción que la contestación de Fritigerno le producía. Estaba convencido de que Valente jamás se enteraría de su traición porque todos sus consejeros recibirían una parte de los beneficios del latrocinio que iba a cometer con los godos.

—Pues bien, Jesucristo dijo: «Amaos los unos a los otros y ama a tu prójimo como a ti mismo». Vayamos hacia el Danubio a ayudar a nuestros hermanos godos —zanjó Lupicino con hipócrita caridad cristiana.

A partir de ese momento la lucha de los godos era contra el tiempo. Tenían que organizar el paso de cientos de miles de personas antes de que los hunos llegaran a las orillas del río. A la mañana siguiente cabalgaban de regreso a la Dacia.

El invierno y la primavera habían sido excepcionalmente lluviosos. Desde las cordilleras de la Europa central bajaban las abundantes aguas del deshielo que hacían rebosar los ríos que afluían al Danubio camino del mar Negro. Los legionarios romanos destinados en la frontera, los llamados *limitanei,* sostenían que el Danubio era el más peligroso de los ríos del imperio y que cuando bajaba crecido era temible. No se equivocaban. Ese año, con la llegada del verano, el Danubio discurría entre la Dacia goda y la Tracia romana como un descomunal torrente con su caudal embravecido. Sus aguas desbordaban el cauce y rebosaban las riberas. Ni siquiera una persona trastornada osaría lanzarse a aquellas aguas para atravesar sus casi dos millas de anchura como no fuera para suicidarse. En esos momentos, sin embargo, solo había un pensamiento en las mentes de aquella turbamulta que huía de los salvajes asiáticos y que se apiñaba junto a la ribera: vadear el río como fuese. Quedarse en la orilla norte suponía la violación, la tortura, la muerte o la esclavitud a manos de los hunos.

La muchedumbre, enloquecida por el terror, se agolpaba ansiosa esperando ser los primeros en subir a una barca o una almadía, o cuando menos encaramarse a unos troncos atados con los que pasar al otro lado del río. Entre un estruendoso griterío amortiguado por el fragor de la tormenta que no cesaba desde hacía mucho, Amanda se aproximaba a la orilla sujetando con dificultad a sus hijos. No recordaba una situación de pánico similar. La acompañaba Lubila, que llevaba de la mano a sus dos hijos, Irania y Alarico. A su alrededor, una docena de guerreros de confianza las protegían, si bien a duras penas, de ser arrolladas.

Rocestes, después de su desgraciada visita a Antioquía, se dirigía a toda velocidad, junto con Fritigerno y Ulfilas, al lugar que se había fijado para cruzar el Danubio.

Los godos eran una nación fuerte, acostumbrada a vivir situaciones de penuria y con gran capacidad para el sufrimiento, y ni siquiera los niños, a pesar del miedo y el cansancio, se habían quejado durante el terrible trayecto. Habían dejado los carros unas millas atrás, cuando la acumulación y el barro de los caminos hicieron imposible continuar. Después de varios días de huida, a Amanda casi no le quedaba aliento, pero conseguía sacar fuerzas de flaqueza con la esperanza de llevar a sus hijos a un lugar seguro. Tenía que conservar la calma. Cada vez que se sentía desfallecer, en su interior rezaba fervorosamente a Cristo para que la ayudara a sobreponerse. Se acordaba de Ulfilas, el obispo arriano, y acariciaba la Biblia traducida al gótico que le había regalado antes de la partida y que llevaba guardada en su pecho.

La tarde se extinguía y las brumas de la noche iban haciéndose presentes cuando por fin llegaron a la orilla del Danubio. La muchedumbre, que esperaba para embarcar, ocupaba toda la ribera. Amanda, instalada con sus hijos a varios pies del lugar de embarque, los estrechaba entre sus brazos para infundirles inútilmente un poco de calor, pues ella misma estaba aterida de frío, con el agua moviéndose entre sus pies y calada hasta los huesos.

Vencida por el cansancio, se había quedado adormilada con sus pensamientos sumidos en la nostalgia. La despertó de su ensoñación la voz de Ulfilas, quien, acompañado por Rocestes, había conseguido llegar hasta donde estaban.

—El emperador permitirá que pasemos a la Tracia —anunció mientras los guerreros le abrían paso—. ¿Dónde están los hijos de Atanarico?

—Están un poco más atrás, con su madre y un grupo de soldados.

—No nos queda más remedio que esperar a que amanezca —dijo Rocestes—. Entonces llegarán los barcos. Los niños saldrán primero. Después pasarán las mujeres y, por último, los hombres.

—No dejaré a mis hijos en manos de los soldados romanos —afirmó Amanda.

—Yo tampoco —la secundó Lubila—. Alarico e Irania no van a separarse de mí.

—No podemos hacer ninguna otra cosa —dijo Ulfilas—. Esa ha sido una de las condiciones que el emperador nos ha impuesto. Solo los niños más pequeños permanecerán con sus madres. Además, cincuenta de los hijos de los caudillos, mayores de cinco años, irán a vivir con familias romanas como garantía de nuestra lealtad y después, cuando todo se haya calmado, nos los devolverán.

—¡Maldito emperador, nunca debisteis aceptar esa condición! —exclamó Amanda con los ojos anegados en lágrimas—. No hay nada más cruel que separar por la fuerza a una madre de sus hijos.

—No hemos podido negociar nada. Está en juego la supervivencia de la nación goda y hemos aceptado todas sus condiciones —alegó Rocestes—. Al menos seguirán vivos. Si los dejamos en la Dacia, nadie nos garantiza su vida.

—¿Esos malditos romanos que han llevado al pueblo godo a la miseria y la esclavitud van a cuidar de nuestros hijos? —Lubila estaba fuera de sí—. ¿Y hemos de consentirlo, además?

—Nada podemos hacer —insistió Rocestes.

Ulfilas miraba con pena a Amanda y a sus hijos. El pequeño se quedaría con ella. A este, al menos, no lo tomarían como rehén puesto que no era hijo de un caudillo. Sin embargo, Valeria sí tendría que ir con el resto de los niños que cruzarían el Danubio antes que sus padres.

Fritigerno reunió a los caudillos y los jefes del ejército godo para transmitirles las órdenes que debían comunicar a los guerreros para que estos a su vez las hicieran llegar a las familias. Además, antes del alba debía reunir a los cincuenta niños que quedarían como rehenes. Pero la noticia del secuestro de los hijos de los caudillos había corrido ya entre los congregados, de modo que cuando Fritigerno fue a recoger a Alarico se encontró con un muro de hombres que lo protegían.

—No permitiremos que los romanos lo secuestren —dijo Walfram—. Podéis llevaros a cualquier otro, pero no a Alarico. Es el hijo de nuestra nación elegido por los dioses y no dejaremos que caiga en manos de los romanos.

Fritigerno clavó la mirada en Rocestes, que, al lado de su mujer, permanecía callado sosteniendo en brazos a su hija Irania mientras Lubila abrazaba por el pecho a Alarico entre sollozos. Rocestes, que controlaba a duras penas sus impulsos, no podía articular palabra alguna.

—¡No habrá excepciones! —dijo Fritigerno con autoridad—. Alarico deberá correr la suerte de los demás niños, y si el destino le tiene reservado un lugar especial entre los godos, no dudes que ese designio se cumplirá.

Rocestes dejó a Irania en el suelo y con la mirada pidió a su mujer que le entregase a Alarico. Era la primera vez que Lubila no cumplía de inmediato una orden de su esposo, pero las lágrimas que asomaron a los ojos de él le hicieron comprender que su actitud no era la que correspondía a su dignidad como mujer de un caudillo, de modo que, al final, dejó libre a Alarico. A un gesto de Rocestes, los guerreros que lo protegían se retiraron, y, sujetando al niño en un abrazo desesperado, lo llevó en volandas hasta el lugar en el que esperaban los hijos de los caudillos. Antes de separarse, Alarico dijo a su padre:

—Cuida de mi halcón.

—Sí, hijo. Estará conmigo hasta tu regreso.

La tormenta había cesado momentáneamente, y el sol se asomaba austero por primera vez después de muchos días e iluminaba una imagen insólita. Una barrera de guerreros godos protegía a miles de niños que, hambrientos, se agolpaban detrás de ellos esperando embarcar. Delante se hallaban los cincuenta hijos de los caudillos, entre los que estaban Alarico y Ataúlfo que, cogidos de la mano, se enfrentaban con dignidad, sin derramar una lágrima, a un destino incierto. Ulfilas, de rodillas y con los brazos en cruz, aguardaba la llegada de los barcos romanos frente a las embravecidas y traidoras aguas del Danubio.

9

Un faro ilumina el futuro

Para Alarico y el resto de los rehenes, pasar el río Danubio fue el inicio de una pesadilla. Cuando llegaron a la orilla imperial, los legionarios separaron a los cincuenta niños para enviarlos a distintas ciudades de Oriente. Alarico y su primo Ataúlfo se abrazaron con fuerza para tratar de impedir que los separaran, pero los soldados, a pesar de que los niños tenían poco más de once años, actuaron con extrema violencia. Uno de ellos golpeó en la cara a Alarico, que comenzó a sangrar por la boca y la nariz. Al no conseguir separarlos, el legionario propinó a su primo una fuerte patada en la espalda que derribó a ambos al instante. Se llevaron a Ataúlfo, y a Alarico lo arrastraron por las piernas hasta la tienda del *comes* Lupicino. Una vez dentro, lo obligaron a hincar las rodillas sujetándolo por los hombros y los brazos. La sangre le resbalaba por el rostro y le goteaba por la barbilla, pero de su boca no brotó ni una sola queja. Al tratar de limpiarse la cara le había entrado sangre en los ojos y solo podía vislumbrar, borrosa, la figura alta de aquel orgulloso magistrado que lo miraba con tanta curiosidad como desprecio.

—¿Este es el famoso Alarico? —preguntó Lupicino en un gótico torpe.

—Soy Ala-reiks, hijo de Rocestes —pronunció su nombre en gótico, si bien el resto de la frase la dijo en latín con acento de la ciudad de Roma—. Y os mataré a ti y a estos cobardes.

—Es un salvaje, pero habla latín. Sujetadlo con fuerza, no quiero tener que matarlo de un golpe. Lo necesitamos vivo.

—¿Por qué nos pegáis? No os hemos hecho nada. Mi padre dijo que nos trataríais con dignidad —se quejó Alarico.

—Si obedeces las órdenes, nadie te hará daño.

—Quiero que venga conmigo mi primo Ataúlfo —exigió Alarico.

—Eso no es posible —replicó Lupicino, y se fijó en los ojos de aquel niño cuya mirada infundía pavor—. Atadlo y encerradlo. Mañana lo enviaremos a Alejandría.

A finales del mes de julio Alarico llegó a Alejandría. Después de tan largo viaje en el que no le habían permitido ni lavarse, seguía conservando en la cara restos de sangre coagulada y su olor era nauseabundo. Lo dejaron en el puerto de Oriente, delante del palacio de Fabio Ulpio Pulcro, donde lo aguardaba el propio *pater familias*.

—¡Este crío apesta! —exclamó Pulcro, horrorizado—. Tendríais que haberlo aseado antes de traerlo a mi presencia. —Un gesto de asco se dibujó en la cara de aquel hombre de aspecto afable—. ¿Por qué está atado? Es un niño.

—No hemos podido soltarlo desde que salimos de la Tracia. En cuanto se ve libre agrede y muerde.

—¿Qué clase de salvaje me han enviado? Según tengo entendido, es el hijo de un importante caudillo godo. ¿En qué idioma se expresa?

86

—No lo sabemos. No ha abierto la boca en todo el viaje, ni siquiera para comer. Seguramente hablará gótico.

Alarico miraba con ira sin pronunciar palabra.

—¡Encerradlo! —ordenó Pulcro—. Y cuando esté más calmado me lo volvéis a traer.

Tuvo que permanecer más de un mes confinado en una habitación. Tres sirvientes se encargaban de llevarle comida porque había que sujetarlo mientras se la dejaban en una pequeña mesa. Durante ese tiempo había mordido a varios de ellos, por lo que recibió numerosos castigos en forma de latigazos que no solo no lo calmaban, sino que acrecentaban su furia. Era como un animal salvaje enjaulado que mientras estaba despierto golpeaba con rabia la puerta de la celda. Lo más difícil para los sirvientes era bañarlo. Debían sujetarlo entre tres hombres. Lo que más asombraba a quienes lo vigilaban y cuidaban era que ni los más duros castigos habían conseguido que soltase una lágrima ni dijese una sola palabra.

Pulcro era un rico comerciante que ejercía como curial, responsable, entre otras funciones, de la recaudación de impuestos en la ciudad. Era un hombre de unos cuarenta años, de mediana estatura, moreno con algunas canas y con una barba, también canosa, que le otorgaba un aspecto distinguido. Vestía, con la elegancia de los patricios romanos, la clámide blanca orlada con el *latus clavus* púrpura que delataba su condición de magistrado local.

—Desatadlo —dijo en un tono de voz suave para dar tranquilidad al niño.

Creyendo que la única lengua que Alarico hablaba era el gótico, se había hecho acompañar de un escriba godo para que le hiciese de traductor.

—Si no quieres hablar, no voy a obligarte. Pero no saldrás del encierro hasta que podamos fiarnos de ti.

El escriba tradujo al gótico las palabras de Pulcro, pero Alarico se lo quedó mirando con tal furor que el traductor se estremeció.

—Volved a encerradlo. Estos salvajes están incapacitados para convivir con las personas civilizadas —dijo el magistrado.

Miró a Alarico a los ojos y se dio cuenta, por la expresión de desprecio del muchacho godo, que lo había entendido.

—Esperad —ordenó a los sirvientes. Acto seguido, se dirigió nuevamente a Alarico—. ¿Hablas griego?

—Sí —se limitó a decir este.

—¿Dónde lo has aprendido?

—En Peuce.

—¿Dónde está ese lugar?

—En la Dacia. Es una isla en la desembocadura del Danubio —respondió el escriba.

—¿Y allí los niños estudian griego como en Alejandría?

—No —dijo el escriba—. Eso es improbable.

—Entonces estamos ante un enigma. Lleváoslo y volved a traerlo cuando esté más calmado.

Esa tarde el escriba godo visitó a Alarico en la habitación que le servía de celda. Al verlo, los vigilantes se dispusieron a entrar para sujetar al niño.

—No es necesario. —El escriba los detuvo—. Estoy seguro de que a mí no me atacará.

Alarico se encontraba sentado en el suelo, apoyado en un rincón sin mirar a la persona que lo visitaba, aunque por la voz reconoció al escriba.

—Salud, Alarico. Me llamo Armín y llegué a Alejandría cuando era un niño. Mis padres me vendieron a un comerciante de esclavos y me compró la familia del magistrado Pulcro, que me permitió estudiar para ser escriba. Ahora soy liberto y sigo trabajando para él.

—¿Y no quieres volver a nuestra tierra? —preguntó el muchacho.

—Nada me liga ya a la Dacia, ni siquiera recuerdo a mis padres... Además, he vivido siempre en Alejandría. Es una gran ciudad.

—Yo sí quiero volver.

—Eso no es posible. Me han dicho que eres un rehén del imperio y que no te devolverán a tus padres hasta que lo consideren conveniente.

—Pues en cuanto pueda, me escaparé.

—No llegarías lejos. La casa está vigilada, y la ciudad, llena de soldados. Y hasta la Dacia hay más de dos mil millas.

A partir de ese día Armín visitó con regularidad a Alarico y, poco a poco, fue conociendo su historia. Aunque vivía en Alejandría, el escriba se había informado de lo que pasaba en la tierra de sus ancestros. Pudo así enterarse de la importancia de aquel niño en el que los godos depositaban sus esperanzas como su futuro rey. Las constantes visitas de Armín y las conversaciones que mantenían fueron creando una familiaridad que consiguió ir aplacando la ira del niño.

—Si quieres salir de esta habitación y que nadie te moleste, es necesario que tengas un comportamiento adecuado.

Alarico fue contando al escriba su vida antes de la migración de su pueblo. Echaba de menos a sus padres, las enseñanzas de Marco Probo y del comandante Walfram. Le faltaba su caballo, su halcón y sus más íntimos amigos, Ataúlfo y, sobre todo, Valeria.

—Son demasiadas cosas las que echas de menos y creo que será imposible que las podamos suplir. De todos modos, con la añoranza solo conseguirás estar triste.

Cuando Alarico compareció de nuevo ante su anfitrión, el escriba ya lo había informado sobre el carácter del muchacho. Además, el magistrado no era ajeno a las humillaciones y privaciones que los godos sufrían después de entrar como refugiados en el imperio.

—Soltadlo —ordenó Pulcro.

—Pero...

—He dicho que le soltéis. Se trata de un príncipe godo.

—En mi pueblo no hay príncipes, porque los reyes son elegidos por los caudillos —dijo el niño—. Soy Ala-reiks, hijo de Rocestes, de la estirpe de los baltos. Soy sobrino del rey Atanarico.

—¡Pues eres como tu tío! Luché contra él cuando era tribuno en el ejército de Valente.

—Mi tío es un gran guerrero.

—Lo sé. ¿Puedes ahora decirme quién te enseñó nuestro idioma?

—Un patricio llamado Marco Probo y el obispo Ulfilas.

—Vaya, por fin lo entiendo —murmuró para sí Pulcro—. Probo es el patricio romano que se enfrentó a Valente. Es el filósofo que fue asistente personal del emperador Juliano.

Hizo salir a todos y se quedó a solas con el niño.

—Tengo que explicarte algo. —Le indicó que se sentara—. Escucha bien porque es importante.

Alarico asintió con un gesto.

—No estás aquí secuestrado. Estás con nosotros por un pacto entre el Imperio romano y el pueblo de los godos por el cual el emperador ha permitido entrar a los tuyos en nuestros dominios como refugiados. Pero para garantizar que no se rebelarán, exigió que cincuenta hijos de caudillos quedaran como rehenes de Roma. A ti te ha tocado venir a Alejandría. Si estás pensando en escapar, no es una buena idea. Regresarás con tus padres cuando todo vuelva a la normalidad y los godos se hayan instalado de manera pacífica en la Tracia y la Mesia.

Alarico puso cara de sorpresa.

—No sé si lo entiendes, pero eres como una garantía para la nación goda. Y eso te obliga a quedarte voluntariamente hasta que el imperio lo decida. No hacerlo sería una traición a tu pueblo.

Alarico siguió mirando a los ojos al magistrado.

—Bien... Yo tengo orden de que no sufras ningún daño. —Pulcro hizo una pausa—. Mientras estés en esta casa, Armín será tu tutor.

Armín era la única persona con la que Alarico se relacionaba en la mansión de Pulcro. El escriba lo guiaba con sabiduría por todas las enseñanzas que un buen maestro romano debía impartir, pero el muchacho seguía echando de menos su vida en la Dacia. No podía enviar cartas ni recibirlas. A fin de cuentas, era un rehén, un valioso prisionero de guerra.

Había acordado con su nuevo tutor que cuando no estuvieran en clase hablarían en gótico.

—Para que no te olvides de nuestro pueblo.

—Nunca me olvidaré.

Poco a poco, Alarico fue adaptándose a su nueva vida y finalmente cedió a las reiteradas peticiones de Armín de conocer aquella ciudad.

—Alejandría es el corazón espiritual del mundo. La fundó Alejandro Magno tras conseguir una gran victoria sobre los persas de Darío III, y los egipcios lo aclamaron como su libertador. Y quiso hacer de ella la capital de la sabiduría y la ciencia. A ello se dedicaron sus sucesores, los faraones ptolemaicos.

Hasta tal extremo es bella que consiguió seducir al emperador Octavio Augusto.

Al oír los nombres de Alejandro Magno y Octavio Augusto, de los que Marco Probo le había hablado muchas veces y a quienes tanto admiraba, quiso saber qué había hecho Augusto en Alejandría.

—Augusto fue el más grande dirigente político de la historia y el creador de lo que se llamó la *Pax Romana*. Tras la batalla de Actium no hubo guerra en Roma hasta muchos años después de su muerte. Pero antes de su proclamación como emperador luchó en numerosos conflictos civiles. Cuando murió su tío Julio César, él acababa de cumplir dieciocho años. A esa edad tomó las riendas del imperio y después de vencer al general Marco Antonio, que se había casado con Cleopatra, se adueñó de Egipto.

—Todo eso ya lo sé.

—Pero lo que no sabrás es que, tras su victoria, visitó Alejandría y se quedó fascinado por la ciudad. Declaró Egipto propiedad privada del emperador y estableció una administración separada del resto del imperio. Se cuenta que, mientras estuvo aquí, pasaba largos ratos admirando el Faro en las noches sin luna. A tal extremo se sintió subyugado por la ciudad que decretó que nadie que no fuera de su absoluta confianza regiría esta provincia, y su gobernador despachaba directamente con el emperador. Incluso para visitar la ciudad se necesitaba un visado imperial.

—¿Por qué hizo todo eso? —preguntó intrigado Alarico.

—Cuando Augusto fue proclamado emperador hizo muchas promesas a su pueblo, entre ellas garantizar la paz. Sin embargo, hizo otra que suponía un reto muy importante. Había dicho en el Senado refiriéndose a Roma: «Me habéis entregado una ciudad de ladrillo y yo os legaré una ciudad de mármol». Cuando visitó Alejandría encontró el modelo perfecto para hacer de Roma la ciudad más ostentosa del mundo. Pero primero lo había sido Alejandría.

El escriba, que conocía con bastante exactitud los padecimientos y la humillación que sufría la nación goda, creía, en cambio, que no debía transmitir esa dolorosa información a Alarico dada su edad. Aunque era un niño muy despierto, Armín pensaba que saber de los sufrimientos de su pueblo lo sumiría en una tristeza que no le convenía en aquel momento.

Se tomó como una cuestión personal la tarea de proteger al muchacho godo. Le inculcó, también, el amor por el mundo griego, por la cultura helena que había surgido cual milagro inexplicable y por la ciudad que había sustituido a Atenas como centro de la filosofía y la ciencia. Consideró que había recaído sobre sus hombros el peso de garantizar la educación del futuro rey. La ventaja era que solo debía edificar sobre los cimientos que había construido Marco Probo.

—¿Te han hablado de Egipto? —le preguntó Armín.

—Sí, Marco Probo me explicó que es una cultura muy antigua. Mucho más que la romana o la griega —respondió Alarico, quien sentía ya que podía confiar en Armín pues intuía que actuaba con honestidad y que no lo traicionaría.

—Pero, a pesar de que estamos en el delta del Nilo, Alejandría no es una ciudad egipcia. Los faraones ptolemaicos eran de origen griego y macedonio. Cleopatra, la última reina, gobernó y murió en esta ciudad. Estamos en Egipto, sí, pero Alejandría y sus habitantes son griegos por completo, hasta el extremo de que casi nadie sabe hablar el idioma copto.

Esta afirmación dejó sorprendido a Alarico, que no alcanzaba a explicarse que en la ciudad más importante del país no hablaran el mismo idioma que el resto de los egipcios.

—Cuando se fundó, vinieron a habitarla gentes procedentes

de Grecia y del Imperio heleno de Alejandro Magno. Así fue desde el principio y así ha sido hasta ahora. Ptolomeo I Sóter, el primer faraón de origen macedonio, que ocupó el trono después de la muerte de Alejandro, quiso que el pueblo egipcio se sintiese a gusto con la nueva dinastía y tuvo algunos gestos con sus nuevos súbditos. Por eso se coronó como faraón y no como rey, y por eso también creó un nuevo dios al que llamó Serapis.

—¿Los dioses pueden crearse?

—Los dioses siempre son creados por los hombres —afirmó con seguridad Armín—. Pero, aunque en la mayoría de los casos sus orígenes se pierden en la lejanía del tiempo, Serapis fue una creación más reciente. Se trataba de unir las culturas griega y egipcia.

—¿Y cómo lo hizo?

—Los griegos no podían adorar a un dios con cabeza de animal como los egipcios. Por eso Ptolomeo I creó a Serapis con aspecto humano a partir de dos dioses griegos, Zeus y Hades, y los fusionó con Osiris y Apis, los dioses más importantes de los egipcios. Hizo a este nuevo dios patrón de Alejandría y de Egipto. El gran templo de Serapis, el Serapión, está en esta ciudad y alberga también la Biblioteca que reúne todo el saber de la humanidad. Se dice que contiene casi un millón de libros de todo tipo.

—¿Y cómo se puede encontrar un libro entre un millón?

—Ese gran problema lo resolvió Zenódoto de Éfeso, el primer bibliotecario. El faraón Ptolomeo II Filadelfo, en vista de que los rollos de papiro se acumulaban y hacían imposible su manejo, ordenó a Zenódoto que ideara un sistema de clasificación. Los papiros se guardarían utilizando el orden del alfabeto griego. Se les colocaría una etiqueta con los datos del rollo, tales como autor, título y lugar de composición, y serían las primeras letras del nombre del autor las que determinarían el lugar que ocuparían. Tardaron años en clasificar todos los rollos de papiro.

Al cumplir doce años, el *pater familias* regaló a Alarico una toga *praetexta* con borde púrpura, la vestidura de los hijos de las clases altas, adornada con una *bulla*, un colgante para el cuello en cuyo interior se ponía un amuleto para proteger a los niños de los malos espíritus. Al principio, el muchacho rechazó la toga, pero Armín lo convenció de que era mejor utilizarla para pasar desapercibidos en la ciudad, pues las vestimentas godas llamaban la atención.

Algunas mañanas, el tutor y su pupilo paseaban mezclándose con la gente que se amontonaba en las calles aledañas al mercado. Alarico examinaba maravillado los lugares que recorrían. Unas veces caminaban por la calle Canope hasta el puerto del lago Mareotis, otras iban a las murallas hasta alcanzar el canal y desde allí seguían por la orilla hasta el puerto de Oriente. Desde la península de Timoteo disponían de una espléndida visión del Faro. Al anochecer la hoguera de la parte superior hacía brillar intensamente un espejo bajo la estatua de Poseidón y podía contemplarse desde cincuenta millas a la redonda.

—Se lo denomina «Faro» porque está construido sobre la isla de Faros. Es una de las siete maravillas del mundo. Tiene cuatrocientos cincuenta y dos pies de altura. Se erigió por encargo del faraón Ptolomeo II, el gran impulsor de las artes y las ciencias, que además odiaba la guerra. ¿Sabías que se casó con su hermana Arsinoe? Por desgracia, era una mujer belicosa y generó muchos conflictos.

—¿Dices que se casó con su hermana?

—Sí. Ptolomeo II era conocido como Filadelfo, que significa «el que ama a su hermana». En las dinastías de los faraones era habitual casarse entre hermanos para mantener la pureza de la sangre.

—¿Por qué odiaba la guerra? Mi tío Atanarico opina que la guerra es necesaria.

Armín no supo o no quiso contestar a esa afirmación.

Alarico, que antes de llegar a Alejandría jamás había visto nada parecido al Faro, preguntó si era posible subir hasta la cúspide.

—Sí. Hay un sistema de rampas para que las mulas que transportan la madera puedan acceder a lo más alto.

Poco a poco, Alarico se fascinaba por la belleza de aquella ciudad, engalanada por cientos de estatuas de dioses, héroes y emperadores.

Otro día Armín lo llevó a visitar el Serapión, templo erigido sobre un montículo al que se accedía tras subir cien escalones.

—Este es el templo del dios Serapis, el lugar más importante de Alejandría.

Mientras visitaban el santuario, las explicaciones del escriba derivaron, poco a poco, en cuestiones religiosas.

—Las constantes luchas entre paganos y católicos están desangrando la ciudad. La comunidad judía es objeto de persecución por parte de los fanáticos católicos. Ha habido muchos asesinatos impunes en nombre de la religión.

Por su edad, Alarico no acababa de comprender esas luchas religiosas.

—En esta ciudad nació lo que los católicos llaman «la herejía arriana». Durante años se enfrentaron el patriarca Atanasio y el presbítero Arrio. Finalmente, venció el patriarca.

—Los cristianos de mi pueblo se consideran arrianos —dijo Alarico—. Al menos eso me explicó el obispo Ulfilas. ¿Cuál es la diferencia? —preguntó.

—No es sencillo —respondió Armín—. Los católicos creen

que hay un solo Dios que se compone de tres personas: Dios padre, su hijo Jesucristo y el Espíritu Santo, pero con una sola sustancia. Un solo Dios y tres personas. Lo llaman la Santísima Trinidad.

—No entiendo nada ¿Padre e hijo son la misma persona? ¿Tú lo entiendes? —preguntó Alarico.

—Ni ellos lo entienden. Pero lo imponen a sangre y fuego.

—¿Y qué piensan los arrianos?

—Que hay un solo Dios y que Jesucristo era su profeta.

—¿Y por eso se pelean?

—Solo por eso los católicos matan a los arrianos.

Un golpe en la ventana produjo un estruendo tal que Armín y Alarico, que dormían en la misma habitación, se despertaron como si estuviesen en medio de una terrible pesadilla. Inmediatamente oyeron un segundo golpe. Encendieron una vela y al instante vieron el filo de la hoja de un hacha que había traspasado la madera. Armín estaba seguro de que un tercer golpe conseguiría romper la ventana por completo. En el exterior se oían imprecaciones: «¡Hay que matar al godo!», «¡Un hachazo más bastará!». Sin vestirse, Armín cogió a Alarico de la mano y huyeron de la habitación. En los pasillos, los sirvientes con antorchas y armados de cuchillos, espadas y hachas se apresuraban a abandonar la vivienda. Ya en el peristilo, se encontraron con el *pater familias*, quien les ordenó dirigirse a la parte trasera de la casa.

—¿Qué ocurre? —preguntó Armín.

—No lo sabemos. Parece que son legionarios.

—¿Legionarios romanos?

—Sí. Es extraño. Mis hombres los detendrán y sabremos por qué nos atacan.

—Han gritado amenazas contra Alarico —dijo Armín.

—Escondeos. ¡Rápido!

El griterío continuó durante unos instantes y, por fin, se hizo el silencio. Los hombres de Pulcro consiguieron desarmar y detener a tres legionarios romanos que ya habían entrado en la habitación de Alarico.

Desde su escondite, Alarico y Armín escucharon la conversación que se desarrollaba en el peristilo.

—Encadenadlos —ordenó Pulcro con autoridad—. ¿Quién os envía?

—Nadie —contestó el jefe del comando.

—¿Por qué habéis asaltado mi casa?

—Queremos acabar con la vida del rehén. Los godos han masacrado a miles de legionarios en la ciudad de Marcianópolis.[10]

—Lleváoslos y que los encierren —mandó Pulcro—. Mañana hablaré con el prefecto de Alejandría.

Después de la detención de los asaltantes, todo volvió a la normalidad. Pero al *pater familias* su mansión ya no le parecía una ubicación segura para el muchacho godo cuya guarda le habían encomendado.

—Creo que ha llegado el momento de buscar un lugar más adecuado —dijo Pulcro—. Pensaré dónde puedo enviaros para que paséis desapercibidos y Alarico esté a salvo.

Tras lo ocurrido, Alarico no quería dormir en la que había sido su habitación. No comprendía por qué habían intentado agredirlo. Así pues, lo enviaron a una habitación de la planta superior de la casa con Armín, pero ninguno de los dos era capaz de conciliar el sueño.

—¿Por qué querían matarme? —preguntó el muchacho—.

---

10. Marcianópolis: antigua ciudad romana denominada así por el emperador Trajano en honor a su hermana Ulpia Marciana. Es la actual Devnya, en Bulgaria.

Han dicho que los godos han asesinado a miles de legionarios. ¿Eso significa que hay guerra entre mi pueblo y los romanos? Pulcro me contó que yo era la garantía de la paz.

Armín pensaba a toda velocidad. Era el momento de explicar a su pupilo lo que había ocurrido cuando el emperador Valente autorizó que los godos de la Dacia cruzaran el Danubio y entrasen como refugiados en el imperio. El escriba se ausentó durante unos instantes y regresó con unos papiros que dejó sobre la mesa.

—Perdóname, Alarico —dijo Armín, compungido—. Son cartas de Ruderig, otro escriba godo que volvió con nuestra nación como asistente del caudillo Fritigerno. Me ha enviado varias misivas para tenerme al corriente de la situación de nuestro pueblo. Te lo he ocultado porque consideré que todo se resolvería de forma pacífica, pero parece que no ha sido así. Las noticias que tengo llegan hasta el mes de mayo. Desde entonces no he recibido ninguna más.

Se hizo el silencio porque Alarico mantenía los ojos clavados en los de Armín y tenía la mirada terrible de quien se siente engañado.

—Deberías haber confiado en mí —le reprochó al escriba, y enseguida tomó las cartas escritas en griego, aproximó la vela y leyó en voz alta la primera.

Mi apreciado Armín, las lágrimas asoman a mis ojos al recordar los hechos que voy a narrarte a continuación. Las amenazas de los hunos llevaron a la nación goda a huir hacia el interior del imperio. Fue un viaje hasta el Danubio tan largo y tan duro que muchos, que no pudieron resistir por las inclemencias del tiempo, la edad o la enfermedad, se quedaron por el camino.

Alarico recordaba perfectamente las penalidades que pasaron hasta llegar a la orilla del río.

El pueblo godo aguardaba, asustado y desconcertado, delante del embravecido Danubio la llegada de los barcos que el emperador Valente había prometido. Escribo estas líneas angustiado por todas las iniquidades que tuve la desgracia de contemplar. Los hijos de los caudillos fueron los primeros que, ateridos de frío y hambrientos, esperaban para pasar el río en la primera embarcación que se acercase a la orilla. Sus madres, con los ojos llenos de lágrimas por el sufrimiento de la separación, se arremolinaban tras la línea de guerreros que los protegían. Llevábamos mucho tiempo expectantes bajo el aguacero y, cuando ya desesperábamos de que los romanos cumplieran su promesa, un barco se aproximó a la ribera. Del interior de ese primer barco salieron dos decenas de legionarios que empujaron brutalmente a los niños hasta aquella embarcación que se balanceaba como un cascarón de nuez por la fuerza de las agitadas aguas. Todos los presentes mirábamos indignados la escena y apenas podíamos contenernos. Fritigerno procuraba que no se manifestase en su rostro la ira que la brutalidad de aquellos soldados le provocaba. Algunos de los niños estuvieron a punto de caer por la borda entre el griterío ensordecedor de sus madres, que se mezclaban con el fragor del oleaje. El oficial al mando informó a Fritigerno de que los hombres debían dejar las armas antes de embarcar.

Alarico detuvo la lectura para comentar con Armín que no podía pensar en un godo sin sus armas, porque incluso él había tenido una espada de verdad.

El primer barco no regresó a por más refugiados. A partir de ese momento fueron turnándose varias barcazas endebles que los legionarios habían requisado a los pescadores del Danubio. No era esa la forma en la que los godos esperábamos que se nos tratase, peor que al ganado, como si fuéramos alimañas. ¡Malditos romanos! A buen seguro, es lo que pensaban que somos. Era solo el principio de lo que nos esperaba como refugiados. Únicamente manejaban las barcazas el pescador y un ayudante, ya que los legionarios se habían quedado en la otra orilla aguardando la llegada de los acogidos porque sabían que esas embarcaciones tan frágiles no aguantarían muchos viajes. Las primeras en subir a los botes fueron las mujeres. Había prisa por pasar al otro lado y solo disponían de unos tablones que hacían de improvisadas pasarelas. Aquellos trozos de madera apenas se mantenían rectos, y las mujeres, cargadas con sus pertenencias y sus hijos pequeños, pasaban sobre ellos intentando mantener el equilibrio pues, además, la lluvia los hacía muy resbaladizos. Cuando alguien caía al agua poco podía hacerse para salvarlo si no era capaz de agarrarse a las maromas que le lanzaban desde la orilla, ya que la fuerte corriente lo arrastraba a toda velocidad. Los que vimos lo que ocurría cerrábamos los ojos para no estallar de ira e indignación. Pero allí no había ningún romano con el que ajustar cuentas.

Muchos godos, viejos y jóvenes, mujeres y niños, se ahogaron. La noche del primer día solo quedaban tres de las barcazas porque las otras se habían hundido con su pasaje. La mayoría no sobrevivió. Yo pensaba que Fritigerno detendría el traslado en tan horribles condiciones. Más tarde me confesó que era nuestra única oportunidad, y añadió que si no la aprovechábamos quizá no volviera a presentarse otra. Cuando por fin los hombres pasamos a la otra orilla comprobamos que había sido mucho peor de lo que ya nos temíamos. Decenas de miles de godos habían perecido. Me prometí que aquellos miserables romanos pagarían cara su maldad. Fritigerno juró que no descansaría hasta vengar la ofensa más grave que había recibido nuestro pueblo en toda su historia.

Alarico, que había cruzado el Danubio en el primer barco, no sabía nada de lo que se decía en aquella carta. Recordaba la brutalidad con que los hicieron entrar en la embarcación, pero especialmente el momento en que, cuando ya estaban navegando hacia la otra orilla, su primo Ataúlfo, después de recibir una brutal patada de un legionario, se abalanzó sobre su atacante y, lleno de ira, le arrancó un trozo de oreja de un mordisco. Cuando el soldado iba a arrojarlo por la borda, Alarico lo derribó de un empujón y evitó que Ataúlfo cayera al río, en el que con toda seguridad habría muerto. Se salvaron porque el oficial al que el *comes* Lupicino había encargado proteger la vida de aquellos niños presenció la escena y ordenó al soldado, que chillaba como un cerdo por el dolor mientras la sangre mezclada con el agua de la lluvia le resbalaba por el cuello, que los dejase en paz.

Después de leer esa primera carta, Alarico estaba desolado. Si el escriba Ruderig había contado la verdad, y no tenía por qué mentir, una parte del pueblo godo había perecido por la negligencia de los romanos.

—Armín, me dijiste que el emperador había autorizado la entrada de nuestro pueblo como refugiados.

—Sí, así fue. Pero parece que los comandantes no cumplieron las órdenes de Valente.

La respiración de Alarico se hizo más rápida y el color de su cara, de un rojo intenso en ese momento a la luz de las velas, presagiaba que iba a sufrir un colapso.

—Creo que deberías dejar la lectura para mañana —le aconsejó Armín—. Tienes que descansar.

—No pienso descansar hasta que no lea la segunda carta.
—Y tomó la otra, que era de unas semanas después.

Han pasado varias semanas desde mi anterior carta, y todo ha empeorado para nuestro pueblo. Los supervivientes llevábamos varios días soportando el aguacero, durmiendo en el suelo, sin comida y bebiendo agua de lluvia. Ateridos de frío y a la intemperie, teníamos que esperar a que los legionarios elaboraran el censo que había pedido el *comes* Lupicino. Los legionarios hacían entrar a los hombres y las mujeres en un gran barracón de madera donde los oficiales tomaban nota de las personas y de las pocas pertenencias que llevaban consigo. Pero éramos tantos que la tarea se hacía imposible, ya que los romanos no hablaban gótico y la mayoría de los godos no conocían ni latín ni griego. Finalmente, abandonaron la elaboración del censo. Yo acompañaba al caudillo Fritigerno. Solo su carisma había impedido que se produjese una revuelta para la que no estábamos preparados. «Lo más importante es que nos encontramos ya en el interior del imperio —decía convencido el caudillo—. Ahora nos toca sobrevivir». Fritigerno, que en medio del caos que amenazaba una catástrofe parecía no haber perdido su aplomo de líder, exigió hablar con el *comes*, pero este se negó a recibirlo. Fui yo quien redactó la carta que el propio caudillo me dictó y que te transcribo:

«*Comes* Lupicino, las penalidades que está sufriendo mi pueblo no se adecuan a lo pactado con el emperador Valente. He sabido que el emperador ha ordenado que se nos dé comida, tierras donde establecernos y los materiales necesarios para construir un campamento en el que vivir hasta el traslado a nuestros destinos definitivos dentro de la Mesia y la Tracia. Hasta ahora, nada de lo prometido se ha cumplido. La contrapartida de nuestra admisión en el territorio del imperio fue comprometernos a defender las fronteras del Danubio contra los hunos. No sé cuánto tiempo el pueblo godo soportará esta situación sin rebelarse contra Roma».

Fritigerno puso la firma y un guerrero llevó la carta hasta la tienda del *comes*. Descubrimos que los mandos del ejército estaban vendiendo los víveres que tenían que darnos. La corrupción, a la que yo no estaba acostumbrado en Alejandría, parecía estar generalizada entre los funcionarios imperiales e incluso entre los legionarios. Sin embargo, la carta debió de obrar algún efecto porque al día siguiente se repartieron unas exiguas raciones de comida que no llegaban ni para engañar el hambre. También empezó a funcionar una especie de mercado negro. Nos vendían carne podrida a precios abusivos. Incluso nos vendían perros a los que matábamos para cocinarlos en improvisadas hogueras. Por si fuera poco, el hacinamiento estaba produciendo todo tipo de enfermedades. Cuando se acabó el escaso dinero que habíamos podido esconder, las familias empezaron a entregar a sus hijos como esclavos a cambio de alimentos. Las cosas empeoraron todavía más cuando la nieve cubrió el lugar en el que estábamos sin ninguna protección, y los más débiles murieron. Pero el *comes* Lupicino sigue sin mejorar las condiciones de vida de nuestro pueblo, y ahora la situación es absolutamente insostenible.

Acabada la lectura de esa segunda carta, Alarico ya no consiguió contener las lágrimas. Los romanos estaban exterminando a su pueblo y Fritigerno no hacía nada para evitarlo. Tenía que volver cuanto antes. Quería estar al lado de los suyos en esos momentos tan terribles.

10

En la casa de Teón el Astrónomo

Faltaba poco para que amaneciese cuando un sirviente entró en la habitación de Armín y Alarico y entregó al escriba, de parte del magistrado Pulcro, un trozo de papiro con un nombre y una dirección a la que debían ir antes de la salida del sol. Se trataba de la casa de Teón el Astrónomo. Armín sabía quién era, y se alegró al conocer su nuevo destino porque estaba seguro de que era un lugar perfecto para su pupilo.

Amparados por las sombras de la noche, atravesaron la ciudad hasta la muralla sur, cerca del Serapión. La vivienda de Teón era una construcción de tres alturas desde cuya terraza, que servía de observatorio astronómico, se contemplaba la ciudad en toda su extensión entre el Mediterráneo y el lago Mareotis. En la puerta trasera los esperaban dos sirvientes que se hicieron cargo de su escaso equipaje y los acompañaron hasta el interior. La esposa de Teón, una elegante mujer de unos cuarenta años, los recibió con una acogedora sonrisa que realzaba sus blancos dientes a la luz de las lámparas de aceite. La vigilia de la noche anterior hacía que el cansancio se notase en el rostro de los recién llegados.

—Mi nombre es Clío y soy la mujer de Teón. Ahora debéis acostaros. Mañana ya tendremos tiempo de hablar —les dijo, e indicó a los sirvientes que los condujesen a su habitación.

A la mañana siguiente, a la hora sexta, un sirviente los acompañó a una sala no muy grande en la que los aguardaban Teón, Clío y una joven de unos veinte años.

—Mi nombre es Teón, aunque me llaman el Astrónomo —se presentó después de preguntarles si habían descansado bien—. Soy el encargado del Museion[11] y de la Biblioteca. Conozco a Armín porque la visita con frecuencia. Ellas son mi esposa, a quien ya visteis ayer, e Hipatia, mi hija. A partir de ahora esta casa será también la vuestra. Al menos hasta que este muchacho regrese con su familia. ¿Queréis preguntar algo?

—Sí —respondió Armín—. Queremos saber qué ha pasado. Nos han dicho que hubo una batalla entre los godos refugiados y las legiones romanas en la ciudad de Marcianópolis que acabó con una masacre de legionarios.

—Los legionarios querían vengarse matando al muchacho —explicó Teón—. ¿Quién lo conoce?

—Casi nadie. Solo Pulcro y algunos sirvientes.

—Mejor. Le cambiaremos el nombre.

Al oír esas palabras, Alarico se sobresaltó porque significaba que aún no le permitirían volver con los suyos. Además, iban a cambiarle el nombre, y eso para él era una humillación para con su pueblo. Una agitación que no se traducía en lágrimas se instaló en su rostro. Empezó a estremecerse de la cabeza a los pies y una convulsión repentina hizo que sus ojos azu-

11. Templo de las Musas de Alejandría dedicado al trabajo y al estudio de científicos, filósofos y escritores.

les se volviesen blancos. Hipatia se dio cuenta de que Alarico iba a desmayarse y, antes de que se cayera, se levantó de su silla y lo abrazó con tal intensidad que Alarico sintió que su espíritu se expandía. Era la primera vez que una mujer lo abrazaba desde su salida de la Dacia. E Hipatia lo hacía con la misma fuerza que su madre cuando intentó evitar que Fritigerno lo entregase a los romanos. En ese momento, el muchacho no sentía a Hipatia, sentía a su madre. Además, el olor que percibía era el de una mujer que no usaba perfumes, su olor personal. Hipatia, consciente de que Alarico necesitaba ese abrazo, se aferró a él con todas sus fuerzas mientras le susurraba al oído:

—Tranquilo, nadie va a cambiarte el nombre si no quieres.

Armín, que estaba asombrado por la reacción emotiva de Alarico ante el abrazo de Hipatia, entendió que todavía era un niño que seguía necesitando el contacto de su madre.

—¿Tenéis más noticias de la Tracia? —preguntó el escriba.

—Los godos están siendo seriamente maltratados. Y eso no se corresponde con el compromiso que el emperador adquirió con ellos.

Las palabras de Teón confirmaban las peores imágenes que Alarico había imaginado de la situación de su pueblo a través de las cartas del escriba Ruderig. Pensaba que él no podía quedarse al margen de lo que estaba pasando. Deseaba compartir las desgracias de los suyos. La falta de noticias de sus seres queridos lo enfermaba.

—Quiero volver con mi pueblo —anunció Alarico.

—Por ahora es imposible —dijo Teón—. Esperaremos a recibir más noticias. Ni siquiera sabemos dónde están tus padres.

Con el paso de los días, cierta tranquilidad fue instalándose en la vida de Alarico. En aquella casa se respiraba un ambiente mucho más acogedor que en la de Fabio Ulpio Pulcro. A pesar de que seguía preocupado por los suyos, empezaba a sentirse como en familia. Hipatia decidió que sustituiría a la madre de su joven huésped en todo lo que le fuese posible, y tanta pasión ponía en el empeño que Alarico se sintió protegido por primera vez desde que salió de su círculo familiar. La joven alejandrina trabajaba como profesora en su propia casa. Era la única posibilidad de ejercer la docencia en una sociedad en la que a las mujeres de su clase les estaba vetado cualquier tipo de profesión. Alarico la admiraba porque Armín le había dicho que era la única mujer filósofa del imperio. Hipatia, que había renunciado a todo tipo de lujos y adornos femeninos, vestía, como única prenda, la toga de los filósofos.

La casa de Teón era grande, pero muy sobria. Alarico subía con frecuencia a la terraza para observar la ciudad, el puerto y el lago Mareotis. Por la noche le gustaba mirar las luces y, sobre todo, el Faro iluminado. Jamás había visto un edificio tan alto. «Es el más alto del mundo», le había dicho Armín. Se admiraba del fuego que resplandecía y se transformaba en una luz visible a mucha distancia por el efecto expansivo que un espejo de grandes dimensiones producía. A veces se encontraba con Hipatia mientras esta observaba los astros.

—¿Por qué miras el cielo? —preguntó intrigado.

—Para estudiar cómo se mueven las estrellas. Pero también los planetas, como este en el que vivimos, se mueven.

Era la primera vez que Alarico oía hablar del movimiento de los astros.

—¿La tierra se mueve?

—Sí. A pesar de lo que te hayan contado, la tierra gira alrededor del sol.

—¿No es el sol el que pasa como una barca enorme por encima de la tierra plana?

—No. Eso es una antigua leyenda egipcia. La tierra es redonda y gira sobre sí misma. Al girar, una parte se oculta del sol y, al no llegarle la luz, se queda a oscuras y se hace de noche. Cuando termina de dar la vuelta, el sol de nuevo la ilumina y se hace de día. Cuando crezcas y hayas aprendido astronomía te darás cuenta de que la naturaleza es maravillosa.

—¿La naturaleza es maravillosa?

—Nada es capaz de imitarla. Ni siquiera el templo de Serapis, con su impresionante refulgir por el oro y el mármol, puede compararse a algo que nos parece tan simple como las alas de una mariposa.

—¿Las alas de una mariposa? En Peuce había mariposas de todos los colores, pero nunca había pensado que fueran tan importantes como dices.

Alarico sentía una gran admiración por aquella joven que no tenía intención de casarse ni tener descendencia porque pensaba consagrarse a la enseñanza y al estudio de la filosofía y las ciencias.

Desde la lectura de las cartas, Alarico solicitaba constantemente novedades sobre su familia y su pueblo. Armín le aseguró que cuando recibiera una nueva carta se la entregaría de inmediato, pero debía entender, le decía, que el enfrentamiento había complicado las comunicaciones; además, temía por la vida de Ruderig.

A Alarico le gustaba pasearse por aquella casa llena de objetos científicos que le resultaban extraños. Pocos lujos, aunque había muchos rollos y códices en las estanterías que cubrían las paredes y bustos de personas que le resultaban desconocidos. Un día, mientras contemplaba el busto que ocupaba la posición más relevante, Hipatia le explicó:

—Es Plotino, un filósofo que vivió durante muchos años en Alejandría antes de marchar a Roma para enseñar filosofía. Cuando crezcas conocerás su pensamiento.

—Yo quiero regresar con mi familia y mi gente. Echo mucho de menos a Walfram.

—¿Quién es Walfram?

—El guerrero que me adiestraba en la lucha y el manejo de las armas. Llevo mucho tiempo sin practicar y Armín no sabe nada sobre ese tipo de ejercicios.

—¿Crees que es necesario?

—Aprender a luchar es para mí lo más importante.

—Dicen que serás el futuro rey de los godos. Sé que un rey necesita conocer el arte de la guerra, pero también debería ser sabio para tomar las mejores decisiones para su pueblo. Yo no puedo enseñarte a manejar la espada, pero sí ayudarte a que aprendas lo preciso para ser un rey justo.

Al oírla, Alarico se acordó de Marco Probo.

—Ya sé manejar la espada. Pero de nada sirve si no puedo practicar. Además, tengo que hacer ejercicios físicos para que mi cuerpo sea el de un guerrero. Walfram era muy exigente.

—Veré lo que puedo hacer. Pero solo si te aplicas de la misma manera en los estudios.

—¿Puedes conseguirme un entrenador?

—Tal vez… —Hipatia sonrió.

Pasados unos días, Alarico dispuso de un entrenador con el que empezó a pasar muchas horas. Era un sármata llamado Usafro, un antiguo esclavo y gladiador que desconocía la identidad de aquel muchacho al que creía natural de Alejandría.

A pesar de todo, para Alarico no había resignación posible, y casi a diario pedía a Teón que le diera noticia de lo que pasaba en la Tracia. Las informaciones eran confusas, pero todas coincidían en que se había producido una rebelión de los refugiados godos. En Alejandría también se extendía el odio hacia los bárbaros que ponían en peligro la paz en las provincias romanas del sur del Danubio. Esa opinión desagradaba a Teón y no la compartía porque estaba convencido de que no se adecuaba a la realidad. No obstante, fue la razón que lo motivó a escribir a su amigo, el rétor Temistio, que además de ser consejero del emperador Valente dirigía una escuela de retórica y filosofía en Constantinopla, para que le informase de lo que estaba ocurriendo con los godos. La respuesta del rétor llegó semanas después. Teón leyó la carta antes de la comida en presencia de su familia y de Alarico y Armín.

Mi admirado Teón, la larga amistad que nos une ha determinado que investigue con detalle sobre los hechos a los que te refieres en tu carta. No ha sido fácil recopilar una información exacta porque en el mundo romano se ha extendido el odio hacia esos refugiados godos a los que llaman «salvajes y desalmados» y, sobre todo, «desagradecidos para con la hospitalidad de los romanos». Conoces mi opinión. Siempre he considerado que se trata de un pueblo que lleva muchos años en contacto pacífico con el imperio, y creo que es necesario integrarlos y convertirlos en ciudadanos al servicio de Roma.

Desde el principio estuve de acuerdo con la decisión de Valente al respecto de aceptarlos como refugiados. Si nuestra sociedad ha llegado a ocuparse de preservar los elefantes en Libia, los leones en Tesalia o los hipopótamos en el Nilo, cuánto mayor debería ser nuestra preocupación por hombres, mujeres y niños que pueden ser útiles a Roma. Sigue habiendo en el imperio zonas casi despobladas y con muchas tierras sin cultivar. En vez de exterminarlos, tenemos que apostar por integrarlos en nuestra *civilitas*. Son contribuyentes nuevos, que es lo que el imperio necesita. Como sabes, la corrupción anida en las instituciones, y el ejército no es una excepción. Humillación, desprecio y crueldad es lo que han soportado los godos hasta llegar a los sucesos de Marcianópolis. Para poder llevarse un trozo de pan a la boca esos pobres refugiados han tenido que hacer cosas que deberían ser incompatibles con nuestra condición de personas. Son bárbaros, sí, pero eso no supone eximir a las legiones de tratarlos con dignidad.

He requerido el testimonio de funcionarios indignados por el trato que se les ha dado y he constatado que no se cumplió ni una sola de las promesas del emperador Valente. Han tenido que prostituir a sus esposas, hijas e hijos para conseguir un poco de comida. Han vendido a miles de jóvenes como esclavos que se han visto obligados, así, a realizar trabajos forzados en las tierras de los ciudadanos romanos que los han humillado e incluso violado. Les han robado hasta la última moneda vendiéndoles alimentos podridos en lugar de darles las raciones a las que tenían derecho gratuitamente. Esos refugiados, ante la iniquidad de quienes estaban obligados a acogerlos y proporcionarles comida y cobijo, se han ido transformando en rebeldes. Después de referirte estos brutales hechos me pregunto: ¿Quiénes son los salvajes y desalmados? ¿Quiénes son las personas investidas de *civilitas*?

El *comes* Lupicino, debido a que la situación se volvía incontrolable, decidió trasladar a aquellos cientos de miles de hambrientos y rabiosos godos a Marcianópolis, desde donde serían conducidos hacia sus destinos definitivos. Al llegar a la ciudad, los obligaron a acampar en las afueras. Mientras montaban el campamento, los ánimos acabaron de exaltarse hasta el extremo de que se temió que estallara una rebelión. Ante esa situación, el *comes* Lupicino ordenó que el destacamento local rodeara el enorme campamento y, para evitar que la situación se le fuera de las manos, convocó a los caudillos godos a una comida. Estos debieron de pensar que había llegado el final de sus penalidades. Pero la intención del *comes* y las legiones era muy diferente. Obligaron a los guerreros encargados de la custodia de los caudillos a permanecer fuera del palacio. El *comes* Lupicino había ordenado a su guardia personal que asesinara a aquellos escoltas en el momento en que los mandatarios godos hubieran traspasado las puertas del palacio. Cuando los caudillos hubiesen bebido lo suficiente, los legionarios entrarían en el comedor y les darían muerte. Lupicino pensaba que el pueblo godo, sin sus comandantes, se rendiría sin oponer resistencia.

—¿Esa es la *civilitas* romana? ¿Actuar a traición y matar a los caudillos?

—No seas impaciente, Alarico, y deja que termine la lectura.

Pero no contaban con que uno de los escoltas consiguiera escapar y llegara al campamento, donde alertó del peligro que corría la vida de los caudillos. Esa fue la chispa que hizo estallar el enfrentamiento. Decenas de miles de godos, pertrechados con las escasas armas que habían logrado ocultar, se lanzaron a muerte contra los soldados romanos. La furia es casi siempre lo que hace que una situación de inferioridad se trueque en todo lo contrario. Murieron algunos guerreros godos, pero los pocos soldados romanos que sobrevivieron se refugiaron en el interior de la ciudad dejando atrás sus armas. El estruendo provocado por el combate hizo que los caudillos se percataran del peligro que corrían y, a espadazos, se dispusieron a salir del palacio. Durante la huida, un esbirro de Lupicino consiguió clavar su espada en el pecho de uno de los caudillos más importantes llamado Alavivo, que cayó al instante. Fritigerno dio muerte al atacante de Alavivo y, tras asegurarse de que este estaba sin vida, salió a toda velocidad en compañía de los demás caudillos hasta alcanzar el campamento godo. Desde lo alto de las murallas los ciudadanos de Marcianópolis contemplaron que el campo aledaño había quedado tapizado por los cadáveres de los guerreros godos y los legionarios romanos. La guerra estaba declarada.

Los godos recogieron los cuerpos de los suyos para darles sepultura, mientras que los de los legionarios romanos quedaban insepultos y a merced de las alimañas y las aves de rapiña.

Lupicino consiguió huir en el momento en que los caudillos se percataron de la trampa que les había tendido. En los siguientes días, el *comes* intentó reunir a todas las tropas que se encontraban en la región. Tenía que acabar con la rebelión antes de que el emperador Valente, que se hallaba en la frontera de Persia, fuese informado.

Tras la lectura de la carta, Alarico constató que su pueblo seguía sufriendo la humillación y los ultrajes de los romanos. Sin embargo, esa vez los suyos habían logrado vencer a las legiones. Se preguntó si sería el primer paso para conseguir un trato digno dentro del imperio o, por el contrario, sería el inició de represalias terribles.

11

Un amigo para Alarico

Durante los siguientes meses Alarico siguió un riguroso programa de entrenamiento físico por parte de Usafro, el antiguo gladiador sármata, a la vez que recibía a diario las lecciones de Hipatia y Teón. Pero le costaba concentrarse porque su mente estaba casi siempre en la Tracia pues le preocupaba el destino tanto de su familia como de su pueblo, a quienes añoraba muchísimo. Teón pensó que quizá se debía a que no tenía a su lado a nadie de su edad. De hecho, siempre estaba en compañía de adultos, de Armín en especial, y eso le parecía insuficiente.

Un día, al inicio de la primera clase, Hipatia se presentó seguida de un muchacho.

—Se llama Claudio Claudiano. Tiene tu edad.

—¿Se quedará con nosotros? —preguntó Alarico.

—Vivía con su padre, un comerciante judío que enviudó hace unos meses.

—¿Su padre no lo quiere?

—Su padre lo quiere, desde luego. Pero los parabolanos los han amenazado de muerte por no convertirse al catolicismo. Me ha encargado su educación y, sí, vivirá con nosotros.

Las palabras de Hipatia supusieron una gran alegría para Alarico. Tener un amigo de su edad era una de las cosas que más deseaba. Aquel chico de mirada vivaracha y actitud sonriente observaba a Alarico como a un bicho raro. Todos los rubios y de ojos azules que había visto eran hijos de esclavas bárbaras, de modo que no concebía que uno de ellos estuviera en un sitio como la escuela de Hipatia. El muchacho godo, por su parte, lo miraba con compasión. Pensaba que perder a su madre era lo peor que podía pasarle a alguien.

—¿Quiénes son esos parabolanos que los han amenazado de muerte? —preguntó con curiosidad. Recordaba que Armín le había hablado de los monjes negros.

—Verás, Alarico, desde hace muchos años, los católicos se han empeñado en que desaparezcan todas las religiones que no sean la suya. Y como no lo han conseguido utilizan la violencia y la coacción.

—¿Y amenazan con la muerte?

—Sí —dijo Hipatia—. Un sacerdote llamado Teófilo empezó a reclutar hace unos años a un grupo de jóvenes que se dedican a presionar a quienes no se han convertido al catolicismo. Se dice que los parabolanos ya son más de mil. Teófilo escoge uno a uno a los jóvenes más fornidos y hace que se entrenen en la lucha cuerpo a cuerpo como los gladiadores. Los parabolanos exigen a las familias judías y paganas que se conviertan. Si después de varios avisos no han cumplido sus exigencias, pueden llegar a asesinarlos.

Alarico se quedó sorprendido por las palabras de Hipatia.

—El obispo Ulfilas vivía entre los godos predicando la religión cristiana y nunca utilizó la violencia.

—No sé quién es ese obispo. Pero en Alejandría y en muchas otras ciudades del imperio es diferente. El padre de Claudiano se asustó y decidió confiarnos a su hijo para alejarlo de los parabolanos. Actúan en grupos de quince o veinte, y cuando salen a la calle la gente se refugia en sus hogares para evitar cruzarse con ellos.

Aunque la presencia de Claudiano en la casa no consiguió que Alarico olvidara sus preocupaciones, el objetivo que perseguía Teón, sí logró que su actitud cambiara. A Claudiano no le gustaban los juegos violentos como a Alarico, quien desde muy pequeño los había practicado con su primo Ataúlfo, pero le apasionaba la lectura. Además, introdujo al muchacho godo en la práctica de un juego que este desconocía, el *latrunculi*, que se desarrollaba en un tablero con piezas que se enfrentaban entre sí.

—El nombre completo es *ludus latrunculorum*, el juego de los ladrones —explicó Claudiano—. Compiten dos personas y gana aquel que utiliza la estrategia más inteligente.

Al menos era un juego de estrategia al que el joven godo, un apasionado de la guerra, acabó por aficionarse.

Días después, mientras estaban en clase en las habitaciones del piso principal, un estruendo que provenía de la puerta de la casa los sobresaltó. Era como si la hubieran reventado con un ariete, porque las hojas chocaron violentamente contra los muros laterales. Hipatia, Armín, Claudiano y Alarico bajaron la escalera corriendo y lo que vieron los paralizó. En la biblioteca había cuatro hombres altos y corpulentos, dos de los cuales portaban hachas, y los otros, antorchas encendidas. Vestían túnicas negras, sucias y raídas, y llevaban la cabeza y parte del rostro ocultos bajo capuchas del mismo color.

—¡Los monjes negros! ¡Rápido, huid! ¡Huid, os digo! —los apremió Hipatia, conocedora del peligro que corrían.

—¡Vamos a matarte, zorra pagana! ¡A ti y cuantas personas haya en la casa! —bramó uno enarbolando una antorcha, que parecía ser el jefe.

Al oírlo, Alarico se agarró a Hipatia, como si quisiera protegerla, mientras Armín embestía con la cabeza a uno de los que empuñaba un hacha, y ambos cayeron al suelo. Antes de que pudiera reaccionar, otro de los intrusos le puso el pie en el cuello, le acercó la antorcha a la cara y la mantuvo allí durante unos segundos interminables. Armín se llevó las manos al rostro aullando de dolor.

Entretanto, el otro intruso que llevaba un hacha golpeaba los bustos de los filósofos y derribaba las estanterías de libros al tiempo que gritaba:

—¡Malditos paganos! ¡Malditos paganos! Dios ha ordenado que debe morir todo aquel que no se convierta a la única y verdadera fe. ¡Mirad lo que hacemos con vuestros ídolos y vuestros libros de brujería!

Otro monje prendía con su antorcha los libros y las estanterías destrozadas en el suelo.

—¡Mira bien, zorra pagana! Mira porque después serás tú quien arda con los libros. ¡Hay que limpiar de suciedad esta ciudad impía!

El último monje estaba acabando de destrozar con su hacha los bustos de los filósofos. Alarico, que lo observaba con los ojos llenos de furia, al ver que se disponía a golpear el busto de Plotino se abalanzó hacia él, lo aferró de las piernas y lo derribó justo antes de que golpease la estatua. El monje se levantó de un salto y dio una patada en la frente a Alarico, que se quedó inconsciente. Hipatia contemplaba la escena horrorizada. El monje levantó el hacha con intención de matar al muchacho godo, pero la pacífica filósofa reaccionó al instante cogiendo una estatua pequeña de Platón hecha de bronce y, con toda la fuerza que pudo reunir, golpeó en la cabeza al monje, que se desplomó al tiempo que empezaba a formarse alrededor de su cráneo un charco de sangre.

Viendo que las llamas y el humo se extendían por toda la biblioteca, los monjes huyeron arrastrando el cuerpo del que había quedado inconsciente, mientras Armín seguía chillando de dolor y Alarico continuaba en el suelo. Al percatarse del fuego, los sirvientes, que se habían refugiado asustados en la cocina, aparecieron con cubos de agua. Sin embargo, les resultaba imposible sofocar el devastador incendio, por lo que la mayoría de los libros quedaron calcinados.

Fue en ese momento cuando llegó Teón, exhausto y con la respiración entrecortada. El humo llenaba ya la biblioteca e Hipatia gritaba sin parar:

—¡Hay que sacarlos! ¡Hay que sacarlos! Alarico y Armín siguen dentro.

Teón se adentró en la humareda y consiguió entrever el cuerpo del muchacho, que yacía junto a las estanterías humeantes y al que delataba una tos compulsiva. Lo arrastró por las muñecas hasta la puerta y allí lo cogió en brazos para entregárselo enseguida a un sirviente, quien lo llevó al comedor. Después, volvió a entrar y encontró a Armín, que no podía ver nada y se cubría la cara con las manos sin dejar de gritar. Lo ayudó a levantarse y lo condujo fuera de la biblioteca.

Un médico, a quien los sirvientes habían avisado, atendió primero a Alarico, que solo tenía una ligera intoxicación y una herida en la frente. Después pasó un buen rato curando a Armín, cuyas horribles quemaduras lo hacían aullar como un lobo herido de muerte. Le limpió la piel del rostro y la cabeza, y le aplicó acto seguido unos ungüentos de aceite de oliva que poco lograron mitigar el dolor agudo que sentía. Para finalizar, le vendó la cabeza, la cara y los ojos.

Hipatia seguía presa del pánico, con un ataque de nervios del que no lograba calmarse. Su madre, que había llegado del mercado, la abrazó.

—Tranquilízate —le susurró al oído—. Ya pasó todo.

—Han estado a punto de matarnos —dijo Claudiano—. Los monjes negros y los parabolanos me dan mucho miedo, han matado ya a varias familias judías de mi barrio.

—Creo que aquí estarás seguro —lo confortó Alarico.

—Nadie debe saber que estoy en esta casa —añadió Claudiano—. Un hombre muy poderoso llamado Adriano ha pagado durante varios años mi educación en una escuela con la condición de que yo me convirtiera al catolicismo. Pero hace unos meses, mi padre decidió no recibir más ayuda de él.

—¿Y qué pasó?

—Mi padre se atrevió a decirle que no se convertiría ni ahora ni nunca. Fue entonces cuando nos insultó y nos aseguró que a partir de ese momento los parabolanos no nos dejarían tranquilos. Temo por la vida de mi padre.

—¿Tan poderoso es ese Adriano?

—Sí. Es uno de los hombres más importantes de Alejandría, aunque una vez me dijo que su intención era trasladarse a Roma.

—Si se va, podréis estar tranquilos.

—Aunque se vaya no podremos dejar de preocuparnos. Ya estamos amenazados por los parabolanos. Si se han propuesto asesinarnos no pararán hasta conseguirlo.

Con la llegada de la primavera, Hipatia trasladó las clases al patio porticado que se abría en el centro de la vivienda. Solo habían pasado unas semanas desde el ataque de los monjes negros, y Armín continuaba recuperándose en su habitación, con los ojos cubiertos por una venda a la espera de que las heridas cicatrizasen. Hipatia, que ese día explicaba geografía del imperio, advirtió que Alarico no prestaba atención a sus palabras. Tenía los ojos fijos en dos gatitos que jugaban cerca de su madre, que dormitaba en un rincón del patio. Esa expresión de Alarico en nada se parecía a la mirada iracunda que le había visto durante el ataque a la casa. Era dulce y melancólica, y expresaba nostalgia. Alarico, al mirar a los gatitos, no veía sus saltos y cabriolas, sino a él mismo y a su primo Ataúlfo practicando la lucha sin armas. ¡Cómo le habría gustado que su primo viviese con él en aquella casa!

—Los cachorros juegan a luchar para aprender a atacar y a defenderse —le dijo Hipatia—. En Egipto todos los animales son sagrados, pero especialmente los gatos, pues se dice que su presencia protege a la familia. Por eso, hace tiempo, en todas las casas egipcias había estatuas de la diosa gata Bastet. A tal extremo son sagrados que, en época de los faraones, quien mataba a un gato era castigado con la muerte. Incluso las familias que podían permitírselo momificaban a sus gatos cuando morían para recuperarlos en la eternidad. Los egipcios creían en otra vida después de la muerte.

Alarico entendía muy bien a Hipatia porque su pueblo fue siempre respetuoso con los animales, a los que solo mataban para alimentarse o en los sacrificios a los dioses.

—¿El halcón también es sagrado? —preguntó Alarico.

—Es el animal más sagrado para los egipcios. Al dios Horus, considerado el iniciador de la civilización egipcia, dios del cielo, de la guerra y de la caza, se lo representa como un halcón.

Para Alarico esa era una maravillosa coincidencia, pues para los godos el halcón también era el símbolo de la caza y la guerra. Cerró por un momento los ojos y se vio a sí mismo cerca del bosque de Peuce lanzando a volar a su halcón. Podía ver cómo la aguda vista del ave se fijaba en un conejo, un pato del delta del Danubio o un zorro. Una vez escogida la presa, caía sobre ella a una velocidad de vértigo y la atrapaba con sus garras. Era como si viese a través de los ojos del halcón, con el que se había criado desde su nacimiento. ¿Dónde estaría ahora? Se lo confió a su padre cuando lo separaron de su familia, y la sola idea de que ese leal compañero hubiese muerto lo llenaba de dolor.

—¿En qué piensas? —le preguntó Hipatia.

—No sé qué habrá sido de mi halcón.

—¿Es muy importante para ti?

—Mi padre me dijo que bajó de los cielos el día de mi nacimiento. Jamás me separé de él hasta que me trajeron a Alejandría.

—Seguramente alguien lo habrá cuidado y estará esperando que regreses.

Fabio Ulpio Pulcro, el *pater familias* encargado oficialmente de la custodia de Alarico, había muerto hacía unos meses y nadie en Alejandría sabía que el niño godo estaba refugiado en la casa de Teón. Pulcro, que siempre fue un funcionario ejemplar, no ignoraba que debía informar al prefecto de Egipto de su decisión de enviar a Alarico a casa de Teón y había redactado una carta en la que se lo comunicaba, aunque decidió retrasar su envío para mejor cumplir su misión de proteger a su preciado rehén. Pero, debido a su muerte inesperada, la misiva nunca llegó a su destinatario. Así pues, con toda seguridad Alarico seguía figurando en la lista de los niños godos rehenes, y si era necesario los legionarios romanos lo buscarían hasta encontrarlo.

Después de unos meses, Armín estaba prácticamente curado de sus heridas. Había perdido gran parte del cabello y tenía el rostro tan desfigurado que era imposible reconocer al apuesto joven que fue. Su aspecto era tan horrible que no se atrevía a mirarse en el espejo ni a salir de su habitación. A pesar de todo, era consciente de que debía retomar su vida y actuar con normalidad, igual que antes del ataque. Al fin y al cabo, no había quedado impedido ni sus ojos habían sufrido daños irreparables.

—Si temes no poder casarte, debo decirte que cualquier mujer inteligente se olvidará de tu cara y se quedará prendada de tu alma —lo animó Hipatia—. Ya sabes que yo jamás me casaré porque no quiero estar sujeta a ningún hombre, pero, si cambiara de parecer, no dudaría en hacerlo contigo.

Lágrimas inconsolables rodaron por aquel rostro deformado. Alarico abrazó con fuerza a Armín y le juró al oído que, pasara lo que pasase, jamás se separaría de él. Las vidas de ambos, unidas por el azar, se habían cosido la una a la otra para siempre.

12

La fe y la muerte

Finalmente, Armín se convenció de que nada conseguiría con encerrarse en sí mismo, de modo que retomó sus paseos por la ciudad con Alarico y Claudiano, procurando pasar desapercibidos. Una tarde que los había llevado al puerto para contemplar la puesta de sol frente al Faro vieron a un grupo de monjes negros del desierto acompañados de decenas de jóvenes fornidos que caminaban casi todos con la parte superior del cuerpo desnuda. Iban armados con porras, hachas, martillos y cuchillos de gran tamaño y se dirigían a toda prisa al Serapión.

—¡Dios mío! —exclamó Armín—. Monjes negros y parabolanos. Tenemos que alejarnos de aquí.

Al otro lado de la calle se veía a otro nutrido grupo de personas, también armadas, que se acercaban a grandes pasos con la intención de enfrentarse a los monjes y a los parabolanos.

—Vamos a matar a esos malditos herejes y paganos —decía el monje que estaba a la cabeza de aquella facción de fanáticos católicos—. ¡Arrasaremos el Serapión y destruiremos la estatua de Serapis!

En cuanto se aproximaron, un griterío ensordecedor llenó

la calle. Las dos facciones aceleraron el avance blandiendo las armas mientras algunos comenzaban ya a lanzarse entre sí piedras a la cabeza. Armín trató de llevarse a sus pupilos lejos de allí. Pero Alarico se negó a seguirlo. Quería ver aquel combate feroz entre católicos y paganos. Poco después el pavimento estaba lleno de cuerpos, tanto de muertos como de heridos que se retorcían de dolor en medio de charcos de sangre. Sin embargo, a pesar del ruido y los gritos ningún soldado acudió a detener aquel enfrentamiento mortal.

De pronto, Claudiano echó a correr y se internó en el combate. Alarico y Armín lo siguieron tan rápido como pudieron. Claudiano había visto fugazmente cómo su padre, que luchaba en la facción de los paganos, recibía en la cabeza un martillazo de uno de los parabolanos y se desplomaba. Por fortuna para ellos, en ese momento se oyeron las fuertes pisadas de un grupo de legionarios que, haciendo sonar sus escudos con las espadas, obligó a los combatientes a dispersarse. Teón e Hipatia, a quienes una de sus sirvientas había advertido de que los dos muchachos se encontraban con Armín cerca de los contendientes, llegaron hasta el lugar de la pelea.

Claudiano estaba arrodillado en el suelo y abrazaba a su padre, que respiraba con dificultad. Le pareció que quería decirle algo, de modo que, como pudo, le retiró la sangre que le tapaba los ojos y la boca.

—Huye de aquí, hijo. Busca un lugar donde no haya católicos, un lugar seguro...

En ese instante Teón se agachó junto al debilitado hombre.

—Todavía no estás muerto —le dijo—. De todos modos, no te preocupes por Claudiano. Yo cuidaré de él como si fuera mi propio hijo hasta que pueda valerse por sí mismo.

Teón ordenó a sus sirvientes que condujeran al herido hasta su casa para que los médicos hiciesen lo posible por salvarle la vida. Claudiano, que no quería separarse de su padre, los acompañó.

Alarico regresó con Hipatia, que lloraba desconsolada por la brutalidad de aquellos que se llamaban católicos.

—¿Por qué estaba luchando el padre de Claudiano? —le preguntó Alarico.

—Los monjes y los parabolanos se habían propuesto destruir el Serapión y él, junto con un grupo de paganos, judíos y herejes cristianos trataban de impedirlo. Estoy segura de que, tarde o temprano, lo conseguirán. Tienen el apoyo de la Iglesia católica y desde la época de Constantino el Grande sus salvajadas siempre quedan impunes.

—Pero ¿por qué deseaban destruir el templo?

—Ya han destruido muchos templos o los han convertido en iglesias católicas. Quieren acabar con la religión cívica romana, y el Serapión es, en Alejandría, el símbolo de esa religión —dijo Hipatia—. Su violencia continuará hasta que todos los romanos se conviertan a su fe.

—¿Tú también te convertirás?

—Jamás estaré de parte de esos salvajes. Antes me dejaré matar.

—¿Qué será de Claudiano? ¿Tendrá que irse de tu casa?

—No. Lo cuidaremos como si fuera uno más de la familia. Ahora necesitará todo nuestro apoyo.

Las palabras de Hipatia tranquilizaron a Alarico. Claudiano era muy diferente a él. Aunque tenían la misma edad, era más menudo y muy moreno. Además, no le gustaban los ejercicios físicos ni disfrutaba con el manejo de las armas. Sin embargo, era inteligente y astuto. Alarico, pese al escaso tiempo que llevaban juntos, había llegado a quererlo como a un hermano.

Por desgracia, el padre de Claudiano falleció al día siguiente. Después del entierro, Teón comunicó al muchacho que se quedaría a vivir en su casa, y Alarico, por su parte, le propuso que se fuera con él a la Tracia cuando la guerra entre godos y romanos acabara, asegurándole que su padre estaría encantado de recibirlo en su hogar. Aun así, Claudiano tenía su futuro muy claro. Aunque el latín no era una lengua que dominara por completo, estudiaría hasta conseguir conocerla como el griego. Iría a vivir a la capital del imperio, explicó a Alarico. Quería ser poeta oficial en la corte imperial.

—Pero allí te encontrarás con Adriano —le advirtió Alarico—. Será casi tan malo como quedarte a vivir en Alejandría.

Las noticias que llegaban de la Tracia eran confusas, pero todas apuntaban a que el enfrentamiento entre godos y romanos continuaba. El emperador estaba armando un poderoso ejército y se dirigía desde la corte de Antioquía hasta Constantinopla. Valente, casi analfabeto y sin carisma alguno, no había conseguido granjearse la simpatía del pueblo. Amparados por el anonimato, algunos ciudadanos de Constantinopla insultaban al emperador de Oriente durante las carreras en el hipódromo, de modo que para congraciarse con sus súbditos Valente necesitaba una victoria contundente sobre los godos. Eso era lo que Armín explicó a Alarico.

—¿Qué significa «una victoria contundente»?

Armín no deseaba asustar al muchacho, que estaba a punto de cumplir trece años, pero tampoco quería engañarlo; merecía que se le contara la verdad. Además, sabía que antes o después la averiguaría.

—Significa que Valente quiere acabar con los godos.

—¿Matarlos?

—Sí, Alarico —dijo Armín, apenado—. El emperador de

Occidente, Graciano, que es sobrino de Valente, viene camino de Constantinopla al frente de otro gran ejército para ayudar a su tío. Cuando ambos se unan, será el ejército más grande desde la batalla de Cannas.

—Dime, Armín, ¿es imposible vencer a las legiones romanas?

El escriba afirmó con un gesto. El muchacho entendió que su pueblo estaba perdido y que desaparecería de la faz de la tierra. Sintió un odio profundo por aquel imperio que los había engañado dejándolos entrar como refugiados y ahora se proponía aniquilarlos. Por eso volvió a preguntar a Armín:

—¿De verdad es imposible derrotar a las legiones?

Quería convencerse de que su pueblo iba a sobrevivir, que los godos serían capaces de vencer al poderoso ejército de Roma.

—Sí —dijo lacónicamente Armín—. Es imposible derrotar a las legiones.

La muerte del padre de Claudiano había llenado de abatimiento la casa de Teón. Alarico estaba tan desanimado que no lograba alejar de su mente la imagen de aquel hombre agonizante preocupado por el futuro de su hijo. Poco después del entierro, había preguntado a Teón:

—¿El asesino del padre de Claudiano recibirá un castigo?

—No. No le pasará nada. Los parabolanos actúan con total impunidad protegidos por la Iglesia católica.

—¿Quieres decir que está permitido matar si eres católico?

—Desgraciadamente así es. La ley lo prohíbe, pero las autoridades no hacen nada si el muerto es un pagano, un judío o lo que ellos llaman un «hereje cristiano».

—¿Insinúas que el asesino del padre de Claudiano seguirá matando?

—Sí —sentenció Teón.

A partir de entonces los pensamientos de Alarico ya no estaban solo en la Tracia. Se obsesionó con que el asesino del padre de su amigo debía ser castigado con la muerte.

Unos días después preguntó a Claudiano si conocía al hombre que mató a su padre.

—Sí. Es un parabolano muy alto y fuerte llamado Evagrio. En Alejandría todos lo llaman el Gigante. Vive cerca de nuestra casa.

—¿Lo reconocerías si volvieras a verlo?

—Claro que sí. Lo conozco desde que puedo recordar. Pero no quiero volver a verlo. Tengo miedo de que me mate a mí también. Ya ha dado muerte a varios de mis antiguos vecinos.

Alarico se extrañó de que Claudiano solo sintiera temor y no deseos de venganza. Pero él era un godo, y le habían enseñado que no se podía dormir tranquilo mientras estuviera vivo alguien que hubiera hecho daño a tu familia o a la de un allegado. Y Claudiano era su único amigo en Alejandría.

Armín informaba a Alarico de las noticias que, con mucho retraso, llegaban de la Tracia. El ejército de Occidente al mando del emperador Graciano tuvo que regresar a las fronteras del Rin para sofocar una rebelión de bárbaros cuados y alamanes, lo que significaba que la batalla en la que Valente tenía intención de acabar con todos los godos se postergaba.

En la casa de Teón las clases continuaban, y también los paseos por la ciudad de Armín y sus dos pupilos. En uno de esos paseos vieron a un grupo de parabolanos a la captura de presas que se acercaban hacia donde estaban ellos. Claudiano se dio la vuelta para huir y Armín agarró del brazo a Alarico para alejarse de inmediato.

—Esperad un momento —dijo el muchacho godo—. Claudiano, ¿ves entre ellos al asesino de tu padre?

—Sí. —Claudiano temblaba de miedo—. Está ahí. ¡Vayámonos ya! No quiero que me descubra.

—No. Espera. ¡Dime quién es!

—El más alto. El que lleva al cuello un crucifijo grande de madera y un martillo en la mano.

—¿El que está junto al jefe?

—Sí. Pero vayámonos antes de que nos vea.

Alarico clavó la mirada en aquel joven corpulento. Tenía el pelo muy corto e iba perfectamente afeitado, vestía una túnica negra que le llegaba hasta las rodillas, uncida con un cinturón cuya hebilla era un crismón, y portaba en la mano derecha un martillo con un extremo puntiagudo. Sobre su pecho destacaba una gran cruz de madera clara. Una vez que la imagen de aquel joven se le quedó grabada de forma indeleble, se dieron la vuelta y corrieron hasta la casa de Teón.

La amistad entre los muchachos era cada vez más estrecha y parecían complementarse, a pesar de que eran muy distintos. Formaban una pareja asimétrica en la que la figura de Alarico era objeto de admiración por parte del pequeño y moreno Claudiano. Siempre lo seguía a todas partes. A Alarico, por su parte, le asombraba la aguda inteligencia de aquel alejandrino del que esperaba no tener que separarse nunca. Casi todas las noches jugaban una partida de *latrunculi* a la luz de una vela. Claudiano solía resultar vencedor, pero muchas veces se dejaba ganar, un gesto de generosidad que no pasaba desapercibido a Alarico. Aun así, poco a poco iba haciéndose experto en ese juego que cada día le fascinaba más.

Unos días después de su encuentro con el parabolano Evagrio, al acabar las clases, Hipatia les dijo que al día siguiente deberían permanecer en su habitación porque los visitaría un importante historiador que había llegado desde la Tracia. Al saber de dónde procedía, Alarico preguntó quién era.

—Es un viejo amigo de mi padre que ha venido a traer un manuscrito a la Biblioteca. Se llama Amiano Marcelino. Fue oficial del ejército del emperador Juliano y está escribiendo la historia del imperio. Cuando acabe su visita volverá a la Tracia para observar y después dejar constancia por escrito de la batalla entre los godos y las legiones romanas.

Esa noche, Alarico y Claudiano, que compartían habitación, conversaban como siempre sobre sucesos del día o se contaban anécdotas ocurridas antes de conocerse. Como todas las noches, en cuanto oscurecía, el aire se llenaba de la música que llegaba de la habitación de Hipatia, una consumada flautista, y se quedaban callados escuchándola. Otras veces cantaba, acompañándose de la lira, las melodías tradicionales de Egipto que se interpretaban durante las fiestas en honor del dios Serapis.

—¿Crees que cuando nos hagamos mayores conoceremos a alguna mujer como Hipatia?

—No creo que haya otra como ella —respondió Claudiano—. Armín dice que es la única filósofa del mundo. Y es tan lista…

—¿Estás enamorado de Hipatia? —le preguntó Alarico.

—Sí.

—Yo estoy enamorado de otra persona.

—¿Sí? ¿Quién es?

—Te he hablado algunas veces de ella. Se llama Valeria y es casi de mi edad. No sé nada de ella desde que me raptaron.

—Tú, al menos, tienes la esperanza de volver a encontrarla cuando te dejen salir de aquí. Pero yo tengo que conformarme con los abrazos de madre que me da Hipatia.

Al día siguiente estaban exentos de clase por la visita de

Amiano Marcelino. Alarico conocía un hueco detrás de la escalera desde donde Claudiano y él podrían escuchar la conversación de los adultos sin ser vistos. Además, sabían que Armín no les molestaría porque estaba copiando los papiros que Amiano había traído para la gran Biblioteca. Estaban presentes el historiador, Hipatia, Teón y Clío. Primero hablaron de asuntos ajenos a los intereses de los muchachos, sobre todo de recuerdos y amigos comunes. Pero poco después Alarico aguzó las orejas cuando Teón dijo a Amiano Marcelino:

—Las noticias que llegan de la Tracia y la Mesia son desoladoras.

—Así es —afirmó Amiano—. Valente se equivocó dejando entrar a los godos como refugiados, pero se trata del emperador y nada puede hacerse contra sus órdenes. Se calcula que pasaron cientos de miles de personas contando hombres, mujeres, niños y ancianos. En pocas semanas cruzaron el Danubio, incluso los carros que habían dejado en la otra orilla.

—¿Cientos de miles? —quiso confirmar Clío.

—Sí. Bueno, eso fue solo el principio. Cuando se produjo la rebelión y Lupicino pensó que no podría controlarla hizo acudir a los *limitanei*, los vigilantes de las fronteras. Entonces el gran río quedó expedito para que los ostrogodos lo atravesaran. También entraron miles de alanos con sus caballos de las estepas, e incluso varias hordas de hunos.

—¿Quién dirige esa multitud de etnias?

—Valente no contaba con que un gran militar tomase las riendas de la situación y consiguiese la unidad de todos los clanes y las hordas que iban pasando al otro lado del Danubio.

—¿Te refieres a Fritigerno? —preguntó Teón.

—Sí. Al final, los demás caudillos le cedieron toda su autoridad para que hubiese un mando único. —Amiano hablaba con cierta amargura—. Los romanos, embriagados de su *civilitas*, creen que todos los bárbaros son unos salvajes y unos analfabetos. Pero en el caso de los godos es diferente. Después de tantos años de contacto y de comercio con el imperio, han asimilado los valores de Roma. Y en lo que respecta a los caudillos, como Fritigerno o Rocestes, casi todos saben latín y griego y conocen la cultura del imperio. La mayoría de sus jefes, además, han servido, en un momento u otro, como oficiales de las tropas auxiliares y dominan la táctica y la estrategia militar. Fritigerno tiene una astucia y una sagacidad que lo hace especialmente temible. Por otra parte, su carisma consigue que los guerreros obedezcan sus órdenes sin cuestionarlas.

Alarico y Claudiano escuchaban en silencio las palabras del historiador, que hablaba con mucha seguridad. El muchacho godo, que conocía la autoridad de Fritigerno, soñó por un momento que su nación unida podría resistir el embate de las legiones. Sin embargo, las palabras que Amiano Marcelino pronunció a continuación lo sacaron de su ensoñación. El historiador cambió el registro, y la suavidad de su anterior intervención se trocó en dureza e indignación.

—Sí, muchos de los caudillos son hombres tan cultivados como cualquier noble romano. Pero gran parte de los guerreros son unos brutos analfabetos, sobre todo los que no han servido como auxiliares de las legiones y gustan del saqueo y el pillaje. Los excesos del *comes* Lupicino, así como su avaricia e incompetencia, han provocado un desastre de dimensiones descomunales. Ya conocéis el resultado de la batalla de Marcianópolis. Desde entonces los godos se han dedicado a asolar la Tracia y la Mesia de la forma más cruel y salvaje. Jamás debieron entrar.

Alarico se negaba a creer que su pueblo fuera capaz de hacer eso que Amiano decía. Teón e Hipatia permanecieron en silencio, pero Clío se indignó por los calificativos que el historiador aplicaba a los godos.

—Permíteme discrepar de lo que afirmas, Amiano. Un escriba godo que vivió en Alejandría y decidió volver con los suyos ha relatado en sus cartas los padecimientos del pueblo godo por los excesos de Lupicino y sus hombres. Es lógico que se rebelasen. Cualquiera de nosotros haría lo mismo.

—¡Sí! ¡Sí! ¡Sí! —exclamó Amiano—. Todo eso está en mi libro tal como tú dices. Cuando lo leáis os daréis cuenta de que conozco y he descrito la crueldad de las legiones. Pero eso no da a los godos el derecho a asolar toda una parte del imperio, violando, robando y asesinando a cuantos encontraban en sus correrías. Por cierto, si dispones de esas cartas, me gustaría hacer copias de ellas para utilizarlas cuando redacte la versión definitiva de mi libro.

—Desde luego. Diré al escriba que te las haga.

Amiano continuó su relato, pero antes quiso disculparse con la esposa de Teón.

—Perdóname, Clío, por expresarme con tanta dureza. Después de los hechos que os he relatado temo por la seguridad del imperio. Los católicos están acabando con nuestra forma de vida y ahora los bárbaros nos invaden con la aquiescencia del emperador. Aunque el trato hacia los godos haya sido cruel y vejatorio, no justifica que estos hayan respondido con una venganza indiscriminada que ha acabado con la vida y la hacienda de miles de romanos inocentes que vivían en la Tracia y en la Mesia.

—Cuando se produce una actuación tan pavorosa como la de Lupicino y sus hombres contra unos refugiados que no habían dado ninguna señal de animosidad contra el imperio, no pueden preverse las consecuencias —dijo Clío—. Tú sabes, Amiano, que desde hace siglos han ido entrando en el

135

imperio millones de bárbaros que se han instalado sin causar problemas, a tal punto que muchos son ahora ciudadanos romanos.

—Eso es verdad —concedió Amiano—. Pero entraban por contingentes que las oficinas imperiales de inmigración controlaban y con destino a unas tierras previamente seleccionadas. Ahora ha sido toda una nación la que ha entrado de una sola vez. Y no lo ha hecho para integrarse. Han venido con sus leyes, sus costumbres, sus sacerdotes y su modo de vida. Será imposible que se integren porque quieren seguir estando todos juntos como cuando vivían en la Dacia. Se trata de crear una nueva Dacia, pero dentro de las fronteras del imperio.

La conversación iba subiendo de tono y Teón decidió que era necesario cambiar el rumbo.

—Me ha llegado la noticia de que Valente está armando un gran ejército y que su sobrino Graciano, el emperador de Occidente, llega con otro incluso mayor.

Alarico no se habría movido por nada del mundo del hueco de la escalera donde se ocultaba con Claudiano. Quería oír la opinión del historiador sobre el resultado de una guerra entre las legiones y las tropas godas.

—El ejército unificado masacrará a los godos —vaticinó Amiano—. No me cabe la menor duda. Será una guerra cruenta con muchas víctimas. Espero que se restañe para siempre la herida que se ha abierto en el imperio y que las legiones terminen de una vez con esos salvajes. Valente debió dejar que los hunos acabaran con ellos.

Después de las últimas palabras del historiador, Hipatia y Clío decidieron retirarse mientras que los hombres continuaron hablando del libro de Amiano que Armín estaba copiando porque Teón quería conservar un ejemplar para su propia biblioteca.

Claudiano decidió quedarse a oír hasta el final, pero Alarico, entristecido, se retiró a su habitación. A pesar de las palabras de Amiano, él seguía confiando en su pueblo y en la capacidad de Fritigerno, un gran caudillo que siempre había deseado la paz y la concordia con el imperio, para dirigir a los guerreros en el combate.

13

Huir para sobrevivir

Era un día de finales de marzo del año 378. Alarico, que estaba en la biblioteca familiar, oyó la conversación que mantenían en la habitación contigua Hipatia y Teón.

—Amiano Marcelino me ha informado de que las escaramuzas entre godos y romanos son cada vez más frecuentes. Los generales de Valente están aniquilando las bandas de bárbaros que campan a sus anchas por la Tracia y la Mesia. Fritigerno ha hecho regresar al campamento a todos los grupos dispersos. Han construido un fortín circular de grandes dimensiones con los carros y lo han protegido con una muralla de madera y pieles. Pero lo que más me preocupa es que Amiano ha oído también que en cualquier momento ordenarán que los hijos de los caudillos que están como rehenes sean degollados como venganza por la rebelión.

—No creo que eso ocurra antes de la batalla —afirmó Hipatia.

—Es posible —dijo Teón—. Aun así, deberíamos llevar a Alarico a un lugar más seguro que Alejandría. Cuando vayan a buscarlo a la casa de Pulcro y no lo encuentren, no pararán hasta dar con él. Registrarán casa por casa.

—¿Y dónde podríamos ocultarlo?

—Lo he pensado muy bien. Hace años que deseas perfeccionar tu formación como filósofa en Atenas. Podrías llevarlo contigo. Armín te ayudará.

—¿Te quedarás solo aquí, padre?

—¿Solo? Tu madre es alguien. Y también tendré cerca a Claudiano, recuerda que prometí a su padre que lo cuidaría como a un hijo. Además, están los científicos y los filósofos del Museion.

—¿Y si vienen de nuevo los monjes negros o los parabolanos? ¿Por qué no finges que te has convertido al catolicismo, como han hecho tantos otros?

—¿Tú lo harías?

Hipatia guardó silencio un momento antes de decir:

—¿Cuándo saldremos?

—He escrito una carta a mi amigo el filósofo Filolao, que os acogerá en su casa en cuanto lleguéis a Atenas. También he acordado vuestro traslado en barco hasta El Pireo con un armador que comercia con papiros. Durante su próximo viaje, os alojaréis en un pequeño habitáculo que hay en la popa de la embarcación.

Cuando comunicaron a Alarico que debía marcharse de Alejandría con Hipatia y Armín, el muchacho les dijo:

—No me iré sin Claudiano.

—Adquirí un compromiso con su padre que no pienso romper —respondió Teón.

Por más que insistió Alarico, Teón se negó a ceder. El muchacho godo debería tramar una argucia para conseguir que su amigo los acompañase a Atenas.

Al dar la hora décima, dijo a Claudiano:

—Me gustaría despedirme de la ciudad. Quiero ver el Faro por última vez. ¿Me acompañas?

—Pediré a Armín que venga con nosotros —dijo Claudiano.

—No. Iremos los dos solos. Es nuestra última noche juntos.

—Tengo miedo. Podríamos toparnos con los parabolanos.

—Si te da miedo, iré yo solo.

—De acuerdo, te acompañaré. Pero ¿cómo saldremos de la casa sin que nos descubran?

—Ya lo he pensado. La despensa que hay junto a la cocina tiene una puerta que da a la calle y solo la cierran por la noche.

—¿Y si nos echan de menos?

—Saldremos después de cenar e ir al dormitorio. No creo que nos echen de menos.

Tal como habían previsto, salieron de la casa al caer la noche. Había luna llena, y deambulaban en silencio por el intervalo de las murallas procurando mantenerse ocultos.

—Me gustaría ir antes a tu barrio, quiero conocer tu casa —dijo Alarico.

—Yo no. Allí vive Evagrio, y si me ve me matará.

—No te preocupes. Nadie nos verá.

—Tengo miedo, Alarico. ¿Por qué no vamos directamente al puerto a ver el Faro?

—Primero pasaremos por tu barrio.

Cuando llegaron a la antigua casa de Claudiano ya había anochecido por completo.

—¿Cuál es la casa de Evagrio? —preguntó Alarico.

Claudiano señaló una puerta dos casas más allá de la suya. Alarico pudo ver a la luz de la luna una casa derruida.

—Escondámonos ahí.

—Era la vivienda de una familia judía —le explicó Claudiano—. La quemaron después de matar a todos sus habitantes.

Se ocultaron detrás de una puerta destrozada que les permitía vigilar la calle sin ser vistos. El muchacho alejandrino estaba aterrorizado porque no sabía qué hacían allí y temía que Evagrio apareciese en cualquier momento y los descubriera. De vez en cuando pasaban personas que iban de regreso a sus hogares. Poco después las velas y los candiles de las casas empezaron a apagarse, y fue entonces cuando Alarico vio al Gigante. Para espanto de Claudiano, el joven godo siseó su nombre:

—Evagrio.

Claudiano fue presa de un ataque de pánico cuando el Gigante, al oír que alguien lo llamaba, volvió la cara hacia donde ellos estaban. Alarico siseó nuevamente su nombre.

—Evagrio.

El Gigante dudó un momento, y Alarico saltó a toda velocidad detrás de un muro semiderruido que había tras la desvencijada puerta.

Claudiano estaba paralizado y hecho un ovillo en el suelo cuando el Gigante lo vio. Le quitó las manos de la cara y, a la luz de la luna, lo reconoció.

—¡Ah! El joven Claudio Claudiano… ¡Qué maravillosa sorpresa!

El muchacho intentó zafarse, pero Evagrio lo levantó sujetándolo por el cuello con la mano izquierda como si fuese una pluma.

—No tengas miedo. Solo voy a matarte. Será rápido.

El Gigante se llevó la mano derecha al costado para coger el martillo que llevaba colgado al cinturón, pero justo entonces Alarico saltó como un gato sobre su espalda. Evagrio no tuvo tiempo de saber lo que ocurría porque el muchacho godo, con una rapidez insólita, le cortó el cuello con un cuchillo pequeño y afilado que había cogido de la cocina. El corte fue limpio y en el lugar exacto. El cuerpo del parabolano se desplomó soltando chorros de sangre por la yugular totalmente seccionada.

—Vayámonos —consiguió decir Claudiano.

—Espera solo un momento.

Con el cuchillo ensangrentado, Alarico cortó la cuerda que sujetaba la gran cruz que el Gigante llevaba colgada. Después, con una sangre fría que asustó más aún a Claudiano, metió la cruz por la base en la boca de Evagrio y con el martillo del parabolano la golpeó con saña hasta que le atravesó la nuca. La luna iluminaba el cadáver que, con los ojos abiertos, parecía mirar al cielo creando una imagen macabra con aquella cruz que le salía por la boca.

El ruido de la lucha y los golpes del martillo hicieron que algunos vecinos encendiesen velas y candiles. Alarico cogió a Claudiano por la mano y, chorreando sangre del Gigante, corrieron hasta las murallas. Allí se lavaron lo mejor que pudieron en una fuente para no dejar ningún rastro que permitiera seguirlos y corrieron de nuevo hasta el hogar de Teón.

Con la excitación, no se percataron de que en la casa había lámparas encendidas ni que la puerta no estaba cerrada con la llave y la tranca cuando entraron. Clío, Hipatia, Armín y Teón quedaron espantados al ver restos de sangre en las caras y las ropas de los muchachos. Los miraban con el gesto contrariado. Claudiano seguía temblando y sin poder articular palabra alguna.

—¿Qué ha pasado? —preguntó por fin Teón.

Alarico permanecía callado.

—¡Te lo pregunto a ti, Alarico! —Teón alzó la voz con autoridad.

—Evagrio, el parabolano que mató al padre de...

—¿El Gigante? ¿Os ha atacado? —se alarmó Hipatia.

—Quería asesinar a Claudiano y tuve que matarlo. Alguien tenía que hacerlo.

En las caras de los cuatro adultos se instaló una expresión de asombro. Alarico explicó lo sucedido con un temple que asustaba, como si les relatara una simple tarea escolar. El detalle de la cruz les hizo poner un rictus de estupor.

—No está bien matar, Alarico —lo reprendió Teón en cuanto terminó—. La vida es sagrada.

—Me dijiste que Evagrio no recibiría castigo alguno por lo que había hecho y que ya había dado muerte a más personas. Para un godo, algo así no puede quedar impune.

Hipatia observaba a Alarico con admiración y, a la vez, con preocupación.

—El Gigante podría haberos matado —intervino Armín.

—Eres un inconsciente por poner en peligro tu vida y la de Claudiano —lo regaño Clío con un gesto de indignación.

—No corrimos ningún peligro —afirmó con rotundidad Alarico—. Había ensayado cientos de veces con Walfram lo que he hecho. Él me enseñó cómo se mata a un centinela sin hacer ruido. La clave está en la rapidez. La muerte es instantánea. Por eso he entrenado tanto estos últimos días. El Gigante era solo fuerza. Y Claudiano no corrió ningún peligro. Lo único que me hacía falta era un cuchillo pequeño y bien afilado, y encontré uno en la cocina.

Claudiano, rodeado por los brazos de Hipatia, seguía temblando y no paraba de gimotear.

—Tranquilízate. Ya pasó todo.

—¿Os ha visto alguien? —preguntó Clío.

—Cuando nos alejábamos corriendo oí que algunas puertas se abrían, pero dudo que nos haya visto nadie.

—No podemos estar seguros de eso. Claudiano es muy conocido en su barrio. Si os han visto no pararán hasta encontraros —dijo Hipatia—. Padre, Claudiano no puede quedarse. Si se queda, todos estaréis en peligro. Tenemos que alejarlo de Alejandría hasta que esto se olvide. Es la primera vez que matan a un parabolano.

Alarico no recibió ni siquiera una reprimenda. Había hecho algo que la mayoría de los hombres de Alejandría no hacían solo por falta de valor y, por otra parte, sabían que el muchacho godo estaba convencido de haber actuado en nombre de la justicia.

Hipatia recordaba la rabia con la que, durante el ataque a la casa, Alarico derribó al monje negro que se proponía destrozar con un hacha la estatua del filósofo Plotino. En esa ocasión habría muerto si ella no hubiera actuado con la suficiente rapidez. Seguía siendo un adolescente de trece años, pero también la persona más valiente que había conocido. Le asombraba la sangre fría con la que había planificado la muerte del parabolano.

Esa noche, Hipatia pidió a Alarico que la acompañase a la biblioteca familiar. Quería hablar con él a solas.

—Has matado a una persona y no pareces afectado.

—No podía dejar sin castigo al asesino del padre de Claudiano. Aquí, en Alejandría, parece que nadie se atreve a hacer justicia. —A medida que iba desgranando argumentos su entereza parecía resentirse—. No me gusta matar, pero no me ha quedado más remedio que hacerlo. Tu padre me dijo que nadie castigaría a Evagrio porque era católico, y el mío me enseñó que algo así no debe quedar impune.

No pudo continuar hablando porque un sollozo le hizo detener su discurso y las lágrimas asomaron a sus ojos.

—Menos mal —dijo Hipatia—. Llora, Alarico. Eso te hará bien. Llegué a pensar que eras insensible. Estaba equivocada, eres una persona demasiado sensible para soportar las injusticias.

En su fuero interno, la filósofa alejandrina creía que Alarico había hecho lo que correspondía a las autoridades: eliminar a un peligroso delincuente. A Hipatia, que siempre había sentido admiración por el muchacho godo, le asombró que la iniciativa hubiera salido de él de forma espontánea. Por un momento dudó de que su trabajo con él consistiera solo en hacerlo tan refinado como un patricio. Pasó por su mente el hecho de que se trataba de una persona destinada a ser el rey de un gran pueblo, y esa rebeldía, violencia y carisma que exudaba por todos los poros de su cuerpo debían mantenerse como algo primordial, algo que no debía reducirse bajo ningún concepto.

—Ve a la cama —le indicó—. Mañana saldremos muy temprano.

14

Rumbo a Atenas

Antes del amanecer, Hipatia, Armín, Alarico y Claudiano, acompañados por Teón, llegaron al puerto de Oriente, donde los esperaba para zarpar de inmediato un barco que transportaba un cargamento de papiros a Atenas. Egipto era el único fabricante de papiros del imperio y cada día salían numerosas embarcaciones hacia todas las ciudades del Mediterráneo, el mar Negro o el Atlántico. Teón había elegido ese medio de transporte porque era la mejor forma de salir de manera discreta de Alejandría. En cuanto se descubriera el cadáver de Evagrio, la noticia se extendería por toda la ciudad y los parabolanos no descansarían hasta encontrar a los culpables. Los católicos reaccionarían con indignación, pero todos los demás, incluidos los falsos católicos, convertidos formalmente para sobrevivir, aplaudirían en su interior al valiente que se había atrevido a enfrentarse al temido Gigante. Con la decisión de matar a Evagrio, Alarico había conseguido, además, que su amigo los acompañara a Atenas.

El barco se alejaba del puerto movido por una suave brisa sobre un mar que parecía una balsa de aceite. Alarico y los

demás miraban hacia el Faro, todavía encendido, que dominaba aquella hermosa ciudad cuya silueta, con el Serapión des-
puntando sobre el resto de los edificios, se recortaba con la
aurora. La duración del viaje dependería de la intensidad del
viento.

Cuando se hubieron acomodado, el capitán les preguntó si
habían viajado antes en barco y, al responderle que solo por el
lago Mareotis y el canal de Canope, les dijo:

—Hoy las aguas están tranquilas, pero el Mediterráneo en-
gaña. Es como esas personas pacíficas a las que siempre se las
ve impasibles pero resultan temibles si, por alguna razón, se
ponen violentas. Yo he vivido en este barco tempestades que
podrían haberlo hundido. Pero por fortuna cuento con marineros fenicios de toda confianza.

Como si sus palabras hubiesen sido una llamada al temporal, el cielo se oscureció de improviso. No pudieron continuar
hablando porque se oyó la potente voz del gobernante del carguero:

—¡Se acerca una tormenta! ¡Deprisa, deprisa! ¡Arriad las
velas! ¡Arriad las velas!

Los marineros corrieron a cumplir las órdenes, pero antes
de que pudieran hacerlo, un golpe de viento inflamó de costado las velas de forma tan violenta que el barco se inclinó por
estribor, y Alarico, cogido por sorpresa, no tuvo tiempo de
sujetarse y acabó en el agua.

Claudiano, que sí había conseguido agarrarse, comenzó a
gritar:

—¡Alarico se ha caído y no sabe nadar!

Los gritos alertaron a Hipatia y Armín, que pudieron ver
cómo Claudiano se despojaba de la túnica y se lanzaba al mar.

—¡Mueve los pies y las manos! —le ordenó el muchacho
alejandrino mientras lo sujetaba lo mejor que podía.

Un marinero les lanzó un cabo, pero Alarico, que no paraba de mover las extremidades para evitar hundirse, no conseguía alcanzarlo pues el viento lo movía sin parar. El esfuerzo que tanto él como Claudiano estaban haciendo comenzó a agotarlos, sobre todo a Alarico, que más bien mantenía la cabeza a flote porque su amigo lo tenía cogido por el cabello. Al ver que no lograban hacerse con el cabo, Armín se ató otro a la cintura, amarró el extremo opuesto a un candelero y saltó al agua. Alarico se sujetó al cabo de Armín y trepó por él hasta la borda. Acto seguido, los marineros izaron a Armín y a Claudiano.

—Por un momento temí que os ahogarais —dijo Armín.

—Eres un valiente, Claudiano —afirmó Hipatia—. No has dudado ni un instante en lanzarte al mar.

Al anochecer, para intentar que los dos muchachos se recobraran del sobresalto, Hipatia, acompañándose con la lira, interpretó canciones de Safo de Lesbos. La calma se había instalado de nuevo y la luna iluminaba la cubierta del barco. Claudiano y Alarico la escuchaban hechizados cuando el capitán pidió silencio. Su agudo sentido del oído había captado el sonido que hacía otro barco mayor al deslizarse por las aguas.

—Estad atentos —ordenó a los marineros—. Arriad las velas y guardad silencio. El Mediterráneo está infestado de piratas y llevamos un cargamento demasiado valioso. —Luego se dirigió a Hipatia y a los dos muchachos—. Vosotros escondeos en la bodega, ocultaos detrás de las cajas de papiros. La noche está clara y se os puede ver. No, tú no —le dijo a Armín—. Puedes pasar por un marinero más.

El enorme barco contuvo su avance a pocos codos del carguero.

—¿Quiénes sois? —preguntó el capitán.

—Una embarcación de la armada imperial —contestó una

149

voz grave desde la barandilla de estribor—. Acércate. ¿Qué transportas?

—Un cargamento de papiros —respondió el capitán.

En el silencio de la noche, las voces reverberaban dentro de la bodega.

—¿Nos estarán buscando? —preguntó Claudiano en un tono casi inaudible.

—No lo creo —respondió Hipatia—. Deben de buscar barcos con contrabando. Pero permanezcamos callados.

Los marineros tomaron los remos para acercarse al barco imperial y desde este lanzaron un cabo para sujetar el carguero.

—Amarradlo bien. Ahora bajarán dos marineros a inspeccionar —dijo el que parecía ser el capitán de la nave imperial.

Un soldado armado con una palanca y otro con una antorcha saltaron al carguero. El corazón de Claudiano casi podía oírse cuando ambos entraron en la bodega y la iluminaron.

—Abre esa —dijo el de la antorcha señalando una caja.

Su compañero introdujo la palanca con un golpe y de un fuerte tirón abrió una de las grandes cajas de madera.

—Son papiros —le informó.

—Abre otra. Aquella del fondo.

Era la caja tras la cual estaban escondidos Hipatia y los dos muchachos. El soldado introdujo la palanca en la tapa con tal ímpetu que Claudiano se sobresaltó y los delató.

—¿Quién hay ahí? —preguntó sorprendido el soldado.

Hipatia apretó con las manos las cabezas de los chicos para que se quedasen detrás de la caja y salió. Sin embargo, ambos abandonaron su escondrijo detrás de ella.

El soldado de la antorcha también se aproximó a Hipatia para verla mejor.

—Por favor, no nos descubráis —les suplicó ella.

Los dos hombres estaban embobados ante la belleza de la alejandrina. Entonces se oyó la voz de su capitán que les gritaba desde el barco imperial.

—¿Hay algo ilegal, soldados?

—No, capitán, todo en orden. Solo llevan papiros. Ya subimos.

El que llevaba la antorcha vio la mirada fiera de Alarico, y el rostro de aquel muchacho de pelo largo y rubio se le quedó incrustado en la mente. Algo había en aquella mirada que, como a tantos otros, le producía una agitación interior que no era capaz de comprender.

—Gracias —les dijo Hipatia.

—Eres demasiado guapa para delatarte. Habrías quedado en propiedad exclusiva del capitán —añadió el soldado de la palanca—. No sé qué haces en este barco, pero no es de nuestra incumbencia porque no tienes aspecto de pirata. Te arriesgas mucho viajando en un carguero con estos muchachos.

—Muchas gracias otra vez —repitió en un susurro Hipatia.

El viento permaneció en calma durante los siguientes días, lo que hizo que el barco avanzase con lentitud. La travesía se estaba alargando, y el capitán temía tropezarse con algún barco pirata. Finalmente, para alegría de todos, una tarde divisaron las costas de la isla de Creta y la nave se dirigió hasta el puerto de Zakros.

—Tenemos que avituallarnos de agua y comida —comunicó el capitán a sus pasajeros—. Zarparemos de nuevo mañana antes del amanecer. Os quedaréis en la bodega mientras el barco esté amarrado.

Para no ser vistos, se ocultaron antes de que el barco atracara. Aprovechando el encierro forzoso, Hipatia les anunció que tenía que decirles algo importante que habrían de tener en cuenta durante toda su vida.

—¿Qué es eso? —preguntó enseguida Alarico.

—Hay un diálogo de Platón que se titula *Fedro*. En él, el filósofo utiliza la alegoría del carro y el auriga para ejemplificar el funcionamiento de la mente humana.

—Y ¿en qué consiste? —preguntó Claudiano.

—Dice Platón que la mente humana se asemeja a un carro que conduce un auriga y del que tiran dos caballos alados. Uno de los caballos es noble y obedece a las leyes de la razón, mientras que el otro, díscolo y rebelde, representa las pasiones más incontrolables, como la ira o la sed de venganza o cualquier otra que pueda dominar a la razón. El auriga debe saber controlar a ambos caballos buscando el equilibrio de forma permanente, un equilibrio que es difícil de conseguir y requiere mucho estudio y entrenamiento. ¿Lo habéis entendido?

—Sí. Yo he experimentado eso que dices —respondió Alarico.

—Cuando debáis tomar una decisión —concluyó Hipatia—, tened siempre presente cuál es el caballo que domina, porque si no es la razón tendréis que esforzaros en conseguir que lo sea. Las decisiones que se toman bajo el dominio de las pasiones nunca llegan a buen fin.

Unos crujidos en la escalera que bajaba a la bodega detuvieron la conversación. Un joven estibador, cargado con un saco a la espalda, asomó la cabeza y se quedó asombrado al ver a la bella alejandrina, a la que no podía dejar de mirar. Desde la cubierta, la potente voz del capitán del carguero lo sacó de su ensimismamiento:

—¡Urgo, sal inmediatamente de la bodega! Te dije que dejaras el saco en la cubierta.

El estibador quedó paralizado por las miradas de los cuatro pasajeros. Cuando se dio cuenta de que había cometido una equivocación, el joven dejó caer el saco y subió la escalera a toda velocidad.

—No tenéis que preocuparos por él. Es mudo y nada podrá contar de lo que ha visto —dijo el capitán desde la entrada de la bodega.

Al amanecer del día siguiente el barco zarpó rumbo a El Pireo.

—Con este viento, en tres días atracaremos en el puerto de Atenas —les comunicó el capitán.

15

En la patria de la filosofía

Aunque el carguero llegó a El Pireo con más de una semana de retraso, un sirviente de Filolao estaba esperándolos en el puerto con un carro tirado por dos caballos. Los viajeros quedaron impresionados por los altos muros que flanqueaban la calzada que llevaba desde El Pireo hasta Atenas. Después de atravesar las cinco millas que separaban el puerto de la ciudad, el carro se detuvo delante de la casa del filósofo ateniense, que los aguardaba en la puerta.

—¡Oh, Hipatia, estás bellísima! —Filolao le cogió la mano entre las suyas en señal de bienvenida—. La última vez que visité Alejandría eras una niña. Dice tu padre que ahora eres una gran filósofa. Pero ¿quiénes te acompañan?

—Ellos son Claudiano, futuro poeta, y Alarico, hijo de un caudillo godo. Y este joven es Armín, escriba que ejerce como tutor de Alarico. Nadie debe saber que están aquí.

—No quiero conocer la razón por la que han de ocultarse. Pero haré lo que Teón me ha pedido. Aquí estaréis como en vuestra propia casa. ¿Dónde se encuentran ahora los padres de los dos muchachos? —preguntó Filolao.

—Claudiano es huérfano, y suponemos que los padres de Alarico están en el norte de la Tracia —respondió Hipatia.

—Tu padre, Hipatia, me ha pedido también que se os informe de cualquier noticia que llegue sobre el conflicto entre los godos y las legiones —dijo Filolao—. El imperio está a la espera de una gran batalla.

—¿Hay alguna novedad?

—Lo último que he sabido es que el emperador Valente está acampado con sus tropas cerca del campamento de Fritigerno. Primero tienen que reunirse los ejércitos de los dos imperios, pero el de Occidente no ha llegado todavía. Por cierto, he oído rumores al respecto de que Valente se propone combatir tan solo con sus tropas, sin la ayuda de su sobrino; por lo visto, quiere ser el único en recibir los honores de la victoria. En cuanto la batalla se produzca, Amiano Marcelino enviará una carta a Teón y hará una copia para mí.

A mediados de agosto, Filolao recibió la esperada carta de Amiano Marcelino y la leyó en voz alta en presencia de sus invitados:

Estimado Teón, tal como te prometí te envío unos someros apuntes de la batalla en la que combatieron godos y romanos en las afueras de la ciudad de Adrianópolis. Te había anunciado en Alejandría que el ejército unificado de Oriente y Occidente masacraría a los godos y los supervivientes serían esclavizados. Pero Valente no quiso esperar la llegada del ejército de su sobrino Graciano y, así, el día 9 de agosto, al despuntar la mañana, salió la totalidad de su ejército, que había pernoctado junto a la ciudad, para dirigirse al campamento de los godos. Los ojeadores, que habían salido unas horas antes, informaron de que era el momento propicio para atacar porque la caballería bárbara estaba lejos buscando aprovisionamientos. Los generales de Valente avanzaban al frente de las legiones mientras los godos continuaban refugiados dentro del enorme recinto formado por sus carros y protegidos por una muralla de pieles de buey húmedas, con miles de arqueros apostados a la espera. Cuando las tropas romanas se disponían a cargar contra ellos, el obispo Ulfilas, en calidad de embajador, se dirigió hacia la tienda de mando. Valente ordenó que las legiones se detuvieran para averiguar qué le diría aquel mensajero al que conocía desde hacía años. Este le comunicó que los godos estaban en el imperio en calidad de refugiados, que no querían enfrentarse a las legiones pues solo deseaban firmar un tratado de paz.

Los huéspedes de Filolao no perdían detalle del contenido de la carta.

Las conversaciones se prolongaron durante un buen rato y en última instancia Fritigerno pidió que un plenipotenciario romano fuese a hablar con él para concretar los detalles de la rendición. Lo cierto es que esas maniobras negociadoras tenían como objeto retrasar el ataque. A la hora novena, los legionarios estaban hambrientos, sedientos y deseando entrar cuanto antes en combate, pues el calor era insoportable. Mientras tanto, la infantería goda se había situado al otro lado de la llanura en posición de combate. De pronto, el ala izquierda romana creyó entender que se había dado orden de atacar y se lanzó, apoyada por la caballería, contra el ala derecha de los godos. Ya era imposible detener el enfrentamiento. La reseca llanura se cubrió con el polvo que levantaban los combatientes. Valente, convencido de que la gloria estaba de su parte, se situó en medio de sus legiones para combatir con ellos. En poco tiempo, las tropas habían chocado en su totalidad y los godos iban cediendo ante el empuje de las legiones apoyadas por la caballería.

Alarico se tapó los oídos un instante, temiendo lo peor para su pueblo.

Entonces se desveló la sorpresa que Fritigerno tenía preparada. La caballería bárbara no estaba ausente. En ningún momento lo estuvo. Mientras los embajadores del caudillo entretenían a los romanos, decenas de miles de caballeros godos, ostrogodos, alanos y hunos, dirigidos por Rocestes, habían rodeado sin ser vistos una colina boscosa y consiguieron situarse en la retaguardia del ejército imperial, que recibió una lluvia inesperada de flechas. A toda velocidad fueron cayendo las tropas del imperio. La caballería romana nada podía hacer ante la pericia de los jinetes bárbaros. El caos se apoderó del ejército de Valente. Fue una masacre en toda regla, pero la mayoría de las bajas se produjo entre las legiones. Los pocos romanos que pudieron huir, abandonaron sus armas, sus cascos y sus corazas para correr más aprisa. He hablado con varios de los supervivientes, que me han informado de que también ha muerto el emperador Valente.

Alarico y Armín pasaron de la angustia a la alegría ante la severa mirada de Hipatia, quien les pedía que permanecieran callados.

La clave de la derrota ha sido la maniobra envolvente de la caballería. Pero también influyó un arma que el ejército de Roma desconoce. Fritigerno había convencido a varios clanes alanos y hunos para combatir a su lado prometiéndoles una parte del botín de guerra. Esos experimentados jinetes atan sus pies por las plantas a la silla de montar mediante unas tiras de cuero que llaman «estribos», y que hacen que sea imposible derribarlos de sus monturas. Así, su estabilidad sobre el caballo permite que sus flechas sean infalibles y cuando están luchando cuerpo a cuerpo pueden evolucionar con más agilidad y derriban a sus enemigos con mucha facilidad. Ha sido la peor derrota de las legiones en toda su historia. Ahora Fritigerno y sus bárbaros son los dueños de una parte del imperio, porque el emperador Graciano ordenó que el ejército de Occidente, que aún no había llegado, retrocediese sin presentar combate a los godos para evitar una segunda masacre.

Cuando concluya la redacción definitiva de la descripción de esta batalla, te la enviaré para que la incluyas como final del manuscrito que dejé en tu casa durante mi última visita. Hasta aquí llega mi historia. Después de esta derrota nada de lo que suceda podrá despertar mi interés.

Que la providencia te proteja a ti y a los tuyos. Y, sobre todo, que los dioses se apiaden del futuro del imperio.

Filolao, que había permanecido serio durante la lectura de la carta, mostraba en su rostro la preocupación que a buen seguro debía de embargar también a la mayoría de los ciudadanos del imperio. Lo que para Alarico era una noticia gozosa para él era una gran tragedia. Aun así, había prometido a Teón que cuidaría del muchacho godo y estaba decidido a cumplir su promesa.

—¿Ahora ya podré volver con mi familia? —preguntó Alarico.

—No —le respondió Hipatia—. Ahora corres más peligro que nunca. Los generales supervivientes querrán vengarse de esta horrible derrota, de manera que continuarás escondido hasta que todo esto se olvide. Nadie debe saber que estás en Atenas.

Esas palabras entristecieron a Alarico, pues debía resignarse a permanecer lejos de los suyos.

A la semana siguiente llegó la noticia. El general Julio, contra la opinión de otros generales que preferían esperar órdenes de sus superiores, decidió ejecutar a los hijos de los caudillos como venganza. Se crearon tantos grupos de legionarios al mando de un oficial como niños o jóvenes godos rehenes había. Debían actuar todos el mismo día, a la misma hora y con el mismo procedimiento para evitar que ninguno escapase. El propio general Julio había ideado el modo de proceder de los legionarios con el objetivo de que cada uno de los rehenes sufriera crueles torturas antes de morir como venganza por la vergonzosa derrota de Adrianópolis. El plan consistía en llegar antes del amanecer a la casa donde cada rehén estaba alojado, derribar la puerta con un ariete e identificar al muchacho en cuestión antes de que los habitantes de la vivienda pudieran reaccionar. Los legionarios debían llevarlos desnudos hasta el lugar más céntrico de la ciudad para que los habitantes contemplasen la ejecución. Se habían previsto dos formas de realizarla. Una de ellas era la llamada *poena cullei*, por la que el condenado era metido en un saco en el que después se introducían un gallo, un perro, un mono y una víbora, y se cerraba. Los gritos eran terribles porque los animales, al intentar salir, se agredían entre sí y también al pobre condenado. En esta situación lo tenían hasta que lo sacaban malherido pero vivo y dejaban que lo devorase una piara de cerdos hambrientos. La segunda forma de ejecución era una creación del sanguinario emperador Tiberio y no menos atroz: al condenado se le ataba el pene con una cuerda para impedirle orinar y se lo obligaba a beber cantidades ingentes de agua. El pobre tardaba muchas horas en morir entre horribles dolores.

El grupo de ejecución de Alejandría se dirigió a la casa de Fabio Ulpio Pulcro a buscar a Alarico. Sin embargo, cuando trataron de identificar al rehén, la única respuesta que recibieron fue que dos años antes hubo un niño godo alojado en la casa pero que dejaron de verlo unos meses después de su llegada.

El oficial que mandaba a los legionarios estaba fuera de sí. ¿Cómo osaban aquellos canallas intentar engañarlo? Eso era traición al imperio. Ordenó que la familia y los sirvientes fueran torturados a conciencia, pero fue en vano: no obtuvo respuesta porque no la sabían. El magistrado Pulcro se había llevado el secreto a la tumba.

El oficial, que solo había conseguido una descripción física de Alarico, inició una búsqueda desesperada ya que no quería volver sin cumplir su cometido. Comenzaron los interrogatorios casa por casa hasta que llegaron a la de uno de los monjes negros que habían atacado el hogar de Teón, quien informó al oficial de que quizá el muchacho que buscaba podía estar con el Astrónomo.

Cuando Hipatia, Armín y los chicos salieron de Alejandría, Teón había tenido la precaución de partir con Clío y, también, de enviar lejos a sus sirvientes. Por eso cuando los legionarios llegaron a su vivienda solo encontraron a una mujer que hacía poco que trabajaba allí y no sabía nada de Alarico.

—¿Dónde está el dueño?

—No lo sé, todos salieron hace varios días y yo me quedé al cuidado de la casa.

—¿Adónde han ido?

—No me lo dijeron —aseguró la mujer, y continuó repitiéndolo incluso cuando la torturaron.

El oficial se dirigió acto seguido hacia el Museion y la Biblioteca, pero tampoco consiguió ninguna información, ni siquiera de los ayudantes del Astrónomo, a quienes también sometió a un cruel interrogatorio. Teón y Clío no habían revelado a nadie su destino.

Finalmente, el militar dio por concluidas sus investigaciones. Su informe era genérico y en él decía que habían registrado en profundidad todos los lugares de Alejandría, sin resultados.

Antes de volver a Alejandría, Teón dejó pasar varios meses, tiempo durante el cual permaneció oculto en el oasis de Siwa esperando que poco a poco el asunto se olvidara.

Hipatia no estaba segura de si debía dar a Alarico la noticia del asesinato de los rehenes.

—No podemos ocultárselo —dijo Armín—. Alarico estaba muy unido a su primo Ataúlfo.

—Pero para él será la peor de las noticias.

—Es un muchacho muy fuerte y lo pasará mal, pero se sobrepondrá.

—Deja que sea yo quien se lo comunique —pidió Hipatia.

El joven godo, que tenía la facultad de presentir los acontecimientos trágicos que pudieran afectarle, no había percibido nada en los días anteriores que le hiciese intuir algo infortunado.

Hipatia le explicó con toda la delicadeza que pudo lo ocurrido.

—Por lo que me dijiste, Ataúlfo estaba entre los rehenes —concluyó la filósofa.

Alarico permanecía callado. Por su mente pasaban imágenes de niños y adolescentes salvajemente torturados. Y entre esas imágenes no estaba la de Ataúlfo, si bien pensaba que no habría tenido tanta suerte como él. Cuando por fin imaginó a su primo devorado vivo por los cerdos, la expresión de su rostro, que hasta ese momento había sido de tristeza y sufrimiento, cambió hacia la ira, una ira en la que el deseo de venganza era evidente. Estampó los puños contra la mesa, que tembló sobre el suelo, y, con el corazón disparado por el dolor, echó a correr hasta las murallas de la ciudad y desde allí continuó, sin parar, hasta el puerto de El Pireo.

Cuando mucho después Armín y Claudiano lo encontraron, estaba inmóvil y con la mirada perdida en el horizonte, sumido en sus pensamientos.

—¡No quiero hablar con nadie! —les espetó en gótico, con una furia que asustó a Claudiano.

—No lo he entendido —dijo Claudiano.

—Tienes que asumir lo que ha pasado —le recomendó Armín.

—Los romanos son peores que las serpientes venenosas. —Alarico utilizó una expresión que le había oído a su tío Atanarico—. No pararé hasta vengarme de ellos.

—No han sido los romanos. Han sido los generales del ejército —dijo Armín.

—Me da igual. Jamás los perdonaré por esto.

Claudiano y Armín se sentaron junto a Alarico sin pronunciar palabra. Matar a los hijos de los caudillos godos había sido la mayor atrocidad que el imperio había cometido en toda su historia.

Finalmente, un sirviente de Filolao llegó con el carruaje para llevarlos de regreso a la casa.

Esa noche, ya en el dormitorio, Alarico daba vueltas en la cama con los nervios a flor de piel mientras pronunciaba frases en gótico que Claudiano no entendía.

—Me gustaría aprender el gótico.

—¿Para qué? De nada va a servirte en la corte imperial.

—Juguemos al *latrunculi* —le sugirió Claudiano, cambiando de tema con la intención de distraer a su amigo.

Pero mientras jugaban, la charla continuó en torno a la muerte de Ataúlfo.

—Alarico, me has hablado tantas veces de él que es como si lo conociera.

—Jamás podrás saber cómo era mi primo. No he conocido a nadie tan grande como él.

—¿Estás seguro de que está muerto? —dijo Claudiano—. Tú también tendrías que estarlo. Tengo el presentimiento de que Ataúlfo vive.

Alarico se rindió ante la habilidad de su amigo Claudiano. Otra vez le había ganado. Poco después logró conciliar el sueño, pensando que su primo seguía vivo. Decidió que no creería otra cosa hasta que no lo hubiera comprobado personalmente.

16

Occidente asustado

La batalla de Adrianópolis, con la muerte del emperador Valente y varios de sus generales y la destrucción del ejército de Oriente, había dejado sumida en el caos la parte oriental del imperio y era urgente que un nuevo emperador, o al menos un nuevo *magister militum*,[12] tomase las riendas de la situación para hacer frente a los saqueos de cientos de miles de guerreros bárbaros que campaban por las provincias de la Tracia y la Mesia. Los generales de Graciano habían considerado prudente no enfrentarse a los vencedores de Adrianópolis por temor a perder el resto del ejército, lo que habría supuesto la destrucción total del imperio al quedarse las fronteras sin defensas.

El miedo se había instalado en la mente de los ciudadanos porque muchos estaban convencidos de que la brutal victoria de los bárbaros de Fritigerno no era más que el preámbulo de un saqueo que afectaría también a la parte occidental. Era necesario actuar con celeridad.

El emperador de Occidente, Graciano el Joven, que solo te-

---

12. General en jefe del ejército romano.

nía diecinueve años, se sentía abrumado por la responsabilidad. Tenía que reaccionar contra los bárbaros antes de que fuese demasiado tarde. Su padre, el emperador Valentiniano I, un hombre de carácter agresivo y autoritario, había muerto hacía solo tres años y lo había designado a él como su sucesor. Pero Graciano tenía un hermanastro, hijo de Justina, la segunda esposa de Valentiniano I, al que pusieron el nombre de su progenitor. Tras la muerte del padre de ambos, una parte de los generales del ejército decidió tomar partido por el niño de cuatro años y lo reconocieron como emperador, de modo que el Imperio de Occidente se repartió entre los dos hermanos. La parte de Valentiniano quedó bajo la regencia de la emperatriz Justina, que tenía otra hija llamada Gala.

Por tanto, el Imperio de Occidente tenía dos emperadores. Graciano, el hijo mayor, heredó Britania, la Galia e Hispania, mientras que su hermanastro se quedó con Italia, África e Iliria. Graciano, por la educación recibida de su madre, era católico convencido. Valentiniano II, en cambio, profesaba la herejía arriana, al igual que su madre. Pero, aunque de derecho se había producido una división, de facto era Graciano quien mandaba en la totalidad del Imperio de Occidente.

En las habitaciones privadas del palacio imperial de Tréveris, el emperador Graciano se hallaba reunido con el general Merobaudes, el militar de mayor confianza que ya había desempeñado el mismo papel con su padre.

—Bien, general, ¿qué decisión inmediata podemos tomar sobre la parte oriental del imperio?

—Puedes asumir directamente la autoridad sobre todo Oriente, nadie te lo impedirá. Pero creo que en estos momentos es necesario nombrar a alguien que se encargue de dirigir sobre el terreno los restos del ejército, alguien con el suficiente carisma para hacerse cargo de la situación.

—¿A quién crees que debería nombrar? —preguntó Graciano.

—Por supuesto, a ninguno de los generales supervivientes de Adrianópolis.

—¿Tú te harías cargo de la situación?

—Yo no debo hacerlo porque estoy al mando del ejército de Occidente. —El general se detuvo un momento, pensativo—. Creo que la persona adecuada sería el hispano Teodosio el Joven.

—Ese general dejó el ejército tras la ejecución de su padre. Es posible que guarde deseos de venganza. No obstante, lo pensaré —dijo Graciano.

—Pero no te demores porque la situación es desesperada. El imperio se desangra sin remedio en Oriente.

Como católico acérrimo que era, Graciano decidió ir a Roma para consultar con el papa Dámaso, un hispano de más de setenta años allegado a la familia de Teodosio. Cuando el joven emperador le habló de él, el papa le dijo:

—¿Te refieres a Teodosio, el general hispano?

Graciano asintió.

—Sí. Mi padre condenó a muerte al suyo, el general Teodosio el Viejo, por traición, pero mi padre murió antes de cumplir la sentencia y me tocó a mí ejecutarla.

—Eso es verdad. Pero también lo es que los que urdieron el complot que llevó a tu padre a dictar esa ignominiosa sentencia ya están muertos o exiliados. Tú eras casi un niño y abusaron de tu confianza.

—¿No albergará deseos de venganza? —preguntó Graciano.

—Nunca contra el emperador. No te preocupes, hablé con el joven Teodosio antes de que abandonara el ejército y sabe que no tuviste nada que ver. Estoy seguro de que está deseando reincorporarse a la milicia. Nada anhela más que asumir un puesto equivalente al que desempeñaba su padre.

De paso por Mediolanum,[13] Graciano consultó con el obispo Ambrosio y este se manifestó en igual sentido que el papa. Por último, el joven emperador comunicó a los generales más influyentes, entre ellos Magno Máximo y Argobasto, su decisión de nombrar a Teodosio el Joven como responsable del ejército de Oriente. Los dos habían estado a las órdenes de Teodosio el Viejo y fueron compañeros cuando se constituyó el enorme ejército que entró en Britania para sofocar la que se llamó la Gran Conspiración de tribus bárbaras que se habían apoderado de la isla en el año 367. El siguiente fue un año de convivencia con el joven Teodosio, del que conservaban buenos recuerdos porque consiguieron recuperar Britania y hacer huir, tomar como esclavos o ejecutar a los bárbaros sublevados.

—Es una gran decisión —manifestó Magno Máximo, *comes* de Britania, que también era hispano y primo de Teodosio y que había albergado esperanzas de ser él el elegido.

—Y tú, general, ¿qué piensas? —preguntó Graciano a Argobasto, un franco de gran estatura y fuerza con una enorme cicatriz horizontal que le atravesaba la cara.

—Conozco bien a Teodosio —respondió muy serio—. Es un gran general. Nadie mejor que él para ser el *magister militum* de Oriente.

Sin embargo, a pesar de tan rotunda afirmación, el joven emperador notó un rictus de resignación en el rostro del general franco, como si aceptara a desgana el nombramiento de Teodosio por no haber sido él quien recibiera ese honor.

---

13. Mediolanum era el nombre romano de la actual Milán.

17

Un hispano como solución

Las noticias de la derrota de Adrianópolis se recibieron en la villa de Teodosio en Hispania con la misma preocupación que en el resto del imperio. El joven general, cesado del ejército después de la condena a muerte por traición de su padre, estaba dedicado de lleno a la administración de las tierras de la familia. Su mujer, Elia Flacila, le había dado ese mismo año un heredero al que habían llamado Arcadio.

Esa mañana de septiembre del año 378 se encontraba en el patio columnado de su villa de la ciudad de Cauca, cercana a Segovia, en Hispania, conversando con su sobrina Flavia Serena, que entonces tenía diecisiete años. Era una joven a la que Teodosio profesaba verdadera adoración. Sus cabellos rubios, impropios de una hispana, y sus ojos azul cobalto, que brillaban intensamente con los rayos del sol, hacían vislumbrar la belleza que la joven adquiriría con el paso de los años. Teodosio pasaba todo el tiempo que le dejaban sus tareas en compañía de su sobrina.

Fue bajo el sol de finales del verano cuando la tranquilidad de aquel lugar se vio alterada por el estruendo que producían los cascos de un numeroso grupo de jinetes que se acercaban a la puerta principal de la villa. Cuando Teodosio se aprestaba a coger su espada, un sirviente le anunció que había llegado un destacamento militar procedente de Tréveris, de parte del emperador Graciano.

—¿Qué debo hacer, general? —preguntó el sirviente.

—Haz pasar al oficial que está al mando y dile que espere.

—¿Un destacamento militar de parte del emperador? —La joven Serena se levantó, sobresaltada, de la hamaca en la que estaba tumbada—. ¿El que ordenó matar a mi abuelo?

—En efecto. No los esperaba tan pronto —masculló Teodosio.

—¿Los esperabas? —se sorprendió Serena.

—Sí. Ya te lo explicaré.

Cuando el general retirado entró, el oficial se cuadró para saludar a su superior.

—¡Salud, general! Mi nombre es Flavio Estilicón y soy oficial de la guardia personal del emperador Graciano, quien me ha ordenado que te entregue en mano esta carta.

—¡Salud, oficial! ¿Era preciso que te acompañara todo este destacamento para librar una simple misiva? —preguntó irónicamente Teodosio—. Ya no soy general, así que ahórrate el tratamiento. —Cogió la carta—. Puedes retirarte con tu séquito.

—No puedo, general —dijo el oficial con respeto—. Tengo orden de esperar a que la leas. Me acompaña este destacamento porque el emperador quería proteger la carta hasta que te fuera entregada. También me indicó que estuviese presente hasta que concluyas su lectura y que debo ponerme a tus órdenes.

—¿Ponerte a mis órdenes?

—Eso fue lo que el emperador me dijo —respondió el joven oficial.

—Muy bien —aceptó Teodosio—. La leeré ahora mismo para no hacerte esperar.

Y sin siquiera sentarse, rompió el inconfundible sello de lacre del emperador y se dispuso a leer la carta. Ya de entrada, le extrañó que Graciano se dirigiera a él como «general». Pasada la sorpresa, comenzó la lectura en voz alta:

> General Teodosio, cuando cesaste en tu carrera militar eras el *dux* de la Mesia, pero desde entonces se han producido acontecimientos de los que te supongo enterado. En un documento adjunto que porta el oficial que custodia el correo hallarás tu nombramiento como *magister militum* de Oriente. El destacamento está, a partir de ahora, a tu entera disposición y debes dirigirte a Tesalónica. Todos los generales de Oriente ya han sido informados de tu nombramiento y esperan para ponerse a tu servicio. Estas son mis órdenes y deben cumplirse sin dilación. Espero que pronto podamos conocernos personalmente. Salud y suerte.

La carta estaba firmada por Flavius Gracianus Augustus en Tréveris, capital imperial de Occidente, y llevaba la fecha de septiembre del año consular del césar Flavius Valente Augustus.

Teodosio indicó al joven oficial que acampase con sus hombres en la explanada que había delante de su mansión. Después se dirigió de nuevo al patio para comentar el asunto con su sobrina Serena.

—¿Qué querían esos soldados?

—Vuelvo al ejército. Todo está saliendo como lo había planeado.

—¿Eso quiere decir que nos dejas otra vez?

—Sí. Me reincorporo con el mayor rango militar del Imperio de Oriente, *magister militum*. Es una exigencia del emperador Graciano a la que no puedo negarme.

—Di mejor que no te negarías por nada del mundo. Lo estabas deseando. ¿De verdad lo habías planeado así? ¿Es una venganza por la muerte de mi abuelo?

—Puedes llamarlo como prefieras. Lo planifiqué con el general Merobaudes, el hombre en quien más confiaba mi padre, antes de que me obligaran a dejar el ejército. Él sugeriría al emperador mi nombre, si llegaba el caso. Y también lo comenté con el papa Dámaso porque estaba convencido de que Graciano le pediría consejo. Aunque lo cierto es que nunca hablé de venganza con ninguno de ellos. Ahora se inicia una etapa peligrosa y puede que no muy segura. No me fío de Graciano y deberé andarme con mucho cuidado. Como dijo Bruto cuando clavó la hoja de su puñal en el pecho de Julio César: «La venganza es fría».

—¿Cuánto tiempo estarás fuera?

—No lo sé. En cuanto pueda haré que venga conmigo toda la familia, incluida tú, por supuesto. Te quiero siempre a mi lado.

Acababa de anochecer cuando llegaron al puerto de Tarraco tras diez días cabalgando. Acompañaba a Teodosio el joven oficial que le había llevado la carta del emperador, Flavio Estilicón. Los aguardaban, dispuestos para zarpar, el barco imperial y dos embarcaciones auxiliares para el destacamento militar y los caballos. Una vez instalados a bordo, Teodosio dio orden de partir al amanecer.

El general hispano ocupó el camarote del capitán y se mantuvo encerrado en él durante los primeros días de la travesía, sumido en sus pensamientos. Se habían puesto muchas esperanzas en sus habilidades militares, pero era consciente de que iba a enfrentarse a un enemigo tan temible como los godos sin contar con un ejército organizado y disponiendo tan solo de unos cuantos legionarios veteranos que supieran hacer bien su trabajo. Tendría que ordenar levas y adiestrar a los nuevos soldados. Tendría que convencer con mucho oro a las tropas bárbaras para que se alistasen en su ejército. El panorama no era muy halagüeño. Incluso llegó a temer que lo mandaban a una muerte cierta solo con el objetivo de que desbrozara el camino del siguiente militar al que nombrasen para el cargo. Era preciso que estuviera atento, al menos en los primeros tiempos.

Poco antes de llegar subió a la cubierta, donde el joven oficial Estilicón conversaba con el capitán del barco. Teodosio, ya vestido con las ropas de general en jefe del ejército oriental, tenía un aspecto imponente. Su rubia cabellera de tonos rojizos se adecuaba a su porte de hombre alto y de facciones regulares, y el uniforme le confería la elegancia propia de un aristócrata romano. Indicó a Estilicón que se acercase y este se inclinó ante él en señal de respeto.

—Salud, Estilicón —dijo Teodosio—. No hemos tenido ocasión de conversar, solo hemos intercambiado algunas frases estos días. Sin embargo, sé quién eres. Mi padre me habló muchas veces, y siempre de manera loable, del tuyo, un oficial de su plena confianza.

—Sí, mi padre era un militar vándalo y mi madre una romana. Nací en Vindobona,[14] en la Panonia, porque él servía allí como oficial en la guerra contra los marcomanos. Pero mi madre regresó de inmediato a Roma, donde cursé mis estudios.

—Eres un romano de la Panonia. Pareces muy joven para ser oficial.

14. Vindobona es el nombre romano de la actual Viena, capital de Austria.

—Tengo veinte años y llevo tres en el ejército imperial.

—¿Estás casado o tienes prometida?

—No, general. Desde que ingresé en el ejército no he tenido ni un día de descanso. Se me eligió para esta misión porque mi destacamento es el que está más cerca del emperador. Graciano me nombró personalmente.

—¿Eres cristiano?

—Sí, soy católico. Es la fe que me enseñó mi madre.

—Pues bien, Estilicón —dijo Teodosio—, desde este momento estás a mi servicio. La confianza que mi padre otorgó al tuyo es la misma que te ofrezco. Quiero que seas mi asistente. Te alojarás donde yo me aloje y me acompañarás a todas partes. Solo recibirás órdenes mías.

—Será un honor estar a tu servicio. No te arrepentirás, general.

—Pues olvídate de Roma y Tréveris. A partir de ahora tenemos un gran trabajo que hacer en Oriente.

Mientras tanto, en Atenas, los huidos de Alejandría intentaban adaptarse a su nueva vida. Habitaban en un espacio reservado de la gran casa de Filolao, a salvo de las miradas. Después de que las autoridades clausuraran la Academia platónica, muchos filósofos enseñaban allí. Entre los más importantes estaban los platonistas Prisco del Epiro, el filósofo que acompañó al emperador Juliano hasta su muerte en la batalla de Ctesifonte, y Plutarco de Atenas, cuyo mayor deseo era abrir de nuevo la Academia. Estos fueron los profesores de Alarico y Claudiano, además de Filolao e Hipatia.

Armín se desvivía por servir al joven godo. A medida que el muchacho iba creciendo, el escriba era más consciente de que sería un gran caudillo.

Alarico tenía la talla y la musculatura de una persona adulta, y el ejercicio físico, que no dejaba de practicar ningún día, había moldeado su cuerpo y sus músculos como los de un luchador profesional. A pesar de que vestía la túnica romana, sus largos cabellos de un rubio casi blanco y su tez clara le conferían un aspecto que destacaba en aquella ciudad griega en la que la mayoría de los habitantes eran morenos y de ojos oscuros. Armín seguía usando el gótico con su pupilo, no solo cuando estaban a solas sino en todo momento.

—Tienes que practicar la lengua de tu pueblo. Es lo único realmente tuyo en esta ciudad. Y es importante, porque tu pueblo está esperándote.

—No te inquietes por eso, Armín. Jamás voy a olvidarme de mi pueblo —respondía Alarico—. Es lo único que me preocupa. Y me gustaría marcharme de una vez de este lugar en el que estamos encerrados.

—Los generales romanos te buscan para matarte como han hecho con todos los rehenes. Y sabes que no pararán hasta encontrarte.

Hipatia, por su parte, cada día estaba más impresionada con Alarico. Jamás había visto a una persona con un físico tan imponente y con tal expresión de autoridad en el rostro y la mirada. Tampoco ella dudaba de que sería un gran caudillo. Quería que su formación fuese también humanista, y lo estaba consiguiendo. A menudo pedía a los dos muchachos que le formulasen preguntas, a imitación del método de enseñanza platónico, si bien por lo general era Claudiano, el más curioso, quien se las planteaba.

—Dinos, Hipatia, ¿por qué solo hay una filósofa en todo el imperio?

Como muchas otras veces, la pregunta sorprendió a la alejandrina.

—No soy la única filósofa. Podría hablaros de muchas otras, de hecho. Tenéis que saber, aunque presiento que lo intuís, que a las mujeres nos han colocado en una categoría inferior a la de los hombres. El mundo en que vivimos ha sido moldeado por y para los hombres.

—No lo había pensado —dijo Claudiano.

—Tú quieres ser poeta y por eso estudias los mitos y las leyendas griegas. En todo el mundo conocido, los mitos, sean babilonios, judíos, griegos o egipcios, dan prioridad siempre al hombre. Zeus es el padre de los dioses. ¿Os imagináis a una mujer a la cabeza de los dioses?

Los dos muchachos negaron con un gesto.

—En la Biblia, el libro sagrado de los judíos, es una mujer la que trae la desgracia a los hombres, fijaos. Eva corrompe a Adán y lo coacciona para incumplir la ley de Dios. Desde entonces, tanto para la religión judía como para la cristiana, que también sigue la Biblia, la mujer es la causante de todos los males de la humanidad. ¿Os habéis percatado de que las mujeres no cuentan en el cristianismo ni en el judaísmo? Todos los sacerdotes, obispos o rabinos son hombres.

—Entonces —intervino Alarico— ¿los cristianos y los judíos odian a las mujeres?

—Por supuesto —aseveró Hipatia—. Pero la palabra exacta sería «desprecio», no «odio». Las desprecian, aunque digan que las aman. Y también las temen. Como en casi todas las cosas, lo importante no son las palabras, sino el trato que les dispensan. En la parte más profunda de la mente masculina existe un desprecio atávico del que los hombres no pueden despojarse. Y en todas las culturas sucede lo mismo. Según los mitos griegos, los dioses crearon a los hombres y les regalaron un paraíso donde vivir. Es lo que se conoce como la Edad de Oro. ¿Recordáis el mito del dios Prometeo?

—He oído hablar de Prometeo, el protector de los hombres, pero no conozco el mito. Cuéntanoslo, por favor —dijo Claudiano.

—El dios titán Prometeo, el protector de los hombres, robó el fuego sagrado de los dioses para regalárselo a estos últimos, y tanto él como sus protegidos recibieron un castigo por ello. Pero ¿cómo castigaron los dioses a los humanos? —Hipatia hizo una pausa retórica, y ambos muchachos aguardaron expectantes a que la filósofa se explicara—. Pues bien, el castigo fue crear a la mujer, la primera de todas: Pandora. Zeus encargó al dios artesano Hefesto que del barro diera forma a una figura humana tan bella como las diosas para seducir a los hombres. Además, el dios Hermes la dotó de otra serie de cualidades como la astucia y la capacidad para engañar, y también la hizo prepotente, calculadora y caprichosa.

—Salvo la belleza, todo eran atributos negativos —observó Claudiano.

—Una vez creada —continuó Hipatia—, los dioses enviaron a Pandora como regalo a los hombres. Se la dieron como esposa al hermano ingenuo de Prometeo, Epimeteo, quien con ella recibió otro obsequio: una caja que no debía abrirse porque podría traer graves consecuencias para la humanidad. Cuando Epimeteo comunicó esa prohibición a Pandora, ¿qué creéis que hizo ella?

—La abrió —respondió Alarico.

—Eso es. Según ese mito, las mujeres son incapaces de ser discretas y no se les puede confiar nada. Una vez abierta la caja, de ella salieron los males del mundo como la enfermedad, la guerra, la tristeza o el dolor. Ante el caos que había creado, Pandora volvió a taparla, pero ya habían salido todos los males. Solo quedó atrapada dentro la esperanza. Ese es el modelo de mujer que se ha extendido: la mujer bella que causa la infelicidad a los hombres y por ello ha de ser relegada y no debe permitírsele intervenir en ningún asunto de importancia.

—Pero tú eres filósofa y científica —dijo Alarico.

—Sí. Mi padre creía en la igualdad del hombre y la mujer y me educó sin dejarse llevar por los prejuicios sociales. Aun así, solo puedo impartir clases en mi propia vivienda. Pero lucharé con todas mis fuerzas para lograr un puesto de profesora en el Museion y tarde o temprano lo conseguiré, os lo aseguro, aunque en ello me deje la vida. En todo caso, quiero que recordéis que ha habido y hay muchas otras mujeres que se han rebelado contra esta injusta situación. Sin embargo, no soy optimista y creo que tendrán que pasar muchos años antes de que se establezca la igualdad entre hombres y mujeres, porque se trata no solo de cambiar leyes, sino de cambiar las mentes.

El nuevo *magister militum* de la parte oriental del imperio, Flavio Teodosio, celebró la primera reunión con sus generales en el palacio imperial de Tesalónica, en el que se había instalado mientras se designaba un nuevo emperador de Oriente. Asistían los generales Saturnino, Víctor y Julio. Después de saludar uno por uno a todos, se rezó, con la presencia del obispo de Tesalónica, un responso y se rindió homenaje a los soldados y los mandos muertos en la derrota de Adrianópolis, con especial mención a los generales fallecidos.

Concluido el rito, el obispo se despidió y Teodosio arengó a los presentes:

—Generales y oficiales del ejército imperial de Oriente, Roma ha sufrido la peor derrota de su historia. No hay que culpar a los combatientes, quienes demostraron su arrojo y determinación en la batalla. El imperio no puede dejar sin castigo un acto de esta vileza y hemos de prepararnos para infligir a los godos el escarmiento que se merecen. No puede haber compasión para esta infamia cometida por aquellos a los que Roma acogió como refugiados cuando los hunos los hostigaban en la frontera del Danubio. A partir de ahora solo puede haber un objetivo para los generales y oficiales del ejército imperial: acabar con la vida de esos canallas ingratos que han traicionado la hospitalidad que nunca merecieron. Generales y mandos, lo primero es reconstruir el ejército. Para ello ordeno la leva de todos los varones que, sea cual sea su edad, estén aptos para combatir. Cualquier intento de burlar esta orden será considerado delito de lesa patria y castigado con la muerte. También podrán ser integrados cuantos extranjeros o bárbaros estén dispuestos a morir por Roma. Todos serán generosamente recompensados. Las tropas deben estar listas cuanto antes para entrar en combate. Legionarios de Roma, ¡fuerza y valor!

El discurso de Teodosio había sido breve pero intenso. El nuevo jefe del ejército oriental sabía cómo articular los argumentos para producir el máximo efecto, aunque los ánimos estaban ya suficientemente excitados y sedientos de venganza por la derrota sufrida y las decenas de miles de muertos.

Una vez terminada la reunión, Teodosio permaneció sentado y detrás de él se situó su asistente, Estilicón. Cuando todos hubieron salido, pidió al general Saturnino que se quedase.

—¿Quién es el joven que te acompaña? —preguntó Saturnino.

—Se llama Flavio Estilicón y es mi asistente personal. Puedes hablar delante de él. Es de toda confianza.

Estilicón entregó al *magister militum* un memorándum en el que se informaba con detalle de la orden de degollar a los hijos de los caudillos godos.

—¿Quién dio la orden? —preguntó Teodosio.

—Fue el general Julio —respondió Saturnino—. Estaba fuera de sí después de la derrota.

—¿Nadie le dijo que una decisión tan grave debía consultarse con su superior jerárquico?

—Los demás generales le advertimos que siempre habría tiempo para ejecutar a los rehenes. Le recordamos que para ordenar la ejecución era necesario esperar el nombramiento de un nuevo *magister*. Pero no hubo forma de impedírselo. Dio la orden a espaldas del resto de los mandos. Le pudo la ira.

—Estilicón. —Teodosio llamó a su asistente—. Redacta un decreto de condena a muerte del general Julio. Nadie en todo el imperio puede tomar una decisión de esas características sin una autorización. —Después se dirigió al general Saturnino—: Cuando el decreto esté redactado, debes ordenar la ejecución del general Julio.

—Pero… —acertó a decir Saturnino.

—La decisión está tomada —lo atajó Teodosio—. Un general jamás debe olvidar que sus obligaciones están por encima de sus instintos —zanjó—. Julio sabía a lo que se exponía al dictar esa orden. Bien, Saturnino, tú eres quien mejor conoce la situación militar. ¿Has pensado cómo podemos hacer frente a los bárbaros?

—Sí, *magister*. En este momento los godos son más fuertes que nosotros, de modo que enfrentarnos a ellos sería una irresponsabilidad y una temeridad. Como bien has dicho antes, es necesario reforzar el ejército con nuevos legionarios y auxiliares bárbaros, y que además tengan el entrenamiento suficiente para combatir con garantías.

—Pero eso llevará meses o años, y necesito una actuación contundente en los próximos días.

—Lo que pides es imposible. No hay manera de vencer a los godos en ese tiempo —afirmó Saturnino, y se quedó pensativo durante unos instantes—. Pero si lo que deseas es una victoria espectacular, algo puede hacerse.

—Explícate —exigió impaciente el *magister militum*.

—Una numerosa tribu de bárbaros sármatas ha cruzado el Danubio y se encuentra acampada cerca del río. Están localizados y podemos vencerlos sin muchas dificultades. Con un ataque nocturno por sorpresa, sin que tengan ocasión de reaccionar. ¿Te serviría una victoria así?

—Tendrá que servir —dijo Teodosio. Acto seguido, se dirigió a su asistente—: Estilicón, que el general Saturnino te dicte la orden para que los generales y los comandantes estén prestos a salir mañana mismo. Tenemos que arrasar a esos sármatas.

Tardaron más de dos semanas en cubrir las quinientas millas hasta el campamento de los sármatas en la frontera del Danubio. Al amanecer, una vez que los ojeadores informaron de que el campamento estaba en silencio con solo unos cuantos guerreros de vigilancia, Teodosio dio la orden de atacar. Fue una masacre. Los sármatas no tuvieron tiempo de reaccionar. Los romanos degollaron a más de tres mil bárbaros y capturaron a los hombres y las mujeres jóvenes para venderlos como esclavos. La incursión había sido un éxito rotundo. Los supervivientes de más edad, que no interesaban como esclavos productivos, fueron obligados a cruzar de nuevo la frontera del Danubio.

Por la tarde, en la tienda de mando, el *magister militum* llamó a su asistente.

—Estilicón, redacta un informe para el emperador en el que se narre la batalla contra los sármatas. Quiero que cuando Graciano lo lea, tenga la impresión de que ha sido un combate de dos ejércitos enfrentados en el campo de batalla. Debe ser emocionante, debe parecer una victoria compleja, una victoria que nos ha obligado a luchar cuerpo a cuerpo contra un nutrido ejército de bárbaros. Una lucha encarnizada con miles de muertos y algunas bajas de nuestros hombres. Debes dejar constancia de que yo mismo he estado en peligro de perecer en un combate feroz con Zántico, el caudillo de los sármatas. El informe debe estar en Mediolanum en una semana.

18

Un nuevo emperador

Graciano fijó fecha para un encuentro con el nuevo *magister militum* de Oriente a mediados de enero del año 379 en la ciudad imperial de Sirmium,[15] en Panonia, un lugar equidistante entre Mediolanum y Tesalónica. El emperador de Occidente no había comunicado el motivo de esa convocatoria, y Teodosio llevó con él a una parte importante de su ejército y a todos sus generales.

El emperador había preparado una gran ceremonia en una explanada, en las afueras de Sirmium. Deberían estar formadas todas las tropas presentes de Oriente y Occidente. Los carpinteros habían instalado una enorme tribuna adornada con las insignias imperiales y todo tipo de banderas y estandartes militares, rodeada de un faldón púrpura y con una escalera de acceso. Teodosio supuso que quizá el emperador quería celebrar el triunfo sobre los sármatas y arengar a las tropas.

Aquella mañana el tiempo era gélido y caían unos finos

---

15. Sirmium era el nombre romano de la actual Sremska Mitrovica, en Serbia. Después de Roma, es la ciudad en la que nacieron más emperadores.

copos de nieve que, poco a poco, iban blanqueando el suelo y los uniformes de los soldados que formaban desde hacía un buen rato. Cuando dejó de nevar, el sonido de los *cornua* anunció la llegada del emperador, y los generales ordenaron que las tropas se colocaran en posición de firmes. Graciano llegó en un carruaje dorado conducido por un auriga que lo dejó al pie de la escalera de la tribuna. Iba acompañado de Ambrosio, obispo de Mediolanum, y ambos lucían sus mejores galas. Teodosio permanecía sobre su caballo con su uniforme de *magister militum* al frente de los soldados y los mandos que lo habían acompañado.

Cuando todo el séquito del emperador estuvo instalado, un tribuno se adelantó hasta el borde del entarimado.

—¡General Flavio Teodosio, *magister militum* de Oriente, el emperador Graciano ordena que subáis a la tribuna! —dijo alzando la voz para ser oído.

El general hispano bajó del caballo, subió la escalera lentamente y se arrodilló ante el emperador en señal de sumisión.

—Levántate, Teodosio —dijo Graciano—. Solo hay una razón para que te haya hecho venir hasta este lejano lugar. Oriente está sumido en el caos y la anarquía, y has demostrado ser la única persona capaz de reconducir la situación.

Sin añadir nada más, el emperador se adelantó hasta el borde frontal de la tribuna y elevó la voz para dirigirse a las tropas en formación:

—¡Generales, tribunos, oficiales y legionarios de Roma! En Sirmium nacieron o tuvieron su sede gloriosos emperadores. Y esta ciudad fue mi lugar de nacimiento cuando mi padre, el divino[16] Valentiniano I, emperador de Occidente, estableció

---

16. *Divo imperator.* Los emperadores fallecidos tenían la consideración de dioses, salvo que se los hubiera sometido a la *Damnatio memoriae*, una condena

aquí su corte. Es para mí una tierra sagrada y es la tierra que he elegido para dar una importante noticia a las tropas imperiales y a todo el imperio. Hace pocos meses nombré al general Flavio Teodosio *magister militum* de Oriente. En ese breve periodo ha demostrado que su competencia para el mando y su capacidad militar lo hacen merecedor de una dignidad superior que le permita regir la totalidad de los destinos de esa parte del imperio. Por el poder que me confiere mi condición de emperador de Roma, con fecha de hoy, nombro al general Flavio Teodosio augusto emperador de Oriente. A partir de este momento, somos *collegae*[17] en la dirección del imperio. ¡Que Dios todopoderoso proteja a Roma e ilumine al nuevo emperador!

La noticia, que sorprendió y emocionó a las tropas, fue seguida de una atronadora ovación por parte de todos los presentes, que deseaban que el fallecido Valente tuviera un sucesor lo antes posible. La figura de Teodosio concitaba la unanimidad del ejército, y Graciano lo sabía. El recién nombrado emperador Teodosio también se emocionó, especialmente porque el soberano, para darle una sorpresa, no le había consultado una decisión tan importante, aunque era consciente de que el papa Dámaso habría convencido a Ambrosio para que influyera en Graciano. Antes de que tuviera tiempo de reaccionar, el obispo Ambrosio se adelantó y entregó a Graciano una capa púrpura con el cuello de armiño que este puso sobre los hombros del nuevo emperador de Oriente, y a continuación le colocó la diadema de perlas, símbolo del poder impe-

complementaria por la que se eliminaba cualquier referencia a la persona en cuestión borrando su nombre de documentos e inscripciones y destruyendo sus efigies o estatuas.

17. *Collega* era la palabra que designaba a los diferentes magistrados en la República de Roma, que se elegían de dos en dos para que se vigilasen entre ellos.

rial. Sus tropas estallaron en vítores. El orbe romano se quedó perplejo, no solo por la rapidez del joven Graciano para sustituir a Valente, sino también por el hecho de que un general, apartado de su cargo, hubiera pasado en poco más de tres meses del ostracismo a ostentar la más alta magistratura del imperio.

La primera parte del plan de Teodosio se había cumplido tal como él lo había diseñado. Era el inicio de una venganza que todavía debía concretarse.

La estancia en Atenas discurría sin contratiempos. Salvo Hipatia, que asistía a los cursos de varios filósofos, sus tres acompañantes no se movían de las habitaciones que Filolao les había asignado. Alarico seguía inquieto porque no tenía noticias de lo que ocurría con su pueblo en las provincias de la Tracia y la Mesia. Además, en esa reclusión solo podía realizar una parte de sus ejercicios físicos y eso lo ponía de mal humor.

La ciudad de Atenas se preparaba para celebrar las procesiones y los rituales de los misterios de Eleusis. Se trataba de un rito de iniciación que para los paganos tenía una importancia trascendental pues suponía un cambio radical en sus vidas. Hipatia, que ya había participado en rituales similares en Alejandría, quería tomar parte y decidió incluir en la iniciación a sus tres protegidos. Antes, sin embargo, era necesario explicarles en qué consistía. Podría hacerlo ella misma, pero pensó que los filósofos, que ya habían sido iniciados, lo harían mucho mejor.

Hipatia y los tres viajeros de Alejandría se acomodaron a la espera de que los filósofos comenzasen su explicación.

—No es fácil hablar de los misterios de Eleusis. Es el ritual más importante de la religión griega y tiene una tradición de más de dos mil años.

—Pero cuéntales antes que nada el mito fundacional —dijo Plutarco.

—Hazlo tú mismo —contestó Prisco.

—La historia es sencilla. Hades, el dios del Averno, se enamoró de la joven diosa Perséfone, a la que llaman Core o simplemente la doncella. Mientras ella estaba en el campo cogiendo flores con algunas ninfas, Hades surgió a través de una grieta del suelo y se la llevó por la fuerza al inframundo. Su madre, Deméter, la diosa de la agricultura y la vegetación, la buscó durante mucho tiempo por toda la tierra, sin llegar a averiguar su paradero. Mientras Deméter buscaba a su hija, la vida vegetal quedó paralizada, ninguna planta germinaba. Desesperada, además de hambrienta y cansada, la diosa madre tomó la forma de una anciana y llegó a la ciudad de Eleusis, donde su rey, Céleo, la acogió. Zeus, hastiado de la esterilidad de la tierra, baldía durante tanto tiempo, envió a Hermes al inframundo para rescatar a Perséfone. Pero el dios Hades, que no quería perder a la doncella para siempre, le dio a comer unos granos de granada, con lo que se aseguró de que viviría en el Averno al menos durante una de las tres estaciones en las que se dividía el año en la época de nacimiento del mito. Pasaría el invierno con él, y la primavera y el verano con su madre en la tierra y el monte Olimpo. Zeus ordenó a Deméter que se pusiera de nuevo al frente de sus obligaciones agrícolas. Así, mientras Perséfone estaba en el inframundo, el invierno se enseñoreaba de la tierra, pero cuando volvía en primavera el mundo estallaba en una orgía de flores y frutos.

—Para conmemorar estos hechos —continuó Filolao—, Deméter, que se había despojado de su disfraz de anciana, se presentó con todo su esplendor de diosa madre y ordenó a

Céleo, rey de Eleusis, que erigiera el santuario donde, desde entonces, se celebran los misterios.

—Es una historia muy bella —dijo Claudiano—, pero podría habérnosla explicado Hipatia. ¿Qué hay de extraordinario en ella?

—Mucho —dijo Prisco—. Es tan importante que cada año llegan a Atenas decenas de miles de personas.

—¿Y para qué vienen? —preguntó Alarico.

—Vienen —respondió Prisco— porque con la iniciación en los misterios aprenden a conocer el secreto de la existencia humana. Después de ser iniciados, cobra sentido tanto la vida como la muerte y se produce una total transformación de sus espíritus. Hay un cara a cara con la esencia de lo divino que consiste en llegar a la luz desde la oscuridad y sustituir el terror a morir por la certitud de una vida mejor y más completa después de la muerte. La visión de la divinidad es la vivencia más sublime que puede experimentarse. Una vez concluida la ceremonia de iniciación, esas personas son distintas, y mejores.

19

El imperio en busca de Alarico

Estilicón acababa de llegar al puerto de Tesalónica con la escuadra naval en la que había traído desde Hispania a la familia del nuevo emperador. A la entrada del palacio imperial, Teodosio, que esperaba impaciente, abrazó a su esposa Elia Flacila. Detrás de ella, su sobrina Serena llevaba en brazos a Arcadio, el primer hijo de la pareja imperial, que tenía algo más de un año. El emperador miró al niño de soslayo y posó los ojos en su querida sobrina, cuyos dieciocho años recién cumplidos habían incrementado aún más su belleza. Hacía muchos meses que no los veía. Esa noche, en el palacio imperial de Tesalónica hubo una cena de bienvenida. A su conclusión, Teodosio felicitó a Estilicón por su magnífico trabajo.

—Gracias, emperador. Solo he cumplido con mi deber. He hecho exactamente lo que me ordenaste.

—Ve a descansar y cuando estés en disposición de viajar ven a verme. Quiero encomendarte un trabajo casi tan delicado como el que acabas de concluir.

—Dime, emperador.

—Se trata de los hijos de los caudillos rehenes del imperio.

—¡Ah, sí! Pero si han muerto todos... ¿Qué deseas que haga?

—Resulta que no todos fueron ejecutados. Hubo dos que consiguieron escapar. Uno se llama Ataúlfo y es hijo del rey Atanarico. Ese ya está en nuestro poder porque lo rescató Buterico, un oficial godo de mi confianza. Pero me interesa sobre todo el otro. Se llama Alarico y, según mis informes, su pueblo lo adora como a un nuevo mesías. Es sobrino del rey Atanarico, que ya lo ha bendecido como su sucesor. Incluso el caudillo Fritigerno está de acuerdo.

—¿Tienes alguna pista acerca de su posible paradero? —preguntó Estilicón.

—Solo esto. —Teodosio le entregó una vitela enrollada y atada con una cinta roja—. Es el informe del oficial encargado de ejecutarlo. Dice que no hubo manera de averiguar dónde está. En el informe encontrarás todos los datos.

—Intentaré dar con él —afirmó Estilicón—. Mañana mismo organizaré una patrulla.

—No, Estilicón. Ese Alarico es una persona muy importante para la conclusión de la guerra con los godos. Lo quiero vivo y sin un rasguño. Irás tú solo. Mejor dicho, irá contigo Nemesio.

—¿El sirio que me acompañó como asistente a Hispania?

—Sí. En realidad es un espía. Quería estar seguro de que eras digno de la confianza que he depositado en ti.

—¿Has estado espiándome?

—Sí. Y me ha informado de cada uno de tus movimientos. Ni siquiera te has dado cuenta. He podido constatar que, como pensé, eres una persona de fiar. Ahora Nemesio te acompañará como experto en seguimientos. Es tan bueno que podría encargarse él solo de este trabajo. Pero quiero que lo dirijas tú. Serás el jefe. Que no se te olvide: eres el responsable ante el emperador de encontrar al joven Alarico.

—No sé qué decir, emperador. Me avergüenzo de no haberme dado cuenta de que me espiaban.

—En todo caso, es una nueva experiencia a tener en cuenta para el futuro. Redacta una autorización y la firmaré antes de tu partida para identificarte ante todas las guarniciones del imperio, que te prestarán ayuda en caso de que sea necesario. Lleva contigo quinientos sólidos.

El flamante emperador vio alejarse al joven Estilicón al que, poco a poco, iba tomando afecto, casi como si se tratara de un miembro más de su familia. Antes de que atravesara la puerta volvió a llamarlo.

—Una cosa más —dijo el emperador—. He sabido que durante el viaje desde Hispania mantuviste muchas conversaciones con mi sobrina Serena.

—¿También de eso te ha informado Nemesio?

—Sí. Y la propia Serena. La has dejado muy impresionada.

—No sé qué decirte, emperador.

—Yo sí sé qué decirte: Serena no es mujer para ti, así que olvídate de ella.

Teodosio, sin despedirse, se retiró por la puerta que daba a sus aposentos.

Estilicón y Nemesio partieron en un carguero que se dirigía a Alejandría con un flete de especias. Los dos comisionados del emperador se hacían pasar por mercaderes porque esa era la profesión de los familiares de Nemesio y él la conocía muy bien. El sirio era algo mayor que el asistente del emperador y su nueva situación quedó clara desde el principio. Cuando se alejaron de la costa, el romano dirigió al sirio una mirada que este entendió perfectamente.

—Hice lo que me ordenó el emperador —se excusó Nemesio—. Estilicón, de haber estado en mi lugar habrías hecho lo mismo.

—No estoy censurándote. Estoy molesto por no haberme dado cuenta de que me espiabas.

—Muy mal habría hecho mi trabajo si me hubieras descubierto.

Durante el viaje pergeñaron las líneas maestras del plan. Vigilarían la casa en la que Alarico se había alojado pues esperaban obtener allí la información que los condujera hasta el muchacho.

Al llegar, se hospedaron en una posada del puerto como mercaderes y poco después alquilaron una casa desde la que podía observarse la mansión del fallecido Pulcro. Vigilaron durante varios días la entrada y la salida tanto de familiares como de sirvientes, y al final eligieron a una sirvienta de unos veinte años que se encargaba de adquirir alimentos en el mercado. Nemesio, por su conocimiento de las especias, consiguió un trabajo de vendedor y así descubrió que la joven se llamaba Nila y que, como él, procedía de la provincia de Siria. No le costó demasiado ganarse su amistad cuando le habló en su idioma natal. Era una mujer que no desentonaba en Alejandría por su tez morena, su pelo negro y sus ojos grandes y oscuros. Nemesio le habló de ella a Estilicón.

—Es una joven extraordinaria.

—No te habrás enamorado, ¿verdad? Tenemos un encargo del emperador. No hay tiempo para juegos amorosos. Quítatela de la cabeza y haz tu trabajo.

—De acuerdo..., jefe —dijo Nemesio con ironía—. Lleva cinco años en la casa, así que sin duda conoce todo lo que nos interesa. Pero si quiero conseguir la información, debo hacer algo más que mirarla.

—Pues haz que ella se enamore de ti. Entonces te lo contará todo.

—No me gusta eso que me pides. No deseo engañarla.

—Te repito que estamos en una misión imperial. Tienes que obviar los sentimientos. Lo único que importa es que esa tal Nila te cuente cuanto sabe.

A raíz de las palabras que había dicho a Nemesio, Estilicón cayó en la cuenta de que no era fácil obviar los sentimientos. De hecho, él no había conseguido olvidar a Serena. La dulzura de la joven hispana era el mejor recuerdo para sobrellevar las noches de Alejandría. ¡Serena! ¡Serena! En la oscuridad, su mente moldeaba el rostro ligeramente ovalado de la muchacha, su rubia cabellera y sus ojos azul cobalto. Admiraba a aquella mujer alta y con una presencia aristocrática que denotaba un carácter poderoso y dominante, una mujer que cuando te miraba a la cara te hacía inclinar la frente.

Nemesio solo tardó tres días en conseguir la información que necesitaban. El «muchacho rubio de ojos azules y pelo largo», como Nila lo describió, salió de la casa sin que nadie supiese a dónde había ido. El único detalle que la siria le facilitó fue que, junto con él, también dejó la casa un escriba godo llamado Armín.

—¿Te habló del aspecto de ese Armín?

—Sí. Me dijo que después de marcharse tan solo había regresado en una ocasión a la casa de Pulcro, pero, aunque era un joven alto, rubio y apuesto, no le vio bien la cara porque la llevaba tapada con un pañuelo y una capucha. Supuso que debía de padecer alguna enfermedad.

—Continúa sonsacando información a esa joven, Nemesio. Yo investigaré sobre Armín. No puede estar lejos. Te dijo que era escriba, ¿no?

—Sí. Y godo —concluyó Nemesio.

Estilicón sabía que a un escriba había que buscarlo en la gran Biblioteca. Si en la ciudad sus ropas de comerciante de especias le habían servido de tapadera, en la Biblioteca necesitaba vestirse de una manera diferente, de modo que encargó a Nemesio que le comprase una toga. Actuaría con discreción para no levantar sospechas. Sabía que en aquel templo del saber a nadie se lo consideraba extranjero, y cualquier persona que quisiera leer o investigar era bienvenida.

El Museion era inmenso y tenía varios edificios. Resultaba espectacular por sus dimensiones y su decoración, algo que constató en cuanto atravesó el umbral que daba a la Biblioteca. En Roma y Mediolanum había muchas bibliotecas, y él las había frecuentado en su época de estudiante, pero ninguna podía compararse con aquella. Era sobrecogedora. La gran sala, a la que se accedía desde la puerta principal, no debía de tener menos de trescientos pies de lado a lado. Constaba de dos plantas y una altura en la parte central de más de cuarenta y cinco pies. Era como un inmenso bosque de columnas acanaladas con capiteles corintios. Entre ellas se encontraban los anaqueles en los que se apilaban los papiros, los pergaminos y los códices. Las múltiples mesas estaban ocupadas por lectores y escribas. Se le ocurrió que la mejor solución era contratar a uno de esos escribas con la excusa de que le hiciese la copia de uno de los manuscritos de la Biblioteca. Se fijó en uno de ellos y lo abordó a la salida.

—¿Podrías copiar para mí un manuscrito? —Estilicón se había asegurado de que ese documento estaba entre los que se conservaban allí.

—¿Qué autor te interesa? —le preguntó el escriba.

—Mimnermo de Colofón —dijo Estilicón—. Me gustaría transcribir al latín sus elegías.

—Muy difícil. Mimnermo escribió en dialecto jónico antiguo —afirmó el escriba—. Yo no conozco bien esa escritura y no podría traducirlo con garantías.

—Me dijeron que Armín sí podría hacerlo.

—Conozco a Armín y dudo que pueda. Además, hace tiempo que no viene por la Biblioteca. Lo último que sé acerca de él es que dejó la casa del magistrado Pulcro y que trabajaba para Teón.

—¿Me harías el favor de buscar un escriba capaz de hacer el trabajo? Es para una mujer a la que quiero impresionar. Pagaré muy bien. Toma esto. —Estilicón le entregó cinco sólidos.

—Es mucho dinero.

—Es un adelanto para ti. Cuando me entregues el texto pagaré el resto. Pero, dime, ¿quién es ese Teón?

—Es el director de Museion. Además, es el padre de Hipatia, la joven más popular de Alejandría.

—¿Por qué es popular esa Hipatia?

—Porque es profesora de filosofía.

—¿Una mujer imparte clases de filosofía?

—Para un extranjero puede parecer extraño, pero no para los habitantes de Alejandría.

«Bien —pensó el asistente del emperador—, ya tengo un hilo del que tirar».

Estilicón vigiló la vivienda de Teón durante tres días y no obtuvo resultados. No vio a ninguna joven que pudiera ser la tal Hipatia, a ningún adolescente rubio con ojos azules ni a nadie que pudiera ser tomado por un escriba.

Decidió hablar con el director del Museion y solicitó entrevistarse con él diciendo que era un filósofo romano. Cuando entró en el despacho de Teón, el científico le dijo:

—Te he visto pasear por la Biblioteca. ¿En qué puedo ayudarte?

—Mi nombre es Flavio Estilicón. He estudiado retórica y filosofía en Roma.

—¿Con qué maestro estudiaste? —le preguntó Teón.

—Con el hispano Calcidio.

—Gran maestro, Calcidio. En la Biblioteca tenemos la traducción al latín que hizo del diálogo *Timeo* de Platón.

—He solicitado entrevistarme contigo porque quiero consultar ciertos volúmenes y, si es posible, asistir a las clases de tu hija Hipatia.

—Respecto al uso de la Biblioteca, daré órdenes para que un clasificador se ponga a tu disposición. Pero ¿qué sección te interesa?

—Me interesan los libros que comentan el poema de Parménides de Elea.

—¡Ah, Parménides! El creador de la filosofía —aseveró Teón—. Para eso no habrá problema. Hay un clasificador especialista en ese filósofo.

—¿Y respecto a las clases de tu hija?

—Desgraciadamente, Hipatia no se encuentra en estos momentos en Alejandría y no sabemos cuándo regresará. Así que en eso no puedo complacerte.

La entrevista no le había reportado a Estilicón los resultados que esperaba y se despidió de Teón con una sensación de fracaso. Sin embargo, antes de salir de su despacho, este le preguntó:

—¿Has dicho que eres de Roma?

—Así es.

—Me gustaría que aceptaras una invitación a mi casa. Estoy seguro de que a mi esposa le encantará hablar con un joven instruido como tú sobre la capital del imperio.

—Quedo a tu disposición.

—¿Te parece bien mañana por la noche?

—Allí estaré.

El hilo roto del que tirar se había recompuesto, aunque aún era demasiado débil. Aprovecharía la invitación de Teón para obtener más información. Cuando regresó a la posada, Nemesio tenía más noticias.

—Nila me ha dicho que, antes de llegar el niño godo, otro escriba godo amigo de Armín regresó a la Dacia. Después supo que era el ayudante del caudillo Fritigerno. No sé si eso nos servirá ya que no pudo conocer al joven godo.

—Quizá me sirva —dijo Estilicón—. ¿Cómo se llama ese escriba?

—Según Nila, su nombre es Ruderig. También me contó que en la ocasión en que Armín volvió a la casa de Pulcro, se quejaba de haber perdido el contacto con él.

Estilicón llegó a la casa de Teón poco antes de la hora de la cena. Clío, la esposa del Astrónomo, estaba encantada de recibir al joven romano. Después de las presentaciones se sentaron a la mesa, y Estilicón, que era un excelente conversador, habló sobre la vida en Roma y también en Mediolanum, sobre las tendencias de la moda, la pérdida de poder de la capital en favor de Mediolanum y la influencia exagerada del obispo Ambrosio. Comentó que había hablado algunas veces con él al respecto de la influencia del filósofo pagano Plotino en la doctrina de los católicos.

—Sí —dijo Clío—, hace tiempo que los cristianos quieren apropiarse de las enseñanzas de Plotino. Pretenden dar un barniz de profundidad filosófica a esa burda doctrina del Nazareno que las clases ilustradas rechazan por su simplicidad.

La mención al filósofo neoplatónico Plotino generó cierta simpatía hacia aquel joven romano que se expresaba con tanta precisión y belleza en un latín al que los alejandrinos no estaban acostumbrados. Estilicón dejó que la conversación fluyera con la complicidad que había surgido entre ellos debido al interés mostrado por el neoplatonismo que representaba los principios filosóficos y religiosos de aquella familia. Cuando vio el momento oportuno dijo:

—En Adrianópolis conocí a un joven escriba llamado Ruderig que había vivido aquí, en Alejandría.

—Sé quién es —afirmó Teón—. Yo mismo le di clases por indicación del magistrado Pulcro. ¿Cómo se encuentra?

—Ahora es el asistente del caudillo Fritigerno.

—Algo había oído. Me alegra saberlo. Ruderig puede ser un excelente consejero.

—Cuando le conté que vendría a Alejandría me pidió que visitase a su amigo Armín, escriba como él, de quien no tenía noticias desde hacía tiempo, al parecer. ¿Sabes dónde puedo encontrarlo?

—Trabajó para nosotros —dijo Clío—. Al pobre le quedó el rostro horriblemente desfigurado por la agresión de un monje negro con una antorcha.

Después de que Clío revelase a Estilicón ese detalle, Teón la miró con gesto adusto, como si le recriminara que hubiese proporcionado esa información a un desconocido, y de inmediato desvió la conversación.

—Por desgracia —dijo Teón—, Armín nos dejó hace tiempo y no sabemos dónde puede estar en estos momentos.

Continuaron durante un rato hablando de filosofía, y cuando Teón lo acompañó hasta la salida, Estilicón vio el retrato de una joven que guardaba un gran parecido con Clío. Concluyó que debía de tratarse de Hipatia, pero consideró que no era prudente preguntar, de modo que se limitó a decir:

—Es una pena que no haya podido conocer a Hipatia. A buen seguro es una mujer extraordinaria.

Teón, preocupado por la falta de discreción que su esposa había demostrado, se le adelantó.

—Es una lástima, sí —convino. Y añadió—: Ha sido una velada muy agradable, joven Estilicón. Puedes volver cuando te apetezca mientras estés en la ciudad.

Llevaban casi dos semanas en Alejandría y no habían logrado reunir información suficiente ni para suponer dónde se ocultaba Alarico.

—Lo único que podemos hacer son conjeturas —reflexionó Estilicón en voz alta—. Estoy convencido de que Alarico ya no se encuentra en Alejandría. Y también lo estoy de que se ha ido con Hipatia y ese escriba llamado Armín. Hay que dar un giro a nuestra investigación.

—Pero ¿cómo los encontraremos si ni siquiera les hemos visto la cara? Lo único que sabemos es que uno de ellos es un escriba godo con el rostro desfigurado por las quemaduras de una antorcha.

—Déjame pensar, Nemesio —le pidió Estilicón—. Yo podría reconocer a Hipatia porque vi su retrato, pero debería identificarla personalmente, lo cual es muy difícil. Y no nos queda demasiado tiempo.

—Hay otra posibilidad —dijo Nemesio—. Puedo robar el retrato de Hipatia.

—Se me había ocurrido, pero Teón sospecharía de mí y alertaría al muchacho godo. Además, es demasiado grande para llevarlo encima. —Estilicón se quedó pensativo unos momentos—. Hay que encontrar otra solución.

—¡La tengo! —exclamó Nemesio—. Robaré el cuadro y buscaremos a un pintor que lo copie en miniatura. Si somos rápidos, Teón y su esposa no se darán cuenta. Podemos hacerlo todo en una noche.

Estilicón facilitó a Nemesio la ubicación del retrato dentro de la casa y corrió a buscar un pintor. Por suerte, en Alejandría, una ciudad rica también en arte, había numerosos pintores que exponían sus obras en las plazas cercanas al Serapión, de manera que no le resultó difícil contratar a uno.

A Nemesio, hábil en entrar en casas cerradas, no le costó robar el retrato de Hipatia sin que nadie se percatara. Disponían de poco tiempo, y el pintor, estimulado por los cincuenta sólidos que Estilicón le ofreció, tuvo terminada la copia con el margen suficiente. Había hecho un excelente trabajo, y cualquiera que hubiera visto a Hipatia la reconocería en aquella miniatura.

—¿Para qué quieres un retrato de Hipatia? —preguntó el pintor.

Estilicón no le contestó. Cuando le entregó la bolsa con los cincuenta sólidos, lo cogió por los hombros y lo miró fijamente a los ojos hasta atemorizarlo.

—Si alguien se entera de que has hecho este trabajo, ¡eres hombre muerto! —lo amenazó.

Estaba convencido de que Alarico había salido de la ciudad. El problema radicaba en averiguar a dónde lo habían llevado. Descartó que fuese hacia el interior desértico de Egipto porque un oasis no era el mejor lugar para esconderse. Pasaban demasiadas caravanas, y Alarico y sus acompañantes llamarían mucho la atención. Seguramente se habrían ido por mar a alguna de las ciudades del Mediterráneo.

—Investigaremos en el puerto —dijo Nemesio.

—De Alejandría zarpan a diario decenas de cargueros con trigo, especias y papiros. Pudieron pasar desapercibidos a bordo de uno de ellos.

—Será como buscar una aguja en un pajar.

—Tendremos que preguntar a los barcos imperiales que patrullan en busca de barcos piratas o de contrabando. Es la única posibilidad —concluyó Estilicón—. La ventaja es que esos buques detienen a casi todas las embarcaciones que navegan por su jurisdicción. Démonos prisa, hay que alquilar un barco.

Los dos primeros buques de la armada romana a los que pudieron subir como comisionados del emperador no parecían tener noticias al respecto del muchacho godo y sus acompañantes. En el tercero, el capitán, como los anteriores, les respondió que no habían visto a las personas por las que preguntaban. El retrato de Hipatia no le decía nada y tampoco habían visto a un hombre con el rostro desfigurado ni a un joven de pelo largo y rubio con los ojos azules. También en esa ocasión, Estilicón ordenó que les dejaran hablar con los soldados encargados de inspeccionar los barcos.

—Puedes hablar con ellos, por supuesto. Pero no te dirán nada porque de haber encontrado a esas personas me lo habrían comunicado.

—Bien, capitán, manda venir a esos soldados. Queremos hablar a solas con ellos.

Estilicón y Nemesio se encerraron en un camarote con los dos hombres encargados de inspeccionar a los cargueros. Estilicón les explicó lo que buscaban. Acto seguido, les enseñó el retrato de Hipatia y los amenazó con la pena de muerte en caso de que mintieran, pues al tratarse de una misión imperial cometerían delito de lesa patria.

—Si hablamos, el capitán nos desollará a latigazos.

—Y si no habláis sois hombres muertos.

Los dos soldados se miraron a los ojos y uno de ellos accedió a hablar si Estilicón y Nemesio se comprometían a no decir nada al capitán.

—Prometiste a la chica que no los delatarías —le recriminó el otro.

—Lo sé. Pero los está buscando el emperador —dijo el primero, que era quien llevaba la antorcha cuando bajaron a la bodega. Se volvió hacia Estilicón y le explicó—: Había tres personas: la chica del retrato, un muchacho fornido con los ojos azules y el pelo rubio y largo, y otro más menudo y moreno con cara de judío. Estaban escondidos en la bodega de un barco que transportaba papiros.

—¿Otro muchacho menudo y moreno? —quiso asegurarse Estilicón—. ¿No era un hombre con la cara desfigurada?

—No. Era un muchacho con aspecto de judío. En la bodega no había ningún hombre con la cara desfigurada.

—¿Adónde se dirigían?

—Creo que dijeron que iban hacia Esmirna.

—¿No estás seguro?

—No.

—Espero que no me engañes porque ya te he contado lo que te ocurrirá si lo haces. ¿Sabes si tenían intención de hacer escala en algún puerto antes de llegar?

—Siempre paran para avituallarse en Creta, en el puerto de Zakros.

Estilicón cumplió su promesa y no los delató.

—Nos vamos, capitán. Estabas en lo cierto: nuestras sospechas son infundadas.

En cuanto embarcaron en su navío, ordenaron al piloto que se dirigiese a la isla de Creta.

Durmieron en una posada del puerto de Zakros, y a la mañana siguiente preguntaron quiénes eran los responsables de avituallar a los barcos que estaban de paso. En la posada les facilitaron el nombre de la persona encargada que trabajaba para el municipio.

No les fue difícil encontrarlo. Le describieron a los pasajeros y le dijeron que se trataba de un barco que transportaba papiros hasta Esmirna.

—Imposible —afirmó el munícipe—. Los barcos que se dirigen a Esmirna paran en Rodas, nunca en Zakros. Aquí se detienen los que van a El Pireo.

—¿Estás seguro? —preguntó Estilicón.

—Completamente, solo por error o por necesidad lo harían.

Nemesio enseñó al funcionario el retrato de Hipatia, y este le dijo que nunca la había visto.

—¿Y tus hombres?

—Me lo habrían contado. Los cargueros que transportan papiros no suelen llevar pasajeros. Es una mercancía demasiado valiosa. Y si llevaba pasajeros, estarían escondidos.

—¿Algún capitán te pidió que nadie bajase a la bodega de su embarcación?

—Ahora que lo dices..., hace unos días el capitán de un barco cargado de papiros que para aquí con frecuencia me lo pidió. El buque se llama Faros y hace la ruta de El Pireo. Yo no he visto a las personas de las que habláis, pero podéis preguntar a mis hombres. Es posible que alguno entrara en la bodega.

Todos los marineros negaron conocer a las personas que describían y la mujer del cuadro les era desconocida. Los comisionados del emperador estaban desalentados. De pronto, Nemesio se fijó en un estibador que dormitaba cerca de ellos sobre unas velas plegadas.

—¿Y ese? ¿Trabaja para ti?

—Sí. Es Urgo. Pero no sacaréis nada de él. Es mudo y un poco retrasado.

—Mudo, pero no sordo ni ciego. Si ha visto a la mujer del retrato podrá reconocerla.

—Urgo, haragán, ¡ven aquí! —dijo con voz potente el funcionario municipal para despertar al estibador.

Al oír su nombre, el joven mudo se desperezó frotándose los ojos y se acercó a toda prisa con cara de bobalicón. Estilicón, sin mediar palabra, le enseñó el retrato de Hipatia.

Urgo, que intuyó que podría derivarse algo malo para él si identificaba a la joven del cuadro, echó a correr asustado. Pero no pudo llegar muy lejos porque Nemesio le dio alcance en dos zancadas.

—¡Nadie va a hacerte nada! —gritó Estilicón—. Solo queremos que nos indiques si has visto a la mujer del retrato.

El estibador, tembloroso, no se atrevía a confirmar nada, pero, por su expresión de terror, se le notaba que algo sabía. Como no acababa de decidirse, el avituallador le propinó un puñetazo en la mandíbula que lo derribó.

—¿No querrás que te dé otro?

Urgo, conmocionado por el golpe, asintió. Conocía a esa mujer, así como también a sus acompañantes, incluido Armín.

—Entonces ¿el Faros no se dirigía a Esmirna? —quiso confirmar Estilicón.

—Sin duda os han engañado —respondió el funcionario—. El Faros hace siempre la ruta de El Pireo, ya te lo he dicho.

Cuando los comisionados de Teodosio se dirigían a su barco para poner rumbo a El Pireo, Urgo, que trataba aún de encajarse la mandíbula dolorida, los miró con la sensación de haber hecho algo censurable.

Hipatia acababa de recibir una carta de su padre. Quiso leerla en su habitación por si se trataba de alguna noticia que Filolao no debiera saber.

Querida hija, supongo que Filolao os trata tan bien como imagino. Durante mucho rato he dudado si escribirte esta carta porque no estoy seguro acerca de si lo que voy a contarte es un simple presentimiento, consecuencia de estar inquieto por vuestra seguridad, o es algo más grave. Hace unos días vino a mi despacho del Museion un joven romano llamado Flavio Estilicón. Te facilito su nombre por si en algún momento te lo encuentras por Atenas. Es un muchacho culto con aspecto germánico. Lo invité a cenar, y tu madre se quedó fascinada con su exquisita conversación. Pero, sin casi venir a cuento, preguntó por Armín. Tu madre, en un exceso de confianza que me hizo enfadar, le dijo que Armín había quedado con la cara desfigurada. Me inquieté, pero mucho más al día siguiente, cuando un escriba de la Biblioteca me comentó que el joven romano había pagado una fortuna por una traducción de Mimnermo de Colofón que luego no recogió y, además, y esto es lo más preocupante, también le había preguntado por Armín. No sé si aún está en Alejandría, pero no ha vuelto a la Biblioteca, como me dijo que haría, para consultar unos manuscritos sobre Parménides de Elea. En todo caso, lo que más me hace sospechar es su desaparición. Es difícil que un hombre tan refinado y culto sea un sicario contratado para hacer daño a nuestro Alarico. No me cabe en la cabeza. Puede que no se trate más que de estúpidas conjeturas; aun así, quería que lo supieras.

Tu madre y yo te echamos mucho de menos. Y a tus tres protegidos también. Cuídate, querida hija.

A Hipatia le produjo desconcierto el contenido de la carta. Lo que su padre le contaba en ella era muy extraño. ¿Qué hacía un joven romano instruido preguntando por un escriba como Armín? Por el momento, no diría nada, pero estaba convencida de que no iban a disfrutar de la misma tranquilidad que hasta entonces. Tendría que estar ojo avizor y adelantarse a los acontecimientos.

—¿Malas noticias, Hipatia? —le preguntó Filolao cuando salió de su habitación.

—Solo acerca de cuestiones domésticas. Mi madre está un poco delicada, aunque, según me cuenta mi padre, ya está mejor.

—Me alegro por ella —contestó Filolao.

20

Los misterios de Eleusis

Atenas era una fiesta cuando Estilicón y Nemesio llegaron a mediados de septiembre. Por todas partes se veían los preparativos de la procesión a Eleusis. En todo el imperio los cultos paganos estaban prohibidos, pero, al contrario que en Alejandría, en aquella ciudad no había en la práctica una persecución declarada hacia quienes no se proclamaban católicos. Los arcontes habían conseguido expulsar a los monjes negros, los cuales, sin embargo, pululaban por todas las poblaciones de Grecia, dedicados a la destrucción de templos y a coaccionar de forma violenta a los disidentes de la religión del emperador.

Los comisionados de Teodosio caminaban por las calles anejas a la Acrópolis observando en todas direcciones. No sabían por dónde empezar su búsqueda, aunque vigilar el Ágora parecía lo más oportuno. Los carros de los comerciantes de especias, pieles, alimentos y productos de todo tipo se alineaban a lo largo de la vía Panatinaica pregonando las mercancías que ofrecían a los viandantes mientras muchos otros intentaban abrirse paso hasta la Acrópolis o la puerta Sacra, buscando algún lugar libre donde instalar su tenderete. Casi no quedaba un hueco donde pararse, de modo que Estilicón y Nemesio se situaron junto a la estoa[18] sur, desde cuya escalinata se tenía una visión panorámica de la plaza. Allí, apretados grupos de atenienses conversaban sobre filosofía, religión, política y los más diversos temas, si bien Estilicón se percató de que el asunto que más polémica suscitaba era la rebelión de los bárbaros refugiados. Las imprecaciones contra el emperador Valente por haber dejado entrar libremente a una nación de salvajes eran constantes. En las escalinatas del Tolos,[19] un anciano con el pelo y la barba blancos arengaba a los que se apiñaban a su alrededor. Abrirse paso en esa barahúnda de corros, vendedores o simples paseantes y compradores resultaba muy difícil.

Al no haber podido reconocer a ninguna de las personas que les interesaban, decidieron buscar alojamiento.

—Hipatia es filósofa —dijo Estilicón—. Debemos ir, pues, a las escuelas y las estoas. Mañana vestiré nuevamente la toga y comenzaré a investigar por los lugares en los que se reúnen los filósofos.

—¿Qué hago yo mientras tanto? —preguntó Nemesio.

—Sigue paseando por el centro de la ciudad. En algún momento tendrán que salir de su escondrijo.

Al día siguiente Estilicón entró en una librería situada cerca del teatro de Dionisos. Buscaba a alguien que conociese los ambientes filosóficos de la ciudad y pensaba que un librero era la persona más adecuada para informarle. Pasó un rato mirando los diversos códices y rollos de papiro y pergamino colocados en las estanterías y en las mesas de exposición. El librero,

18. Las estoas eran galerías techadas con una pared de fondo y columnadas por delante que servían para hacer reuniones y mantener debates. En una estoa fundó Zenón de Citio la escuela estoica.

19. El Tolos de Atenas era un edificio circular situado en el Ágora. Era la sede de los pritanos, que formaban el gobierno de Atenas.

un hombre de unos cuarenta años que vestía toga, con barba y escaso pelo canoso, se acercó a él después de observarlo durante unos instantes.

—Salud, forastero. ¿Buscas algo en especial?

—Salud —dijo Estilicón—. ¿Cómo sabes que soy forastero si ni siquiera había hablado hasta ahora?

—Hay muchos detalles que te delatan. Tu altura, el pelo rubio de tono rojizo, el hecho de que nunca te haya visto en la librería cuando, por la expresión de tus ojos azules, se te ve tan interesado por los libros. Y esa toga tan historiada que llevas solo puede ser de la Cirenaica o de Alejandría. Además, ahora que has hablado, tu acento del oeste también te delata.

—¿Tan mal hablo el griego? ¿Y qué pasa con mi toga?

—Hablas muy bien mi idioma, pero con acento de Italia. Y me parece precioso ese acento. En cuanto a la toga, todos esos bordados en diferentes colores son impensables en una ciudad como Atenas.

—¡Tienes buen oído para los acentos! Soy romano, en efecto. Y estoy buscando comentarios a las obras de Anaxágoras de Clazómenas.

—¿Un romano buscando obras sobre Anaxágoras? —dijo el librero en un tono algo más que irónico—. No es algo muy común. Los romanos que pasan por Atenas suelen ser militares y no buscan precisamente tratados de filosofía, sino prostitutas.

—Puedes estar seguro de que hay romanos tan cultos como los griegos —dijo Estilicón con expresión molesta—. El propio Plotino vivió casi toda su vida en Roma y murió en Italia.

—No debes enfadarte. Se trataba de una broma. Mi nombre es Asquenio y soy filósofo. Hago de librero, como tantos otros, porque la filosofía no da para vivir. Hay demasiada competencia en Atenas.

—Mi nombre es Flavio Estilicón. Soy romano, aunque por mi aspecto queda claro que soy hijo de un bárbaro. Pero también lo soy de una romana.

—A mí no me importa el origen de las personas. Me interesa lo que piensan y sus inquietudes intelectuales. —Asquenio lo miró a los ojos con un gesto de fascinación—. Vayamos a los libros que buscas. En esta zona de la ciudad hay demasiados visitantes que vienen atraídos por su fama de ser la cuna de la filosofía. La mayoría de ellos piden libros de los filósofos más conocidos o comentarios a sus obras: Platón, Aristóteles, Epicuro, Zenón, Diógenes Laercio, incluso Séneca o Marco Aurelio, que no eran griegos. En los últimos tiempos están de moda las obras de Plotino. Pero no puedo exponer las obras de Anaxágoras porque me quitarían espacio y vendería pocos ejemplares. La ciudad está llena de curiosos, nuevos ricos y libertos. El escritor Pausanias, con sus libros de viajes, puso de moda Atenas como destino de muchos viajeros. Yo no lo hago, si bien en otras librerías se venden los papiros como si fueran obras autógrafas de los propios filósofos clásicos.

—¡Eso es imposible! Las obras de los clásicos se escribieron hace más de setecientos años y un papiro no dura más de trescientos. Solo pueden ser copias. ¡Menuda estafa! —concluyó Estilicón.

—Los libreros advierten en la cara de los compradores su grado de instrucción. Ya te he dicho que yo no comercio con falsificaciones. Estate seguro de que a ti nunca te las ofrecerán.

—Eso espero —dijo Estilicón con suficiencia—. Gracias de todas formas. Buscaré en otra librería.

—Que no tenga en mi tienda lo que estás buscando no significa que no pueda conseguírtelo. ¿Te quedarás algún tiempo en Atenas?

—Sí. Estaré varios días. Quiero conocer la ciudad y entablar relación con filósofos —respondió Estilicón, a quien aquel ateniense parlanchín y amanerado le parecía un buen contacto para introducirse en los ambientes filosóficos.

—¿Estudiaste filosofía en Roma?

—Sí.

—Entonces también eres filósofo. Yo conozco a los mejores filósofos que enseñan en Atenas: Plutarco, Prisco del Epiro, Filolao y muchos otros.

—¿Me los presentarías?

—Por supuesto, estarán encantados de tratar con un filósofo romano.

—Me halagas llamándome filósofo. Me gusta la filosofía y siempre estoy dispuesto a aprender, pero de ahí a ser filósofo hay un abismo.

—En eso consiste ser filósofo: en tener voluntad de aprender.

—¿Cuándo podré conocerlos?

—Precisamente esta noche hay un *simposium*[20] en casa de Plutarco. Se celebra con motivo de las fiestas de Eleusis. Si quieres, puedo conseguir que te invite.

—¿Harías eso por mí?

—Sí. No acuden cada día personas como tú a mi librería. Podrías venir conmigo.

—Pero has de saber que no soy un gran bebedor.

—Nadie te obligará a beber si no quieres. Estás influenciado por los diálogos de Platón y Jenofonte. Los intelectuales de la época clásica como Alcibíades, Agatón, Aristófanes o el propio Sócrates, que se reunían para hablar de filosofía o de ciencia, eran grandes bebedores y siempre acababan beodos en los

---

20. Banquete que desde la época de Platón y Jenofonte devino en una ocasión para celebrar debates filosóficos.

simposios. Pero no es el caso. Aunque desde el punto de vista formal los simposios se desarrollan de una manera similar a los de entonces. Si vienes no te arrepentirás. Además, esta noche Plutarco ha prometido una sorpresa.

Estilicón había conseguido lo que pretendía. Asquenio le permitiría acceder a los ambientes filosóficos de Atenas.

21

El *simposium* de Plutarco

Estilicón, que se había comprado una toga ateniense, sin adornos bordados, para no llamar la atención, entró en la casa de Plutarco acompañado de su nuevo amigo Asquenio y enseguida le sorprendió lo que vio en la gran sala a la que los hicieron pasar. Al fondo, un grupo de músicos interpretaba una melodía muy dulce que le pareció la música perfecta para acompañar el suave murmullo de las conversaciones. Estilicón, un apasionado de la música que conocía casi todos los instrumentos, se fijó en el *hydraulis* que destacaba por encima de los demás con su sonido tan especial, filtrado por el agua.

—Sí, querido amigo —dijo Asquenio al ver su interés—. Es un órgano de agua. Plutarco es un hombre refinado y quiere siempre la mejor música en su casa.

El resto del grupo musical estaba formado por mujeres que tocaban aulós, flautas y liras. Los filósofos iban llegando y ocupaban los lugares que tenían reservados. Pero no solo había filósofos, sino también mujeres ricamente vestidas y maquilladas, que llamaron la atención de Estilicón.

—Son hetairas —le dijo Asquenio.

—Había oído hablar de ellas, pero no pensé que todavía las hubiera.

—Estas cultivadas mujeres nunca han dejado de estar entre nosotros. Aunque somos conscientes de que a los católicos, que las consideran simples prostitutas, les desagradan y, de hecho, están prohibidas. Si triunfan los galileos, los simposios desaparecerán y con ellos las hetairas. Bueno, y también la música, los espectáculos, la filosofía, el arte y todas las cosas buenas que ha conseguido reunir nuestra civilización.

—Entonces ¿no son prostitutas? —insistió el joven romano.

—No, mi querido amigo. Son mucho más que eso.

No pudieron continuar la conversación porque una gran ovación llenó la sala, y Plutarco, que ocupaba el asiento presidencial, se levantó y tomó su copa. Todos los invitados hicieron lo mismo. Cuando todas las copas estuvieron levantadas, el anfitrión dijo de forma solemne:

—Queridos amigos, hoy es, para todos nosotros, un día muy especial. Nuestro simposio tiene como invitada a una mujer excepcional: Hipatia de Alejandría, la hija de Teón el Astrónomo. Ella abrirá el simposio ofreciéndonos una canción de su Egipto natal.

Estilicón vio asombrado que la joven caminaba hacia el lugar en el que se encontraban los músicos y al instante notó que todo su cuerpo se sentía extrañamente conmovido. El retrato que había visto en casa de Teón no le hacía justicia. ¿Esa era la sorpresa de la que le había hablado Asquenio por la mañana? Era incapaz de apartar los ojos de aquella mujer cuya toga de lino blanco brillaba a la luz de las antorchas. Dio por bueno todo el esfuerzo que, junto con Nemesio, había hecho hasta encontrarla. Ese pensamiento lo relajó y, como el resto de los asistentes, se dispuso a escuchar el canto que iba a regalarles la filósofa. Dos tocadores de crótalos de marfil y un intérprete de chirimía se unieron a los músicos. A continuación, un sirviente entregó una lira a la alejandrina y el encargado del *hydraulis* hizo un movimiento con la cabeza que indicaba el comienzo de la canción.

Una gran ovación siguió a la delicada interpretación que Hipatia y los músicos habían ejecutado con armonía y sensibilidad.

—Los filósofos griegos tienen una pasión desmesurada por la música —comentó Asquenio a Estilicón—. Todos saben tocar algún instrumento y cantan con mucho gusto en los simposios. Es posible que hoy se nos ofrezcan algunas canciones más. Pero la interpretación de Hipatia ha sido excepcional.

Estilicón no respondió porque todos sus sentidos estaban concentrados en ella. Cuando la ovación concluyó, Plutarco se levantó para decir las palabras de bienvenida.

—Gracias de todo corazón, Hipatia. Tu canción nos ha transportado más allá de los astros. Jamás se había oído en Atenas una música tan bella y melodiosa.

Plutarco dejó unos segundos de silencio para permitir que los asistentes terminaran de saborear la música de Hipatia. Después miró hacia donde se hallaba sentado el joven romano.

—Damos también la bienvenida al filósofo romano Flavio Estilicón, al que he invitado por consejo de nuestro bien amado Asquenio.

Todos los asistentes posaron la vista en el romano y lo saludaron con una sonrisa y una inclinación de cabeza, a lo que Estilicón correspondió de la misma forma.

Hipatia mantuvo su insondable mirada en los ojos del romano, y este, turbado, tuvo que volver el rostro. «Ahí está —se dijo Hipatia— el hombre al que mi padre se refirió en su carta. No eran, pues, "estúpidas conjeturas" suyas». Eso cambiaba todo lo que había planeado. Era incapaz de imaginar que aquel atractivo y refinado joven tuviese intención de degollar a Alarico. Pero ¿y si era un esbirro disfrazado? Para su padre, no había duda de que era alguien educado como un patricio. ¿Sería un fanático católico? Necesitaba saber quién era de verdad el joven romano.

Para concluir su intervención, el anfitrión pronunció el ritual con el que siempre daba comienzo un simposio desde que Platón lo incluyera en su diálogo *El banquete*:

—«Ahora vosotros, esclavos, traed lo que queráis como si no tuvieseis que recibir órdenes de nadie. Tratadnos a mis amigos y a mí como si fuéramos huéspedes convidados por vosotros y portaos lo mejor que sepáis».

El debate posterior versó en torno a la vigencia de los misterios de Eleusis y, en especial, sobre la obsesión de los dos emperadores católicos por imponer el cristianismo de forma coactiva y violenta. Todos los asistentes eran partidarios de la libertad religiosa. El propio Estilicón tuvo varias intervenciones brillantes, que fueron muy aplaudidas.

—¿Qué te ha parecido el simposio? —le preguntó su nuevo amigo.

—Extraordinario. Además, has de saber que suscribo, una por una, todas las argumentaciones. Nadie puede ni debe imponer una determinada fe. Allá cada cual con su conciencia. Por cierto, me ha impresionado a tal extremo que me gustaría participar en la procesión de Eleusis.

—No creo que te permitan iniciarte en los misterios mayores porque no estás inscrito ni has participado en los misterios menores. Puedes asistir a la procesión, eso sí, pero no entrar en el santuario.

—¿Sabes si Hipatia está inscrita?

—Filolao me comentó que va a iniciarse.

—Es una mujer excepcional —dijo Estilicón.

—Pues se cuenta que ha renunciado al matrimonio para poder ejercer como filósofa y científica con absoluta libertad. Al parecer, no quiere someterse a la autoridad de un hombre.

—Eso la hace todavía más atractiva. Me gustaría conocerla.

—No creo que haya ningún problema —dijo Asquenio—. Por cierto, puedo ofrecerte mi hogar para pasar la noche. Vivo solo con mi sirvienta, y la casa es amplia y muy cómoda.

—Te lo agradezco mucho, Asquenio, pero tengo mi equipaje en una posada. ¿Estarás mañana en la librería?

—Sí, como cada día.

—Pasaré a visitarte a la hora quinta —confirmó Estilicón—. Una cosa más, ¿sabes dónde se aloja Hipatia?

—Tengo entendido que en casa del filósofo Filolao.

—¿La acompaña alguien?

—Creo que ha venido sola desde Alejandría. ¿Por qué lo preguntas?

—Por pura curiosidad.

La contestación de Asquenio dejó desconcertado a Estilicón. Si Hipatia había llegado sola a Atenas, él y Nemesio habían perdido el tiempo. Lo peor es que no podrían cumplir el encargo del emperador. Sin embargo, aquello no le cuadraba. Estaba seguro de que los acompañantes de la alejandrina se ocultaban en casa de Filolao.

Nemesio lo aguardaba despierto en la posada. Encendió una vela en cuanto apareció Estilicón y notó que los ojos le brillaban como centellas.

—He encontrado a Hipatia —dijo en tono triunfal el romano.

—¿Has averiguado dónde vive?

—Sí, en casa de un filósofo llamado Filolao.

—Entonces nos resultará fácil secuestrar a Alarico —concluyó Nemesio—. Misión cumplida.

—No tan deprisa. La ciudad bulle con las fiestas. En los próximos días tendrá lugar la procesión a Eleusis. —Estilicón se quedó pensativo un instante, para luego añadir—: Hipatia participará.

—Hay una cosa que tengo que contarte —dijo con gesto serio Nemesio—. Mientras estabas en el simposio, he callejeado por si veía a alguno de los que estamos buscando y creo que alguien me observaba.

—¿Estás seguro?

—Es una simple intuición. En cualquier caso, si han estado siguiéndonos lo han hecho muy bien.

—¿Tendrá algo que ver con las extrañas miradas que Hipatia me dedicó en el simposio? —reflexionó el asistente del emperador en voz alta.

Esa noche, a la filósofa alejandrina le costó conciliar el sueño. Por su mente revoloteaban las más extrañas hipótesis sobre las intenciones de aquel joven romano que le parecía uno de los hombres más atractivos que había conocido. No dejó de mirarlo durante el simposio por ver si sus ojos le revelaban alguna respuesta a las preguntas que la angustiaban. No sabía qué hacer, así que decidió pedirle a Filolao que convocase en su casa a Prisco y a Plutarco y que hiciera venir al amigo de Estilicón, Asquenio.

Cuando Hipatia empezó a hablar, el librero permanecía fuera a la espera de que lo llamaran.

—Queridos maestros, os he pedido que vinierais porque os debo una disculpa, pero también porque quiero consultaros una cuestión que me acucia y me quita el sueño.

—No soy consciente de que debas disculparte con cualquiera de nosotros —dijo Prisco mientras sus colegas asentían a su afirmación.

—Deseo disculparme porque no os dije la verdadera razón por la que hemos venido a Atenas.

—No te la hemos pedido, pero si hay algo que te desasosiega puedes confiárnoslo —agregó Filolao—. Cuéntanos, por favor, lo que te angustia y te impide dormir.

Hipatia les hizo un detallado relato de todas las vicisitudes acaecidas desde que su familia aceptó hacerse cargo de la custodia de Alarico.

—Os pusisteis en grave peligro cuando acogisteis a un rehén del imperio. Pero mucho más al desobedecer las órdenes que os obligaban a entregarlo —dijo Plutarco.

—Si nos hicimos cargo de Alarico fue por estar convencidos de que el imperio cometía un latrocinio contra los refugiados godos —alegó Hipatia.

—Tienes razón. Todos habríamos hecho como tú y tu familia. Ante las humillaciones y los crímenes contra esas pobres gentes, las personas decentes son incapaces de quedarse al margen, a pesar de que puedan sufrir la ira del propio emperador —dijo Prisco.

—No solo no deben ser objeto de persecución y muerte, sino que el imperio está en la obligación de protegerlos ya que tarde o temprano serán ciudadanos romanos —añadió Plutarco—. La propaganda imperial ha hecho que una parte considerable del pueblo esté en contra de esos pobres refugiados al ocultarle el despiadado comportamiento del *comes* Lupicino y sus legionarios. Solo ha contado la reacción a esos crímenes.

—Y bien, Hipatia, ¿qué quieres que hagamos? —preguntó Prisco—. Cualquier cosa que nos pidas la haremos con gusto.

Hipatia les explicó las sospechas de su padre sobre el romano Estilicón. Estaba convencida de que seguía a Alarico.

—No me imagino a ese joven como un esbirro —objetó Prisco.

—Ni yo... Sin embargo, lo que nos has contado, Hipatia, no puede llevar a confusión. Algo busca de Alarico, y sospecho que nada bueno —dijo Filolao.

—Entonces, ¿qué quieres que hagamos? —repitió Prisco.

—Lo primero, hablar con Asquenio —afirmó Hipatia.

Plutarco lo hizo pasar y tras sentarse junto a ellos le preguntó:

—¿Qué sabes del joven romano Estilicón?

—No sé casi nada porque lo conocí ayer. Entró en mi librería y conversamos sobre filosofía. Es un joven refinado y con una educación admirable, sobre todo si tenemos en cuenta que es romano. Por eso te pedí que lo invitaras al simposio.

—¿Y nada más? —inquirió Filolao.

—Bueno, al salir del simposio me habló con admiración de Hipatia. Eso no me resultó extraño. Todos se quedan prendados de ella. Sin embargo, sí me sorprendió que me preguntase dónde vive y si ha venido sola a Atenas.

A Hipatia le cambió el semblante cuando oyó esas palabras. Ahora estaba todo claro.

—¿Te dijo algo más? —preguntó la filósofa.

—Solo que le gustaría conocerte, y me ofrecí a hacer las presentaciones. Vendrá a la librería hoy. ¿Sucede algo grave?

—No, nada. Gracias, Asquenio. Espera un momento fuera —le pidió Hipatia. Cuando el librero salió, añadió—: Creo que tengo la obligación de conocer a ese joven. Solo así sabré sus intenciones.

—¿No correrás peligro? —dijo Filolao—. Será mejor que uno de nosotros te acompañe.

—No. Vosotros, no. Me acompañará Asquenio. Coincidiré con el romano en su librería. Nada se atreverá a hacer en un lugar público.

Antes de que Asquenio dejase la casa de Filolao, Hipatia le dio unas precisas instrucciones de lo que quería de él y quedaron en encontrarse en la librería a la hora quinta.

Cuando Hipatia entró en la librería de Asquenio, el joven Estilicón se encontraba al fondo del local conversando con el librero y hojeando un códex que estaba sobre una mesa mientras varios forasteros curioseaban entre los ejemplares de códices y pergaminos expuestos. Al acercarse la alejandrina, Estilicón y el librero se levantaron haciendo una ligera genuflexión, detalle que Hipatia agradeció con una sonrisa.

—Creo que nadie os ha presentado —dijo Asquenio—. Hipatia ha venido porque deseaba conocerte, al igual que tú a ella, Estilicón. Mientras habláis, voy a atender a unos compradores que me esperan desde hace rato.

—Salud, Hipatia. Para mí es un gran honor conocerte. —El joven romano calló unos instantes, para luego añadir—: No he sabido interpretar tu mirada de anoche en el simposio. Me pareció inquietante y enigmática.

—Salud, Estilicón. Asquenio me ha explicado bellas cosas de ti —respondió Hipatia—. Parece que te ha tomado cariño. Me gustaría saber con quién estoy conversando, qué te ha traído a Atenas y por qué tienes tanto interés en conocerme. En cuanto a mi mirada, tendremos tiempo de hablar sobre ella.

Hipatia quiso saber qué libro estaban leyendo y Estilicón se lo entregó para que lo viese.

—¡Anaxágoras de Clazómenas! —exclamó la filósofa—. En la biblioteca de nuestra casa había un ejemplar que se quemó en un ataque de los monjes negros. ¿Por qué te interesa este científico? Sus teorías han sido superadas ya.

—No está tan claro —afirmó Estilicón—. Su visión pluralista de la composición de los cuerpos sigue siendo atractiva y ningún científico la ha contradicho seriamente. Es tan vigente como la teoría atomista de Demócrito. Fue, además de un gran astrónomo, el mayor consejero de Pericles y el fundador de la primera escuela filosófica de Atenas. Su teoría del *nous* puede considerarse un antecedente del demiurgo de Platón. Y qué decir de su libro *La cuadratura del círculo*, tan difícil de encontrar. Además, ¿no es a Anaxágoras de Clazómenas a quien cita Sócrates en su defensa contra las acusaciones de impiedad en el debate judicial que mantiene con su acusador en ese maravilloso diálogo que es la *Apología*? ¿No sería eso ya suficiente para que me interesara por este libro?

—¿Has leído los *Diálogos* de Platón? —le preguntó Hipatia.

—No solo los he leído, sino que los he estudiado, uno por uno, con mi maestro, el hispano Calcidio.

La filósofa alejandrina, gran admiradora de Anaxágoras, le había planteado esas preguntas para saber si fingía sus conocimientos de filosofía y, por su contestación, consideró que había superado de largo el examen al que lo había sometido. Si no hubiera sido por las sospechas que albergaba sobre sus intenciones, Hipatia se habría quedado prendada del joven romano, que hablaba con la profundidad de los científicos del Museion de Alejandría. Se miraron a los ojos, y Estilicón advirtió en los de Hipatia una extraña ansiedad que le resultaba inquietante. Por su parte, él, ignorante de todo lo que Hipatia sabía y creyendo que la entrevista había sido una iniciativa de Asquenio, hacía todo lo posible por mostrarse amable e incluso seductor.

—Nada me agradaría más que debatir contigo con más tiempo. Saber hasta dónde podemos profundizar en las doctrinas de Platón —dijo Hipatia esgrimiendo una encantadora sonrisa.

—Pues os invito a comer en mi casa. Incluso puedo dejaros solos, si queréis —dijo Asquenio, que después de despachar a los compradores había oído las últimas palabras de Hipatia—. Si os parece bien, cerraré ahora la librería. Diré a Gémina, mi sirvienta, que es una gran cocinera, que nos prepare una comida mixta romana y griega.

Ambos asintieron con un parpadeo. Asquenio sabía que jamás se le presentaría otra ocasión como aquella para estar cerca de dos personas por las que se sentía fascinado. Su casa estaba cerca de la librería y quería ejercer de anfitrión.

Cuando llegaron, tardó muy poco en instruir a su sirvienta de lo que deseaban:

—Gémina, querida, he invitado a comer a estos dos jóvenes, que se llaman Hipatia y Estilicón, y les he dicho que eres la mejor cocinera de Atenas.

La sirvienta, que ya había oído hablar de Hipatia y la admiraba por su sabiduría, hizo una genuflexión ante los invitados. Era una mujer de unos treinta años, morena, de larga cabellera, grandes ojos y un cuerpo que parecía moldeado por el ejercicio físico. Por su desenvoltura, daba la impresión de sentirse muy a gusto en aquella casa, más aún cuando habló, pues trató al dueño con mucha familiaridad.

—A Asquenio le gusta ponerme en situaciones difíciles. Intentaré hacerlo lo mejor que sé. —Por la intensa mirada que dirigió a los jóvenes invitados se notaba que también se sentía fascinada por ellos.

—Por cierto, Gémina —dijo Asquenio—, no te olvides de poner el *garum* de Barcino. La ocasión lo merece.

—¿Tienes *garum* de Barcino? —se sorprendió el joven romano—. Es de los más cotizados del imperio. Me gusta incluso más que los de Neápolis o Gades.

—Creo que este es un momento perfecto para probarlo. Me lo regaló un comprador de la Ciudad Coronada, que es como llaman a Barcino por las torres que jalonan su magnífica muralla. Debió de quedar muy satisfecho con la compra que hizo. Dicen que las gentes de aquellas tierras son en extremo generosas.

La vivienda de Asquenio era una casa amplia en la que los libros y las antigüedades tenían un especial protagonismo. El salón no era tan grande como el de Plutarco, pero estaba decorado con un gusto exquisito que Hipatia supo apreciar.

—El libro de Anaxágoras es de mi biblioteca privada. No suelo desprenderme de ninguno de estos libros, pero contigo he hecho una excepción —le dijo a Estilicón.

—Si es así, no consentiré que te desprendas de él.

—No, querido Estilicón, estaré orgulloso de que lo aceptes como un presente de la ciudad de Atenas.

Gémina se fue a la cocina y el anfitrión y sus invitados continuaron hablando de los interesantes y raros libros de la biblioteca privada de Asquenio; también charlaron de filosofía y de ciencia e incluso del tema de conversación más frecuente del momento: la situación de los refugiados godos y la incompetencia del emperador Valente.

Asquenio iba llenando las copas de vino cada vez que se vaciaban. Pero Hipatia, que era consciente de las razones que la habían llevado a aquella casa, no bebió casi nada. Cuando todos los manjares estuvieron en la mesa, se sentaron.

—Yo siempre como con Gémina —dijo Asquenio—. Espero que no os importe que nos acompañe. Es una gran conversadora. —El librero la miró con infinita ternura—. Antes de ser mi sirvienta fue hetaira. En realidad, es mi única familia —añadió, y le dio un sonoro beso en la mejilla al que ella correspondió con otro más sonoro aún en los labios.

Conversaron sin parar mientras comían y bebían. Gémina se mostraba divertida y era capaz de hablar con autoridad y emoción de los más diversos temas. Estilicón, por su parte, se encontraba tan feliz por estar en tan buena compañía que, tras tomar varias copas de aguardiente, las órdenes del emperador se le antojaban, por primera vez, sumidas en una niebla espesa.

—Cuando te invité al simposio me dijiste que no eras un gran bebedor —le recordó Asquenio con una sonrisa.

—Desde luego que no lo soy, y lo cierto es que el aguardiente está afectándome —reconoció Estilicón al tiempo que le devolvía la sonrisa y procuraba ocultar que le costaba articular las frases.

Hipatia, totalmente lúcida, dejó que su sagacidad se adueñara de la situación. Se proponía hacer lo que su inteligencia le había aconsejado. Miró a Estilicón y sintió que el joven romano solo tenía ojos para ella. Era una mirada un tanto turbia, pero tan intensa y sensual que sobraban las palabras. Se levantó, se sentó en el mismo *kline* que el romano y, en aquel asiento alargado sin respaldo, lo abrazó con todas sus fuerzas mientras lo besaba. Parecía no importarle que Asquenio y su sirvienta estuvieran presentes. Pasados unos instantes, Gémina se levantó y tomó de la mano a Estilicón, quien la aceptó de buen grado. Acto seguido, Asquenio rodeó por la cintura a Hipatia, y los cuatro acabaron en el dormitorio del anfitrión tumbados en una amplia cama que no era la primera vez que vivía encuentros como aquel. Hipatia desvistió a Gémina mientras esta le quitaba la túnica a Estilicón y Asquenio hacía lo propio con la alejandrina. Hipatia se dedicó con entusiasmo al joven romano, al que besaba con extremado ardor al tiempo que le tocaba los músculos de los brazos, el pecho y la espalda y le acariciaba con suavidad el pene. No le importaba que, entretanto, Gémina la besara a ella en el pubis o en la nuca, o la abrazara con pasión apretando los pechos contra su espalda. Tampoco parecía importarle al romano que el anfitrión le chupase con delectación los pezones o le frotase los genitales. En aquel encuentro no hubo ningún tipo de limitación. Ni Hipatia rechazó los besos de Gémina ni Estilicón los de Asquenio. Los cuatro entrelazaban sus cuerpos de manera voluptuosa buscando el placer sin poner ninguna traba a sus deseos. El librero demostró ser un experimentado anfitrión y logró sus objetivos no solo con la ayuda impagable de su hábil y sensual sirvienta, sino también con la colaboración inestimable de Hipatia. La alejandrina, después de lo ocurrido en el lecho, se convenció de que todo estaba saliendo según había previsto y dejó que sus sentidos se liberaran definitivamente porque se dio cuenta de que nada tenía que temer.

Tal como habían acordado antes de su visita a la librería, a un gesto de Hipatia, Asquenio y Gémina salieron del lecho. En la enorme cama solo quedaron los dos invitados que, desnudos, continuaban acoplados como si se hubiesen fundido en un único cuerpo. Sin dejar de besarlo, la alejandrina se puso a horcajadas sobre la pelvis del romano e hizo que este la penetrase. Deseaba tanto a Estilicón como él a ella. Fue la alejandrina, a partir de ese momento, la que llevó la iniciativa moviéndose rítmica pero lentamente y diciéndole al oído:

—¡No vas a terminar ahora! Tenemos que disfrutar mucho más, muchísimo más.

—No sé si podré aguantar.

—No se trata de aguantar —le susurró Hipatia—. Debes dejar que tu mente se expanda. Piensa en ti y en mí como un solo ser. Tenemos que flotar juntos, ascender a los cielos y sentir como si nos fusionásemos con una divinidad. El sexo es un juego religioso. Se trata de que los dos juntos alcancemos el placer sublime y continuado de los dioses.

Estilicón fue haciendo lo que Hipatia iba indicándole hasta entrar en un estado de éxtasis para él desconocido. Además, poco a poco los efectos del alcohol se disipaban y su mente se aclaraba.

—Tienes que aprender a controlar todas las reacciones de tu cuerpo.

—No sé cómo hacerlo.

—No te preocupes, yo te enseñaré.

De inmediato, la alejandrina retomó la iniciativa para que Estilicón permaneciese en aquel estado de éxtasis. Continuaron así durante un tiempo que Estilicón fue incapaz de calcular si bien se le antojó larguísimo. Jamás había experimentado nada semejante a lo que le estaba sucediendo. No quería que aquel orgasmo acabase nunca.

Asquenio y Gémina, que no habían llegado a salir de la habitación, estaban sentados en un rincón abrazados y besándose con ternura mientras contemplaban con delectación a los dos invitados. A una mirada de Hipatia, se levantaron y, despacio, fueron hasta el lecho.

—Ahora debes permitir que Asquenio te ayude a terminar —susurró Hipatia al oído de Estilicón. No dejó que el romano dijera nada porque de inmediato silenció su boca con un beso intenso y prolongado mientras le rodeaba el cuello con los brazos.

Asquenio se tumbó en el lecho con la cabeza a la altura de la pelvis del joven romano y, antes de que este pudiese reaccionar, le sujetó la raíz del pene entre los dedos pulgar e índice de la mano derecha, presionando y soltando alternativamente mientras con los labios le acariciaba la base del glande. Cuando los jadeos incontrolados de Estilicón le indicaron que iba a eyacular, apretó con fuerza los dedos para conseguir, con suma habilidad, que el semen fluyese tan lentamente que Estilicón creyó morir de placer. Entonces el romano se liberó del beso y los brazos de Hipatia, se aferró a las sábanas con las manos como si fueran las zarpas de una fiera hasta que las desgarró y de su boca brotó un aullido aterrador.

Hipatia, que no había salido en ningún momento del estado de enajenación sexual, dejó que la experimentada Gémina la hiciera acabar del mismo modo que Asquenio a Estilicón. Y al igual que este último, la alejandrina gritaba con desesperación mientras una corriente de placer, aún más intenso, sacudía todo su cuerpo y hacía temblar su cabeza, su vientre y sus extremidades de forma incontenible durante largo rato. Después de finalizar aquel prolongadísimo y, para el romano, insólito orgasmo, ambos quedaron inmóviles y callados, con los cuerpos desnudos sobre el lecho caliente y húmedo.

Fue entonces cuando Asquenio, que se disponía a salir de la habitación llevando de la mano a Gémina, dijo:

—No ha estado nada mal… —Durante un instante, guardó un silencio casi teatral, para después añadir de modo burlón—: ¡Para tratarse de un romano! Los griegos nos pasamos la vida adiestrando a los de la capital del imperio hasta en la forma de practicar el sexo.

Todos, incluso el propio Estilicón, rieron la ocurrencia de Asquenio.

—Os dejamos solos. Gémina y yo tenemos que poner orden en la casa —concluyó el librero, y cerró tras de sí la puerta. Así lo había acordado con Hipatia por la mañana.

La filósofa besó tiernamente en la mejilla al romano y este la abrazó con tanta intensidad que la hizo protestar.

—¡Me haces daño! Pareces no ser consciente de tu fuerza —se quejó Hipatia—. ¿No te has quedado satisfecho?

—Lo siento. Es imposible quedarse satisfecho. Jamás hice el amor de una forma tan maravillosa.

—Solo ha sido sexo —quiso dejar claro Hipatia.

—¿Solo sexo? —Era una pregunta retórica—. Nunca lo había hecho de esta manera. Los católicos sostienen que el sexo es algo sucio de lo que tenemos que abstenernos si queremos ganar la otra vida. Por eso lo han sometido a unas reglas muy estrictas. Tanto es así, que dicen que solo puede practicarse con el objetivo de engendrar hijos, nunca por placer.

—Al contrario que para los católicos, para los griegos el sexo siempre ha sido un acto normal, algo consustancial a la vida, de manera que estamos acostumbrados a practicarlo sin ningún tipo de limitaciones. ¿Crees que hemos hecho algo malo? Por supuesto que no. Todos hemos disfrutado sin lastimar a nadie. Pero estoy segura de que no pasará mucho tiempo hasta que el emperador nos prohíba también este regalo de los dioses.

Se hizo un largo silencio porque ninguno de aquellos dos espíritus inquietos parecía dispuesto a desnudar su alma como habían hecho con sus cuerpos. Fue Hipatia la que dio un giro a la conversación.

—Esta mañana en la librería me has preguntado por las miradas que te dirigía durante el simposio.

—Sí, porque quedé inquieto y preocupado.

—Esas miradas reflejaban tan solo mi intranquilidad. Por eso cuando Asquenio nos presentó me interesé por el libro que estabas mirando y dije que tuvimos un ejemplar en casa que se quemó en un ataque de los monjes negros.

—Lo recuerdo. Pero ¿adónde quieres ir a parar?

—Esperaba que hubieras hecho referencia a la visita que

hiciste a mis padres en Alejandría. Mi madre te contó que el escriba Armín, por quien preguntaste también a otro escriba de la biblioteca, había quedado desfigurado por la antorcha de un monje negro.

El joven romano no sabía qué decir. Permanecía en silencio, e Hipatia no quiso forzarlo a confesar porque esperaba que lo hiciese voluntariamente. Estilicón no podía entender cómo se había enterado, pero sin duda la alejandrina sabía que iba tras Alarico.

—Quizá, si me lo cuentas todo dejaremos las cosas claras. Antes de conocerte me advirtieron que podías ser peligroso. Sin embargo, hasta el momento no he tenido ninguna sensación de peligro.

—Así que todo ha sido una trampa... ¿El sexo también ha sido fingido?

—La primera parte un poco. Pero cuando nos hemos quedado solos tú y yo, no ha habido ni un instante de fingimiento.

Estilicón reflexionó durante un momento y a continuación le explicó con todo lujo de detalles el periplo que lo había llevado hasta Atenas.

—¿Para qué quiere el emperador a Alarico? —preguntó Hipatia—. Él debe estar con su pueblo porque será el futuro rey de los godos.

—No lo sé. Pero sí puedo asegurarte que el emperador lo quiere sano y salvo.

—Entonces ¿por qué ordenó degollar a los rehenes?

—No lo ordenó él. Fue Julio, un general fanático, y Teodosio mandó ejecutarlo por haber dado una orden tan injusta.

—Alarico debe estar con su familia y su pueblo —insistió la filósofa.

—Pero si lo queremos libre de peligro, antes tendrá que haber un acuerdo de paz con los godos. ¡Piensa, Hipatia! ¿A qué tipo de riesgos deberá enfrentarse Alarico en una situación de guerra declarada como la que existe en estos momentos entre los godos y el imperio? En el palacio imperial estará a salvo. Según las últimas noticias que me han llegado, un muchacho godo llamado Ataúlfo, hijo del rey Atanarico, está bajo la protección del rétor Temistio, que es el tutor que el emperador ha designado para sus propios hijos. ¿Para qué lo haría si no es para devolvérselo a sus padres?

—¿Ataúlfo está en el palacio imperial? Eso significa que no lo han ejecutado como al resto de los hijos de los caudillos.

—No lo han asesinado, en efecto.

—Esa sí es una gran noticia. Alarico adora a su primo Ataúlfo, es una de las personas a las que más quiere. Estoy deseando verlo para contárselo, se volverá loco de alegría. A pesar de todo, no creo que Alarico deba estar en el palacio imperial. Prefiero que se quede en Atenas.

—Aquí es donde corre peligro. Mi ayudante, Nemesio, me dijo ayer que cree que nos siguen. Si no has sido tú la que ha dado la orden de vigilarnos, parece obvio que alguien más va tras la pista de Alarico, y todo indica que para secuestrarlo. Tenemos que darnos prisa.

—Me preocupaban tus intenciones, pero, desde luego, no he ordenado a nadie que te espíe.

Impulsados por la preocupación, se levantaron y se vistieron sin haber tomado ninguna decisión sobre el destino de Alarico. A Hipatia no le parecía mal la idea de que el muchacho volviera a encontrarse con su querido primo Ataúlfo, pero no estaba del todo segura de las intenciones del romano y, sobre todo, del emperador Teodosio. Solo tenía la palabra de Estilicón y ninguna garantía, y quería a Alarico como si fuera su propio hijo. En ese momento, no obstante, lo que la aterraba es que hubiera otras personas en Atenas intentando encontrarlo. Si habían localizado a Estilicón, también los habrían encontrado a ellos.

Cuando llegó a la posada, Estilicón encontró a Nemesio tumbado en la cama. El techo de la habitación era demasiado bajo para estar de pie.

—Necesito bañarme —dijo después de saludarlo.

—¿Has hablado con Hipatia? —le preguntó Nemesio.

—Sabe que la hemos seguido desde Alejandría. ¿Has conseguido enterarte de quién nos vigila?

—Sí. Son seis y están alojados en esta posada. Ya estarán informados de que has llegado. Son godos.

—Eso significa que no han encontrado todavía a Alarico —dijo Estilicón—. Hipatia me dio a entender que permitirá que nos lo llevemos sin oponerse.

—Perfecto. Así habremos acabado.

—No hay nada acabado. Hipatia es muy lista, y no estoy seguro de que nos deje llevárnoslo. Además, esos seis godos tampoco estarán de acuerdo y son más que nosotros. Por cierto, ¿te has enterado del nombre de alguno de ellos?

—He creído entender que el jefe se llama Walfram.

—Han venido a rescatar a Alarico para llevarlo con su pueblo, no me cabe duda. Hay que actuar con rapidez —dijo Estilicón—. ¿Has averiguado si hay algún modo de salir de la posada sin que nos vean?

—En las caballerizas hay una puerta que da a la calle de atrás. Pero tendremos que hacer una maniobra de distracción. Yo saldré por la puerta delantera para que me sigan y así tú podrás hacerlo por la trasera sin llamar la atención.

—Disponte a salir en breve —dijo Estilicón.

—Ya es de noche. ¿Adónde iremos?

—Tú a despistar a los godos, y después vuelves a la posada. Yo a avisar a la guarnición imperial de Atenas para que los detengan.

Mientras Nemesio salía por la puerta principal para intentar engañar a los godos, Estilicón, disfrazado de comerciante, alquiló un caballo en la posada y salió por la puerta trasera convencido de que los godos no se habían percatado.

Un rato después, un destacamento de legionarios rodeaba la posada. Estilicón subió a la habitación, donde se encontró con Nemesio.

—¿Dónde se alojan esos godos?

—Ya no están en la posada.

—¿Qué ha ocurrido?

—No lo sé. Después de que te marcharas, salieron todos juntos. Los seguí hasta la puerta Sacra. Allí les esperaba alguien con caballos, les abrió la puerta y desaparecieron entre las sombras de la noche.

Estilicón despidió al jefe del destacamento con la instrucción de movilizar a todos sus efectivos. Nadie saldría de Atenas sin ser inspeccionado. Le preocupaba llevar a Alarico a Tesalónica, pero también hacerlo con discreción, tal como le había ordenado Teodosio.

22

En el corazón de Eleusis

Al amanecer del 19 de septiembre, cuando Estilicón y Nemesio salieron de la posada para ir a casa de Filolao, la ciudad hervía por el ajetreo de la procesión. Era el día grande de las fiestas de Eleusis, el más importante del año para los atenienses. Los organizadores habían formado ya las apretadas filas de los *mistai*, que así se llamaba a los participantes en la procesión de Eleusis que iban a ser iniciados en los misterios de las diosas Deméter y Perséfone, así como a sus acompañantes. Tendrían que andar casi todo el día hasta cubrir las quince millas de la vía Sacra, que concluía en el santuario.

Estilicón apenas si había dormido. Demasiados asuntos bullían en su mente, e intentaba también asimilar todo lo que le había ocurrido el día anterior. Recordó una frase de Marco Aurelio que había memorizado con su maestro Calcidio: «Nuestra vida es lo que nuestros pensamientos crean». Y sus pensamientos solo tenían un objetivo: capturar a Alarico.

Cuando llegaron a la casa de Filolao y llamaron a la puerta, nadie acudió a abrir. La golpearon con fuerza, pero no consiguieron nada. Nemesio se coló por una ventana y al poco salió.

—Aquí no hay nadie. Por el aspecto de la vivienda, diría que hace bastante que se han ido.

—Soy un imbécil. No debí hacer caso a Hipatia.

Se dirigieron a toda prisa a casa de Asquenio, pero tampoco nadie les abrió. Como hiciera antes, Nemesio se coló en la casa.

—Dentro hay dos personas atadas —reveló al salir.

Estilicón entró y subió hasta el salón, donde se encontró con Asquenio y Gémina, maniatados y amordazados. Nemesio los desató, y ambos resoplaron cuando los liberó de la mordaza.

—¡Menos mal que habéis venido! —exclamó Asquenio.

—¿Qué os ha pasado? —dijo Estilicón.

—Unos extranjeros entraron por la fuerza hace un rato y nos golpearon —explicó Gémina—. Nos ataron, nos dejaron encerrados y se llevaron la llave.

—Preguntaban por un tal Alarico —continuó Asquenio—. Pero ¿qué vamos a saber nosotros, si no lo conocemos? Es más, ¿por qué han venido aquí esos hombres? —se quejó—. Como no respondimos a sus preguntas, nos golpearon. Creo que eran bárbaros porque hablaban una lengua que desconozco. Ah, y el jefe, al que llamaban Walfram, preguntó por Hipatia en un latín muy deficiente.

—¿Y qué le respondisteis?

—Pues lo único que sabemos: que se ha ido a Eleusis con la procesión.

—He estado en casa de Filolao y allí no hay nadie. Ni siquiera los sirvientes —dijo Estilicón.

—Seguramente están todos en la procesión —aventuró Asquenio—. Nosotros también teníamos previsto ir.

—¡Nos vamos a Eleusis ahora mismo! —dijo Estilicón.

Gémina, que mientras hablaban ya se había limpiado las

heridas y aún tenía en el semblante un gesto de dolor, cogió el gran cesto de comida que tenía preparado desde el día anterior.

—¿Puedes explicarnos qué pasa, Estilicón? —demandó Asquenio.

—No, no puedo.

—Te noto extraño. No te pareces en nada al joven romano que conocí hace unos días.

—Cuando tenga tiempo, te lo explicaré. Debemos llegar antes que los godos.

—Entonces ¿esos hombres eran godos? Pues los bárbaros tienen prohibido acercarse a la procesión, y de ningún modo pueden pisar Eleusis.

—¿Y si lo hacen?

—Los guardianes los expulsarán a golpes y si persisten los detendrán. Solo pueden estar en la vía Sacra los que hablan la lengua griega. ¿Tu compañero habla griego?

—Sí, con mucho mejor acento que yo. Él es sirio. De todas maneras, no viene con nosotros. ¡Vayámonos ya! Tenemos que encontrarlos.

—Pero es casi imposible. No sabemos cuándo han salido y puede haber más de cincuenta mil personas.

—Pues, pese a todo, hemos de encontrarlos. Vamos.

El romano les describió a Armín, Alarico y Claudiano y, mientras esperaban que Asquenio y Gémina terminaran de prepararse, entregó a Nemesio la orden de colaboración del ejército imperial firmada por el emperador. Acto seguido, le indicó que fuese hasta la guarnición de Atenas y ordenase en su nombre que un destacamento de doscientos legionarios vestidos de ordinario, como cualquier ciudadano, se situara cerca del santuario intentando no llamar la atención. Le dijo también que les describiese a los godos de Walfram para que los detuviesen si los encontraban.

Nemesio, consciente de que si no actuaban con rapidez su misión podría fracasar, salió de inmediato para cumplir las órdenes de Estilicón.

Asquenio y Gémina se vistieron con las túnicas blancas de lino, las prendas obligatorias para la procesión, y le dieron otra a Estilicón. Una vez que se la puso, no sin dificultades debido a su corpulencia, Gémina le colocó un collar y una diadema hechos de ramas de mirto.

—Tienes que llevar también esta rama de mirto en la mano. Es la planta sagrada de las diosas.

Cuando Estilicón y sus acompañantes consiguieron cruzar la puerta Sacra, la enorme aglomeración de peregrinos hacía casi imposible ir más rápido de lo que lo hacía la procesión. Es más, de haberlo intentado, los vigilantes encargados de que el cortejo avanzase de forma ordenada los habrían detenido. Los participantes cantaban rítmicamente «¡Yaco! ¡Yaco!» mientras interpretaban melodías con sistros, aulós, chirimías y todo tipo de instrumentos de viento y percusión.

—Yaco es el nombre que los atenienses dan al dios Dionisos durante la celebración de Eleusis —aclaró Asquenio al romano.

Muchas de las mujeres llevaban una pequeña ánfora que agitaban sobre la cabeza mientras decían sonriendo frases soeces y palabras malsonantes.

—En esas vasijas llevan el *kykeon*,[21] la bebida que tomarán los que van a iniciarse —añadió Gémina.

—Encuentro de lo más contradictorio que, en una procesión religiosa, las mujeres pronuncien esas expresiones tan sucias —opinó Estilicón.

---

21. Bebida que tomaban los iniciados antes de entrar en la sala de los misterios. Era un potente alucinógeno, elaborado con centeno y otros ingredientes.

—En realidad es un homenaje a la diosa Deméter y a su hija la diosa Perséfone, la que vosotros llamáis Proserpina —le contó Asquenio—. Según el mito, cuando Deméter estaba desesperada por la pérdida de su hija y una expresión de pena y abatimiento se había instalado en su rostro, una mujer llamada Yambe la hizo sonreír por primera vez relatándole narraciones groseras y contándole chistes impúdicos. Estas expresiones solo quieren recordar ese hecho y, aunque sea un solo día, a las mujeres les gusta sentirse libres de expresar lo que durante el resto del año no pueden decir.

Estilicón fue escuchando las historias que sobre los misterios de Eleusis le contaban sus acompañantes, pero, a medida que pasaba el tiempo sin saber dónde estaba Alarico, la inquietud se afincó en su rostro. Le preocupaban el tal Walfram y sus esbirros, pues no ignoraba que un comando de godos era siempre muy eficaz y escurridizo. Aun así, su obligación era desarticularlo e impedir que se llevasen a Alarico, se recordó, una tarea difícil cuando no sabía dónde se hallaban. Y que Asquenio le hubiera dicho que esos hombres no estarían en la procesión porque ningún bárbaro estaba autorizado a participar en ella no lo tranquilizaba, pues estaba seguro de que Walfram y los suyos sabrían cómo eludir a los vigilantes.

Cuando dejó a Estilicón, después de pasar la tarde en casa de Asquenio, Hipatia se dirigió a casa de Filolao y le explicó todo lo ocurrido durante el día. Le contó que, tras esa experiencia, estaba convencida de que el romano era una persona íntegra. Le relató lo que este había averiguado y sus intenciones al respecto de Alarico. Ahora se arrepentía de haberle confesado lo mucho que el joven godo quería a su primo Ataúlfo, porque esa información podía utilizarse para chantajearlo.

—¿Dices que es el asistente del emperador? —quiso confirmar Filolao.

—Fue lo que dijo, y no tengo razones para no creerlo.

—Eso significa que Teodosio da mucha importancia a Alarico. De no ser así, no habría encargado la misión a una persona tan relevante —afirmó Filolao—. ¿Qué piensas hacer?

—No estoy segura. Pero si Estilicón se ha comprometido con el emperador a capturar a Alarico, esa será su máxima prioridad. Ni siquiera yo le convenceré para que no cumpla su encargo. Necesito tiempo para pensar, porque lo que más me preocupa es que me reveló que otras personas buscan a Alarico, y no sabemos ni quiénes son ni por qué tratan de encontrarlo.

—Hipatia, ¿acaso no teníais intención de participar en la procesión de Eleusis? Para eso os han iniciado en los misterios menores, ¿no? —dijo Plutarco.

—¡Ah! —exclamó Filolao—. Entonces lo mejor es que partamos hacia Eleusis.

Antes de la salida del sol, todos se integraron en la procesión con la vestimenta exigida. Alarico se situó al lado de Hipatia y ella le rodeó los hombros con el brazo. Cuando llevaban unos minutos caminando, la joven le susurró al oído:

—Tienes que saber algo muy importante. —La alejandrina se detuvo un momento porque no sabía cómo reaccionaría el muchacho a la noticia—. Ataúlfo no ha muerto, como yo suponía.

—¿Qué dices? —La cara de Alarico se iluminó y en sus ojos se instaló un brillo de felicidad que hacía meses que Hipatia no veía—. ¿Está aquí? ¿Puedo verlo?

—No, no está aquí. Me han informado de que se encuentra en el palacio imperial de Tesalónica.

—¿El emperador lo tiene prisionero?

—Creo que sí. Pero me han asegurado que no corre peligro.

—¡Debemos rescatarlo! Tengo que ir a Tesalónica.

—Ahora no, Alarico. Nos siguen varias personas, e ignoramos cuáles son sus intenciones. Te suplico que no hagas nada en este momento.

—¿Nos están siguiendo? Eso quiere decir que nos han descubierto. ¿Se proponen secuestrarnos como a Ataúlfo?

—Sí, al menos lo intentarán. Me enteré ayer. El ayudante del emperador Teodosio, un joven romano llamado Estilicón, ha venido a Atenas para llevarte al palacio imperial de Tesalónica. Aquí, en la procesión, estamos a salvo.

—¿Qué vamos a hacer?

—Si Ataúlfo sigue vivo, es que no está en sus planes matarlo. Por lo pronto, iremos hasta Eleusis para iniciarnos en los misterios. Después nos informaremos de dónde está tu familia para llevarte hasta ella. Ahora es imposible porque todas las salidas de Atenas estarán vigiladas. Tenemos que esperar el momento oportuno.

La luz del sol los cegaba, y Alarico, cuyos ojos claros soportaban mal los intensos rayos, tuvo que desviar la mirada a un lado y, al hacerlo, hubo de retirarse ligeramente la capucha para ajustársela mejor. Entonces su rostro quedó parcialmente descubierto y se percató de que alguien que se encontraba a su derecha, y que como él llevaba una capucha, le hacía señas. El hombre se retiró la capucha un instante, tiempo suficiente, sin embargo, para que Alarico dijese en voz baja:

—¡Walfram! ¡Walfram está aquí!

Hipatia, que estaba a su lado, consiguió oírlo pese a aquellos cánticos que no habían cesado desde que salieron de Atenas.

—¿Has visto a Walfram, tu instructor? Eso es imposible, Alarico.

—No es imposible, Hipatia. ¡Está aquí! Lo reconocería aunque se hubiese afeitado la barba. Lleva una capucha. Seguro que ha venido a buscarme. Debo ir con él.

—No, Alarico. Si lleva una capucha es que no quiere que lo descubran. No debes moverte de mi lado. Sin duda él encontrará la manera de acercarse a ti.

Nemesio explicó al jefe de la guarnición imperial las órdenes de Estilicón. Doscientos de los legionarios se vistieron con túnicas blancas de lino, debajo de las cuales escondían sus espadas, y se adornaron con ramas de mirto. Acordaron que Nemesio se adelantaría con diez legionarios a caballo y el resto se desplazaría a pie.

Los hombres que componían la avanzadilla estaban apostados junto al santuario a la espera de que llegase la procesión y, un poco más tarde, se les unió el resto del destacamento para desplegarse de manera uniforme por la enorme explanada que rodeaba el templo. No les resultó fácil, ya que iba llenándose de personas que no participaban en los misterios y de otras que, curiosas, acudían simplemente a mirar. Aun así, los legionarios procuraron mezclarse entre aquella muchedumbre evitando llamar la atención hasta que divisaran al muchacho bárbaro de pelo rubio largo y más alto de lo normal que Nemesio les había descrito, para luego detenerlo.

El tiempo transcurrió, y cuando los últimos peregrinos llegaron era noche cerrada y los cielos se habían cubierto de nubes oscuras que presagiaban tormenta. Los acompañantes de los que se iniciaban iban saliendo de las filas de la procesión para situarse en la gran explanada en la que casi no se cabía. Estilicón se despidió de Asquenio y Gémina y buscó entre los miles de asistentes hasta dar con Nemesio. Hipatia, por su parte, pidió a Alarico, Claudiano y Armín que se abrazasen con ella para evitar separarse entre el gentío.

Los *mistai* se dirigían al patio que había delante de los propileos, la entrada columnada del recinto cerrado del santuario, mientras los guardias los acuciaban a apresurarse porque la tormenta estaba a punto de estallar. En ese momento los gritos de «¡Yaco, Yaco!» se producían entre un estruendo de instrumentos de percusión que casi ahogaban el sonido de los de viento. Enseguida fueron sustituidos por invocaciones a Deméter y Perséfone, y sin saber de dónde había surgido apareció de repente la figura sagrada del hierofante, el sumo sacerdote de Eleusis. Parecía el propio Dionisos, iluminado por las antorchas. Los sacerdotes que lo acompañaban las dejaron sujetas en ganchos alrededor del pozo sagrado, que se había cubierto con una losa para la ocasión. Sobre ella se situó el hierofante y, a la luz de las antorchas, su túnica blanca de lino resplandeció en los propileos. Entonces levantó su brazo con una rama de mirto en la mano y dijo con su voz grave y profunda:

—*Mistai!*

Se hizo un silencio absoluto y todos quedaron a la espera de las siguientes palabras del hierofante.

—Vais a ser iniciados en los misterios de la diosa madre Deméter y de su hija Perséfone. Hoy la doncella, la reina del inframundo, regresa a la superficie para hacer que las semillas, que ella ha bendecido, hagan que el orbe se vuelva fecundo. Ha estado toda una estación en el mundo de los muertos con su esposo, Hades. Si ella no regresara cada año, ninguna planta florecería la próxima primavera. No habría trigo, ni cebada, ni aceite, ni vino ni frutos. ¡La doncella y su madre están llegando! Percibo que atraviesan el subsuelo en su viaje desde el inframundo para aparecer aquí, en el Telesterión, y lo harán cuando todos hayamos entrado. ¡Oh, Deméter! ¡Oh, Perséfone! Estos *mistai* están aquí para adoraros y renacer con vuestra presencia y vuestra bendición, para ganar la eternidad y ser felices en la tierra. Han ayunado, han limpiado su cuerpo con las aguas saladas, han sacrificado un animal en vuestro honor durante los misterios menores de los que salieron purificados.

Guardó un largo silencio para generar expectación.

—Ahora, *mistai* —prosiguió—, yo os ordeno: ¡bebed el *kykeon*! ¡Bebed el *kykeon*! El éxtasis entrará en vuestras almas.

—*Mistai*, ¡bebed el *kykeon*! ¡Bebed el *kykeon*! —gritaron a coro los demás sacerdotes.

Hipatia, Armín y Claudiano bebieron hasta el final la jarra que cada uno llevaba. Pero Alarico, a pesar de que hizo el amago, no llegó a probar la bebida sagrada.

Los sacerdotes tomaron nuevamente las antorchas y rodearon al hierofante, que entró en la gran sala de los misterios. Tras él, después de dejar su respectiva jarra en el suelo, penetraron en el recinto todos los *mistai*, que ya notaban de manera apreciable los efectos de la bebida sagrada porque estaban entrando en trance.

—¡Haya luz! —clamó el hierofante desde su púlpito.

Como si se tratase de un milagro, cientos de antorchas se encendieron a la vez y, a un gesto del oficiante, el fondo del Telesterión se transformó en una llama que ocupaba toda la enorme pared e iluminaba los rostros de los *mistai*.

—¡Diosas de la fecundidad! —La voz del hierofante se oía cada vez más grave y más profunda—. ¡Deméter! ¡Perséfone! ¡Iluminad a los *mistai*! Llenadlos de vida y de riquezas, limpiad sus almas para que alcancen la eternidad, para que, cuando salgan de aquí, sean personas distintas y mejores. ¡Compareced ahora! —Elevó el tono hasta que se transformó en un bramido aterrador—. ¡¡¡Compareced, diosas!!!

Alarico no pudo oír las últimas palabras del hierofante porque, sin que nadie se diera cuenta, había salido en cuclillas del recinto sagrado del Telesterión. Sin embargo, cuando ya estaba alcanzando los propileos tres guardianes lo descubrieron y trataron de inmovilizarlo.

—¡Quieto! —le ordenó uno de ellos—. No puedes abandonar el Telesterión durante la celebración de los misterios.

Alarico no hizo caso y echó a correr, pero un guardia apostado en la muralla de protección del santuario se abalanzó sobre él y lo derribó. El muchacho godo puso en tensión sus músculos y de un brinco se puso en pie de nuevo. Le bastó dar un puñetazo en la cara al hombre para hacerle perder el sentido. Los otros guardias tomaron las espadas y corrieron tras él, pero Alarico se desenvolvía con facilidad en la oscuridad y, rápido como era, los dejó atrás. Mientras huía se desató la tormenta, los truenos generaban tanto ruido que casi no se oía nada más. Aun así, reconoció la potente voz de Walfram.

—¡Sígueme! —le dijo este en gótico.

A la luz de los rayos, el muchacho vio a su instructor, que se había desprendido de su capucha y su túnica de lino. El joven godo hizo lo mismo. Desnudos y bajo la lluvia torrencial corrían con dificultad, empujando a la multitud para que les dejara pasar.

—Ahí está Walfram —advirtió Nemesio a Estilicón.

—El que corre a su lado debe de ser Alarico. ¡Que no escapen! ¡Todos a por ellos!

En ese momento ocurrió algo que los perseguidores no podían prever. Mientras Estilicón, Nemesio y decenas de legionarios se esforzaban por dar alcance a Alarico y a Walfram, surgieron de la nada, entre la cortina de agua y la intensa luz de los rayos, cinco jinetes y dos caballos solos que galopaban hacia el muchacho y su instructor a toda velocidad.

—¡Hazlo como te enseñé! —gritó Walfram casi sin aliento.

Como si hubiera oído una frase mágica, Alarico se acercó corriendo a uno de los caballos y de un salto se situó limpiamente en la silla del corcel, apretó los muslos y los tobillos contra el vientre del animal, tomó las riendas y lo espoleó hasta alcanzar a los jinetes. Walfram lo intentó, pero no pudo subir al caballo y cayó sobre el barro que se había formado por la lluvia.

—¡Cogedlo, que no escape! —ordenó Estilicón.

Cuando Alarico se percató de lo ocurrido dio media vuelta hasta donde estaba su instructor, al que cogió del brazo para ayudarlo a subir a su grupa. Un legionario que casi había dado alcance a Walfram quiso impedírselo saltando sobre él, pero tropezó y cayó en el barro. El grupo de jinetes se internó en un bosque cercano.

—¡A los caballos! —gritó Estilicón, exasperado—. ¡Hay que seguirlos!

El tiempo era esencial para detener a los fugados. Pero tardaron más del que esperaban en tener dispuestos los caballos para iniciar la persecución. El jefe del destacamento condujo como pudo al grupo persecutor hasta el interior del bosque. La lluvia arreciaba y los rayos seguían cayendo sin cesar. A los animales les costaba mantenerse al galope porque estaban asustados por la tormenta eléctrica.

—¡Alto! —ordenó Estilicón—. No sabemos en qué dirección han ido.

—El agua ha borrado las huellas —dijo Nemesio—. Confiemos en que las patrullas los encuentren.

Estilicón estaba fuera de sí.

—¡Soy un estúpido! ¡Me he dejado engañar por Hipatia! ¡Maldita sea! —No paraba de pasarse la mano por la cara y el pelo para enjugarse el agua de la lluvia—. Seguro que se ha puesto de acuerdo con los godos para que Alarico pudiese escapar. No, Nemesio, no daremos con ellos. El tal Walfram parece más listo que todos nosotros. ¿Tendré que volver a Tesalónica con el rabo entre las piernas? ¿Qué le diré al emperador?

—Movilizaré a todos nuestros hombres hasta encontrarlos —propuso Nemesio.

—Mucho me temo que no conseguiremos nada —dijo Estilicón—. No sabemos por dónde han huido y, además, nos llevan mucha ventaja. —Al borde de la desesperación por semejante fracaso, añadió—: ¡Volvamos al santuario!

Poco después de despistar a los perseguidores, Walfram ya estaba montado en su propio caballo. Siguieron cabalgando hasta llegar a unos riscos alejados de los caminos y las calzadas. Allí se detuvieron. Sabían que los legionarios no cejarían en su empeño de buscarlos, pero también que la lluvia borraría las huellas de los caballos. Alarico y Walfram se fundieron en un fuerte abrazo. Las caras de alegría de ambos podían compararse al encuentro de un padre y un hijo que estuvieran convencidos de que no volverán a verse nunca.

—Estábamos seguros de que seguías vivo, pero nos ha costado mucho encontrarte —dijo el instructor—. Mañana al amanecer nos vestiremos como campesinos y partiremos hacia la Mesia. Lo tenemos todo preparado en una cueva cercana.

—Pero yo no me puedo ir sin Hipatia, Claudiano y Armín —objetó Alarico—. No nos iremos hasta que podamos llevarlos con nosotros.

—Eso no es posible —dijo Walfram—. Estos hombres son algunos de los mejores guerreros godos y están acostumbrados a todo tipo de dificultades, pero incluso con su pericia nos resultará muy difícil escapar. Si tenemos que llevar a personas que no saben huir o esconderse, no lo conseguiremos.

—No los dejaré —se empeñó Alarico—. Además, ¿qué pasará con Ataúlfo?

—Sabemos que está en el palacio imperial de Tesalónica. Hay un comando preparado para ir a rescatarlo.

—¿Sacarlo del palacio con la guardia imperial custodiándolo? Sería una misión suicida. ¿Cómo entrará ese comando? Y, sobre todo, ¿cómo saldrá?

—Mañana terminaremos de decidir qué hacer —dijo Walfram—. Ahora vamos a dormir, Alarico. En la cueva tenemos todo lo necesario.

—Todavía no. Antes quiero saber qué fue de mi tío Atanarico, de Marco Probo y de los guerreros que fueron a detener a los hunos.

—Entre los hombres que me acompañan está Briton Drumas —le reveló Walfram—. Es un oficial alano que estaba con tu tío y tu preceptor cuando se enfrentaron a los hunos.

Se dirigieron a la cueva y, mientras los guerreros se preparaban para dormir, el alano narró a Alarico todos los detalles de la expedición y le explicó cómo se atrincheraron en la orilla del Dniéster para resistir mientras pudieran.

—La orden de Atanarico fue resistir hasta la muerte —afirmó Briton Drumas—. Después de destruir los puentes, nos parapetamos al otro lado del río. Los hunos nos atacaron en varias ocasiones, y durante semanas logramos contenerlos, pero empezamos a quedarnos sin provisiones. En uno de los ataques algunos grupos de hunos consiguieron llegar a la orilla y ocuparon varias posiciones. Atanarico, tratando de repelerlos, fue alcanzado por una flecha. Marco Probo tomó el relevo en el mando y, aunque conseguimos recuperar el terreno perdido, decidió la retirada aprovechando la noche. Se quedaron doscientos guerreros para cubrirnos. Atanarico, que jamás habría dado la orden de dejar la defensa del río, había perdido mucha sangre y seguía inconsciente. Tuvimos que transportarlo en un carro. Los doscientos guerreros que se quedaron sin duda combatieron con mucha bravura, pues posibilitaron nuestra huida. Tanto Marco Probo como Atanarico llegaron vivos al campamento. El rey tardó varios meses en recuperarse, pero no le quedaron secuelas.

—¿Siguen todavía en los Cárpatos?

—Así es. Marco Probo, por su parte, entró en el imperio y se unió al pueblo godo después de la batalla de Adrianópolis y la muerte de Valente.

—Gracias, Briton —dijo Alarico, y el guerrero se alejó.

Alarico se quedó a solas con Walfram.

—Lo más importante de este día es que he sabido que tanto Ataúlfo como mi tío y Marco Probo siguen vivos. Ahora, háblame de Valeria.

—Estaba esperando que me preguntases por ella. Antes de partir en tu busca, me pidió en secreto que te dijese que solo piensa en el momento en que volváis a estar juntos.

—¿Cómo se encuentra?

—Estuvo triste cuando se enteró de que habían matado a los hijos de los caudillos. Pensaba que tú también estabas muerto. Pero cuando le dijeron que seguías con vida, volvió a ser como siempre, alegre y con la sonrisa a flor de piel.

—La he echado tanto de menos... ¿Y mis padres y mi hermana y todos los demás?

—Afortunadamente, todos están bien. Ya hablaremos con más tranquilidad. Ahora ve a dormir, necesitas descansar.

En aquella cueva, al resguardo de cualquier mirada, Walfram había instalado unos lechos de hojas de farfolla de mijo. El día había sido intenso, y Alarico, a pesar de su gran fortaleza física, estaba cansado. Sin embargo, no podía conciliar el sueño. Saber que sus seres queridos estaban bien lo había tranquilizado, pero se sentía desasosegado también por haber dejado a su nueva familia de Atenas y Alejandría a merced de un destino incierto. Pensó en Hipatia, que lo había cuidado y educado como a un hijo. Y qué decir de Claudiano, a quien apreciaba como a un hermano. Lo mismo que a Armín, que siempre se había desvivido por él como el más humilde de los sirvientes. Los filósofos de Atenas lo protegieron, tanto como los padres de Hipatia. ¡Cómo quería a Teón y a Clío! El prófugo era él, se dijo, y cuantos se jugaban la vida y la libertad por él serían acusados del delito de lesa patria, según le había explicado Teón. «¿Voy a escapar dejándolos a merced de las legiones y, lo que es peor, del emperador?», se preguntó. Se decía entre las gentes de su pueblo que él sería el próximo rey de los godos, pero ¿con qué dignidad ejercería ese cargo llevando sobre su conciencia los negros destinos de todas las personas a las que quería como si fuesen su familia? Y luego estaba su primo Ataúlfo. Pensó que, como Hipatia había dicho, era posible que tomasen represalias contra él. Demasiadas cosas en contra para irse sin más. A pesar de todo, estaba contento porque había demostrado a sus perseguidores que era capaz de escapar en una situación casi imposible.

Antes del amanecer, Walfram despertó a Alarico y a los guerreros que los acompañaban.

—¡Arriba todos! Saldremos de inmediato.

Alarico, que apenas había dormido, le dijo:

—Yo no voy. Vosotros deberíais volver para informar de que estoy vivo y comunicar a los míos que he decidido quedarme en el imperio.

—Pero no entenderán que te quedes —insistió Walfram—. Han confiado en mí para que te rescate.

—No puedo irme de esta manera. No puedo dejar a su suerte a las personas que se han puesto en peligro por protegerme.

—¿Qué debemos hacer? —Walfram se puso a las órdenes de Alarico como si este ya fuese el rey de los godos—. Actuaremos como tú nos digas.

—Di a los cinco guerreros que regresen con los nuestros y que les expliquen que nos retiene un problema muy grave. Tú y yo nos quedaremos.

Cuando salieron los primeros rayos de sol, Estilicón ordenó capturar a todo el grupo de Hipatia y a conducirlo al cuartel de las legiones en Atenas.

—Es posible que nos acusen de un delito de lesa patria por haber ayudado a huir a un fugitivo —dijo Hipatia—. Pero al menos Alarico ha conseguido escapar para reunirse por fin con los suyos.

—No nos abandonará. Somos como hermanos, y a ti te quiere como a una madre —dijo Claudiano—. No es un cobarde.

—Pero tiene un destino que cumplir —dijo Hipatia—. Y ese destino está lejos de Atenas. Nosotros en esta obra de teatro no somos más que personajes secundarios.

—Tienes razón, Hipatia. El futuro de Alarico está por encima de cualquier cosa —convino Armín—. Aun así, lo conozco bien y, salvo que lo hayan secuestrado y llevado por la fuerza, no se irá sin nosotros.

Alarico se quedó en la cueva mientras Walfram se dirigía a la calzada que llevaba a Atenas montado en su caballo. Iba al paso, como un viajero que no tuviera prisa. No tardó en encontrarse con una patrulla del ejército imperial. Pero en lugar de ocultarse, avanzó hacia los legionarios.

—Me llamo Walfram y soy la persona que estáis buscando —dijo en latín con acento gótico—. Llevadme ante vuestro jefe.

Los legionarios lo encerraron en un calabozo del cuartel de la guarnición en Atenas. Cuando Estilicón y Nemesio llegaron, Walfram, sujeto mediante unos grilletes engastados en la pared, se limitó a decir:

—Solo hablaré con Estilicón.

Estilicón hizo un gesto a Nemesio y este los dejó solos.

—El jefe de la patrulla me ha contado que te entregaste de manera voluntariamente. La forma en que escapaste me pareció sorprendente. Tengo muchas preguntas que hacerte.

—Únicamente puedo decir aquello a lo que estoy autorizado.

—¡Pues habla de una vez! —Estilicón empezaba a perder la paciencia.

—Tienes que acompañarme. Solo, sin escolta. Alarico quiere conversar contigo.

—¿Crees que voy a arriesgarme a que me secuestréis?

—No tiene intención de secuestrarte. Los guerreros godos ya se han ido hacia la Mesia.

—¿Por qué debo fiarme de ti?

—Porque no tienes otra opción. Debemos salir ya y cabalgar rápido. Alarico se irá a la hora décima y ya no podrás hablar con él.

Estilicón mandó que preparasen su caballo y el de Walfram.

—Que le quiten los grilletes. Voy a encontrarme con Alarico y no quiero que nadie me siga bajo ningún concepto.

—Puede ser una trampa —dijo Nemesio.

—Es posible, pero mis órdenes están dadas.

Poco después, el godo y el romano partían a galope tendido. Estilicón tenía demasiadas cuestiones en mente para intentar aclararlas todas a la vez. Aun así, la más importante en ese momento era cumplir las órdenes del emperador. Debía llevar a Alarico a Tesalónica sano y salvo. No podía confiar esa misión a la guarnición de Atenas. Primero porque no estaba seguro de que los legionarios dieran alcance a Alarico, que había demostrado una pericia nada común. Y segundo porque, en el caso de que lo encontrasen, nada le garantizaba que el joven godo resultara ileso. Por otra parte, estaba Hipatia. El carro debía de estar a punto de llegar a la guarnición y la llevarían a una celda. Se avergonzaba solo de pensar que había ordenado encarcelar a varios filósofos que no parecían haber hecho daño a nadie.

Cabalgó junto a Walfram un largo trecho hasta llegar a un lugar oculto detrás de los riscos, donde se hallaba la cueva en la que aguardaba Alarico.

—Está dentro —dijo Walfram en cuanto desmontaron—. No tienes nada que temer. Está solo.

El romano se adentró en la penumbra y sus pisadas alertaron a Alarico.

—Pasa, Estilicón.

Quedaron frente a frente, Estilicón con su uniforme de oficial y Alarico con el torso desnudo. El joven godo era tan alto como él. Tenía la musculatura de un atleta y eso impresionó al romano, que solo lo había visto fugazmente a la luz de los rayos mientras saltaba sobre el caballo junto a la explanada del santuario de Eleusis. Pero lo que en verdad le sorprendió fue su mirada pues, incluso en la penumbra, irradiaba carisma y autoridad. No le extrañaba que Walfram lo obedeciese como si fuese ya su rey.

—Hipatia me contó que el emperador Teodosio te ha ordenado llevarme a Tesalónica —afirmó Alarico.

—Es cierto.

—También me dijo que mi primo Ataúlfo es prisionero del emperador.

—En efecto.

—Quiero proponerte un acuerdo, Estilicón.

—Te escucho.

—Estoy dispuesto a entregarme si me garantizas que no les pasará nada ni a Hipatia ni a las demás personas que han estado protegiéndome.

—Continúa.

—En cuanto a mí, no me meteréis en un calabozo. Tendré a Walfram conmigo para continuar con mi instrucción militar y a Armín como tutor. Y no correrá peligro la vida de ninguna de las personas que me acompañen, ni la mía ni la de mi primo Ataúlfo.

—Puedo aceptar tus condiciones, pero no puedo comprometer la voluntad del emperador.

—Lo sé, y por eso no te lo he pedido. Con tu palabra me doy por satisfecho.

—Está bien —dijo Estilicón.

—Pues podemos irnos. No será necesario que me pongas grilletes.

—Me gustaría que me aclarases una cosa: ¿cómo os pusisteis de acuerdo tú y Walfram para el plan de huida, si solo cruzasteis una mirada?

—Esa mirada fue suficiente. No nos hacía falta más. Fue mi instructor hasta que me llevaron a Alejandría. Habíamos ensayado todas las posibilidades de una huida.

Sin cruzar una palabra más, los tres cabalgaron hasta el cuartel de la guarnición militar de Atenas. Finalmente, Estilicón podría presentarse ante el emperador con la presa que le había encargado cazar.

—Cuando lleguemos, me gustaría hablar a solas con Hipatia —dijo Alarico.

—Por mí no hay inconveniente.

Llegaron al anochecer, cuando miles de personas proferían gritos frente al cuartel contra el emperador y la guarnición y a favor de la libertad de los filósofos, mientras golpeaban instrumentos de percusión.

—¿Quiénes son los manifestantes? —preguntó Estilicón.

Fue Nemesio el que contestó:

—Me han informado de que cuando apresamos a los filósofos y a Hipatia, un grupo de atenienses que había presenciado cómo los subíamos a la fuerza al carro arengó a los que estaban en la explanada de Eleusis instándolos a congregarse aquí para exigir que los pusieran en libertad.

—¿Y nadie ha hecho nada para evitar que se concentren? Se trata de un tumulto que atenta contra el orden público y constituye un grave delito.

—Lo sé, pero no he querido hacer nada hasta conocer tus órdenes —dijo el oficial jefe de la guarnición—. Dispersarlos a golpes habría sido contraproducente... Pero si lo deseas, ordenaré a los legionarios que lo hagan, aunque debes saber que no se irán hasta que los hayamos soltado... Y puede producirse una masacre. Además, si no tomamos una decisión pronto, temo que asalten el cuartel... No sería la primera vez.

—Aguarda un momento. Enseguida te indicaré lo que debéis hacer —dijo Estilicón.

Había asegurado a Alarico que le permitiría encontrarse con Hipatia, de modo que ordenó que llevasen al muchacho hasta ella. Cuando se vieron frente a frente, se abrazaron con todas sus fuerzas.

255

—Me he entregado voluntariamente —dijo Alarico—. Estilicón me ha prometido que no os hará daño y os dejará libres a todos. No tenéis nada que temer.

—¿Por qué lo has hecho?

—¿Creías que me marcharía y os dejaría a merced de los legionarios?

—No. Sabía que te entregarías. Pero les has dado una buena lección demostrando que puedes escapar pese a estar rodeado de legionarios.

—Van a llevarme a Tesalónica. ¿Qué haréis tú y Claudiano? Él me dijo que su intención era terminar su formación para después ir a Roma. Pero me gustaría que me acompañaseis.

—No puede ser, Alarico. Yo nada tengo que ver con Tesalónica y mi padre se comprometió a educar y cuidar de Claudiano como si fuera su hijo. Volverá conmigo a Alejandría, si es que Estilicón nos deja salir de Atenas.

—Estilicón parece un hombre de palabra, y creo que cumplirá lo que te prometió.

En ese momento llamaron a la puerta. Era Estilicón, que había vuelto a vestirse con la toga con la que asistió al simposio en casa de Plutarco.

—He ordenado que dejen libres a todos los detenidos. Espero que con esto se calmen los manifestantes. Me admira esta defensa de los filósofos.

—En Alejandría habría pasado lo mismo. El pueblo ama su cultura y adora a las personas que la representan —dijo Hipatia—. Has tomado la mejor decisión.

—Más vale que el emperador no se entere de este tumulto porque podría castigar con severidad a la ciudad de Atenas... y a mí por permitirlo.

23

Alarico, rehén del emperador

La despedida de Hipatia y Claudiano fue muy emotiva debido a los fuertes vínculos que los unían. El joven godo, consciente de que posiblemente no volvería a verlos, estaba desconsolado en el camarote que compartía con Walfram y Armín en el barco que los llevaba desde El Pireo hasta Tesalónica. Era septiembre del año 380, y Alarico pensaba en todo lo que dejaba atrás. Para él era como comenzar una nueva vida sin las personas que habían hecho que su existencia fuera más llevadera lejos de su patria. Reconoció para sí que las estancias en Alejandría y Atenas lo habían cambiado. Se daba cuenta de que ya no era el mismo Alarico que había salido de Peuce cuatro años atrás. Ahora se sentía tan romano como godo. Pero fue consciente también de que el corazón le dio un vuelco cuando vio a Walfram en la vía Sacra de Eleusis y cuando supo que su primo Ataúlfo estaba vivo.

Una vez que llegaron a Tesalónica y desembarcaron, los condujeron al palacio imperial, donde los alojaron en un ala con jardín y les asignaron varios sirvientes.

El encuentro de Alarico con Ataúlfo fue emocionante, y

cuando este último vio a Walfram estalló en un grito de alegría y lo abrazó como se abraza a un padre. A continuación, el muchacho les explicó lo que le había ocurrido desde que lo llevaron como rehén del imperio a la ciudad de Antioquía del Orontes.

—Estuve retenido allí durante dos años —explicó Ataúlfo—. Tras la batalla de Adrianópolis, un destacamento militar vino a la casa en la que estaba alojado. El oficial al mando iba a ordenar mi muerte cuando el patricio que se había hecho cargo de mí le hizo saber que yo era el hijo del rey godo Atanarico. Yo estaba convencido de que iba a morir, pero el oficial dijo que, en un caso tan especial, no podía tomar una decisión para la que no había marcha atrás. Así que me apresó y me trajo a Tesalónica.

—Es extraño lo que te ocurrió. Me resulta difícil entender que un oficial romano se plantease siquiera no cumplir la orden de un general.

—Lo cierto es que no era un oficial romano. Era un oficial godo al servicio del imperio. Se llama Buterico, y su decisión le ha granjeado la confianza del emperador. Ahora es mi tutor y ha tomado a su cargo mi formación militar mientras estemos presos —dijo Ataúlfo.

Por su parte, Alarico contó a su primo su vida en Alejandría. Le habló con cariño de Hipatia, de Claudiano y de Armín.

—Has tenido mucha suerte, yo no he podido conocer a ninguna persona de mi edad. En Antioquía solo me relacioné con mi tutor, un filósofo pagano que se llama Libanio. Es muy viejo, pero es un gran maestro y, pese a la diferencia de edad, me entristeció tener que abandonarlo. Ojalá que algún día pueda encontrarme de nuevo con él para darle las gracias por todo lo que hizo por mí. Me dijo que había sido muy amigo del emperador Juliano.

—Si fue amigo de Juliano, también lo sería de Marco Probo —aventuró Alarico.

—Le hablé de Marco Probo, al que dijo conocer, en efecto. Eso hizo que me tratara aún mejor.

—¿Sabes algo de nuestro pueblo? —preguntó Alarico.

—Buterico me explica algunas cosas, pero nada de nuestra familia.

—Walfram nos pondrá al día de lo que está pasando con los nuestros.

Estilicón y Serena aguardaban sentados en el despacho imperial. Desde que el joven romano había regresado de Atenas con el encargo de Teodosio cumplido estaban obligados a colaborar, ya que él era el asistente del emperador y ella su consejera más cercana.

Cuando Teodosio llegó, ambos se pusieron de pie.

—Sentaos —ordenó Teodosio—. Gran trabajo, Estilicón. Ya tenemos a los dos jóvenes más importantes del pueblo godo.

—Me he limitado a cumplir tus órdenes —dijo Estilicón—. Alarico me ha prometido que no intentará escapar mientras sea nuestro prisionero.

—Alarico no es nuestro prisionero, es nuestro invitado y debemos tratarlo como tal —aclaró el emperador—. ¿Qué piensas, sobrina?

—No lo conozco, pero he oído muchas cosas acerca de él. Dicen que tiene una mirada que te traspasa. ¿Qué edad tiene?

—Quince años —respondió Estilicón—. Pero parece mayor y muy maduro.

—¿Y es cierto que ha sido educado como un patricio? —preguntó Serena.

—Sí. Ha tenido los mejores profesores en Alejandría y en

Atenas. Habla correctamente latín y griego —explicó Estilicón—. Tiene unas maneras tan refinadas que no desentonaría en cualquier reunión de patricios en Roma o Constantinopla.

—Eso significa que no es un salvaje, a pesar de ser un bárbaro. Me gustaría conocerlo —dijo Serena.

—Todo a su tiempo —intervino el emperador—. Ahora deseo que se sienta como en su casa. No quiero que le falte de nada.

—Por cierto, emperador, me gustaría pedirte un favor para Nemesio —dijo Estilicón.

—¿El espía sirio? Después de vuestro excelente trabajo será difícil que no te conceda lo que me pidas.

—Estoy seguro de que sin él no habría encontrado a Alarico —continuó el asistente—. En Alejandría se enamoró de una sirvienta siria llamada Nila y le gustaría traerla al palacio imperial. Es una joven muy inteligente y educada.

—Si tú garantizas que esa mujer es de fiar, envía a Nemesio a Alejandría para que la traiga. Entrégale cien sólidos como compensación para la familia a la que sirve y redacta una carta, que firmaré, para que nadie le ponga obstáculos. Será bienvenida en palacio.

—¿No es una cantidad excesiva? —preguntó Estilicón.

—Quiero que se vea la generosidad del emperador.

Tras esas palabras, Teodosio abandonó su despacho, y Estilicón y Serena se quedaron a solas.

—Comunica a Nemesio que si esa joven es tan inteligente y educada se quedará a mi servicio —dijo Serena.

Era noviembre del año 380 y en la gran tienda de Fritigerno se hallaba reunido el consejo supremo de los godos en la Mesia. Había convocado a todos los caudillos, incluido Rocestes y un representante del rey Atanarico. Como el protocolo disponía, tomó la palabra el anciano caudillo Haimerich:

—Caudillos de la nación goda, habéis sido convocados porque un mensajero ha traído una carta del emperador Teodosio que puede afectar a nuestro futuro.

Fritigerno pidió a Rocestes que la leyese a los congregados.

> Caudillo Fritigerno, te envío esta carta en tu calidad de autoridad máxima del pueblo godo. Hace más de dos años que godos y romanos combaten sin que se vislumbre ninguna posibilidad de solución para esta guerra que ha destrozado la convivencia en las provincias del sur del Danubio. Los godos y los romanos habían vivido en paz desde la firma de los pactos con el emperador Constantino el Grande hace casi cincuenta años. Cuando entrasteis en el imperio como refugiados fuisteis tratados peor que enemigos. Desde ese día, muchas han sido las diferencias que nos han mantenido en situación de conflicto. Considero necesario que la diplomacia se imponga y las palabras sustituyan a los actos violentos y de agresión mutua que se enseñorean desde hace tanto tiempo en esta parte del imperio.
>
> Esta es mi voluntad y así os la hago llegar. Quedo a la espera de vuestra respuesta.

Firmaba la carta el emperador, con fecha del mes de noviembre del año del cónsul Flavio Teodosio Augusto.

Tras oír el contenido de la carta, quedaba claro que era el propio emperador quien proponía buscar un pacto y eso se avenía a la forma de vida del pueblo godo, que durante muchos años fue *foederati* de los romanos.

De inmediato tomó la palabra el alano Briton Drumas como representante del rey Atanarico, quien continuaba en las montañas de la Dacia con sus incondicionales.

—¿Por qué razón deberíamos pactar con Teodosio? Hasta ahora nos ha ido muy bien. Los hemos vencido en todas las batallas y somos los dueños de la Mesia y la Tracia. Nuestro poder se extiende desde la Panonia hasta Macedonia. El ejército de Teodosio no se atreverá a enfrentarse con el nuestro porque sabe que los venceremos. La carta es un intento de alcanzar mediante un acuerdo lo que no puede conseguir en el campo de batalla.

—Precisamente por eso —intervino Rocestes— es importante que busquemos un acuerdo con Roma. Hemos demostrado ser más fuertes que las legiones de Oriente, pero ¿alguno de nosotros piensa que esta situación durará para siempre?

—¿Creéis seriamente que Teodosio tiene intención de llegar a un acuerdo? —repuso Briton Drumas—. Yo no lo creo. El emperador nos ha enviado esta carta en la que manifiesta intenciones excelentes, pero me han llegado noticias de que los dos mejores generales del Imperio de Occidente, Bauto y Argobasto, han atravesado los Alpes Julianos al frente de sus legiones para incorporarse al ejército de Oriente y están ya cerca de Constantinopla. ¿Es esa la forma de comenzar una negociación? En mi opinión, el emperador quiere negociar en una situación de ventaja aprovechando la presión que las legiones de Occidente pueden ejercer sobre nosotros. Lo que pretende en realidad es someternos.

Como ocurría siempre que el consejo supremo se reunía, las posiciones estaban divididas y las discusiones se eternizaban.

—El enviado del rey Atanarico ha dicho que no es el momento de negociar porque somos lo suficientemente fuertes para vencer a los romanos —intervino Rocestes—. Yo, como sabéis, he sido favorable hasta ahora a los pactos que nos garanticen un futuro en paz. Sin embargo, creo que el emperador no ha actuado con la debida honestidad pues, para reforzar su posición militar ante la negociación, ha hecho venir a las legiones de Occidente. Y existe aún otra razón: el general Julio, el hombre que ordenó degollar a nuestros hijos, no solo no ha recibido un castigo por ello sino que, además, ha sido rehabilitado por el emperador. —El caudillo detuvo un momento su exposición para dar tiempo a los presentes a pensar antes de exponer su conclusión. Al acabar la pausa, elevó el tono de voz y enfatizó su posición—. ¡Caudillos, propongo que solo nos sentemos a negociar cuando las legiones de Teodosio hayan abandonado Oriente y el general Julio sea castigado como se merece! ¡Someto, pues, a votación continuar la guerra hasta entonces!

La propuesta de Rocestes se aprobó por aclamación. El propio Ulfilas redactó la carta al emperador en la que se recogía la respuesta del consejo. No habría, pues, negociación.

24

Un exilio dorado

Hacía varios meses que en Constantinopla se esperaba al nuevo emperador, que había anunciado con mucha antelación la celebración de su triunfo sobre los bárbaros sármatas. Al hacerlo, había puesto de su parte a la ciudad ya que el triunfo iba acompañado de varios días de espectáculos, entre otros carreras de cuadrigas en el hipódromo.

Constantinopla, llamada también Nueva Roma, se había vestido de gala para recibir a Teodosio. La comitiva entró por la puerta Áurea y continuó por la vía Mese entre aclamaciones de los ciudadanos que abarrotaban las calles por las que debía pasar el séquito hasta llegar al palacio imperial, a la cabecera del cual iban miles de prisioneros sármatas encadenados, como testimonio del triunfo del emperador. Precediendo a Teodosio, en señal de respeto y en nombre de la ciudad, iban los senadores y los patricios de Constantinopla. Tras ellos, Teodosio iba de pie sobre un carruaje de oro y marfil tirado por cuatro elefantes, regalo del nuevo rey de Persia, Artajerjes. Los elefantes, diestramente guiados por cuidadores persas y engalanados con telas de seda bordadas en oro y con piedras preciosas, eran objeto de vítores de la multitud sorprendida. El emperador hispano, que se había vestido con la toga *picta* de color púrpura intenso y grandes bordados en oro y lucía la diadema de perlas que simbolizaba su condición de *imperator*, saludaba llevando a su lado al rétor Temistio. Seguía al carro de Teodosio la carroza descubierta en la que iba su esposa, Elia Flacila, que tenía en sus brazos a su hijo Arcadio, y su sobrina, la princesa Serena. Esta impresionante ceremonia significaba que el nuevo hombre más poderoso del Imperio de Oriente cumpliría el deseo que la población abrigaba: establecer su corte en la ciudad para garantizar que sería la capital de la parte oriental del imperio. El desfile del triunfo, que tardaría casi todo el día en atravesar la ciudad, se detenía ante todas las iglesias para que el emperador saludara a los clérigos y también en todos los palacios, en un ritual perfectamente organizado por los chambelanes. Mientras tanto, la multitud que vitoreaba a su príncipe era agasajada con regalos y comida.

Alarico formaba parte de la comitiva a caballo, acompañado de Ataúlfo y Buterico. Armín, que no sabía montar, iba a pie a su lado. Cuando pasaron ante la columna de Constantino, Buterico, que conocía bien la ciudad, les explicó que estaba hecha de pórfido rojo, la piedra más dura y bella.

—¿Y de quién es la estatua que hay en la parte superior? —preguntó Alarico.

—Era del dios Apolo, pero se sustituyó la cabeza por la del emperador Constantino.

—Es enorme —observó Alarico.

—El objetivo era que la gente, al mirar hacia arriba, viese al emperador, que deseaba que se lo recordara como un dios.

Constantinopla le pareció a Alarico casi tan espléndida como Alejandría, a tal punto que pensó que le gustaría para su pueblo un modo de vida como aquel, con casas de piedra, calles anchas y bien pavimentadas, alcantarillas, estatuas, palacios y escuelas para los niños y los jóvenes. Marco Probo se había quedado corto cuando le describió la ciudad. Cuando por fin llegaron al principio de la calle Mese, porticada de comienzo a fin, se sorprendió aún más por la excepcional belleza que contemplaba. Ni siquiera el Serapión de Alejandría podía comparársele en majestuosidad y elegancia.

—Con motivo de su llegada a Constantinopla, el emperador tiene previsto ofrecer unos juegos que incluyen el espectáculo que más disfrutan los ciudadanos del imperio: carreras de carros.

—Me gustaría asistir —dijo Alarico.

Cuando el carruaje del emperador se paró delante del palacio imperial y el gran chambelán le ofreció la mano para ayudarlo a bajar del carro se hizo un silencio absoluto. Los altos funcionarios y los clérigos que esperaban se tumbaron sin osar levantar la mirada.

—¿Por qué se tumban con la cara contra el suelo? —susurró Alarico.

—Es un rito que impuso el emperador Diocleciano hace casi un siglo. Se llama *proskynesis* o *adoratio* y está inspirado en los ritos palaciegos persas. Como ves, el primero, el que parece de más jerarquía, besa el borde inferior de la túnica del emperador. Diocleciano quería con ello que sus súbditos lo considerasen un dios.

El gran chambelán elevó las manos con las palmas hacia el cielo, y entonces los que estaban tumbados en señal de adoración se levantaron y todos los presentes profirieron en vítores y exclamaciones de bienvenida al nuevo emperador.

Al día siguiente, antes de la hora sexta, el hipódromo se había llenado con las cien mil personas que contemplaban a los elefantes dar la vuelta al anillo central entre el clamor de los asistentes. La familia del emperador, a la que acompañaba el rétor Temistio, había accedido por el pasadizo que unía el palacio imperial con el hipódromo. Era la primera vez que Teodosio presidía una carrera de carros y recibió una gran aclamación cuando se asomó a saludar desde la balaustrada del palco imperial.

Los dos primos se sentaron, junto con Armín, Walfram y Buterico, en el lugar reservado para ellos en el palco de Teodosio. Buterico fue informándolos de los nombres de los generales, altos funcionarios y senadores conforme estos iban llegando, recibidos por el gran chambelán, que ejercía de jefe de protocolo y les indicaba el asiento que debían ocupar. También asistían los clérigos de alto rango y los chambelanes. Cuando el oficial godo pronunció el nombre del general Julio, Alarico lo detuvo.

—Pero ¿no habían ejecutado a ese general por ordenar degollar a los hijos de los caudillos godos?

—Así se ordenó, pero finalmente el emperador lo perdonó pues no quería enfrentarse al resto de los mandos del ejército.

—¿El emperador lo perdonó?

—Sí —se lamentó Buterico.

—Y por lo que veo, ni siquiera lo ha expulsado del ejército.

Alarico puso un gesto de contrariedad que no pasó desapercibido para ninguno de los que lo acompañaban y dejó que Buterico siguiera dándoles los nombres de los asistentes al palco.

El espectáculo se inició con lucha a muerte de fieras hambrientas llegadas desde Asia y África. Hacía tiempo que esa exhibición no se veía en la ciudad, y los espectadores disfrutaron con la fiereza de los animales hasta que el último tigre quedó malherido.

Mientras retiraban los cuerpos y limpiaban la sangre para dejar preparado el hipódromo, los sirvientes ofrecieron en grandes bandejas bebida y comida a los invitados del palco.

Si bien la lucha de fieras se había producido entre gritos e imprecaciones de los asistentes al hipódromo, que también comían y bebían, lo que de verdad los volvía locos eran las carreras de carros. Para la ocasión, el prefecto del pretorio había contratado a uno de los aurigas más famosos, Manlio Décimo, de Tesalónica, que había demostrado sus dotes por todos los hipódromos del imperio. Hacía algunos años estuvo en Constantinopla y la mayoría de los ciudadanos se acordaban de él porque ganó todas las carreras en las que participó. Su llegada había despertado una gran expectación. Se enfrentaría con el ídolo local, Porfirio, que acababa de regresar de una gira triunfal que incluía una gran actuación en Roma. Ambos, que estaban en la treintena, eran miliarios, lo que significaba que habían obtenido más de mil victorias. Hacía años que se esperaba su enfrentamiento, lo que provocó el delirio en la ciudad. Los apostadores hacían sus predicciones y el dinero corría a raudales. También se especulaba con la cantidad que habrían recibido tanto Manlio Décimo como Porfirio, quienes figuraban entre las personas más ricas del imperio.

Después de algunas carreras de aurigas poco conocidos, el espectáculo se detuvo para reacondicionar la pista y, al atardecer, hicieron su aparición en la arena las cuadrigas de los famosos contendientes. Porfirio tranquilizaba a sus caballos desde su carro dorado y Décimo, sobre un carro plateado, en su calidad de auriga visitante saludaba a la multitud, que rugía como un mar embravecido. Todos callaron, sin embargo, cuando Teodosio apareció sobre una plataforma que, mediante un mecanismo, iba saliendo por delante del palco imperial hasta que el emperador quedó suspendido sobre el graderío. Entonces soltó un pañuelo rojo, la señal de salida. Ambos contendientes afianzaron los pies en las plataformas de los carros y, cuando hicieron sonar sus látigos, los caballos iniciaron el galope. Para esa ocasión se habían creado nuevas normas y se darían quince vueltas al hipódromo en lugar de las siete habituales. Nadie sabía si los animales aguantarían semejante esfuerzo.

El griterío de los espectadores era de nuevo atronador, y las exclamaciones de apoyo al auriga local se mezclaban con los insultos al auriga tesalónico. Porfirio se adelantó levemente y la locura terminó de desatarse cuando sobrepasó a su contrincante por unos pies. Aun así, en las siguientes vueltas Manlio Décimo se recuperó, le dio alcance y poco después se puso a su altura, a punto para rebasarlo. Fue entonces cuando Porfirio dejó de usar la fusta con los caballos y asestó tal latigazo en la cara a Décimo que estuvo a punto de derribarlo. Acto seguido, aprovechó para superarlo de nuevo, y el griterío inundó de nuevo las gradas. Con ese latigazo a su contrincante, Porfirio se había saltado la prohibición de agredirse entre los aurigas, pero como se trataba del ídolo local, los asistentes no protestaron. Los aurigas, que corrían prácticamente en paralelo ya, no dejaban de gritarse e insultarse.

La carrera no se decantaba por ninguno de los dos. Cuando iban por la undécima vuelta, Décimo aproximó su carro al de Porfirio hasta que las ruedas se rozaron, lo que hizo que el de este último se inclinase con peligro de caída. Porfirio propinó al auriga tesalónico otro latigazo que le cruzó la cara y le hizo perder la visión por unos instantes, lo que el de Constantinopla aprovechó para tratar de distanciarse. La carrera estaba llegando a su fin con los dos carros igualados y los aurigas azuzando a las bestias para que hicieran un último esfuerzo. Décimo acercó su carro otra vez al de Porfirio y, cuando las ruedas empezaban a rozarse, dirigió su látigo a las patas del caballo más próximo del carro de Porfirio. El animal, al no poder asentar la pezuña, se derrumbó, lo que causó que también los demás cayesen. El carro de Porfirio volcó y este quedó atrapado entre el amasijo de metal y madera y los caballos, que pataleaban en el suelo panza arriba. Décimo consiguió sortear la cuadriga destrozada y, sin oponente, llegó en solitario a la meta.

La caída del carro de Porfirio provocó la indignación entre sus seguidores, así como la alegría entre quienes habían apostado por la victoria de Décimo y los pocos llegados desde Tesalónica para animar a su auriga, al que adoraban como a un dios. El público local consideró la derrota como un fraude, y todo concluyó en una enorme algarada en las gradas del hipódromo, en las que de los gritos y los insultos se pasó a los puñetazos y las cuchilladas. La reyerta entre los grupos enfrentados se prolongó hasta que la guardia imperial logró apaciguarla.

Alarico y su primo salieron cuando la algarada continuaba en las gradas. Ataúlfo estaba encantado con el desarrollo de la carrera y las emociones que despertaba entre los asistentes. Alarico, que seguía pensando en la gran injusticia que había cometido el emperador al perdonar al general Julio, cayó en la cuenta de que ya había presenciado aquel fanatismo que embargaba a los asistentes en las carreras de caballos que se celebraban en Peuce, en las que él había participado.

La estancia de Alarico y los suyos en Constantinopla era lo más parecido a un exilio dorado. El emperador había ordenado que nadie los molestase en aquella ala del palacio imperial que les había reservado en exclusiva, donde disponían de un jardín muy amplio e incluso de cuadras para que pudieran ejercitarse con los caballos. El reencuentro con Ataúlfo había conseguido mitigar en parte el dolor de Alarico por la separación de su amigo Claudio Claudiano. Y aunque Temistio era un excelente maestro que se desvivía por atender a los primos, echaba de menos a Hipatia.

Durante las comidas charlaban también con Armín y Buterico, siempre en lengua gótica. Alarico, que estaba deseando volver con los suyos, se preguntaba por su identidad.

—He pasado cuatro años viviendo en Alejandría y Atenas y no sé cuánto más tendremos que estar en Constantinopla. A veces me planteo si seguimos siendo godos después de tanto tiempo separados de nuestro pueblo.

—Nadie podrá decir jamás que no formas parte de la nación goda.

—Creo que te equivocas, Armín. Tanto a Ataúlfo como a mí, si conseguimos volver con los nuestros, nos acusarán de ser romanos.

—Eso no será así, Alarico. Debes ser consciente de que nuestra nación está esperando a su caudillo y no puedes decepcionarla.

En la conversación intervino el oficial Buterico:

—Yo nací en el imperio porque mi padre era oficial de los godos auxiliares, y seguiré viviendo aquí ya que nunca lo he hecho con el pueblo godo. Amo a las dos naciones y me rompe el corazón esa guerra inacabable que está destrozando Oriente. Aunque sé que aquí nunca me considerarán un romano de verdad, me quedaré porque soy un militar fiel al imperio y me gusta trabajar para un ejército invencible.

El oficial godo había pronunciado las palabras que Alarico no deseaba oír.

—¿Insinúas que aunque el ejército godo haya derrotado a las legiones en Adrianópolis, estas acabarán por vencerlo?

—La batalla de Adrianópolis fue excepcional —dijo Buterico—. Los godos son bandas que rechazan someterse a la disciplina del entrenamiento y desconocen la táctica y la estrategia militares. Fritigerno es un gran caudillo que ha conseguido unir durante unos años a un pueblo en una situación desesperada, pero eso no durará. En poco tiempo comenzarán las desavenencias y todo se habrá acabado.

Alarico llevaba años oyendo hablar de la extrema eficacia de las legiones y de la falta de competencia de los pueblos llamados «bárbaros». Se le estaban grabando en lo más profundo de su mente expresiones como «bandas desorganizadas», «rencillas entre grupos», «indisciplina», «falta de entrenamiento», «táctica», «estrategia»... Conocía todo sobre la disciplina y el entrenamiento que Walfram le había enseñado. En cuanto a la estrategia, había aprendido que cualquier acción militar no podía improvisarse, y que incluso la improvisación requería un entrenamiento previo. Todo debía estar planificado. Incluso aprendía también estrategia de las partidas de *latrunculi*, que había practicado tantas veces con su amigo Claudiano. Ahora que ya era un buen jugador, se lamentó, se veía obligado a jugar en soledad después de las comidas. Pero era aburrido colocarse en la mente de los dos contrincantes porque se perdía el efecto sorpresa de una partida jugada con otro oponente.

Una tarde, mientras jugaba solo, una de las jóvenes que se encargaban de servir la comida se acercó a mirar la partida.

—Esa pieza que vas a mover la perderás en tres jugadas —se atrevió a expresar la joven, que no debía de tener más de dieciséis años. Lo dijo en griego con un acento que Alarico no supo localizar.

—¿Sabes jugar al *latrunculi*? —preguntó a aquella muchacha de rasgos persas, pelo color azabache, rostro ovalado y ojos negrísimos.

—Sí —dijo, atemorizada por la intensidad de la mirada de Alarico.

—¿Por qué pones esa expresión de temor?

—Tu mirada me inquieta.

—No te preocupes, las miradas no hacen daño. Pero, dime, ¿dónde aprendiste a jugar?

—Me enseñó mi padre, que fue general del ejército del rey persa Sapor II y ahora del nuevo rey Artajerjes.

—¿Y qué haces aquí?

—Hace tres años un comando de las legiones de Valente me capturó. Me llevaron a Antioquía y más tarde a Constantinopla como rehén del imperio. Me llaman Calista y, aunque estoy al servicio del palacio imperial, me tratan bien.

—Te tratan como a la hija de un aristócrata persa. Los romanos siempre tratan bien a los rehenes que consideran valiosos. Yo también soy un rehén del imperio. Mi padre es un caudillo godo.

—Pues te comportas como un miembro de la aristocracia. Dicen que los bárbaros sois salvajes.

—No creas todo lo que se dice. ¿Jugarías conmigo?

—No sé si puedo hacerlo. Tendrías que pedir autorización a mi chambelán.

—Dime al menos cómo no perder la pieza.

La persa hizo una jugada totalmente inesperada y tan distinta a la que Alarico había pensado que cambió el sentido de la partida. El joven godo esbozó una sonrisa de sorpresa y satisfacción.

—Ni siquiera Claudiano habría jugado con tanta astucia. Ahora la partida está a favor de las blancas. —Alarico la miró a los ojos y la joven persa los bajó hacia el suelo—. No concluiré esta partida hasta que puedas jugar conmigo.

—Haré lo que me ordene mi chambelán —dijo Calista, y se fue mientras un sonriente Alarico contemplaba el vuelo de su vestido.

Días después, tras las gestiones que el oficial Buterico realizó, el joven godo recibió el aviso de que un chambelán quería verlo. Cuando entró en la sala en la que se celebraría la entrevista, comprobó que se trataba de un hombre de unos cuarenta años que vestía con extrema elegancia una túnica con múltiples bordados de flores de vivos colores, llevaba una diadema dorada con piedras preciosas que disimulaba su incipiente calva e iba cargado de joyas en el cuello, los antebrazos, las muñecas y los tobillos.

—Me han dicho que queríais hablar conmigo.

—Sí, si eres el chambelán responsable de la joven Calista.

—Me llamo Eutropio y soy el chambelán encargado del servicio doméstico de la princesa Serena. Esa joven, aunque provisionalmente se ocupa de atenderte, está asignada al servicio de mi ama. ¿Qué deseas de ella? El emperador me ha dicho que te conceda lo que me pidas.

—Algo muy sencillo. Calista sabe jugar al *latrunculi* y me gustaría que pasase algunos ratos jugando conmigo.

—¿Solo eso? ¿No estás interesado en sus servicios sexuales?

—Solo la quiero como adversaria en el juego.

—A pesar de todo, te informo de que Calista es una cantante y bailarina excepcional.

—Solo me interesa para jugar a *latrunculi*, ya te lo he dicho.

—Vendrá a jugar contigo cuando lo desees. Si te interesa alguna otra cosa solo tienes que hacérmelo saber.

A Alarico le pareció que aquel personaje tenía mucha más jerarquía que un servidor doméstico, de modo que decidió preguntar por él a Buterico.

—He desarrollado toda mi carrera militar en la parte oriental del imperio y el cargo de chambelán siempre lo desempeñan eunucos que antes fueron esclavos —le contó Buterico—. Los chambelanes se encargan de organizar y administrar el cubículo imperial, es decir, todo lo que tiene que ver con los aspectos domésticos del palacio.

—¿Son eunucos?

—Sí. Así pueden atender los gineceos sin riesgo de contacto sexual con las mujeres del palacio. Sus servicios están muy arraigados en la parte oriental del imperio y hay eunucos en casi todas las casas de familias adineradas.

—¿Y de dónde los sacan?

—Los comerciantes de esclavos compran niños a los que castran y, si sobreviven, los venden por precios muy superiores a los no castrados. La tradición de los eunucos es algo muy antiguo en Oriente. Los *galli*, que así se llaman los sacerdotes de Cibeles, tienen la obligación de castrarse ellos mismos si quieren entrar al servicio de los templos de la diosa. Ciro el Grande tenía una guardia real formada por trescientos eunucos porque decía que, al no tener mujeres ni hijos, siempre serían fieles a su persona.

—Ese chambelán, Eutropio, ¿también es eunuco?

—Así es.

—Por su forma de hablar y de vestir no parecía un servidor doméstico, sino más bien alguien con un cargo elevado.

—Por supuesto. Los eunucos suelen ser confidentes de las personas a las que atienden y eso les da un poder inmenso. Si llegan a obtener el cargo de chambelán tienen tanto poder como un alto funcionario. Además, antes de nombrarlos los manumiten. El gran chambelán, el jefe máximo de todos, es uno de los cargos más importantes del palacio, que es como decir del imperio. Es posible que Eutropio alcance ese rango a no tardar mucho.

—Eso quiere decir que el emperador me ha enviado a una persona muy relevante.

—En efecto. Para Teodosio es importante que te encuentres cómodo en el palacio.

A finales de diciembre del año 380, un hombre con una extraña vestimenta llegó al ala del palacio que habitaban Alarico y los suyos. Habían acabado sus entrenamientos, llevaban tan solo un calzón y tenían el cuerpo cubierto de sudor, lo que contrastaba con la blanca cortina de copos de nieve que se veían caer blandamente desde las ventanas de sus aposentos. El personaje, al que anunciaron como el sastre imperial, era un hombre de poco más de cincuenta años, de mediana estatura, larga barba blanquecina trufada de adornos de oro y piedras preciosas, con la cabeza cubierta con un gorro trapezoidal bordado en rojo y verde satinados, y una túnica de seda multicolor ceñida con un cinturón azul. En la mano derecha, cuyos dedos rebosaban de anillos, traía una cinta dorada y unos patrones de pergamino para tomar medidas.

—Me envía el chambelán Eutropio —dijo en griego, con un acento similar al de Calista y en un tono exageradamente amanerado—. Vengo a tomar medidas para confeccionar unas túnicas para... —Bajó la cabeza y leyó en un papiro que llevaba en la mano—. Alarico y Ataúlfo. ¿Sois vosotros? —preguntó al tiempo que dedicaba a los dos jóvenes una mirada no exenta de fascinación e interés por sus cuerpos.

—Sí, pero no nos hacen falta —dijo Alarico—. Ya tenemos vestidos. Bastante hacemos con ponernos esas túnicas extrañas a nuestras costumbres.

—El emperador me ha encargado que os confeccione trajes para asistir a un acontecimiento extraordinario.

—¿Acaso piensas que nos vestiremos con esos ropajes tan raros que llevas?

—Yo no pienso nada. Ni es asunto mío si al final rechazáis los trajes que os confeccione. Lo único que sé es que no puedo salir de aquí sin hacer lo que se me ha ordenado.

—Permíteme un momento —dijo Alarico, y se reunió con su grupo en una habitación aneja.

—Es un persa —le explicó Buterico—. Los mejores sastres de Constantinopla son persas y todos son así de estrafalarios.

—¿Y va a vestirnos como él? —murmuró Alarico—. Ha dicho que nos hará los vestidos para un acontecimiento extraordinario. ¿Sabes algo?

—No. Pero si quieren haceros ropas nuevas es que debe de tratarse de algo muy importante. Yo no me opondría.

Todos entraron de nuevo en la sala.

—¿Ya puedo tomar medidas a estos dos muchachos? —demandó el sastre con fingida cara de enfado.

—Sí —le respondió Buterico—. Pero me han dicho que quieren ropa sobria y sin adornos.

—Sobria y sin adornos —repitió con sorna el sastre mientras hacía con esmero su trabajo usando la cinta y los patrones—. Entonces ¿para qué se requiere mi creatividad? Basta con que se compren ropa confeccionada en uno de esos puestos callejeros de la vía Mese. —Acto seguido, en voz queda si bien los presentes lo oyeron, murmuró—: Aunque tienen unos cuerpos magníficos, se ve por su aspecto que estos jóvenes son bárbaros. Si me dejasen, yo podría transformarlos en elegantes ciudadanos de Constantinopla —añadió, todavía en susurros—, empezando por arreglarles ese pelo salvaje y depilarles todo el cuerpo. En fin, se lo diré al chambelán y que sea él quien decida. —Miró a los presentes y, levantando la voz, exclamó—: ¡Sabed que no me gusta perder el tiempo!

El falsamente enfadado sastre echó una última mirada impúdica a los brillantes torsos de Alarico y Ataúlfo antes de salir desairado de la habitación, diciendo, con su fuerte acento persa:

—Unos estupendos cuerpos desperdiciados.

Cuando se cerró la puerta, todos prorrumpieron en una sonora carcajada.

25

Una visita inesperada

La gran sala del Silencio del palacio imperial de Constantinopla estaba preparada para la proclamación anual de los cónsules. Debido a la división del imperio en dos territorios, cada uno elegía a su cónsul y se celebraban dos ceremonias gemelas en Roma y en Constantinopla el mismo día. Desde que Octaviano, el sobrino nieto de Julio César, se proclamó primer emperador con el nombre de Octavio Augusto, el cargo de cónsul, que hasta entonces había sido la más alta magistratura de la República, fue perdiendo relevancia en la práctica hasta transformarse en un cargo honorífico que premiaba toda una carrera al servicio del Estado y que, a pesar de no tener competencias, era el más codiciado porque se trataba de la culminación del *cursus honorum*.

El gran chambelán, como maestro de ceremonias, había situado a Alarico y Ataúlfo en un lateral de la sala, a solo unos palmos del emperador. Finalmente, el sastre les había confeccionado unas sobrias y elegantes túnicas en seda de color marfil con bandas en púrpura. Sus rubias y largas cabelleras resplandecían, y eran el blanco de las miradas de la flor y nata, tanto civil como militar y religiosa, de la corte. Los dignatarios que asistían a la ceremonia estaban sorprendidos por los extraños invitados y comentaban en voz baja cuál sería la razón de su presencia.

—No veo al general Julio en la sala —susurró Alarico a Buterico.

—Es el que está al final de la segunda fila.

Alarico fijó sus ojos inyectados de odio en aquel general que vestía sus mejores galas. Cuando Julio se dio cuenta, una mueca de inquietud se instaló en su rostro, sobrecogido por la desafiante mirada del joven godo.

Una vez que concluyó la ceremonia de investidura del nuevo cónsul, el gran chambelán ordenó a los asistentes ponerse en pie porque iba a tomar la palabra el emperador.

—Generales, dignatarios y miembros del clero, hoy es un gran día que no olvidaremos en mucho tiempo. No solo es el día más importante del año en el que hemos proclamado cónsul a mi hermano Flavio Euquerio, un gran hombre que se ha distinguido por sus servicios al imperio, lo es también porque hoy empieza una nueva época para el Imperio de Oriente. Las grandes palabras de Temistio serían insuficientes para loar la excelencia y la majestad de este hombre. Sirvientes, ¡descorred las cortinas y que la luz ilumine su grandeza! Soldados, ¡que suene la música en honor de su magnanimidad!

De inmediato, un grupo de legionarios, provistos de *buccinae* y *cornua*, entró y se situó en un lateral de la gran sala del Silencio y, a un gesto de su jefe, comenzó a tocar una melodía marcial de homenaje que creó entre los presentes una expectación inusitada.

Las miradas de todos se dirigieron a las grandes puertas, cuyas hojas se abrieron lenta y ceremoniosamente. Y allí estaba alguien que nadie en su sano juicio habría esperado.

—¡Que entre el rey Atanarico, el gran jefe del pueblo godo! —dijo el chambelán poniendo énfasis en la segunda parte de la frase—. Saludémoslo con una reverencia.

Al oír el nombre del rey godo, Alarico y Ataúlfo fueron presas de una agitación que pronto se convirtió en un ligero temblor y una sudoración que humedeció todo su cuerpo. «¿Qué hace aquí mi tío?», se preguntó Alarico sin atinar a responderse. El indómito rey, al que él tanto admiraba y que odiaba por igual a los romanos y a los cristianos, era recibido con gran fasto por el emperador Teodosio. ¿Qué habría ocurrido? Ataúlfo, por su parte, estaba tan confuso que no lograba articular pensamiento alguno. El estupor lo inmovilizaba. De hecho, todos los presentes estaban igual de desconcertados.

El rey godo cruzó enfáticamente la sala acompasando sus movimientos a las notas de la solemne melodía que interpretaban los soldados. Sus fuertes pisadas sobre el mármol, calentado por las tuberías subterráneas de vapor provenientes del hipocausto, refrendaban su prestancia. Caminaba con la mirada al frente, sin que se moviera ni uno solo de los músculos de su rostro. Todo su cuerpo irradiaba poder. El vestido de piel curtida, la corona dorada sobre la cabellera rubia, la bien cortada barba que ya blanqueaba, el azul profundo y misterioso de sus ojos y la amplia capa, de color verde brillante con el dragón en rojo bordado a la espalda, le conferían un aspecto mayestático. Era tan hierático y solemne su caminar que no alcanzó a ver a su hijo ni a su sobrino. Cuando llegó ante el emperador, hizo una ligera genuflexión.

—¡Cese la música! —clamó el chambelán.

—Incorpórate, rey Atanarico —dijo Teodosio—. No deseo que seas un vasallo de Roma. Te quiero como aliado para que nuestros pueblos caminen juntos hacia un futuro de paz y prosperidad.

El emperador miró al rétor Temistio, que tomó la palabra de nuevo.

—Emperador, senadores, generales y clérigos, son miles los discursos que he escrito y pronunciado a lo largo de mi carrera de muchos años al servicio de varios emperadores, y muchas han sido las virtudes y las hazañas que he tenido el placer de loar. Pero hoy es uno de los días más especiales de mi ya larga vida y, me atrevería a decir, que es uno de los días más importantes para el imperio. El emperador Teodosio, que se ha caracterizado por haber heredado, ampliándolas, las virtudes de su insigne padre, el gran Teodosio el Viejo, ha sabido decorar su principado con la cualidad de la prudencia y la sabiduría de quien mira al futuro con la luminosidad del equilibrio y la fuerza para garantizar la paz y la prosperidad. Esa sabiduría lo ha llevado a acercarse a uno de los grandes hombres de la historia de la nación goda. Un equívoco llevó a la confusión y al caos la que fue una fructífera colaboración entre el pueblo godo y el emperador Constantino el Grande. Teodosio es sabedor de que, de haber conocido el rey Atanarico que el general Procopio era un usurpador, un tirano y un traidor al imperio, jamás habría pactado con él y no habría tenido que producirse esa dolorosa confrontación con el emperador Valente que llevó a la ruptura con el pueblo godo. Pero por fortuna, el bienaventurado Teodosio ha reconocido ese malentendido para que todo retorne a la época de esplendor de las relaciones entre ambos pueblos. El día de hoy quedará como un hito entre los hitos de la historia romana. Empieza una nueva etapa que hemos tenido el privilegio de ver nacer. Quiere el emperador que a ella se sume el resto del pueblo godo. En memoria, pues, de tan gran día, al concluir este solemne acto habrá un homenaje a nuestro huésped en el Augusteon. ¡Larga vida al rey Atanarico y larga vida al emperador y al imperio!

Después de la extraña ceremonia en la gran sala del Silencio, condujeron a Alarico y a Ataúlfo a sus habitaciones. Seguían sin entender nada de lo que habían visto, y ni siquiera Buterico se explicaba la presencia del rey godo en Constantinopla. Habrían de esperar a la llegada de Temistio.

En la plaza del Augusteon, cerca de la entrada del Hipódromo, se había congregado una gran multitud y los soldados de la guardia del emperador abrían camino a las autoridades. Estas se situaron alrededor de un pedestal de pórfido de casi siete pies de altura que parecía sustentar un monumento cubierto por un brillante paño de seda verde con el dragón rojo de Atanarico bordado en el centro. El rey godo se situó a la izquierda del emperador y el patriarca católico de Constantinopla, Gregorio de Nacianzo, a su derecha. La expectación entre los asistentes era máxima porque el monumento se había instalado durante la noche y no se había permitido a nadie conocer de qué se trataba. No hubo ningún discurso. Teodosio se limitó a levantar el brazo derecho, y el chambelán tiró de una cuerda unida al paño de seda y lo descubrió. Un «¡oooh!» general llenó la plaza. Se trataba de una gran estatua del rey Atanarico en bronce policromado, erigida en el lugar más sagrado de Constantinopla. Después del asombro inicial, una ovación acompañada de sonoros aplausos inundaron el Augusteon. El propio rey godo, con una cara de sorpresa imposible de describir, no apartaba la mirada de su estatua.

El campamento de Atanarico estaba instalado fuera de las murallas de Constantinopla, en una explanada cercana a la puerta Áurea. No había aceptado la invitación de alojarse, con todo su séquito, en un ala del palacio imperial ni en ninguno de los otros palacios que se le habían ofrecido. Las conversaciones de paz debían comenzar en los siguientes días, pero hubieron de aplazarse por una indisposición del orgulloso rey godo. Aquel hombre, que había sido una fuerza de la naturaleza, se encontraba recostado en el lecho mientras lo atendía un sanador de su confianza. Al conocer la noticia, el emperador hizo que Gneo Fabio, el médico imperial, se desplazara hasta la tienda de Atanarico.

—Que se vaya —dijo Atanarico a su asistente cuando este le anunció la visita—. No necesito ningún médico romano —añadió con un gesto de enfado—. Solo me fio de nuestro sanador.

—Pero tienes mucha fiebre y el sanador no ha podido bajarla. ¿Por qué no dejas que el médico imperial lo intente?

—Ya he hecho demasiado con venir hasta esta ciudad. —El rey godo puso tal expresión de ira que su asistente se amilanó—. Te ordeno que le digas que se vaya. ¡Y si no quiere hacerlo, lo echas a patadas!

Atanarico había pasado muchas penalidades a lo largo de su vida y en todas ellas se había recuperado. En esa ocasión, no obstante, tenía la sensación de que sus espíritus de los bosques, de las montañas y de los ríos querían que les hiciese compañía para siempre. Se incorporó con dificultad en el lecho y permitió que su sirvienta le enjugara el sudor de la frente y le diera a beber agua.

—Haz llegar al emperador mi deseo de hablar con mi hijo y mi sobrino —le dijo.

Tras recibir la petición de Atanarico, Teodosio hizo llamar a la princesa Serena y a Estilicón. Estos, que ya conocían la solicitud del rey godo, se mostraron de acuerdo en que se reuniera con los dos muchachos.

—Yo había previsto este encuentro —dijo Teodosio— para cuando hubiésemos concluido el tratado y pudiéramos difundirlo.

—La información que me ha llegado —explicó Estilicón— es que Atanarico se encuentra muy grave. Sus hombres más cercanos temen que pueda morir en cualquier momento.

—De nada habrá servido entonces todo el esfuerzo que hemos hecho para traerlo hasta Constantinopla —se lamentó el emperador.

—De todos modos, este acuerdo habría sido algo simbólico. La mayoría de sus partidarios lo han abandonado durante los últimos años para reunirse con Fritigerno y el pueblo godo —recordó Serena a su tío—. El propio Atanarico ha entendido que el futuro de su nación está dentro del imperio. Venir hasta Constantinopla ha sido para él una forma de rendición, una manera de decir adiós a sus ideales de construir una gran nación en la Dacia.

—Quiero saber qué piensa Temistio —dijo Teodosio—. Hacedlo pasar.

Temistio, que se encontraba en la antesala, recibió el aviso de que el emperador deseaba hacerle una consulta. En cuanto entró, Serena lo puso en antecedentes y el emperador le pidió que expusiese su opinión.

—No es fácil pronunciarse sobre este tema. Son refugiados, y es nuestra obligación acogerlos e integrarlos. Es savia nueva para el imperio. Nuestro ejército necesita auxiliares y las provincias del Danubio precisan campesinos para repoblar las zonas que se han abandonado. Atanarico desea una nación goda dentro del imperio, funcionando como un reino independiente, con sus propias leyes y costumbres, con sus tribunales e instituciones. La institución más importante de Roma es su derecho, un derecho común que unifica a todos los ciudadanos del imperio. Eso es lo único que me hace dudar. Quiero una integración de los refugiados godos, pero sin que sea un Estado dentro del Estado porque aceptarlo sería el comienzo de la desintegración del imperio.

—¿Y qué piensas de la petición de Atanarico de ver a su hijo y a su sobrino? —le preguntó Teodosio.

—Sobre eso no tengo ninguna duda. Parece que es una última voluntad y no creo que se le deba negar. Sería una crueldad innecesaria. Si me lo permites, yo mismo puedo hablar con los jóvenes y prepararlos para ese encuentro.

—Hazlo —concluyó el emperador.

La reunión con el rey Atanarico no pudo producirse en peor momento. A Ataúlfo le impresionó encontrar así a su padre, y en cuanto a Alarico, ver a su admirado tío en aquel estado de postración le resultó muy penoso. Atanarico deseaba verlos a los dos a la vez, y cuando los condujeron hasta él, descubrirlos vestidos con las túnicas que el sastre persa les había confeccionado le produjo un profundo desagrado.

—Yo esperaba ver a dos jóvenes godos y me encuentro frente a dos patricios romanos. ¿No han podido proporcionaros ropas de la nación goda? ¿Qué clase de prisioneros sois? Parecéis hijos de senadores —se quejó Atanarico—. ¿Sois godos o romanos?

Ninguno de los dos muchachos supo qué contestar. Atanarico hacía esfuerzos por dar una sensación de normalidad, pero su tos cada vez más frecuente y ruidosa le impedía ocultar la gravedad de su estado de salud. Ante el tono en exceso severo de su tío, Alarico finalmente se atrevió a decir:

—Temistio nos ha informado de las circunstancias...

—¡Silencio! —ordenó el rey godo—. Te expresas en nuestro idioma, pero hablas como los griegos y tu acento gótico es detestable. No era eso lo que yo esperaba. No me importa lo que Temistio os haya contado. Ese hombre es un parlanchín capaz de persuadir a cualquiera de las mentiras más abyectas. Me queda poco tiempo de vida y es necesario que escuchéis lo que quiero deciros.

Alarico se acercó hasta el lecho para mirar de cerca al gran rey.

—¡Quitaos esas togas! ¡Que os den ropas nuestras! Solo así me sentiré cómodo para hablar a dos futuros caudillos.

Había comenzado a nevar, y por la puerta entreabierta de la tienda se colaban las ráfagas de viento que acompañaban al temporal. Unos sirvientes entregaron a los muchachos ropas del propio rey.

—¡Que cierren esa puerta y que alimenten las estufas! —gritó Atanarico—. Ahora, sentaos y escuchadme. Me han dicho que conocéis la situación en la que se encuentra nuestro pueblo. —Se detuvo un momento porque cada vez le era más complicado respirar—. Estoy convencido de que tenéis una versión manipulada.

—Nos han informado de todos los hechos que se han producido desde que los romanos se nos llevaron como rehenes —dijo Alarico.

—¿Qué sabéis? —preguntó Atanarico. Y sin darles tiempo a responder, añadió—: ¿Que decenas de miles de godos han sido masacrados, hombres, mujeres, ancianos y niños? Os hablo de ahogados en el Danubio, muertos de hambre y de frío, mujeres y niñas violadas, asesinatos a sangre fría, niños y jóvenes vendidos como esclavos. Incluso los despojaron del poco dinero del que disponían, y muchas mujeres hubieron de prostituirse para dar algo de comer a sus hijos. —El rey godo debía parar a menudo por los frecuentes accesos de tos—. Nos ofrecieron entrar en el imperio como refugiados, que es como decir invitados, y nos han tratado peor que a perros sarnosos.

—Padre, deberías descansar —se atrevió a aconsejarle Ataúlfo—. Ya hablaremos más tarde.

—¡Silencio, Ataúlfo! —chilló el rey godo—. No sé cuánto tiempo me queda de vida y no quiero morir sin que sepáis cuál es mi voluntad. No es mi intención dar consejos, sino órdenes que deberéis cumplir al pie de la letra.

Ninguno de los dos osó interrumpir al colérico rey.

—Casi la totalidad de la nación goda se encuentra en territorio del imperio y nunca regresará a la Dacia porque es imposible. Todas las tierras, salvo algunos territorios de los Cárpatos, están ocupadas por los hunos. Después de la batalla de Adrianópolis, nuestro pueblo se ha apoderado de la Tracia y la Mesia, y Fritigerno tiene controlada la situación.

Atanarico miró a los muchachos a los ojos, que tenían muy abiertos. Por primera vez alguien les hablaba con sentido político del futuro de los godos.

—Ya que estamos obligados a permanecer en el interior del imperio, habrá que hacer pactos. Sí —continuó—, pero con unas condiciones muy concretas. Grabaos lo que os voy a decir porque para vosotros será una ley inviolable.

—Primero: Devolución de todos los prisioneros y todos los godos vendidos como esclavos desde la guerra con Valente.

Los dos primos asintieron con un gesto.

—Segundo: Adjudicación gratuita de tierras y ganado suficiente para instalar a toda la nación goda. Tercero: Exención total de impuestos. Cuarto: Bajo ningún concepto los godos serán separados ni dispersados. Permanecerán como un pueblo unido dentro del imperio. Quinto: El servicio de los auxiliares en el ejército deberá pagarse a un precio similar al de los legionarios romanos. Nuestros hombres se juegan la vida igual que ellos. Sexto: Se aplicará el derecho consuetudinario godo. Nuestro pueblo conservará sus leyes, sus costumbres y sus instituciones. Este es un punto que habrá de respetarse por los siglos de los siglos.

Atanarico miró fijamente a su hijo y su sobrino.

—Todos estos puntos se incluirán como cláusulas en el acuerdo tal como os los he explicado. Ponedlos por escrito en cuanto volváis a vuestros aposentos.

Alarico y Ataúlfo asintieron sin poner la más mínima objeción. Pero antes de que hicieran comentario alguno, Atanarico continuó:

—Hay dos cuestiones previas que deben cumplirse antes de suscribir cualquier pacto. La primera es la retirada inmediata de las legiones de Occidente del territorio de Oriente. Su presencia es la prueba de que Teodosio juega con ventaja. La segunda es el cese del general Julio. No puede continuar en el ejército el hombre que ordenó torturar y asesinar a los hijos de los caudillos. Además, el general Julio debe pagar con su vida y su ejecución nos corresponde a nosotros. —En ese momento miró a los ojos al futuro rey—. El castigo tiene que ser ejemplar.

Alarico estaba emocionado por las palabras de su admirado tío. Eso era todo lo que él deseaba para el pueblo godo y ahora Atanarico se lo refrendaba. Respecto del castigo del general Julio, era algo que ya había previsto. Y se había transformado en una orden.

—Pero todavía no os he contado para qué he venido a Constantinopla —continuó Atanarico—. No ha sido para rendir pleitesía a Teodosio. Tampoco para que me erijan una estúpida estatua. Sé que me estoy muriendo. En una situación normal jamás habría aceptado la propuesta del emperador, pero necesitaba encontrarme con vosotros para transmitiros las órdenes que acabo de explicaros. Por eso estoy aquí... Y por eso voy a morir aquí. Vosotros seréis los garantes de que esas cláusulas se incluyan en los pactos y, sobre todo, de que se cumplan. Tú, Alarico, serás el rey de los godos y tú, hijo mío, serás su lugarteniente. Alarico, tu misión como rey será conducir a tu pueblo hasta la tierra en la que se asiente definitivamente, no como una provincia de Roma sino como un reino independiente. Para ello organizarás el mayor ejército que hayan conocido los siglos. Y deberás adiestrarlo sobre la base del entrenamiento y la disciplina. Ese ejército ha sido mi sueño y nunca pude hacerlo realidad. Vosotros seréis los encargados de cumplirlo.

Los dos muchachos estaban abrumados por las palabras del carismático rey, que ponía en sus manos el futuro del pueblo godo, una tarea que les pareció casi imposible. Por eso Alarico se atrevió a preguntar:

—¿Cómo conseguiremos todo eso que nos ordenas? La nación goda seguirá hasta la muerte al caudillo Fritigerno.

—Cómo deba hacerse es asunto vuestro. Ahora vais a jurar de rodillas ante mí que cumpliréis todo lo que os he ordenado. Y que sacrificaréis familia, amigos, riquezas o cualquier otra cosa que améis, anteponiendo siempre el deber al que os obliga este compromiso.

Alarico y Ataúlfo se arrodillaron ante el rey godo.

—Lo juramos —dijeron al unísono.

—Así pues, os habéis comprometido hasta la muerte a defender y servir a nuestro pueblo. Nada, nada en absoluto, estará por encima de este compromiso. Ahora podéis retiraros.

Después del esfuerzo realizado, Atanarico apoyó la cabeza en la almohada. Ataúlfo se acercó a la cama para abrazar a su padre con un llanto contenido. Alarico le tomó el relevo enseguida, y solo se separó de su querido rey cuando este lo apartó suavemente con el brazo.

A partir de ese momento, el pensamiento principal de Alarico fue dar con la manera de llevar a la práctica el plan de Atanarico, aunque antes de nada debía esperar a ver cómo evolucionaba su estado de salud.

Pero las esperadas conversaciones entre el emperador y el rey godo fueron aplazándose indefinidamente porque Atanarico empeoraba, consumido por la fiebre. Y Ataúlfo a duras penas se separaba de su padre.

Mientras tanto, Alarico pasaba su tiempo el palacio imperial entre las sesiones de lucha y las partidas de *latrunculi* con Calista, que se habían convertido en algo más que un entrenamiento en estrategia.

Cuando Temistio quiso reanudar las clases de retórica, Alarico se negó.

—Creo que ya tengo la formación que necesito —afirmó.

Recordó que el rey Atanarico había llamado a Temistio «parlanchín capaz de persuadir a cualquiera de las mentiras más abyectas», y ahora pensaba que ya solo en eso podría hacerlo mejorar, y él no tenía intención de embaucar ni a los suyos ni a sus enemigos.

—De todos modos —añadió—, te agradezco los esfuerzos que has hecho por ayudarme a ser mejor.

Temistio no contestó y se limitó a retirarse.

Fue durante una de sus partidas de *latrunculi* cuando el muchacho explicó a Calista su decisión de prescindir de las enseñanzas de Temistio.

—No entiendo que lo hayas despedido. Es una persona que quiere a los extranjeros y está dispuesto a defender nuestros derechos a pesar de que la mayoría de los ciudadanos del imperio nos odian. Todavía no has conseguido el nivel de oratoria de un político y tu futuro es ser rey.

—Lo sé, Calista. Le tengo un gran respeto, pero no creo que a un guerrero le haga falta más retórica.

—Nunca es suficiente. Conducir una nación requiere un gran dominio de la palabra. Esa era una obsesión de mi padre —dijo Calista.

—Las preocupaciones que me inquietan son otras. Mis maestros me han enseñado a amar la literatura, la filosofía, la música, la historia, las ciencias, la astronomía. Conozco bien a Homero, a Hesíodo y a los autores trágicos. Me he esmerado con los idiomas. Sé hablar y escribir latín, griego y gótico. Y tú estás enseñándome el idioma de los persas. Sin embargo, resulta paradójico que no recuerde las costumbres del pueblo godo. No hay duda de que puedo ser un ciudadano romano, pero ¿podré ser también un godo? Y fíjate que esa pregunta, que tantas veces me he hecho, de nada me sirve porque he jurado mi destino y tengo intención de cumplir ese juramento a cualquier precio.

Alarico y Calista habían tenido oportunidad de hablar sobre sus vidas pasadas muchas tardes frente a frente, delante del tablero. Mientras jugaban, iban construyendo una gran amistad. La joven persa era más reservada, pero el muchacho godo había ido detallándole cada uno de los momentos de su vida, incluso los aspectos más íntimos, como el amor que sentía por Valeria.

—Ese desconocimiento de tu pueblo debería preocuparte, Alarico. Cuando vuelvas debes parecer el más godo de los godos.

—Sí. Tengo que cumplir el juramento que hice a Atanarico a cualquier precio.

—¿Y si el precio de cumplir tu juramento fuese renunciar a Valeria?

Alarico quedó desconcertado.

—¿Y por qué tendría que renunciar a Valeria? —replicó.

—Antes has dicho «a cualquier precio».

Alarico no quiso contestar a aquella pregunta que lo removía en lo más profundo de su corazón. Calista agachó la cabeza y fijó sus ojos en el tablero para que no se notara que habían comenzado a humedecérsele.

—Volvamos a la partida —dijo—. Te toca mover pieza, Alarico.

26

Un funeral de Estado

No había consuelo para Ataúlfo y Alarico. El último gran rey del pueblo godo había muerto y, por si fuera poco, lo había hecho en la capital del Imperio romano de Oriente, no en la tierra que amaba y de la que nunca quiso salir. Había fallecido de forma natural y ninguna épica podría adornar ya su desaparición. No había vengado la derrota ante Valente porque no participó en la batalla de Adrianópolis, pero tenía derecho a unas honras fúnebres que allí no iban a tributársele.

Alarico pidió a Buterico que concertase una audiencia con Teodosio. No lo consiguió, pero sí lo recibió otra persona casi tan poderosa como el emperador, la princesa Serena. Se presentó ante ella vestido como un noble godo. La halló sentada en un gran sillón que parecía un trono, y ese hecho unido a su expresión hierática la hicieron parecer mucho mayor a ojos del muchacho. Mientras se acercaba con pisadas firmes y sonoras y la veía, al fondo, con esa actitud impostada, se acordó de Hipatia, cuyo rostro siempre expresaba dulzura. Hizo una ligera genuflexión al encontrarse ante la princesa Serena y cuando se incorporó, la joven tuvo que alzar la cabeza para mirar a los ojos a su visitante, dada su altura. Quería saber si su mirada tenía la intensidad y la fiereza de la que tanto le habían hablado. Sin embargo, al instante volvió el rostro, incapaz de sostener el brillo azul de los ojos de Alarico, algo que nunca hasta entonces le había ocurrido con nadie.

—Soy Flavia Serena, hija adoptiva y consejera del emperador. Has pedido hablar con mi tío. ¿Qué es eso tan relevante que deseas comentarle?

—Sé quién eres, pero debo hablar con él en persona.

—¿Tan importante te crees? —Serena lo miraba con inquietud.

—Yo no. Sí lo es lo que tengo que decirle.

—¿Y si no quiere recibirte? —Serena empezaba a impacientarse por la actitud orgullosa y firme de aquel muchacho tan seguro de sí.

—Lo hará.

—Me habían explicado muchas cosas de ti, pero no que fueras tan soberbio.

—Princesa, no se trata de soberbia, se trata de las relaciones que en el futuro mantendrán el imperio y el pueblo godo.

—Espera en tus aposentos a que mi chambelán te avise.

—Gracias. Quiero que sepas que no tengo nada personal en tu contra.

Serena volvió a sentarse e indicó con un gesto a Alarico que se retirara. Mientras este caminaba de espaldas hacia la puerta, percibió la seguridad de sus pasos y la elegante prestancia de su figura, que le parecía impropia de un bárbaro. Pensó que no sería buen negocio tenerlo como enemigo y decidió recomendar a su tío que lo recibiese.

Tras la muerte de Atanarico, Alarico fue cobrando relevancia. El ala del palacio que Teodosio había reservado para los rehenes parecía una corte en miniatura formada por su primo Ataúlfo, su entrenador Walfram y Armín, que ahora ejercía como su asistente, a la que se había sumado la joven Calista. Al principio, la joven persa no fue bien recibida por tratarse de una mujer y una persona de una cultura muy diferente a la del pueblo godo. Sin embargo, Alarico zanjó esa cuestión de raíz.

—Mientras estemos en Constantinopla, Calista es una más de este grupo y así tenéis que tratarla.

La muchacha se sentía halagada por el trato que Alarico le dispensaba, pero él no quiso decir delante de los demás que no era su sirvienta y en cuanto estuvieron a solas se lo aclaró.

—No te quiero como sirvienta, sino como consejera. —Hizo una pausa antes de preguntarle—: ¿Te unirías conmigo al pueblo godo?

—En algún momento volveré a Persia con los míos y tendré que dejarte para siempre. Además, soy una mujer y eso que me pides no lo verán con buenos ojos ni los godos ni los romanos.

—No me importa lo que piensen los demás. Estoy seguro de lo que digo.

Calista se quedó pensativa. Desde que el ejército romano la secuestró, se obsesionó con la idea de volver con su pueblo, pero tras conocer a Alarico ese deseo ya no era tan intenso.

—Me gustaría conocer tu opinión sobre algo —dijo Alarico—. Quiero pedir al emperador que me entregue el cadáver embalsamado de mi tío Atanarico para celebrar el funeral con el pueblo godo.

—¿Para que servirá? —preguntó Calista.

—Es obvio. Para rendirle honores y festejar su recuerdo.

—Pero tú me has dicho que tu tío te encargó conseguir la

paz entre godos y romanos. Y que Fritigerno y los caudillos no desean iniciar conversaciones.

—Así es, han de iniciarse las conversaciones.

—En tal caso, lo mejor sería que el emperador ordene celebrar un gran funeral en Constantinopla en honor del rey Atanarico para que así Fritigerno y los caudillos puedan apreciar la voluntad del imperio de entenderse con la nación goda. A tu tío no le importará. Temistio dijo que a los muertos no les importa cómo son sus funerales porque las exequias suntuosas solo sirven para satisfacer la vanidad de los vivos.

—Por ideas como esta te necesito.

—¿Solo por ideas como esta?

Concluía el mes de febrero del año 382 y Alarico esperaba en la antesala del despacho de Teodosio, que se hallaba reunido con Serena, Estilicón y el eunuco Eutropio.

—La muerte de Atanarico nos ha impedido firmar un pacto que podría haber sido el principio de un periodo de negociación con los godos —reconoció Teodosio—. Después de que Atanarico lo designase como su sucesor es imprescindible que hable con Alarico. Puede decirse que es un representante del pueblo godo. —Lo sabía por Serena, a quien Calista había informado al respecto de la decisión de Atanarico sobre su sucesión—. ¿Te comentó de qué quiere hablar conmigo?

—No —respondió Serena—. Solo me anticipó que se trataba de las relaciones que en el futuro mantendrían el imperio y el pueblo godo.

—Pero si es poco más que un adolescente —objetó Teodosio.

—Sí. Pero cuando habla parece un hombre adulto —dijo Serena.

—Las últimas personas con las que habló Atanarico antes de morir fueron Alarico y Ataúlfo —dijo Estilicón—. Es posible que les diera instrucciones.

—Bien, no perdamos más tiempo —zanjó Teodosio—. Hacedlo entrar.

El gran chambelán Eutropio salió de la estancia para ir en busca de Alarico.

—No sé cómo lo has hecho, pero has conseguido que el emperador te reciba —le dijo el eunuco.

Alarico no le contestó y se limitó a entrar en la sala. Hizo una genuflexión ante Teodosio.

—Ya estás ante el emperador ¿Qué tienes que decirme?

—Solo quiero hablar contigo . No necesito a los demás.

—Eso debo decidirlo yo.

—No soy quién para exigir nada al amo del imperio, pero te suplico que me dejes hablar a solas contigo. Es muy importante que sea así.

«Qué presuntuoso», pensó Serena, ofendida, mientras salía de la sala con Estilicón y Eutropio.

—¿Qué edad tienes? —preguntó el emperador.

—He cumplido diecisiete años, emperador.

—¿No eres muy joven para tratar asuntos políticos?

—Me he visto obligado a hacerlo. El rey Atanarico me nombró su heredero y me corresponde tomar las riendas de mi pueblo.

—Pero tengo entendido que los reyes godos son electivos.

—Lo sé. Lucharé para conseguir mi elección. Por eso debo volver cuanto antes con los míos.

—Comentaste a mi sobrina que tenías algo importante que decirme. ¿De qué se trata?

—Se trata del rey Atanarico —respondió el joven godo.

—El fallecido rey —puntualizó Teodosio—. Vas a pedirme

el cadáver para que el pueblo godo pueda celebrar las exequias. ¿Para eso has venido? Debes saber que se ha procedido ya a embalsamar su cuerpo para poder transportarlo.

—No, emperador, no he venido por eso. Llevamos más de cuatro años en una confrontación que está consumiendo a dos pueblos que durante decenios se han comportado como hermanos. Esto es una guerra civil, y deberíamos resolverla mediante la negociación y no por las armas.

—No lo había pensado así. Los godos están en el imperio por invitación y van a quedarse. Sí, podría decirse que es una guerra civil. ¿Y qué crees que debo hacer?

—Ofrece, como emperador, un gran funeral en honor a mi tío que sea objeto de admiración en todo el imperio. Los caudillos lo verían como una señal positiva y favorecería su actitud hacia el entendimiento. Después ya celebrará el pueblo godo sus exequias.

—Una extraordinaria idea —dijo el emperador.

—Se celebrarían fiestas y carreras en el hipódromo —añadió Alarico—. Eso haría que los habitantes de Constantinopla no fuesen adversos a un pacto futuro.

—¿Y qué papel desempeñarás tú?

—Estaría presente en las ceremonias en nombre de la nación goda, junto con mi primo Ataúlfo. Una vez concluidas, ambos viajaríamos con el cadáver para entregárselo al pueblo godo.

—Pero eso no me garantiza que todo acabe como yo deseo.

—Para el pueblo godo el contenido del pacto es fundamental —dijo Alarico—. No se contentará con un pacto como el convenido con Constantino el Grande hace casi cincuenta años.

—Anticípame qué quiere el pueblo godo para llegar a un acuerdo.

—Todavía no puedo decírtelo.

—¿Y qué esperas que haga en este momento?

—Un funeral de Estado predispondrá a la negociación, como te he propuesto. Y eso es ya muy importante. Fritigerno se siente fuerte porque nadie lo ha vencido desde Adrianópolis y solo se conseguirá un acuerdo si yo estoy presente durante la negociación.

—No voy a contestarte ahora. Volveremos a hablar.

Era la primera acción política del futuro rey. Teodosio se había quedado asombrado de la seguridad que demostraba y comenzó a entrever que, cuando tomara el poder, sería un gran dirigente.

Las noticias que llegaban a los campamentos habían revolucionado a la nación goda. Estaban impactados por las solemnes exequias de que el rey Atanarico había sido objeto en Constantinopla por parte del emperador, quien había presidido el funeral y todos los actos de homenaje. Días después, Teodosio ordenó enviar su cadáver hasta el campamento de Fritigerno instalado en la Tracia al sur de Adrianópolis, para que se celebrasen unos funerales góticos. Además, durante los últimos meses no se habían producido encontronazos ni batallas entre los godos y el imperio. Parecía como si los romanos hubieran decidido retirarse con el otoño y durante la primavera no habían hecho ningún movimiento hostil.

Ante una situación tan insólita, Fritigerno había reunido en su tienda a un grupo de notables para consensuar las decisiones futuras.

—Los informadores dicen que las legiones romanas siguen acampadas y sin intención de atacarnos. Además, las tropas de los generales de Occidente se han retirado y ya han pasado los Alpes Julianos en dirección a Italia —dijo Fritigerno—. ¿Debemos interpretar estos hechos como señales que el emperador nos envía para demostrarnos que quiere negociar con nosotros?

—No podemos precipitarnos —afirmó Ulfilas—. El emperador tiene en su poder a Alarico y a Ataúlfo y, aunque sabemos que no han sufrido daño alguno y parece que los trata como invitados, siguen siendo rehenes.

—Debemos traerlos cuanto antes —opinó Fritigerno—. Aunque sepamos que no corren peligro, los partidarios de Sarus llevan varios meses extendiendo el rumor de que se comportan como patricios romanos. Sostienen que cuando vuelvan lo harán como traidores o espías al servicio de Teodosio, quien los trata como si fueran miembros de la familia imperial y no como prisioneros. Van diciendo que es muy extraño que solo ellos se salvaran de ser degollados y que ya ha habido un pacto secreto de rendición entre algunos caudillos y el emperador Teodosio a cambio de una enorme suma de oro.

—Esas habladurías me preocupan y mucho —intervino Rocestes—. Recuerdo la pelea a muerte entre Alarico y Sarus cuando eran niños. Y desde entonces Sarus, el Oso como suelen llamarlo, ha intentado por todos los medios adquirir protagonismo para impedir la coronación de Alarico como rey. Esa bestia no parará hasta enfrentarse con él porque sabe que, con su envergadura, puede vencer a cualquiera por muy fuerte que sea. Nos ocuparemos también de eso, pero ahora lo importante es que el general que ordenó degollar a los hijos de los caudillos no ha sido castigado. Mientras eso no se produzca no podemos negociar.

—Teodosio no está en condiciones de imponer nada —dijo Fritigerno—. No tiene suficientes tropas para vencernos. Por ahora nos mantendremos firmes, pero no atacaremos si las legiones no lo hacen.

Al frente del destacamento militar que custodiaba los restos de Atanarico estaban el general Saturnino y Estilicón, si bien en la comitiva iban también el rétor Temistio y el eunuco Eutropio, ya como gran chambelán, que cada día que pasaba gozaba de más confianza por parte de Teodosio. Alarico no había recibido autorización para formar parte del séquito.

En las habitaciones en las que vivía el grupo de Alarico el ambiente era tenso desde la partida de la expedición con los restos de Atanarico. El muchacho se quedaba muchas veces hablando a solas con Calista, que se había convertido en su confidente. Si alguien en Constantinopla conocía bien a Alarico esa era Calista.

—Deberías tranquilizarte —le dijo, una vez más, la joven persa.

—Recibí el testamento del rey Atanarico de sus propios labios y me nombró su sucesor. No puedo estar al margen de lo que ocurre en el campamento de Fritigerno.

—Tienes que hacerte a la idea de que eres un rehén.

—Pero si permanezco aquí mucho más tiempo ni siquiera serviré para eso. Me ha llegado la noticia de que los partidarios de Sarus me difaman para que pierda el prestigio que tengo entre las gentes de mi pueblo.

Aquellos dos jóvenes hablaban con una madurez impropia de su edad. Habían sido arrebatados de manera violenta de sus hogares y tuvieron que crecer muy deprisa lejos de sus familias.

Con el paso de las semanas, Calista iba introduciéndose cada vez más en los pensamientos de Alarico. Habían vuelto a sus conversaciones sobre el tablero. A veces, el joven godo se abstraía tanto que la persa debía avisarlo de que estaba cometiendo un error al mover una pieza.

—Este juego requiere concentración —le advirtió en una de esas ocasiones.

—Perdona, Calista. Tengo demasiadas cosas en la cabeza.

—Deberías hablar de ellas. Tienes personas a tu lado como Ataúlfo, Armín, Walfram, Buterico, Temistio o yo misma que podríamos darte nuestra opinión.

—Mi tío dijo que Temistio era un charlatán, y Buterico es una persona de confianza del emperador Teodosio y podría contarle todo lo que hablemos.

No habían terminado la conversación cuando una sirvienta comunicó a Calista que la princesa Serena había ordenado que fuese a su presencia.

—¿Qué querrá? —se preguntó sorprendida en voz alta.

—Cuanto antes vayas a verla, antes lo sabrás.

Cuando Calista volvió a los aposentos de Alarico, lo hizo con el rostro compungido y lo abrazó con fuerza mientras lloraba con desconsuelo. Estaba tan abatida que no podía articular ni una palabra.

—Cálmate, Calista —le dijo Alarico alentándola a explicarle lo que le producía tanto dolor.

La tomó de la mano y la llevó a una habitación contigua para que se tranquilizase y, lejos de los demás, le contara lo que había ocurrido.

—La princesa Serena ha recibido un informe de la corte persa que habla de mi familia.

—¿Y en qué te afecta?

—Cuando murió el rey Sapor II, Artajerjes, su hermanastro, dio un golpe de Estado y se hizo con el poder. Su sobrino, el hijo y heredero de Sapor, tuvo que huir para evitar que lo asesinaran.

—Todo eso lo sé porque Buterico y Temistio me lo han explicado.

—Pero lo que yo no sabía es que Artajerjes veía a mi padre y a otros nobles como una amenaza para su permanencia en el trono. Le llegó la noticia de que había intentado sublevar a una parte del ejército y ordenó asesinar a toda mi familia.

—Eso es terrible.

Alarico abrazó a Calista al tiempo que le besaba la cabeza. La joven lloraba de forma inconsolable, y le enjugó las lágrimas con un pañuelo.

—Artajerjes pedirá a Teodosio que me entregue porque la costumbre persa es no dejar con vida a ningún miembro de la familia, y saben que estoy aquí como rehén del emperador.

Alarico se veía impotente para buscar una solución al fatal destino de Calista, que sería entregada al rey persa en cuanto surgiera la necesidad de negociar cualquier pacto sobre la situación en la frontera. Y eso era algo que pasaba con mucha frecuencia, porque, desde la época de Marco Aurelio, la seguridad en la frontera persa era la obsesión de todos los emperadores.

La decisión de Atanarico sobre su sucesión al trono llegó a los campamentos, y casi todos celebraban que este hubiera designado al hijo predilecto de la nación.

Desde que se supo la noticia, los partidarios de Sarus habían iniciado una campaña de descrédito de Alarico que, en la distancia, a este le resultaba muy difícil contrarrestar. Los propagandistas del fornido godo, que a medida que crecía iba haciéndose más monstruosamente voluminoso, visitaban las tribus y los clanes con un único tema como bandera: Alarico nunca había sido godo. Era un romano. Es más, era un traidor a la nación goda. ¿Quién podía acreditar que Alarico era el verdadero sucesor si no había testigos? Otro argumento que esgrimían era que Alarico y Ataúlfo eran espías al servicio del imperio. También insistían en que habían torturado y asesinado a todos los rehenes excepto a Alarico y Ataúlfo. Resultaba muy sospechoso. ¿Y quién había educado al futuro rey? Un patricio romano. Además, decían estar convencidos de que el emperador había comprado la voluntad del futuro rey con grandes cantidades de oro. Afirmaban asimismo que Sarus también estuvo durante un tiempo educándose con el patricio y, sin embargo, cuando comprobó que solo se hablaba de griegos y romanos, lo abandonó. Sus propagandistas enfatizaban el compromiso del Oso con su nación. Para ellos era un verdadero godo que defendería sus intereses.

Esas noticias también llegaron a oídos de Alarico, que aún recordaba la brutal pelea que sostuvo en Peuce con su robusto compatriota cuando eran niños. No obstante, nunca pensó que se interpondría en el camino para su elección como rey de los godos.

—Sarus está mintiendo y nosotros no podemos hacer nada por evitarlo —le dijo en cierta ocasión un indignado Ataúlfo—. Tenemos que salir de aquí cuanto antes, Alarico. Teodosio debe ceder y permitirnos volver con nuestro pueblo.

Armín estaba desolado por las informaciones relativas a la traición de Sarus. Se cumplía lo que Alarico le había pronosticado: algunos godos empezaban a considerarlo un romano. Calista estaba sorprendida por el hecho de que no se hubiese producido una reacción de los partidarios de Alarico.

Las maledicencias difundidas en forma de rumores iban socavando la unidad que hasta ese momento se había mantenido por la firmeza de Fritigerno. Una parte de los clanes, con Sarus a la cabeza, se había alineado con las posiciones de este y se mostraba reacia no solo a reconocer a Alarico como el futuro rey, sino también a firmar ningún pacto con el imperio.

Si los godos eran, desde la batalla de Adrianópolis, los verdaderos dueños de la Tracia y la Mesia, las provincias que iban desde el Danubio hasta Macedonia o Panonia, ¿para qué firmar un acuerdo con el emperador? Era el momento de consolidar un imperio godo capaz de enfrentarse a Roma. ¿No decía la leyenda que surgiría un caudillo que lo conseguiría? Ese caudillo no podría ser Alarico porque era un romano. Tenía que ser Sarus, un godo de los pies a la cabeza.

Como Alarico se temía, la discordia estalló en la nación goda. Fritigerno, que no se había enfrentado a las maledicencias de los partidarios de Sarus, se sorprendió por la deriva incontrolable que habían alcanzado en muy poco tiempo. A pesar de su enorme prestigio entre su gente, se vio impotente para reconducir la situación. La asamblea de caudillos convocada para zanjar la cuestión no hizo más que certificar la desunión, y ello determinó que Fritigerno dimitiera como conductor de la nación goda. Después del esfuerzo realizado para mantener unido al pueblo godo, la disgregación se enseñoreaba de nuevo entre su gente. Nunca le discutieron su liderato y ambas facciones lo respetaban porque, por primera vez, había llevado el orgullo godo hasta lo más alto. Al darse cuenta de que la ambición de poder estaba corroyendo las entrañas de su pueblo, Fritigerno se consideró culpable por no haber frenado a tiempo la división que se vislumbraba, y tanto le afectó que su ya debilitado cuerpo por la avanzada edad y las muchas penalidades sufridas no pudo soportar ese inesperado revés y murió a los pocos días de la celebración de la frustrada asamblea.

La nación goda quedó descabezada. Alavivo había sido asesinado en Marcianópolis y Rocestes estaba inhabilitado porque era el padre de Alarico. La persona de más prestigio era Ulfilas, y la mayoría de los caudillos confiaron en él para que dirigiera de forma provisional al pueblo godo hasta la elección de un nuevo rey.

Como en tiempos anteriores, Rocestes, Ulfilas y Marco Probo se reunieron de inmediato para ver qué podían hacer. La división los ponía en una situación complicada porque faltaba un militar que fuese capaz de dirigir aquel enorme ejército que solo se había mantenido unido por la energía y el carisma del gran caudillo Fritigerno.

—Si no hacemos algo rápidamente la división se impondrá —dijo Marco Probo—. Todo el trabajo realizado hasta ahora no habrá servido para nada. El único que puede conseguir mantener unida a la nación goda es Alarico.

—Alarico y Ataúlfo tienen que volver de inmediato —añadió Rocestes—. Enviaremos un comando para que los saque del palacio imperial.

—Hemos descartado ya esa posibilidad porque es inviable —objetó Ulfilas—. Escribiremos una carta al emperador en la que lo amenazaremos con impedir cualquier acuerdo si no deja regresar a los rehenes.

—¿Y quién la llevará hasta el palacio imperial? Una carta así sería malinterpretada si cayera en manos de los partidarios de Sarus.

—Pediré a Ruderig que sea el mensajero —dijo Ulfilas, que lo tenía por una persona de absoluta honestidad y confianza.

La noticia de la muerte de Fritigerno, considerado un líder carismático partidario de llegar a un acuerdo con el imperio que concitaba la simpatía de todas las facciones, había caído en el palacio imperial como un jarro de agua fría. En el despacho del emperador se encontraban reunidos Teodosio y sus consejeros más cercanos, incluido el general Saturnino.

—Sin Fritigerno será muy difícil pactar con los godos —dijo Temistio—. Lo más probable es que se dividan en banderías para dedicarse al pillaje. No habrá ejército que sea capaz de controlar una situación así en los próximos años. Su muerte ha llegado en el peor momento. De nada nos ha servido mantener a las legiones acampadas y sin hostigar a los godos desde hace más de un año.

—Además, hay otro problema importante —apuntó el general Saturnino—. Mis espías en Persia me han avisado de que hay ruido de espadas en la corte, y al parecer Artajerjes, para contrarrestarlos, podría estar reclutando un ejército con el que cruzar la frontera y atacar al imperio.

—Ya había pensado en eso —dijo Teodosio—. Estilicón, debes prepararte para una misión diplomática. No podemos arriesgarnos a tener dos frentes abiertos. Es preciso llegar a un pacto con los persas antes de que se produzca ese ataque.

—La frontera está lejos y hay que adelantarse a las decisiones de Artajerjes. ¿Cuándo he de partir? —preguntó el asistente.

—Inmediatamente. Debéis dividiros el trabajo. Estilicón, tú y Buterico viajaréis a Persia para concertar un acuerdo de paz con Artajerjes mientras que Saturnino y Temistio se encargarán de la negociación con los godos.

—Entrégales a la joven Calista para facilitar el pacto —propuso Saturnino—. Artajerjes está irritado porque seguimos manteniendo como rehén a esa joven.

—No vamos a entregar a Calista —dijo con autoridad Serena, que había permanecido callada hasta ese momento—. Es posible que a tu vuelta de Persia podamos establecer un canje. Pero, de entrada, no la cederemos.

Teodosio, extrañado, volvió el rostro hacia su sobrina y esta le pidió con la mirada que confiara en ella.

—Sea como Serena dice —concluyó el emperador—. Calista permanecerá con nosotros... por ahora.

Cuando se quedaron solos, Teodosio pidió a su sobrina que le explicara las razones para no entregar a Calista.

—Es mi confidente —respondió Serena—. Me informa de todo lo que hacen los rehenes godos, especialmente Alarico.

—¿La usas como espía?

—Sí. Sé de ese joven más que cualquier otra persona, salvo, claro está, la propia Calista. No debemos permitir que se vaya en un momento de crisis entre los godos. Alarico puede ayudarnos a resolver el problema.

El emperador no respondió a su sobrina. Ella sabía bien cómo manejar al poderoso Teodosio. Se abrazó a su cintura y dejó caer su cabeza rubia sobre el pecho de aquel hombre al que adoraba tanto como él a ella. Teodosio le acarició la mejilla y ella lo besó con suavidad en el cuello mientras su mano derecha agarraba con firmeza la izquierda del emperador.

27

El general Julio quiere cambiar la historia

El general Julio llevaba meses viendo tambalearse su poder, un poder que conservaba pese al decreto de Teodosio que lo condenaba a muerte. En la gran habitación que ocupaba en el cuartel del ejército imperial en Constantinopla, se hallaba reunido con su ayudante y hombre de confianza, el oficial Feretrio. El general sabía que la firma del cualquier acuerdo pasaba por su deposición, una exigencia previa de los godos.

—¿Has podido averiguar qué caudillos son partidarios de pactar con el imperio?

—Sí —respondió Feretrio—. Muerto Fritigerno, hay tres personas que pueden inclinar la balanza del lado del pacto. Uno es un caudillo llamado Rocestes, el padre de nuestro rehén Alarico, y otro es el obispo Ulfilas, a quien los caudillos han designado provisionalmente dirigente máximo hasta que se elija un nuevo rey.

—Has dicho que eran tres.

—El tercero es un patricio romano llamado Marco Probo. No es godo y, por lo tanto, no puede hacerse cargo de la situación. Pero, en la sombra, es la persona más escuchada por los partidarios del pacto.

—Sé quién es. Fue el portavoz de Atanarico en el pacto con Valente sobre el Danubio. Tenemos que acabar con ellos —dijo Julio—. Forma un comando de absoluta confianza que sea capaz de desplazarse hasta el campamento de los godos. Será una misión secreta. Nadie debe saber nunca nada sobre este plan.

—Pero, general, una operación como esa es ilegal. Necesitaríamos una autorización del propio emperador.

Julio miró a Feretrio con ojos llenos de ira por osar discutir sus órdenes.

—¿Quieres acabar con tu prometedora carrera militar? ¿Quién te acogerá si me expulsan del ejército? —El general Julio no esperaba contestación; eran preguntas retóricas.

Feretrio no se atrevió a mencionar las consecuencias que se derivarían del encargo de su superior. Si el emperador llegaba a enterarse, no dudaría en cortar la cabeza a quien participase en semejante plan.

—Debes hacerlo de tal manera que parezca una venganza entre los clanes godos enfrentados —añadió Julio—. Confío plenamente en tu capacidad para llevar a cabo ese plan con éxito. Mañana te pondrás en marcha.

El general Julio vivía desde hacía tiempo como una fiera acorralada dispuesta a hacer cualquier cosa con tal de sobrevivir. La mirada de odio del joven Alarico seguía llenándolo de pavor. Si Feretrio conseguía su objetivo, tendría que asesinar también al joven godo. Pero nada podía hacer mientras estuviese bajo la tutela de Teodosio en el palacio imperial.

—Necesitaré dinero —dijo Feretrio.

Julio se dirigió a un armario que abrió con llave y sacó de él una pesada bolsa.

—Creo que con dos mil quinientos sólidos habrá más que suficiente —concluyó el atribulado general.

Feretrio pensó que con esa fortuna obtendría los apoyos necesarios para no ser él quien llevase a cabo la misión. Reclutaría a varios sicarios godos de entre los que conocía por haber sido auxiliares en las legiones.

Teodosio había hecho llamar a su sobrina y consejera porque había recibido una carta del campamento de los godos firmada por el obispo Ulfilas. Como casi siempre en casos como aquel, Serena era la primera en dar su opinión.

La joven tomó la carta y procedió a leerla en voz alta:

> Augusto emperador de Roma, como ya debes de saber, Fritigerno ha muerto y su fallecimiento ha llenado de pesar y dolor a toda la nación goda. Los caudillos me han designado para dirigirla provisionalmente hasta la elección de un nuevo rey. Todo el pueblo estaba convencido de que ese rey sería el joven Alarico, al que retienes contra su voluntad en el palacio imperial. Pero se han producido nuevas circunstancias que exigen que Alarico se reúna con nosotros lo antes posible. Debes saber que una parte del pueblo godo se ha alineado con otro caudillo llamado Sarus que también quiere coronarse como rey. Está alentando los disturbios y la discordia y ha conseguido que una buena parte de los clanes se adhieran a su postura de no firmar un nuevo tratado con Roma. Si nos demoramos, es posible que esa posición se haga mayoritaria entre los caudillos y la situación de guerra y enfrentamientos se eternice entre la nación goda y el imperio. Queremos que los conflictos se acaben de una vez y que se firme un pacto y, para ello, es necesario que Alarico vuelva con su pueblo.
>
> Esta carta ha sido enviada en secreto porque hacerla pública no sería bueno para ninguna de las partes. Por eso te pido, augus-

to emperador, que la destruyas una vez leída y que tu respuesta sea verbal y se la transmitas a Ruderig, nuestro mensajero.

La carta tenía por fecha el idus de mayo del año 382 y la firmaba Ulfilas, obispo de la nación goda.

—¿Qué piensas de esta información? —preguntó Teodosio a su sobrina.

—Nuestros espías ya nos habían informado de las disensiones entre los caudillos. Sin embargo, no creía que fuera algo tan grave como se afirma en la carta —dijo Serena—. Deberíamos hablar con el mensajero.

—¿Hablar con el mensajero? —quiso confirmar el emperador.

—Si nos han pedido que mantengamos el secreto sobre la recepción de la carta significa que el mensajero sin duda es alguien muy próximo al obispo, ya que además debes darle respuesta de palabra. Estoy segura de que podrá ampliarnos el contenido de la carta.

—De acuerdo —concluyó Teodosio.

Poco después, el emperador y Serena recibían a Ruderig.

—Según se explica en la carta, te llamas Ruderig. ¿Conoces su contenido? —le preguntó Serena.

—Sí, por supuesto, yo la escribí. El obispo Ulfilas me la dictó —respondió Ruderig.

Aquel joven se expresaba en griego con el exquisito acento de Alejandría.

—¿Cuál es tu trabajo entre los godos? —preguntó Teodosio.

—Fui el asistente del caudillo Fritigerno y ahora lo soy del obispo Ulfilas.

—Pero por tu aspecto y tu acento al hablar griego no pareces godo —le dijo Serena.

—Pues lo soy —insistió Ruderig—. Me crie en Alejandría, donde era escriba en casa de un magistrado. Hace seis años, cuando Valente autorizó a los godos el paso del Danubio, volví con la nación goda y Fritigerno me nombró su asistente.

—En la carta se habla de un enfrentamiento entre los clanes godos.

—Son graves divergencias sobre un posible pacto con el imperio —dijo Ruderig.

El mensajero les contó con detalle todo lo que estaba ocurriendo en los campamentos godos, quién era Sarus y lo que pretendía conseguir sembrando la discordia entre los suyos. Y, sobre todo, les habló de las difamaciones que circulaban sobre Alarico, acusado de ser un espía del imperio.

—Bien, Ruderig, te alojarás en palacio hasta que podamos darte una respuesta sobre la pretensión de Ulfilas —concluyó Serena.

A Ruderig no le quedaba más remedio que aceptar porque no podía regresar sin una contestación. Por eso, y aunque sabía que su pregunta quizá se tomara como una falta de respeto, se atrevió a decir:

—¿Tendré que esperar mucho tiempo?

—El que consideremos necesario —le espetó Serena con sequedad a la vez que lo fulminaba con la mirada por su osadía.

El oficial Feretrio llevaba un rato esperando en la taberna que ocupaba la planta baja de una posada de la ciudad de Tomis,[22] situada en la Mesia a orillas del mar Negro, cuatrocientas mi-

22. La antigua Tomis es la actual Constanza, una de las principales ciudades de Rumanía y su puerto más importante.

llas al norte de Constantinopla. Había convenido un encuentro con un soldado godo que había servido como auxiliar en la misma legión que él y con el que había trabado una gran amistad. Días antes, envió a un mensajero de su confianza para que concertase la entrevista. Bulmaro, que así se llamaba el soldado, vivía en la ciudad de Tomis desde que hacía unos meses se retiró del ejército. Para evitar que alguien pudiera reconocerlo, Feretrio se alojó en la posada más alejada del centro de la ciudad, junto al puerto, y se hizo pasar por un comerciante que se dirigía a Adrianópolis. Cuando el antiguo auxiliar entró en la taberna, una amplia sonrisa afloró en sus caras.

—Salud, Bulmaro.

—Salud, Feretrio.

Tras los saludos, el ayudante del general Julio explicó a su amigo godo que nadie debía saber que se habían encontrado ni tampoco lo que iba a pedirle.

—Haré cualquier cosa que me pidas. Te lo prometí cuando me salvaste de morir en Adrianópolis.

—Quiero encargarte una misión que solo tú puedes cumplir. El general Julio me ha encargado que impida la firma de un pacto entre los godos y el imperio.

—¿Y cómo conseguiré algo así?

—Si eliminamos a las personas que pueden defender el pacto, el camino podría allanarse.

—¿A qué personas te refieres?

—A Rocestes, Ulfilas y Marco Probo.

Bulmaro se mostró sorprendido cuando oyó aquellos nombres y estuvo callado durante unos instantes eternos. La expresión de su rostro llamó la atención del mesonero, que los observaba desde que se saludaron.

—Eso es imposible —dijo al cabo Bulmaro—. Ulfilas es ahora el máximo dirigente de la nación goda. Rocestes es un caudillo balto muy apreciado y, además, es el padre del futuro rey. Siempre están rodeados de los mejores guerreros y nadie puede acercarse a ellos. El más fácil podría ser Marco Probo porque tendrá menos vigilancia.

—Nada es imposible. Es cuestión de trazar un buen plan. Tiene que parecer que ha sido un atentado de los hombres de Sarus.

—¿De Sarus? Eso podría provocar una guerra civil entre los godos.

—Es lo que busca el general Julio. No desea que se firme ese pacto entre los godos y el imperio.

—Pídeme cualquier otra cosa, porque eso que necesitas ni yo ni ningún godo debería hacerlo. No quiero ser un traidor a mi pueblo.

—Escúchame, Bulmaro —susurró Feretrio para evitar que el mesonero lo oyera—. Te conozco bien y sé que conseguirás acercarte con facilidad a esas personas sin levantar sospechas. Además, también sé que eres capaz de sobornar a guerreros de Rocestes y Ulfilas o comprar a hombres de Sarus para que te ayuden.

—Pero eso requerirá mucho dinero. Es un trabajo que solo puede realizarse si se paga generosamente. ¿Cuánto vas a ofrecerme?

Feretrio sabía que la codicia es la puerta que deja libre la entrada a cualquier maldad.

—Bajo la mesa hay una bolsa con dos mil sólidos de oro.

Bulmaro puso cara de incredulidad. Jamás había visto ni pensaba que vería una fortuna como esa en monedas de oro puro.

—Si consigues lo que te pido, habrá más.

—¿Cuánto más?

—Otros dos mil sólidos.

—Intentaré que tú y tu general quedéis satisfechos. ¿De cuánto tiempo dispongo?

—Un mes a partir de ahora.

—Es muy poco. Necesitaré al menos dos meses.

—Dos meses como máximo —convino Feretrio—. Espero tus noticias con el objetivo cumplido. Y recuerda que no nos hemos visto ni hemos hablado.

Feretrio, que llevaba casi tres días viajando, optó por quedarse a dormir en la posada. Aunque quería volver cuanto antes a su guarnición para no levantar sospechas sobre su ausencia, necesitaba descansar al menos una noche.

Cuando se disponía a pedir la habitación, el mesonero, que no había dejado de observarlo desde que entró en la taberna, le dijo:

—Tengo libre la mejor habitación de la posada. Y si lo deseas, una hermosa joven egipcia te proporcionará una grata compañía.

—Te lo agradezco, mesonero. Estoy cansado y me vendrá bien dormir acompañado.

A la mañana siguiente, mientras regresaba a la guarnición, el ayudante del general Julio pensó que había puesto en marcha una buena alternativa para cumplir lo que su superior le había encomendado. Sí, era un plan menos arriesgado que ejecutar el atentado con sus propios hombres. Si lo llevaban a cabo un grupo de godos, difícilmente sospecharían de él o del general.

A medida que pasaban las semanas, Calista se recobraba poco a poco del duro golpe que recibió cuando le comunicaron la matanza de toda su familia. Todavía no había recuperado su habitual alegría, pero ya se incorporaba a las conversaciones de una manera más espontánea. Fue la propia Calista quien comunicó a Alarico la visita de Ruderig.

El futuro rey sabía quién era porque, además de ser el autor de las cartas que le informaban de los sucesos que tuvieron lugar cuando el pueblo godo cruzó el Danubio, Armín le había hablado mucho de él.

—Debes reunirte de inmediato con Ruderig —dijo Calista—. Tiene información de primera mano y podría ponernos al día de la situación en la Mesia.

—¿Por qué te parece tan urgente?

—La princesa Serena me ha comentado que es probable que Teodosio te autorice a volver con tu pueblo —anunció Calista.

—¿Cómo conseguiremos que le permitan reunirse con nosotros?

—Pediré a la princesa que convenza al emperador.

Cuando Ruderig entró en la estancia de los rehenes, a todos les pasó como a Serena cuando vio el aspecto del escriba. Su elegante manera de mostrarse les llamó la atención. No así a Armín, que corrió a abrazarlo, un gesto espontáneo que sobresaltó al invitado.

—No temas, soy Armín —dijo compungido—. Me alegro de que estés bien.

—¿Armín de Alejandría? —exclamó Ruderig, que había creído reconocerlo por la voz.

—En efecto.

Ruderig lo abrazó con toda la fuerza de que era capaz.

—Espero que los que te han hecho eso en la cara hayan pagado con creces su maldad.

Armín no quiso contestar a las palabras de Ruderig y fue presentándole uno a uno a los acompañantes de Alarico. Después todos se sentaron y el ayudante de Ulfilas se dispuso a someterse al interrogatorio que le habían preparado. Ruderig sabía quién era Alarico y deseaba informarle de todo lo que sucedía en los campamentos godos.

—Armín nos ha hablado mucho de ti —le dijo Alarico.

A Ruderig le mudó el semblante cuando lo oyó hablar en gótico.

—Tienes un acento extraño. Parece como si el gótico no fuera tu lengua materna. No puedes presentarte así ante nuestro pueblo.

—¿Qué quieres decir? —preguntó Alarico, esta vez en griego.

—Pues que con ese acento de extranjero ningún godo te tomará por compatriota.

Alarico, con el rostro enturbiado por la decepción, miró a Walfram.

—¿Por qué no me advertiste de esto?

—No sabía que fuera tan importante —le contestó el entrenador.

—En otro momento no lo habría sido, pero ahora lo es y mucho —afirmó Ruderig—. Habrá que corregirlo, y no tenemos demasiado tiempo.

Alarico y Ataúlfo recordaron entonces que el fallecido rey Atanarico les dijo que tenían un acento detestable cuando hablaban en gótico.

—Ruderig tiene razón. Pero dejemos que nos explique lo que está ocurriendo en la Mesia —intervino Calista.

Ruderig les hizo un detallado informe de lo que sucedía en los campamentos godos, incluyendo todo lo referido a Sarus. A su juicio, era el hombre más fuerte que había conocido.

Ataúlfo lo miraba con curiosidad porque recordaba que él pensaba lo mismo cuando eran niños. A Armín, por su parte, le interesaba mucho el procedimiento empleado para difamar porque ese era uno de los sistemas que usaban los católicos para convencer de su doctrina: difamar la de los otros. Convencer a la nación goda de que Alarico era un romano era un argumento muy poderoso para desacreditarlo. Tendrían que trabajar con ahínco para que el futuro rey pudiera expresarse en un gótico aceptable.

Ruderig respondió a todas las preguntas que le formularon, y el resto de la conversación se desarrolló en griego.

—Basta ya de hablar en esta lengua —dijo Armín—. A partir de ahora, en estos aposentos solo se hablará en gótico. Todos lo conocemos y es nuestra lengua —añadió, y miró a Calista.

—Puedo defenderme en gótico —dijo la persa—. Fue la compensación que pedí a Alarico por enseñarle a hablar en el idioma parsi.

Alarico se quedó muy afectado por las palabras de Ruderig y quiso comentarlo a solas con la joven.

—Lo de la lengua es muy importante, pero eso puede solucionarse —dijo Calista—. Hay otras cosas que me preocupan más.

—¿A qué te refieres? —preguntó Alarico.

—Dejaste de estudiar con Temistio porque afirmabas que tu intención no era embaucar a nadie con la retórica, pero parece que los hombres de Sarus la están utilizando y con excelentes resultados. Creo que deberías reanudar tus clases. Solo con la palabra podrás recuperar la voluntad de los tuyos.

—¿Únicamente te preocupan las clases de retórica?

—No. Hay algo más. Me contaste que de niño te peleaste con Sarus y que en esa ocasión lo venciste. —Calista hizo una breve pausa antes de preguntar—: ¿Estás en condiciones de vencerlo de nuevo? Ruderig no cree que nadie sea capaz de lograrlo en un combate cuerpo a cuerpo.

—Eso no puedo saberlo hasta que luchemos.

—No, Alarico —dijo muy seria Calista—. Tienes que saberlo antes de combatir con él.

—¿Y cómo lo sabré?

—Mi padre me contó que un viajero chino le había hablado de una técnica que emplean los militares de aquel país. Todo se condensa en una frase: primero tienes que derrotar a tu enemigo y después combatir contra él.

Alarico no parecía entender la frase de Calista. Así que la persa le aclaró que se trataba de planificar el enfrentamiento sin dejar ningún cabo suelto.

—Debes entrenar hasta la extenuación. Tienes que poder vencer a cualquier rival, no solo a Sarus. Si vas a ser el rey de los godos, has de ser el mejor de todos y en todos los aspectos.

A medida que se acercaba el momento de regresar con su pueblo, en la soledad de su dormitorio Alarico pensaba en su familia y en Valeria que, como le explicó Walfram, lo esperaba desde que se lo llevaron a Alejandría como rehén. Se había convertido en una joven de diecisiete años muy hermosa, a decir de su instructor. No obstante, no se parecería a ninguna mujer goda porque ya de niña era más menuda y morena, como su padre, Marco Probo. Pero con la misma frecuencia, Alarico pensaba en Calista y en Hipatia, dos mujeres a las que, por razones distintas, se sentía muy próximo. Ahora Hipatia estaba lejos y no sabía si volvería a verla. Calista, en cambio, estaba siempre a su lado y le provocaba sentimientos y emociones que solo tenían un significado. Era demasiado guapa para no verla como una mujer sensual y deseable. En muchas ocasiones, los sueños lo llevaban hasta la cama de la joven persa y allí recorría con sus labios cada parte de su cuerpo. Y en esos sueños, ella le correspondía con una pasión que muchas veces había imaginado y deseado que se hiciese realidad.

En el palacio imperial, Teodosio disponía de unos aposentos en los que solo él podía entrar. Ni siquiera su esposa, Flacila, estaba autorizada. Y su guardia personal cuidaba con plena eficacia de que nadie molestase al emperador mientras se encontraba en ellos. Nadie, salvo su sobrina.

Habían estado juntos toda la tarde y, finalmente, Teodosio se dispuso a despachar con ella los asuntos más urgentes. Entre ellos estaba el destino de Alarico.

—¿Tienes alguna novedad de los rehenes?

—Sí. Calista me ha informado de que sería una temeridad dejar que Alarico vuelva de inmediato con los suyos. Cree que precisa un tiempo para estar en condiciones de hacerlo.

—Eso que dices es muy extraño —comentó Teodosio mientras se ajustaba con mucho cuidado el cíngulo de seda de la túnica púrpura.

—Parece ser que Alarico, después de vivir tanto tiempo en el imperio, ha adquirido, cuando habla en gótico, un acento impropio de un auténtico godo. Como ya nos explicó Ruderig, le ha salido un competidor al trono que lo acusa de ser un romano, y el acento en este caso es muy importante para demostrar que es un godo de verdad —añadió Serena mientras peinaba con suavidad los rubios cabellos de su tío.

—¿Cómo le ha ocurrido eso? —quiso saber el emperador.

—La persona que ejerció más influencia sobre él fue una filósofa alejandrina llamada Hipatia con la que solo hablaba en el griego de aquella ciudad.

—¿Una filósofa?

—Sí. Tu ayudante, Estilicón, que la conoció en Atenas, me

ha hablado alguna vez de ella. Según me contó, es una mujer de gran sabiduría. Y el acento de esa filósofa es el que muestra Alarico. Piensa que llegó a Alejandría siendo un niño y durante muchos años no ha podido hablar con nadie de su tierra, salvo con su tutor Armín, quien también lo habla con acento griego.

—¿Y qué debemos hacer? —preguntó finalmente Teodosio.

—Se encargarán el mensajero, Ruderig, y su entrenador, Walfram —dijo Serena—. Pero Calista me ha pedido dos cosas. La primera que digamos a Temistio que trabaje con Alarico todo el tiempo posible para que complete sus conocimientos de retórica. Ya he hablado con el rétor y comenzarán de inmediato. En cuanto a la segunda petición de Calista, es un poco rara y tendrás que ayudarme a resolverla.

—¿Qué es eso tan extraño que te ha pedido?

—Quiere que pongamos a disposición de Alarico al gladiador más fuerte y hábil que encontremos y también a un soldado de las mismas características.

—Es raro, aunque no imposible. Diré al general Saturnino que busque a esos dos hombres —accedió Teodosio—. Seguramente deben de quererlos para los entrenamientos.

—Pero Calista me ha dicho que tienen que ser godos y hablar el gótico a la perfección.

—Eso lo hace un poco más complicado. Aun así, Saturnino lo resolverá.

—Todo esto demorará la vuelta de Alarico con los suyos —afirmó Serena—. Si hacemos caso de la carta del obispo Ulfilas, su regreso es urgente.

—Pues, por lo que me cuentas, no nos queda más remedio que esperar un tiempo a que nuestro joven invitado esté preparado. ¿Hay algún otro tema importante?

—Me gustaría saber cuándo regresa de Persia Estilicón.

—Todavía no ha llegado ningún mensajero con noticias del resultado de las conversaciones con Artajerjes —le respondió Teodosio.

Antes de salir de los aposentos privados, Serena besó sensualmente en los labios a Teodosio y, como siempre que se quedaban solos, le dijo:

—Te quiero mucho, tío.

—Y yo a ti, sobrina.

28

Bulmaro prepara su plan

Ulfilas, Rocestes y Marco Probo no podían sospechar que cerca de sus tiendas había un godo que no buscaba la paz precisamente. Después de su entrevista con Feretrio en la ciudad de Tomis, Bulmaro se trasladó al campamento de Fritigerno y en los siguientes días estuvo merodeando de forma discreta cerca de la tienda que ocupaba Ulfilas. Necesitaba estudiar cada uno de los movimientos de las personas contra las que iba a atentar y quería ver sobre el terreno las dificultades que su misión entrañaba. Durante la primera semana consiguió sobornar a dos guerreros de la guardia personal de Ulfilas a los que conocía de su época de militar. No tendrían que hacer nada que pudiera comprometerlos, les dijo, tan solo explicarle con detalle las rutinas de Ulfilas y Rocestes, que se alojaban en dos tiendas contiguas. Del patricio romano se encargaría él. Al cabo de dos semanas conocía las costumbres de los tres, que solían reunirse casi cada tarde en la tienda de Ulfilas. Eso quería decir que podría hacer el trabajo de una sola vez. El siguiente paso era reclutar a tres esbirros godos capaces de matar a quien fuera por dinero. No le resultó difícil. En sus años de auxiliar de las legiones conoció a muchos godos que harían cualquier cosa por unos cuantos sólidos.

Necesitó tres semanas para seleccionar a esos esbirros, con los que se reunió en la misma taberna en la que se había encontrado con Feretrio.

—Tenéis que grabaros a fuego todo lo que os diga —les advirtió Bulmaro—. Cada día, uno de vosotros vendrá conmigo para conocer el lugar en el que viven las personas de las que tendréis que haceros cargo —añadió, sin pronunciar a propósito la palabra «asesinar».

Acto seguido, les explicó que más adelante les daría las instrucciones acerca de cómo realizar el trabajo.

Mientras hablaba con los sicarios, el mesonero no le quitaba los ojos de encima. La tarde en que se reunió con Feretrio, Bulmaro se percató de que aquel individuo también estuvo observándolo todo el tiempo. Despidió a los esbirros y se dirigió hacia el mostrador.

—¿Qué te debo, mesonero?

—Solo media *siliqua*.[23]

—¿Tienes a alguna joven egipcia para hacerme compañía?

—En este momento, no. Pero puedo conseguirte una nubia que te hará olvidar a todas las egipcias.

—¿Tiene los cabellos negros?

—Azabaches. Ya sé que a los godos os gustan más que las rubias. Y tiene los ojos de ébano, la piel de caoba y los labios de púrpura. Te transportará al paraíso. Pero no te saldrá tan barata como el vino.

—Alquílame una habitación.

—Todo te costará un quinto de sólido. ¿Estás dispuesto a pagarlo?

---

23. Moneda de plata equivalente a la vigesimocuarta parte de un sólido.

—Es bastante caro.

—Esa joven se merece mucho más.

—De acuerdo. —Bulmaro sacó de su bolsillo el quinto de sólido.

—No te arrepentirás —dijo el mesonero mientras se guardaba el dinero—. La habitación IX. En el piso de arriba. Tiene el número grabado encima de la puerta.

El mesonero le dio la llave y Bulmaro, que quería conocer el interior de la posada, se demoró mirando por dónde entrar sin tener que pasar por la puerta principal. Ya tenía planeado volver, aunque esa vez no sería para contratar los servicios de una prostituta. Cuando llegó a la habitación, la joven nubia lo aguardaba.

Bulmaro ya contaba con los hombres que necesitaba. Utilizarían cuchillos pequeños muy afilados, un arma muy eficaz y que evitaba cualquier sospecha. Ahora solo quedaba esperar el momento oportuno. Con todo, le faltaba algo muy importante: saber cómo podrían acercarse a sus objetivos sin que nadie malpensara.

La actividad que se desarrollaba en los aposentos de los rehenes godos en el amplio patio situado detrás era frenética. Alarico y Ataúlfo dedicaban toda la jornada a practicar. Temistio estaba encantado de volver a tener a aquellos dos jóvenes como alumnos porque ponían toda su voluntad y aprendían con mucha rapidez. Walfram preparó un programa de entrenamiento en el que el gladiador y el soldado desempeñaron un papel destacado. Alarico, que nunca había dejado de hacer sus ejercicios ni sus prácticas de lucha, tenía un físico espectacular. Pero el gladiador y el legionario eran tan altos y fuertes como él. Todos los días estaba obligado a combatir con cada uno de ellos. Al principio, Walfram había planificado sesiones suaves, si bien, poco a poco, fueron haciéndose más violentas y reales. Calista, que se había quedado a vivir en los aposentos de Alarico, pasaba todo el tiempo al lado de aquellos dos jóvenes que al anochecer estaban extenuados. Cuando no se encontraban estudiando o entrenando, Ruderig y Walfram se ocupaban de pulir el idioma gótico de sus pupilos. Hasta Calista trabajaba duro en mejorar su conocimiento de esa lengua. Quería hablarla con la perfección necesaria para pasar por una mujer goda.

Después de varias semanas, los progresos eran evidentes. Alarico y Ataúlfo habían perdido todo su acento extranjero. Walfram, por su parte, estaba deslumbrado ante los avances del futuro rey en el combate cuerpo a cuerpo. Pero todavía dudaba que fuese capaz de vencer a una bestia como Sarus. Solo Temistio lo veía un tanto rezagado en oratoria porque sus lecciones se impartían en griego y él tenía que practicar lo aprendido en gótico. Ruderig se desvivía por ayudarlo. El escriba, que había dejado Alejandría con sumo dolor para ponerse al servicio de un caudillo tan carismático como Fritigerno, ahora estaba volcado en la preparación de Alarico, al que veía como el rey que había de conducir al pueblo godo hacia un destino glorioso.

El grupo estaba entusiasmado por la posibilidad de un regreso inminente con los suyos. Pero Alarico parecía abatido por algo que no sabía explicar. Calista comenzó a preocuparse porque era consciente de que el futuro rey tenía una voluntad de hierro y ahora le daba la impresión de que se quebraba.

—Hasta los más fuertes pueden flaquear en algún momento —le dijo.

—No se trata de flaquear, Calista. Algo horrible está ocurriendo en el campamento godo. Tengo una especie de genio dentro de mi cabeza que me confunde y me advierte de que debo volver de inmediato. Es como una horrible premonición.

—¿Qué te parece si jugamos una partida de *latrunculi*? Hace mucho que no practicamos. Las últimas veces tu nivel era ya casi tan bueno como el mío.

—No, Calista. Estoy muy cansado y abrumado por lo que haya podido ocurrir en los campamentos de Ulfilas. Debería irme a dormir.

—Preocupándote no vas a detener eso que tanto te inquieta. Mañana descansaremos de los entrenamientos. Son demasiados días sin parar.

—Creo que es una buena idea —convino Alarico.

—Pues jugaremos en tu habitación y si te vence el sueño lo dejamos. Podrás dormir hasta que te recuperes.

Después de cenar, se fueron a la estancia que Alarico usaba como dormitorio. Allí, a la débil luz de unas velas, conversaban o más bien Calista le dejaba que hablase porque se daba cuenta de que el joven tenía algo en su mente que necesitaba sacar.

—En ocasiones tengo nostalgia de Alejandría. Hipatia era un bálsamo para mí.

—Lo entiendo, Alarico. Y a la vez me apena porque jamás podré igualarme a ella.

—Para mí, tú eres tan importante como Hipatia. Muchas veces pienso que tú y ella sois lo mejor que me ha pasado desde que soy rehén del imperio. Recuerdo que por las noches cantaba como los ángeles.

—¿Tan bien cantaba Hipatia? —exclamó Calista—. Yo también sé cantar, aunque nunca me has escuchado.

—Eutropio me lo contó. Me gustaría oírte cantar y disfrutar de tu baile. —De repente, Alarico cambió el registro de su conversación y, como si estuviera muy preocupado, dijo—:

Quiero mucho a Hipatia, pero también te quiero a ti, Calista. Te necesito a mi lado.

—Nunca te dejaré, Alarico. A pesar de que a veces tengo la sensación de ser para ti un mueble más de este palacio.

—No, Calista. Eres la persona que más necesito a mi lado. Además de inteligente, eres muy bella. Me gustaría tanto acariciarte y besarte... Muchos días casi no puedo resistirme. Pero entonces pienso en Valeria.

—¿Tanto la amas? —dijo la joven persa mientras la débil luz de las velas iluminaba unas lágrimas que, incapaz de contenerlas, resbalaban ya por sus mejillas.

—No llores. Tú eres la mujer más fuerte que he conocido. No quiero que llores por mi culpa.

Alarico abrazó a Calista y le acarició con suavidad el cabello negrísimo mientras enjugaba con sus besos las lágrimas saladas. Ella le correspondió acariciándole la nuca y besándolo en el cuello. Permanecieron así y sin hablar durante tanto rato que tuvieron la impresión de que el tiempo se había detenido. Casi al unísono, ambos se unieron en un beso intenso, largo y profundo, como si sus bocas hubieran sido creadas para fundirse en ese momento mágico.

Extenuados por el trabajo y por el sexo, durmieron abrazados toda la noche.

Un gran incendio asolaba el campamento de Ulfilas en aquel caluroso julio del año 382. Se trataba de varios focos y estaban ardiendo muchas tiendas y muchos carros. El fuego se produjo de madrugada. Bulmaro, que finalmente había conseguido urdir un plan para llevar a cabo su atentado, eligió una noche sin luna para contar con la complicidad de la oscuridad. Los gritos de alarma y de pánico despertaron a los confiados habitantes del campamento, mientras tres esbirros esperaban agazapados cerca de las tiendas de sus futuras víctimas. Además de a los tres sicarios, Bulmaro había reclutado en el último momento a varios godos de la facción de Sarus para que provocasen los incendios y después desapareciesen sin dejar rastro.

—¡¡¡Fuego!!! ¡¡¡Fuego!!! ¡¡¡Traed agua!!! —se oía gritar en medio del caos.

Las llamas iluminaban la noche cerrada y daban al campamento un aspecto fantasmagórico.

Rocestes, Ulfilas y Marco Probo fueron de los primeros en salir de sus tiendas.

—Es extraño —dijo Ulfilas—. Hay fuego en distintos lugares. Eso significa que son provocados.

—Tienes razón. Por lo menos se ven cinco focos. Habrán sido los hombres de Sarus —aventuró Rocestes.

—No perdamos tiempo —añadió el obispo—. Vayamos a ayudar en lo que podamos. Hay que impedir que se extienda.

—No, Ulfilas —lo detuvo Rocestes—. Tú no tienes edad. Además, eres ahora nuestro único sostén. No podemos dejar que te ocurra nada. Quédate en tu tienda y espera a que los guerreros los apaguen. —Se dirigió a los guardias de Ulfilas—. Vosotros quedaos aquí protegiendo al obispo.

Marco Probo y Rocestes fueron deprisa en direcciones distintas y los dos guerreros que custodiaban la tienda para proteger al padre de Alarico los siguieron.

—No —dijo Rocestes a uno de ellos—. Tú acompaña a Marco Probo.

Se había producido justo lo que Bulmaro esperaba. Los secuaces, perfectamente aleccionados, corrieron amparados por el anonimato de la noche y el caos del incendio, uno tras Rocestes y el otro tras Marco Probo. Solo les falló Ulfilas, que contemplaba las llamas desde la puerta de su tienda protegido por un comando de guerreros godos. El sicario encargado de dar muerte al obispo, al no poder cumplir su misión, se fue de allí.

La confusión y el desorden se habían adueñado del campamento. Todos, hombres, mujeres y niños con la edad suficiente, se afanaban en traer cubos llenos de agua desde el río próximo para, a continuación, formar largas hileras y pasárselos de mano en mano. Cada uno por su lado, Rocestes y Marco Probo se unieron a ellos y colaboraron en cuanto podían ya que el incendio había adquirido grandes dimensiones. De tanto en tanto, se producían relevos para dar un pequeño respiro a las personas cansadas por el duro esfuerzo.

Bulmaro había planificado cada detalle e instruido a sus secuaces sobre el momento en que debían actuar. La orden era muy precisa: hacerlo con mucha celeridad cuando los guardias estuvieran descuidados ayudando en la extinción del fuego. Y eso fue lo que hicieron. Les bastó acercarse a ellos por la espalda y asestarles un corte preciso en el cuello mientras estaban sentados en el suelo descansando con la mirada fija en el fuego. Los guardias tardaron unos minutos en echarlos de menos. Cuando se dieron cuenta de que faltaban, encontraron los cadáveres en medio de un charco de sangre.

Corrieron a avisar a Ulfilas, quien ordenó revisar el campamento en busca de extraños que pudieran ser los autores de los homicidios. Pero era noche cerrada y todos estaban atareados tratando de sofocar los incendios. En esas condiciones, encontrar a los criminales era imposible. Cuando el fuego se consideró extinguido, ya había amanecido y tanto los autores del incendio como los asesinos estarían lejos.

—Han sido los hombres de Sarus —decían muchos godos sin tener pruebas de lo que afirmaban.

De inmediato, se organizó un comando al margen del obispo y de la asamblea de caudillos para dar una rápida respuesta a los hombres de Sarus, pero antes de que pudieran tomar ninguna decisión el propio obispo se presentó ante ellos.

—¿Quién está al mando? —preguntó con autoridad Ulfilas.

—Yo —dijo un oficial de Rocestes que se había autoproclamado jefe del comando—. Tenemos que dar un escarmiento a Sarus.

—¿Cómo sabes que ha sido él?

—¿Quién si no atentaría contra el padre de Alarico?

—No se puede acusar a nadie sin pruebas. Si atacamos a Sarus sin estar seguros de su culpabilidad iniciaremos una guerra que no sabemos a dónde puede conducirnos —aseveró Ulfilas—. Di a estos hombres que vuelvan con sus familias hasta que el consejo de caudillos dicte lo que haya de hacerse.

El comando se disolvió y Ulfilas convocó con urgencia una asamblea.

Bulmaro llevaba un rato en la taberna de Tomis tomando el vino que el mesonero le había servido. Sabía que antes o después alguien acabaría por delatarlo y estaba decidido a marcharse lejos de aquella ciudad. Tenía dinero suficiente para retirarse a un lugar perdido de África o Persia donde nadie pudiera encontrarlo. Había pasado varias veces por la posada para buscar la compañía de la joven prostituta nubia. Ahora era un cliente habitual. Conocía el establecimiento a la perfección y, además, nunca entraba hasta que se habían retirado todos los clientes. Así que nadie había vuelto a verlo por allí.

El mesonero se acercó a su mesa.

—Zalika te aguarda en la habitación.

Bulmaro se levantó y le entregó el quinto de sólido que costaban los servicios de la africana. Desde su primer encuentro, se había quedado prendado de Zalika y quería que ella lo acompañara en su huida, pero la joven se mostraba remisa. Bulmaro pensaba que el mesonero no exageró la primera vez que le recomendó la compañía de la joven nubia. Pese a su juventud, conocía todos los trucos con los que llevar a cualquier hombre más allá de los límites del placer, algo que la mayoría de las mujeres romanas o godas ignoraban.

—¿Qué edad tienes, Zalika? ¿Trece o catorce años? —preguntó Bulmaro.

—La que delata mi cara.

—¿Quién te enseñó a hacer felices a los hombres?

—Mi madre. Es puta en Alejandría y me dijo que me ganaría muy bien la vida si conocía los secretos del oficio.

—Yo te quiero y me gustaría que te casaras conmigo.

—Ya me lo has dicho otras veces, pero no deseo casarme, ni contigo ni con nadie. Gano mucho y no tengo ninguna de las obligaciones de las casadas.

—Soy rico.

—¿De cuánto dinero estás hablando?

—Del que tú no ganarías en toda tu vida. Además, hay una persona que me debe más del que ya tengo. Después me iré con esa fortuna muy lejos, a un lugar donde nadie pueda encontrarme.

—¿Acaso huyes de alguien?

—Digamos que no me conviene quedarme —contestó Bulmaro—. Y si tú me acompañas, podríamos disfrutar de ese dinero juntos.

—No estoy segura. Me caes bien…, pero no sé si puedo fiarme de ti.

—Me gustaría que nos fuéramos inmediatamente.

—¿No acabas de decir que esperas que te entreguen ese dinero?

—Sí. Pero buscaré otro sitio para recogerlo. Este lugar podría volverse peligroso.

Zalika se esmeró más que de costumbre por complacer a Bulmaro y finalmente ambos se quedaron dormidos. Fue el momento que el sicario godo aprovechó para dejar el lecho. Sin vestirse, se dirigió descalzo a la habitación del mesonero procurando no hacer ningún ruido. El godo era un excelente soldado, de gran envergadura acorde con su fuerza, y tenía claro cómo actuar sin ser descubierto. Guardaba en su bolsillo una navaja de castrar cerdos con una hoja afiladísima. Después de tantas visitas a la posada, sabía que el mesonero no acostumbraba a cerrar la puerta de su habitación. Había elegido esa noche por la claridad de la luna y porque la ventana estaba abierta para mitigar el calor. Sin embargo, se quedó sorprendido al ver que en la cama había dos personas y pensó en desistir de sus intenciones. Aun así, ya que había llegado hasta allí, se dijo que debería fiarse de su pericia. Se situó junto a la cama y, mientras con la mano derecha cortaba el cuello del acompañante, con la izquierda tapó con energía la boca del mesonero, que intentaba revolverse. Después de inmovilizarlo, Bulmaro consiguió cortarle la garganta sin dejarle proferir ni un solo grito. El trabajo había sido tan limpio que ni siquiera se manchó con la sangre de sus víctimas. Acto seguido volvió a su habitación y despertó a la nubia sin hacer ruido.

—Zalika, despierta —le susurró—. Tenemos que irnos.

—No voy a ir contigo, Bulmaro.

—¡Vendrás lo quieras o no! —dijo el sicario en tono amenazante—. Y no hagas ruido, no quiero que ningún cliente ni la servidumbre se despierte.

Zalika advirtió en su mirada una ira que no presagiaba nada bueno y fue consciente de que la mataría si se negaba a hacer lo que le pedía.

—Tengo que recoger mis cosas.

—Coge solo lo imprescindible. Cuando amanezca estaremos muy lejos.

Unos minutos después, Zalika y Bulmaro abandonaban la posada sin que nadie se hubiera percatado de su salida.

Poco antes de que Calista explicase a la princesa Serena que Alarico estaba preparado para volver con su pueblo, llegó al palacio imperial la noticia de los asesinatos de Rocestes y de Marco Probo.

Cuando Calista se lo comunicó a Alarico, el joven godo no reaccionó. Como si dudara de la veracidad de la noticia, cerró los ojos y guardó silencio. Sin embargo, poco después se apoderó del hacha del gladiador y, loco de furia, comenzó a destrozar cuanto había en los aposentos.

—¡¡¡Decidme quién lo ha hecho!!! —clamó.

La mesa en la que comían quedó hecha añicos.

—¡¡¡Quiero saber quién lo ha hecho!!! —repitió Alarico, cuyos gritos de animal malherido atronaron en aquella ala del enorme palacio imperial.

Ruderig intentó sujetarlo, pero recibió tal puñetazo en el pecho que cayó a varios pies de distancia y estuvo a punto de ahogarse con el vómito que el brutal golpe le provocó.

—No, Alarico —dijo Calista—. No puedes pegar a Ruderig ni destrozarlo todo.

—Déjalo —le indicó Armín—. Cuando tiene un ataque de ira no es capaz de parar. Necesitará un buen rato para calmarse. Hay que dejarlo solo hasta que se canse y su cabeza acepte lo que ahora no puede.

—¿Dejarlo solo en esta situación? —se alarmó Calista.

—Eso es lo que debemos hacer —afirmó también Walfram.

Mientras todos salían de la estancia, el encolerizado Alarico destrozaba cuanto se ponía delante de su hacha. El gladiador y el auxiliar, los únicos que juntos podrían haberlo sujetado, no se atrevieron a hacer nada. Walfram se llevó en brazos al magullado Ruderig, que se quejaba sin cesar.

El ruido de los hachazos duró varias horas. Cuando cesó, Calista pidió que la dejasen entrar a ella sola.

Encontró a Alarico sentado en el centro de la habitación con el hacha entre las manos ensangrentadas y la mirada perdida en la pared de mármol completamente destrozada. La devastación había sido total. Parecía como si un destacamento del ejército se hubiera dedicado a destruir a conciencia todo lo que estuviera a la vista. Calista se sentó en el suelo a su lado y le acarició el pelo.

—Lo siento mucho.

—Solo me quedaban ellos dos. Primero murió mi tío Atanarico. Después Fritigerno. Te juro que no me conformaré con matar a quienes lo han hecho.

—¿Recuerdas la noche en que estabas tan abatido? —le preguntó Calista—. Fue porque tuviste la premonición de lo que les iba a suceder a tu padre y a tu maestro.

Calista abrazó a Alarico como él había hecho con ella cuando toda su familia fue asesinada por orden del rey persa Artajerjes. Sabía bien lo que era perder al padre, un hombre que, en su caso, se lo había enseñado todo y al que adoraba. Y sabía también lo que era perderlo de manera violenta e injusta.

—Hemos de volver cuanto antes —dijo Alarico—. Tengo que acabar con los problemas que enfrentan a mi pueblo y debo vengar a mi padre y a Marco Probo.

—Estoy de acuerdo —convino Calista—. Sin embargo, debemos planificar lo que vamos a hacer y, sobre todo, cómo hacerlo. Si vas cegado por el odio y la ira será imposible que consigas lo que pretendes porque no podrás pensar con claridad. No permitas que tu mente esté poseída por Ahriman.

—¿Quién es ese Ahriman? —preguntó Alarico.

—En la religión de mi pueblo, que es la religión de Zoroastro, Ahriman es el genio del mal. Es un demonio que confunde las mentes de los hombres y los lleva por caminos equivocados insuflándoles males como el que ahora te corroe: la ira y el deseo de venganza. —Calista calló un momento mientras el joven godo la miraba a la espera de que añadiese algo más—. No es bueno estar dominado por esas pasiones incontrolables.

Alarico recordó lo que Hipatia le había explicado sobre el mito platónico del auriga. Solo con acordarse se percató de que estaba cabalgando sin control sobre el caballo de las pasiones. Con todo, le resultaba imposible dominarse. Fue Calista la que le hizo volver a la realidad.

—A partir de ahora tenemos que actuar siempre con la cabeza y no con las tripas. Entiendo que quieras vengarte de los asesinos de tu padre, pero debes hacerlo desde la frialdad. Recuerda que mañana partimos para la Mesia.

—Tienes razón. La muerte de mi padre ya no tiene remedio.

—Y la situación está complicada. No va a ser fácil ganar la partida a los seguidores de Sarus.

—Si es verdad lo que dice Ruderig, son muchos los godos que ya no confían en mí como futuro rey. Afirman que soy un espía romano.

—Sí. Y es ese el punto más importante que tenemos que afrontar —remarcó Calista—. Recuerda lo que prometiste a tu tío Atanarico.

—Lo sé muy bien —dijo Alarico, que con la presencia de la joven persa empezaba a tranquilizarse—. Cumpliré lo que le prometí. Conseguiré que se firme el pacto entre godos y romanos en las condiciones que él me indicó.

—Y la creación de un ejército invencible —le recordó Calista.

Bulmaro estuvo un buen rato cerca de la puerta principal del cuartel general de las legiones en Constantinopla esperando la salida de Feretrio. Mientras tanto, Zalika lo aguardaba en una posada en la que se habían hospedado como un comerciante y su sirvienta.

—Salud, Feretrio.

El asistente del emperador Julio se quedó sorprendido cuando al volver la cabeza se encontró con Bulmaro.

—¿Qué haces aquí? No podemos hablar a la vista de todos. Veámonos en la taberna de los sirios dentro de un rato.

Feretrio había elegido un lugar alejado del centro y que solo frecuentaban sirios, lo que le procuraba una discreción de la que no gozaban en las cercanías del cuartel general.

—Habíamos quedado en que sería yo quien te avisaría cuando fuese necesario que nos encontráramos.

—Lo sé. Pero los acontecimientos se han precipitado. Debo huir del imperio y necesito el dinero que me prometiste.

—Solo murieron Rocestes y Marco Probo. Ulfilas, el más importante, sigue con vida.

—Pero se ha conseguido el objetivo que tu general quería. La desunión es mayor que nunca. Muchos sospechan que fue Sarus quien encargó la muerte de esos hombres.

—¿Alguien sabe que tú has sido el autor? —preguntó Feretrio.

—No. Solo una persona podría sospechar y está muerto.

—¿A quién te refieres?

—Al mesonero de la taberna en la que nos reunimos la primera vez.

—Me di cuenta de que nos observaba mientras hablábamos.

—Era un informador del imperio. Por eso quiero irme lo antes posible.

—¿Tampoco nadie reconoció o capturó a ninguno de tus hombres?

—No.

—Bien. No voy a darte el resto del dinero prometido porque no has cumplido el encargo completo. Solo lo tendrás si haces un último trabajo para el general Julio.

—No, Feretrio. Ya me arriesgué mucho y lo que deseo ahora es disfrutar de mis ganancias.

—Si quieres el dinero, tienes que matar a una persona más. Después te daré los dos mil sólidos y serás libre para siempre.

—¿De quién se trata esta vez?

—Mis informadores del palacio imperial me han asegurado que Alarico tiene previsto viajar al campamento de Ulfilas. Lo matarás durante el viaje.

—¿Quieres que mate al futuro rey de los godos? Ya he matado a su padre.

—Será tu último trabajo. Después recibirás los dos mil sólidos.

La codicia se había instalado en el interior de Bulmaro. Matar a Alarico no sería más complicado que meterse en el corazón del campamento de los godos. Y mucho más fácil si podía hacerlo durante su desplazamiento porque podría elegir el lugar en el que atacarlo.

La taberna de los sirios estaba llena. Se acercaba la hora de comer y el ruido de las conversaciones hacía imposible comunicarse si no era en voz alta. En torno a una mesa cercana se encontraba el asistente de Estilicón, Nemesio, en compañía de unos paisanos sirios y se fijó en Feretrio, al que había visto varias veces en los despachos del emperador con sus generales.

Se quedó un poco sorprendido al hallarlo en aquel local charlando con un desconocido de aspecto godo. En principio no le dio importancia, si bien pensó que no era normal que estuviese en esa taberna más propia de pequeños mercaderes, artesanos o sirvientes que de un militar de graduación. Antes de que Feretrio pudiera reconocerlo salió por una puerta lateral de la taberna.

Finalmente, Bulmaro indicó a Feretrio la posada en la que se alojaba y este le comunicó que le haría saber el día en que Alarico saldría, así como el camino que iba a seguir.

29

El regreso de Alarico

Estilicón, que acababa de regresar de Persia, esperaba junto con el general Saturnino y el eunuco Eutropio a la puerta del despacho del emperador para informarle.

En el interior de la estancia, Teodosio se encontraba reunido con la princesa Serena comentando los asuntos que le había delegado.

—La situación se ha complicado aún más en la Mesia. Las muertes de Rocestes y Marco Probo han dejado aislado a Ulfilas —dijo Serena—. Creo que ha llegado el momento de que Alarico vuelva con los suyos. Parece que después del asesinato de su padre nos es más útil con su pueblo que aquí como rehén. Es la única posibilidad que nos queda para conseguir un acuerdo que ponga fin al conflicto con los godos.

—¿Te fías de Alarico? —le preguntó el emperador.

—Me fío de Calista.

—¿Estás segura de que esa joven no está engañándonos?

—Hasta ahora me ha informado de manera bastante fiable. Es una mujer muy inteligente.

—Por eso precisamente lo digo. ¿No estará haciendo un doble juego?

—Lo he pensado, pero la única posibilidad de que dispongo para saber lo que Alarico piensa y se propone hacer es a través de ella —respondió la princesa.

—¿Cuándo tienes previsto que Alarico regrese con los suyos?

—Mañana. Pero no irá solo. Lo acompañarán todos los que están con él.

—¿A quiénes retendremos entonces como rehenes?

—A nadie. Ruderig se fue la semana pasada para anunciar a Ulfilas la llegada de Alarico. También le siguen el gladiador y el legionario que pusimos a su disposición. Han querido ser su guardia personal. Y a mí me parece bien que tenga protección, al menos hasta que alcancemos nuestros objetivos. Ese joven tiene tanto carisma que acaba por fascinar a todos los que tratan con él.

—Debo reconocer que tiene algo que lo hace especial —dijo el emperador—. Creo que es mejor tenerlo como aliado. ¿Calista lo acompañará también?

—Será nuestra informadora de lo que ocurre en la Mesia.

—Bien, sobrina, lo dejo en tus manos —concluyó Teodosio—. Que pase Estilicón.

En cuanto entró, el asistente inició el gesto de arrodillarse, pero el emperador lo detuvo. Y también al general Saturnino y a Eutropio.

—Salud, Estilicón —dijo Teodosio—. Infórmanos de tu embajada en Persia.

—Salud, emperador. Salud, princesa. Ha sido un viaje provechoso —dijo Estilicón.

—¿Has podido concertar un pacto de no agresión con el rey Artajerjes?

—No, emperador. No ha sido posible.

—¿Y dices que ha sido un viaje provechoso?

—Sí, porque Artajerjes, que accedió al trono auspiciado por una serie de nobles y generales, se encuentra acorralado por los mismos que lo encumbraron. En este momento solo controla la parte del ejército que defiende la capital. De hecho, está prisionero en su palacio de Ctesifonte temeroso de sufrir un ataque o un atentado en cualquier momento.

—¿Pudiste hablar con él? —preguntó el emperador.

—Sí, y se comprometió a no atacar la frontera del imperio. Pero no quiso firmar ningún acuerdo. Dijo que lo haría cuando sus hombres consiguiesen matar a su sobrino Sapor, que es el aspirante al trono.

—Eso significa que podemos estar tranquilos —observó Teodosio—. La frontera del este está segura por el momento.

—Así es —convino Estilicón—. Artajerjes no tiene posibilidad de desplazarse con sus hombres. Su única preocupación es su propia seguridad.

—¿Dijo algo sobre Calista? —preguntó Serena.

—Sí, me exigió que se la entregase de inmediato. Es una obsesión para él. Pero Artajerjes, según me informaron, está muy enfermo. Si no lo matan los hombres de su sobrino, morirá en poco tiempo.

—¿Pudiste hablar con el aspirante al trono?

—Fue muy complicado. Tuvimos que atravesar casi medio país en guerra civil. Con él firmé un protocolo por el que se compromete a no amenazar nuestras fronteras. —Estilicón entregó a Teodosio un pergamino enrollado y lacrado con el sello de Sapor III, como si fuera ya el nuevo rey—. Me habló de Calista, dijo que es prima suya. Exigió que la cuidáramos bien y me recordó que estamos obligados a devolverla a su lado cuando él acceda al trono. Tiene intención de casarla con un general.

La princesa Serena miró al emperador con una sonrisa de triunfo.

—De haberla entregado a Artajerjes, la habría hecho degollar sin piedad. Tenemos un precioso rehén para negociar con el futuro rey del Imperio persa —se congratuló la joven.

—Bien, Estilicón —dijo Teodosio—. Como siempre que te hago un encargo, debo felicitarte. Has hecho un gran trabajo.

—Una parte importante de ese éxito —objetó Estilicón— se la debemos al oficial Buterico.

—Es un buen militar. Y además, fiel al emperador —dijo Teodosio—. Llegará muy lejos. Felicítalo de mi parte.

—Pues acabo de encomendarle una nueva misión —intervino el general Saturnino—. Un informador que tenemos en la ciudad de Tomis para espiar los movimientos de los godos nos ha avisado de que se han producido unos hechos extraños en la posada que regenta y que podrían tener que ver con los asesinatos de los caudillos godos. Buterico se encargará de investigar y lo acompañará Nemesio.

—Hazme saber el resultado de esa misión —ordenó Teodosio—. Que Buterico y Nemesio viajen con el grupo de Alarico hasta la Mesia. Pueden hacer juntos una parte del camino. Ahora debemos centrarnos en los godos —dijo el emperador, y cedió la palabra a su sobrina.

—Alarico parte mañana para reunirse con su pueblo —dijo Serena—, y confío en que en menos de dos meses haya conseguido un pacto de la nación goda con el imperio.

—Por cierto, emperador —intervino de nuevo Estilicón—. Nemesio me ha informado de que vio a Feretrio, el oficial asistente del general Julio, hablando con un godo en una taberna que solo frecuentan sirios. Sospecha que estuvieran tramando algo.

—Haz que vigilen día y noche al general y a su asistente —concluyó el emperador—. He visto a Julio muy nervioso en los últimos tiempos.

Esa noche la princesa Serena comunicó a Calista que ya no tenía nada que temer.

—¿Mi primo Sapor quiere casarme con uno de sus generales? ¿Y ha dicho de quién se trata?

—Estilicón no lo ha mencionado. Seguramente Sapor no lo especificó.

—Entonces ¿me entregaréis?

—Tu primo es solo un aspirante al trono. Cuando consiga hacerse con el poder y nos pida tu regreso a Persia volveremos a hablar. Por ahora debes hacer lo que te he encargado. Irás con Alarico y los suyos hasta los asentamientos de los godos y me informarás puntualmente de todo lo que pueda tener relevancia a través de los auxiliares que os acompañarán.

—Así lo haré —dijo Calista antes de volver a los aposentos de Alarico.

El futuro rey godo tuvo un presentimiento y miró hacia atrás, hacia la puerta Áurea que acababan de atravesar camino del campamento de su pueblo. Un escalofrío le recorrió todo el cuerpo, hasta el extremo de estar a punto de caer del caballo.

—¿Estás bien? —le preguntó Ataúlfo.

—No —contestó el joven—. A medida que se acerca el día, me siento más inquieto. No estoy seguro de quién soy realmente. Y me toca interpretar un papel para el que no sé si soy la persona adecuada.

—Por supuesto que lo eres —dijo Calista, que iba vestida con ropa de guerrero godo—. Tienes que alejar de ti todo tipo de dudas. Cualquier godo que te mire verá inmediatamente lo que vio tu tío. Y, por lo que me explicaste, a él no se le podía engañar. No tuvo la menor duda en elegirte su sucesor.

Al cuarto día de viaje, Buterico y Nemesio se separaron del séquito de Alarico para ir a la ciudad de Tomis.

Faltaban dos días para que la comitiva llegase a su destino. Hacía mucho que todos dormían en el campamento que habían montado en un claro de un pequeño bosque junto al camino. Como era costumbre, durante la noche los guardias se turnaban cada hora en la vigilancia de las tiendas. Hacia el final de la hora cuarta, en la que se advertía ya la claridad del amanecer, los hombres de Bulmaro, que habían seguido discretamente a los viajeros, se aproximaron hasta los centinelas. Él en persona iba a encargarse de asaltar la tienda que Alarico compartía con Calista y Ataúlfo. Esa vez no podía fallar. Debían ejecutar el plan con suma rapidez y antes de huir azuzarían a los caballos para dispersarlos y evitar que los persiguieran.

Sus sicarios eliminaron con sigilo a todos los soldados que hacían guardia. Uno por uno, mientras uno degollaba al centinela por la espalda, otro lo sujetaba para evitar que cayese de golpe con estrépito. Bulmaro se introdujo en la tienda de Alarico con su cuchillo de castrar cerdos en la mano. Había ordenado que nadie actuara hasta que él saliese de la tienda. Era lo suficientemente rápido para acabar con Alarico y Ataúlfo. La mujer no le preocupaba, estaba seguro de que no sería capaz de enfrentarse a él. Sin embargo, cuando aproximaba la mano al cuello de Alarico, un fuerte impacto en la cabeza lo derribó. Calista, que siempre tuvo el sueño ligero y que era tan sigilosa como el propio Bulmaro, se había despertado y esperó a que este estuviese de espaldas para propinarle el golpe con una banqueta, que sujetó con ambas manos para que el daño fuese mayor. Mientras el asaltante caía sobre Alarico, la joven persa le quitó el cuchillo y se lo puso en el cuello al tiempo que gritaba.

—¡Despertad! ¡Despertad todos! ¡Nos atacan!

Al oír los gritos de Calista, los sicarios huyeron despavoridos. El joven godo hizo que atasen al asaltante.

—¿Quién te ha enviado a matarnos?

El sicario no quiso responder a Alarico.

—No importa que no hables ahora. Ya lo harás cuando sea necesario.

—¿Permites que nosotros le hagamos hablar? —dijo Adler, el gladiador.

—Me corresponde a mí esa tarea —afirmó Alarico—. ¿Habéis capturado a sus esbirros?

—No ha sido posible. Nos llevaban mucha ventaja —dijo Brand, el auxiliar de las legiones.

—Es importante que nadie sepa que nos han asaltado hasta que yo lo diga —les ordenó Alarico—. No quiero alertar a quien sea que lo haya enviado.

Buterico y Nemesio llegaron a la posada de la ciudad de Tomis en la que se habían reunido Feretrio y Bulmaro. Después de identificarse como enviados del emperador, preguntaron por el mesonero. Les atendió una mujer de unos cuarenta años que dijo ser su hermana.

—No puedo serles de mucha ayuda. Llegué hace dos días para hacerme cargo del negocio cuando me avisaron del asesinato de mi hermano.

—¿Lo han asesinado? ¿Cuándo y quién? —preguntó Buterico.

—No lo sé. Al parecer, lo hicieron de noche e inmediatamente huyeron.

La cocinera tampoco sabía mucho más.

—Yo ando siempre en la cocina y en cuanto acabo mi trabajo estoy tan cansada que me acuesto. De la noche que mataron al patrón no sé nada ni oí nada. Lo que sí sé es que los degollaron porque por la mañana pude ver sus cuerpos con las gargantas cortadas y la cama empapada en sangre.

—¿Los degollaron? —preguntó Buterico.

—Sí. El patrón dormía algunas veces con su amante.

—¿Tenía enemigos?

—No lo creo, pero no lo sé a ciencia cierta.

—¿Quién había esa noche en la posada?

—La servidumbre y algunas prostitutas.

—¿Notaste algo que te pareciese raro?

—Los clientes eran habituales. No creo que tuvieran nada que ver.

—¿Y las putas?

—A la mañana siguiente, una había desaparecido. Debió de irse por la noche.

—¿Quién era?

—Una niña nubia llamada Zalika. Llevaba poco tiempo con nosotros. En los últimos días, antes de irse, se la notaba más contenta que de ordinario porque tenía un cliente generoso que le pagaba mucho dinero para que estuviera solo con él.

—¿Quién era ese cliente?

—El patrón lo conocía, claro está, pero los demás nunca pudimos verlo y Zalika no nos dijo ni su nombre. Lo quería solo para ella.

—¿Y dices que es una niña?

—Sí. No debe de tener más de trece años, aunque es mucho más desenvuelta que las muchachas de su edad. Como todas las nubias, es muy guapa. No me extraña que ese cliente se encaprichara de ella.

Nemesio, mientras tanto, interrogó al resto de la servidumbre y a las prostitutas. Estaban afectados por la tragedia, pero nadie pudo decirle quién era el hombre que contrataba los servicios de la muchacha nubia. Su compañera de habitación le informó de que esa noche Zalika entró en el dormitorio casi al amanecer y salió al instante. Pero no le dio mayor importancia porque pensaba que habría ido a buscar algo. Siempre que venía ese cliente se quedaba a dormir con él. Tan solo fue capaz de recordar que, según le dijo la nubia, era godo.

—Lo único que tenemos es un godo que pagaba generosamente a una puta de trece años que desapareció la noche de los asesinatos —recapituló Buterico—. Y lo más probable es que se fueran juntos. Es decir, no tenemos nada.

—Sí tenemos algo —lo contradijo Nemesio—. El hombre que hablaba con Feretrio en la taberna de los sirios también era godo. ¿Podría tratarse del mismo que asesinó al mesonero y a su amante?

—¿Insinúas que Feretrio pudo ser el inductor de los asesinatos de Rocestes y Marco Probo?

—No tenemos otra cosa. Habrá que tirar de ese hilo.

—El general Saturnino ha recibido la orden del emperador de vigilar al general Julio y a su asistente día y noche —dijo Buterico—. Tenemos que volver a toda prisa a Constantinopla y buscar a esa Zalika. Ella es, quizá, la única persona que puede conducirnos hasta el godo.

La noticia de la llegada de Alarico corrió como caballo desbocado por todos los asentamientos y ya se preparaba un gran recibimiento como si se tratara del regreso de un rey tras haber combatido durante años lejos de su patria. No obstante, la división continuaba. Una parte importante de los caudillos permanecieron fieles a la promesa de un futuro imperio godo liderado por Alarico, mientras que otra se había alineado con las tesis de Sarus. Por eso Ulfilas había preparado un consejo de caudillos que debía celebrarse después de la llegada de los rehenes por fin liberados. Poco antes de arribar al campamento, Calista, Armín y los auxiliares se separaron llevando consigo a Bulmaro para ponerlo a buen recaudo.

El aspecto de los cinco que entraron a caballo por la vía central del campamento, con Alarico a la cabeza, era impresionante. El futuro rey, que iba vestido con las ropas de cuero de Atanarico, sin corona pero con su capa verde con el dragón rojo bordado a la espalda que caía por la grupa del caballo, se asemejaba a un semidiós. Los demás llevaban capas similares, aunque más cortas. Ataúlfo y Walfram se situaron uno a cada lado de Alarico, y Brand y Adler, que se habían convertido en su guardia personal, se colocaron detrás. Todos los presentes se quedaron asombrados cuando un halcón sobrevoló el campamento y, después de evolucionar unos minutos sobre sus cabezas, se posó con suavidad sobre el hombro del futuro rey en medio del delirio de sus partidarios.

Para llegar hasta la tienda de Ulfilas debían atravesar el enorme perímetro del campamento y, a medida que avanzaban, la vía se estrechaba porque iban sumándome hombres. Ulfilas los esperaba con su túnica negra y su larga cabellera, que, como su barba, era ya totalmente blanca. A su lado estaba Ruderig, y junto a ellos, la madre de Alarico y su hermana, Irania, que no paraban de llorar. También estaban Amanda, la viuda de Marco Probo, junto con sus hijos, Valeria y Timón, y la viuda de Atanarico.

Alarico saltó de su caballo mientras su halcón, después de un breve aleteo, se posó sobre la silla de montar.

—Salud, obispo —le dijo, y lo abrazó.

—Salud, Alarico. La nación goda añoraba tu presencia.

Sin contestar al obispo, Alarico se arrodilló ante su madre.

—Levántate, hijo, el futuro rey de los godos no puede arrodillarse ante nadie, ni siquiera ante su madre.

El joven se levantó y fue abrazando a todos los que para él constituían su familia. Cuando se acercó a Valeria un hormigueo le recorrió todo el cuerpo. Era ya una mujer y tal cual se la había imaginado. Incluso más bella de lo que Walfram le había revelado en la cueva de Atenas.

—Quiero ver el cadáver de mi padre y también el de Marco Probo —dijo Alarico a continuación—. Ya hablaremos de los funerales cuando se celebre el consejo de caudillos. —Se expresaba con la autoridad de un líder carismático, y así lo veían los allí congregados.

Los cuerpos de los asesinados, embalsamados por los romanos, estaban expuestos en una tienda contigua a la de Ulfilas. El futuro rey se arrodilló ante los féretros y, después de permanecer en silencio durante unos minutos, se levantó.

—Se ha perpetrado un crimen contra unas personas que siempre se distinguieron por su lucha en favor de la nación goda. Juro que no descansaré hasta capturar a los responsables —dijo Alarico. Y elevando el tono para concentrar la atención de los presentes añadió—: ¡Y juro también ante estos cuerpos que no me conformaré con quitarles la vida con mis manos! Pagarán con creces lo que han hecho. ¡No puede haber perdón para unos seres tan despreciables!

Ulfilas acompañó a Alarico y los suyos hasta las tiendas que les habían preparado. El obispo, que conocía por Ruderig la llegada de Calista, había ordenado montar una tienda solo para la joven persa.

—¿Quién es Calista y qué significa para ti? —le preguntó el obispo.

—Una rehén persa del imperio que desde hace tiempo es mi consejera.

—¿Una mujer consejera? ¿Quieres sustituir a Valeria?

—He dicho que es mi consejera, no mi futura esposa.

—Tú eres quien manda. Si es tu decisión, que así sea. Pero es posible que te encuentres con la oposición de algunos caudillos.

—Seguramente los que se oponen a mi elección como rey.

Alarico pidió a Adler y a Brand que trajeran a Bulmaro a su presencia.

—¿Conoces a este hombre?

Ulfilas lo miró con atención antes de decir:

—No sé cómo se llama, pero lo vi merodeando varias veces cerca de mi tienda antes del incendio. Evidentemente, es godo. Debí imaginar que estaría relacionado con la muerte de tu padre y la de Marco Probo.

—¿Quién eres? —le preguntó Alarico.

Bulmaro no contestó.

—Solo quiero saber para quién trabajas y cuánto te pagó por tus crímenes.

Bulmaro continuó sin contestar.

—Lleváoslo. Ya me encargaré de que responda a todas mis preguntas.

Esa noche hubo un banquete de bienvenida. Pero el futuro rey y Valeria no pudieron estar ni un momento a solas. Acabada la cena, Alarico y los suyos se fueron a preparar el consejo que habría de celebrarse al día siguiente.

Poco después del amanecer, los caudillos se reunieron al aire libre en una explanada. Alarico y Ataúlfo ocupaban los sitios de honor que Ulfilas les había reservado. El obispo dio la palabra a Haimerich, el más anciano de los jefes congregados.

—Caudillos de la nación goda, tras la última asamblea del

consejo quedé desolado porque todos los desvelos de Fritigerno para unir a nuestro pueblo parecían destinados al fracaso por culpa de la discordia generada entre nosotros. Hoy, sin embargo, la esperanza ha tornado a mi pecho pues la llegada del hijo de Rocestes ha hecho que vuelva a recuperar la confianza en el futuro. Un pueblo unido puede llegar a donde se proponga, pero la desunión solo nos llevará a la destrucción. Debatamos con justicia con el propósito de alcanzar un futuro mejor para todos.

Al fondo pidió la palabra Siskia, hombre de confianza de Sarus.

—Quien preside el consejo debería ser neutral y tú no lo estás siendo. Hace ya muchos años que Alarico no vive entre nosotros y nos han llegado noticias de que es un romano al servicio de Teodosio y no de la nación goda. Creo que no es la persona idónea para dirigir esta nueva etapa de nuestro pueblo dentro del imperio.

Un murmullo de voces de protesta se extendió por la ruidosa asamblea. Alarico los miraba, pero no quiso contestar todavía y detuvo con un movimiento de la mano a los que intentaban defenderlo. Fueron interviniendo otros caudillos que hablaron de la milagrosa salvación de Alarico y Ataúlfo al haberse librado de la orden del general Julio de asesinar a los hijos de los caudillos, y de la protección que el imperio ofreció a esos dos rehenes, que vivían como hijos de patricios. Otro tildó de falso el testamento de Atanarico. También acusaron a Alarico de querer firmar un pacto lesivo para los intereses de los godos.

El último que intervino le recriminó no saber hablar gótico y añadió que por eso permanecía callado. Ese fue el momento en que Alarico pidió la palabra. Todos estaban esperando que el futuro rey interviniese. Se levantó con solemnidad del asiento que ocupaba junto a Ataúlfo y Ulfilas.

—Sí, es verdad que llevo muchos años lejos de vosotros porque me enviaron como rehén a vivir con una familia romana como garantía de la sumisión de los nuestros a los designios del imperio —dijo, y los presentes quedaron impresionados porque hablaba el idioma gótico como si hubiera vivido siempre entre ellos—. Por desgracia, las promesas del emperador Valente de dispensar al pueblo godo un trato humano no se cumplieron y el gran Fritigerno consiguió no solo mantener unida a nuestra nación, sino también crear un ejército que se demostró invencible frente a los romanos. Y sí, yo aproveché el tiempo para estudiar, para aprender cuanto pude. ¿Es eso lo que se me reprocha? Pero también aproveché el tiempo para continuar mi formación como guerrero. Walfram fue mi instructor en Peuce y en Constantinopla. Y todos conocéis a Walfram. —Se detuvo un momento para dejar reflexionar a los asistentes, tal como Temesio le había enseñado—. Se han vertido muchas mentiras sobre mí y mi primo Ataúlfo. Sin embargo, nadie ha aportado ni una sola prueba de que hayamos traicionado a nuestro pueblo, y mucho menos de que en el futuro tengamos intención de hacerlo.

Alarico fue interrumpido por los gritos de los partidarios de Sarus, que querían hacer fracasar la asamblea. Haimerich les obligó a guardar silencio y el joven pudo continuar.

—Se ha difamado a mucha gente. No solo a Ataúlfo y a mí mismo. También a mi padre, al que se acusó de recibir oro del imperio; a Ulfilas, de quien se dijo que quería entregar nuestra nación a Roma; incluso al gran Marco Probo, un romano que casi dio su vida para salvar al pueblo godo del ataque de los hunos. Pues bien, deseo escuchar todas esas mentiras de la persona que injustamente las difundió.

Ante el reto lanzado por Alarico, todos los asistentes guardaron silencio y dirigieron sus miradas hacia Sarus.

Este, que se encontraba en la primera fila, se levantó y su inmensa humanidad pareció llenar todo el espacio.

—Caudillos, no repetiré lo que otros han dicho. Mantengo todas esas verdades y añado una más. ¿No es cierto que el que se considera heredero de Atanarico va a casarse con una romana? ¿Hemos de soportar ese desprecio a las mujeres godas?

Sarus volvió a sentarse con gesto satisfecho mientras en el rostro de Alarico se dibujaba un rictus de furia. Recordó las palabras de Hipatia y Calista sobre la ira y sus consecuencias negativas. Pese a las provocadoras afirmaciones de Sarus, decidió que no iba subirse al caballo de las pasiones. Debía mantenerse imperturbable. Consideró que había llegado el momento de cambiar el rumbo de la asamblea.

—La nación goda necesita un líder que sea capaz de llevarla a un destino de paz y progreso en el interior del imperio —aseveró, negándose a responder a las últimas preguntas de Sarus—. Habéis dicho que quiero firmar un pacto lesivo para los intereses de nuestro pueblo. —De nuevo hizo una pausa retórica para llamar la atención de los congregados—. No pretendo obtener un pacto que nos ponga a los pies de los romanos, lo que quiero es, primero, acabar con la vida del general Julio y, segundo, conseguir una victoria sobre el imperio que consolide los éxitos que el gran Fritigerno obtuvo.

Alarico calló para que otra vez los caudillos reflexionasen sobre lo que acababa de decir. Sin embargo, antes de que pudiesen asimilar sus palabras añadió enfatizando la voz:

—¡Mi intención es atacar a las legiones! ¡Mi intención es que nos hagamos con el poder en Oriente! ¡Mi intención es hacer temblar a los romanos ante las espadas godas y vencerlos, como en Adrianópolis!

Una gran ovación se extendió por toda la asamblea. Incluso algunos de los caudillos que habían apoyado a Sarus aplaudían y vitoreaban a Alarico. Fue entonces cuando el Oso se levantó y, con los brazos extendidos, exigió silencio.

—Has dicho que el pueblo godo necesita un líder. Pues hagamos que lo tenga. ¡Alarico, hijo de Rocestes, te reto ante el consejo de caudillos a que dirimamos nuestras diferencias en un duelo a muerte!

Alarico recordó las palabras de Calista: «Debes entrenar hasta la extenuación. Tienes que poder vencer a cualquier rival». El consejo se llenó de voces que pedían resolver las diferencias de forma pacífica. Brand y Adler, que permanecían unos pasos detrás de Alarico, se miraron asombrados por la envergadura del adversario y tuvieron dudas de que pudiera vencerlo. Era el hombre más fuerte que habían visto.

Pero Alarico no dudó en su respuesta.

—Elige las armas —dijo con seguridad.

—Espada y cuchillo —respondió Sarus.

—Mañana, a la hora cuarta —concluyó Alarico.

Cuando la asamblea tocó a su fin, había transcurrido toda la mañana. Por la tarde, el joven caudillo se reunió con los suyos para preparar el combate cuerpo a cuerpo con Sarus.

—Tienes que llevar la iniciativa —le aconsejó el gladiador—. No quiero decir que seas tú quien ataque primero sino que no permitas que sus embestidas te alcancen. Por fortuna, eres más ágil que él.

—No me pasaré todo el tiempo esquivando sus ataques —advirtió Alarico—. Llevamos las mismas armas.

—Debes estar concentrado —apuntó Calista—. No puedes distraerte ni una fracción de segundo porque un espadazo de Sarus sería mortal.

En la enorme tienda y al abrigo de miradas extrañas se improvisó un espacio para el último entrenamiento. Walfram, Adler y Brand atacaban a Alarico para que este practicara la defensa. Había aprendido tanto en los meses anteriores que ninguno de los tres logró siquiera acercársele.

—¡Atacad de verdad! —les gritó Alarico—. No temáis hacerme daño porque no lo vais a conseguir.

Las escaramuzas duraron un rato, hasta que Alarico dijo:

—Ahora los tres a la vez, y quiero que veáis en mí a vuestro peor enemigo.

No les dio tiempo a practicar este último ejercicio porque alguien entró en la tienda. Era Valeria. Al verla, todos dejaron de pelear y se produjo un silencio tan denso que casi podía cortarse.

Alarico y Valeria siempre habían hablado en latín, pero esa vez la hija de Marco Probo utilizó el gótico.

—¿Por qué deseas morir? —le espetó—. Llevamos años esperando tu regreso para que seas el rey que conduzca los destinos de nuestro pueblo, ¿y ahora quieres dejarlo todo al azar de un duelo a muerte?

Alarico no contestó. Sabía que Valeria hablaba con la razón de quienes pensaban que Sarus era invencible en un combate cuerpo a cuerpo.

—Has ganado en la asamblea el favor de la mayoría de los caudillos —continuó la joven—. No es necesario que te enfrentes a esa bestia. Lo dicen en los clanes: Sarus pretende ganar con la espada lo que no ha conseguido con la palabra. Todos saben que eres tú, y ningún otro, el líder que necesita nuestra nación. No lo eches todo a perder.

—Alarico no puede hacer otra cosa. Ya ha aceptado el reto de Sarus —intervino Calista, que continuaba vestida con ropas de hombre. Y lo dijo en gótico con su acento extranjero—. No hacerlo sería quedar como un cobarde. Y un cobarde no puede dirigir ni esta nación ni ninguna otra.

—¿Quién es esta mujer? —preguntó Valeria.

—Se llama Calista y forma parte de mis consejeros.

Valeria miró con intensidad a los negrísimos ojos de la joven persa, pero no hizo ningún comentario.

—Mi opinión es que no debes combatir con Sarus —concluyó la hija de Marco Probo—. Creo que el pueblo te apoya y no te tomará por un cobarde.

—Lo siento, Valeria. Cumpliré mi palabra y combatiré contra Sarus.

La joven se dio la vuelta para salir de la tienda, pero antes de traspasar la puerta añadió:

—He oído lo que Sarus ha dicho sobre nuestro compromiso y creo que tiene razón. Yo me consideraba una mujer goda, tan goda como la que más. Pero veo que el pueblo no lo aprecia así. Soy la primera que piensa que debes casarte con una mujer goda de verdad y por eso te libero de tu promesa.

—Debemos seguir con el entrenamiento —dijo Walfram—. Todo lo demás ha de quedar para después del combate.

Por la noche, en la soledad de su tienda, Alarico no solo pensaba en la forma de vencer a Sarus. Le vinieron a la mente las palabras de la persa cuando hablaban de cumplir el juramento que había hecho al rey Atanarico en su lecho de muerte. Juró a su tío que llevaría a cabo su mandato a cualquier precio. Calista le había dicho: «¿Y si el precio fuese renunciar a Valeria?». Entonces no le pareció que Valeria estuviese involucrada en ese compromiso. Pero ahora, después de las palabras de Sarus sobre su matrimonio, se le planteaba un dilema que nunca pensó que pudiera llegar a producirse. ¿Debía seguir los designios de su corazón o cumplir su juramento hasta las últimas consecuencias?

La lucha cuerpo a cuerpo exigía llevar el torso descubierto y solo un pantalón corto para evitar que los contrincantes ocultasen entre las ropas un arma no permitida. El aspecto de Alarico era imponente. Tenía una altura más elevada que la mayoría de los godos, cuando aún no había cumplido dieciocho años. Su musculatura delataba una fuerza y unas cualidades excepcionales para el combate de contacto. Fue el primero en salir al lugar elegido para la pelea y lo recibió una gran ovación. Cuando apareció Sarus, se hizo por el contrario un silencio tétrico. Era mucho más alto que su contrincante y sus bíceps eran tan anchos como los muslos de Alarico. Tenía el cuello como el de un toro y su torso era inmenso. Si hubieran podido apostar como se hacía en los hipódromos, nadie habría dado ni media *siliqua* a favor de Alarico. Con todo, Calista, que asistía junto a los allegados al joven balto, estaba tranquila. Les dijo que no tenía dudas de la victoria de Alarico. En cambio Valeria, que había acudido a pesar de que su madre se lo había desaconsejado, era la viva imagen del desconsuelo.

Haimerich, como presidente de la asamblea, fue el encargado de anunciar el inicio de la pelea. Allí estaban los dos con la espada y el cuchillo en las manos. Alarico tiró al suelo el cuchillo porque manejaba la espada a dos manos. Sarus lanzó el primer envite con la espada, que Alarico detuvo con la suya.

—Sé que eres un tramposo. Cuando nos enfrentamos de niños tuve que correr detrás de ti porque no te atrevías a atacar de frente —dijo Sarus.

—Calla y combate —le espetó Alarico.

El Oso daba mandobles sin parar y en ningún caso conseguía tocar a su adversario ni doblarle las muñecas. Cuando parecía que iba a alcanzarlo con un espadazo, Alarico dio un salto de varios pies de altura y mientras caía clavó su espada en el hombro izquierdo de Sarus. Este aulló de dolor, pero no menguó la ferocidad de su ataque a pesar de la sangre que le manaba de la herida.

—No has ganado todavía. No volverás a clavarme la espada.

—Tienes mucha fuerza, pero nada de agilidad. Sigue combatiendo si es que puedes.

Sarus insistía en los espadazos cuando Alarico, con un rápido movimiento, lo rodeó y, por la espalda, antes de que atinara a revolverse, le asestó un mandoble en la cabeza produciéndole un corte profundo que lo hizo desmayarse y caer al suelo a plomo. De inmediato, empuñó la espada con las dos manos y la dirigió hacia abajo para clavarla en el corazón de Sarus. Y entonces ocurrió algo que dejó helados a todos los presentes. Antes de que pudiera dar la estocada mortal, Valeria se abalanzó hacia él y lo abrazó con fuerza.

—No, Alarico. No puedes matar a Sarus —le dijo—. Un rey no puede matar a un compatriota.

—¿Qué hace esa loca? —gritó en gótico Calista.

Los demás estaban petrificados por el absurdo comportamiento de Valeria. El Oso, que había vuelto en sí, aprovechó el momento de desconcierto para quitar de en medio a la joven de un fuerte golpe en la cabeza con la empuñadura de la espada y clavar su cuchillo en el antebrazo izquierdo de Alarico. Por fortuna, solo le atravesó el músculo. Alarico se sacó con rapidez el cuchillo con un gesto de dolor y se dispuso a seguir peleando. Valeria estaba inconsciente en el suelo al lado de los combatientes y Alarico gritó con riesgo de su vida:

—¡Retiradla! ¡Rápido!

Unos guerreros se llevaron a la muchacha, que continuaba sin sentido y sangrando por la cabeza, y los dos combatientes quedaron frente a frente mientras la sangre manaba profusamente de sus heridas.

—¡Maldito Sarus! —gritaba Alarico, más enfadado que

nunca—. ¡No se golpea a una mujer! ¡Y me has atacado mientras estaba indefenso! ¡Eres un cobarde!

Sarus no dijo nada. Sus pequeños ojos parecían concentrados en buscar dónde atizar un espadazo mortal. Pero el brutal golpe de Sarus a Valeria y su actuación traicionera habían multiplicado las fuerzas de Alarico. Quería acabar de una vez la pelea. Ahora estaba seguro de vencer a aquella bestia.

—Vamos, Sarus, ¡ataca de una vez! ¿Acaso me temes?

Sarus avanzó para dar una estocada, pero el futuro rey la evitó echándose a un lado y aprovechó para clavarle la espada en el vientre con tanto ímpetu que le atravesó el cuerpo. Sarus se desplomó de costado sobre un charco de sangre. Alarico, que había hecho un esfuerzo supremo, se sostenía con dificultad sobre sus piernas.

—¡Vamos, Alarico! ¡Acaba con él! —gritaba Calista—. ¡No lo dejes con vida! ¡No lo dejes con vida!

Los partidarios de Sarus se acercaron a él, le sacaron la espada y se lo llevaron a toda prisa.

—¿Por qué no lo has rematado? —le gritó Calista—. ¡Ese malnacido no merece vivir!

Alarico no quiso contestarle. Había vencido al Oso, y recibió la ovación atronadora de todos sus partidarios. Brand y Adler estaban impactados por la facilidad con que había culminado un combate que parecía tan desigual. Los entrenamientos habían surtido el efecto que deseaban. Les llenaba de orgullo tener un líder que no se amilanaba ante nadie. Calista, que en ningún momento temió por la vida de Alarico, les dijo:

—Estaba segura de que vencería. Nunca tuve ninguna duda. Pero tendría que haberlo rematado.

—¿Creéis que sobrevivirá? —preguntó Ataúlfo.

—Es muy fuerte, pero lleva un espadazo que para cualquiera sería mortal —respondió Adler—. Ya veremos.

—En todo caso, viva o muera, es un enemigo neutralizado que no volverá a acercarse a Alarico —añadió Walfram—. Ya nada se interpondrá en su camino para ser el rey de la nación goda.

—No os confiéis. Ese Sarus es un mal bicho y, si sobrevive, intentará vengarse —sentenció Calista.

30

El pavor del general Julio

En el cuartel de las legiones en Constantinopla, el general Julio estaba reunido con Feretrio, su asistente.

—¿Tenemos noticias de la Mesia?

—No, general.

—Ya deberíamos saber qué ha pasado con Alarico. ¿Tu hombre no ha enviado ningún mensaje?

—No.

—Eso es mala señal. ¿Es posible que hayan capturado a ese Bulmaro?

—No lo sé, general. Iré a informarme a la posada donde se aloja.

Cuando Feretrio salió, Julio, que se había dado cuenta de que lo vigilaban, llamó a los dos soldados de confianza que guardaban la entrada de sus aposentos.

—Tenéis que deshaceros del soldado que nos vigila.

—Sí, general. Ya nos hemos percatado.

—Mientras uno de vosotros lo distrae, el otro que prepare mi carruaje y dos caballos más, tengo que salir inmediatamente. Coged estas bolsas y dejadlas en el carro. Después, volved y seguid vigilando la puerta como si yo siguiera dentro.

Julio, que sabía que era hombre muerto si no habían matado a Alarico, consiguió salir sin que nadie lo viera. Era ya noche cerrada y no lo echarían de menos hasta el amanecer, tiempo suficiente para desaparecer. Cuando repararan en su ausencia les sería imposible seguirlo porque habrían pasado muchas horas y, además, no sabrían hacia dónde se dirigía.

Buterico y Nemesio habían vuelto a Constantinopla desde Tomis y andaban tras los pasos de Feretrio. Lo seguían a todas partes sin que este se diera cuenta. Una noche, el oficial de confianza del general Julio se dirigió a la posada donde Zalika y Bulmaro se alojaban para averiguar si el soldado había cumplido su encargo de matar a Alarico.

—¿Tienes hospedado a un godo llamado Bulmaro? —preguntó al posadero tras identificarse.

—Nadie con ese nombre está alojado aquí.

—Te pregunto por un godo de unos treinta años.

—Un comerciante godo de la edad que dices vino con su sirvienta y me pagó dos semanas por anticipado, pero no aparece por la posada desde hace varios días.

—¿Y la sirvienta?

—Ella sí continúa aquí, aunque sale cada noche y regresa de madrugada. Creo que ejerce de prostituta. Tardará un buen rato en volver.

—Bien. La esperaré en su habitación. Cuando vuelva no le digas nada. Quiero darle una sorpresa.

Al ver que Feretrio no salía, Buterico y Nemesio decidieron esperarlo fuera de la posada, ocultos en la oscuridad. A la hora segunda apareció Zalika. Cuando la muchacha se disponía a entrar, Nemesio la sujetó con fuerza y le tapó la boca para evitar que pudiese gritar.

—¿Eres Zalika?

La niña asintió con la cabeza.

—Tienes que venir con nosotros. Si haces el más mínimo ruido te corto el cuello. ¿Me has entendido?

Zalika volvió a asentir.

—¿Puedo ir a por mis cosas?

—No. Vendremos a recogerlas mañana.

Buterico y Nemesio querían interrogarla antes de detener a Feretrio y al general Julio.

No hubieron de esforzarse en sonsacarla, pues explicó enseguida todo lo que sabía, desde que conoció a Bulmaro en la posada de Tomis hasta que se alojaron en la posada de Constantinopla. Ignoraba las actividades del godo, añadió, solo sabía que tenía mucho dinero. La información no resultó muy esclarecedora, pero bastó para que ambos constataran que sus pesquisas no iban erradas.

—¿De dónde sacó tanto dinero? —preguntó Nemesio a Zalika.

—No quiso explicármelo. Aunque dijo que debía recibir una cantidad aún mayor aquí, en Constantinopla.

—¿Está en la posada? —preguntó Buterico.

—No. Se fue hace unos días porque tenía algo que hacer relacionado con el resto del dinero que le debían.

Buterico, que dedujo la relación entre Bulmaro y Feretrio, ordenó que un destacamento fuera a la posada a buscar al asistente del general. La guardia imperial detuvo a Feretrio y lo encerró encadenado en un calabozo, a la espera de someterlo a un interrogatorio. Otro destacamento fue a apresar al general Julio, pero no lo encontraron y los guardias de los aposentos, que dijeron no saber nada, fueron también encarcelados. Buterico, que ya había informado al general Saturnino de la huida de Julio, ordenó que varios destacamentos partieran en su búsqueda por todas las vías que salían de Constantinopla.

Teodosio y Serena estaban en los aposentos privativos del emperador.

—¿Qué noticias tenemos del campamento de los godos? —preguntó Teodosio.

—Ha habido un combate a muerte entre Alarico y Sarus. Ha vencido Alarico y Sarus está gravemente herido, pero sobrevivirá, según me han informado.

—Nuestro joven godo se ha hecho dueño de la situación.

—Eso parece —dijo Serena.

—Entonces debemos esperar que en poco tiempo se firme el acuerdo.

—Ahora no estoy tan segura. Alarico afirmó en la asamblea de caudillos que levantaría al ejército godo contra las legiones y añadió que iba a repetirse una masacre como la de Adrianópolis.

—¿Es una información de Calista?

—Sí.

—Nos jugamos mucho. Si el ejército godo ataca a las legiones, no tendremos más remedio que defendernos.

Un rato después, la plana mayor del ejército estaba reunida en torno a la mesa que presidía Teodosio, quien pidió al general Saturnino información detallada.

—Emperador, solo puedo decir que Alarico se ha hecho con el poder y ha levantado al ejército godo para un enfrentamiento inmediato contra las legiones.

El emperador notó la ausencia del general Julio.

—¿Por qué no ha venido el general Julio?

—He dado orden de apresarlo y no estaba en sus habitaciones —contestó el general Saturnino—. Por si fuese necesario, he mandado encarcelar a los legionarios que estuvieron de guardia anoche ante sus aposentos.

—¿Pensáis que ha huido? —preguntó Teodosio.

—Estoy seguro —dijo Estilicón—. Buterico y Nemesio han detenido a su ayudante, Feretrio, y están a la espera de interrogarlo.

El emperador se quedó pensativo un instante mientras intentaba recomponer en su mente el grave problema que se creaba con la huida de Julio. Esperaría al interrogatorio de Feretrio, decidió.

Después de que la plana mayor deliberase sobre qué hacer ante la inminente agresión de Alarico, dijo:

—Que las tropas se refugien en el interior de la ciudad y estén listas para repeler un ataque.

Acto seguido, disolvió la reunión, pero pidió a Estilicón que se quedase e hizo llamar a la princesa Serena.

—La situación se complica. La única pieza que me quedaba para negociar era el general Julio.

—Se ha ordenado su busca y captura —le confirmó Estilicón, tal como el general Saturnino ya le había anticipado—. No podrá ocultarse en ningún lugar del imperio.

—No lo encontraremos —respondió el emperador—. Conozco bien a Julio y estoy seguro de que habrá buscado refugio en Persia. Y no estamos en condiciones de exigir su devolución mientras tengamos un conflicto abierto contra Alarico. —Por primera vez se refería a Alarico como el líder del ejército godo—. ¿Creéis que va en serio su amenaza de atacarnos?

—El mensajero de Calista me informó de que Alarico ha adquirido un compromiso ante el consejo de caudillos, y solo este puede pararlo. Está ahora a la cabeza de la nación goda y, según Calista, lo apoyan la mayoría de los caudillos.

—Tenemos a Calista —dijo Teodosio—. Cabe la posibilidad de intercambiarla por Julio.

—En realidad no, porque está haciendo de espía para nosotros —puntualizó Estilicón.

Alarico se culpaba de lo ocurrido y se resignó a esperar a que Valeria se recuperase para hablar con ella. Mientras tanto tenía muchas tareas por delante. La primera y más importante era preparar el ataque godo contra Constantinopla. Antes, sin embargo, se proponía obtener una confesión del hombre que había intentado matarlo.

Entró en la tienda donde estaba el prisionero, cargado de grilletes y custodiado por un grupo de guerreros.

—Dejadme a solas con él —dijo a sus hombres y, de inmediato, se dirigió a Bulmaro—: Sabes que vas a morir. Decirte otra cosa sería mentirte. Además, te mataré con mis propias manos.

El prisionero permanecía callado.

—Bien, vamos a empezar otra vez. ¿Cómo te llamas? ¿Quién te pagó para que me dieras muerte?

Bulmaro no quiso contestar a ninguna de sus preguntas. Alarico salió de la tienda y entró con una jaula de juncos trenzados en la que había una rata enorme y se la enseñó a su prisionero.

—Lo que voy a hacerte lo aprendí de los romanos. Era un método del que el emperador Tiberio se servía para hacer hablar a quienes se negaban. Es infalible. Esta rata lleva muchos días sin comer. Si te empecinas en no responderme, abriré esta pequeña puerta y pegaré a tu cuerpo el animal para que tenga algo que roer.

Bulmaro se quedó aterrorizado cuando oyó los chillidos de hambre de la rata.

—Pero no te la pondré en el vientre ni en el pecho porque

tardarías poco tiempo en morir, así que empezaré por una mano. En un momento, verás los huesos de tus dedos y cómo se van pudriendo poco a poco.

La rata seguía chillando acuciada por el hambre.

Alarico salió de la tienda de nuevo y dijo a Adler, el gladiador, que ejecutara el castigo.

—Y no le tapes la boca —añadió después de explicarle lo que debía hacer con Bulmaro—. Quiero que sus gritos se oigan lo más lejos posible. Que todos sepan lo que hago con los traidores al pueblo godo.

Adler metió la mano izquierda de Bulmaro por la pequeña puerta de la jaula. A la primera mordedura de la rata, el grito fue tan descomunal que hasta los más lejanos habitantes del asentamiento se taparon los oídos.

Bulmaro se desmayó y Adler le sacó de la jaula la mano ensangrentada. Cuando se despertó, volvió a introducírsela. El godo asesino temblaba y casi no podía articular palabra. Solo conseguía gritar de dolor.

—¡Quítame este bicho! Hablaré...

Alarico entró otra vez en la tienda y le exigió una confesión completa, de principio a fin.

—Si en algún momento tengo la impresión de que estás mintiéndome dejaré que la rata te devore la mano entera antes de que sigas hablando —lo amenazó.

—Prométeme que me matarás rápido.

—Habla sin omitir nada.

Bulmaro le dijo su nombre y le explicó la conversación con Feretrio en la taberna de Tomis, le describió el incendio del campamento godo y el asesinato de su padre y de Marco Probo. Le dijo también que tenía previsto matar a Ulfilas pero que no pudo hacerlo. A continuación le contó que había degollado al mesonero de Tomis y que había huido con una prostituta a

Constantinopla. Lo último que explicó fue que Feretrio le había encomendado que lo matase a él.

—¿Quién es Feretrio? —preguntó Alarico, que hasta ese momento no había interrumpido el relato de Bulmaro.

—Es el oficial asistente del general Julio.

Alarico se quedó petrificado al oír ese nombre. Otra vez el general Julio detrás de unos asesinatos horribles. Aquel miserable había ordenado la muerte de su padre y su mentor, y ahora la suya.

—¿Cuánto te pagó por el trabajo?

—Me dio dos mil sólidos y me prometió otros dos mil cuando hubiese terminado.

—Una fortuna. Bien, ahora darás a Adler los nombres de tus esbirros, sin omitir ninguno, y le contarás cómo localizarlos. —Finalmente preguntó—: ¿Tuvo Sarus algo que ver en los asesinatos?

—No. Feretrio me ordenó que reclutase a hombres de Sarus para que le culpasen a él y generar un conflicto en el pueblo godo que impidiese la firma de cualquier acuerdo. Pero Sarus no tuvo nada que ver.

Alarico llamó a Adler y le dijo que el prisionero continuaría bajo custodia.

—Mátame de una vez, como me has prometido —suplicó Bulmaro.

—No te he prometido nada —contestó Alarico—. Antes de matarte quiero contrastar la historia que me has contado con lo que diga ese Feretrio. Y después hablaremos con el general Julio. Mientras tanto, esta rata seguirá pasando hambre. Aún tiene mucho trabajo que hacer.

En el poco tiempo que llevaba entre los suyos, Alarico había conseguido congregar un ejército tan grande como el de Fritigerno. Solo los caudillos que seguían siendo fieles a Sarus se habían mantenido al margen. Quería acabar cuanto antes el enfrentamiento con Roma y sabía que únicamente podría hacerlo si él mismo tomaba la iniciativa. Convocó a las tropas para el día siguiente al amanecer.

Esa noche, en su tienda, no podía conciliar el sueño. Pero su inquietud no se debía al enfrentamiento con el ejército de Teodosio. Por su cabeza se paseaban dos mujeres a las que amaba más que a nada en el mundo. Calista, su fiel consejera, y Valeria, convaleciente del brutal golpe de Sarus. La niña con la que se había comprometido se había convertido en una preciosa mujer educada en sus mismos valores. Calista era pura sensualidad oriental y la más astuta consejera que pudiera desear. Y le gustaba la posibilidad de tener a ambas. Recordaba la expresión de Valeria cuando le presentó a Calista; en su rostro solo advirtió un rechazo absoluto. Y sin embargo él sabía que no podía desprenderse de ella. Casi desnudo, se levantó y fue a la tienda de Calista.

—Te esperaba —dijo la joven persa.

—¿Cómo sabías que vendría?

—Porque estás hecho un lío. Quieres a Valeria, pero también quieres que yo siga a tu lado, algo que ella no te permitirá. Lo que te hizo cuando ibas a matar a Sarus casi te cuesta la vida. Una mujer así no puede ser la esposa de un rey.

—Eso debo decidirlo yo.

A la luz tenue de las velas, Calista miró a los ojos a Alarico y, sin dudarlo ni un instante, comenzó a abrazarlo y a besarlo.

Alarico se dejó llevar por su deseo. Se olvidó del dolor de la herida de su brazo y también de que al día siguiente debía partir con su ejército para enfrentarse con Teodosio.

Cuando concluyeron, Calista sintió que era el momento de hacerle una confesión.

—Debo explicarte algo importante —le anunció muy seria.

—Sé lo que es —contestó Alarico—. Y también sé que no es verdad. Nada de lo que le hayas contado a la princesa Serena ha podido perjudicarme, porque siempre estuviste de mi parte.

—¿Lo sabías y no me dijiste nada? —exclamó Calista.

—Oí una conversación entre Buterico y el eunuco Eutropio sin que ellos se percataran. Y enseguida comprendí que eras tú la que utilizabas a la princesa Serena para beneficiarme.

Alarico la besó de nuevo y volvieron a hacer el amor.

Al terminar, la joven persa le dijo:

—Valeria no debe interferir en el destino de los godos.

Alarico no quiso contestar a eso. Se levantó y regresó a su tienda.

A la mañana siguiente la joven persa envió un mensajero para avisar a la princesa Serena de que el ejército godo había salido para atacar Constantinopla.

Poco después se reunió con Alarico en su tienda, en presencia también de Ataúlfo.

—Espero que las legiones romanas se refugien tras las murallas —reflexionó en voz alta el futuro rey—. No quiero enfrentamientos que dejen miles de muertos.

—Pero si se encierran en la ciudad no los venceremos. Sus murallas son inexpugnables —objetó Calista.

—¿Estaremos muchos meses sitiando Constantinopla? —preguntó Ataúlfo.

—No nos conviene —contestó Alarico—. El último asedio a la ciudad duró tres años. Lo llevó a cabo el emperador Septimio Severo hace casi un siglo.

—No podemos estar tanto tiempo —reconoció Ataúlfo.

—No será necesario —dijo Calista—. Contamos con la ventaja de que el emperador quiere pactar con nosotros.

—Hay que hacerlo lo más rápido posible. Si permanecemos mucho tiempo sitiando la ciudad, acabarán por venir las legiones y la flota de Occidente y ya no estaremos en situación de superioridad —dijo Alarico.

—Teodosio no quiere recurrir a las tropas de Occidente —afirmó Calista.

—Lo sé. Pero si nos demoramos demasiado, ese ejército vendrá lo quiera o no Teodosio.

31

A las puertas de Constantinopla

La llegada del ejército godo se planteó en toda su crudeza durante la reunión que Teodosio mantenía con sus generales y su sobrina.

—Alarico y sus soldados ya han salido de su campamento. En pocos días estarán ante la muralla —dijo Saturnino.

—¿Qué propones? —preguntó el emperador.

—Los exploradores informan de que es un ejército tan grande o más que el de Fritigerno. Se producirá una matanza y probablemente nos derrotarán —añadió Saturnino—. Lo mejor es iniciar un proceso de negociación.

—Pero si no tenemos capacidad para vencerlos, nuestra posición negociadora será débil —apuntó Teodosio.

—Tendremos que ceder en muchas cosas —aseveró Serena.

—Saturnino y Estilicón serán los negociadores —concluyó el emperador.

Unas horas después, Teodosio se reunió de nuevo con la princesa, así como con su ayudante, Estilicón, y con Temistio.

—Sabemos que Alarico nos exigirá la cabeza de Julio —dijo Serena—. Y no podemos dársela.

—Estamos en una situación de suma debilidad —afirmó Temistio—. ¿Y si solicitamos la ayuda del emperador de Occidente?

—Temo que si le pedimos ayuda decida hacerse con el poder en Oriente —adujo Teodosio—. Debemos pactar con los godos.

—Emperador —intervino Estilicón—, he de informaros del interrogatorio al que se ha sometido a Feretrio. Ha confesado todo. Fue el general Julio quien ordenó el asesinato de Rocestes y de Marco Probo. También el de Alarico, si bien es evidente que eso no ha podido cumplirlo.

—¿Tienen los godos esa información? —preguntó Teodosio.

—Calista no me ha contado nada sobre eso —explicó Serena—, de manera que tengo que concluir que no lo sabe.

—O lo sabe y no ha querido revelártelo —dijo Teodosio—. En todo caso, no tenemos a Julio para que nos sirva de intercambio. Enviad un mensajero a los godos para proponerles iniciar una negociación antes de que lleguen a las murallas.

Los godos aceptaron entablar la negociación que el emisario de Teodosio proponía en su nombre y acordaron reunirse en un lugar equidistante de Constantinopla y su campamento. Alarico, Ataúlfo y Calista aguardaban en una tienda la llegada de la delegación imperial, compuesta por el general Saturnino, Estilicón y la princesa Serena. Cuando hicieron acto de presencia, las primeras palabras del futuro rey los llenaron de frustración.

—Mis hombres no tienen intención de negociar. Han acordado en consejo la guerra contra Roma. El asesinato de los hijos de los caudillos unido a las innumerables vejaciones, humillaciones y muertes que padeció mi pueblo son hechos demasiado graves para que puedan ser objeto de compensación y mucho menos de perdón.

—Fue una decisión del general Julio —dijo Saturnino.

—Sí, pero sabemos que esas acciones le han sido perdonadas, con lo cual la culpa afecta también al emperador —afirmó el joven caudillo—. Además, Julio contrató a un godo para matar a mi padre y al patricio Marco Probo y después asesinarme a mí. Como manifestación de buena voluntad, exigimos que nos sean entregados Julio y su ayudante Feretrio.

Serena miraba a los ojos a Calista con cara de odio e indignación, y esta se la sostenía con una expresión desafiante.

—Julio ha huido y no sabemos dónde está —dijo Saturnino—. Podemos entregaros a Feretrio.

—¿Solo a Feretrio? En tal caso, el acuerdo es inviable. Mi pueblo no se dará por satisfecho hasta que se ejecute al general Julio.

—¿Cuáles son el resto de las condiciones? —preguntó Estilicón.

Ataúlfo detalló las exigencias del rey Atanarico, incluida la posibilidad de permanecer en el imperio como un Estado independiente, exentos de impuestos, sometidos a sus propios tribunales y con iguales salarios para los auxiliares godos que los que percibían los legionarios.

—Pero eso no quiere decir que vayamos a aceptar ningún tipo de acuerdo —concluyó Alarico—. Tengo que reunir al consejo de caudillos. Volveremos a vernos en este mismo lugar dentro de una semana.

Como siempre que se celebraba un consejo, Haimerich, el caudillo más anciano, cedió la palabra a Ulfilas.

—Caudillos —dijo el obispo—, sé que estáis furiosos por las múltiples ofensas que hemos recibido de los romanos desde hace más de seis años. Los vencimos en Marcianópolis y en Adrianópolis, y ellos reaccionaron torturando y asesinando a muchos de los hijos de los aquí presentes. Sé también que esa afrenta no puede ser objeto de compensación, pero creo que ha llegado la hora de formar un Estado godo dentro de las fronteras del imperio en unas condiciones que jamás se han producido en la historia de Roma. Os pido que dejéis que Alarico llegue a un acuerdo que nos permita vivir en paz como un pueblo libre e independiente.

Entre los asistentes se veían caras de cólera contenida. Varios caudillos pidieron la palabra y, finalmente, uno habló en nombre de todos.

—Llevamos seis años siendo agraviados y humillados por el imperio, como bien has dicho, Ulfilas. Somos más fuertes que ellos y no vamos a conformarnos con un pacto en las condiciones que el rey Atanarico propuso. El general Julio sigue vivo y la venganza goda no puede cumplirse. Pido que votemos en contra de cualquier acuerdo y nos dispongamos a enfrentarnos a las legiones. Eso fue lo que nos prometiste —dijo el caudillo mirando a Alarico con un gesto de ira.

Intervinieron otros caudillos en sentido similar. No les parecía que hubiera compensación posible al asesinato de los jóvenes rehenes y a la muerte de Rocestes, de la que acusaban al emperador.

Cuando todos los que quisieron hablar lo hubieron hecho, pidió la palabra Alarico.

—Es cierto todo lo que habéis afirmado. —El joven caudillo miraba de un lado a otro a los ojos de los asistentes—. Sé que las condiciones que mi tío Atanarico exigió os parecen insuficientes. —Hizo una pausa—. A mí también me lo parecen. A todos nos gustaría entrar en combate y así vengar las innumerables humillaciones que ha sufrido el pueblo godo. Ha habido asesinatos, miles de los nuestros se ahogaron en el Danubio, otros murieron por hambre... Y muchos de nuestros jóvenes ahora son esclavos, aunque los recuperaremos. Así se lo prometí a mi tío. Además, han matado a mi padre, y me corresponde a mí vengar su muerte. Pero no fue Sarus quien lo ordenó, como dijeron algunos de los nuestros, fue el general Julio. —Las muestras de indignación crecían a medida que Alarico pronunciaba su discurso, en especial durante las pausas—. ¡Caudillos, juro por mi honor que mataré con mis manos al general Julio y no habrá sobre la tierra un lugar en el que pueda esconderse! De no conseguirlo, me exiliaré de por vida y renunciaré a cualquier dignidad que me haya sido otorgada.

Se oyó un clamor entre los asistentes a los que la promesa de Alarico llenó de euforia. Sin embargo, este lo acalló para continuar:

—También para mí es insuficiente llegar a un acuerdo con Teodosio, pero sabéis que no podemos asaltar las murallas de Constantinopla. Aun así, aunque es imposible compensar las humillaciones que el pueblo godo ha sufrido, me comprometo solemnemente ante vosotros a obtener un botín de guerra tan valioso como si hubiésemos conquistado la ciudad.

El griterío de los caudillos llenó de gozo a Alarico. Había conseguido que todos los presentes aprobaran por aclamación su propuesta.

Varios días después, las delegaciones volvieron a reunirse. El general Saturnino habló en nombre del emperador.

—No tenemos el compromiso de Teodosio porque no ve

una disposición para la paz por parte de los godos. —Se dirigió directamente a Alarico—. He oído que vuestros hombres quieren entrar en Constantinopla para saquearla igual que han hecho en la Tracia y la Mesia. Si no hay una actitud firme del pueblo godo de respetar los acuerdos de paz, no firmaremos nada.

Los negociadores imperiales no conocían la exigencia del botín prometido a los caudillos.

—De acuerdo —aceptó Alarico—. Eso me pone las cosas mucho más fáciles. Dejaré que mis hombres devasten Constantinopla.

—Eso es imposible —dijo Estilicón—. Sabes que la ciudad es inexpugnable.

—Quedaréis sitiados y, a no ser que el ejército del emperador Graciano acuda en vuestra ayuda, no podréis salir de ese agujero.

A la princesa Serena el corazón le dio un vuelco. No quería ni oír hablar de que el ejército de Occidente se inmiscuyera en la política de Oriente. Por eso se adelantó a decir:

—Ya conocemos las condiciones que tú y los tuyos reclamáis para firmar el acuerdo. El emperador estará dispuesto a pactar si el compromiso es firme. Habréis de defender la frontera del Danubio y asentaros en la Tracia y la Mesia. Esa es la contrapartida por las desorbitadas concesiones que nos exiges.

—La Tracia y la Mesia no son los mejores lugares del imperio. Muchos godos preferirían vivir en otros territorios más cercanos al Mediterráneo. Aun así, nos conformaremos… por ahora —dijo Alarico—. Pero no son esas todas las condiciones.

—¿Hay más? —preguntó Serena, sorprendida.

—Sí. El emperador deberá entregarnos cuatro mil libras de oro puro, veinticinco mil de plata y tres mil de especias, así como cinco mil piezas de seda de todos los colores. Y, por último, habréis de devolvernos a los esclavos godos que el imperio hizo desde la guerra de Valente contra Atanarico. Solo si se aceptan estas condiciones dejaremos el asedio.

Las caras de los negociadores romanos se tiñeron de decepción. Las condiciones eran demasiado duras para que Teodosio se aviniera a aceptarlas. Sobre todo porque hacerlo significaba la confirmación de una total claudicación. No se trataba ya de la compensación en oro, plata y especias, ni de la equiparación de los sueldos de los auxiliares con las legiones, ni de otras cuestiones que, pese a ser importantes, no ponían en peligro la soberanía del imperio. Alarico había hablado de la constitución de un Estado godo dentro del orbe romano y eso era inaceptable.

—Solo pido hacer un cambio en el texto —dijo Serena.

—¿Qué cambio? —preguntó Alarico.

—Donde dice «Estado godo» habrá de decir «pueblo godo».

—De acuerdo —convino Alarico.

—Y una última cosa —añadió Serena, que había tomado la dirección de la negociación por parte del imperio—. Mientras este pacto esté en vigor, los godos se considerarán federados de los romanos y no podrán tener un rey que gobierne sobre todas las tribus y los clanes. Tan solo podrá haber un caudillo, como lo fue Fritigerno, pero no un rey, porque al rey le deben obediencia todos los godos, mientras que si hay un caudillo las decisiones tienen que tomarse mediante acuerdo en cada momento. No pueden establecerse las relaciones como si se tratara de dos soberanos en igualdad de condiciones.

Tras oír esas palabras, Calista lanzó una mirada de rencor a la que hasta entonces había sido su protectora.

—También lo acepto —dijo Alarico sin dudar—. El documento se redactará en latín, griego y gótico.

Ahora Calista miraba a Alarico sin entender por qué había

renunciado a su futuro como rey, pero no se atrevió a expresarlo. Pensaba en el juramento que le había hecho a su tío Atanarico. No se imaginaba al joven godo incumpliendo los compromisos adquiridos en el lecho de muerte de un líder por el que sentía adoración. Y le había jurado que sería el futuro rey de los godos.

De vuelta al palacio imperial, Serena entregó a su tío la vitela en la que estaban escritos los acuerdos.

—¡Este documento es una claudicación ante los bárbaros! —exclamó Teodosio en un tono irritado.

—Es la única forma de que los godos firmen el acuerdo de paz —contestó su sobrina predilecta.

—¿Estás diciendo que solo es posible pactar con los godos firmando un documento que tiene más de humillación para Roma que de acuerdo? —clamó el emperador—. De este modo vamos a concederles cuanto piden. Incluso constituir un Estado separado con sus propias leyes.

—Lo he pensado bien —añadió Serena con aplomo—. He conseguido que cambien «Estado» por «pueblo». Son dos conceptos diferentes. Pero, además, cuentas con Temistio para hacer público el acuerdo. Sus palabras tienen la cualidad de convencer a cualquiera. No podemos dejar que las cosas se pudran más.

—Antes de firmar, quiero ver el escrito redactado por Temistio. Él no era partidario de dejar que los godos se rigieran por sus propias leyes y costumbres. ¡Tienen que adecuarse a las leyes del imperio!

—Aquí lo tienes. —Serena le entregó otra vitela.

Teodosio la desenrolló y la leyó. Buscaba los puntos esenciales acordados, pero no estaban en el documento.

—No se dice nada de nuestras concesiones a los godos.

—¡Por supuesto que no! —Serena tomó la vitela y la leyó en voz alta—: «Todo el pueblo de los godos se entregó al emperador».

—Pura palabrería —protestó Teodosio.

—Eso es lo que quieren oír tus súbditos —le recordó Serena, y siguió leyendo en voz alta—: «La grandeza y la fortaleza de Roma no está solo en las armas, sino en su superior inteligencia. Si Orfeo consiguió amansar a las fieras con su música, las palabras de persuasión del imperio amansaron a los fieros godos, porque el perdón es más aconsejable que la lucha hasta la muerte. No se trata de destruir a los enemigos de Roma, sino de mejorarlos para que sirvan al imperio. ¿Habría sido más razonable llenar la Tracia y la Mesia de cadáveres en lugar de campesinos, cubrirla con sepulcros en vez de con hombres, caminar por parajes selváticos en lugar de por tierras cultivadas, contar los muertos en vez de los campesinos y los soldados auxiliares?». —Miró al emperador y añadió—: En este tono está escrito todo el documento.

—Resulta muy convincente, tenías razón.

—De esta forma, tú apareces ante tus súbditos como un soberano que se guía por la clemencia, que ha vencido a los bárbaros y ha devuelto al imperio la paz quebrada después de la batalla de Adrianópolis.

Las palabras de Serena habían ido calmando poco a poco la ira del emperador.

—Y cuando nos convenga, y seamos nuevamente más fuertes que ellos —afirmó Serena con seguridad—, romperemos el pacto y los someteremos otra vez a la autoridad imperial. Mientras tanto, el ejército se nutrirá de soldados godos. Nada tendremos ya que temer de Occidente.

Teodosio, al margen de que el acuerdo fuese visto como un

logro, no había olvidado que una de las razones por las que estaba allí era para consumar la venganza por el asesinato de su padre. El pacto con los godos ponía a su disposición un ejército con el que hacer frente en situación ventajosa a cualquier agresión del emperador Graciano.

El regreso de Alarico al campamento, con ropas de gala y al frente de su ejército sin haber sufrido ni una sola baja y con un enorme botín de guerra, se produjo entre el clamor del pueblo. Era un homenaje multitudinario, pues el camino estaba atestado de mujeres, ancianos y niños, además de los hombres que se habían quedado para protegerlos. Volvían con los suyos también decenas de miles de esclavos liberados, que se separaban del cortejo a medida que veían a sus familias. Para la nación goda, Alarico era, sin duda, aquel a quien hacía referencia la leyenda. No tendrían que seguir esperando al anhelado rey que los llevaría a construir un Imperio godo dentro de las fronteras de Roma. Había vuelto el tiempo de la prosperidad, y los festejos se prolongaron durante varios días.

A pesar del éxito, sin embargo, para el carismático líder había demasiados asuntos que esperaban una solución, y estaba decidido a no aceptar ninguna dignidad hasta que no estuvieran resueltos. No cesaba de dar vueltas a su futuro con Valeria, al problema de los caudillos adeptos a Sarus, a la huida de Julio, que hacía que el triunfo conseguido se viera ensombrecido por el sabor amargo de no haber podido cumplir su venganza. Además, por su mente torturada seguía rondando el pensamiento de que, incluso él mismo, no se consideraba tan godo como los demás.

Era urgente encontrar al general Julio. Su promesa a los caudillos era demasiado seria y comprometía su futuro como rey.

En cuanto llegó a su tienda, y sin hablar con nadie, pidió a Adler y Brand que le llevaran a Feretrio y lo dejaran a solas con él. El asistente del general Julio tenía un aspecto deplorable porque los hombres de Buterico lo habían torturado hasta sonsacarle toda la información.

—Solo hablaré si me prometes que me matarás inmediatamente —dijo Feretrio con dificultad.

—No pienso prometerte nada, aunque te adelanto que es seguro que te mataré. El cuándo y el cómo ya lo decidiré. —Alarico guardó silencio un momento y después añadió—: Vas a contarme toda la historia desde principio hasta el final, despacio y sin guardarte un solo detalle.

Feretrio obedeció y contó todo lo ocurrido sin omitir nada. Cuando Alarico comprobó que las historias coincidían por completo, le preguntó:

—¿Dónde está ahora Julio? Saturnino me comunicó que había huido.

—No sé nada de eso. La última vez que lo vi fue en sus aposentos del cuartel general en Constantinopla.

—Me imaginaba que responderías eso —dijo Alarico—. Pero seguro que acordasteis a dónde ir en el supuesto de que fuera necesario huir. No querrás que emplee un método mucho más persuasivo para hacer que te sinceres, ¿verdad?

—Solo puedo contarte que si el general Julio ha huido, sin duda ha salido de las fronteras del imperio, porque me dijo que dentro, antes o después, lo encontrarían. Seguramente ha buscado refugio en Persia.

—¿Tenía dinero? —preguntó Alarico.

—Eso sí te lo puedo confirmar. Había acumulado en sus aposentos muchos miles de sólidos. No tendrá problemas económicos dondequiera que haya ido.

32

En el otro extremo del imperio

El aristócrata Quinto Aurelio Símaco, presidente del Senado y prefecto de la ciudad de Roma, esperaba impaciente la reunión que había convocado en su mansión con otros miembros del partido pagano del que era la cabeza visible. El palacio de Símaco, ubicado cerca del Foro, era una construcción de mármol blanco y rosado que destacaba sobre las demás mansiones del Palatino, en el centro político y religioso de la Ciudad Eterna. El primero en llegar fue su íntimo amigo el senador Virio Nicómaco Flaviano.

—Salud, Símaco —dijo al anfitrión—. Esta convocatoria urgente me ha causado preocupación. ¿Se trata de los sucesos de Oriente?

—Salud, Flaviano. De eso se trata —respondió Símaco—. Todo es mucho más grave de lo que consta en el documento que Temistio escribió para hacer públicos los acuerdos de paz entre Teodosio y los godos.

—Eso me temía. ¿Qué has sabido de los compromisos adquiridos por Oriente?

—Para eso está convocada la reunión. Cuando lleguen los

demás, hablaremos de ello. He citado al historiador Amiano Marcelino, que estuvo allí y conoce de primera mano la cuestión.

Los miembros del partido pagano, todos aristócratas y muchos de ellos senadores, fueron ocupando los asientos en la sala. Amiano Marcelino esperaba en una habitación contigua mientras releía una y otra vez los documentos que había traído de Oriente y tras cada nueva lectura se mostraba más disgustado e indignado. Un sirviente le comunicó que podía entrar en la sala una vez que todos estuvieron reunidos.

Símaco, que ya había saludado uno por uno a los asistentes a medida que iban llegando, se levantó y tomó la palabra:

—Patricios de Roma, como sabéis, se han producido graves sucesos en Oriente. Para que nos informe sobre los acuerdos entre los godos y el emperador Teodosio, he invitado a Amiano Marcelino, recién llegado a Roma.

El historiador caminó lentamente hasta la tribuna de la sala con dos rollos de pergamino, uno en cada mano, y subió los escalones que llevaban hasta el lugar reservado para los oradores.

—Senadores y patricios de Roma, os hablo con la tristeza y la indignación que me embargan desde el pacto con los godos. Estuve en Adrianópolis cuando se produjo la terrible derrota de las legiones. Y ese hecho fue la primera señal de la decadencia y la ruina de nuestra milenaria república. Los godos se han hecho dueños de Oriente y han diezmado todos los pueblos y ciudades de la Tracia y la Mesia, arrasando con violaciones, muertes y desolación todo aquello que encontraban a su paso. Y lo han hecho desde la impunidad porque el ejército de Oriente había quedado destruido. Un mes después se produjo un hecho tan luctuoso como la derrota. El emperador Graciano, quizá para prevenir una venganza de los militares seguidores de Teodosio el Viejo, al que había ordenado ejecutar, nombró a su hijo Teodosio el Joven primero *magister militum* del ejército y unos meses después emperador de Oriente. Con la muerte de Valente, salimos de las garras de un fanático cristiano arriano que, en un alarde de incompetencia, dejó entrar a todo un pueblo bárbaro en calidad de refugiados, para sufrir a su sucesor, Teodosio, un fanático católico, que se ha preocupado más de destruir templos y perseguir a los paganos que de gobernar el imperio.

Los comentarios en voz baja de los asistentes crearon un rumor en la sala que hizo que Amiano interrumpiera su discurso. Símaco pidió silencio para que el historiador continuara.

—Nací en Antioquía del Orontes, hijo de comerciantes, y fui educado en los valores de la religión cívica grecolatina por el filósofo Libanio. Después de la muerte del último gran emperador, Juliano, la idea de imperio ha ido disolviéndose. No sé si estamos en la vigilia de un final que no me gustaría ver, pero creo que se acerca *magnis itineribus* la caída de nuestro imperio.

Amiano Marcelino calló durante unos instantes para indicar a los presentes que iba a hablar de aquello que lo había llevado hasta la Ciudad Eterna.

—Tengo en mis manos dos documentos auténticos. Uno ya lo conocéis todos, es el escrito del rétor Temistio, ese traidor a sus propios principios que hace de consejero del infame Teodosio, en el que explica el pacto con los godos. Y lo describe como un gran logro de Teodosio. Comienza con estas palabras: «Todo el pueblo de los godos se entregó al emperador». Sin embargo, la verdad es muy diferente. Así lo atestigua este documento que tengo en mi mano izquierda, facilitado por una fuente que no puedo revelar. Ha sido el imperio el que se ha entregado a los bárbaros.

Amiano leyó despacio el documento auténtico y se detuvo a explicar cada una de las concesiones que Teodosio hacía al pueblo godo. A medida que avanzaba en su lectura, crecían los gestos de indignación de los asistentes. Pero la que más enfureció a todos fue la autorización para quedarse dentro del imperio manteniendo sus leyes, sin someterse al derecho romano y ocupando en exclusiva todo el territorio de las provincias de la Tracia y la Mesia. Eso era crear un Estado godo dentro del imperio. Los bárbaros habían entrado para quedarse.

—Por estas razones me he exiliado de mi patria —continuó Amiano Marcelino—. Mi lengua natal es el griego y Antioquía, la ciudad en la que nací y que elegí para mi retiro. Pero ahora que Oriente ha quedado en manos de los bárbaros con este vergonzoso pacto, no quiero seguir viviendo en un territorio al que ya no puedo considerar parte del imperio. —Hizo una pausa que no era retórica porque la emoción y las lágrimas le dificultaban seguir hablando—. Por eso también he concluido mi historia de Roma con la batalla de Adrianópolis, dado que considero muerto el imperio.

La explicación de Amiano había calado tan profundamente que los presentes abandonaron el palacio de Quinto Aurelio Símaco con la sensación de entrar en un periodo de liquidación del imperio.

No obstante, no todos se fueron. Nicómaco Flaviano y Amiano Marcelino continuaron hablando con Símaco en sus aposentos privados.

A pesar de que la mayoría de los senadores de Roma eran partidarios de la religión cívica romana, su fuerza era muy pequeña porque toda la autoridad se concentraba desde la época de Octavio Augusto en manos del emperador. Sabían que si no eran capaces de conseguir el objetivo de preservar la religión pagana y el resto de los valores y las instituciones del imperio por la fuerza de las armas, deberían obtenerlo a través de la intriga. Y los senadores de Roma gozaban de una fama más que probada en el arte de la confabulación y la conjura.

Antes de despedirse, Amiano avisó a los dos senadores de algo de lo que ya habían oído hablar.

—Deberéis prestar mucha atención al caudillo que se ha hecho con la dirección de la nación goda. Se llama Alarico y en el futuro puede deparar muchos sinsabores al imperio.

—Todos hablan de él, pero ¿es tan peligroso como dicen? —preguntó Símaco.

—Lo han educado los mejores maestros y filósofos de Alejandría, Atenas y Constantinopla —respondió Amiano—. Fue el artífice de los acuerdos por parte de los godos.

—Lo que quieres decir es que no podemos fiarnos de él.

—Eso, exactamente. Los bárbaros no solo han entrado en el imperio para quedarse, lo han hecho también para destruirlo y apoderarse de todas sus riquezas. ¡Que los dioses protejan a Roma! Entre los bárbaros y esa religión, que Graciano y Teodosio están imponiendo por la fuerza y la coacción, en poco tiempo nada quedará de nuestra vieja grandeza.

33

Los dilemas de Alarico

La situación se había normalizado entre los godos y el Imperio de Oriente. Alarico se había dedicado durante ese tiempo a tomar decisiones organizativas con el apoyo de casi todos los caudillos que lo reconocían como el auténtico líder y el futuro rey. El golpe que Sarus propinó a Valeria la había tenido conmocionada durante mucho tiempo y su madre, Amanda, creyó conveniente que no viera a nadie hasta que estuviera totalmente recuperada. Fue entonces cuando avisó a Alarico de que podía hablar con su hija, y este consideró que había llegado el momento de aclarar la situación que se había creado tras su regreso.

Ninguno de los dos sabía por dónde empezar. Se miraron fijamente durante un tiempo prolongado, y Valeria vio en los ojos de Alarico, de un limpio azul celeste, algo que la llenó de desasosiego. Le pidió que le contase todo lo ocurrido durante su cautiverio, a lo que el joven godo respondió con un relato en el que no quiso omitir ningún detalle, incluida su relación con Hipatia y con Calista o la muerte de Evagrio el Gigante. Los ojos de Valeria, negros, grandes y profundos, se llenaron de lágrimas. Había aguardado varios años con la ilusión de volver a encontrar al niño que le había jurado amor eterno, pero en aquel joven atlético que tenía frente a ella no pudo reconocerlo. Algo le había sucedido que lo hacía ser muy diferente del Alarico que recordaba. Había una dureza en su expresión que le robaba la candidez y aquella ingenuidad infantil que ella había adorado.

—No eres la misma persona —dijo Valeria—. No reconozco al Alarico que he esperado durante todos estos años.

—He estado más de seis años cautivo.

—Tú eras impulsivo y rebelde, pero no un asesino. Cuando intenté que no mataras a Sarus lo hice pensando que era lo mejor para ti…, lo mejor para los dos. Pero enseguida me di cuenta de que estaba equivocada. Vi en tus ojos que deseabas clavarle la espada en el corazón.

—¿Qué esperabas? ¿Que lo perdonara?

—Sí. Creo que un futuro rey debe ser generoso, que no debe guiarse por instintos asesinos. Podrías haberlo reducido y demostrado así que le habías vencido. Pero tu intención era matarlo.

—Eso era lo que estaban pidiéndome los caudillos. Fue Sarus quien me retó a muerte. Además, si él hubiera podido me habría matado.

—Cuando me has contado cómo mataste al Gigante de Alejandría pensé que quizá no se trataba solo de hacer justicia, que hay algo en ti, que no sé cómo calificar, que te hace disfrutar con la muerte.

—Si he de ser el futuro rey de los godos, no puedo manifestar ninguna debilidad. Mi generosidad se habría malinterpretado.

—Mi padre me explicó que un rey es, sobre todo, un educador de su pueblo —afirmó Valeria—. Y esos valores que él trató de inculcarnos solo pueden transmitirse mediante el ejemplo. No quiero que mi futuro esté ligado a salvajes y criminales. Ya sé que has prometido que matarás con tus propias manos a los que asesinaron a nuestros padres. Y que además te propones torturarlos antes.

—Son asesinos que planearon esas muertes por dinero. Y son godos como nosotros.

—Quizá deberías decir godos como tú. A mí me han excluido de esa condición. Cuando Sarus me acusó de ser romana, nadie salió a defenderme. Ni siquiera tú.

Alarico estaba fuera de sí. ¿Cómo osaba Valeria pedirle que incumpliese la promesa hecha al consejo? A él le correspondía vengar la muerte de su padre y de los hijos de los caudillos y no pararía hasta conseguirlo.

—No era el momento de entrar en esa discusión, Valeria, cuando estaba en juego el futuro de nuestro pueblo.

Valeria sintió que las palabras de su amado solo certificaban que se trataba de un Alarico distinto al que conoció. Aun así, también se daba cuenta de que su amor por él no había disminuido. Como no quería seguir ahondando en las heridas, que cada vez eran más profundas, dijo al joven godo que se encontraba fatigada y que necesitaba descansar.

Esa noche, mientras Alarico intentaba dormir, la imagen de Valeria reprobando su conducta en todas sus decisiones contrastaba en su pensamiento con la de Calista durante el combate exigiéndole que matara a Sarus. No estaba en condiciones de tomar una decisión definitiva. Se alejaría durante un tiempo del campamento hasta que se considerase preparado para hacerse cargo de la dirección de los destinos del pueblo godo. Incapaz de conciliar el sueño, fue a refugiarse en la tienda de Calista, como tantas otras veces.

Un numeroso grupo de guerreros esperaba en la explanada aneja al campamento de los godos. La mayoría de ellos, que estuvieron a las órdenes de su tío Atanarico, habían acudido a la llamada del nuevo hombre fuerte y heredero, Alarico, que había conseguido la paz con los romanos y dejaba a los suyos un futuro abierto a la prosperidad. Ahora eran dueños de las tierras entregadas para que las cultivaran, los rebaños que los romanos habían aportado y un enorme tesoro en oro, plata, seda y especias que les duraría mucho tiempo. Además, habían recuperado a casi todos los esclavos y una parte importante de los guerreros estaban enrolados como auxiliares en el ejército de Teodosio con igual paga que los legionarios.

Alarico entendió que ya había cumplido la primera parte del juramento que hizo a su tío. Pero le quedaban todavía muchas cuestiones por resolver. La creación del gran ejército que pudiera imponerse a todas las fuerzas del imperio era algo que debía demorarse. Tampoco podría coronarse como rey, al menos mientras estuviese en vigor el pacto firmado el año anterior. A eso había que sumar que no había logrado cumplir su promesa de vengar el asesinato de los hijos de los caudillos, de su padre y de Marco Probo porque aún no había capturado al general Julio. Al margen de todo eso, había dos cuestiones más que no acababa de saber cómo resolver. Por una parte, su relación con Valeria, de la que seguía profundamente enamorado, y, por otra, sobre todo, el hecho de no creerse un godo como el resto de su pueblo. Lo cierto era que se sentía más cómodo pensando como un aristócrata romano cuando su destino era ser el rey de la nación goda. En esta situación, consideró que no debía demorar por más tiempo su estancia en aquel campamento. Regresaría una vez que todos sus objetivos y dudas estuviesen resueltos.

Se reunió en su tienda con Favrita, uno de los generales con más prestigio del ejército godo que siempre fue favorable al pacto con el imperio. Era un militar refinado y culto que, como el propio Alarico, se había educado en los ambientes romanos, aunque nunca había perdido el contacto con el pueblo godo.

—El pueblo no entenderá que te vayas después del triunfo conseguido —le dijo el general.

—Lo sé, pero no puedo quedarme. Con el paso del tiempo lo entenderán. Quiero que seas la mano derecha de Ulfilas y que, cuando él muera, te hagas cargo de la dirección de nuestra nación hasta mi regreso.

—Pero te vas sin convocar el consejo de caudillos.

—He dejado una carta con las disposiciones necesarias, entre ellas tu nombramiento como jefe de los caudillos. No te preocupes, seguirán mi recomendación y te elegirán. Apóyate en Ruderig, es un hombre de mi confianza y el mejor consejero que puedas tener.

—Tampoco se han celebrado los funerales por Rocestes y Marco Probo.

—En mi carta dejo claro que esos funerales solo se harán cuando su asesino haya pagado por lo que hizo. El general Julio sigue vivo y la venganza es una tarea que me corresponde en exclusiva.

Cuando Alarico salió de la tienda lo esperaban Calista, Ataúlfo, Armín, Walfram, Adler, Brand y Briton Drumas. Montó de un salto en su caballo blanco y, en cuanto acopló los pies en los estribos de cuero, a imitación de los traídos por los hunos y los alanos, su halcón se posó sobre la grupa, donde había una pieza de piel de buey y un armazón de madera engarzado a la silla de montar para acomodo del ave. Acto seguido, se dirigió a la explanada donde lo aguardaban los tres mil guerreros y gritó la orden de partir hacia el norte.

Habían pasado dos años desde que su tío Atanarico murió

en Constantinopla, pero Alarico no quería asumir aún la dirección del pueblo godo. Al frente de aquel pequeño ejército se situó el futuro rey, a cuyo lado se pusieron Calista y Ataúlfo. Tenían varios días de viaje por delante hasta llegar al campamento de los Cárpatos que había sido el lugar preferido de su tío Atanarico.

34

La venganza de Teodosio

Como cada atardecer, la princesa Serena se preparaba para asistir a la cena con la ayuda de Nila, la mujer de Nemesio, su sirvienta de más confianza y con la que compartía casi todos sus secretos. Era la única *ornatrix*[24] a la que permitía el acceso a esas dependencias. Le había lavado su rubia cabellera y ahora se la secaba suavemente con una toalla caliente. Como era costumbre en las mujeres ricas de Constantinopla, la estancia, que formaba parte de los aposentos privados de la princesa hispana, estaba llena de frascos de perfumes traídos de Egipto o Persia, cremas y ungüentos importados de la India o China, utensilios para lavarse y blanquearse los dientes, decenas de peines y espejos pequeños y cientos de anillos, collares, pendientes, diademas, pulseras de muñeca, brazo o tobillo de metales preciosos y las piedras más raras. Todo estaba clasificado en anaqueles y perchas de varios tamaños, de cuyo orden se ocupaba Nila, conformando una decoración tan exótica como exuberante.

---

24. La *ornatrix* era la sirvienta encargada del peinado y el maquillaje de las mujeres de alcurnia en el Imperio romano.

Las dos mujeres hablaban de Nemesio, que había partido esa mañana a una misión secreta en Occidente como ayudante de Estilicón.

—¿Te apena que Nemesio se ausente? —preguntó Serena.

—Me apena mucho. No me gusta que pase tantos días fuera de Constantinopla.

—Su trabajo consiste en cumplir las misiones que el emperador o Estilicón le encomiendan —la tranquilizó Serena—. Pero eso también significa que tendremos más tiempo para nosotras.

—Lo sé, y me agrada. Sin embargo, me molesta desconocer cuál es el encargo, adónde va y cuánto tiempo estará fuera.

—Se trata de misiones secretas que no pueden comentar con nadie.

—¿Ni siquiera con la propia esposa?

Aunque no tenían secretos, había temas de los que Nila apenas conversaba con su marido, y estaba interesada en que Serena le hablase de sus relaciones con el emperador y con Estilicón.

—¿Tú también notas la ausencia de Estilicón? —preguntó la sirvienta.

—Sí. Se está bien a su lado. Es un excelente colaborador.

—No me refería a eso.

Nila sabía que Serena era la amante del emperador, pero nunca se había atrevido a abordar esa cuestión con su ama.

—Estilicón me atrae mucho y no me importaría casarme con él. Tiene todo lo que quiero de un hombre. Es muy apuesto, culto y obsequioso, y no dudo que será un gran dirigente político y militar.

—Pero Estilicón te contó que Teodosio le había dicho que no eras mujer para él. Quizá por eso parece embelesado cada vez que ve a tu sirvienta Calista.

—Sé que esa joven le atrae. Pero no es algo que me preocupe porque Calista es mi confidente y me explica todo lo que le pasa, incluidas las insinuaciones de Estilicón. No hará nada con Calista porque tiene un futuro muy prometedor, que es lo que más me interesa de cualquier hombre. Si me caso finalmente con él, ese futuro será también el mío. Y esa afirmación de que no soy mujer para él cambiará cuando me convenga. Lo único que me hace dudar es que no llegará a ser emperador porque es un semibárbaro. De todos modos, estoy segura de que será el hombre más poderoso del imperio.

—¿Tanta confianza tienes en él?

—En él no, sino en mí misma. Cuando lo considere conveniente, lo llevaré en volandas hasta la cumbre.

—¿Y Estilicón es consciente de todo eso?

—Conoce mis ambiciones porque hablamos con frecuencia. Y también es consciente de que me atrae. Es un joven muy paciente que sabe que su momento llegará. Si me lo propongo, se casará conmigo igualmente; es demasiado ambicioso. A decir verdad, es casi tan ambicioso como yo.

Serena no ignoraba que Nila conocía su relación con el emperador porque la sirvienta los había visto muchas veces entrar juntos en sus aposentos privativos. Y sabía también que Estilicón, al que no se le escapaba nada de cuanto ocurría en la corte, también estaba al tanto. No obstante, estaba segura de que, llegado el momento, el asistente la pasaría por alto. La ambición era una de las cosas que los unía. Pensaba en eso mientras Nila se afanaba en peinarla con bucles y trenzas recogidas primorosamente porque las patricias romanas solo llevaban el pelo suelto en sus aposentos privados.

Cuando Nila terminó de ayudarla a vestirse, Serena se miró en el espejo y vio a una joven alta, rubia, de ojos azul cobalto que irradiaban energía y con una sonrisa entre melancólica y sensual. Después de ponerle las joyas que su ama había elegido, Nila, que se encontraba detrás de ella abrochándole un grueso collar de oro y topacio a juego con el vestido de seda de brillos opalinos, la abrazó por la cintura y la besó en el cuello con suavidad.

—Espérame en la cama. Me retiraré muy pronto hoy —le dijo Serena mientras la separaba de su cuello con delicadeza.

—Estaré impaciente.

En febrero del año 383, Estilicón y su ayudante, Nemesio, habían salido del puerto de Constantinopla con destino a Britania. El emperador les había encargado una misión que tenía mucho que ver con la venganza que Teodosio llevaba pergeñando desde hacía años contra Graciano y Valentiniano II, hijos de Valentiniano I, el emperador que había condenado a su padre a morir en el patíbulo.

Deberían recorrer cuatro mil millas por el mar Mediterráneo y el Atlántico, hasta llegar al puerto de Londinium, la ciudad más importante de Britania. Para acortar el tiempo de viaje, el emperador puso a su disposición la galera más veloz hasta entonces construida. Aquella nave enorme con las velas desplegadas al viento y sus tres líneas de remeros a cada lado resultaba impresionante a ojos de todos cuantos la veían. Iba escoltada por otras dos galeras similares y un destacamento de cuatrocientos legionarios.

Nemesio no tenía conocimiento del objetivo que los llevaba a Britania. En el camarote del capitán, que usaba Estilicón, este le comentó los pormenores del encargo.

—¿Sabes quién es Magno Máximo? —preguntó Estilicón.

—Claro —contestó Nemesio—. Es el *comes* de Britania.

—¿Conoces alguna cosa más sobre él?

Nemesio negó con la cabeza.

—Nació en la provincia Tarraconense de Hispania. Es unos años mayor que el emperador Teodosio y son primos. Teodosio el Viejo era su tío carnal y lo consideraba como a un hijo.

—¿Te refieres al padre del emperador?

—Así es. Magno Máximo acompañó al viejo Teodosio a Britania cuando tuvo que hacer frente a los caledonios que se habían sublevado en una rebelión que el historiador Amiano Marcelino llamó la Gran Conspiración de los bárbaros. Fue una campaña tan exitosa que, con ayuda de generales como su hijo Teodosio, al que entonces llamaban el Joven, el general franco Argobasto y el propio Magno Máximo derrotaron en menos de un año a los sublevados que habían asolado y destruido casi toda Britania.

—Parte de lo que me cuentas lo había oído, pero no lo relacionaba con Magno Máximo.

—Como consecuencia de la guerra, decenas de miles de bárbaros de Britania murieron o quedaron heridos y otras decenas de miles fueron capturados y vendidos como esclavos. Los demás huyeron y consiguieron refugiarse al otro lado del Muro de Adriano. Esto ocurrió hace más de diez años y desde entonces esos bárbaros no nos han dado problemas. Pero había que reconstruir aquella provincia y Teodosio el Viejo consiguió que se nombrase *comes* de Britania a su sobrino Magno Máximo, quien ha hecho un trabajo excepcional.

—¿Y nosotros qué tenemos que hacer, si todo está en orden? —preguntó Nemesio.

—Magno Máximo es, junto con Merobaudes, uno de los generales más importantes y competentes del ejército del emperador Graciano. Era una persona muy próxima a Teodosio el Viejo y presionó para que nombrasen emperador de Oriente a su hijo. Lo que quiero decir es que se puso furioso cuando ejecutaron a su tío y protector porque consideró esa decisión injusta. Es un hombre fiel a Teodosio.

—Todavía no me has dicho a qué vamos a Britania.

—Tengo que hablar con Magno Máximo por orden del emperador.

—¿Con qué fin?

—Eso solo podré contártelo cuando el propio Máximo me haya contestado a lo que le voy a pedir.

Teodosio y su sobrina Serena habían pasado toda la noche juntos. Era la primera vez que lo hacían y eso complació a la princesa, que se lo había pedido en numerosas ocasiones. Aun así, no parecía demasiado satisfecha con aquella concesión del emperador. Quería ir mucho más allá.

—¿Repudiarás a Flacila? —preguntó Serena.

—Sabes que no puedo hacer eso.

—Valentiniano I repudió a su primera mujer para casarse con Justina.

—Eran otros tiempos. No puedo ir contra mis propias leyes.

—Pero puedes conseguir que muera, y eso sería lo mejor para los dos. Hay muchas formas de hacerlo. —Mientras hablaba, Serena mostraba una actitud nerviosa e insegura—. Por ejemplo, un accidente. No hace falta cocerla viva como hizo Constantino el Grande con su esposa Fausta.

—¿Y después pretenderás que mate a Arcadio, como hizo Constantino con su hijo Prisco?

—No soy tan cruel como para hacer matar a un niño. Pero me gustaría tener hijos contigo.

—No hablemos más de este tema. Eres la primera mujer en mis pensamientos y eso debería bastarte —sentenció Teodosio.

—¿Estás diciéndome que nunca seré madre de tus hijos? ¿Me pides que me resigne a no figurar como la emperatriz?

—No. Solo te pido que esperes. Hay que encontrar una solución que no pase por un asesinato.

Serena hizo una mueca de decepción que no agradó a Teodosio. Si bien era su sobrina y amante, él era el emperador y no iba a aguantarle ningún desprecio por más que sintiera un amor desmesurado por esa joven tan inteligente como bella.

—¿Tienes noticias de Britania? —preguntó Serena.

—El mensajero que envió Estilicón solo ha dicho que las naves han llegado, pero han tenido que viajar hasta el puerto de Pons Aelius,[25] porque Magno Máximo se enfrenta a una nueva rebelión de los bárbaros caledonios que han saltado el Muro de Antonino y se dirigen hacia el Muro de Adriano para entrar en el imperio. Tendremos que esperar.

—Si Magno Máximo consigue que lo nombren emperador —dijo Calista—, ¿lo reconocerás?

—Era una persona de la absoluta confianza de mi padre. Si le pido que usurpe el trono de Occidente, creo que lo menos que puedo hacer es reconocerlo como emperador.

—Yo pensaba que tu meta era conseguir el poder sobre la totalidad del imperio —afirmó Serena.

—Antes de eso tengo que culminar mi venganza sobre los herederos de Valentiniano. El ajuste de cuentas por la muerte de mi padre no puede quedarse en despojar a Graciano de su parte del imperio. Eso no satisfaría ni de lejos mis deseos.

—¿Y qué más piensas hacer?

—Todo a su debido tiempo. Primero despojemos de su poder a Graciano. Cuento con el apoyo de su hombre de confianza.

---

25. Pons Aelius fue un pequeño fuerte situado en la parte este del Muro de Adriano junto al río Tyne, muy cerca del centro de la actual Newcastle upon Tyne.

—¿También está involucrado el general Merobaudes?

—No explícitamente. Pero prometió que me ayudaría si era necesario. Cuando Magno Máximo se rebele y tome el poder, él sabrá qué hacer.

Serena cerró los ojos en señal de sumisión, abrazó el desnudo torso del emperador como muestra de reconciliación y comenzó a besarlo de nuevo. A medida que pasaba el tiempo, su nivel de influencia se incrementaba. Parecía como si el emperador hubiese quedado prisionero de su sobrina.

35

El sueño imperial

Estilicón y Nemesio, de pie sobre el adarve de la torre más alta del fuerte de Pons Aelius, esperaban para reunirse con Magno Máximo. No hacía mucho, habían desembarcado en el fondeadero habilitado en el río que desemboca en aquella bahía del mar de Britania, junto al Muro de Adriano, que era frontera con la parte norte de la isla. A pesar de tratarse de una construcción que ya tenía más de doscientos cincuenta años de antigüedad, parecía que se hubiera levantado en esa misma década por el extremo cuidado que se ponía en su mantenimiento.

El día era tan luminoso que la vista desde la altura en la que los dos hombres se encontraban era espléndida. Hacia el este, en la lejanía, se veían los tres trirremes en los que habían llegado meciéndose ligeramente sobre las ahora tranquilas aguas. Hacia el oeste, la vista se perdía en aquel Muro de más de cien millas que unía los dos mares, atravesando la isla de parte a parte. Hacia el sur, se divisaba el fuerte y el puente sobre el río que le daba nombre. Hacia el norte, se veía la tierra de nadie entre el imperio y los bárbaros, y más allá, la tierra nunca conquistada llamada Caledonia.[26] El Muro, hecho de sillares, tenía una altura de dieciocho pies por nueve de anchura y lo jalonaban torres de vigilancia y fuertes para alojar a las tropas y almacenar comida y todo tipo de enseres civiles y militares. Por el lado del imperio había un camino de ronda enlosado y por la parte de los bárbaros un enorme foso a lo largo de toda la muralla que hacía casi imposible asaltarlo. Cada cinco millas, unas puertas facilitaban el flujo controlado de personas y mercancías.

Cuando el oficial al mando supo que venían de parte del emperador Teodosio, se puso a su disposición sin siquiera exigirles las credenciales, a pesar de que Estilicón quiso mostrárselas.

—Veo que están lacradas con el sello imperial —dijo el oficial—. Creo que debe ser el propio *comes* quien rompa el lacre.

—¿Cuándo podré hablar con él? —preguntó Estilicón.

—Te entrevistarás en el lugar donde se encuentra acampado con su ejército —contestó el oficial.

Llegaron con sol, pero el mal tiempo hizo acto de presencia al atardecer y estuvo dos días lloviendo sin parar, lo que los obligó a refugiarse en las habitaciones que les habían asignado hasta que escampase.

Durante las comidas, el oficial al mando del fuerte compartía mesa con ellos.

—¿Es normal que haga este tiempo tan horrible en primavera? —preguntó Nemesio.

—Desgraciadamente aquí no disfrutamos del clima del que gozáis en el Mediterráneo. Llueve casi de forma permanente. Llevo aquí diez años, y la tierra, debido al exceso de agua, es

---

26. El territorio de Caledonia en época romana se corresponde con la actual Escocia.

414

tan mala que me ha sido imposible conseguir que los campesinos cultiven vides. Así que el vino que os sirven lo traen de la Galia y de Hispania.

El oficial les preguntó si conocían la historia del Muro y Nemesio pidió que se la contara.

—El emperador Adriano, que logró mantener la paz en el imperio durante casi todo su reinado, sufrió dos agresiones. Por una parte, en Judea, la rebelión de los judíos al mando del revolucionario Simón bar Kojba, que fue reprimida con rigor y concluyó con la expulsión de todos los habitantes del territorio, que los propios judíos llamaron «la última diáspora». Pero también sufrió los ataques de las tribus bárbaras de Caledonia y, para mantenerlas a raya, levantó el Muro en el año 122.

—La construcción del Muro podría interpretarse como una cobardía del emperador —dijo Nemesio interrumpiendo la explicación del oficial—. Lo lógico habría sido conquistar toda Caledonia hasta llegar al norte de la isla e incorporarla al imperio.

—Adriano no era ningún cobarde —respondió el oficial—. El general Julio Agrícola conquistó casi la totalidad de Caledonia en la época del emperador Domiciano. Adriano estaba convencido de que, al igual que pasaba con los judíos, los bárbaros caledonios eran irreductibles y no lograrían romanizarlos. Hasta tal extremo era así que el emperador Antonino Pío, el sucesor de Adriano, construyó un nuevo Muro más de cien millas al norte para dejar un territorio sin habitar que permitiera defender mejor la frontera norte de Britania. Precisamente en esta tierra de nadie, entre los dos muros, el general Magno Máximo está preparando una batalla contra un ejército de veinte mil bárbaros que ya han atravesado el Muro de Antonino.

—¿Y dónde está ahora el general? —preguntó Estilicón.

—Tiene el grueso del ejército concentrado en el fuerte de

Vindolanda, el más grande del Muro. Es como una ciudad, con casas para los soldados y sus familias, tiendas, templos, termas y todo lo necesario para vivir con comodidad. Llegaréis por el camino de ronda en un par de días. Un oficial os guiará con vuestra escolta.

El campamento romano se hallaba en la explanada del lado oeste del fuerte, construido como si de una ciudad se tratara, con su estructura hipodámica de vías paralelas y perpendiculares. Llegaron antes del mediodía y la agitación era tal que, más que un fuerte, parecía una de las grandes metrópolis en las que Estilicón había vivido. Todos trabajaban sin descanso en los preparativos de la batalla que tendría lugar en pocos días. Atravesaron por el *decumanus maximus*, la calle principal, que unía el fuerte con el campamento. Junto a una de las tabernas, un grupo de prostitutas charlaban y los miraban pasar a la espera de clientes.

Magno Máximo era un hombre de más de cuarenta años, de considerable altura y pelo claro un poco rojizo, como el de Teodosio. Su presencia imponía tanto por la elegancia de sus maneras como por la invariable expresión de autoridad de su semblante. Los recibió en su enorme tienda con su túnica de senador. Estilicón hizo salir a Nemesio y, cuando estuvo a solas con el general, le entregó el rollo lacrado con las credenciales en las que se presentaba como asistente del emperador.

—¿Traes una carta, además de las credenciales?

—No, general. Debo comunicarte de palabra lo que Teodosio quiere decirte.

—¿Un secreto?

—Puedes llamarlo así.

—Estoy impaciente —dijo Magno Máximo.

—El emperador de Oriente te considera un gran militar. Has llevado a cabo un excelente trabajo en Britania manteniendo a raya a los bárbaros caledonios. Tu táctica de hacer razias periódicas ha conseguido la paz en el territorio.

—Supongo que no has venido desde tan lejos para decirme solo eso... Me han comentado que has llegado en una flota de tres grandes trirremes y escoltado por cientos de legionarios.

—Por supuesto que no estoy aquí solo para decirte eso. General, tu primo desea que las fronteras estén protegidas, pero quiere, sobre todo, que el imperio esté bien gobernado. Y está preocupado porque Graciano no tiene las cualidades de su padre, Valentiniano I.

—Un gran emperador, pero también fue quien condenó injustamente a mi tío Teodosio el Viejo, el mejor general que Roma ha tenido en los últimos tiempos.

—Una sentencia que ejecutó Graciano —apostilló Estilicón.

—Y que nadie ha vengado —añadió Magno Máximo—. No me lo explico. Mi primo tendría que haber lavado el nombre de su padre. Pero vayamos a la misión que te ha traído hasta Britania.

—Teodosio no desea que Graciano siga siendo emperador de esta parte del imperio.

—¿Y qué pretende mi primo de mí?

—Está convencido de que tu forma de gobernar Britania, eficaz y sólida, es la que conviene al imperio de Occidente. Cree que hace falta un buen militar y no un monigote.

—Graciano tiene como *magister militum* al general Merobaudes —afirmó Magno Máximo.

—Un extraordinario militar, pero anciano y desencantado —observó Estilicón—. Todavía no lo sabes, pero el general Merobaudes está de acuerdo en que hay que destituir a Graciano porque no lo considera digno del cargo. Y por eso le habló de ti a Teodosio.

—Muchos creemos que carece de las cualidades precisas para ser un buen emperador, pero ha habido algunos como él a lo largo de la historia de Roma —dijo Magno Máximo—. ¿Por qué le habló el general Merobaudes de mí a Teodosio?

—Tu primo quiere que te proclames emperador de Britania, la Galia e Hispania. Y cuenta con el apoyo de Merobaudes.

El *comes* se quedó sorprendido. Aunque había pensado en algunas ocasiones que él merecía la púrpura imperial, no pensaba que Teodosio y Merobaudes le propondrían algo así.

—¿Quiere que me subleve y usurpe el trono a Graciano? —preguntó Magno Máximo.

—El emperador no usó esas palabras, general. Se trata de que alguien con *autoritas* y carisma como tú tome el poder de acuerdo con la gloriosa historia de Roma.

—Necesito reflexionar lo que propone mi primo —dijo el *comes*—. Aunque Teodosio no haya empleado la palabra «usurpación» la tengo en mi mente porque, si ataco a Graciano, pueden producirse consecuencias nefastas para el futuro del imperio. Mañana a la hora segunda seguiremos hablando.

Esa noche, Nemesio fue enviado a dormir con los oficiales, mientras que Estilicón lo hacía en una lujosa tienda blanca que el *comes* hizo preparar para él cerca de la suya. En la mullida y caliente cama, lo esperaba una joven británica de ojos azules y pelo tan dorado como la arena de las playas de Alejandría.

Por su parte, Magno Máximo necesitaba comentar antes de acostarse la propuesta de Teodosio con su hombre de máxima confianza, el general Andragatio, quien entró en la tienda del *comes* preocupado por haber sido requerido de manera tan repentina como infrecuente a una hora tan tardía. Magno Máximo le explicó la conversación que había mantenido con Estilicón y le pidió su opinión.

—General —dijo Andragatio—, la posibilidad de que seas

emperador de los territorios de Graciano se ha comentado muchas veces entre los comandantes. Eres el mejor militar de Occidente y casi todos creen que te corresponde ostentar la púrpura imperial.

—En tu opinión, ¿sería una decisión lícita destituir a Graciano?

—Por supuesto.

—Antes debemos vencer a los caledonios y tiene que ser un triunfo contundente —dijo Magno Máximo—. En el banquete de celebración de la victoria con los comandantes pedirás la palabra y me proclamarás emperador de los territorios de Graciano.

Andragatio mostró su satisfacción por lo que acababa de oír.

—No dudes de que los generales están de acuerdo en que es necesario desalojar del poder a Graciano y que eres la persona en la que todos confían para ejercer el cargo de emperador. Estoy seguro de que lo están deseando.

—Espero que así sea —apuntó Magno Máximo.

—Solo queda un cabo por atar —dijo Andragatio—. Es importante que Teodosio se comprometa a reconocerte como emperador. Si no lo hiciese, serías un simple usurpador.

Después de despedir al general Andragatio, Magno Máximo solo pensaba en su conversación con Estilicón. Cuando por fin se acostó, le resultó difícil conciliar el sueño. Tenía sentimientos encontrados. Desde que Teodosio el Viejo lo nombró general siempre se sintió orgulloso de haber servido fielmente a sus superiores, y llevar a cabo lo que su primo Teodosio le pedía era una deslealtad. Pero se le presentaba la oportunidad de alcanzar la gloria, de ostentar la más alta magistratura del imperio, y no podía desaprovecharla. Su vida cambiaría de forma radical. Su mujer y sus hijos, que se habían quedado en Londinium mientras él se dedicaba a someter a los bárbaros caledonios, tendrían que ir a vivir a la corte de Tréveris. Él había esperado en vano a que Graciano cumpliese la promesa de nombrarlo *comes* de Hispania. Su mujer era, como él, de la ciudad de Tarraco, y estaba ilusionada por volver con sus familiares.

—*Alea iacta est* —dijo en voz alta.

El día amaneció nublado y amenazaba lluvia. A la hora segunda, Estilicón llegó a la tienda del *comes* cubierto con la *paenula*, la capa de cuero con capucha que usaban los militares a imitación de los bárbaros para protegerse del frío. Cuando entró, un sirviente lo ayudó a quitársela, y comprobó que las estufas creaban un ambiente cálido y acogedor.

Magno Máximo lo esperaba sentado, con su túnica de senador, ante una amplia mesa con varios tipos de queso, pan de trigo y de avena, carne frita de cerdo, leche, vino con miel, dátiles, huevos fritos en aceite de oliva, aceitunas, uvas pasas, frutos secos, manzanas y peras. Mientras comían hablaron de la situación en Oriente. A petición del *comes*, Estilicón le explicó el pacto con los godos y las relaciones con el Imperio persa, al que él se desplazaría pronto para concertar un nuevo tratado de paz con Sapor III, coronado rey después del derrocamiento de Artajerjes II.

Terminado el desayuno, pasaron al despacho del *comes*, donde Estilicón, como era procedente por jerarquía, esperó a que Magno Máximo tomara la palabra.

—Cuando te fuiste ayer, no estaba convencido por completo de aceptar la propuesta de mi primo Teodosio. Sin embargo, he reflexionado y creo que será lo mejor para el imperio. Aun así, hay algo de lo que no hemos hablado y que me hace dudar —observó—. Soy un general con prestigio y no quiero que me tomen por un usurpador. ¿Teodosio me reconocerá como emperador de Occidente? Solo si lo hace, mi coronación tendrá legitimidad.

—Te aseguro que Teodosio te reconocerá como emperador de los actuales territorios de Graciano.

—¿Inmediatamente?

—Cuando hayas destituido a Graciano. Después de que le envíes una embajada con la noticia de tu coronación.

—¿Cómo sabe Teodosio que conseguiré hacer lo que me pide? —preguntó Magno Máximo.

—Lo sabe, sin duda. Graciano solo cuenta con la protección de los clérigos católicos. Y no de todos. Los de Hispania no están cómodos con él. Los generales se pondrán de tu parte. Hay una cosa más —dijo Estilicón—. Teodosio quiere que te corones emperador de Hispania, la Galia y Britania. Debes respetar los territorios del joven Valentiniano II y de su madre, la regente Justina. En caso de traspasar la frontera de Italia, África o Iliria te convertirás en enemigo de Teodosio. Desea que se mantenga el *statu quo* actual.

—¿Te quedarás para la batalla contra los bárbaros caledonios? —preguntó Magno Máximo.

—No. Debo volver a Constantinopla. Saldré en el trirreme en cuanto regrese al fuerte del Pons Aelius —respondió Estilicón—. Ya te he dicho, general, que Teodosio confía plenamente en tu competencia y tu buen juicio. Llévalo a cabo como mejor te convenga.

—Comunica al emperador que pronto recibirá noticias. Salúdalo de mi parte, y a toda su familia también.

Dos días después, Estilicón y Nemesio salieron en el trirreme con rumbo a Oriente.

La expedición conducida por Walfram y mandada por Alarico llegó en la primavera del año 383 a los campamentos que habían sido del rey Atanarico. La nieve todavía blanqueaba aquella remota zona de la Dacia. Llevaba con él la gran tienda de su tío Atanarico y la hizo instalar donde estuvo durante todos los años en los que el carismático rey vivió en aquel perdido rincón en medio de una inmensa sierra boscosa. Deseaba estar lejos de lugares romanizados para vivir durante un tiempo como hasta entonces los godos lo habían hecho y preparar la creación del gran ejército que en el futuro debería dirigir. Allí no se hablaría ni en latín ni en griego. Tan solo se llevó dos libros: la biografía de Alejandro Magno y el ejemplar de la historia de Roma de Amiano Marcelino que Hipatia le había regalado, además del tablero y las piezas del *latrunculi* obsequio de Claudio Claudiano.

Armín, que ya había cumplido treinta años, había pasado de tutor a asistente personal de Alarico. Era como su sombra y se habría dejado matar en nombre del joven caudillo godo.

36

Un emperador resolutivo

Dos días después de la partida de Estilicón y Nemesio, Magno Máximo ordenó a su ejército que cruzase el Muro de Adriano. Ya en la tierra de nadie, dio desde su caballo las últimas instrucciones a los generales y los tribunos:

—Comandantes de Roma, en esta ocasión no se trata de dar un escarmiento a los bárbaros. Acabaremos con ellos de una vez por todas. Ninguno de nuestros enemigos puede escapar al otro lado del Muro de Antonino. Los que no mueran en combate serán degollados. Emplearemos la *triplex acies*. ¿Tenéis alguna duda?

La respuesta fue una ovación unánime, pues los reunidos sabían que esa medida les proporcionaría tranquilidad durante algunos años.

—Bien. Comunicad mis órdenes a vuestros hombres. ¡Fuerza y honor! ¡Gloria eterna a Roma!

—¡Fuerza y honor! ¡Gloria eterna a Roma! —contestaron los comandantes.

Magno Máximo era consciente de que el combate contra los bárbaros caledonios no sería un paseo militar. La zona de nadie era un espacio libre de árboles, de manera que ningún bárbaro podía acercarse al Muro de Adriano sin ser visto. Pero eso tenía como contrapartida que desaparecía el factor sorpresa también para el ejército romano.

El *comes* había ordenado avanzar, como era habitual en los enfrentamientos en campo abierto, con despliegue de *triplex acies*, o triple orden de batalla. Los lanceros se situaban en la primera línea para establecer el violento choque inicial con la lanza por delante, con la protección del escudo, la coraza de cota de malla y el casco. Estaban dispuestos en línea, pero con un hueco amplio entre cada una de ellas para retirarse y dejar entrar en el cuerpo a cuerpo a la segunda. Esa difícil maniobra de sustitución se ensayaba continuamente en los entrenamientos. Salvo algunos legionarios, los lanceros eran casi todos auxiliares que estaban a sueldo del imperio y podían considerarse tan fieros como sus oponentes. En esa primera línea se enfrentaban, pues, bárbaros contra bárbaros. En segunda línea se situaban los legionarios más jóvenes y en la tercera los más veteranos y, por lo tanto, más hábiles en el cuerpo a cuerpo. Ambas líneas luchaban con la *spatha*, una espada larga diferente del *gladius*. La táctica del combate consistía en que las tres líneas, para evitar el cansancio extremo de los hombres, iban relevándose. Entre ellas se situaban los oficiales, que tenían la posibilidad de moverse para dar órdenes y mantener la disposición estratégica durante el enfrentamiento. En la retaguardia se colocaban los arqueros, que eran los primeros en comenzar las hostilidades lanzando sus flechas para intimidar al enemigo. Detrás de estos, se ubicaba la caballería. No obstante, en esa ocasión Magno Máximo, dado que la explanada en que se desarrollaría la batalla tenía una enorme amplitud, ordenó que ocuparan los flancos, si bien tan lejos de los combatientes que avanzarían sin ser vistos ni oídos con la intención de atacar por sorpresa la retaguardia de los bárbaros, que no disponían de caballería.

Cuando las trompetas dieron la orden de comenzar el combate, los arqueros romanos lanzaron miles de flechas hasta la formación de los bárbaros, que esperaban con los escudos dispuestos. Las líneas de Magno Máximo avanzaban, y al segundo toque de trompetas, por el campo de batalla se extendió el temible del *barritus*, el grito de combate que las tropas romanas habían copiado de los bárbaros por su eficacia para atemorizar al enemigo. Los soldados de Roma comenzaron a correr sin perder la formación para el choque contra los guerreros caledonios, quienes, al verlos, iniciaron a su vez una carrera desordenada y gritando su propio *barritus*. En medio de aquel vocerío ensordecedor se produjo un encontronazo tan violento que el choque de las lanzas y los escudos casi apagó el ruido de los gritos. Los oficiales romanos animaban a los combatientes desde detrás de la línea intentando evitar que nadie retrocediera y mataban de un espadazo a todo aquel que lo hiciera. Pasado un rato, los oficiales dieron la orden de relevo y entró en combate la segunda línea mientras la tercera esperaba para atacar. La disposición táctica de la infantería romana daba una mayor flexibilidad a los combatientes y permitía infligir al enemigo un enorme número de bajas.

Mientras se producía el choque de infanterías, el general Andragatio dio, con un movimiento de su espada, la orden a la caballería de avanzar por los flancos. La caballería llevaba dos tipos de armas: la *spatha* en la vaina y un arco con las flechas guardadas en una aljaba colgada con firmeza del hombro izquierdo para cogerlas con facilidad con la mano derecha. También portaban en carros ballestas enormes que hacían imposible a los bárbaros defenderse de sus violentos disparos.

Llevaban ya mucho tiempo combatiendo cuando la lluvia

hizo acto de presencia. Al principio era suave, pero poco a poco fue haciéndose más intensa, tanto que el campo de batalla se convirtió en un barrizal que dificultaba los movimientos de los contendientes. Fue el momento en que Andragatio, que se había situado a la espalda de las huestes bárbaras, dio orden de disparar los arcos y las ballestas. Los soldados luchaban cegados por la intensa lluvia. Pero los caledonios llevaban las de perder porque su número era inferior y estaban sufriendo numerosas bajas por la acción de los arqueros y los ballesteros. Cuando los bárbaros se rindieron, les despojaron de sus armas y los ataron. El campo de batalla quedó lleno de cadáveres, pero aún faltaba lo peor. Los bárbaros, calados hasta los huesos por aquella lluvia que no había parado ni un momento, una vez apresados esperaban que los trasladaran al continente para venderlos como esclavos en Italia, la Galia o Hispania.

Era la hora séptima cuando Magno Máximo dio la orden que todo el ejército romano ansiaba oír. De una manera sistemática y fría, los legionarios fueron degollando a los caledonios que habían sobrevivido y los gritos de pánico se extendieron por el encharcado campo de batalla. El ejército de Magno Máximo necesitó largo tiempo para acabar con la vida de todos los enemigos. Mientras una parte de los legionarios se dedicaba al exterminio, otra se afanaba en recoger los cadáveres de los soldados romanos, así como a los heridos para conducirlos más tarde al hospital de campaña. Había sido una gran victoria, pero habían perecido casi doscientos legionarios y auxiliares. Cuando por fin regresaron al campamento era ya noche cerrada. El *comes* estaba más que satisfecho por los resultados de la batalla.

A la mañana siguiente se rindieron honores a los legionarios caídos en combate. Mientras se celebraba la triste ceremonia, las aves carroñeras se daban en la tierra de nadie un

426

festín que les duraría varias semanas. Por la noche se celebró el banquete para festejar la victoria y, tras el discurso del general Andragatio, el *comes* fue elegido, por aclamación de los comandantes, nuevo emperador de los territorios que estaban bajo la jurisdicción de Graciano. El *mulsum*, vino con agua y miel, corrió sin ninguna limitación entre los legionarios, pero esa vez sin el habitual porcentaje de agua. Las prostitutas, cuyo coste pagó el erario a precio tasado, trabajaron durante toda la noche.

En los siguientes días, Magno Máximo puso en marcha sus planes para hacerse con el control de los territorios que se había atribuido en su condición de nuevo emperador.

Poco después, dio la orden de que el grueso del ejército de Britania embarcase en la gran flota fondeada en el puerto de Londinium. Para trasladarse a la Galia con toda la impedimenta y los caballos, se necesitarían varios viajes. Dejó en el Muro de Adriano el contingente militar que consideraba suficiente dada la horrible matanza de bárbaros caledonios.

Una vez en Londinium, Magno Máximo se dirigió a su palacio y dio la noticia de que se había autoproclamado emperador a su mujer y a sus hijos. El mayor, Víctor, de quince años, estaba pletórico porque iba a convertirse en el heredero de la púrpura imperial. Su mujer y su hija, sin embargo, se mostraron desencantadas. Aurelia, cuyo nombre era un homenaje de su padre a la madre de Julio César, estaba esperando ilusionada el nombramiento de su esposo como *comes* de Hispania para trasladarse a Tarraco. A ella nunca le habían interesado ni la pompa ni el prestigio. Era una mujer práctica que deseaba vivir entre los suyos y sabía, además, que el de emperador era uno de los cargos más peligrosos. Recordaba que su padre le había dicho que hubo una época en que casi cincuenta emperadores murieron asesinados en un periodo de cuarenta años.

—Todavía no eres el emperador —le dijo Aurelia—. Antes tienes que vencer a Graciano y al general Merobaudes, a quien nadie ha derrotado hasta ahora. Si son ellos los vencedores, te cortarán la cabeza y después vendrán a por mí y a por nuestros hijos.

—He pensado en eso. Con el amparo de mi primo Teodosio no habrá demasiados problemas en hacerme con el poder. Además, tengo al Senado a mi favor y el general Merobaudes también está de mi parte.

—Desde que me lo has comunicado estoy aterrorizada. Ya no regresaré nunca más a mis tierras de Hispania, y sabes que es mi mayor ilusión.

A pesar de los temores de Aurelia, esa noche durmieron juntos y el flamante emperador consiguió convencerla de que lo tenía todo atado y de que la vida en la corte de Tréveris sería casi tan buena como la que ella había previsto entre los suyos. Le prometió que la dejaría viajar a Tarraco y que sus familiares la visitarían a menudo en la corte.

Magno Máximo llegó a la Armórica, nombre con el que se referían los romanos a las costas de Bretaña y Normandía, en la Galia, dos días después que el grueso de su ejército, que ya había desplegado el campamento imperial y a cuyo alrededor se habían levantado asimismo otros. Desde su tienda, vestido con la túnica púrpura con adornos dorados, envió mensajeros a todos los gobernadores y generales de Iliria, Hispania y la Galia con cartas en las que explicaba que había tomado el poder en calidad de emperador. Esperaba que, como Estilicón le había asegurado, la mayoría se pusiera de su parte. Los mensajeros tenían el encargo explícito de regresar con la respuesta.

Graciano se enteró de las intenciones de Magno Máximo en Lutecia Parisiorum, donde se encontraba dedicado a la caza, y convocó en su palacio al general Merobaudes, quien tardó varios días en llegar desde la corte imperial de Tréveris. Hizo una genuflexión ante el emperador, pero se notaba el disgusto en su rostro al verlo vestido con el ropaje de caudillo alano.

—Ya sé que no te gusta que vista de esta forma. Cuando esté al frente de las tropas llevaré el uniforme de emperador —dijo Graciano.

—Es verdad que no me gustan esas ropas, pero tampoco son del agrado de los generales y los comandantes y mucho menos de los legionarios. El que hayas creado una guardia personal compuesta solo por alanos expresa una predilección por esos bárbaros en detrimento de los legionarios.

—Pero sabes que los he elegido porque son los mejores jinetes y también los guerreros más fieros. Con ellos me siento protegido.

—El emperador, a veces, debe ocultar sus preferencias —aseveró Merobaudes—. Además, nadie ignora que les pagas mejor que a los legionarios.

—Lo importante en estos momentos es planificar qué hacemos con Magno Máximo.

—Las noticias que me llegan es que la mayoría de las legiones de tus territorios se han puesto de parte del usurpador. —Al pronunciar la palabra «usurpador», Merobaudes empleó un tono que no sonaba del todo convincente—. Mi consejo es que huyas a refugiarte en la corte de tu hermanastro Valentiniano II en Mediolanum. Si te das prisa, es posible que las tropas de Magno Máximo no te capturen.

—El usurpador es un *comes* a mis órdenes. Obedecerá lo que yo le mande. Si me aconsejas huir, ¿por qué llevas puesto el uniforme de combate?

—Porque esta mañana aún no sabía que nadie te apoya. Solo cuentas con tus jinetes alanos. Eso significa que corres un grave peligro.

—Y tú, ¿qué piensas hacer?

—No puedo lanzar a los pocos hombres leales de los que dispongo a una muerte segura. Les he dicho que se pongan a disposición de los comandantes de Magno Máximo. Yo estoy viejo y enfermo y siento que mi vida se agota. Pero no te preocupes por mí y sal de inmediato. Hasta Mediolanum hay más de quinientas millas.

Graciano, consciente ya de que había perdido su parte del imperio y de que estaba a punto de perder también la vida, hizo que sus sirvientes lo vistieran con el uniforme de combate y partió en su montura protegido por sus trescientos caballeros alanos. Sabía que tardaría al menos doce días en llegar a su destino.

Merobaudes observó desde una ventana del palacio la huida apresurada de un emperador que lo había decepcionado. Recordó con nostalgia la época en la que servía como general de Valentiniano I. En su fuero interno, se alegró de la humillación del joven Graciano y deseó que lo mataran como venganza por haber ejecutado al padre del emperador de Oriente, Teodosio el Viejo. Sin dejar de pensar en las antiguas glorias, ordenó a un sirviente que le preparase un baño caliente y que lo dejasen a solas. Se desnudó, se introdujo en la bañera y con un afilado cuchillo se cortó las venas. Era la única manera que le quedaba de abandonar con dignidad un mundo que veía desmoronarse.

Aunque intentó concitar las simpatías de los destacamentos que encontraba en su camino hacia la corte de Mediolanum,

Graciano fue rechazado por todos los militares que, sin embargo, no atentaron contra la vida del que todavía era máximo mandatario del imperio. Habían recibido la orden del general Andragatio de que lo dejasen continuar.

Después de cuatro días de intensa cabalgada llegó a la ciudad de Lugdunum,[27] donde el prefecto lo acogió en el palacio del pretorio y le aseguró que nada tenía que temer porque varios destacamentos de legionarios se dirigían hacia allí para proteger a su emperador contra la amenaza del usurpador Magno Máximo. El prefecto le agasajó con un banquete de homenaje al que asistió la aristocracia de la ciudad, lo que hizo que Graciano tuviera la sensación de que la suerte cambiaba a su favor.

Cuando el general Andragatio llegó a Lugdunum al frente de un gran ejército, el emperador Graciano se encontraba en el Odeón, un pequeño teatro cubierto, disfrutando de una representación privada de música de la Galia a cargo de cantores y músicos locales. Andragatio entró en el Odeón y se sentó al lado del hijo de Valentiniano I, y, al percatarse del engaño del prefecto, Graciano trató de huir.

—No corras —le dijo el general Andragatio—. De todas maneras voy a matarte.

Fue entonces cuando un pequeño grupo de la guardia alana entró en el teatro casi vacío y rodeó a su jefe para sacarlo sin que sufriera daño. Pero los legionarios de Andragatio les hicieron frente, y se produjo una batalla campal con el resto de los alanos que se encontraban fuera del Odeón porque eran unos guerreros temibles. Hubo muchas bajas de soldados de Roma, que tardaron en vencer la resistencia de los protectores de Gra-

27. Lugdunum era el nombre que los antiguos romanos daban a la ciudad de Lyon.

ciano y matarlos a todos. En el exterior del teatro olía a la sangre y a las tripas esparcidas de los cadáveres desparramados por todas parte, y de sus vientres salía un vapor caliente y denso. Graciano, de pie en medio de la calle, estaba paralizado por el miedo.

Andragatio, por su parte, estaba encolerizado.

—Maldito Graciano —le espetó desde la puerta del Odeón—, has hecho que tus bárbaros maten a mis legionarios. Pensaba ejecutarte de inmediato. Pero no lo haré. Antes pagarás con la tortura la muerte de mis hombres. ¡Volved a meterlo en el teatro y dadle latigazos en el escenario hasta que la sangre mane por todos los poros de su cuerpo! —ordenó a sus hombres—. Después sacadle los ojos.

Cuando los legionarios terminaron su trabajo, Graciano estaba exangüe. En el escenario, ante aquella imagen propia de una tragedia, el general, que demostraba su sadismo extremo, hizo que lo levantaran al tiempo que él desenvainaba su espada y la hundía en el corazón del desgraciado primogénito de Valentiniano I. Tenía solo veinticuatro años. Acto seguido ordenó que le cortaran la cabeza, la clavasen en una lanza y la exhibiesen a la entrada del palacio del pretorio. Al cabo de dos días cargaron en un carro los restos de Graciano para transportarlos hasta el campamento de Magno Máximo, quien decidió no devolver el cuerpo del emperador asesinado a sus familiares para que no le tributasen los honores funerarios, lo que lo habría situado a él como un usurpador al trono.

La primera fase de la venganza de Teodosio se había cumplido, tal como esperaba, sin derramamiento de sangre. Por su parte, Magno Máximo se instaló en la corte de la ciudad de Tréveris y, de inmediato, envió una embajada a Constantinopla con el objeto de que se le reconociera como el nuevo emperador de una parte del imperio de Occidente. Teodosio no lo dudó e hizo incluir en la siguiente acuñación de monedas, y como prueba irrefutable de su aceptación, la efigie de Magno Máximo junto a la suya propia, la de su hijo Arcadio, que ya había sido nombrado césar, y la de Valentiniano II. Luego envió a Tréveris una muestra de las primeras que salieron de la ceca de Constantinopla.

A finales de marzo del año 384, la princesa Serena entró en los aposentos de Teodosio en el palacio imperial de Constantinopla con los ojos humedecidos y signos de abatimiento en el rostro. Lo que acababan de comunicarle significaba que su sueño más anhelado, ser la esposa del emperador, no se cumpliría. Era una mujer juiciosa que hacía valer la astucia y que jamás intentaba exhibir su estado de ánimo. Pero en esa ocasión, la frustración la había hecho caer presa de la histeria y alzó la voz a su tío acusándolo de haberla engañado.

Teodosio no la dejó continuar. De un bofetón la hizo rodar por las pulidas baldosas de mármol rosa. Serena dio de bruces contra el suelo caliente mientras se llevaba la palma de la mano a la mejilla dolorida.

—¡Cállate! —gritó Teodosio sin ayudarla a levantarse—. No vuelvas a hablarme en ese tono o tomaré medidas más contundentes.

—Me haces creer que puedo tener esperanzas de ser la emperatriz, pero es Flacila la que está encinta. —Serena, que continuaba tendida en el suelo, había sustituido los gritos por un llanto lastimero. En sus palabras se notaba la decepción de ver sus ambiciones truncadas.

—Solo tengo un hijo por ahora —dijo el emperador—. Si Arcadio muere, no habrá ningún heredero para el imperio.

—Pero me dijiste que convenía esperar, y pensé que querías deshacerte de Flacila. A mí no has querido dejarme embarazada.

—Sabes que un bastardo no puede heredar el trono. Si mi esposa me da otro varón, me garantizo tener un heredero en el caso de que Arcadio fallezca; no es un niño fuerte.

Serena era consciente de que esa falta de respeto hacia su tío era algo intolerable porque la figura del emperador era sagrada e inviolable y tenía la facultad de hacer cualquier cosa por inadecuada o ilícita que fuese. A ella solo le cabía obedecer. Como una forma de calmar la indignación del emperador, se levantó, se acercó a él y lo rodeó con sus brazos. Lo besó en la mejilla con ternura una y otra vez intentando que la perdonara. Sus lágrimas humedecieron los labios del todopoderoso hispano, que le devolvió el abrazo con todas sus fuerzas y la besó con tanta veneración como lujuria.

—Lo siento, pero no quería que el palacio entero oyera tus gritos.

La joven no dijo nada, y Teodosio, que no esperaba una respuesta explícita, dio por buenas las intensas caricias y los dulces besos de su sobrina, quien ya le había quitado la ropa y estaba desnudándose. La tendió en la cama y, como hacía muchas veces, empezó a besarla con avidez en el pubis. El contacto de sus labios con el vello púbico y el sexo de Serena era lo que más lo excitaba. Sabía que era una práctica prohibida por la legislación imperial porque ningún hombre libre, mucho menos el emperador, podía humillarse de esa forma ante ninguna mujer, ya fuese libre o esclava. Sin embargo, esa era también la forma que tenía para hacerle saber que entre ellos no había limitaciones de ningún tipo.

En la primavera del año 384, un mensajero llegó desde Constantinopla hasta la tienda de Alarico en el campamento de los Cárpatos para entregarle una carta de parte del oficial Buterico.

Mi buen amigo Alarico, no ha sido fácil averiguar el lugar donde se esconde el general Julio. Tal como suponíamos, se ha refugiado en Persia, en la corte de Ctesifonte, bajo la protección del nuevo rey Sapor III. Nemesio, el ayudante de Estilicón, me ha comunicado que el rey persa se niega a entregarlo al imperio. Me gustaría conocer qué ha sido de Bulmaro. Que la suerte y la providencia te acompañen a ti y a nuestro pueblo.

Alarico había leído la carta en presencia de Calista.

—Ya sabemos dónde se encuentra el general Julio —dijo al terminar—. Ahora debemos pensar en cómo capturarlo. Tendré que ir a Persia.

—No es una buena idea —objetó Calista—. Conozco a Sapor III y no dejará que te lleves a su invitado. Incluso dudo que lo entregue aunque yo vuelva a Persia. Julio es un militar muy valioso por la información que tiene sobre el ejército de Teodosio.

—No me queda más remedio que ir a buscarlo.

—Te acompañaré. Conozco bien Ctesifonte y conseguiré aliados que nos ayudarán. Es fundamental que hablemos con el sacerdote Aram. Fue mi tutor y me defendió cuando los hombres de Valente me capturaron.

—Pero también podrían apresarte.

—Correré el riesgo —dijo Calista—. Además, tu acento te delataría. Hace cuatro años que falto de la corte y si me maquillo adecuadamente no me reconocerán.

—Insisto en que es peligroso. No puedo permitirlo, Calista. —Alarico guardó silencio un instante y luego preguntó—: Y ese Aram, ¿no nos denunciará?

—Es como un miembro de mi familia.

37

La diosa Victoria

Una dura polémica enfrentaba a los senadores paganos, que constituían la mayoría, y los senadores católicos, que aun siendo pocos en el Senado de Roma contaban con el apoyo del combativo Ambrosio, obispo de Mediolanum, y del propio Teodosio. Dos años antes de la muerte de Graciano, Ambrosio lo había convencido para que retirase el altar y la estatua de la diosa Victoria de su emplazamiento en un lugar destacado de la sede del Senado, una imagen de oro puro de una divinidad poderosa que, sujeta sobre los dedos de un pie, como si volase, extendía sus alas en actitud de proteger a los senadores. Llevaba en el edificio desde que el primer emperador Octavio Augusto, hacía más de cuatrocientos años, la mandó ubicar allí para conmemorar su triunfo sobre Marco Antonio y Cleopatra en la batalla de Actium. Antes de comenzar las sesiones de la cámara, los senadores quemaban incienso en su honor para que los protegiese en el ejercicio de su cargo. Los paganos consideraron la retirada de la estatua de forma violenta por parte de la guardia personal de Graciano una humillación y un desprecio a sus creencias. Quinto Aurelio Símaco, el presidente del

Senado, que era a la vez prefecto de Roma nombrado por la regente Justina, intentaba conseguir, una vez muerto el emperador Graciano, que la emperatriz lo autorizase a colocar de nuevo la estatua en su emplazamiento original mientras que el obispo Ambrosio, por su parte, había activado sus poderosas relaciones para tratar de impedirlo.

En el mes de junio del año 384 Símaco había convocado de nuevo al partido pagano en su mansión. Esa vez el grupo era mucho más reducido, pero, como siempre, estaba presente Virio Nicómaco Flaviano, el senador de su máxima confianza. Era la hora sexta, y el sol se colaba por las escasas rendijas de las gruesas cortinas de lino que trataban de contener el calor. Sin embargo, en el interior del palacio, debido a los anchos muros y al revestimiento de mármol, la temperatura era muy agradable.

Símaco leyó un documento en el que pedía a la regente Justina la reposición de la estatua de la diosa Victoria en su lugar original. Acto seguido, el anciano senador pagano Vetio Agorio Pretextato, un noble romano que había gozado del apoyo de todos los emperadores, pidió la palabra.

—Senadores, la tradición religiosa de Roma está en peligro de ser extinguida y sustituida por las creencias de los católicos. Muchas de las poderosas familias patricias como los Anicios, los Bassi, los Paullinos o los Gracci han abrazado la nueva religión. —El anciano senador dirigió la mirada hacia Símaco—. Estimado presidente, Roma siempre ha protegido la libertad religiosa y, aunque la regente Justina y su hijo Valentiniano II estén de acuerdo en reponer la estatua, el obispo Ambrosio, que cuenta con el apoyo de Teodosio, acabará por triunfar. Me queda poca vida y no confío ni en Justina ni en su hijo, un joven pusilánime y manejable. Creo que moriré sin ver restituido el símbolo de nuestra religión en su lugar del

Senado. Temo que no volveré a quemar incienso en honor de la diosa Victoria.

La muerte de Graciano había hecho cambiar el escenario político de la parte occidental del imperio, y ahora Magno Máximo, un auténtico militar, estaba al frente de los territorios que se encontraron bajo el dominio del débil Graciano. El astuto Símaco estableció contactos con el usurpador para saber cómo se pronunciaría respecto a la cuestión religiosa.

—No es solo la posición de Justina lo que puede sernos favorable —dijo Símaco con una sonrisa que los presentes supieron cómo interpretar—. Los dados han sido benévolos esta vez. El nuevo emperador es partidario de la libertad de culto y me lo ha hecho saber de manera discreta.

—Eso quiere decir que el conjunto del Imperio de Occidente está a nuestro favor —añadió Nicómaco Flaviano—. Es imprescindible conseguir que Magno Máximo reconozca públicamente su apoyo a la religión cívica del imperio y no solo a los católicos.

Así pues, en ese momento se constituyó una legación de los senadores paganos que encabezaría Símaco e incluiría a Nicómaco Flaviano y al anciano Pretextato, cuyo objetivo era acudir a la corte de Magno Máximo en Tréveris para entrevistarse con él.

38

La princesa Gala

El emperador Teodosio, junto con Estilicón, Nemesio y un séquito numeroso formado por el grueso de su gobierno, atravesó la Porta Iovia, la puerta principal de la ciudad de Verona, al anochecer. Era el comienzo del verano del año 384 y en la capital de Oriente se había quedado la princesa Serena en calidad de vicaria del emperador. El objeto del desplazamiento era una cumbre de emperadores en la que participarían Teodosio, Magno Máximo y la regente Justina en nombre de su hijo Valentiniano II. Las reuniones plenarias tendrían como objeto la coordinación jurídica de los distintos territorios. Se trataba de homogeneizar las leyes dictadas por cada uno de los emperadores con el objeto de que tuvieran validez en todo el imperio. Esa era la finalidad oficial, y aunque para cumplirla habría bastado con que estuviese presente su prefecto del pretorio, Teodosio sabía que Magno Máximo tenía intención de que su hijo Víctor fuese nombrado césar y, por tanto, heredero de su parte del imperio. La sola idea incomodaba al emperador de Oriente ya que pensaba en Occidente como un territorio que debía gobernar el hijo que esperaba de Flacila si fuese un varón. Además, era la primera vez que se encontraría con Justina y Valentiniano II.

En la sesión plenaria inicial, después de los saludos de rigor, se produjeron las intervenciones de los ponentes, todos eximios juristas que aburrieron sobremanera a los altos mandatarios. Durante la comida se plantearon los temas que interesaban a Teodosio. Tanto Justina como Magno Máximo parecían recelosos porque temían que el sagaz emperador estuviese tendiéndoles una trampa.

—Estimado primo, hace más de un año que eres el emperador de la Galia, Hispania y Britania, tres grandes territorios que te exigen mucha dedicación —dijo Teodosio—. Y parece que estás haciendo un gran trabajo. Tan bueno como el que hiciste en calidad de *comes* de Britania. ¿Cómo se encuentra Aurelia, tu esposa? No la veo desde hace años.

—Le ha costado un poco acomodarse a la corte de Tréveris. Pero en poco tiempo se sentirá como en su casa.

Continuaron hablando de temas triviales mientras iban sirviéndoles los diferentes platos, aliñados con salsa *garum* de Barcino y regados con un excelente vino de Falerno. Al acabar, Teodosio introdujo sin andarse con ambages el tema que le interesaba.

—Me ha traído hasta Verona la firma de un documento en el que nos comprometamos a respetar las fronteras de los territorios que gobernamos.

—Las legiones entronizaron a mi hijo —recordó Justina.

—A todos nos legitimó el ejército de una manera u otra —replicó el emperador de Oriente—. Pero lo que pretendo es que el *statu quo* actual se respete y debemos comprometernos a no interferir en el gobierno de los otros.

—Eso lo daba por supuesto —dijo Magno Máximo—. Ya te lo había ratificado.

—Por eso hice acuñar monedas con las efigies de todos los emperadores —afirmó Teodosio.

—Sabes que quiero nombrar césar a mi hijo Víctor. Pero tú te opones y no sé la razón.

—Es demasiado pronto. Antes debes consolidar tu posición en tus territorios.

Magno Máximo puso un gesto de decepción, pero no se atrevió a contestar a Teodosio porque no quería entrar en querellas en fecha tan cercana a su designación. En ese momento apareció en el *triclinium* Gala, la hija de Justina y del fallecido Valentiniano I. Aún no tenía catorce años y era una niña de una rara belleza.

—Pasa, hija.

Gala lanzó a su madre una mirada que indicó a la emperatriz que la situación le desagradaba e hizo una elegante genuflexión.

—Debéis perdonarla, es una muchacha muy tímida.

A Justina no le pasó por alto la mirada de Teodosio. El emperador de Oriente quedó fascinado por la adolescente, justo lo que la emperatriz pretendía.

—Es el momento de concretar lo que deseo proponer —dijo Teodosio—. Si alguno de los tres no respetara los territorios asignados a los demás, se transformaría en enemigo y los otros tendrían derecho a derrocarlo. Si estáis de acuerdo, daré orden a mis juristas para que redacten el documento.

La regente y Magno Máximo manifestaron su conformidad. Acto seguido, Justina propuso que se retirasen hasta la sesión de la tarde.

La *meridiatum*, la siesta de los romanos, era algo que las clases patricias practicaban desde los primeros tiempos de la República. Tumbado en la cama en sus aposentos, el emperador de Oriente no dormía porque pensaba en la joven Gala.

No era capaz de apartarla de su mente. Jamás había sentido una atracción así por ninguna mujer, ni siquiera por Serena.

La astuta Justina, que había percibido enseguida ese sentimiento en Teodosio, no dudó en utilizar a su hermosa hija para la consecución de sus objetivos. Pero pensó que debía planificar a largo plazo. Por el momento, solo le interesaba exacerbar el deseo del emperador. Por eso lo invitó el día siguiente a una cena en la que estarían presentes únicamente los miembros de la familia. Preparó el *triclinium* a la manera clásica, en U, de tal modo que ella utilizaría el *lectus triclinaris* central dejando uno de los laterales para Teodosio y el otro para sus dos hijos. Así el emperador estaría frente a Gala y disfrutaría de la visión de su belleza. Justina tenía el cabezal de su *lectus* junto al de Teodosio para que ambos, tumbados como era costumbre durante las comidas, pudiesen conversar de forma cómoda. Mientras comían, no abordaron temas políticos, pero al acabar, Justina quiso comentar con Teodosio los temores que la agobiaban.

—El obispo Ambrosio no deja de acosarnos con sus feligreses en Mediolanum, lo cual me dificulta ejercer las funciones imperiales que me corresponden como regente. Me gustaría que hablaras con él. Hemos intentado habilitar una basílica para los cristianos arrianos, pero cuando ordeno que se hagan las obras un ejército de católicos impide que nadie pueda trabajar. No me atrevo a enviar a las legiones porque llenaríamos de cadáveres las calles. Y sé que eso es lo que está buscando Ambrosio para conseguir mártires y que los súbditos nos odien.

—Estimada Justina —dijo Teodosio—, el obispo se limita a cumplir lo que se adoptó en el Concilio de Constantinopla. Te empeñas en seguir siendo arriana y no logro entenderlo. La Trinidad es un dogma que ya no tiene marcha atrás. Os obstináis en considerar a Jesucristo solo como un profeta cuando hay una naturaleza consustancial divina entre el Padre, el Hijo y el Espíritu Santo que constituyen un solo Dios. Creo que lo más lógico sería que tú y tus hijos abandonarais la herejía y abrazaseis la religión católica. No obstante, hablaré con Ambrosio. No puedo prometerte nada porque ese obispo es la persona más terca que conozco.

Sin una promesa firme de Teodosio, aunque al menos se había ofrecido a intentarlo, la regente le confió otro de sus temores: verse despojada de sus poderes.

—Magno Máximo no me merece ninguna confianza —dijo Justina—. Me preocupa que, aprovechando la minoría de edad de mi hijo, quiera proclamarse emperador de toda la parte occidental del imperio.

—Precisamente por esa razón he hecho que se comprometa a no invadir vuestros territorios. Si eso llegase a ocurrir, yo acudiría de inmediato a socorreros. Conmigo no se atreverá.

—Me parece oportuno que estrechemos los lazos entre las dos familias imperiales —dijo Justina mirando a su hija, y el emperador hispano advirtió la segunda lectura de sus palabras.

—Quiero hacerte una proposición —anunció Teodosio—. Creo que sería necesario que un general con experiencia, carácter y autoridad fuese jefe de vuestro ejército. Al menos hasta que Valentiniano cumpla la mayoría de edad.

—¿De quién se trata? —preguntó Justina.

—Del general Argobasto. Estuvo al lado de mi padre durante la Gran Conspiración y demostró no solo una gran competencia como militar, sino también una lealtad inquebrantable hacia tu esposo, el emperador Valentiniano I. Te lo digo en privado porque sé que Magno Máximo no aprobaría este nombramiento.

—Conozco a Argobasto. Es un militar que puede sernos de mucha ayuda para controlar el ejército.

—Te propongo otra cosa.

—¿De qué se trata?

—Tu hija Gala podría educarse en Constantinopla con el rétor Temistio. Es uno de los maestros más sabios del imperio. Y será el preceptor de mis propios hijos. ¿Qué me dices?

Al oír esas palabras, Gala se sobresaltó porque se daba cuenta de que aquel hombre, mucho mayor que ella, la miraba con ojos de deseo. Y a pesar de su timidez, no dudó en seguir el juego de las miradas mutuas, que Justina, por su parte, observaba con complacencia.

—No puedo acceder a eso que me pides. Solo puedo responderte que lo pensaré.

La regente había conseguido lo que quería. Teodosio estaba rendido a su hija, algo muy importante para Justina ya que Gala, una vez que fuese emperatriz de Oriente, le serviría para manipular al todopoderoso soberano. Y aunque estaba Flacila para interponerse, prefirió anticiparse porque cualquier cosa era posible con aquel emperador.

Después del banquete oficial que cerraba el concilio imperial, el emperador hispano y su séquito salieron de Verona en dirección a Constantinopla.

Los encuentros sexuales entre Teodosio y su sobrina eran cada vez menos frecuentes desde que Serena tuvo el ataque de celos que le costó un bofetón del mandatario. A la espera del parto de Flacila, que tendría lugar en septiembre del año 384, el emperador estaba inquieto. Serena decidió tranquilizarlo abrazándolo con mimo y besándolo con suavidad en la cara y en los labios. No quería que su relación terminase porque el emperador era el asidero de sus ambiciones. Pero Teodosio parecía sexualmente inapetente después del viaje realizado a Verona, y Serena, que desconocía el interés de su tío por Gala, quería saber la causa de su desafección. A pesar de que estaba pendiente del parto de Flacila, no era normal que Teodosio sintiera con ella ese desapego cuando le había demostrado durante mucho tiempo una extrema fogosidad. Por eso dijo de una manera cariñosa:

—Tienes que decirme qué te ocurre. Te conozco bien y creo que hay algo que no me cuentas.

—Va a nacer mi segundo hijo.

Teodosio no quiso añadir nada más. Ya tendría tiempo de explicar a su sobrina que su relación tenía que acabarse.

Se estaban vistiendo cuando llamaron a la puerta, y el emperador supuso que acudían a notificarle que ya se había producido el parto. De otro modo, no se habrían atrevido a molestarlo. Al abrir, descubrió a un oficial, de rodillas y mirando al suelo, que le comunicó que debía ir a la habitación de la emperatriz.

Cuando llegó a sus aposentos vio a su esposa cubierta de sudor pero con una sonrisa que delataba que todo había ido bien. Se acercó hasta Flacila y esta le enseñó al recién nacido que tenía en sus brazos.

—Es un varón —le anunció.

Teodosio miró embelesado al niño. Era su segundo hijo, lo que le garantizaba una sucesión segura en el trono. Abrazó a Flacila, quien sintió por primera vez en mucho tiempo el calor amoroso de su marido.

Serena, que se había quedado fuera, entró en la habitación y también abrazó a Flacila, a la que trataba como a una madre. Después cogió al niño y lo acunó en sus brazos. Le habría gustado que fuera suyo y en su fuero interno odió aún más a aquella mujer que se interponía entre ella y el emperador. La princesa, sin posibilidades de acceder al trono mientras Flacila viviera, empezó a pensar muy seriamente en el destino que la esperaba en el imperio y se juró que haría todo lo que estuviera en su mano para que ese futuro le fuese favorable.

En el invierno del año 384 el joven Alarico estaba en su tienda del campamento de los Cárpatos comprobando los preparativos de su inminente viaje a Persia. Antes de partir, Armín le comunicó que Valeria acababa de llegar al campamento. Había viajado hasta aquel lejano lugar a ciento cincuenta millas sin avisar, y su presencia los pilló por sorpresa.

Alarico, que en ese momento se encontraba con Calista, se dispuso a ir de inmediato hacia la tienda de los invitados.

—Esa mujer sigue fascinándote —dijo Calista—. Te coartará en cualquier decisión que debas tomar.

—Eso me concierne solo a mí —la atajó Alarico de manera expeditiva—. Que te acompañen Brand y Adler en el paseo a caballo que ibas a dar.

—No necesito la protección de nadie —respondió con orgullo Calista, a la que se notaba enfadada.

Salió de la tienda real y subió al caballo que un guerrero le tenía sujeto por las riendas.

—¿No te acompañará hoy el caudillo Alarico? —preguntó el soldado—. No puedes salir sola del campamento.

—Voy a hacerlo y no me lo impedirás.

Antes de que nadie pudiera detenerla, Calista espoleó al caballo, salió al galope del campamento y se internó en el bosque.

Mientras esto ocurría, Alarico entró en la tienda donde se encontraba Valeria.

—He venido tan solo para confirmarte que nuestro compromiso está roto. —La joven parecía muy afectada por lo que acaba de anunciar a Alarico—. No deseo interferir en tu carrera política y mi presencia no sería bien vista por tu pueblo.

—Querrás decir «nuestro pueblo».

—He dicho lo que quería decir. Este ya no es mi pueblo. —Valeria se detuvo un instante. Luego añadió—: Estoy pensando seriamente en dejar la nación goda e irme a vivir con los romanos. Ellos me aceptarán sin problemas.

—Yo te considero tan goda como el que más. Y mis sentimientos hacia ti no han cambiado.

—Pero las cosas son diferentes ahora. No quiero que tengas que violentarte con los nuestros. Estamos viviendo en territorio del imperio y tú eres el elegido para ser el rey. Además, no deseo que mis hijos, si llego a tenerlos, estén sometidos a la vida azarosa de un pueblo sin raíces y sin un lugar donde asentarse.

—Teodosio nos ha concedido las tierras de la Tracia y la Mesia mediante el pacto que firmamos. Volver a la Dacia es imposible.

—Sabes que los godos no están satisfechos con asentarse en los territorios que nos han asignado y que, por tanto, harán lo posible por trasladarse a un lugar más acogedor —dijo Valeria—. Yo no soy la persona que necesitas.

Antes de que Alarico contestase, entraron en la tienda en tromba Walfram, Adler y Brand.

—¿Cómo osáis interrumpirme? —preguntó el joven caudillo con cara de enfado.

—Calista ha desaparecido —explicó Adler—. Salió a pasear a caballo sola y no la encontramos.

—Discúlpame, Valeria —dijo Alarico—. Tengo que buscar a Calista. Es posible que se haya alejado más de la cuenta o que se haya caído del caballo. —Se volvió hacia Walfram y le ordenó—: Reúne a cien guerreros, vamos a rastrear el bosque.

Alarico salió a toda prisa de la tienda dejando sin concluir la conversación con Valeria. Esta, sin embargo, decidió que no se quedaría a dormir en el campamento. Pidió a Armín que le asignara unos soldados para que la escoltaran hasta el asentamiento del pueblo godo en la Mesia y se despidió de él.

—Di a Alarico que regreso junto a mi madre.

Al cabo de un rato, uno de los rastreadores descubrió unas huellas recientes. Alarico se las quedó mirando.

—La han raptado. Por las pisadas de los caballos, intuyo que Calista ha intentado defenderse, aunque de nada le ha servido porque los secuestradores eran al menos seis.

—He seguido el rastro hasta la calzada romana, pero ahí se pierde. No podemos saber qué dirección han tomado —advirtió el rastreador que había encontrado las huellas.

—Volvamos al campamento —dijo Walfram—. Si han sido los hombres de Sarus, pronto lo sabremos.

—He sido un idiota —se lamentó Alarico—. Debí imaginarme que Sapor no se quedaría cruzado de brazos a la espera de que le devolviésemos a Calista.

De regreso al campamento quiso retomar la conversación que había dejado inconclusa con Valeria, pero cuando preguntó por ella Amín le explicó que se había ido a la Mesia, escoltada por un grupo de guerreros.

Unas semanas después, recibió un mensaje de Calista. Estaba en la corte de Ctesifonte y Sapor III le había concertado un matrimonio con uno de sus generales. Para evitar que escapase, la habían confinado en sus habitaciones bajo una severa vigilancia de la guardia real.

39

La prisionera de Ctesifonte

Alarico, que había dejado el campamento de los Cárpatos al mando de su primo y lugarteniente Ataúlfo, hizo coincidir su llegada a Persia con una visita diplomática de Estilicón y Serena para concertar un tratado de paz con el rey Sapor III. El caudillo godo quería que la atención de la corte estuviese centrada en la legación de Constantinopla mientras él trataba de rescatar a Calista y secuestrar al general Julio. Aunque Calista le había pedido que acudiese a su preceptor, el sacerdote Aram, Alarico optó por buscarla a ella en el palacio real. Él y sus hombres estuvieron escrutando todas las ventanas que se alzaban por encima de los muros exteriores hasta que Walfram vio a la joven al otro lado de una de ellas.

Acordaron entonces vigilar durante varios días los relevos de la guardia y las entradas y salidas del palacio, y Alarico decidió que entraría él solo. Había advertido que, de todos los carros que accedían, solo se registraban algunos ya que aquellos que llevaban un conductor conocido y este saludaba con una contraseña pasaban sin que la guardia los inspeccionara. Eligió un carro que siempre llegaba poco antes del anochecer.

Mientras Adler hacía preguntas al conductor para desviar su atención, Alarico, vestido como un sirviente persa, se introdujo en el carro bajo la protección del toldo. Al rodar sobre la calzada de piedras irregulares, los ejes de las ruedas producían un chirrido agudo.

Una vez traspasada la entrada, cuando pasaban junto a un jardín interior el caudillo godo saltó con sigilo del carro y se escondió detrás de un seto desde donde podía observar sin que lo viesen. Esperó a que oscureciese y la actividad del palacio cesara. Desde su escondrijo se veía una escalera que subía hasta el segundo piso, protegida por dos soldados. La mejor solución era escalar la fachada interior, decidió, aprovechando las plantas trepadoras que ocupaban toda la pared. Vio que había un soldado que hacía la ronda por el pasillo del segundo piso y se ocultó tras la balaustrada hasta que se hubo alejado. Había entrenado su sentido de la orientación, de modo que encontró con facilidad la puerta de la habitación de Calista. Tocó levemente, y la joven persa, que era una mujer de sueño liviano, enseguida pensó que un soldado jamás llamaría así y le vino a la mente Alarico. Después de abrirle, cerró de forma silenciosa y lo abrazó un largo rato. Hablaban en susurros.

—Debemos irnos.

—Todavía no. Antes tienes que secuestrar al general Julio —dijo Calista—. En cuanto Sapor note mi ausencia lanzará a todo su ejército hasta encontrarnos.

—¿Sabes dónde está Julio?

—Yo no. Pero Aram se informará del lugar donde lo esconden —respondió Calista—. ¿Has podido localizarlo?

—Sí. En el templo de Ahura Mazda. Walfram está vigilándolo. Le he dicho que si me ocurriese algo se ponga en contacto con él.

—Pues no te preocupes por mí. En cuanto se relaje la vigilancia y me permitan salir de esta habitación, conseguiré escapar. Tienes que salir con cuidado. El palacio está muy vigilado.

—Volveré a por ti —se despidió Alarico.

Salió de la habitación de Calista y se descolgó por la balaustrada hasta llegar al patio donde había estado oculto. Esperaría hasta el amanecer para colarse en uno de los carros cubiertos con lonas que salían del palacio. El ruido de los bujes que sonaban como chirimías y las ruedas al golpear sobre el pavimento indicaron que salía un carro. Subió con agilidad y con tal sigilo que el conductor no notó nada. Pero sí lo había visto un centinela del piso primero del palacio que, sin dar la voz a de alarma, corrió a avisar de que alguien intentaba escapar. El carro paró ante la puerta principal, que permaneció cerrada. Los soldados de la guardia de Sapor, que se habían concentrado junto a la puerta al mando de un oficial, sacaron a Alarico de debajo de la lona, lo sujetaron por el cuello, los brazos y las piernas, y lo encerraron en una celda sin ventanas. No intentó gritar porque sabía que no serviría de nada. Esperó en vano a que sus ojos se acostumbraran a la oscuridad, pero no había ni una sola rendija por la que entrara la luz.

Al cabo de un rato se abrió la puerta de la celda. El oficial que lo detuvo, que ya conocía su fuerza, hizo entrar a un grupo numeroso de soldados para que lo redujeran. Acto seguido, precedido de dos sirvientes con antorchas, entró en la celda el rey Sapor.

—Tú debes de ser Alarico —dijo Sapor en griego—. El joven de quien está enamorada Farideh.

—No conozco a esa Farideh —respondió el godo.

A una voz de Sapor en farsi, entró Calista en la celda.

—Ah, claro… Vosotros la llamáis Calista. ¿Querías secuestrarla? —Sapor sonrió con sorna—. Te quedarás en prisión hasta que decida qué voy a hacer contigo.

Sin esperar respuesta, el rey abandonó la celda acompañado de Calista.

—Que no le den ni agua ni comida hasta que yo lo autorice
—ordenó al oficial.

Walfram entró en la vivienda de Aram tras asegurarse de que
el sacerdote se encontraba dentro. Lo halló sentado en una
silla en el patio porticado leyendo un códice. Al levantar la
vista y ver al godo, el sacerdote se sobresaltó.

Aram, que era más alto que Walfram e imponía respeto con
su sola presencia, vestía una espectacular túnica sacerdotal de
colores vivos que provocó la sorpresa del godo. Era uno de los
sacerdotes más importantes de la religión de Zoroastro, y por
ello tenía libre acceso al palacio real. Pero había tenido que
exiliarse durante la usurpación del trono por parte de Artajerjes II. La muerte de varias familias nobles por orden del rey,
sobre todo la de Calista, de la que había sido tutor, le provocó
una profunda consternación hasta que regresó del exilio tras
la llegada al poder de Sapor III. Este, que había prometido
justicia y buen gobierno para todos los persas, en especial para
los pobres, demostró ser igual que su antecesor, incluso más
cruel y tiránico. Por eso prometió a Calista que la ayudaría
cuando Alarico fuera a rescatarla.

—¿Quién eres? —preguntó asustado en farsi.

—¿Hablas latín? —dijo Walfram en ese idioma.

—Sí —respondió Aram.

—Me llamo Walfram. El caudillo Alarico me indicó que me
pusiese en contacto contigo.

—¿Por qué no ha venido él?

—Ayer entró en palacio escondido en un carro y no ha vuelto a salir.

—Eso significa que los soldados de Sapor lo han apresado.

—¿Sabes dónde puede estar?

—Conozco lo suficiente al rey para saber que no lo habrá encerrado en una celda corriente. Estoy convencido que lo habrá metido en la ergástula. ¿No es así como llaman los romanos a las celdas de castigo?

Walfram no le contestó.

—Necesito conocer con exactitud el lugar para preparar un plan de fuga —dijo en cambio.

—Es imposible fugarse del palacio. Lo custodian cientos de soldados de la guardia del rey. Y si han detenido a Alarico habrán multiplicado la vigilancia. Entrar allí es un suicidio.

—¿A qué distancia estamos de ese sitio? —preguntó Walfram.

—Muy cerca —afirmó Aram—. El templo está adosado a la muralla del palacio.

—¿Sería posible perforar la pared?

—Sí, pero te apresarían. Además, la celda es subterránea.

—Entonces quizá deberíamos hacer un túnel por debajo de la muralla. —Walfram había aprendido la técnica de perforar túneles cuando fue auxiliar de las legiones—. ¿Qué distancia hay hasta la celda?

—Unos treinta pies. Pero dudo mucho que pueda excavarse un túnel. Los cimientos de la muralla son de piedras ciclópeas.

—Eso déjamelo a mí —dijo Walfram—. Tenemos que darnos prisa. Hoy mismo empezaremos la excavación.

—Antes debo confirmar que Alarico está encerrado en la ergástula —le advirtió Aram, que estaba poseído por un doble sentimiento. Su instinto de conservación le dictaba que delatase a Walfram, pero su relación con Calista y su odio hacia Sapor le decían que debía correr el riesgo.

El sacerdote se ausentó durante un rato y a su regreso confirmó a Walfram que Alarico estaba en la celda que él suponía.

—¿Desde dónde podemos excavar?

—Desde mis aposentos, que están adosados a la muralla. Si hacéis el túnel desde la esquina derecha llegaréis a la celda.

Walfram le pidió picos, palas, maderas y sacos, y el sacerdote lo condujo a su vivienda.

—Todo eso es fácil de conseguir porque lo hay en mi casa del oasis. Pero tendrás que esperar hasta la noche.

—Voy a buscar a mis hombres. Tienes que evitar que nos molesten mientras cavamos el túnel. Comenzaremos esta misma noche —dijo Walfram, y Aram le señaló el lugar de la pared pegada a la muralla.

—Recuerda que debes respetar las horas de los oficios religiosos —le exigió.

—De acuerdo. Tú asegúrate de que no nos molesten. Cuando cavemos bajo tierra no se nos oirá.

—¿Cuánto tardarás en excavar el túnel?

—No lo sé, depende de si el suelo es de tierra o de roca. Tenemos que ir apuntalando a medida que excavemos. Esos cimientos de piedras ciclópeas serán muy difíciles de horadar. —Walfram miró a Aram a los ojos—. Si se te ocurre denunciarnos, te mataré.

Walfram, Adler, Brand y Briton Drumas trabajaban día y noche en la perforación del túnel. Aram procuraba que nadie se acercase a su dormitorio y les llevaba comida y agua dos veces al día. Los primeros pies no les dieron ningún problema porque el suelo era de tierra pedregosa. Pero pronto encontraron las piedras ciclópeas de los cimientos de la muralla.

—Esta parte será complicada —dijo Walfram—. Picaremos en las juntas para reducir cada una de las piedras y luego extraerlas. A la vez, iremos reforzando el túnel con maderas para que la muralla no se nos caiga. Trabajaremos por parejas y nos iremos relevando para poder descansar.

Adler y Brand asintieron y fueron ellos los que comenzaron la inmensa tarea. No sabrían cuánto tiempo tardarían, pero eso no iba a amilanarlos.

Tras abandonar la celda, el rey ordenó a Calista que lo acompañara a sus aposentos.

—¿Ese Alarico pensaba que mis hombres no lo descubrirían? —preguntó con sorna Sapor—. Qué iluso. ¿Qué hablaste con él? Y no me digas que no fue a tu habitación.

La joven persa le explicó que Alarico había estado en su habitación y le había prometido que la sacaría de allí.

—¿Y cuál era su plan? —preguntó Sapor—. Un hombre no viaja dos mil millas para improvisar.

—Él pensaba que podría hacerlo solo porque no imaginaba lo vigilado que estaba el palacio. Su plan era regresar a su campamento y volver con ayuda.

—No me creo que haya venido solo. Buscaré a sus cómplices aunque se hayan escondido bajo tierra. —Miró a los ojos a Calista para hacerle entender que hablaba en serio—. Si quieres que ese joven siga con vida tienes que cambiar de actitud. Sabes que prometí al general Skandar que te casarías con él.

—Lo sé.

—Y sabes que él no quiere que te obligue a hacerlo. Debe parecer que te casas por tu propia voluntad.

Calista no se fiaba de su primo. Era demasiado sádico para dejar con vida a Alarico. Si ella continuaba mostrándose rebelde, el joven godo era hombre muerto. Tendría que seguir la corriente a Sapor al menos por un tiempo.

—Si lo dejas vivir, me casaré con Skandar.

Dentro de la celda, Alarico consiguió mantener la calma. Como sabía que no le llevarían agua y comida porque había oído las últimas palabras de Sapor, puso en práctica las tretas para sobrevivir en situaciones difíciles que Walfram le había enseñado. Lo primero era beber su propia orina y no desperdiciar ni una sola gota. Tenía claro que podía aguantar mucho tiempo sin comer pero no sin beber. Esa iba a ser su principal preocupación: tratar de conseguir agua. Y solo había un sistema. Fue tocando las paredes hechas de piedra y notó que, al ser una celda subterránea, la humedad se filtraba por entre los sillares. Pero era tan poca que para ingerir unas gotas debía lamer durante mucho rato. El resto del tiempo intentaba dormir o se quedaba inmóvil en aquel incómodo catre para gastar la menor energía posible.

Mientras los hombres de Alarico cavaban el túnel, Estilicón y Serena, que habían llegado a Ctesifonte, esperaban ser recibidos por el rey. El gran salón del trono era el espacio interior más impresionante del mundo conocido, incluso más que el Panteón de Marco Agripa en Roma. Su cúpula abovedada, de más de cien pies de altura por casi ochenta y cinco de anchura, creaba una sensación de poder y enmarcaba la majestad del túmulo central en el que el trono estaba situado. La decoración en oro, mármol y marfil sublimaba la magnificencia de ese gran salón que, hacía casi cien años, se había erigido por decisión de Sapor I.

Estilicón, que había ido con el encargo de concertar un tratado de paz con el nuevo soberano, desconocía que Alarico era prisionero del rey persa. Cuando entró en el gran salón, al ver tamaña grandiosidad pensó que lo único que podía hacer era hincar la rodilla ante quien se hacía llamar a sí mismo «rey de reyes».

—Levántate, embajador —dijo Sapor al tiempo que abandonaba el trono.

Vestía un manto de seda dorada con gemas y perlas bordadas sobre una túnica verde ceñida con un cinturón rojo de piel de cocodrilo y recogía su largo pelo con un pasador. Adornaba su cabeza con una corona de oro y piedras preciosas que tenía una esfera en el centro, también de oro puro, una corona que era el signo distintivo de los monarcas persas y, aunque cada uno elegía un diseño diferente, siempre era efectista.

—Te traigo saludos del emperador Teodosio —dijo Estilicón—. Me acompaña la princesa Serena, su sobrina y consejera.

—¿Una mujer... consejera? —se sorprendió Sapor, y miró con ojos displicentes a la joven hispana—. Siempre dije que Teodosio era una persona muy singular. Si tiene una mujer como consejera nada tengo que oponer a tan rara decisión, pero tú serás mi único interlocutor.

Serena permaneció callada y con la cabeza gacha. A pesar de que Sapor no podía verla, en su rostro se dibujaba un gesto de desprecio.

—Teodosio me ha encomendado estrechar los lazos de amistad entre los dos imperios —dijo Estilicón en griego—. Espera que, para el rey de reyes, Armenia no sea un problema[28] que dificulte refrendar el tratado de amistad entre ambos.

—Llevamos muchos decenios de guerras y creo llegado el momento de establecer un pacto de paz duradero. Intentare-

---

28. Armenia tuvo una existencia azarosa. Fue reino independiente, reino vasallo de los romanos o parte del Imperio parto o sasánida. Era el momento de tomar una decisión definitiva. El imperio era partidario de la división en dos. Fue el primer país que acogió el catolicismo como religión de Estado.

mos que Armenia no sea un problema —contestó el rey persa en un excelente griego.

Desde una ventana lateral, protegida por una gruesa cortina púrpura, la reina de Persia, Habibeth, observaba aquel acto protocolario. Quería contemplar desde lo más cerca posible a la dama del orbe romano cuya visita había anunciado un mensajero hacía tres días.

Después de las intervenciones de los funcionarios de ambos imperios en que se leyeron los textos provisionales del tratado, se acordó crear un grupo mixto para la redacción de un documento definitivo. Sapor levantó la sesión ordenando el solemne sonido de las trompetas, que precedieron a la comitiva, dirigida por el gran chambelán, que acompañó al rey al dejar la sala de audiencias. Un séquito similar, guiado por otro chambelán, guio a la delegación imperial romana hasta los aposentos que les habían asignado.

Serena contemplaba extasiada el lujo extremo de aquel palacio y las exóticas ropas de los sirvientes. Un lujo que excedía con mucho el de Constantinopla. El color dorado dominaba en todas las estancias y los altos techos se sustentaban mediante columnas con basas redondas de ornamentación recargada y capiteles de tres cuerpos rematados por cabezas de toro.

—El gran salón del trono es la construcción más impresionante que he visto en mi vida —dijo Serena—. Supongo que tú lo viste en tu anterior viaje.

—No —respondió Estilicón—. De haberlo visto te lo habría contado. El rey Artajerjes me recibió en sus aposentos privados.

Mientras conversaban, el gran chambelán pidió permiso para entrar.

—El rey de reyes os invita esta noche a una cena de gala en vuestro honor.

—Entonces ¿puede venir la princesa? —quiso asegurarse Estilicón.

—La reina no suele asistir a las cenas con embajadores, pero esta vez ha pedido estar presente para que la princesa Serena pueda acompañarte. La reina me ha ordenado que pregunte a la princesa si necesita una *ornatrix*. Las persas son célebres por su habilidad en el recogido de los cabellos y el cuidado del cutis.

—Gracias, chambelán. He traído mi propia *ornatrix* —le aclaró Serena.

Un rato más tarde, la cámara destinada al aseo y embellecimiento de los invitados dejó asombrada a la princesa hispana. Era como si su propia habitación de Constantinopla se hubiera multiplicado en tamaño, en lujo y en productos de belleza femenina. Incluso había joyas y vestidos para que la invitada dispusiera de ellos.

—La reina me ha ofrecido una *ornatrix* persa, pero la he rechazado.

—Has hecho mal —dijo su sirvienta Nila—. Verla trabajar me habría permitido aprender cosas nuevas. Tienen fama de ser las mejores.

—Ya veremos cómo va arreglada y vestida la esposa de ese vanidoso Sapor que desprecia a las mujeres.

Nila se esmeró con el fin de resaltar la belleza de Serena, que se pondría en contraste con la de la reina, por lo que fue probando los diferentes ungüentos, cremas y productos de maquillaje que había en aquella habitación. Mientras tanto, Serena pensaba que el tiempo que pasaba en compañía de Estilicón la había hecho calmarse y aceptar que ya era imposible su objetivo de ser la emperatriz como esposa de su tío. Por eso dijo a su sirvienta algo que ella ya sabía:

—Ya no soy la amante del emperador.

—Había notado que algo ocurría. Además, cada vez pasas más tiempo con Estilicón.

—Todavía no lo sabe, pero voy a casarme con él. Aunque antes tengo que conseguir que ascienda hasta lo más alto.

—¿Hasta llegar a emperador?

—Es muy difícil. Teodosio tiene ya dos hijos para sucederlo. De todos modos, si alguien puede lograrlo, soy yo.

—¿Y él te corresponde?

—Estilicón no ignora que he sido la amante de Teodosio. Es demasiado inteligente para ocultarle algo así. Pero eso no supone un problema.

Esa afirmación llenó de contento a Nila porque significaba que su marido, Nemesio, seguiría vinculado a Estilicón y ella a Serena. Por eso se atrevió a decir:

—Princesa, estas últimas noches te he echado de menos. Me gusta dormir con mi marido, pero a veces sueño contigo.

Serena se volvió hacia Nila, la miró pícaramente a los ojos y la besó con dulzura en los labios.

—Perfúmate y espérame en la cama a que vuelva de la cena.

Eligió un traje azul oscuro de seda con ribetes dorados y adornado con perlas y pedrería de color topacio que parecía hecho a su medida y Nila seleccionó las mejores joyas que encontró en los cofres que habían dejado para ella.

—Estilicón caerá rendido a tus pies —le dijo Nila cuando abandonaba sus aposentos.

40

Serena allana el camino

El trono real se había retirado del gran salón y en su lugar se habían colocado mesas y asientos alargados imitando un *triclinium* romano. Era un homenaje de Sapor a la embajada imperial. El resto de los objetos obedecía a los patrones del lujo de la corte persa. La decoración dispuesta para la ocasión era muy recargada, con un número excesivo de lámparas que proporcionaban una luz intensa. También había paneles con pinturas de animales y representaciones de la antigua realeza aqueménida y de la actual sasánida, así como esculturas con motivos vegetales y episodios históricos. Todos los huecos estaban llenos de estandartes y lienzos de seda de colores vivos, y tal cantidad de flores como jamás hubieran imaginado los invitados. En el centro quedaba un espacio suficientemente grande para los músicos y el espectáculo de bailarinas. La comida que se había preparado era persa y se servía en vajillas de oro y plata, y las bebidas, en copas con engastes de piedra tallada.

Estilicón y Serena, conducidos por un chambelán, accedieron al fastuoso comedor. Inmediatamente apareció el rey de reyes y, tras él, la reina. Caminaban con pasos lentos y ceremoniosos. La reina era una mujer de gran belleza y resplandecía como las luces que iluminaban la estancia. «Su *ornatrix* ha hecho un trabajo excelente», pensó Serena. La miraba encandilada, como si los negros ojos de la anfitriona desprendiesen una luz más intensa que las lámparas. Antes de sentarse se saludaron con una elegante genuflexión, los chambelanes acomodaron a las mujeres de modo que pudieran hablar entre ellas y colocaron los cabezales de los *lectus* masculinos para permitir el diálogo de Estilicón y Sapor III sin que Serena y Habibeth pudieran oír su conversación.

Serena hizo un mohín de desagrado cuando vio los paneles de piedra situados frente a ellos con unos relieves grabados que le resultaron ofensivos. Eran recordatorios de las victorias de los persas contra los romanos. En uno se veía al emperador Valeriano haciendo de escabel humano para que el rey Sapor I subiera al caballo bajo la atenta mirada del dios Ahura Mazda. En el otro se veía al rey Sapor II y, bajo las pezuñas delanteras de su caballo, al emperador Juliano agonizando. Serena indicó con los ojos a Estilicón la humillación que suponía para ellos que hubieran colocado allí esos relieves. Sapor, que se dio cuenta de la incomodidad de sus invitados, dio orden de que los ocultaran bajo telas multicolores de seda.

—Lo siento, embajador, no sabía que habían puesto aquí esos relieves. Castigaré al aposentador. Te ruego que aceptes mis disculpas.

—Roma se estrelló muchas veces contra la fuerza militar del Imperio sasánida —dijo Estilicón—. Espero que con el nuevo tratado no vuelvan a repetirse los enfrentamientos entre nuestros ejércitos.

Ante aquel gesto conciliador, Serena pareció admitir las disculpas del monarca. A unas palmadas de Sapor, los músicos interpretaron una suave melodía y por un corredor lateral apareció una joven maquillada y vestida con un vaporoso traje de seda traslúcida verde claro que denotaba un gusto exquisito. Se detuvo en el centro del gran salón y comenzó a cantar. Su canto era tan bello y su voz tan dulce y armoniosa que inflamaba el alma de cuantos la escuchaban.

—Es una mujer muy guapa y canta como una diosa —comentó Serena a la reina—. Sus rasgos me recuerdan a una joven que tuve de asistenta en el palacio imperial.

—Es posible que sea quien dices porque el emperador Valente la raptó y ha estado en Constantinopla hasta hace poco tiempo.

La princesa observó a la joven poniendo toda su atención para asegurarse de que era ella. A pesar del maquillaje, Calista no pudo ocultar su identidad. Serena miró a Estilicón, que también se había dado cuenta de quién era la cantante. Sapor los contemplaba divertido.

—Pareces sorprendido, embajador —dijo Sapor sin prestar atención a Serena.

—Pensábamos que esta joven estaba en el campamento de los godos —reconoció Estilicón—. Lo último que supimos de ella es que se había ido voluntariamente con el caudillo Alarico.

—Sí. Por lo visto, estaba enamorada de ese joven godo. Como el emperador Teodosio no hacía nada por entregármela, tuve que enviar a un comando de mi guardia personal a rescatarla. En tu anterior visita te dije que quería casarla con un general de mi ejército y eso es lo que voy a hacer. —Sapor guardó silencio un instante para ampliar la repercusión de lo que iba a decir a continuación—. Por cierto, tengo prisionero al caudillo Alarico —comentó con ironía—. Vino a Ctesifonte con la intención de secuestrar a Calista, pero no contaba con que mi guardia lo detendría.

Estilicón puso cara de sorpresa. No se esperaba algo así.

—¿Y qué harás con él?

—Inicialmente pensé en matarlo por haber osado entrar en mi palacio burlando a la guardia. Por ahora lo tengo preso. Ya decidiré qué hago con él.

Serena consiguió oír las últimas palabras del monarca persa. Ante la mirada de enfado de Sapor, que no toleraba que las mujeres se inmiscuyeran en asuntos de hombres, desvió su atención hacia la reina, cuya elegante presencia la llenaba de admiración. Habibeth hablaba un griego tan bueno como el de Calista. Debía de tener unos veinticinco años, calculó Serena, mientras que Sapor frisaba los cincuenta.

—Soy la cuarta esposa del rey. Desde hace varios años también soy su favorita y espero seguir siéndolo por mucho tiempo.

—¿Cómo te casaste con él? —preguntó Serena para favorecer la conversación.

—Llegué al palacio con doce años como su prostituta privada cuando Sapor era solo el heredero y conseguí que se encaprichara de mí. Me puso un preceptor y siempre me trató con sumo respeto.

Habibeth hablaba con un acento tan sensual y melodioso que era imposible no quedarse atrapado en las palabras que salían de su boca como una música envolvente. Serena estaba prendada de los labios y los ojos negros y brillantes de la joven reina.

—Eres muy atractiva. No me extraña que se enamorara de ti.

—Tú también lo eres —dijo mientras miraba intensamente a los ojos azules de Serena, que refulgían como luceros a la luz de las lámparas.

La princesa hispana se ruborizó. No estaba acostumbrada a sentir la mirada de deseo de una mujer que no fuese Nila.

Y sobre todo, le turbaba no ser ella la que llevara la iniciativa. Pero se daba cuenta de que aquella mujer ejercía una gran influencia sobre el rey y comprendió que debería aprovecharse de ese poder. Si Habibeth estaba interesada en tener relaciones, ella iba a propiciarlas. Estaban allí para firmar un acuerdo de paz y quería que Estilicón dejara Persia habiendo logrado un buen pacto. Eso le haría ganar méritos ante el emperador.

La *ornatrix* de la reina se acercaba cada poco a retocar el maquillaje, atusar el peinado o alisar el vestido de su ama.

—Ya basta, Sadira —dijo la reina con un falso enfado—. Estoy hablando con nuestra invitada. —Se dirigió de nuevo a Serena—. No es muy frecuente que yo pueda hablar con personas de la corte imperial de Constantinopla. Me hace mucha ilusión vuestra presencia en Ctesifonte. ¿Os quedaréis mucho tiempo?

—Cuando se firme el tratado de paz volveremos a Constantinopla.

—Me siento muy a gusto contigo. Deseo que volvamos a vernos antes de vuestra partida. ¿Qué me dices?

—Yo también deseo verte de nuevo —reconoció Serena al tiempo que la miraba intensamente a los ojos—. Hacía tiempo que no me encontraba tan a gusto junto a una mujer.

—¿Me recibirás en tus aposentos? —le preguntó la reina.

Serena asintió con un movimiento de los párpados, con el que envió a Habibeth el mensaje implícito de que aceptaba su reto sexual, en el momento en que los asistentes a la cena volvían el rostro hacia el centro del salón porque los músicos comenzaban a tocar otra melodía. En esa ocasión era una música más rítmica.

Por segunda vez, Calista apareció en el centro de la enorme sala. Se había cambiado el vestido, que ahora era de color rojo intenso y más ceñido y sensual que el anterior. Se acercó a donde estaban los reyes y sus invitados e hizo una respetuosa genuflexión. Lanzó una mirada a Serena que esta no supo interpretar y que la llenó de turbación. Pero no se había acercado solo para saludar. Tomó de las manos a la reina y la llevó junto a los músicos. Si la canción les había llegado al alma, la danza que ambas iniciaron provocó un silencio tan hondo que hasta el rey detuvo su conversación con Estilicón para mirar embelesado a aquellas dos mujeres que acompasaban sus pies y sus brazos con tal perfección y armonía que ni las mejores bailarinas de Gades habrían igualado. También Estilicón devoró con los ojos a la joven persa. La bella Calista había sido objeto de sus deseos desde que vivía en el palacio imperial y ahora volvía a parecerle una mujer apetecible. No la veía ya como a la rehén escurridiza que había traicionado a Serena y al emperador de Oriente. Por su parte, la princesa hispana, envuelta en el ambiente creado por el erotismo explícito de aquella danza, notó los ojos de la reina clavados con descaro en los suyos. Entonces la joven persa, para acrecentar la ira de Serena, miró a los ojos a Estilicón y este quedó preso de aquella mirada que no olvidaría en mucho tiempo. Se arrepintió de no haber aprovechado la estancia de Calista en el palacio imperial para haber tenido relaciones con ella. A tal extremo lo atraía la sensualidad de sus movimientos.

En cuanto la danza de Calista y la reina terminó, el gran salón se pobló de sirvientes que llenaban las mesas de fuentes de carne de caza y pescados del Éufrates sazonados con especias de Oriente y todo tipo de frutas y hortalizas escogidas para el rey en los huertos de la Media Luna Fértil, y de vino y licores persas. La velada concluyó con un espectáculo de bailarinas de las riberas del Indo que evolucionaban al son de melodías de músicos también indios. Sapor quería impresionar a sus invitados y lo había conseguido.

Al fin de la velada, un séquito los acompañó a sus aposentos. Antes de despedirse, Serena dijo a Estilicón:

—Sapor tiene preso a Alarico, ¿verdad?

—Sí.

—¿Te ha revelado dónde está?

—En palacio.

—¿No te ha dicho nada más?

—No. Espero que mañana podamos aclararlo. Creo que los relieves ofensivos estaban allí por orden suya. Sus asesores son lo suficientemente inteligentes para saber que algo así no debe hacerse.

—Me ha sorprendido ver cómo mirabas a Calista y cómo ella te devolvía la mirada. ¿Te gusta?

—Su baile era muy sensual. Es una mujer deslumbrante y yo soy un hombre.

—Sé que te gustaba ya en Tesalónica. Pero Calista no volverá al imperio, por fortuna. Y he dicho «por fortuna» porque, de hacerlo, creo que intentarías seducirla.

Estilicón no respondió a la afirmación de Serena, quien se despidió y entró en su dormitorio. Allí la esperaba Nila, desnuda y adormilada. La besó en la mejilla de manera cariñosa, pero la joven siria la sujetó por la nuca y la atrajo hacia sí para darle un beso apasionado. Serena se desnudó también y se metió en la cama.

—El chambelán tenía razón —dijo—. La *ornatrix* de la reina obra milagros.

—¿Tan bella estaba Habibeth?

—No te lo puedes imaginar. Te habrías enamorado de ella.

—¿Te has enamorado de la reina?

Serena no respondió. Se abrazaron con fuerza, pero la joven hispana estaba tan cansada que pronto se quedó dormida.

41

A la captura de Julio

Llevaban varios días perforando la zona de las piedras ciclópeas de los cimientos de la muralla y estaban a punto de perder las esperanzas de alcanzar la celda de Alarico.

—No sé si llegaremos a tiempo —dijo Adler, desanimado ante la lentitud del avance.

—Estoy seguro de que sí —lo contradijo Brand—. No nos rendiremos. Sé que Alarico aguantará.

Fue Walfram quien se dio cuenta de que habían sobrepasado las piedras ciclópeas.

—¡Ya está! —exclamó triunfal—. Hemos superado los cimientos de la muralla.

Solo en esa tarea habían tardado más de una semana. Llevaban, pues, doce días de excavación. Si el sacerdote Aram tenía razón, les quedaban unos siete pies para alcanzar la pared de la celda. Si no encontraban más complicaciones lo lograrían ese mismo día. Walfram estaba convencido de que Alarico seguía con vida y que podría incluso aguantar algunos días más. Así que, a pesar del agotamiento, siguieron trabajando sin tregua alternándose en los descansos.

Alarico se despertó al oír unos ruidos lejanos que procedían del muro. Era un sonido apenas perceptible, pero iba cobrando intensidad. Se acercó a los sillares y pegó la oreja. Ahora oía con nitidez unos golpes, como si alguien estuviera excavando detrás del muro con un pico. De inmediato pensó en sus hombres y, no mucho después, vio una tenue luz que se colaba por una rendija entre dos sillares a la altura de sus muslos. A continuación oyó el susurro de Walfram:

—¿Alarico?

—Sí. Aquí estoy —logró decir, pese al agotamiento.

—No hables. Limítate a sujetar los sillares que vamos a empujar para impedir que caigan. Después los depositas con cuidado en el suelo de la celda. Tardaremos un poco más porque no queremos que se nos oiga.

Sin decir ni una palabra, Alarico, haciendo un enorme esfuerzo para su debilitado estado físico, fue cogiendo los pequeños sillares a medida que sus rescatadores iban moviéndolos hasta que quedó un hueco por el que cabía su cuerpo.

—No te muevas —dijo Walfram—. Adler va a entrar para sacarte de ahí.

Adler se coló sin hacer ruido y estuvo a punto de desmayarse por el olor nauseabundo y la falta de oxígeno. Alarico consiguió introducir la cabeza y el tronco en el hueco, pero se quedó sin fuerzas. Brand lo sujetó por las axilas y Adler lo levantó por las piernas y así pudieron meterlo en el túnel. Cuando consiguió sentarse, Walfram le dio un odre de agua para que bebiese, si bien se lo quitó rápidamente porque después de tanto tiempo no debía beber demasiado. Acto seguido, Adler volvió a la celda para recoger los sillares, que luego fue colocando desde el otro lado del túnel lo mejor que pudo. Después fueron rellenando el muro con los escombros que habían ido depositando dentro de sacos en el dormitorio de

Aram. La debilidad impedía a Alarico pronunciar palabra alguna.

Esa noche, Aram explicó al joven caudillo todo lo ocurrido en la corte persa mientras él estaba en prisión.

—Cuando abran la celda y vean que has escapado —añadió también—, Sapor nos echará encima a todo su ejército. Además, descubrirán que el túnel se excavó desde el templo. Tengo garantizada una tortura horrible antes de que me mande ejecutar.

Alarico se dio cuenta de que se encontraban como al principio, sin saber dónde se hallaba escondido el general Julio. Tampoco tenía claro cómo rescatar a Calista. La ventaja de atacar por sorpresa se había esfumado ya que los habían descubierto. Eso significaba que no tendrían tiempo para hacer lo que los había llevado hasta Persia antes de que Sapor se diera cuenta de que había escapado de su celda.

Poco después llegaron a caballo a la torre del silencio, el lugar que Aram había escogido para ocultarse. La noche era clara y vieron la silueta de la torre circular recortándose sobre la brillante luna. Estaban en pleno desierto. Aram abrió una trampilla y todos entraron en un inmenso osario.

—¿Qué es esto? —preguntó Walfram.

—Es lo que vosotros llamaríais un cementerio. Aquí nadie os buscará —dijo Aram—. Las torres del silencio son los lugares donde los persas dejan a sus muertos. Los depositan desnudos en la terraza y esperan hasta que los buitres se comen la carne y los huesos quedan pelados. Cuando por efecto del sol están ya limpios, es decir, cuando están totalmente blancos, los ponen en este osario.

—Los muertos son la comida de los buitres —se sorprendió Walfram—. ¿Esa es una forma de honrar a los antepasados?

—En nuestra religión, el cuerpo es una creación del demonio Ahriman y por eso los restos humanos son impuros y despreciables. Son simples despojos con un simbolismo nocivo. Al morir, el alma se separa de la carne y vuela hacia los Jardines de la Luz a unirse con el resto de las almas en el seno del dios creador, el dios del bien Ahura Mazda. Si la persona ha tenido un comportamiento indigno que le impida estar con el dios, vuelve a reencarnarse. Para los persas, el tiempo es circular, se mueve en un eterno retorno que concluye cuando el alma llega por fin a los Jardines de la Luz y allí, desde luego, el tiempo ya no existe porque no tendría sentido.

—Los huesos no pueden hacernos daño —consiguió decir Alarico—. ¿Y si nos descubren?

—Eso no pasará. Nadie entra jamás en el osario. Lanzan los huesos desde la torre por un hueco que hay en el centro de la terraza.

—Pasado mañana saldremos para capturar al general Julio. —Alarico se dirigió al sacerdote Aram—: Tú nos dirás dónde se esconde.

—Ahora me voy. Volveré pasado mañana de madrugada.

Al día siguiente del banquete real, el rey Sapor había llamado a Estilicón para reunirse con él a la hora tercera. Pasada esa hora, la reina Habibeth, acompañada de su sirvienta Sadira y precedida por su chambelán, se presentó en los aposentos de Serena. Nila fue a buscarla y la princesa hispana salió a recibir a la reina.

—Te esperaba.

—Ayer dejamos inconclusa una agradable conversación. —Antes de continuar se dirigió a su chambelán—: Puedes retirarte.

—Veo que has traído a tu *ornatrix* —dijo extrañada Serena.

—Sí. Quiero que aceptes a Sadira como mi regalo personal.

—No puedo. Esa joven es muy valiosa para ti. Además, tengo mi propia *ornatrix*.

—Nada pierdes con tener dos. No admitiré una negativa. Sadira tiene una educación exquisita, no solo sabe maquillar y adornar a una mujer. Habla los idiomas del imperio y es tan inteligente que puede asumir a tu plena satisfacción cualquier encargo que le hagas.

—Bien…, si ese es tu deseo, no puedo negarme.

Serena llamó a Nila y le dio instrucciones para que acompañase a Sadira, quien, a partir de ese momento, formaría parte de su servicio personal.

Cuando se quedaron solas, la reina dijo:

—Anoche, cuando te miré a los ojos, noté que te turbabas. También a mí me trastornó tu mirada.

—Noté algo que no sabría definir. Fue como un relámpago que me hizo sentir un deseo hacia ti casi incontrolable. Eres la mujer más bella y sensual que he conocido, y no puedo negar que me siento atraída y fascinada por ti.

Habibeth se acercó a Serena, que era más alta que ella, y alzó los ojos hacia su rostro para mirarla con la misma intensidad que la noche anterior mientras la abrazaba por la cintura. Serena, que estaba deseando ese acercamiento, aproximó sus labios a los de la reina.

—He ordenado que no nos molesten —dijo la hispana.

Las dos mujeres se miraron con cara de complicidad, entraron en el dormitorio y cerraron la puerta. Serena no pudo controlar ni tan siquiera el tiempo que estuvieron en esa gozosa intimidad porque jamás había disfrutado del sexo con el ardor que la joven reina le hizo sentir. Se dio cuenta que de Habibeth se había quedado fascinada con ella y decidió que tenía que aprovecharlo.

—Recordaré estos momentos toda mi vida —le dijo—. ¿Quién te enseñó a amar?

—Como te conté durante la cena, vine a palacio como prostituta del rey. No habría podido hacerlo de no conocer todos los secretos del sexo. Pero la magia que se ha producido entre nosotras no ha sido por el uso de trucos, sino por el deseo que siento por ti. Si no fuese la reina de Persia y madre de futuros reyes, me cambiaría por Sadira y me iría de aquí a donde quisieras llevarme, porque con nadie me he sentido nunca más a gusto que contigo.

—Tus palabras me turban, pero me haces un gran honor.

—Todos los adornos, joyas, ropas, ungüentos y pinturas que hay en tus aposentos son un regalo mío y de Sapor.

—No puedo aceptarlo.

—Para nosotros será un honor que lo aceptes. Ah, y si necesitas alguna cosa del palacio o de Sapor puedes pedírmela. Yo te la conseguiré.

Mientras ambas se vestían, Serena pensó que quizá había llegado el momento de recoger los beneficios de su deleitoso trabajo.

—Acepto tu ofrecimiento. Consigue que Sapor firme el tratado de paz. Para mí es importante porque quiero casarme con Estilicón y ese acuerdo le haría ganar prestigio ante el emperador.

—Di a tu hombre que debe ser más flexible —dijo la reina—. Sapor ha de tener la sensación de que ha ganado la negociación.

—Gracias, Habibeth. También me gustaría que el caudillo godo Alarico, que está prisionero en palacio, regresara con nuestro séquito a Constantinopla.

—Es posible que no volvamos a vernos —dijo la reina al tiempo que se quitaba un pequeño anillo de oro, que puso a

Serena en el dedo anular de la mano izquierda—. Acepta este regalo como símbolo del placer que me has hecho sentir.

Serena se quitó su propio anillo y lo puso en el mismo dedo de la misma mano de la reina.

—Te prometo que este anillo no saldrá de donde me lo has colocado, Habibeth.

—Pues yo te prometo, Serena —dijo la reina—, que mientras Sapor sea mi esposo no permitiré que haya guerra entre nuestros pueblos. Da por hecho ese tratado.

Nada le dijo sobre Alarico, aunque Serena sabía que Habibeth tendría en cuenta lo que le había pedido. Se despidieron con un beso y la reina salió de los aposentos tras el chambelán. No olvidó despedirse también de Sadira, que se quedó llorando junto a Nila.

Cuando Estilicón regresó, Serena estaba ansiosa por conocer el contenido de la conversación que había mantenido con el rey.

—No quiere hablar de Alarico hasta que el tratado esté listo para rubricarse. Habrá que esperar. Está complicando el pacto. Modifica cada una de mis propuestas e incluso ha puesto en duda la división de Armenia.

—Mientras estabas con Sapor, la reina me ha visitado. Parece que le he caído bien. Me ha regalado a su *ornatrix*. Yo me he negado, pero ha insistido y no he tenido más remedio que aceptar.

—¿No será una espía que Sapor quiere introducir en el palacio imperial? Recuerda lo que pasó con Calista.

—Calista ya es agua pasada. Sapor no dejará que se mueva de Ctesifonte. Quien me preocupa es Alarico. Es la garantía de que el pacto entre los godos y el imperio siga en vigor mientras nuestro ejército no esté más fortalecido.

—¿Crees que Sapor está haciéndonos perder el tiempo y que finalmente no firmará? Este pacto es muy importante para nuestro futuro… —Al usar el plural, Estilicón estaba lanzando un mensaje a Serena, que esta recogió en el acto.

—Al contrario. Estoy convencida de que firmará ese pacto y que nos entregará a Alarico.

—¿Por qué estás tan segura?

—Creo que he seducido a la reina y ella tiene mucha influencia sobre el rey. En todo caso, ese pacto será una de las garantías de… nuestro futuro.

Mientras pronunciaba esas dos últimas palabras, arrastrando las sílabas, lo cogió de las manos, cosa que jamás había hecho antes, lo atrajo hacia sí y le susurró al oído:

—Me gustaría que esta noche durmiéramos juntos.

Estilicón esperaba desde hacía tiempo la oferta que Serena acababa de hacerle. No solo le parecía una mujer que despertaba el deseo de cualquier hombre; era, además, la persona más poderosa de un imperio en el que las constantes intrigas podían poner en peligro su carrera si Teodosio moría. El matrimonio con Serena lo legitimaría para continuar en lo más alto del poder. Cuando la trajo desde Hispania hacía ocho años no imaginó que ese momento llegaría.

Entró en los aposentos de la princesa esa noche y, al encontrarla ya desnuda en la cama, se fundió con ella en un beso que deseaba que no terminase nunca. Estaba convencido de que junto a esa bella mujer alcanzaría los puestos más relevantes del poder del imperio porque ella era tan ambiciosa como él. Ahora de verdad formaban un equipo indestructible y más poderoso que el propio Teodosio.

Cuando terminaron los juegos sexuales, Serena, que había traído un anillo de oro para la ocasión, tomó la mano izquierda de Estilicón, se lo puso en el dedo anular y dijo:

—Que este sea el símbolo de que aquí y ahora me desposo contigo.

Estilicón parecía confundido, pero, casi sin pensarlo, se quitó un anillo de oro que adornaba su meñique y se lo puso a Serena en el mismo dedo en el que llevaba el que la reina Habibeth le había regalado.

—Pues yo te acepto como mi esposa.

Mientras Estilicón la besaba, Serena jugueteaba con los dos anillos frotándolos con los dedos de su mano derecha.

Aram cumplió su palabra y volvió al osario la madrugada del segundo día con los caballos. Antes de despedirse sacó un plano del lugar donde se encontraba el general Julio y se lo entregó a Alarico. Este, que ya había tomado las riendas de la situación, le dijo:

—No puedes quedarte en un lugar donde sabes que van a matarte. Vendrás con nosotros.

—Es cierto que me darán muerte si me quedo —reconoció el sacerdote, y comprendió que no tenía más remedio que exiliarse.

—¿Dónde está el general? —preguntó Alarico.

—Julio se encuentra en un palacio, propiedad del rey, a unas doce millas de aquí. Dispone de una escolta de cinco soldados. Cada tres días acuden otros cinco a hacer el relevo y llevan con ellos un carro con las provisiones.

—¿Cuándo toca el relevo?

—Esta mañana en la tercera hora. Después nadie volverá hasta pasados tres días.

—¿Hay algún lugar donde esconderse?

—El palacio está ubicado en medio de un bosque y rodeado por un inmenso jardín.

—¿Y cuántas personas de servicio hay?

—Tres hombres y tres mujeres. También hay una mujer para hacer compañía al general Julio.

—Tiene hasta una prostituta para él solo... ¡Un retiro dorado! —se indignó Alarico—. Observaremos el comportamiento de los soldados y después atacaremos de manera selectiva a cada uno de ellos. Somos cinco contra cinco.

—No, Alarico —dijo Walfram—. Tú no estás todavía en condiciones de luchar. Nosotros nos bastamos. Los cogeremos por sorpresa.

No tardaron demasiado en llegar hasta el bosque que rodeaba el palacio y se ocultaron lejos del camino a esperar la llegada de los soldados.

Tal como Aram había dicho, a la hora tercera los jinetes aparecieron con un carro e hicieron el relevo. Cuando los relevados se alejaron lo suficiente, Alarico dio la orden de atacar.

Todo sucedió con rapidez. Mientras Briton Drumas vigilaba a Julio para impedir que escapase, capturaron y desarmaron a todos los soldados. El general, que se alertó al ver a Walfram golpeando en la cabeza al guardia que se hallaba junto a la puerta de la entrada, corrió hacia los establos en un intento de fuga. No le dio tiempo porque Briton fue tras él y lo alcanzó antes de que pudiera montarse en un caballo. Ataron y amordazaron a los soldados junto con la servidumbre, que en ningún momento opuso resistencia. Ya los rescatarían los soldados del siguiente relevo.

—Ha llegado el momento de volver con los nuestros. Hay que darse prisa —dijo Walfram.

—¿Y Calista? —preguntó Alarico.

—No podemos llevárnosla —respondió Walfram.

—He venido a rescatar a Calista y no me iré sin ella —dijo crispado Alarico.

—Es imposible entrar o salir del palacio de Sapor porque habrán multiplicado el número de soldados —objetó Walfram.

En la mente de Alarico se instaló una tristeza inconsolable.

Como futuro rey de los godos, se debía ante todo a la promesa que había hecho al consejo de caudillos. No obstante, las posibilidades de liberar a Calista eran muy remotas y no quería poner en peligro la vida de los suyos.

—Es posible que Calista esté viniendo hacia aquí en este momento —dijo Aram—. Si todo va como lo ha planeado, habrá salido del palacio de Sapor y cabalgará ahora en esta dirección.

—¿Cómo ha escapado? —preguntó Alarico.

—Eso no me lo dijo —contestó Aram—. Me limité a dejarle preparado un caballo y ropa de hombre.

—Estoy seguro de que lo habrá conseguido —concluyó Walfram.

Acompañados de Julio, que cabalgaba con las muñecas atadas y amordazado, salieron al galope para detenerse en un cruce de caminos al que Aram los condujo. Esperaron hasta que vieron la polvareda que levantaba un caballo al galope. Aunque no podía distinguirse aún quién lo montaba, el sacerdote dijo:

—Es Calista. Sigámosla.

Cabalgaron hasta el anochecer. Cuando se detuvieron, Aram les comunicó que ya debían de encontrarse a treinta millas de Ctesifonte. Alarico estaba exultante por haber recuperado a Calista, y todos quisieron saber cómo había conseguido salir la joven del palacio real. Ella les explicó que, cuando Sapor mandó encerrar a Alarico, planeó la forma de escaparse. Desde que había dicho a los reyes que aceptaría casarse con el general Skandar, le dejaban libertad para moverse por el palacio, aunque no le permitían salir. Cuando Aram le reveló que iban a secuestrar al general Julio ya tenía un plan de fuga, de modo que pidió al sacerdote un caballo y ropa de hombre y acordaron los detalles del encuentro.

—¿Y cómo escapaste? —preguntó intrigado Aram—. Estaba seguro de que lo lograrías, pero no me imagino cómo.

—Conozco bien el palacio real y sé que en el ala sur hay una puerta pequeña que solo utiliza Sapor cuando quiere salir de incógnito. Delante de esa puerta hay un pasillo de unos diez pies que corresponde a la anchura de la muralla. Únicamente hay un soldado de vigilancia. Es un lugar sin luz porque no hay ventanas y el centinela lleva un candil para alumbrarse. Ese me pareció el mejor lugar para salir. En los días anteriores a mi fuga estuve observando para averiguar cuándo se producían los relevos. Pensé que el turno de la noche sería el más adecuado para escapar. Esperaría a que el vigilante se relajase o se durmiese. Pero descubrí que todas las noches a la hora tercera llamaban a la puerta y una joven, seguramente una prostituta, entraba para tener sexo con el centinela. Apagaban el candil, se metían en un cuartucho que hay enfrente y lo hacían con tanta pasión que difícilmente podían darse cuenta de lo que pasaba a su alrededor. Ese era el momento que debía aprovechar, decidí. Sabía que la puerta, por la que había salido en alguna ocasión cuando vivía en el palacio, no puede abrirse por el otro lado y dentro tiene un cerrojo en forma de gancho que se quita con facilidad. Levanté el cerrojo y, muy despacio para evitar que la puerta chirriara, la abrí y me asomé al exterior, donde no había nadie a esa hora de la madrugada. Había llevado un hilo con el que sujeté el gancho para dejarlo caer en su sitio al volver a encajar la puerta con cuidado desde fuera y luego lo recuperé para no dejar ninguna prueba. Dudo que se hayan percatado de que me he escapado. Una vez fuera, solo tenía que localizar el caballo y venir hasta aquí.

Todos se habían quedado atónitos por el relato, pero eran conscientes de que si la echaban de menos en el palacio Sapor enviaría a sus soldados de la guardia imperial a buscarlos. Por eso debían darse prisa.

Alarico preguntó a Aram por el camino a seguir para abandonar Persia. El sacerdote, que había estudiado a fondo las posibilidades de la huida, consideró que tenían que hallar una ruta alternativa, ya que la más corta y fácil era también la más previsible para que Sapor los capturase. Podrían hacer el viaje a través de Egipto y Cirene, pero decidió que sería más difícil que los alcanzasen si atravesaban Armenia por las montañas del Cáucaso procurando no entrar en las poblaciones. Después cruzarían la Iberia caucásica y la Cólquida hasta llegar al puerto de Sebastópolis.[29] Por último, embarcarían en un carguero y atravesarían el mar Negro hasta la ciudad de Tomis, en la provincia de la Mesia. Deberían navegar más de setecientas millas y, además, llevando consigo un preso que les haría más lento el camino de regreso.

Colocaron al general Julio con el vientre sobre el lomo del caballo con las manos y los pies atados por debajo de la panza, lo amordazaron y lo cubrieron con una manta como si fuera un fardo. No había dicho ni una sola palabra desde que lo habían capturado.

Habían pasado casi tres semanas desde que la guardia de Sapor apresó a Alarico. Ante la celda en que lo encerraron se encontraban el rey persa junto con Serena y Estilicón, que finalmente habían conseguido la firma del acuerdo gracias a la

---

29. Sebastópolis era el nombre que la ciudad de Sebastopol, en Crimea, recibió durante el Imperio romano. Significaba Ciudad Augusta, en honor al emperador Octavio Augusto. Existía otra ciudad con el mismo nombre en la península de Anatolia.

influencia de la reina. Ahora Sapor también les entregaría a Alarico. El rey ordenó que abrieran la puerta y lo sacaran.

—Tapaos la nariz —aconsejó Sapor con ironía a sus huéspedes—. Lo más probable es que esté muerto.

Estilicón y Serena miraron al rey con cara de no creerse lo que acababa de decirles.

Los guardianes entraron en la celda con una antorcha y al cabo de unos segundos volvieron a salir.

—No hay nadie dentro —anunció uno de los soldados.

—¿Que no hay nadie? ¿Quién se encargó de encerrarlo?

—Fui yo, majestad —respondió con cara de pavor el oficial.

—¿Estás seguro de que lo metiste en esta celda?

Ante la respuesta afirmativa del soldado, Sapor pidió una antorcha y entró él mismo. Fue entonces cuando comprobó que los sillares del muro del fondo habían sido movidos.

—¡Se ha escapado! —clamó.

De repente ató cabos y cayó en la cuenta de por qué no había visto a Calista los dos últimos días. A buen seguro había huido con el caudillo godo.

Sapor dio órdenes para que persiguiesen a los fugitivos, a pesar de que no sabía ni cuándo ni por dónde saldrían de Persia, si es que estaban todavía en su territorio. También ordenó que fuesen al palacio donde el general Julio se hospedaba para comprobar si seguía allí.

No iba a ser un regreso fácil. No solo por la distancia, y por el hecho de tener que atravesar una zona montañosa por caminos secundarios para no ser vistos, sino también porque llevar al general Julio como un fardo les ralentizaba la marcha. Alarico estaba empeñado en que llegase vivo para que el castigo y, sobre todo, la ejecución fuesen públicos. Era seguro que el rey Sapor habría enviado varios destacamentos para intentar capturarlos por todas las rutas de salida de Persia. Se habían llevado del palacio donde Julio estaba escondido los alimentos que pudieron, pero en poco tiempo se les agotaron. Tendrían que cazar, beber de los arroyos, robar o esperar la generosidad de las aldeas o las granjas por las que pasaran.

Tardaron tres semanas en atravesar Armenia y la Iberia caucásica. Cuando estuvieron cerca de la Cólquida, Alarico dijo:

—Lo previsto era llegar hasta Sebastópolis y allí embarcar hasta Tomis. Pero seguro que estarán esperándonos. Nos desviaremos hacia el este y nos internaremos en el país de los sármatas. Tardaremos más tiempo en llegar, pero ese desvío nos garantiza que no nos perseguirán. No nos acercaremos al mar Negro.

Los aguardaban más de mil quinientas millas por zonas montañosas y boscosas sin caminos y tendrían que orientarse por la situación del sol y de los astros. Tardaron más de dos meses en llegar hasta el campamento de los Cárpatos. Estaban exhaustos y hambrientos. Lo primero que hizo Alarico fue encargar que atendiesen a Julio porque lo quería vivo y sano.

Habían vuelto con los objetivos conseguidos.

42

A vueltas con la diosa Victoria

Era el comienzo del verano del año 385. Encerrado en una ergástula del cuartel anejo al palacio imperial de Magno Máximo en Tréveris, se encontraba Prisciliano, el obispo hispano de Gallaecia, en el noroeste de Hispania. Lo habían confinado, como si se tratase de un esclavo rebelde, en una celda soterrada sin luz para que no tuviese contacto con nadie del exterior. Varios de sus seguidores se encontraban también presos, hombres y mujeres en celdas separadas. Los habían acusado de herejía por haber incurrido en prácticas de magia, adivinación y brujería, y un tribunal eclesiástico los había condenado a muerte. Estaban a la espera de que el emperador los perdonase o hiciese cumplir la sentencia. Jamás la Iglesia católica había pedido al máximo mandatario del imperio que ejecutase a uno de sus miembros. Aquella situación enojaba a Magno Máximo, que no deseaba entrometerse en los asuntos religiosos. «Que los maten ellos», había dicho a sus más allegados.

Junto al salón de audiencias, Símaco, Nicómaco Flaviano y Pretextato, que integraban la legación de senadores paganos, aguardaban a que el emperador los recibiera para que autorizase la reposición de la estatua de la diosa Victoria en el Senado de Roma. En los días que llevaban en Tréveris habían tenido tiempo de oír la historia del obispo hispano y sus seguidores. Pero las versiones eran contradictorias. A los que apoyaban la acusación de herejía se oponían los que lo veían como a un santo que solo se guiaba por los preceptos del cristianismo primitivo. Pero, para su desgracia, la Iglesia católica no podía tolerar a un obispo que condenaba la esclavitud como uno de los pecados más abyectos, que trataba igual a hombres y mujeres e incluso era partidario de ordenarlas como sacerdotisas y que, además, practicaba una pobreza rigurosa que, según decía, era lo que Jesucristo había predicado.

Mientras conversaban sobre esas cuestiones, el chambelán les comunicó que el emperador los había hecho llamar. Cuando entraron en el gran salón de audiencias, se arrodillaron a los pies del trono de oro en el que Magno Máximo estaba sentado y Símaco besó su zapato derecho. El patricio más rico y poderoso de ambas partes del imperio besaba el pie de un hispano que había nacido en una familia de la pequeña aristocracia provinciana. Al tiempo que se levantaba lentamente, Símaco pensó en cuánto habían cambiado las cosas desde la época de Marco Aurelio.

—Levántate. Eres el presidente del Senado y, como tal, la segunda autoridad del imperio.

Antes de escuchar las peticiones, Magno Máximo quiso conocer la opinión de aquellos sabios hombres, todos grandes rétores y abogados, sobre la condena que la jurisdicción religiosa había dictado.

—Supongo que conocéis la sentencia sobre Prisciliano de Gallaecia y sus seguidores —dijo—. He recibido cartas del obispo Martín de Tours, de Ambrosio de Mediolanum e incluso del papa Siricio, los católicos más notorios, pidiendo que no la ejecute. Pero los obispos hispanos, también católicos, afirman que las acusaciones son tan graves que es preciso acabar con la vida del hereje y sus secuaces ¿Qué piensas que debo hacer? —Magno Máximo miró al patricio a la espera de su respuesta.

—No soy nadie para dar lecciones de ética al emperador —respondió Símaco—. Sin embargo demandas mi opinión y, para ser consecuente con lo que vamos a pedirte, creo que no puede ser delito pensar de una manera diferente. Todos tenemos derecho a la libertad de pensamiento y a practicar la religión que cada uno elija, de honrar a Dios conforme nos dicte nuestra conciencia.

—Se los acusa de crímenes contra las leyes de Roma que prohíben la brujería, la adivinación y la magia. Según los obispos hispanos, hay suficientes pruebas de esos delitos.

—Pero si han incumplido las leyes del imperio, debería haberlos juzgado un tribunal imperial, no uno eclesiástico.

Magno Máximo ya había oído lo que deseaba y dio un giro a la conversación.

—Bien. Vayamos a lo que os ha traído hasta la corte.

—Emperador, la mayoría de los senadores consideran que las leyes de Teodosio, que ratificó tu antecesor, Graciano, son injustas.

—Lo sé. He leído la carta que enviasteis a la regente Justina. Y sé también que ella es partidaria de la libertad de culto. ¿Creéis que es injusto castigar a los que practican los cultos paganos? ¿Consideráis inmoral que se los multe, se les requisen sus bienes, se deshere de a sus hijos, y que sean condenados al exilio o a la muerte?

—Sí. Todo eso es una monstruosidad. Y lo peor es que Justina, aun estando de acuerdo, no ha querido autorizar la libertad de culto por temor al obispo Ambrosio.

—¿Y qué queréis que haga yo? —preguntó el emperador, aunque sabía muy bien lo que deseaban los miembros de aquella delegación del Senado.

—Un gesto simbólico sería suficiente —dijo Símaco—. Autoriza que la estatua de la diosa Victoria sea repuesta en su altar del Senado.

—Eso es imposible. La ciudad de Roma no está dentro de mi jurisdicción.

—Por eso estamos aquí. Queremos que sepas que la mayoría del Senado apoyará que seas también el emperador de Italia, África e Iliria.

—¿Me pedís que deponga a Valentiniano II y a su madre? —Magno Máximo recordó por un momento la visita a Britania de Estilicón.

—Sí. Te apoyaremos desde el Senado.

—Eso me enemistaría con Teodosio.

—Si lo haces tendrás un ejército más poderoso que el de Oriente. No se atreverá a enfrentarse contigo.

—Sabéis que estoy a favor de la libertad de culto y que no perseguiré a nadie en mi jurisdicción por razones religiosas, pero lo de invadir los territorios de Valentiniano puede provocar una guerra civil. —Magno Máximo se llevó el pulgar y el índice de la mano derecha a la barbilla—. No os digo que no lo haré, pero tengo que reflexionar. —Después de abstraerse un instante, dijo—: Esta conversación no ha tenido lugar.

Los senadores paganos juraron que nada saldría de sus labios. Cuando abandonaron el palacio, Símaco comentó a sus compañeros de legación que habían conseguido lo que deseaban.

—Ahora Magno Máximo considerará la posibilidad de usurpar el trono de Valentiniano.

Magno Máximo no quería enemistarse con los obispos hispanos, sobre todo ahora que planeaba invadir los territorios de Valentiniano. Por eso dio órdenes de que ejecutaran la sentencia. Esa misma tarde rodaron las cabezas de Prisciliano y algunos de sus seguidores. Esperaba no tener que arrepentirse de tan grave decisión porque era la primera vez que una autoridad civil ejecutaba una sentencia de un tribunal religioso.

Sin embargo, no se opuso a que un grupo de partidarios de Prisciliano se llevase su cadáver, incluida su cabeza, para darle sepultura en un lugar de la Gallaecia que el propio obispo había dispuesto en sus últimas voluntades. Una vez que el cadáver fue enterrado, aparecieron sobre el cielo nocturno unas extrañas luces como grandes estrellas que sus seguidores consideraron milagrosas, por lo que el lugar de las tumbas recibió el nombre, por parte de los fieles de la Gallaecia, de Campus Stellae o Compostela. Y de inmediato se creó un movimiento de peregrinación de los partidarios de Prisciliano, que acudían al lugar de enterramiento a rendir homenaje al que consideraban un obispo mártir a pesar de que la Iglesia católica lo había declarado hereje. El papa Siricio pidió a Magno Máximo que interviniese para impedir esa peregrinación al Campus Stellae, pero el emperador se negó al considerar que no era esa la tarea de sus legiones.

43

Flacila debe morir

En Constantinopla, la relación entre Teodosio y su sobrina se fortalecía en el plano político mientras que en la intimidad había desaparecido del todo. El emperador había hecho crecer la figura pública de la princesa dado que conocía su ambición, con lo que compensaba su desapego sexual. Ahora el camino de Serena hacia el poder del imperio pasaba por el ascenso de Estilicón. El desdén erótico del emperador la había obligado a modificar su estrategia.

Un día del mes de septiembre del año 386 Teodosio la citó en sus aposentos privativos.

—¿Por qué me has convocado aquí? ¿Quieres que vuelva a ser tu amante? —dijo Serena en tono irónico.

—No te he llamado por eso.

El emperador le explicó que en su viaje a Italia había conocido a la joven Gala, la hermana del emperador Valentiniano II.

—He oído hablar de ella —dijo Serena, en cuyas palabras ya no se notaba la huella de los celos que un día la llevaron a faltar al respeto a su tío—. Aseguran que es la mujer más bella y dulce del imperio.

—Lo más importante es que se trata de la hija del emperador Valentiniano I, y un matrimonio con ella me vincularía con su dinastía, con lo que mi legitimación sería indiscutible en todo el imperio.

—¿Qué quieres que haga?

—Quiero que Flacila desaparezca. Ya me ha dado los hijos que necesito para garantizar mi sucesión en el trono. Ahora mi deseo es casarme con Gala. —Teodosio miró a los ojos a su sobrina esperando una respuesta positiva—. Y quiero que seas tú la que te encargues. Tú no la aprecias, pero Flacila te adora. Eres la única persona con acceso a sus aposentos privados sin tener que pedir permiso.

Serena dejó que un gesto de complicidad se instalara en su cara. Miró a los ojos a su tío con la misma intensidad que ponía en sus encuentros cuando eran amantes.

—Desde que yo era una adolescente hemos sido cómplices y nos lo hemos contado todo. Pero me has ocultado tu deseo de casarte con Gala.

—Ha sido una decisión de las últimas semanas. Bien, sobrina, no puedo ordenarte nada, pero espero que accedas a lo que te pido.

—¿Tendré alguna compensación?

—Ya te he dado más poder que a cualquier otra persona del imperio.

—A Flacila la has nombrado *augusta*, su imagen figura en las monedas de oro y en todas las ciudades hay estatuas suyas.

—De acuerdo. Sé que deseas casarte con Estilicón.

—No me casaré con un simple oficial. Tendrás que ascenderlo a general.

—Eso es imposible. Es demasiado joven y debe seguir el *cursus honorum*.

—Eres el emperador. No hay límites para tus deseos.

—Mañana viajaré a Tesalónica —dijo Teodosio—. Quiero nombrar a Buterico comandante de los destacamentos militares de esa ciudad y de toda la región de Acaya. Estaré fuera durante al menos un mes. Una semana después de que me haya ido, Flacila tiene que haber muerto.

—¿Cómo debo hacerlo?

Teodosio sacó un pequeño frasco.

—Arsénico —dijo el emperador con solemnidad—. Es incoloro, inodoro e insípido. Sé que lo usarás con discreción. Nadie sospechará, mucho menos de ti.

—Pero el médico imperial sí podría sospechar.

—Ya lo he pensado. Gneo Fabio me acompañará a Tesalónica. Solo quedará aquí su ayudante. Será algo entre tú y Flacila —concluyó Teodosio—. Lo dejo en tus manos. Espero que no me defraudes. Si lo haces bien, Estilicón será uno de mis generales.

Esa noche Serena no pudo dormir. Odiaba a Flacila por ser la mujer del emperador, pero ahora que Teodosio ya no era su amante, ningún interés la empujaba a cometer un asesinato tan deleznable. Flacila era una mujer bondadosa y respetada por el pueblo, y la Iglesia católica la veneraba como a una santa. Sin embargo, había una razón superior: se lo había pedido el todopoderoso emperador y no podía negarle nada porque, a pesar de los reveses, Serena seguía aspirando a controlar en el futuro todo el poder del imperio. Y, en su fuero interno, tampoco le desagradaba la idea. Para darse fuerza recordó la historia de la emperatriz Agripina la Joven, sobrina como ella de otro emperador, una historia que la había seducido desde que la leyó cuando era niña y que seguía fascinándola. Fue una mujer que desde joven no cesó de intrigar en la corte de Roma. Primero con su hermano, el emperador Calígula, con el que se acostaba para participar en el poder. Cuando este se volvió contra ella, trazó un plan para matarlo, lo que le costó el exilio. Tras el asesinato de Calígula, su tío Claudio fue nombrado emperador y Agripina, que regresó del exilio, decidió que se casaría con él a pesar de que había ordenado la muerte de su anterior esposa, Mesalina. Agripina no dejó de conspirar y envenenar hasta que Nerón, hijo suyo de un matrimonio anterior, fue elevado a la dignidad de emperador. Ahora sería ella la que mandaría en el imperio. Con el fin de controlar el poder, llegó a mantener relaciones sexuales con su propio hijo. Serena, que se hallaba embebida en los recuerdos, no quería pensar en el terrible final de la historia. La bella Popea Sabina, la amante de Nerón, tan intrigante y ambiciosa como Agripina, consiguió que el emperador se enemistara con su madre y ordenara matarla. Después, Popea estuvo maquinando hasta que Nerón hizo matar también a su primera esposa, Claudia Octavia, para casarse con él. Serena estaba convencida de que eso no le pasaría a ella porque se mantendría atenta a todas las intrigas de la corte. Aun así, le preocupaba la llegada de Gala, que iba a adueñarse del puesto que ella había dejado libre en el corazón del emperador. ¿Cómo serían sus relaciones con ella? ¿Sería una mujer ambiciosa? ¿Una competidora por el poder? Todo eso la angustiaba. Pero ahora su tarea inmediata era deshacerse de la pobre Flacila. Y debía hacerlo mientras el emperador se encontrase de viaje.

Desde su llegada a Tesalónica, Teodosio se había dedicado sobre todo a visitar los acantonamientos militares de Acaya para presentar a su nuevo comandante, Buterico. El tiempo restante lo empleaba en conceder las audiencias que le habían solicitado los notables locales, en las que siempre estaba presente el nuevo responsable de ejercer la autoridad imperial en aquel territorio. Fue durante una de esas audiencias cuando le informaron de la muerte de su esposa. La noticia se la llevó el propio Estilicón.

—¿Qué ha ocurrido? —le preguntó el emperador.

—Unos días después de tu partida, Flacila empezó a encontrarse mal. Tenía fiebre y vómitos que la postraron en la cama. Le resultaba casi imposible comer porque cada vez que lo intentaba sufría un agudo dolor de vientre. Serena no se separó de ella en ningún momento. Estuvo cuidándola día y noche y conseguía que comiese, aunque al poco tiempo vomitaba. El ayudante del médico imperial dijo que tenía los humores alterados por alguna infección que no supo determinar. En los días siguientes la fiebre se incrementó y los vómitos se juntaron con constantes diarreas. Quedó tan debilitada que finalmente su cuerpo no resistió.

Teodosio pareció entrar en un profundo estado de tristeza y pidió quedarse solo. Antes, encargó a Estilicón que diese las órdenes necesarias para el regreso inmediato a Constantinopla. Aunque lo había preparado él mismo, el asesinato de Flacila le afectó de verdad. Le tenía estima, aunque no la amaba. Pero para casarse con Gala no tenía más opción que quedarse viudo.

Al día siguiente pidió a Estilicón que viajase con él en la carroza imperial.

—¿Están preparando los fastos del entierro? —preguntó Teodosio.

—El gran chambelán ha tomado las riendas de las ceremonias junto con el patriarca Nectario.

El día de su partida, mientras la comitiva imperial avanzaba por la vía Egnatia camino de Constantinopla, Teodosio consideró que era el mejor momento para cumplir su parte del acuerdo con Serena.

—Voy a comunicarte algo que llevo pensando desde hace un tiempo, Estilicón. Sé que estás interesado en casarte con mi sobrina y sé que ella siente lo mismo por ti.

—Pero, emperador, cuando la conocí me dijiste que no era mujer para mí.

—Las cosas han cambiado. Tienes un gran futuro militar y político, y, junto con ella, eres la persona en quien más confío. Quiero que os caséis lo antes posible. Mis hijos se han quedado huérfanos y Serena puede ser para ellos igual que una madre. Pero prefiero que esté casada, y tú eres el mejor hombre para ser su marido.

—Me haces un gran honor, emperador.

—Os casaréis después de los funerales de Flacila.

Se habían desposado en secreto en Ctesifonte y ahora solo faltaba formalizar la unión. Eso significaba que los hijos de Serena serían sus hijos. Que su futura mujer hubiera sido amante de Teodosio no era para él ningún problema porque iba a casarse con quien ostentaba más poder que cualquier otra persona en el imperio después del emperador. Ambos tenían la misma ambición y, por tanto, eran el complemento ideal el uno para la otra. Al lado de Serena, pretendía llegar hasta lo más alto y ya no se lo impediría su origen semibárbaro. Se sintió feliz porque los hados se habían confabulado para situarlo en una posición privilegiada dentro del palacio imperial. Cuando se casase con Serena, dejaría de ser el asistente del emperador para pasar a ostentar un puesto de más relevancia.

La excusa para la invasión de la parte del imperio que correspondía a Valentiniano II se la proporcionó a Magno Máximo la propia regente, Justina. Una numerosa horda de bárbaros alamanes habían traspasado la frontera de la Panonia inferior y estaban avanzando hacia Italia y saqueando la provincia sin que nadie les opusiera resistencia. Magno Máximo entró en el territorio de Valentiniano con el fin de que su ejército retornase la paz a la frontera. Sin embargo, en lugar de dirigirse hacia Panonia, sus tropas marcharon en dirección a la corte de Mediolanum. A medida que ganaban terreno, las legiones de Valentiniano iban rindiéndose y pasaban a integrarse en el ejército de Magno Máximo. Se repetía lo que ocurrió tras la invasión de los territorios de Graciano. Los generales preferían estar bajo el mando de quien consideraban un gran militar.

Cuando Justina fue consciente de la equivocación que había cometido se refugió con sus hijos en la ciudad fortificada de Aquilea y pidió ayuda urgente al emperador Teodosio, quien ordenó al general Argobasto que preparase de inmediato el viaje por mar de la familia imperial. En una pequeña flota de tres barcos, protegidos por un numeroso contingente de legionarios, la regente Justina y sus hijos, el adolescente Valentiniano II y su hermana Gala, desembarcaron en Tesalónica. Buterico, comandante en jefe de la guarnición de esa ciudad, fue el encargado de recibir a la augusta familia, que fue alojada en el palacio imperial que había sido la primera corte de Teodosio. El propio emperador había ordenado al general Buterico que los agasajase como si de él mismo se tratara.

Hasta Tesalónica se desplazó Teodosio, en cuya comitiva figuraban Estilicón, ascendido ya a general, y su esposa, la princesa Serena, que exhibía un embarazo de pocos meses. Por fin la bella hispana iba a conocer a la mujer que la había sustituido en el corazón de su tío. Con motivo de la llegada del séquito imperial, Buterico organizó un banquete de bienvenida.

El recibimiento del emperador en el palacio imperial se revistió de una gran solemnidad para impresionar a Justina y a sus hijos. Adornado con la toga imperial de un intenso color púrpura, Teodosio hizo su entrada en la gran sala de audiencias al compás de los *cornua* de su guardia personal. El gran chambelán Eutropio ordenó la versión más extrema de la *proskynesis*, y todos los asistentes se tumbaron con el rostro pegado al suelo. Después de unos minutos eternos, el propio Eutropio fue quien, obedeciendo a un gesto del emperador, volvió hacia el techo las palmas de las manos para que todos se levantaran.

Teodosio se dirigió hacia la regente Justina, realizó una educada genuflexión y miró de soslayo a la joven Gala. El gran chambelán, como jefe de protocolo, hizo que todos se colocasen en los sitios asignados para la cena de homenaje a la familia imperial de Occidente. Ambos mandatarios se sentaron a la mesa, el uno junto a la otra. Valentiniano II se sentó a la izquierda de Teodosio y al lado de su hermana Gala. Estilicón y Serena se acomodaron en la misma mesa al lado de la joven Gala, que no osaba hablar.

—Imagino vuestro cansancio por un viaje tan largo —dijo Teodosio—. ¿Ya os han aposentado?

—Sí, emperador, el general Buterico se ha desvivido por atendernos —le contestó Justina—. Ha sido un viaje agotador, pero aquí, bajo tu protección, nos encontramos seguros.

—Fuiste una ingenua al solicitar la entrada de Magno Máximo en vuestros territorios.

—No pensé que tuviera intención de invadirnos. Recuerda que acordamos en Rávena un solemne respeto al espacio de cada uno de los emperadores —dijo la regente—. Antes que nada quiero darte mi más sentido pésame por el fallecimiento de tu esposa Flacila.

—Fue una enfermedad repentina, una pérdida muy dolorosa para todos.

—Bien, hablemos de los planes de futuro. Supongo que sabes que mi objetivo es recuperar los territorios que el usurpador ha ocupado.

—Ese sería también mi deseo, pero nuestro ejército no tiene la fuerza de las tropas de Magno Máximo —reconoció Teodosio—. Según mis informes, para mayor desventaja nuestra, decenas de miles de bárbaros francos de vuestras legiones se le han unido como tropas auxiliares. Ha formado un ejército formidable. Además, me ha enviado una misiva en la que me pide que lo reconozca como emperador de todo Occidente y a su hijo Víctor como césar y sucesor.

—¿Y qué piensas hacer?

—Tengo que estudiar la situación con la plana mayor del ejército. Pero un enfrentamiento directo podría ser una temeridad. Mis legiones no están en disposición de hacerle frente.

Mientras Justina y Teodosio continuaban su conversación, la princesa hispana se esforzaba por trabar amistad con la joven Gala. Su tío le había ordenado que le allanara el terreno. Serena estaba al lado de una muchacha de catorce años tan bella como la reina de Persia y eso le hacía entender los deseos de su tío. Gala ignoraba lo que se estaba planeando en relación con su futuro. Por eso puso cara de sorpresa cuando Serena, después de las presentaciones, le dijo:

—Causaste una gran impresión al emperador el día que te vio por primera vez en Verona...

Gala se ruborizó.

—No seas tímida. Has de sentirte como en tu propia casa.

—Es que no sé qué decir. —Fueron las primeras palabras de Gala.

—Eres tan guapa que cualquier hombre se enamoraría de ti. Y el emperador es la persona más importante del imperio, pero también es un hombre y sé que lo tienes fascinado.

Serena estuvo pendiente durante toda la cena de distraer a Gala. Hablaron de la corte de Constantinopla y de su viaje a Persia, y la alentó a que se relajase y le contara detalles de la corte de Mediolanum y la moda en Occidente. El emperador las miraba a intervalos en su animada conversación y notaba que Serena estaba cumpliendo su encargo con mucha diligencia. Poco a poco, Gala se sentía cómoda con la joven princesa a la que veía como a una amiga.

—Mi madre me dijo que el emperador se había quedado viudo... —Gala no se atrevía a seguir hablando.

—¿Y qué más te dijo?

Ante esa pregunta, Gala dejó escapar un suspiro y se dio cuenta de la necesidad que tenía de hablar con alguien que la escuchara de verdad.

—Antes me has dicho que me sintiera como en mi casa. Pero he de confesarte que me sentiría mejor en cualquier parte que en mi propia casa.

—¿Te encuentras a disgusto con los tuyos? —preguntó Serena, muy interesada en lo que la joven le revelaba.

—La causante es mi madre. Valentiniano y yo no podemos hablar con nadie. No tenemos amigos y solo nos relacionamos con nuestros preceptores. Eres la primera persona con la que me expreso con libertad. Por eso mi hermano y yo estamos tan unidos. Nos une el miedo a nuestra madre.

—Si tú quieres, mientras estemos en Tesalónica podríamos vernos para hablar. En mí encontrarás a una amiga.

—Me gustaría mucho que volviéramos a vernos.

Serena consideró que, una vez logrado su objetivo, debía cambiar el curso de la conversación.

—¿Qué tal el viaje? ¿Has pasado miedo?

—Ha sido bastante rápido para lo que esperaba. El general que nos acompañaba me produce pánico solo con verlo.

—¿Quién? —preguntó Serena.

Gala dirigió la mirada hacia la mesa en la que se encontraba el general Argobasto. Era un hombre de mediana edad, gran altura, pelo claro, largo y revuelto, barba algo canosa y cuerpo musculoso. Lo que asustaba de su aspecto era la gruesa cicatriz que, desde su época de joven oficial, le cruzaba la cara de oreja a oreja a la altura de la nariz y le daba un aspecto fiero que resaltaba la dureza de su expresión. A Serena, que nunca lo había visto, también le produjo la misma impresión.

—No tienes que preocuparte. Ahora estás bajo el manto de Teodosio.

La cena concluyó sin espectáculo tanto por el luto por Flacila como por las tristes circunstancias que habían hecho exiliarse a la familia real de Occidente.

Gala y Serena volvieron a verse con frecuencia y en las comidas y cenas se sentaban juntas para hablar. Muchas veces la conversación giraba en torno al emperador o lo contenta que la joven estaba por haberse marchado de Mediolanum. La tímida Gala se encontraba muy a gusto con Serena y le hacía toda clase de confidencias. La princesa insistió en que le hablase de la mala relación con su madre, y Gala le dijo que, en los últimos días, su sueño más recurrente era quedarse a vivir allí con ella. Parecía que la muchacha estaba en disposición de caer en los brazos de Teodosio y que había llegado el momento de dar el paso definitivo.

Serena, que informaba a su tío de las conversaciones que mantenía con Gala, una tarde, después de la *meridiatum*, le preguntó directamente:

—¿Te casarías con Teodosio por tu propia voluntad?

—Yo no puedo decidirlo porque le corresponde a mi hermano, que es el emperador, dar su aprobación. Pero él dejará que sea mi madre quien decida.

—Si me dejas, yo podría hablar con tu madre.

—Puedes hacerlo. Y si ella lo consiente, me casaré con Teodosio.

Gala le contó a su madre la pretensión del emperador de casarse con ella. Aunque Justina, que intuía las intenciones de Teodosio, ya había decidido lo que hacer.

—Te casarás con Teodosio —le dijo a su hija un día mientras desayunaban—. Pero para que yo dé mi consentimiento tiene que comprometerse a reconquistar los territorios que Magno Máximo ha usurpado.

—La princesa Serena me dijo que hablaría contigo —le informó la joven Gala.

—Hablarás tú misma con el emperador. Y lo persuadirás para que expulse a Magno Máximo de nuestros territorios. A mí intentaría convencerme de que le faltan tropas. ¡Pues que las pinte! Si quiere casarse contigo tendrá que expulsarlo.

Naturalmente, Gala explicó a Serena la condición impuesta por su madre y ella se la comunicó a Teodosio.

El encuentro con Gala llenó de placer al emperador hispano, pero también tuvo la sensación amarga de que Justina le había preparado una trampa de la que no podía escapar. La boda a cambio de una guerra civil. Nunca había hablado a solas con aquella muchacha que lo había cautivado. Cuando entró en la sala en la que Gala lo esperaba, ella se tendió en el suelo con los ojos cerrados contra el pavimento.

Teodosio se apresuró a decir:

—Levántate, Gala. La *proskynesis* es cosa de cortesanos y clérigos.

Se agachó para ayudarla a levantarse y eso le dio la oportunidad de que sus miradas se cruzasen. Gala agachó los ojos enseguida, pero Teodosio había visto ya en ellos una ternura y una ingenuidad que lo llevó a maldecir en su interior a su futura suegra por poner a aquella chiquilla en una situación tan violenta. No iba negociar con Gala su matrimonio porque eso sería como comprarla, y Justina lo sabía.

—Solo quiero decirte que deseo que te cases conmigo. Y que sea de inmediato.

Gala asintió con un gesto e iba a comunicarle la condición que su madre exigía, pero Teodosio se le adelantó:

—No tienes que decir nada. Informa a tu madre de que haré lo que ella desea.

Él tenía cuarenta años y Gala catorce. La boda se ofició en Tesalónica. Fue una ceremonia sencilla y sin la pomposa ritualidad con la que se celebraban las uniones de los emperadores.

44

Una guerra inevitable

Alarico continuaba su exilio voluntario en su campamento de los Cárpatos cuando un mensajero del emperador de Occidente llegó al emplazamiento de los godos en la Mesia. Magno Máximo, que pensaba que había obtenido ya el apoyo de los bárbaros francos y alamanes del otro lado del Rin, quería hacerse también con la alianza de los clanes de la otra orilla del Danubio, los ostrogodos, los alanos y los sármatas. Pero especialmente quería el apoyo de los godos asentados en el interior del imperio. El general Andragatio, el hombre de confianza de Magno Máximo, se había desplazado hasta allí con un contingente de legionarios para entrevistarse con Alarico. Al no poder ver al caudillo godo, lo recibieron el obispo Ulfilas y el general Favrita.

—Traigo una carta de Magno Máximo y tengo plenos poderes para negociar.

Favrita leyó la carta en la que el emperador de Occidente proponía a los godos una alianza con la promesa de respetar los pactos a los que habían llegado con Teodosio y se ponía a su disposición para mejorarlos en aquello que le sugirieran. El obispo y el general escucharon con atención a Andragatio, pero no le respondieron en ningún sentido. Lo agasajaron con una cena, y a la mañana siguiente partió hacia las tierras de los alanos.

El eunuco Eutropio, gran chambelán del emperador Teodosio, llegó al campamento de los Cárpatos en la primavera del año 388. Aunque Alarico no tenía ningún nombramiento o designación, era de hecho el caudillo jefe de los godos. Teodosio lo sabía y por eso le había enviado a uno de sus hombres de confianza. Lo recibieron el propio Alarico y el general Favrita, que se había desplazado hasta allí para explicarle la visita de Andragatio.

Armín hizo pasar a la tienda real al enviado de Teodosio.

—El emperador me envía con una petición —informó el eunuco tras los saludos.

—Ya sé lo que quiere. Hay una guerra civil entre las dos partes del imperio —contestó Alarico—. Pero a los godos no nos afecta. Nuestro compromiso se reduce a defender la frontera del Danubio y no a inmiscuirnos en conflictos entre las dos partes.

—Vuestro acuerdo con el emperador Teodosio os exige apoyarlo cuando sea necesario.

—Omites un detalle importante: es un tratado que solo contempla la defensa ante posibles agresiones. En este caso, parece que es Teodosio quien tiene intención de atacar a Magno Máximo. Me ha llegado la información de que él se contentaría con que lo reconociesen como emperador de Occidente.

Alarico, que estaba enterado de las tensiones entre los emperadores, conocía las presiones de Justina para permitir que Gala se casase con Teodosio y las contrapartidas que había obtenido por esa boda. Sin embargo, no quiso hacer uso de esa información.

—Comunica al emperador que Magno Máximo nos ha ofrecido compensaciones por unirnos a su causa.

—Me imaginaba que haría algo así —reconoció Eutropio—. Se lo diré al emperador.

—Pero dile también —concluyó Alarico— que él es nuestro aliado prioritario, aunque sea para participar en una guerra civil.

Había sido una visita breve. Eutropio partió de inmediato en su carruaje-cama para informar a su emperador.

El poderoso general Argobasto gozaba de gran popularidad entre los bárbaros francos. Era un miembro de esa nación que había llegado a *magister militum* del Imperio de Occidente, si bien en esos momentos estaba a las órdenes de Teodosio. Conocía a su pueblo y sabía que lo recibirían como a uno más de los suyos. Llegar hasta el territorio de los francos requería atravesar la Iliria y la Galia, provincias en poder de Magno Máximo, y al hacerlo con un destacamento de legionarios corría el riesgo de que lo apresaran o, al menos, que lo descubrieran. Teodosio quería que el viaje del general franco fuese discreto. Por eso, aunque era una ruta mucho más larga, decidió ir en barco. Atravesaría el Mediterráneo con una flota de tres naves de guerra, bordearía la península hispánica y, navegando por el canal de Britania, entraría en los territorios bárbaros por la desembocadura del Rin. Había enviado mensajeros al rey de los francos, que estaría esperando su llegada. Argobasto era miembro de una importante familia emparentada con el rey de los francos. Habían concertado la entrevista en un lugar situado a unas cincuenta millas de la desembocadura del Rin porque no deseaba ver interrumpida su navegación por los *limitanei*, las patrullas de frontera de Magno Máximo.

Durante el largo viaje había tenido tiempo de reflexionar sobre su pasado y, especialmente, sobre su futuro. Su condición de bárbaro franco había limitado su progresión en el *cursus honorum*. Argobasto sabía que durante muchos siglos fue impensable que un bárbaro adquiriese la condición de general de las legiones de Roma. Ahora era posible ser general, pero no emperador. «¡Maldita sea! —pensó—. ¡Los cargos deberían estar ligados a los méritos y no a la genealogía!». Cuando Teodosio fue elevado a la dignidad de emperador, él se consideraba con más derecho por ser mejor militar. Diocleciano, Constantino el Grande y muchos otros emperadores tenían un origen tan humilde como el suyo. Pero habían nacido como ciudadanos romanos, y él no. Ya se vería. Por ahora su futuro era cuidar de un niño cuyo único mérito era ser hijo de Valentiniano I. Odiaba a ese muchacho, pero mucho más a su madre, la astuta Justina, que había conseguido casar a su hija Gala con Teodosio. Él debía resignarse a permanecer en un segundo plano porque era Justina la que movía los hilos de su marioneta, mientras los hilos de él los movía Teodosio, el todopoderoso emperador de Oriente. Por el momento haría lo que le ordenasen, pero ya se vería qué le deparaba el futuro. No pensaba quedarse como cuidador de Valentiniano II el resto de su carrera. En cualquier caso, fuera cual fuese ese futuro, pasaba por que Teodosio saliese vencedor del conflicto que enfrentaba a las dos partes del imperio.

Como se esperaba de él, consiguió poner de su lado tanto a los francos como a los alamanes. Entregó a cada uno de esos pueblos un barco cargado de oro con el compromiso de que deberían sublevarse contra Magno Máximo cuando se les ordenara.

La noticia de que Teodosio requería a los godos de manera oficial para luchar contra Magno Máximo llegó al campamento de Alarico al comienzo del verano del año 388. No se trataba de una simple petición, era una exigencia. El joven caudillo godo dejó temporalmente su campamento de los Cárpatos para asistir a la asamblea convocada para dar una respuesta al requerimiento del emperador. Abrió la sesión el caudillo de más edad, Haimerich, y después Ulfilas explicó los compromisos que Teodosio exigía. En la carta estaba escrito que hasta el último guerrero godo debía sumarse a las tropas auxiliares con el objetivo de combatir al emperador de Occidente. Los asistentes se impacientaban porque solo les interesaba oír lo que iba a explicarles el futuro rey.

—Caudillos, Teodosio nos llama a unirnos a su ejército —comenzó su exposición Alarico—. Su pretensión se basa en el acuerdo firmado hace seis años por el que nos convertíamos en federados del Imperio de Oriente. Ese acuerdo habla de proteger las fronteras y apoyar al emperador cuando sea agredido, pero lo que nos pide ahora es que nos sumemos a su ejército en una guerra civil entre dos emperadores. Eso nos obliga a elegir entre uno de ellos. Ya se han unido a Teodosio los sármatas, los hunos y los alanos. Además, me han confirmado que Sarus también se ha sumado y se le ha permitido mandar una unidad auxiliar. En estas condiciones, lucharemos mezclados con otras naciones del otro lado del Rin y del Danubio, pero sin que yo ostente la jefatura única de todas las tropas auxiliares. —Detuvo su discurso para captar la atención de los congregados, aunque estaban ya expectantes—. Teodosio me ha hecho saber que acepta la condición que le he impuesto de aumentar las compensaciones en oro y víveres para nuestra nación. Propongo que el general Favrita se una al ejército de Oriente con la mitad de los guerreros. La otra mitad se quedará en la Mesia para cuidar de nuestros ancianos, mujeres y niños. Yo no participaré en esa guerra. Solo lucharé al frente del ejército godo cuando ostente el mando único de todas las naciones germánicas.

Los asistentes aprobaron la propuesta de Alarico por aclamación, aunque era consciente de que los caudillos deseaban que él se implicase.

Una vez aclarado el principal punto a debatir, únicamente le quedaba explicarles el destino del general Julio y el resto de los que participaron en el asesinato de Marco Probo y Rocestes.

—Excepto el general Julio, los otros condenados llevan más de seis años sufriendo penalidades —dijo Alarico—. Me han pedido muchas veces que acabe con sus vidas. Y creo que ha llegado el momento de hacerlo. Los dejaré morir de hambre, porque se merecen una muerte atroz. En cuanto a Julio, ha de tener un final aún más atroz, aunque nunca lo será tanto como lo que él hizo con los hijos de los caudillos. Por eso mi decisión es crucificarlo y dejar que muera lentamente en la cruz. Será la muerte más adecuada para el mayor enemigo de nuestro pueblo.

Los caudillos lo aplaudieron y le pidieron que la crucifixión fuese pública y en el centro del campamento para que todos pudiesen contemplar la agonía del condenado.

Esa tarde, Alarico recibió la visita de Valeria y su madre, Amanda, su propia madre, Lubila, y el obispo Ulfilas. Querían manifestarle su descontento con el destino de los condenados.

—Aunque sé que no nos harás caso, venimos a pedirte compasión para los condenados —dijo Valeria.

—¿Por qué tendría que ser clemente con esos criminales? —preguntó Alarico—. Habéis visto que los caudillos no quieren clemencia para quien ordenó degollar a sus hijos sin compasión. Si no hubiera sido por Teón de Alejandría e Hipatia, que me protegieron, yo no estaría hoy aquí. Y si no hubiera sido por el general Buterico, tampoco estaría Ataúlfo.

—Dejarlos morir de hambre demuestra tanta maldad como la de ellos —observó Ulfilas—. Llevan años pasando calamidades, viviendo solo de pan duro y agua, durmiendo en el suelo y a la intemperie, a merced de la lluvia, la nieve y el sol. ¿No ha sido ya suficiente castigo una tortura de seis años?

—Los que mataron a mi padre y al de Valeria eran godos, y eso los hace doblemente culpables. Se hará como he dicho.

—¿Y Julio ha de morir en la cruz como nuestro Señor Jesucristo? —dijo la madre de Valeria.

—La crucifixión era la peor condena para los delincuentes —le recordó Alarico—. Fueron ellos los que perfeccionaron esa forma de castigo con los rebeldes y los enemigos políticos.

—Que no se aplicaba a las clases altas ni a los ciudadanos romanos —le hizo ver Valeria—. Piensa en lo que habrían hecho tu padre o Marco Probo.

—Mi marido jamás habría actuado así —dijo Amanda.

—Pero yo no soy Marco Probo. Soy Alarico. Y debo cumplir mi palabra.

—La crucifixión es el castigo más indigno para un romano, sobre todo para un militar —indicó Ulfilas.

—Precisamente por eso la he elegido para Julio. Ordenó torturar y matar a los futuros caudillos de la nación goda, así como a dos de los hombres que debían conducir los destinos de nuestro pueblo.

—El emperador Constantino el Grande derogó esa forma de ejecución por respeto a Jesucristo —añadió Valeria.

—Pues yo voy a restaurarla para aplicar un castigo ejemplar a la persona que ha cometido el delito más grande que se recuerda en todos los siglos de la historia de Roma y de los godos. Además, yo no soy un fanático cristiano.

—¿Y has de ser tú mismo quien lo crucifique? —quiso saber su madre.

—Así me comprometí ante el consejo de caudillos cuando anuncié que yo daría muerte al asesino.

Después de oír esas palabras, aquellas mujeres que sentían tanto amor por Alarico prorrumpieron en un llanto inconsolable.

—Hazlo por ellas —le pidió Ulfilas—. Ahora soy yo el que te ruego que no crucifiques a Julio.

Alarico no respondió. Sabía que no las convencería igual que ellas no iban a convencerlo a él.

—No viviré con una persona capaz de cometer esas atrocidades, capaz de disfrutar con el dolor de los otros y con la crueldad —afirmó Valeria.

—Yo no disfruto con la crueldad —se enfadó Alarico—. Solo voy a cumplir con una obligación —añadió elevando el tono de voz y con los ojos enrojecidos.

Su mirada furiosa llenó de inquietud tanto a las tres mujeres como al obispo, que salieron de la tienda sin siquiera despedirse.

Alarico, rojo de ira, fue a la tienda de Calista y esta, al verlo, imaginó lo que había pasado.

—Otra vez Valeria pidiendo que no ejecutes a Julio.

—Me ha suplicado que, al menos, no lo crucifique.

—No entiende que no puedes hacer otra cosa. Valeria te querrá siempre, pero es una mujer que no te conviene si al final te designan rey de los godos —dijo la persa—. No puedes demostrar ninguna debilidad.

Como solía hacer, Calista lo abrazó y lo besó. Alarico se tumbó a su lado y se quedó profundamente dormido.

45

Las legiones se enfrentan

El consejo militar de la parte oriental del imperio se reunió en Constantinopla en junio del año 388. El general Ricomero, que ahora era el *magister militum* de Teodosio en Oriente, estaba informando de los planes de guerra al consejo militar, en el que también estaban integrados el joven Valentiniano II y su *magister militum*, Argobasto.

—Han pasado diez años desde la batalla de Adrianópolis —dijo el general Ricomero—. El ejército de Oriente se ha recuperado a todas luces y, aunque no ha alcanzado todavía el número de tropas que en su día tuvo el emperador Valente, está próximo a conseguirlo. Hemos intensificado los entrenamientos y, salvo los de la última leva, todos los legionarios son veteranos bien adiestrados.

Teodosio pidió al general Estilicón que informase de la situación en la frontera oriental.

—Tenemos en vigor un tratado de paz con el rey Sapor III, lo que nos permite asegurar por primera vez en muchos años la ausencia de amenazas en la frontera oriental. Además, nuestros espías en Ctesifonte nos han comunicado que hay ruido de espadas en la capital. Un golpe de Estado ha provocado que el rey haya tenido que huir y, aunque parece que finalmente podrá controlar la situación, tenemos para muchos meses, quizá años de tranquilidad.

—Podemos olvidarnos de Persia por ahora. Con dejar un retén en la frontera será suficiente —dijo Teodosio—. General Argobasto, ¿cuál es en este momento nuestra relación con las naciones bárbaras?

—Se mantiene la adhesión de los sármatas, alanos y algunas tribus hunas. En cuanto a los godos, después de las gestiones del gran chambelán, acudirán dos unidades diferentes. Una de tres mil guerreros comandada por el caudillo Sarus y otra de veinte mil a las órdenes del general Favrita, puesto que Alarico no vendrá.

—Gran militar, ese Favrita, y un hombre de mucho carácter —lo encomió Teodosio—. Pero no me gusta que el caudillo Alarico no participe.

—Eutropio ha intentado convencerlo. Parece ser que no está de acuerdo con que haya tantas unidades auxiliares germánicas sin un mando único.

—¿Y los francos y los alamanes?

—Están a la espera de nuestra orden para rebelarse contra Magno Máximo.

—¿Esa rebelión está asegurada? —preguntó Teodosio.

—Sí, emperador.

—Bien. Yo dirigiré el ejército de tierra —dijo Teodosio—. Se dividirá en dos grandes cuerpos. El general Ricomero mandará el del sur y el general Argobasto el del norte. Cruzaremos los Alpes Julianos y después atacaremos. El emperador Valentiniano II, asistido por el general Estilicón, estará al mando de la flota. Saldrá dos semanas más tarde y navegará por el sur de las islas Baleares para desorientar a los navíos de guerra de Occidente. Luego subirá por la costa de Tarraco, a la retaguardia de la flota enemiga, para recalar en Génova y desde allí se unirán a las tropas del general Ricomero a fin de engrosar el ejército de tierra. Si lo conseguimos, nos habremos librado de los navíos de Occidente sin sufrir una sola baja. El consejo militar se reunirá cada mañana a la hora segunda. Tenemos que estar preparados para salir en cualquier momento. El Hebdomón[30] será el lugar de concentración de las tropas terrestres. La flota zarpará del puerto de Constantinopla.

Cuando se disolvió el consejo militar, Estilicón y Teodosio se reunieron en el despacho de este último.

—Tienes que controlar a Valentiniano —dijo Teodosio—. Es el emperador de Occidente y debe mandar algún cuerpo del ejército.

—Quizá debiera asistirlo Argobasto, es su *magister militum*.

—No, Estilicón. Es mejor que tú lo controles. En la nave capitana estará también la regente Justina y su relación con Argobasto no es buena. Debemos centrarnos en la confrontación bélica, no en discusiones inútiles. Sé que saldrás airoso de las provocaciones de la regente. Porque ella querrá dirigir la flota, no lo dudes. Y tú, que eres buen diplomático, sabrás frenarla.

—Como mandes, emperador —aceptó Estilicón.

Una vez dada la información que quería transmitirle, le habló de lo que le preocupaba en ese momento.

—Parece que en unos días nacerá tu hijo.

---

30. La explanada del Hebdomón era una enorme llanura ubicada, como su nombre indica, a siete millas romanas del centro de Constantinopla y al borde del mar de Mármara destinada a la concentración y acampada del ejército.

—Sí, la gestación de Serena está muy avanzada. Quiero darte nuevamente las gracias por haberme permitido casarme con ella.

—Formáis una gran pareja. Aprecio complicidad en vuestra relación y eso no es habitual entre los matrimonios. Además, mi sobrina cuida muy bien de mis hijos. Gala es todavía demasiado joven. No es una mujer fuerte y temo que el parto se le complique.

—¿Cuándo tienes prevista la concentración en el Hebdomón?

—En dos semanas.

—Entonces yo saldré con la flota en cuatro. Serena ya habrá dado a luz a nuestro hijo. Estoy tranquilo porque Gneo Fabio no prevé problemas en el parto. Así que conoceré al niño antes de ausentarme.

—Pues seguramente yo no conoceré a mi nuevo hijo hasta después de la guerra —dijo Teodosio—. Me acuerdo de nuestra primera conversación en el barco que nos llevaba a Tesalónica. Han cambiado mucho las cosas desde entonces. Y, además, son ya casi diez años sin regresar a Hispania.

—Puedes llevar a Gala cuando nazca vuestro hijo.

—Temo que ya no pisaré suelo hispano. Mi destino es morir sin volver a ver mi tierra.

—¿Estás enfermo?

—No. Es un presentimiento.

—No creo en los presentimientos. Y apuesto a que ganaremos esta guerra.

—Me gusta que estés convencido —se congratuló el emperador—. Quiero acabar cuanto antes con Magno Máximo. Me ha traicionado y, aparte de nombrar augusto a su hijo, está conspirando con los malditos senadores. Cuando acabe la guerra les ajustaré las cuentas.

—¿No te preocupa dejar la retaguardia descubierta por si ataca el caudillo Alarico?

—Lo he pensado, pero no creo que se atreva a traicionarme. Será fiel al tratado de paz. Entre otras cosas, porque le he incrementado la compensación en oro y víveres. No obstante, me preocupa que su objetivo sea ostentar el mando único de todas las tribus germánicas. Eso podría suponer la creación de un ejército incontrolable para las legiones. Si llegara a conseguirlo, sería él quien tomaría el mando del imperio. A veces pienso que por nuestras guerras civiles estamos cediendo mucha soberanía a los refugiados bárbaros. Y eso es jugar con fuego porque en algún momento se harán con el poder. Espero no tener que verlo.

—Crear un ejército unificado es un objetivo difícil. Nadie puede controlar por mucho tiempo a esos indisciplinados bárbaros. —Estilicón dijo la palabra «bárbaro» en un tono que se compadecía mal con su ascendencia vándala.

—¿Nadie? —repitió Teodosio—. Si hay alguien que puede hacerlo es Alarico. Tiene inteligencia, carisma, paciencia y una energía inagotable. Es preciso que cuidemos nuestras relaciones con él porque como enemigo será temible.

—O que acabemos con su vida.

—Eso ya lo decidiremos cuando termine esta guerra.

Tres días después nacía Euquerio, el primer hijo de Estilicón y Serena. Cuando se casaron, se quedaron a vivir en los aposentos contiguos a los del emperador, por lo que eran para este como su propia familia, a tal extremo que hacían todas las comidas juntos. Teodosio consideraba a Estilicón un hijo más, y el nacimiento de Euquerio se celebró como si hubiera nacido un descendiente del propio emperador.

La joven Gala, en un estado de gestación avanzado, se alegró por el nacimiento del hijo de Serena. Había entablado una gran amistad con ella. El embarazo la hacía sentirse insegura y débil y temía la posibilidad de morir en el parto, por eso le había dicho:

—Si yo muriese, me gustaría que tú te hicieras cargo de mi hijo.

—No, Gala, no será necesario porque eso no va a ocurrir. Además, eso debería hacerlo tu madre.

—Pero no quiero que sea ella. Quiero que mi hijo viva rodeado de amor y eso contigo y con Estilicón estaría garantizado. Si Teodosio vence a Magno Máximo y da a mi hermano el poder de todo Occidente, como me ha prometido, será mi madre la que gobierne incluso cuando Valentiniano alcance la mayoría de edad. Es una mujer demasiado ambiciosa.

Las palabras de Gala la hicieron pensar en ella misma. Serena se consideraba una mujer ambiciosa, pero sus aspiraciones jamás la llevarían a dejar de lado el cuidado de sus hijos.

El gobierno en pleno y el consejo militar estaban reunidos en la sala de audiencias del palacio del Hebdomón a la espera de la llegada del emperador Teodosio, que se encontraba en la iglesia de Juan Bautista en compañía de Nectario, el patriarca de Constantinopla. Preparaban la bendición de las tropas desde la parte superior de la plataforma. El gran chambelán, Eutropio, aguardaba fuera de la basílica y, en cuanto Teodosio salió con su numerosa escolta personal, lo acompañó hasta la sala del palacio. Al entrar, vestido con la túnica púrpura, de inmediato el gran chambelán lo anunció:

—¡El emperador!

Al instante todos hincaron en el suelo una rodilla a la vez que hacían una genuflexión. Seguidamente el eunuco Eutropio levantó las palmas para que se incorporasen. Era la última reunión conjunta del gobierno y el consejo militar antes de partir hacia Occidente.

El *magister militum* recordó a los presentes la estrategia a seguir, salvo aquellos detalles que el propio emperador se reservaba para decidir en función de la situación bélica de cada momento. Una vez que Ricomero terminó su intervención, Teodosio concluyó con las palabras rituales:

—¡Fuerza y honor! ¡Gloria eterna a Roma!

Todos respondieron:

—¡Fuerza y honor! ¡Gloria eterna a Roma!

Concluida la ceremonia, los reunidos salieron del palacio y subieron por la escalera trasera hasta la gran plataforma, ornamentada con estandartes, banderas y numerosas flores de color púrpura. El emperador dio el plácet a Nectario, quien avanzó hasta la tribuna, ligeramente elevada junto al borde de la plataforma, y se dirigió a los soldados que se hallaban en formación, delante la infantería y detrás la caballería. Había decenas de miles de legionarios y solo podrían oírle los que estaban más cerca, pero se trataba de un acto protocolario que todos conocían y permanecían en un silencio absoluto. Después de su corta alocución, el patriarca cerró con la fórmula impuesta por Teodosio.

—En el nombre del Dios Padre, del Mesías, su Hijo, y del Espíritu Santo —dijo Nectario a la vez que hacía con la mano el signo de la cruz, visible desde todos los lugares de la gran explanada.

Al día siguiente partirían hacia Occidente.

El *consistorium* en pleno y todos los generales y los comandantes del ejército estaban reunidos en la sala de audiencias del palacio imperial de Mediolanum. El emperador de Occidente los había convocado para el ritual previo a la declaración de guerra. Sería una cruenta contienda civil en la que iban a enfrentarse dos grandes estrategas y nadie sabía de qué lado se inclinaría la balanza porque las fuerzas estaban igualadas. Para generar confianza en sus comandantes, Magno Máximo había hecho acudir al presidente del Senado, Quinto Aurelio Símaco, a quien invitó a tomar la palabra.

Símaco subió a la tribuna de madera labrada situada al fondo de la sala y se dirigió a los reunidos:

—*Senatus populusque romanus!* —clamó modulando la voz para lograr un tono mayestático—. De esta solemne manera comenzaba Cicerón sus discursos, para enfatizar su respeto a los máximos poderes del Estado romano. Yo, Quinto Aurelio Símaco, patricio y prefecto de la ciudad de Roma, soy el presidente del Senado, la asamblea que durante mil años ha ostentado el poder, y vosotros, generales y comandantes del ejército, sois los valedores del pueblo frente a la tiranía de Teodosio. Habéis paseado la gloria de Roma por Britania, donde destruisteis a los caledonios. Habéis paseado la gloria de Roma por la Galia, donde liberasteis a Roma de Graciano, ese indigno emperador que humillaba al imperio dejándolo debilitarse sometido a los bárbaros alanos. Y habéis paseado la gloria de Roma por Italia expulsando de Mediolanum y Aquilea a esa arpía llamada Justina, a quien el obispo Ambrosio sojuzgaba. —Hizo una pausa para acentuar su rechazo a Teodosio y sus alabanzas a Magno Máximo—. Ese que se considera emperador de Oriente no es más que un militar anodino que por su ambición y su cobardía ha dejado sin castigo la muerte de su padre, Teodosio el Viejo. Tuvo que ser el insigne Magno Máximo quien lo vengase ordenando ajusticiar a su verdugo. Ese militar mediocre no ha sido capaz de vencer en ninguna batalla. La victoria sobre los sármatas no fue más que una matanza a sangre fría como os confirmará Amiano Marcelino, el brillante historiador que apoya la causa del Senado. Teodosio alardea de sus victorias en Britania durante la Gran Conspiración de los caledonios, pero allí se limitó a seguir la estela de su padre, dejando el trabajo principal para militares de fuste como nuestro emperador. En estos momentos el tirano de Oriente es víctima de los hechizos de Justina, que lo ha embrujado para que caiga rendido a los pies de una niña, como solo podría haberlo hecho el hombre débil que es. —Al oír los vítores y aplausos, Símaco hizo un alto en su discurso hasta que el silencio reinó otra vez—. ¡Soldados, no luchamos contra un gran militar, sino contra una marioneta a la que, sin duda, vais a vencer! Ni los legionarios ni sus mandos quieren una guerra civil donde morirán muchos hombres valientes de Roma. Sin embargo, Teodosio se ha negado a reconocer a nuestro emperador porque su ambición es tan desmedida que, a pesar de su mediocridad, aspira a apoderarse de todo el imperio sin importarle la vida de los hombres que defienden su integridad. Pero esa misma ambición lo llevará al precipicio, y será Magno Máximo quien se convierta, cuando acabe esta guerra, en el único y legítimo emperador. Y el Senado que presido lo reconocerá como tal. Gracias a él, Oriente y Occidente estarán otra vez unidos. ¡Gloria a Magno Máximo y a su hijo el ya augusto Víctor! ¡Gloria eterna a Roma!

—¡Gloria eterna a Roma! —gritaron los allí congregados en medio de una ovación atronadora.

Magno Máximo había conseguido lo que pretendía al usar la elocuencia de Símaco en su favor. Por eso se limitó a decir:

—Generales y comandantes de las legiones de Roma, vamos a vencer en esta guerra porque tenemos la justicia de nuestra parte y porque en este ejército están los mejores militares. El Senado ha hablado por boca de su presidente. Ahora tienen la palabra nuestros hombres y nuestras armas. A partir de este momento, cada uno de vosotros se pondrá al frente de sus unidades y destacamentos. No lo dudéis, nuestra es la victoria. ¡Fuerza y valor! ¡Gloria eterna a Roma!

—¡Fuerza y valor! ¡Gloria eterna a Roma! —corearon todos.

Aurelia, la emperatriz de Occidente, que había pasado de vivir en Tréveris a hacerlo en Mediolanum, oyó el discurso de Símaco y las palabras de Magno Máximo desde una puerta lateral, protegida por gruesas cortinas de terciopelo púrpura. Esa noche, cuando se quedó a solas con su marido, le manifestó sus temores.

—He hablado con Urbica y me ha comunicado augurios nefastos —dijo Aurelia.

—Esa bruja acabará por volverte loca. No hagas caso de sus tonterías.

—No son tonterías, ha dicho que tú y nuestro hijo Víctor perderéis la cabeza en esta guerra.

—Ordenaré que la maten por asustarte. ¡Esa mujer no tiene derecho a decir nada de mí o de nuestro hijo! ¿Acaso ha comentado también algo sobre ti y nuestra hija?

—Dice que no ve nada sobre nuestro futuro. Pero, aunque nuestra hija y yo quedáramos con vida, ¿qué existencia nos esperaría? La esposa y los hijos de un emperador depuesto no tienen porvenir ni siquiera si los dejan vivos. Y sabes que no lo hacen nunca. Además, después de la derrota, dictarán la *damnatio memoriae*. Tu nombre será borrado de todas las inscripciones y los documentos del imperio, se destruirán tus estatuas y se incautarán de nuestro patrimonio. Tienes que parar esta estúpida guerra.

—No pienso pararla. Y no es estúpida. Víctor es el heredero del Imperio Occidental y lo será también del Oriental.

—La ambición te ha cegado. No reconozco en el emperador al hombre con el que me casé.

—Tú, Aurelia, mi querida esposa, vas a ser lo que ni en
sueños pudiste imaginar. Serás la emperatriz de todo el imperio, y tengo la intención de establecer la corte en la ciudad de
Roma. Así se lo he comunicado a Símaco. Saberlo lo ha llenado de júbilo porque hace siglos que la corte no está en la capital. En Roma serás feliz.

—En Roma seré una prisionera en el palacio imperial. Tan
prisionera como en Mediolanum, en Tréveris o en Londinium.
No me gusta ese Símaco. Creo que quiere ser él quien dirija el
imperio. Tú eres un provinciano y él es el más importante de
los patricios. Le he oído dirigirse a los comandantes y habla
con mucha elocuencia, pero no he percibido sinceridad en su
discurso. Solo se proponía alabarte. Sus palabras no garanti-
zan que ganarás la guerra y saldrás con vida.

—Él también se juega la vida. Si nos vencieran, Teodosio
ordenaría que lo decapitaran.

Los augurios de Urbica habían llevado las dudas a la mente
de Magno Máximo, lo peor que podía pasarle a un militar. Si
hasta ahora estaba convencido de que ganaría la guerra, las
predicciones de aquella bruja le producían un temor infundado.
Como todos los romanos, era muy supersticioso. ¿Cómo se
atrevía a predecir la muerte de su hijo? Le habría gustado ordenar que le cortasen la cabeza. Si no lo hacía era porque Aurelia
lo maldeciría ya que Urbica, que la había acompañado desde
que vivía en Tarraco, era la única compañía con la que su mujer
estaba a gusto en aquella ciudad en la que decía sentirse como
una extranjera. «Pero ordenaré que la azoten —decidió tras
mucho pensar—, para que no vuelva a hacer augurios».

46

La venganza de Alarico

Faltaba una semana para que las tropas de Favrita se incorporasen al ejército de Teodosio, y Alarico decidió que era el momento de infligir el castigo al general Julio. Había encargado la construcción de la cruz a Adler y Brand.

—Quiero que su agonía sea larga…, lo más larga posible.

—Habrá que hacer algunos arreglos a la cruz —le contestaron—. Necesitará un soporte para los pies y otro para el trasero; se trata de que el peso no lo arrastre hacia abajo y, al quedar colgado de los clavos, se descoyunte, porque eso lo mataría en uno o dos días. Además, habrá que atarle el pecho por las axilas al tablón horizontal. También tendrían que estar atados los brazos, pero sin apretar excesivamente para no cortar la circulación de la sangre. Lo tendremos todo preparado para esta tarde.

Crucificarían a Julio en la explanada central del campamento, donde tenían lugar las celebraciones. Hasta allí iban llegando todo tipo de personas de la nación goda, hombres, mujeres, niños y ancianos, y un destacamento de soldados se afanaba para que no invadieran el espacio reservado para la crucifixión. No había signos de consternación en las caras de los espectadores, sino que se había instalado en sus semblantes una expresión de una incomprensible placidez y sus ojos tenían la luz de una complicidad que demostraba que estaban en comunidad absoluta con la terrible decisión de su caudillo. Todos sin excepción habrían querido ser los que fijaran los clavos en las manos y en los pies del sanguinario general. Sobre la hora octava, la gran explanada estaba abarrotada y el gentío se extendía incluso fuera del campamento. Habían llegado desde todos los pueblos y las aldeas que ahora ocupaban los godos en exclusiva después del pacto con Teodosio.

Adler y Brand habían cumplido con el encargo de Alarico, y la cruz se encontraba lista y tumbada sobre el suelo. Poco después llegó Walfram con el prisionero, atado y amordazado, entre los golpes, los insultos y los escupitajos de los allí congregados.

—Quitadle la mordaza —dijo Alarico.

Los gritos de Julio eran aterradores. Sus ojos se quedaron fijos en aquella cruz que ya sabía que estaba destinada a él. Su instinto lo hizo callar un momento para mirar a Alarico y suplicarle:

—Te pido clemencia. Clávame la espada, pero no me humilles con la crucifixión.

Alarico no le contestó.

Con mucho cuidado, lo tumbaron sobre la cruz y le ataron los brazos y las piernas en el lugar exacto para que solo hubiese que fijar los clavos. Los desgarradores gritos de Julio resonaban en medio del silencio cómplice de los presentes. Alarico tomó el martillo y los clavos y se dispuso a concluir su tarea cuando se encontró arrodillada a sus pies a Valeria, que lo sujetaba por los muslos.

—Por última vez —dijo llorando desconsolada—, te lo suplico: no lo hagas.

Los asistentes manifestaron sonoramente su disgusto por lo que estaba pasando. Incluso hubo una voz que se atrevió a decir:

—La romana pide clemencia para el asesino. ¡Que se vaya de aquí para siempre!

Alarico lanzó su terrible mirada hacia el lugar de donde habían salido aquellas palabras.

—¿Por qué me haces esto, Valeria? Estás poniendo en tu contra al pueblo godo.

Valeria se levantó llorando y se alejó corriendo. Calista no desvió la mirada cuando pasó por su lado. No entendía que hubiera sometido a Alarico a semejante humillación.

El silencio se hizo de nuevo, roto tan solo por los alaridos de pavor del general Julio. Alarico ordenó que sujetasen la mano derecha del condenado. De un martillazo certero, el clavo traspasó la mano limpiamente sin afectar a ningún hueso y se incrustó en la madera. Después fue dando golpes enérgicos pero controlados hasta que la cabeza del clavo tocó la carne de la palma. Julio gritaba hasta la extenuación. Era consciente de que no tenía ninguna posibilidad de salvarse y lo único que quería era morir cuanto antes.

—¡Mátame! ¡Mátame! —gritaba.

Pero Alarico siguió fijando con meticulosidad el resto de los clavos mientras Adler se preocupaba de atar el cuerpo con las cuerdas para que no se deslizase por su peso, con el fin de que la muerte le llegase tras una lenta agonía. Después levantaron la cruz y la pusieron sobre un túmulo que permitía que se viera desde lejos.

—Ahora sabrá lo que sentían los cientos de miles de crucificados por orden del imperio —dijo Walfram.

Nadie durmió en el campamento porque los gritos de dolor se oyeron durante toda la noche.

Los cadáveres de los condenados no serían enterrados ni

incinerados. Se llevarían a las afueras del campamento para que las aves carroñeras los devoraran. Un contingente de soldados vigilaría hasta que solo quedaran los huesos.

Antes de marcharse, Alarico miró al general crucificado y dijo a voz en cuello para que todos pudieran oírlo:

—¡Los asesinatos de los hijos de los caudillos han sido vengados! *Consumatum est!*

Luego se alejó entre los vítores de los congregados.

Desde esa tarde había colas para pasar por delante del crucificado agonizante, cuyos gritos iban debilitándose conforme la vida se le apagaba.

Por fin podrían celebrarse las exequias de Rocestes y Marco Probo.

A medida que el grueso del ejército de Teodosio avanzaba hacia el oeste, en julio del año 388 contingentes de sármatas, alanos y hunos se le unían con la promesa de un sustancioso salario. También se sumó la unidad de Sarus, que se integró en el cuerpo del ejército de Argobasto. El último en incorporarse al grupo de Ricomero fue Favrita, al que Teodosio le pidió que una parte de sus hombres se adhiriera a la flota de Oriente. Cinco mil guerreros godos se segregaron y fueron conducidos hasta el puerto de Constantinopla para ponerse a las órdenes de Valentiniano II y Estilicón.

Por su parte, el ejército de Magno Máximo atravesaba la provincia de Panonia para ir al encuentro de Teodosio. Después de adelantarse al enemigo y pasados los Alpes Julianos en dirección a Oriente, un mensajero le entregó una carta cuya lectura le hizo ponerse lívido. En ella se le comunicaba que las naciones franca y alamana no se sumarían a su ejército. Se habían rebelado contra él y estaban entrando en la Galia después de pasar el Rin. Eso lo cambiaba todo. Tendría que reunir al consejo militar para elaborar un plan alternativo. Sin los francos y los alamanes, su ejército de Occidente quedaba en minoría y a merced de las tropas de las legiones de Oriente. El contenido de esa carta significaba que el mediocre Teodosio, como lo había llamado Símaco, había comprado la lealtad de sus federados bárbaros del otro lado del Rin. Ordenó a sus tropas retroceder hasta la ciudad de Siscia del Sava y allí se reunió con su hermano el general Marcelino, que mandaba el otro cuerpo del ejército.

—La deserción de los francos y los alamanes nos pone en una situación muy complicada. El equilibrio de fuerzas se ha roto —dijo Magno Máximo.

—¿Y nuestros suministros? —preguntó Marcelino.

—Pensando que los bárbaros nos apoyarían por los flancos, envié por delante los carros con los suministros y los víveres. Ahora deben de estar en poder de Teodosio.

—No nos queda otro remedio que luchar. Los esperaremos aquí. El río Sava cubrirá nuestra retaguardia.

La flota de Valentiniano II y Estilicón había conseguido burlar a la escuadra de Occidente comandada por Andragatio. Cruzó el Mediterráneo por el sur de las Baleares y, sin ser descubierta, se situó en la retaguardia de la flota de Occidente y navegó costeando hasta el puerto de Génova. Desde allí, las tropas de Teodosio tenían órdenes de continuar por tierra hasta un meandro del río Sava, un caudaloso afluente del Danubio, donde debían esperar las instrucciones del general Ricomero. El ejército enemigo se hallaba acampado al otro lado del río. Después de comunicar su llegada al primer ejército, hasta el lugar donde se encontraba Estilicón llegó un mensajero para notificarles que las tropas de Ricomero atacarían a la hora segunda del día siguiente. Se les pedía que estuvieran preparados para acometer al enemigo por la retaguardia. Buterico, que por orden de Estilicón se había puesto al frente del contingente godo desgajado del ejército de Favrita, habló en gótico a sus cinco mil guerreros.

—Es un momento decisivo porque podemos masacrarlos si conseguimos atravesar el río. En esta parte no hay ningún puente, y las tropas de Magno Máximo se consideran seguras en su campamento porque piensan que la ribera les cubre las espaldas. Pasaremos a nado y a la hora segunda estaremos listos para atacar por la retaguardia. ¿Estáis dispuestos?

La respuesta fue un sí rotundo.

Cruzaron varias veces el río para llevar al otro lado toda la impedimenta, se situaron en un pequeño bosque a dos millas del campamento de Magno Máximo y permanecieron en silencio a la espera de los acontecimientos. Cuando tiempo después se oyó el griterío infernal del *barritus*, los excelentes arqueros godos de Buterico atacaron por sorpresa a la retaguardia de las legiones de Occidente e hicieron numerosos blancos aprovechando el caos y el desconcierto del enemigo. Al ver la cantidad de bajas como consecuencia de las flechas del contingente godo y, estando atrapados entre dos ejércitos cuyo número desconocían, Magno Máximo ordenó la retirada por el único flanco que les quedaba libre, ya que a su derecha se encontraba el río Sava. Abandonaron el campamento, y todas sus pertenencias quedaron en posesión del ejército de Oriente.

Esa noche, el emperador invitó a Buterico a compartir mesa con el consejo militar. Estaban los generales y los comandantes más importantes, incluido el general Favrita.

—Habéis hecho un gran trabajo —expresó Teodosio a todos los reunidos. Y después, dirigiéndose a Buterico, le dijo—: Si hemos ganado tan fácilmente esta batalla ha sido por el caos que crearon tus hombres al atacar por sorpresa la retaguardia del ejército de Magno Máximo.

—Pero la decisión de que cruzáramos el río fue tuya, emperador —le recordó Buterico—. Y el general Estilicón tuvo fe en que conseguiríamos el objetivo. Por otro lado, no podemos olvidar la bravura de los soldados godos.

—No obstante, fuiste tú quien se ganó la adhesión incondicional de la unidad de los godos. Y el emperador Valentiniano os apoyó en todo momento —añadió Estilicón, que no quería dejar al margen al joven emperador.

Valentiniano, que también se hallaba presente, hizo un gesto de asentimiento. No lo acompañaba la regente Justina pues, al no haber sido convocada a ese consejo militar, se había quedado en su tienda.

Buterico tenía en alta estima los halagos de Teodosio. Él se consideraba godo, pero era, por encima de todo, un militar fiel a Roma que cumpliría siempre cualquier tarea que un superior le ordenase, más aún si se trataba del emperador, que había depositado toda su confianza en él desde que salvó de la muerte a Ataúlfo.

Concluida la cena, había que planificar los pasos que darían a continuación para avanzar hacia los objetivos militares. Teodosio, como siempre en esos casos, cedió la palabra al *magister militum*, el general Ricomero.

—Tenemos que llegar cuanto antes a los Alpes Julianos. Lo primero de todo será conquistar Émona.[31] Es una ciudad bien

---

31. Antigua ciudad romana situada en Liubliana, la capital de Eslovenia, de la que solo se conservan ruinas.

amurallada y no nos queda más remedio que tomarla porque una parte del ejército de Magno Máximo se ha refugiado allí. No podemos dejarlo a nuestra retaguardia. Las noticias que nos llegan es que la otra parte se ha dirigido al noroeste, hacia Poetovio,[32] al mando del general Marcelino. Esa ciudad está en la ruta del segundo cuerpo del ejército. Ya he enviado mensajeros a Argobasto para que vaya hacia allí. En cuanto a Magno Máximo, al parecer ha abandonado el campo de batalla con un numeroso contingente de legionarios camino de su residencia de Aquilea.

Todos esperaban las órdenes de Teodosio.

—No penséis que Magno Máximo está vencido. Siempre tiene un plan alternativo. Si queremos ganar esta guerra hemos de seguir con nuestras fuerzas divididas. El emperador Valentiniano II, con el general Estilicón, se dirigirá con sus hombres a Poetovio y allí se reunirá con Argobasto para enfrentarse a las tropas del general Marcelino. El resto del ejército sitiará Émona antes de entrar en Italia e ir hasta Aquilea a buscar a Magno Máximo. Ahora descansemos. Mañana saldremos a primera hora.

Cuando todos se fueron, el emperador pidió a Estilicón y a Buterico que se quedaran.

—Quiero felicitaros en privado. Y es mi deseo que forméis la cúpula de mi futuro ejército. Ricomero ya es mayor y pronto se retirará. Y Argobasto volverá a Mediolanum como *magister militum* del emperador Valentiniano. Si no tuviera dos sucesores os habría designado como césares. Sabed que os considero como hijos adoptivos. Tú, Buterico, continuarás durante un tiempo en Tesalónica porque quiero que esa zona esté especialmente protegida. Tú, Estilicón, permanecerás en Cons-

32. La actual ciudad de Ptuj, en Eslovenia.

tantinopla hasta que pueda nombrarte *magister militum* de Oriente.

Los dos generales le dieron las gracias por la confianza que les había mostrado, e iban a despedirse cuando Teodosio los detuvo.

—Quedaos a dormir en la tienda imperial. He dado orden de que os preparen habitaciones. Quiero que todos sepan que sois generales de mi máxima confianza.

A la mañana siguiente, el cuerpo principal del ejército, dirigido por el *magister militum*, Ricomero, tomó el camino de la ciudad de Émona situada a pocas millas. Al emperador Teodosio no le gustaba la idea de destruir esa pujante ciudad, pero ordenó que se preparase toda la maquinaria militar. Ricomero era un consumado especialista en poliorcética, el arte de construir y asaltar murallas, y debería demostrar su pericia. Las tropas se dispusieron alrededor de la fortificación, mientras desde los adarves los habitantes, protegidos por las almenas, miraban aterrorizados hacia las torres de asalto, las catapultas para lanzar piedras y fuego y las ballestas gigantes. Sin embargo, desde la torre situada sobre la puerta principal se levantó una bandera blanca. El prefecto de la ciudad de Émona quería parlamentar. Teodosio ordenó que se detuvieran los preparativos y que escoltasen hasta la tienda imperial al prefecto.

—Emperador, nosotros siempre te hemos reconocido y nos ponemos a tus órdenes como súbditos. —El prefecto se había arrodillado ante Teodosio, pero este le indicó con un gesto que se levantara—. No deseamos esta guerra que puede acabar con nuestra ciudad y llevar a la miseria o a la muerte a las cuatro mil familias que viven aquí.

—¿Cuántos legionarios se han refugiado?

—Más de siete mil.

—Decidles que entreguen las armas y que salgan de uno en uno para que los identifiquemos. Si no han cometido ningún delito contra mis legiones, mis generales y comandantes los protegerán.

—Gracias, emperador. Si me lo permites, los habitantes de Émona desean rendir homenaje al gran Teodosio y van a preparar en tu honor y el de tu ejército una gran fiesta para celebrar tu visita y, sobre todo, que tu clemencia haya salvado la ciudad de la destrucción y no haya habido derramamiento de sangre.

—Vuestra buena voluntad es bien recibida. Quiero que mis hombres disfruten de un merecido descanso. Ah, y procurad que corra el vino y no falten los espectáculos.

La celebración duró hasta la madrugada. Como había prometido el prefecto, no faltó vino y las prostitutas se ofrecieron gratis a todos los legionarios que pudieron atender.

El emperador decidió esperar en Émona al ejército de Argobasto y Estilicón, antes de dirigirse conjuntamente hasta la ciudad de Aquilea.

Estilicón tardó casi tres jornadas en recorrer las ochenta millas que separaban las ciudades de Émona y Poetovio. Argobasto llevaba dos días acampado en la parte sur, junto al río Drava. Los informadores comunicaron que se habían refugiado casi veinte mil soldados al mando del general Marcelino. Esa noche Estilicón fue a ver a Argobasto, que había recibido un mensaje del general Ricomero.

—Dice que la ciudad de Émona se ha entregado y que esperarán allí nuestra llegada. Añade que, en caso de que fuese necesario, vendrían para ayudarnos. ¿Qué te parece? —preguntó Argobasto.

—Yo dispongo de diez mil hombres. Cinco mil son godos y están bajo las órdenes del general Buterico y otros cinco mil son legionarios veteranos. Han hecho un gran esfuerzo para llegar hasta aquí, pero mañana estarán dispuestos para atacar la ciudad.

—Mi ejército lo componen ocho mil legionarios veteranos y otros quince mil soldados auxiliares entre sármatas, vándalos y hunos —dijo Argobasto—. Y una unidad de tres mil godos que dirige el caudillo Sarus.

—¿Sarus está aquí? Sé quién es, pero no lo conozco personalmente. Aseguran que tiene una envergadura que produce miedo solo con verlo.

—Ya tendrás tiempo de conocerlo —dijo Argobasto—. ¿Crees que somos suficientes? Ellos son veinte mil veteranos.

—Los venceremos —concluyó Estilicón.

Al día siguiente, a la hora prevista, los más de treinta y cinco mil hombres estaban preparados. Ambos generales dieron la orden simultánea de atacar. Estilicón lo hizo por una zona de la muralla que estaba derribada. Argobasto, por su parte, atacaba el lienzo central de la fortificación, acercando las torres de asalto y enviando toneladas de piedras y haces de leña encendidos para provocar incendios dentro de la ciudad. Al anochecer los soldados hubieron de retirarse a sus campamentos.

Esa noche los dos generales se reunieron con el prefecto de la ciudad y el espía de Argobasto, un tribuno llamado Dentato.

—Toma asiento, prefecto —lo invitó Argobasto—. Dentato estuvo a mis órdenes durante un tiempo en la Galia. Él y sus hombres son los encargados de proteger la puerta principal. ¿Es así, tribuno?

—Sí, general. Y mis hombres desean que esta guerra fratricida termine cuanto antes.

—Pues bien, prefecto, ordenarás a tus ciudadanos que retiren el murallón de piedras colocado tras las puertas y después que quiten los cierres, mientras el tribuno y sus hombres vigilan. Así, mis soldados podrán derribarlas fácilmente con el ariete.

—Haremos lo que nos pidas, general, a cambio de que respetes la ciudad y a sus habitantes —dijo el prefecto.

Tras asegurarle lo que pedía, el prefecto y el tribuno se marcharon. Fue entonces cuando el general franco dijo a Estilicón:

—Mañana los defensores de la ciudad pensarán que tus tropas continúan atacando en la parte norte, frente al lienzo de muralla derruida.

—¿Y no será así? —preguntó Estilicón.

—Te propongo que dejes allí un pequeño contingente de arqueros y legionarios para que piensen que tenéis intención de seguir con el ataque de ayer y que apuestes el grueso de las tropas cerca la puerta principal, ocultas en el bosque. Cuando mis soldados hayan pasado la puerta, tus hombres saldrán con rapidez y la cruzarán también. Así duplicaremos las fuerzas y nos pondremos en una cómoda mayoría.

—Es una buena idea, los pillará desprevenidos.

Antes del amanecer, tras la señal recibida desde la muralla, los soldados de Argobasto derribaron las puertas con el ariete y entraron en la ciudad. Cuando se les unieron los hombres de Estilicón en esa parte había cerca de treinta mil combatientes del ejército de Teodosio y sorprendieron a los defensores. Fue allí donde Estilicón vio por primera vez al caudillo Sarus, que a cada mandoble de su espada decapitaba a un legionario enemigo. Era un luchador temible. Ante semejante avalancha, las tropas no pudieron hacer otra cosa más que rendirse. Después, los asaltantes se dirigieron al lado norte de la ciudad, donde también cogieron por sorpresa a los soldados de Marcelino que custodiaban la muralla y, casi sin presentar batalla, se rindieron. Habían tardado tres horas en acabar con la defensa de la ciudad, ante la pasividad de los habitantes que, a petición de su prefecto, se mantuvieron confinados en sus casas hasta que pasase el vendaval bélico.

Marcelino, a quien habían detenido en una casa del centro, estaba a la espera de la llegada de los generales enemigos.

—¡General Marcelino! —le dijo Argobasto sin dejarle contestar—. Como general derrotado, no es necesario que te diga lo que te corresponde hacer.

Marcelino pidió que le dejaran solo en una habitación. Poco después sacaron su cadáver. Se había clavado un cuchillo en el corazón.

Camino de Émona, el emperador Valentiniano II iba a caballo a la vanguardia de aquel ejército que avanzaba con mucha lentitud por la maquinaria militar que transportaba en carros tirados por bueyes. La misión se había cumplido con el menor coste de vidas posible. En un carro, custodiado por legionarios de confianza, iba el cadáver del general Marcelino. Argobasto había ordenado que mantuvieran en secreto la posesión del cuerpo del hermano de Magno Máximo hasta nueva orden.

El pueblo godo, que había permanecido en las inmediaciones del Danubio ajeno a la guerra, seguía condicionado por la crucifixión del general Julio. Con ella, la figura de Alarico había adquirido dimensiones míticas para los godos y las naciones germánicas. El llamado *panicum gothorum* ligado a su nombre infundía un pavor irracional entre los ciudadanos romanos, sobre todo en las pacíficas poblaciones mediterráneas que empezaron a temer una invasión de bárbaros salvajes coman-dados por el temible caudillo godo.

A su tienda llegaban puntualmente los informes de la gue-rra civil que enviaba cada semana el general Favrita. La ges-ta de Buterico, un hombre por el que sentía un gran cariño y admiración, lo llenó de orgullo. Pero le resultó preocupante el crecimiento excesivo de la figura de Argobasto, que se ha-bía convertido en el general más exitoso del ejército de Orien-te. Ataúlfo también se sintió feliz por los éxitos de su sal-vador.

—Buterico es un gran militar —afirmó Ataúlfo.

—Es una pena que no quisiera unirse al pueblo godo —re-conoció Alarico—. Habría sido un extraordinario general. Oja-lá que nunca tengamos que luchar contra él.

—¿Por qué habríamos de enfrentarnos con él? —preguntó Ataúlfo.

—En esta guerra civil entre Oriente y Occidente, son las naciones germánicas las que están llevando a la victoria al ejér-cito de Teodosio. El imperio no puede subsistir ya sin las uni-dades de auxiliares germánicos. Y no veo en la actitud de Roma, como contrapartida a nuestro esfuerzo, ningún gesto amisto-so. No desean nuestra integración y nos tratan con desprecio, como si fuéramos esclavos. No consentiré que sea siempre así. Si no quieren que seamos sus conciudadanos, nos tendrán como enemigos.

—No puedes obligar a los ciudadanos romanos a que nos amen.

—Lo sé —dijo Alarico—. Pero sí puedo obligar a sus diri-gentes a que les exijan que nos respeten y nos traten como a sus iguales.

—Los dirigentes son peores —intervino Calista—. Muchos ciudadanos nos aceptan, pero las clases más acomodadas no quieren ni oír hablar de nosotros. Desearían que nos fuésemos del imperio, que volviésemos al otro lado del Danubio.

—Eso ya no es posible. Nos quedaremos en el imperio. Pero no en la Tracia ni en la Mesia. Nuestro pueblo necesita lugares más amables, y es mi obligación conseguir que vivan en territorios en los que se sientan más cómodos.

Las noticias que llegaban de Favrita también reflejaban el gran protagonismo conseguido por Sarus.

—¿Sigues arrepentido de no haberlo matado? —preguntó Calista.

—Cada vez cuenta con menos apoyos y su imagen va borrándose de mi memoria.

—Pues no te olvides de él porque él no va a olvidarse de ti —concluyó Calista.

Tanto Ataúlfo como Alarico y sus hombres de confianza, apoyados por un nutrido grupo de instructores, se dedicaban a entrenar a aquel selecto grupo de guerreros leales hasta la muerte que convivían en el campamento de los Cárpatos para que fuesen en el futuro los comandantes del ejército que el caudillo quería formar. No tenía prisa porque deseaba consolidar un cuerpo de élite numeroso y muy disciplinado que después se encargaría de adiestrar a los soldados y los oficiales más jóvenes en adoptar la disciplina militar que era tan necesaria a las naciones germánicas. Y todo estaba pagándose con el oro de Teodosio. Pero Alarico no pensaba solo en los godos. Al contrario que su tío Atanarico, él tenía en mente a todos los hombres de las naciones germánicas y húnicas que iban entrando en el imperio sin cesar desde hacía años.

Cuando el ejército unificado de Teodosio se dirigía a Aquilea, llegó un mensajero que había cabalgado varios días haciendo uso de las postas imperiales. Teodosio le pidió, en presencia de su Estado Mayor, que hablase.

—Emperador —dijo el exhausto soldado—, el general Andragatio ha apresado la flota amarrada en el puerto de Génova. Han asesinado a casi todos los custodios y ahora se dirigen hacia Aquilea con los soldados de la flota de Occidente.

—Hemos de llegar antes que Andragatio para evitar que engrose las tropas de Magno Máximo —afirmó Teodosio.

—Emperador, me gustaría encabezar el destacamento que irá a enfrentarse a Andragatio —solicitó el general Argobasto.

—De acuerdo —concedió el emperador.

—Quiero acompañar a ese destacamento —dijo Estilicón.

Argobasto seleccionó a los tres mil godos de Sarus y a un contingente de diez mil guerreros alanos y hunos, la mitad de los cuales eran arqueros a caballo. Su asistente, Aelio, actuaría como segundo mando junto con Estilicón.

47

El nacimiento de Gala Placidia

El embarazo de Gala estaba tan avanzado que el médico Gneo Fabio y la partera no se separaban de su antecámara. La *ornatrix* Sadira, a quien Serena había traído de Ctesifonte como regalo de la reina de Persia, era ahora la sirvienta principal de la emperatriz y solo salía de la habitación para atender a cualquier cosa que su ama le pidiera. La princesa Serena también se pasaba todo el tiempo que le dejaban sus obligaciones junto a Gala.

—¿Tienes noticias de Teodosio? —le preguntó la joven.

—Sí. Hoy ha llegado una carta suya.

Serena le entregó la misiva con el sello imperial, pero Gala le dijo que estaba cansada y le pidió que se la leyera.

El emperador era muy escueto y se limitaba a explicar algunos datos generales de la guerra y preguntaba por su salud y el próximo nacimiento de su hijo.

—Nunca se muestra cariñoso —dijo Gala.

—Es el emperador. No puede manifestar por carta sus sentimientos —le hizo ver Serena—. Sin embargo, sabes que mi tío te adora.

—Estoy deseando que nazca mi hijo, pero tengo miedo.

—Todo irá bien.

—¿Y si no es un niño?

—El emperador también estará encantado de tener una hija. Además, todavía puedes darle muchos hijos. Eres muy joven, Gala.

—¿Y Estilicón?

—Me dice que está bien y que hasta el momento todo ha salido mejor de lo que esperaba. Lo echo mucho de menos.

Esa noche nació Gala Placidia, una niña sana y juguetona que llenó de felicidad a su madre. Pese a sus temores, nada le ocurrió a Gala, que, muy orgullosa de haber tenido aquella criatura, ansiaba el regreso del emperador.

Serena se acordó de lo bien que la trataba su tío desde que tenía uso de razón. Estaba segura de que aquella niña que parecía haber heredado la belleza de su madre y la energía de su padre haría las delicias del emperador.

Sin embargo, aunque terminase saliendo victorioso en la guerra contra Magno Máximo, las intenciones de Teodosio no pasaban por volver pronto a Constantinopla. Tenía mucho trabajo que hacer en Occidente. Tardaría un tiempo en conocer a su nueva hija.

El destacamento de tropas germánicas y godas que Argobasto había seleccionado tuvo que avanzar a toda velocidad por la vía Gémina, dejando Aquilea a su derecha, y continuó por la vía Annia. Cuando ambos ejércitos se avistaron, sus generales dieron la orden de detenerse. Aquel lugar, a unas pocas millas de la ciudad de Treviso, resultaba perfecto para una batalla porque era una llanura en la que no había ni una sola elevación que sirviera para ocultarse.

Ambos ejércitos montaron unos improvisados campamentos destinados a pasar la noche, por lo que no cavaron el foso ni levantaron la empalizada. Únicamente pusieron las tiendas de campaña. Los soldados dormirían con la ropa de combate y habría una guardia nutrida por si los enemigos atacaban aprovechando la oscuridad.

Durante la cena, Argobasto quiso hacer una confidencia a Estilicón.

—¿Sabes por qué todo el destacamento que he seleccionado es de tropas germánicas?

—Me explicaste que era porque se trata de tropas de mucha fiereza.

—Esa es una razón. La otra es que quiero un enfrentamiento brutal, y no estoy seguro de que eso pudiera producirse si luchan legionarios contra legionarios. Pero entre bárbaros y legionarios no habrá camaradería.

—No lo había visto de ese modo… Reconozco que tienes razón. Los bárbaros no van a pensar que están luchando contra sus hermanos.

—Deseo un combate singular con Andragatio y solo puedo conseguirlo si ve que sus hombres flaquean. Tú, Estilicón, mandarás las tropas y yo me quedaré en un flanco para buscar el cuerpo a cuerpo con el general.

Era la hora tercera cuando los dos ejércitos estaban formados en la llanura. Ambos bandos fueron acercándose lentamente hasta que Estilicón dio orden a los arqueros de lanzar las flechas. La caballería de Argobasto era numerosa, compuesta por arqueros alanos, y avanzaba por los dos flancos. Andragatio carecía de caballería. Solo él y algunos oficiales disponían de montura. Cuando estaban a unos ciento setenta pies, sonó el *cornu* y las formaciones corrieron una contra la otra en medio del ruido del *barritus*. Fue un encontronazo atroz en el que los hombres de Andragatio intentaron luchar usando la *triplex acies*. Pero Argobasto no les dio tiempo a establecer la formación porque había puesto en la línea frontal de sus tropas a los bárbaros más altos y fornidos, entre los que resaltaba Sarus. Pasaron por encima de la primera fila enemiga y la masacraron sin compasión. La *triplex acies* había quedado desbaratada, con lo que la posible ventaja táctica de Andragatio había desaparecido. Los legionarios veteranos luchaban con bravura, y poco después el frente se había estabilizado y el suelo se había llenado de cadáveres y sangre, a tal punto que un barro viscoso dificultaba el movimiento de los soldados. Fue el momento de intervención de los jinetes arqueros alanos. Con los pies firmemente asentados en los estribos, causaron estragos en los flancos de la infantería de Andragatio, quien reparó en que sus soldados empezaban a ceder terreno y se temió lo peor. Argobasto, por su parte, había avanzado con su caballo por un lateral buscando la ubicación del general Andragatio. Cuando se encontraron, ambos se miraron y no lo dudaron. Espadas en mano, azuzaron a sus monturas hasta quedar frente a frente.

—¡General! —gritó Argobasto para hacerse oír por encima de las armas chocando entre sí y contra los escudos y los gritos de los combatientes—. Creo que ya han muerto suficientes soldados. Propongo detener la batalla y decidir la victoria en un combate entre generales.

—¡Que así sea! —convino Andragatio, consciente de que no había otra solución para resolver la contienda a su favor.

Inmediatamente sonaron los *cornua* ordenando parar el combate.

Los dos generales bajaron de sus caballos y se despojaron de la coraza de cuero, quedando con el torso al descubierto.

Los oficiales prepararon un espacio suficiente y se aseguraron de que nadie interrumpiría a los combatientes. El estado físico de aquellos dos hombres era espectacular y su musculatura era la manifestación de una fortaleza que parecía igualada. Además, los dos eran famosos por su habilidad manejando la espada. Fue Andragatio quien dio el primer espadazo. Durante mucho rato y ante la mirada atenta de los soldados de los dos bandos, los generales combatieron con fiereza y no podía preverse cuál sería el vencedor. Habían tocado varias veces el cuerpo del otro con la espada, produciéndose heridas leves, pero Argobasto aprovechó un traspiés de Andragatio para hacerle un gran corte en la mejilla por el que comenzó a manarle abundante sangre cuello abajo. Andragatio se tocó la mejilla, y en ese momento su oponente le clavó la espada en el pecho con tal ímpetu que lo atravesó de parte a parte. Los soldados de Argobasto prorrumpieron en vítores levantando los brazos en señal de victoria. Los legionarios de Andragatio, en cambio, tiraron las armas al suelo. En sus caras no había amargura ni decepción, y tampoco trataron de huir porque sin duda se resignaban a acatar lo que decidiese el vencedor de aquella guerra que ningún legionario de ninguno de los bandos había querido. Aquel enfrentamiento entre generales ahorró muchas vidas.

Aprovecharon el resto del día para enterrar los cadáveres y atender a los heridos, y a la mañana siguiente salieron con dirección a Aquilea. Argobasto ordenó que no enterrasen el cuerpo de Andragatio. Lo colocaron en un carro y lo llevaron con ellos. El astuto general sabía bien lo que tenía que hacer con el cadáver del hombre de confianza de Magno Máximo.

48

El asedio de Aquilea

Las murallas de Aquilea eran las más impresionantes del imperio, y en cuanto estuvieron frente a ellas se dieron cuenta de que para asaltarlas tendrían que añadir al menos treinta pies de altura a las torres de asalto. Las legiones del ejército de Oriente, a la espera de las tropas de Argobasto y Estilicón, se habían preocupado de preparar el campamento pensando en un asedio largo. Desde lo alto de las murallas, Magno Máximo contemplaba el inmenso ejército que se desplegaba a sus pies y pudo reconocer a tribunos, oficiales y soldados suyos que ahora luchaban al lado de Teodosio. Pensaba que, a pesar de que los atacantes eran más numerosos, les sería imposible asaltar las murallas. Además, tenían alimentos y un manantial de agua que les permitiría aguantar muchos meses de asedio y le quedaban los refuerzos del general Andragatio. Sin embargo, demudó el semblante al ver a los legionarios del hombre de su confianza como prisioneros de Argobasto y Estilicón cuando estos hicieron su entrada victoriosa al frente de un enorme cortejo. Sentados sobre sendos tronos de oro, los emperadores Teodosio y Valentiniano II veían desfilar a su ejército, al que un toque de *cornu* ordenó detenerse. Argobasto bajó del caballo y se arrodilló a los pies de ambos emperadores.

—Levántate, general —le dijo Teodosio—. Has hecho un gran trabajo que te será recompensado como mereces.

—Ha sido un gran trabajo de los generales, tribunos, oficiales, legionarios y unidades auxiliares —especificó Argobasto—. Creo que nuestros hombres se merecen una paga por su valor y lealtad.

—Recibirán una generosa paga —convino el emperador, que se había levantado de su trono.

—Los legionarios de Andragatio han luchado con bravura —anunció Argobasto—. Merecen continuar su carrera militar, y te pido que, en lugar de castigarlos, los integres en nuestras unidades.

—Así se hará —concedió Teodosio entre los vítores de los propios legionarios vencidos.

Los días siguientes se dedicaron a la preparación del sitio de Aquilea. El Estado Mayor estaba deliberando sobre las acciones a seguir. Nadie quería un asedio largo, pero no se vislumbraba una alternativa porque asaltar las murallas era suicida aunque fuese utilizando las torres, y Magno Máximo lo sabía.

Un mensajero llegó hasta la tienda imperial llevando la noticia del nacimiento de Gala Placidia. El emperador llamó a Estilicón para comunicárselo.

—Ha sido una niña.

—Es solo unos meses menor que mi hijo Euquerio. Serena va a tener mucho trabajo. Deberá ocuparse de Arcadio, Honorio, Euquerio y Gala Placidia —dijo Estilicón—. ¿Cuándo volveremos a Constantinopla?

—Por ahora no será posible. Debemos rendir Aquilea y después he de ocuparme de resolver muchos asuntos en Occidente. Espero que, en nuestra ausencia, Serena tenga controlados los territorios de Oriente.

Después de tres semanas, la vida en el campamento se había normalizado y en los alrededores fueron instalándose tabernas, mercados y prostíbulos. Las tiendas de los legionarios se levantaron en varios grandes *castra* con foso y empalizada, mientras que los bárbaros se agruparon por naciones instalándose de una manera más dispersa. Esos asentamientos estaban ubicados a más de una milla de distancia de la muralla para no dificultar las tareas militares. Era la primera vez que el contingente de soldados auxiliares extranjeros del ejército era superior al de los legionarios del imperio, lo que provocaba frecuentes riñas, peleas e incluso muertes. Los caudillos procuraban tener controladas a sus huestes, pero las visitas a las tabernas, los prostíbulos y los puestos de los mercados eran comunes. La contratación de una prostituta por parte de un sármata podía generar fricciones con un legionario. La coincidencia de auxiliares y legionarios romanos en una taberna, especialmente después de haber bebido en exceso, solía dar lugar a conflictos. Las peleas comenzaban siempre por la provocación de un romano porque les costaba convivir con hombres de costumbres muy diferentes, aunque hubieran sido decisivos para el desarrollo de la guerra. Pero lo que más molestaba a los legionarios era que se decía que los bárbaros cobraban igual que ellos, y eso no podían tolerarlo. Si bien había pocos roces mientras estaban en acción, ahora, ante la perspectiva de quedarse bastante tiempo allí, se hizo necesario designar tribunales mixtos para juzgar con premura cualquier altercado con aplicación de penas severas. Fuera como fuese, la convivencia entre bárbaros y romanos dentro del ejército no era más que un reflejo de lo que ocurría en todos los rincones del imperio.

Unas semanas después, Teodosio ordenó que a la hora cuarta se desplegasen todos los efectivos de infantería y caballería. Desde las murallas se veía un enorme ejército de más de cien mil soldados en formación, incluyendo los auxiliares bárbaros, con los uniformes de combate y las armas. Pero lo más visible desde la torre que estaba sobre la puerta principal eran los dos túmulos de cien pies de altura que se habían alzado durante la noche, en los que colocaron los cadáveres de los generales Marcelino y Andragatio vestidos con sus uniformes de combate.

Magno Máximo, apostado sobre la muralla, se sorprendió por aquella exhibición de poder que hacía peligrar la disciplina de sus propias tropas ya que estaba a la vista de todos la enorme diferencia de ambas fuerzas. Sin embargo, sus ojos quedaron fijos en los túmulos en los que yacían los cadáveres de sus dos generales más cercanos.

A una orden dictada por el sonido de un *cornu*, todos los arqueros lanzaron al unísono sus flechas. En lugar de puntas, llevaban sujeto un trozo de papiro atado con un texto que los soldados que sabían escribir habían estado copiando durante los días anteriores.

> Generales, comandantes y soldados de Roma: Está a punto de concluir esta guerra entre hermanos a la que nos ha llevado la ambición del usurpador Magno Máximo. Desde las murallas habéis podido contemplar la magnitud de las tropas de los legítimos emperadores. Es voluntad de los dos augustos que esta guerra termine de inmediato y está en vuestras manos que acabe sin más muertes. Esta carta va también dirigida a los civiles de Aquilea, una de las más bellas y prósperas ciudades imperiales. Es un deseo compartido por todos que la ciudad y sus habitantes queden a salvo de la destrucción. Por ello, la magnanimidad de los legítimos emperadores, Teodosio y Valentiniano, os ofrece un armisticio con indulgencia para todos,

legionarios y civiles. Los primeros se reintegrarán en el ejército con su grado militar respetándoseles las distinciones y el sueldo, y a los segundos se les perdonará la vida y conservarán su hacienda y patrimonio. El tirano debe ser entregado en el plazo de tres días. De no aceptar, cuantos en ese momento permanezcan en el interior de la ciudad, sin excepción, militares o civiles, jóvenes o ancianos, mujeres o niños, serán degollados y Aquilea destruida en su totalidad incluyendo el derribo de sus murallas.

Dado en el día veintisiete de julio del año del tercer consulado de Flavio Teodosio Augusto.

El plan del general Argobasto funcionó como esperaba. La exhibición de fuerza y la amenaza de arrasar la ciudad y todos los que en ella se encontraban había desatado la locura en el interior. El prefecto reunió de urgencia a los ediles y los magistrados. El que había sido su emperador, nunca depuesto, Valentiniano II, estaba diciéndoles que Magno Máximo era un usurpador y un tirano. Además, frente a la muralla se hallaba sobre su trono Teodosio, el hombre más fuerte del imperio, que los amenazaba con destruirlos. Y sabían que esas amenazas no eran bravatas.

En cuanto a los militares, una parte de los comandantes de Magno Máximo que habían sido fieles a su emperador desde que era *comes* de Britania se debatían entre la continuidad de su lealtad o el temor a morir. Otra parte de los comandantes, pertenecientes a las unidades de la Galia, Iliria, Italia, Hispania o África, eran conscientes de que no tenían posibilidades de vencer y pensaban en salvar su propia vida y la de sus hombres. Y algo todavía más importante, se les había ofrecido continuar con su carrera militar. Estos últimos eran la mayoría y no querían esperar los tres días que Teodosio les concedía.

Los hombres de confianza de Magno Máximo mantuvieron la fidelidad al emperador aun a costa de su vida y se refugiaron con él en el interior del palacio imperial. Por la tarde, la situación había cambiado de manera radical. A la hora décima, se levantaba una bandera blanca sobre la torre principal de la muralla y el prefecto de la ciudad solicitaba hablar con el emperador Teodosio. Mientras tanto, el grueso del ejército del usurpador había sitiado el palacio imperial y exigía la entrega de Magno Máximo bajo la amenaza de pasar por la espada a todos los defensores. El depuesto emperador dijo que se entregaría si respetaban la vida y el patrimonio de su familia, incluyendo a su hijo Flavio Víctor, a quien había nombrado augusto.

Después de las conversaciones entre Teodosio y el prefecto, todas las puertas de la muralla se abrieron y la población recibió alborozada a las tropas de los emperadores que habían vencido. Magno Máximo se había quedado en sus habitaciones del palacio imperial con la sola compañía de su hijo Víctor a la espera de la clemencia de su primo Teodosio, quien entraba entre vítores en la ciudad pensando en la posibilidad de perdonar la vida al usurpador, como así confesó a Estilicón.

Pero el general Argobasto tenía en mente algo completamente distinto. Mientras los emperadores y sus comandantes paseaban en triunfo por las calles de Aquilea, él, acompañado tan solo por su fiel asistente Aelio, se dirigió al palacio imperial. Al reconocerlo, los soldados de guardia le permitieron acceder a los aposentos de Magno Máximo, que estaba sentado en la silla curul y tenía a su lado, de pie, a su hijo Víctor.

—Emperador Magno Máximo —le dijo Argobasto cuando lo tuvo enfrente—, la guerra ha concluido y has perdido.

—Quiero hablar con mi primo Teodosio —le espetó el depuesto emperador—. Él es quien tiene que tomar la decisión que corresponda sobre mí y sobre mi hijo.

—No, emperador. —Argobasto había pronunciado la palabra «emperador» con ironía—. La decisión ya está tomada. Para que lo sepas, la he tomado yo mismo. Y es seguro que tu primo no pondrá en duda la legalidad de lo que yo haga. —Miró a Víctor y después a su padre—. Mi decisión es que mates a tu hijo y después te suicides. Es la forma más honorable de morir para un soldado. Y tú eres un gran soldado.

—No puedes obligarme a hacer eso.

—Tienes razón, no puedo obligarte. Pero si lo hago yo el resultado será el mismo y habrás muerto sin honor. Y no es eso lo que deseas.

Magno Máximo no necesitó ni un instante para contestar.

—Dejadnos solos —exigió con determinación.

Argobasto y su ayudante Aelio salieron de los aposentos imperiales. Poco después oyeron un lamento que no llegaba a ser un grito y volvieron a entrar. En el suelo, en medio de un charco de sangre, estaban Magno Máximo, que se había clavado un cuchillo en el corazón, y un compungido Víctor, arrodillado al lado de su progenitor y con la mano derecha sobre su cabeza.

—Parece que tu padre no ha querido hacer el trabajo completo y me ha dejado a mí una parte.

Argobasto se acercó al joven Víctor, lo levantó como una pluma sujetándolo por el cuello y lo descabezó de un solo espadazo. Sin inmutarse, dejó sobre una mesa la cabeza, que conservaba la expresión de pánico que tenía cuando lo levantó del suelo.

—No se debe dejar un trabajo sin terminar —dijo Argobasto antes de salir de los aposentos imperiales.

Cuando fue informado de la muerte de Magno Máximo y de su hijo, Teodosio se sintió ofendido porque Argobasto no le había consultado. Pero no dijo nada ya que solo había hecho lo que era una tradición en Roma: eliminar al emperador depuesto y a sus descendientes masculinos.

Una vez acabada la guerra civil, el emperador ordenó a todos los magistrados y los generales que lo habían acompañado que regresaran a sus anteriores puestos y guarniciones. Se despidió especialmente de Buterico, al que encomendó regir los destinos de Tesalónica, y prometió visitarlo cuando volviese a Constantinopla.

Teodosio había hecho acudir a Aurelia, la esposa de Magno Máximo, y a su hija, acompañadas por Ambrosio, el obispo de Mediolanum, que tenía un especial interés en hablar con el emperador.

La celebración de la victoria había durado varios días y Teodosio se había dedicado a planificar con sus hombres de confianza el viaje que lo llevaría primero a Roma y después a Mediolanum. Pero antes quería dejar resuelta la situación de Aurelia y su hija.

Teodosio las recibió en los aposentos en los que Magno Máximo se había suicidado y Argobasto había decapitado a su hijo Víctor. Cuando el gran chambelán las hizo entrar, las dos se postraron en el suelo.

—Levantaos —les dijo el emperador—. Hacía muchos años que no te veía, Aurelia. Tu hija era todavía una niña de pecho y está hecha una mujer.

La viuda del usurpador no se atrevía a moverse ni a decir nada. El terror la había invadido hasta paralizarla.

—He dicho que os levantéis —exigió Teodosio.

Aurelia logró ponerse en pie con ayuda de su hija, que no dejaba de llorar.

—Emperador —consiguió decir la hispana—, solo quiero

pedirte una cosa. Si estás obligado a acabar con toda la familia, mátame pero deja vivir a mi hija, te lo ruego. No será un peligro para nadie.

—Aurelia, Aurelia… —canturreó el emperador, imitando una vieja canción de Hispania—. No voy a matar a nadie. Lo de Magno Máximo era inevitable. Si no hubiese nombrado a Víctor con el cargo de augusto quizá tu hijo se habría salvado. —La miró a los ojos. Aurelia seguía gozando de una gran belleza, reconoció para sí—. ¿Cuántos años tienes? ¿Treinta y tres?

—Treinta y dos.

—Te casaste muy joven. Tendrías quince años… ¿Qué te gustaría hacer?

—Haré lo que me ordenes, emperador.

—¿Dónde quieres vivir?

—En Tarraco. En nuestra villa del campo.

—Que así sea. Conservarás la hacienda y el patrimonio. Una escolta de legionarios te acompañará hasta Hispania y podrás llevarte los cadáveres de tu marido y tu hijo para darles sepultura en el panteón de la familia.

Aurelia se arrojó a los pies de Teodosio y besó sus zapatos, que quedaron húmedos por sus lágrimas. Se habría conformado con que dejara con vida a su hija, pero había sido tan magnánimo con ellas que no era capaz de contener su llanto. Teodosio siempre había admirado en ella su falta de codicia, una virtud impropia de las matronas romanas patricias. Era una mujer práctica que, ante todo, amaba a su familia y la felicidad que le deparaba la vida retirada, lo que el poeta Horacio llamaba el *locus amoenus*, y eso la hermanaba con el emperador hispano, quien siguió añorando durante toda su vida los tranquilos años de su retiro en su pueblo de Segovia.

Cuando Aurelia se disponía a abandonar los aposentos del

emperador, este la abrazó y de inmediato lo invadió una sensación de bienestar que hacía tiempo que no experimentaba. La felicidad de Aurelia le había transmitido paz. Pero al darse cuenta de que estaba obligado a recibir al obispo de Mediolanum sintió el fastidio de tener que soportar a alguien al que solo recordaba del día de su coronación en la ciudad de Sirmium. Aun así, era consciente de que le convenía mantener una buena relación con Ambrosio ya que era un hombre muy poderoso.

Eutropio, el gran chambelán, hizo entrar al obispo que, por la expresión de su rostro, no parecía venir en son de paz. Ambrosio era un hombre de casi cincuenta años, con una estatura más alta de lo normal entre los latinos, pelo negro con muchas canas, nariz afilada y boca de labios finos, y un mentón cuadrado que denotaba virilidad. Antes que obispo había sido gobernador en Liguria y le quedaba en el rostro ese gesto indescriptible pero evidente de estar acostumbrado a ejercer la autoridad.

—Ardía en deseos de hablar en privado con el emperador que está imponiendo el credo católico en todo el imperio —dijo el obispo después de saludar a Teodosio—. Pero veo que ese hombre admirable ha ensuciado su ejecutoria con una mancha que no esperaba de alguien conocedor de la doctrina cristiana.

—No sé a qué te refieres. —Teodosio puso cara de sorpresa—. ¿Me recriminas las muertes de los soldados durante la guerra?

—No —dijo con seguridad Ambrosio—. Has actuado como se espera que lo haga un emperador católico. La derrota de Magno Máximo es también un revés para los senadores paganos que lo apoyaban. Además, una parte de los muertos son bárbaros o, lo que es peor, cristianos arrianos. Y sabes que la

Iglesia se alegra cuando un pagano o un hereje cristiano desaparece.

—Entonces ¿qué me recriminas?

—Has puesto el catolicismo en una situación muy difícil y te exijo —cargó aquellas palabras de indignación— que repares el daño que haya podido infligirse a Dios.

—¡Explícate de una vez! —exigió impaciente el emperador.

—En una ciudad de Siria llamada Calínico, el obispo católico ordenó incendiar y derribar una sinagoga judía y la destrucción de todos los objetos profanos que había en ella.

—Ah, era eso —lo interrumpió el emperador—. Ahora lo recuerdo. Me he limitado a cumplir la ley. Los judíos están bajo la protección del imperio y sus bienes no pueden ser destruidos sin que los culpables paguen por su delito. Por eso he ordenado que el obispo y los católicos que la demolieron abonen hasta el último sólido que cueste la reconstrucción de la sinagoga y los objetos robados o destruidos. El imperio —añadió— nunca ha prohibido la práctica de la religión judía.

—Esa norma que protege a ruines y pérfidos va contra la ley de Dios y la Trinidad. Los judíos son la hez de la humanidad, son los que entregaron a nuestro Señor Jesucristo a Pilatos para que fuera crucificado. Y ese horrible pecado no se les puede perdonar. Son una raza maldita. Por eso la Iglesia católica tiene que actuar contra ellos igual que lo hace contra los paganos y los herejes. El obispo que destruyó la sinagoga no cometió ningún delito como pretendes, sino que hizo lo que su conciencia, la Iglesia y, por encima de todo, la ley de Dios, le ordenaron.

—Lo hizo contra una ley del imperio —lo atajó Teodosio.

—Si lo obligas a reconstruir la sinagoga, estarás forzándolo a incumplir la ley de Dios —argumentó Ambrosio, sin dejar de mirar con gesto irritado al emperador.

Un gesto similar asomó a la cara de Teodosio ante el descaro que el obispo demostraba al hablarle de un modo que habría conducido a cualquier otra persona a la ejecución inmediata.

—Pero tú, emperador —continuó Ambrosio, incrementando el tono de reproche—, en lugar de contribuir a acabar con esa raza maldita e ingrata a Dios y erradicarla de una vez por todas de la tierra, los proteges y de esa manera estás condenando al obispo católico y a sus feligreses, a los que vas a convertir en mártires porque morirán antes de cumplir tus injustas órdenes.

—¡Veo que has venido a mi casa a insultarme! —gritó Teodosio—. Sal de inmediato del palacio y no regreses si no es para pedir perdón.

—Tú serás quien pida perdón y estás obligado a arrepentirte de no haber celebrado la destrucción de la sinagoga —dijo Ambrosio, y salió airado de las dependencias imperiales.

La entrevista con el poderoso y soberbio obispo había alterado y enfadado al irascible Teodosio. Él era un católico, niceno y ortodoxo, y nadie le había dicho hasta ese momento que los judíos eran ingratos a Dios y que había que exterminarlos. Él, que había consolidado la Iglesia católica cuando convocó el Concilio de Constantinopla y consagró definitivamente el misterio de la Trinidad, que era la base de la nueva religión. No simpatizaba con los judíos, pero tampoco concebía que hubiesen de ser exterminados. Se reafirmó para sí en su decisión: el obispo de Calínico tendría que reconstruir a sus expensas la sinagoga o debería enfrentarse a la pena de desobediencia al emperador, lo que significaba la condena a muerte.

Cuando Estilicón entró en los aposentos imperiales junto al gran chambelán Eutropio, lo encontraron en tal estado de excitación que no se atrevieron a comentar nada. Teodosio no era de términos medios. O mantenía la calma o su ira se manifestaba como incontenible y explosiva.

—¡No quiero más audiencias por hoy! —clamó expeditivo—. Mañana partiremos hacia Mediolanum.

—Pero… Emperador —dijo el chambelán—, debes atender a Valentiniano II y a su madre, Justina, que mañana viajan a su residencia imperial.

No le quedó más remedio que recibir a su suegra y a su cuñado, acompañados del *magister militum* Argobasto. Había decidido enviarlos a desempeñar sus funciones de emperador y regente a una de las muchas ciudades en las que había un palacio imperial, la ciudad de Vienne, en el centro oeste de la Galia, lejos de cualquier lugar en el que pudieran ejercer un poder real. Serían meras figuras decorativas bajo el control de un hombre de su confianza, el general Argobasto.

49

El triunfo imperial

Terminada la guerra, lo primero que Teodosio hizo fue visitar la capital del Imperio de Occidente. Hacía muchos años que ningún emperador fijaba su corte en la Ciudad Eterna y la mayoría, desde hacía cerca de doscientos años, ni siquiera la había visitado. Tampoco iba a ser Teodosio el que estableciese la corte en Roma. Pero sí quiso dejarse ver entre los patricios y el pueblo. Además, tenía que ajustar cuentas con los senadores traidores que habían azuzado a Magno Máximo para que iniciase la guerra civil.

Al anunciarse la presencia en Roma del emperador, los senadores paganos se refugiaron en iglesias católicas para librarse de la ira de Teodosio haciendo uso del denominado «acogimiento a sagrado», por el cual toda persona que se hubiese refugiado en un lugar de culto católico no podía ser entregado a las autoridades para que lo juzgaran. El delito que los senadores paganos habían cometido era de lesa patria y llevaba aparejada la pena de muerte. No obstante, antes de castigarlos, Teodosio quería ganarse la complicidad de la población. Se limitó a ignorarlos mientras ordenaba la organización de los juegos más impresionantes que ningún romano recordara. Había que celebrar un triunfo a la altura de aquellos espectáculos. Pero deseaba contar en aquel momento de gloria con la presencia de Honorio, su hijo menor, al que tenía en mente para gobernar en el futuro los territorios de Occidente a pesar de que tenía solo cuatro años.

Serena, que estaba embarazada de su segundo hijo, fue la encargada de llevar a Honorio hasta Roma. Y lo hizo por tierra porque, dado su estado, la travesía por mar le habría resultado incómoda. Fue un viaje complicado pues su carruaje debía atravesar los Alpes y el frío era intenso. Además, Honorio enfermó. Una fiebre virulenta lo tenía al borde de la muerte, que se habría producido de no tomar Serena una decisión que le salvó la vida. Cogió al niño y se lo puso en el regazo para darle calor con su cuerpo. Notaba en sus propias carnes el calor del pequeño. Así lo tuvo todo el tiempo que tardaron en atravesar los Alpes nevados en medio de una gelidez atroz, ya que no accedió a dejarlo en brazos de ninguna sirvienta hasta que notó que se había restablecido. Sabía muy bien lo mucho que el emperador quería a ese niño y no podía permitir que muriese.

El pueblo de Roma estaba eufórico con la celebración de los juegos. Teodosio no escatimó en gastos y reunió a los mejores gladiadores y aurigas del imperio. Se organizó una *venatio*, un espectáculo de caza, para lo que hubo que cubrir la arena del Circo Máximo y se simuló un campo lleno de arbustos para llevar a cabo una cacería en la que participó el propio emperador ante el delirio de los trescientos mil asistentes. El Coliseo se utilizó también, en este caso para realizar luchas de gladiadores. Pero lo que más entusiasmó al pueblo fueron las carreras de cuadrigas, en las que tomaron parte los mejores aurigas del imperio, incluido el más famoso de Tesalónica, Manlio Décimo, que ya había participado con un gran escándalo en los primeros juegos que Teodosio presidió como emperador en Constantinopla.

Las crónicas hablaban de grandes celebraciones de triunfo como las del emperador Octavio Augusto, y esta debería superarlas a todas. Algunos patricios recordaron que nunca se había celebrado un triunfo después de una guerra civil porque no debía conmemorarse una victoria sobre un ejército hermano. Y habían sido muchas las guerras civiles a lo largo de la historia de Roma. En cualquier caso, los senadores católicos, deseosos de agradar al emperador, decidieron desoír la tradición.

Las calles por las que pasaba el extenso desfile estaban abarrotadas. Hacía muchos años que no se contemplaba algo así en la Ciudad Eterna. Esa vez, sin embargo, no se veían prisioneros a la cabecera porque no los había. Iban abriendo la marcha los senadores católicos y los paganos que no habían participado en la conjura contra Teodosio. El emperador, que durante el recorrido levantaba con frecuencia las manos en actitud de *triumphator*, vestía la toga *picta* de color dorado intenso cuajada de incrustaciones de oro, el manto púrpura y la diadema de hojas de laurel de oro adornada con perlas. Había hecho traer de Constantinopla el carro de oro y marfil tirado por seis caballos blancos que usó en su anterior triunfo e iba subido en él, mientras que, al igual que entonces, la princesa Serena se sentaba en una carroza junto a Estilicón llevando en sus brazos a un niño. Si en Constantinopla había sido Arcadio, esa vez era Honorio, destinado por su padre a ser el futuro emperador de Occidente. Teodosio quería exhibir a su hijo, al que ya había nombrado césar y sucesor.

De lo que sí se percataron enseguida tanto civiles como

militares fue de que no participaba en aquel triunfo el verdadero emperador de Occidente, Valentiniano II, quien permaneció en Vienne con su madre, la regente Justina, bajo la custodia del general Argobasto.

Acabados los fastos de la victoria, el emperador se reunió con el papa Siricio. Tenía prisa por meter en cintura a Ambrosio de Mediolanum. El emperador explicó al papa su enfrentamiento por la cuestión judía y le adelantó su intención de condenar a muerte al obispo de Calínico si no reconstruía la sinagoga destruida.

—He hablado con Ambrosio y este es un tema muy delicado —dijo el papa Siricio—. Me han escrito otros prestigiosos clérigos como Jerónimo, Martín de Tours, Teófilo de Alejandría, los Padres capadocios y muchos otros. Todos sin excepción coinciden: los judíos constituyen una secta opuesta a nuestra religión y hay que erradicarlos porque pueden contaminar la doctrina católica. Dicen ser el pueblo elegido por Dios, lo que ningún cristiano puede admitir.

—Los católicos nos guiamos también por la Biblia judía —dijo Teodosio.

—Eso es verdad. Pero nuestros libros verdaderos son los Evangelios. No toda la Biblia es admisible.

—¿Acaso, como papa, estás a favor de destruir a los judíos y sus sinagogas?

—Coincido en que a nadie dañan y se les debería tolerar —dijo Siricio—. No obstante, el camino que la Iglesia ha tomado nos conduce a aniquilar todo lo que no sea católico. No me gusta que el odio sea la guía de nuestras acciones, pero ese es el signo de los tiempos. Esos ilustres clérigos consideran que los judíos fueron los culpables del martirio y la crucifixión de Jesucristo nuestro Señor. Y si esa es la corriente dominante y la que se ha impuesto en todas las diócesis, yo no tengo más remedio que sumarme. Así que la sede de San Pedro debe manifestarse contraria a los judíos y sus cultos.

—¿Qué me aconsejas?

—El obispo de Mediolanum te ha puesto en una situación difícil. Ambrosio jamás renegará de un principio del que está convencido. Creo que no te conviene ejecutar al obispo de Calínico y tampoco puedo pedirte que cedas porque, como emperador, darías una muestra de debilidad. Te aconsejo que te olvides del juicio contra el obispo de Calínico, y si eso no es posible, que demores el cumplimiento de la sentencia hasta que todos se olviden. El odio a los judíos es imparable porque forma parte de las señas de identidad de la Iglesia católica.

—¿Y si destruyen más sinagogas?

—Mi consejo es que lo ignores —concluyó el papa—. Por cierto, me gustaría pedirte un favor.

—¿De qué se trata?

—Me han informado de que eres contrario al pecado de yacer entre personas del mismo sexo —dijo Siricio—. El emperador Augusto era muy riguroso con las costumbres desviadas, pero nunca promulgó ninguna ley prohibiéndolas. Constantino también las consideró una práctica rechazable, y tampoco llegó a condenarlas. La tolerancia del sexo entre hombres ha crecido hasta extremos incontrolables, sobre todo en la parte oriental del imperio. Mis juristas han elaborado un proyecto de ley para que se prohíban esas prácticas. En el caso de sodomía se propone que se decrete por el tribunal una pena de pérdida del patrimonio y reclusión perpetua; en el caso de la homosexualidad pasiva, pérdida del patrimonio y condena a muerte en la hoguera.

—Son prácticas deleznables —coincidió Teodosio—. ¿Tienes el borrador a mano?

—Lo tiene mi ayudante.

El emperador hizo entrar al chambelán y le dio la orden de que los juristas preparasen una ley con el contenido del proyecto del papa Siricio.

—Que antes de concluir la semana se promulgue y se ordene su aplicación.

Al día siguiente, Teodosio hizo que llevasen a su presencia a los cabecillas del Senado que habían protagonizado la rebelión y azuzado a Magno Máximo a declarar la guerra civil.

—Emperador —dijo el chambelán Eutropio—, están acogidos a sagrado y la Iglesia católica los protege.

—Son paganos y protegerlos es una contradicción —le hizo ver Teodosio—. Usa de tus buenos oficios y tráelos enseguida a mi presencia.

—Así lo haré —acató el chambelán.

De la delegación que acudió a Tréveris a convencer a Magno Máximo para que iniciase la guerra contra Oriente solo quedaban Símaco y Nicómaco Flaviano, porque el viejo Pretextato había fallecido. A Teodosio lo acompañaban en esa audiencia el gran chambelán Eutropio y el general Estilicón. Los senadores, que figuraban entre los más importantes patricios, se tumbaron en el suelo para besar sus zapatos, y Teodosio no les ordenó levantarse de inmediato. El chambelán le entregó una vitela que el emperador leyó con lentitud en voz alta. Se trataba del discurso que Símaco pronunció ante el Estado Mayor de Magno Máximo.

—¿Estas son tus palabras, senador? —dijo cuando terminó la lectura—. Según tu criterio, soy un militar mediocre y anodino que jamás ha participado activamente en ninguna batalla y al que puede vencerse con facilidad. ¿Sigues pensando lo mismo? ¡Levántate y contesta! —ordenó.

—No, emperador. Eres el único militar capaz de defender el imperio.

—Eso significa que has cambiado de opinión —dijo Teodosio—. Hablemos ahora de los godos. Hubo una reunión en tu palacio a la que asistió un historiador... —Se detuvo para fingir que pensaba—. ¿Cómo se llamaba? Ah, sí, Amiano Marcelino. Parece que dijo que se había exiliado del Imperio de Oriente porque yo había regalado casi todo el territorio a los bárbaros para que formaran un reino independiente de Roma. Y, según mis informadores, todos los presentes lo aplaudieron, en especial cuando se me insultó. ¿Qué tienes que decir, Símaco? ¿Y tú, Flaviano?

Cuando los senadores iban a responder, el emperador volvió a tomar la palabra.

—No. No me contestéis ahora. Tú, Símaco, eres presidente del Senado. Vas a convocar una sesión plenaria solemne de la cámara con mi presencia y la de mis generales y pronunciarás un discurso en el que dirás todo lo contrario de lo que dices en esta vitela. Además, designaréis un senador para que cante alabanzas de mi trayectoria como general y emperador. Esos discursos se publicarán para conocimiento de todos.

—Así se hará —respondieron al unísono ambos senadores.

Cuando Símaco y Flaviano salían, Teodosio los hizo detenerse.

—Se me olvidaba... Como muestra de mi generosidad y para que todos sepan que cuento con la clase patricia de Roma para gobernar en el futuro, tú, Símaco, serás el cónsul del próximo año. Tú, Flaviano, serás el nuevo prefecto con autoridad absoluta sobre los territorios de Iliria, Italia y África. No os obligaré a que seáis católicos, pero ninguno de vosotros podréis practicar ningún rito pagano a partir de este momento.

—Como mandes, emperador —dijo Símaco, y Flaviano asintió con un gesto.

—En cuanto a ese Amiano Marcelino... —Teodosio miró a

su chambelán—. Ordeno que lo busquen y lo encarcelen. Ya pensaré qué hago con él.

En cuanto se quedaron solos, Estilicón y el eunuco Eutropio, que habían oído atónitos los nombramientos de los rebeldes para dos de los más importantes cargos políticos del imperio, se quitaban la palabra de la boca para advertir al emperador que había cometido un error. Finalmente habló Estilicón.

—¿Has nombrado para esos cargos tan relevantes a unos traidores? No puedo entenderlo. Pensábamos que los habías hecho venir para comunicarles la condena a muerte.

—Eso no me reportaría ningún beneficio y sí, en cambio, el odio de la mayoría de los patricios. Si deben gobernar, tendrán que rendir cuentas.

—Creo que esos hombres te traicionarán en cuanto les sea posible —dijo Eutropio.

—Lo sé. Pero no tendrán ninguna posibilidad. Roma es un Estado militar y yo controlo ahora todo el ejército. Y saben que no los perdonaré dos veces.

Tras la victoria del emperador hispano, las personas de su confianza se afanaban en resolver las cuestiones más urgentes, entre ellas el refuerzo del ejército de Oriente, que era una obsesión de Teodosio ya que su debilidad militar lo había obligado a claudicar en el pacto firmado con los godos. En los aposentos privados del palacio imperial de Mediolanum se hallaban reunidos Teodosio, Estilicón, el eunuco Eutropio y la princesa Serena cuando llegó un mensajero con una carta urgente.

—¿Malas noticias? —preguntó Serena.

—Muy malas —confirmó Teodosio después de leerla—. Mi hijo Arcadio ha expulsado del palacio imperial a la emperatriz Gala y a nuestra hija Gala Placidia.

—Arcadio no podía tolerar que sustituyeses a su madre —dijo Serena—. Pero nadie hubiera imaginado que llegara hasta el extremo de echar a Gala del palacio. Creo que el problema no es Arcadio sino la mala relación entre el prefecto del pretorio, Taciano, y el responsable de las finanzas, Rufino.

Hacía tres años, Teodosio había nombrado a su hijo Arcadio, que ahora tenía doce años, augusto. Eso significaba que, en teoría, tenía la misma autoridad que el emperador, a tal extremo que se le consideraba emperador *collega*, y podía ejercerla especialmente en ausencia de su padre. La princesa Serena tenía razón cuando dudaba de que la iniciativa de expulsar a Gala hubiera partido de él porque era un adolescente pusilánime al que solo le interesaba dormitar o entregarse a los placeres más primarios. Era un ser manipulable, aunque su padre lo idolatrara porque le garantizaba formar una dinastía imperial.

Al oír el nombre de Rufino en boca de su sobrina, el emperador hizo una mueca de desagrado. Rufino era el hijo de un humilde zapatero del sudeste de la Galia a quien, dada su natural inteligencia, acogió un rico terrateniente que le proporcionó medios para estudiar en Tréveris con los mejores profesores de la Galia. Especialmente importante para su futura carrera fue el poeta Ausonio, que fue también preceptor del emperador Graciano. Cuando Ausonio ascendió a prefecto de África, Hispania y la Galia, le proporcionó los primeros cargos administrativos en la Galia y Mediolanum. Más tarde, el emperador Valente lo llamó a Oriente y, a partir de ese momento, fue ascendiendo por méritos propios en diversos puestos de responsabilidad administrativa en el Imperio Oriental. Teodosio, que se había fijado en su trayectoria, le otorgó un cargo tan importante como la prefectura de las finanzas del Imperio de Oriente, dejando a su cargo la recaudación de los impuestos y la administración del dinero imperial. Y había demostrado una gran habilidad en el desempeño de sus funciones, lo que permitía al emperador desentenderse de una actividad tan enojosa para un político de acción, sabiendo que los ingresos y los gastos estaban controlados. Además, dada la confianza que le dispensaba, Teodosio le encargó que se ocupara de la educación de Arcadio en materia de finanzas. Pero Rufino no tenía intención de quedarse en ese cargo porque su objetivo era escalar hasta lo más alto; no descartaba la posibilidad de llegar a emperador. Para ello debería establecer alianzas dentro del palacio imperial y pensó que le beneficiaría granjearse la amistad de Arcadio, al que su padre había concedido el título de augusto y heredero del Imperio Oriental.

—Rufino es de mi absoluta confianza y está prestando un gran servicio en mi ausencia —observó el emperador.

—Eso es verdad —se atrevió a decir Serena, que pensaba en los enfrentamientos de ella y Estilicón con Rufino por cuestiones de poder—. Pero está enemistándose con todos los miembros del *consistorium*.

—Ese es un asunto que solo a mí me compete —zanjó Teodosio—. Gala es la emperatriz y no ha sabido imponerse. Volveré a Constantinopla para arreglar este desastre.

—Arcadio tiene el título de augusto, pero alguien le ha informado de que, en ausencia del emperador, tiene la autoridad para expulsar a Gala —objetó Serena, que seguía intentando advertir a Teodosio de que Rufino era un hombre ambicioso e intrigante.

—Eutropio, tenemos que volver a Constantinopla. Ocúpate de que partamos lo antes posible —ordenó sin prestar atención a las palabras de su sobrina.

Pero no iba a ser la única mala noticia que Teodosio recibiría antes de partir hacia Constantinopla, pues llegó un mensajero con un informe de unos sucesos acaecidos en la ciudad de Tesalónica. Cuando recibió del emperador permiso para hablar, se limitó a decir:

—El general Buterico ha sido asesinado.

Teodosio dejó escapar un grito que se oyó en todo el palacio:

—¡Nooo! ¡No puede ser! ¿Quién lo ha hecho? —dijo, presa de una ira incontrolable.

Acto seguido, ordenó al chambelán que leyera el escrito que el mensajero portaba:

> Emperador, lo que se explica a continuación es una relación de los sucesos ocurridos en el cuartel del ejército imperial en Tesalónica. En los idus de febrero, el general Buterico hizo detener y encarcelar al auriga Manlio Décimo por incumplir una reciente ley del emperador, y este último estaba en prisión a la espera de ser juzgado. No es necesario explicar la popularidad de ese auriga, la figura deportiva más relevante del imperio y que ha ganado carreras en todos los hipódromos. Pero también es conocida su atracción hacia los hombres. Los hechos se originan cuando el auriga, creyéndose intocable por su fama y fortuna, requirió de deseos concupiscentes al propio general Buterico. Se trataba de burlar públicamente la reciente ley que el emperador ha dictado por la cual se prohíben las prácticas sexuales entre personas del mismo sexo. Si un hombre tan popular y poderoso como Manlio Décimo podía saltársela incluso comprometiendo a un general del imperio, estaba dando pie a que los demás también lo hicieran. El general Buterico lo detuvo y lo encarceló a la espera del juicio.
>
> El hecho es que el siguiente sábado había previstas carreras en el hipódromo en las que la estrella a la que todos esperaban ver era Manlio Décimo. Enterados de que el auriga se encontraba en la prisión del cuartel de las legiones y no podría participar

en ellas, miles de ciudadanos de Tesalónica rodearon la guarnición y exigieron a gritos la puesta en libertad del auriga. Como no querían retirarse, incumpliendo las órdenes de los comandantes, el propio general Buterico salió a la puerta principal a fin de convencerlos de que se dispersaran porque no iban a soltarlo ya que estaba preso por incumplir una ley. La noticia fue corriendo de boca en boca entre los congregados, quienes, a medida que pasaba el tiempo, estaban más enfurecidos por no poder ver a su ídolo. Cuando Buterico salió por segunda vez, ni siquiera le permitieron hablar. Uno de los allí congregados sacó un cuchillo y, sin previo aviso, lo degolló. De inmediato la multitud asaltó el cuartel y mató a todos los oficiales y los pocos soldados que había en ese momento porque la mayoría de las tropas estaban de camino a casa después de la guerra. Cuando no quedó nadie vivo, los participantes en la revuelta abrieron la celda y soltaron al auriga, que pudo participar en las carreras en el hipódromo…

El emperador ordenó detener la lectura del informe.

«¡Maldito Manlio Décimo! —pensó Teodosio—. No le basta con poseer una de las mayores fortunas del imperio. Tenía que retarme para demostrar que tiene más poder que nadie. Él y los tesalonicenses pagarán el crimen que han cometido».

—¿Preparamos una acusación contra Manlio Décimo y la ciudad de Tesalónica? —preguntó Eutropio.

—No. Eso llevaría mucho tiempo y comportaría la celebración de un juicio inacabable en el que resultaría imposible determinar quiénes son los culpables —dijo Teodosio—. Hay que buscar un procedimiento que les enseñe de manera ejemplar que no se puede desobedecer una ley del emperador y mucho menos matar a uno de sus generales. —Volvió a quedarse pensativo—. ¡Quiero que los maten a todos! ¡A todos!

La ira del mandatario iba y venía.

—¿Ordenarás ejecutar a todos los tesalonicenses? —dijo el gran chambelán—. Son más de cien mil personas.

—Dejadme que piense la mejor forma de vengar la muerte de Buterico. Pero tiene que ser algo atroz, algo que no puedan olvidar en lo que les reste de vida.

El emperador, con la furia reflejada en los ojos y el rostro en tensión, mandó que todos se retiraran porque al día siguiente partiría hacia Constantinopla.

50

Traición, venganza y muerte

Fue Walfram quien dio la noticia a Alarico, Ataúlfo y Calista, quienes continuaban en el campamento de los Cárpatos.

—Han asesinado a Buterico en Tesalónica —dijo de manera escueta y con el semblante serio.

Alarico mudó la expresión de su cara y un gesto de rabia se instaló en ella. Por un momento, Walfram pensó que su cólera lo llevaría a destrozar cuanto tuviera a mano como hizo cuando le comunicaron la muerte de Rocestes y Marco Probo. Ataúlfo, por su parte, estaba consternado por la tristeza y la rabia. Buterico le había salvado la vida cuando era un simple oficial y él un rehén al que había que degollar.

El general Buterico representaba el ejemplo más acabado de aquello a lo que podía aspirar cualquier godo. Era un triunfador, pero antes que nada era también un godo y un hombre de reconocida honestidad y lealtad hacia su pueblo, que lo consideraba un héroe.

—Es una gravísima ofensa contra nuestra nación. —La joven persa se expresaba desde hacía tiempo en primera persona cuando hablaba del pueblo godo—. Tenemos que infligir un castigo ejemplar a esos salvajes.

—Además —dijo Walfram—, han actuado de un modo traicionero, sabiendo que la mayoría del ejército no había regresado todavía y estaban indefensos. Se cuenta que había miles de tesalonicenses. Fue una masacre.

—¡Manlio Décimo! —bramó Alarico—. ¡El gran auriga! ¡El ídolo del imperio! Vamos a dar un escarmiento a esos tesalonicenses, pero quiero ser yo el que acabe con el auriga.

—¿Qué deseas que hagamos? —preguntó Walfram.

—Mantengamos la cabeza fría —pidió Calista—. El emperador Teodosio también estará indignado. Buterico era como un hijo para él. Y no podemos ir a combatir contra toda una ciudad.

—Sí podemos —dijo Alarico—. Aun así, creo que antes tenemos que hablar con Teodosio. Los asesinos van a seguir en Tesalónica creyéndose protegidos y convencidos de que no se acusará a nadie ya que el crimen lo ha cometido toda la ciudad. Por tanto, no hay urgencia porque no escaparán. Dejémosles, pues, que se confíen. —Se dirigió a Ataúlfo—: Tienes que viajar a Constantinopla. Habla con Estilicón para acordar la condena a la ciudad de Tesalónica. No admitiremos que este crimen contra uno de los nuestros quede sin castigo. Es más, dile que queremos ser nosotros quienes lo ejecutemos.

Teodosio había regresado a su pesar de Mediolanum para resolver el problema creado con la expulsión de la emperatriz Gala. Finalizaba el mes de marzo del año 390 y, acompañado por Eutropio, fue directamente a la ciudad de Nicomedia,[33] al

33. Nicomedia era el nombre de la actual ciudad turca de Izmit.

otro lado del Bósforo, en cuyo palacio imperial la habían alojado. No quiso que se le rindieran los ruidosos honores de recibimiento y se dirigió sin perder tiempo a los aposentos de Gala.

Abrazó a su esposa y esta comenzó a llorar. Teodosio comprendió que a sus dieciséis años no había sabido reaccionar ante una orden de Arcadio que ella consideraba injusta.

—Te juro que no he hecho nada —musitó entre lágrimas—. Se presentó en mis aposentos y me dijo que teníamos que irnos del palacio. Yo no sabía qué hacer y pedí ayuda a Taciano. Él preparó mi traslado hasta aquí.

—¿Te han tratado bien?

—Sí. Y han permitido que vengan conmigo mis sirvientas Sadira y Helpidia. Con ellas me siento como si estuviera en Constantinopla.

—Haz que te preparen el equipaje. Nos vamos. ¿Dónde está Placidia?

Gala hizo acudir a Helpidia, quien traía en sus brazos a la pequeña de dos años. Era una niña muy especial por su sonrisa permanente y su vitalidad, a la que Teodosio todavía no conocía. Al verla, su padre cambió la expresión. Pasó de estar enojado a dibujársele en el rostro una sonrisa que no se le veía desde la última vez que estuvo a solas con Gala.

—Helpidia es su ama de cría —explicó Gala, quien ahora sonreía también tras la llegada de su hija—. Me habría gustado criarla yo misma, pero Serena me dijo que era mejor que lo hiciese un ama de cría.

La sirvienta griega, una mujer de unos veinte años, morena, de rostro ovalado, labios carnosos y ojos vivarachos, y un aspecto que parecía derrochar salud, puso a Placidia en brazos de su padre y se arrodilló con la cabeza a la altura de los pies del emperador.

—Levanta, Helpidia —ordenó Teodosio—. ¿De dónde eres?

—De Megara, emperador —respondió sin atreverse a alzar la cara.

—Ya sé que te han quitado a tu hijo y eso ya no tiene remedio —dijo Teodosio—. Cuida a Placidia igual que si fuera tu propia hija.

—Así lo hago, emperador. Le doy de mamar todo lo que necesita y no la pierdo de vista ni un instante en todo el día.

—No hay ama de cría mejor que Helpidia —dijo Gala—. Como puedes comprobar, tu hija tiene un aspecto espléndido.

El gran chambelán se encargó de que todo estuviese preparado para cuando el emperador diese la orden de salir hacia Constantinopla. Pero Teodosio quiso quedarse esa noche a solas con Gala. La joven estaba feliz de compartir la cama con su marido después de tanto tiempo.

—Te he echado mucho de menos —dijo Gala mientras besaba tiernamente al emperador.

—Estás tan bella que me quedaría contigo aquí toda la vida.

—¿Qué te ha parecido nuestra Placidia? —preguntó expectante Gala.

—Es una niña muy especial. Estoy encantado con ella y quiero tener más hijos contigo.

Esas últimas palabras de Teodosio colmaron de felicidad a Gala a tal extremo que se abrazó a él y no lo soltó en toda la noche. Tendría más hijos con su marido.

Entre Nicomedia y Constantinopla, separadas por el Bósforo, había cincuenta millas. El gran chambelán hizo preparar un carruaje en el que viajarían el emperador, su esposa y la pequeña Placidia y, a petición de Gala, Helpidia se sumó a ellos para llevar a la niña en brazos. Al llegar al Bósforo, introdujeron el carruaje en un barco que ya los aguardaba listo para zarpar.

A su llegada al palacio imperial de Constantinopla, Teodosio no pudo impedir la rendición de honores del pretorio, pero se deshizo de toda esa pompa lo más rápido que pudo. Tenía que aclarecer la causa de la expulsión de Gala. Ordenó al eunuco Eutropio que se encargase de llevar a cabo una investigación exhaustiva y que no reparase en los medios. Él se ocuparía tan solo de las personas más cercanas y de su propio hijo.

Llamó en primer lugar a Helpidia, y la sirvienta explicó que el día de la expulsión de Gala le pareció oír la voz de Arcadio y que, cuando corrió hasta donde estaba la emperatriz por si tenía que ayudarla, pudo escuchar cómo el hijo de Teodosio le ordenaba de forma autoritaria que se fuera del palacio. Sadira, que estaba en aquel momento atendiendo a Gala, dio la misma versión. Ninguna de las dos dijo saber más.

Eutropio, que conocía a la perfección la situación que se había generado entre los altos cargos del *consistorium*, especialmente el odio al intrigante responsable de las finanzas, pensó que, aunque debía lealtad absoluta al emperador, en su mente siempre había estado por encima de cualquier otra cosa su propia ambición y su supervivencia en un puesto tan relevante como el que ocupaba. Sabía que no le convenía enfrentarse a Serena y Estilicón, que eran la familia de Teodosio, pero tampoco quería enemistarse con Rufino, al menos mientras gozara de la total confianza del emperador. En el conflicto había dos implicados relevantes. De una parte, el responsable de las finanzas; de la otra, Taciano, el prefecto del pretorio, un pagano que, extrañamente, ocupaba el puesto político más destacado del Imperio de Oriente. Fue a entrevistarlo a sus aposentos.

—Nuestro emperador está consternado por lo ocurrido con su esposa y quiere que le informe detalladamente de tu papel en su expulsión del palacio —le anunció después de saludarlo con afecto.

—Mi papel fue pasivo por completo. El augusto Arcadio me preguntó si, en su calidad de emperador *collega*, podía tomar cualquier decisión en ausencia de su padre. Le contesté que sí, por supuesto, pero añadí que había cuestiones que era mejor consultarlas con el *consistorium*. En ningún momento supe que se trataba de la expulsión de la emperatriz.

—Se comenta que es imposible que una decisión de esta naturaleza pudiera partir de un adolescente. No quiero entrar en la personalidad de Arcadio, a quien conoces igual que yo.

—Estilicón y Serena estarían de acuerdo conmigo en que la iniciativa sin duda hubo de partir de una tercera persona. Y todos sabemos que el responsable de las finanzas ejerce una enorme influencia sobre el joven emperador. Pero no tengo ninguna prueba que incrimine a Rufino; de tenerla, ya lo habría puesto en conocimiento del emperador Teodosio.

Cuando abandonó los aposentos del prefecto del pretorio, Eutropio estaba convencido de que decía la verdad. No podía imaginar al hombre con más poder político después del emperador urdiendo intrigas contra la emperatriz porque en nada lo beneficiaban. En todo caso, el astuto eunuco se daba cuenta de que había unas oscuras pretensiones en aquella elaborada maquinación. Sus informadores lo habían puesto al día de las maniobras del responsable de las finanzas para ganarse la adhesión del joven augusto. Rufino sabía cómo controlar la voluntad de su pupilo. Parece que el círculo estaba cerrado. Con todo, acusar a Rufino ante el emperador era algo que Eutropio no veía claro. Rufino era demasiado inteligente para dejarse arrastrar a la destitución y seguramente al cadalso. Si él lo acusaba y conseguía salir victorioso, el chambelán podía darse por muerto. Cuando entró en los aposentos de Rufino su intención era hacerle creer que se había tragado todas sus mentiras.

—Vengo con la orden del emperador de investigar la expulsión de la emperatriz —dijo después de saludarlo de manera tan afectuosa como a Taciano.

—Nada tengo que ver con esa errónea decisión del augusto Arcadio —aseveró con aplomo—. Debo decir que me preguntó si tenía potestad para tomar cualquier decisión en ausencia de su padre y le contesté que sí. Pero, en todo caso, debía consultarlo con el prefecto del pretorio.

—Eso me ha dicho Taciano —afirmo Eutropio—. ¿Y no te preguntó nada luego, ya que eres su tutor, después de hablar con el prefecto del pretorio?

—Fue entonces cuando me reveló que su intención era expulsar a Gala del palacio imperial y le dije que no podía hacerlo.

—¿Y qué te contestó?

—Dijo que Taciano no le había hablado de ninguna limitación a su poder de tomar decisiones. Incluso me amenazó con que si hacía o decía algo antes de que él llevara a cabo su propósito lo pagaría caro. Era una amenaza del emperador en funciones. Fue una iniciativa de Arcadio.

—Bien, Rufino, informaré en esos términos al emperador.

A pesar de que estaba convencido de que el responsable de las finanzas había tenido mucho más protagonismo del que daba a entender, no revelaría nada al emperador porque quería tener una relación armoniosa con quien pensaba que dentro de poco sería el hombre fuerte del Imperio de Oriente. Pero eso tampoco quería decir que le ofreciese su adhesión incondicional. El eunuco tenía sus propias ambiciones más allá de ser el gran chambelán del emperador.

Una vez recibida la información de Eutropio, que coincidía con lo que deseaba oír, Teodosio quiso conocer la versión de su hijo.

—¿Te sugirió alguien que lo hicieras, Arcadio?

—No. No podía soportar que esa mujer ocupase los aposentos de mi madre.

—Es mi esposa y la madre de tu hermana Gala Placidia.

—Fue un impulso y no pude controlarme.

—¿Qué te dijeron Taciano y Rufino?

—A Taciano le pregunté si tenía facultades para hacerlo. Me dijo que, como augusto, tenía autoridad para todo.

—Y Rufino, ¿qué te dijo?

—Me ordenó que no lo hiciera, que Gala era tu esposa y le debía respeto a ella y, sobre todo, a ti.

—Y a pesar de la orden de Rufino lo hiciste.

—Te aseguro que no volverá a ocurrir.

Teodosio, que sentía un gran amor por sus hijos, se dio por satisfecho y no creyó conveniente insistir más. Coincidía totalmente con la versión Eutropio. Por otro lado, no deseaba que Arcadio se pusiese en su contra porque en el futuro eso podría constituir un problema para la gobernabilidad del imperio. El mandatario de hierro capaz de las peores atrocidades era débil con sus hijos. Además, sacó la conclusión de que todo lo que había investigado era coherente. Taciano, con su absurda actuación, le pareció un incompetente mientras que Rufino había demostrado ser un leal servidor que intentó evitar el problema.

—Tengo que volver a Mediolanum —anunció Teodosio a Arcadio—. Cualquier cosa que quieras hacer como augusto debes consultársela a Rufino.

—Lo haré. Solo te pido que lo tengas en cuenta para el futuro.

—Piensa cómo quieres que lo recompense por su lealtad —dijo Teodosio.

—Ya lo he pensado… Me gustaría que fuera el cónsul del próximo año.

Para el emperador, ese nombramiento no era ningún problema. Le tocaba ser cónsul a Taciano, pero el prefecto del pretorio no había sabido estar a la altura.

—De acuerdo. Eso sí, prométeme que tratarás a Gala como a un miembro de tu familia.

—La trataré como si fuera mi madre.

Teodosio había caído en la trampa que Rufino le había tendido con la ayuda impagable de Eutropio. El funcionario galo veía con frecuencia al joven Arcadio porque, además de responsable de las finanzas, era también su preceptor en las materias que versaban sobre la administración imperial. Cuando Serena se marchó a Roma llamada por Teodosio para acompañar a su hijo Honorio durante la celebración del triunfo, Rufino comenzó a invitar en secreto a Arcadio a sus dependencias, donde le proporcionaba mujeres jóvenes a las que había aleccionado sobre cómo debían tratar al heredero del Imperio de Oriente para tenerlo a su merced. Arcadio era un joven caprichoso, pero por encima de todo era un haragán al que la actividad que más placer le proporcionaba era dormir.

A Rufino se le ocurrió la idea de granjearse la confianza de Teodosio creando una situación conflictiva y aprovechó la no disimulada antipatía de Arcadio hacia su madrastra. Cuando Arcadio preguntó a Rufino si podía echarla del palacio, le respondió que preguntase a Taciano. Rufino conocía cuál sería la respuesta que el prefecto del pretorio le daría y permitió que Arcadio se dejara llevar por su impulso. Solo le quedaba probar ante Teodosio que él había sido la única persona que actuó con contundencia a favor del emperador. Incluso ensayó con

Arcadio las contestaciones que debería dar a su padre si le preguntaba. A cambio, le prometió que le proporcionaría todas las mujeres que se le antojasen y añadió, además, que lo protegería. Y la maniobra le había salido redonda. Sería el cónsul del año siguiente y un hombre de la máxima confianza del emperador. Ahora tenía que conseguir que Teodosio destituyera a Taciano y que lo nombrara a él prefecto del pretorio. Cuando eso sucediera, buscaría la forma de que Arcadio, cuya voluntad estaba en sus manos, se casara con su hija y así entraría con todos los derechos en los aposentos privados del palacio imperial. Solo era cuestión de tiempo.

Cuando el emperador dio por resuelto el problema que la expulsión de Gala había originado, dejó a Serena al frente de los intereses del imperio y volvió a Mediolanum. Antes había comunicado a Ataúlfo, a través de Estilicón, la represalia contra el pueblo de Tesalónica. El caudillo Alarico consideró adecuado el castigo. El emperador había propuesto esperar unos meses hasta que los asesinatos de Buterico y sus hombres se hubiesen diluido en la memoria. Pasado ese tiempo, el propio Teodosio organizaría, como homenaje a la ciudad, una gran jornada histórica de carreras en el hipódromo de Tesalónica en la que participarían los mejores aurigas, incluido, por supuesto, Manlio Décimo. Todos en la ciudad estaban invitados a presenciar el espectáculo hasta que el recinto estuviese totalmente lleno. Los encargados de llevar a cabo el escarmiento serían Alarico y sus guerreros godos.

Durante el mes de septiembre del año 390 llegó a Tesalónica un contingente de diez mil soldados al mando del propio Alarico y se apostaron a cinco millas de la ciudad. Aunque todos sabían ya lo que tenían que hacer, Calista había ido imaginándose por el camino lo que sucedería en el hipódromo. Los íntimos de Alarico formaron corro a su alrededor para ultimar los detalles.

—Debemos escenificar este castigo con la misma precisión de una obra de teatro —dijo Calista.

—Los soldados ya tienen las órdenes —apostilló el caudillo godo—. A un gesto mío, procederán a degollar a todos los que hayan entrado a presenciar el espectáculo.

—No debe hacerse de manera indiscriminada. Es mejor que sea una ejecución ordenada para que el relato que se cuente sea más atroz y el castigo se recuerde durante más tiempo —le hizo ver Calista—. Propongo lo siguiente: irán bajándolos desde las gradas por grupos de veinte y los situarán en la arena, en línea, cada uno con un guerrero detrás. A una orden del oficial, los degollarán a todos a la vez. No se harán excepciones con nadie, sean mujeres, hombres, ancianos o niños. Desde las gradas tienen que presenciar el espectáculo y sufrir hasta que les toque a ellos.

—Me parece bien —aceptó Alarico—. Pero eso significa que tardaremos más tiempo.

—El tiempo es importante —advirtió Calista—. Antes de empezar, les diremos que dejaremos con vida a mil asistentes. Los llevaremos a la arena de forma aleatoria para que no se sepa quiénes serán los afortunados. Todos tienen que conservar la esperanza de que van a ser ellos. Tres mil guerreros se distribuirán por las gradas para evitar que puedan formarse tumultos, con la orden de matar a cualquiera que se mueva o se revuelva.

Todos escuchaban a Calista, asombrados por la meticulosidad con que había preparado la ejecución del plan.

—¿Y por qué debemos dejar a mil personas sin castigo? —preguntó Walfram.

—Para que conserven la esperanza de salvarse —volvió a explicar Calista—. Pero, sobre todo, para que los que queden con vida cuenten a todo el mundo lo que han visto.

Alarico y sus allegados se mostraron de acuerdo con la propuesta de Calista.

Era la hora cuarta cuando se dirigieron hacia el hipódromo, cuyo aforo de veinte mil asientos estaba ya completo. Los soldados de Alarico tuvieron que establecer un cordón alrededor del recinto para impedir que nadie más entrase e hicieron retirarse a las personas que no cabían. La orden era matar a quienes no se alejasen de las inmediaciones del hipódromo para evitar que se supiera lo que ocurría en el interior. Por su parte, la guarnición imperial de Tesalónica tenía la orden del emperador de no intervenir.

A partir del momento en que un comandante explicó de viva voz a los asistentes lo que iba a suceder, todos prorrumpieron en gritos de espanto. Pero el miedo los paralizó cuando vieron al auriga Manlio Décimo, el ídolo del imperio, que caminaba por la pista de carreras sujeto por los brazos por Brand y Adler. Una vez que estuvo en el centro de la arena, lo inmovilizaron con grilletes en los tobillos y en las muñecas y lo dejaron solo. A continuación, Alarico se dirigió lentamente, con la espada en la mano, hasta el lugar en el que se encontraba el auriga. El espectáculo que contemplaban había logrado concitar el silencio en unas gradas que unos momentos antes aullaban por el pánico. Alarico se colocó detrás del orgulloso deportista y blandió la espada. Manlio Décimo supo que su muerte estaba cerca por la cara aterrorizada de los espectadores. Cuando intentó mirar hacia atrás, Alarico, con un certero golpe de su espada sujeta con ambas manos, segó la cabeza del auriga y esta voló hasta caer con los ojos abiertos en el centro de la pista de carreras.

Los gritos de terror se intensificaron y subían y bajaban a medida que los soldados conducían hasta la arena a los grupos de veinte personas para degollarlos. El horror que se había apoderado de aquellos desgraciados no menguó durante las más de cinco horas que tardaron en acabar la tarea. Cada vez que un grupo era ejecutado, se amontonaban los cuerpos en los bordes de la pista. La sangre que manaba de las gargantas encharcaba la arena, que poco a poco se iba transformando en un barro negruzco que inundó el hipódromo de un olor penetrante que el calor y el tiempo hicieron insoportable cuando los cadáveres ocupaban ya casi toda la arena y parte de las gradas.

Una vez que quedaron tan solo unas mil personas, les dijeron que debían esperar para salir del hipódromo a que ellos se hubieran marchado.

Poco después, el ejército godo cabalgaba hacia el oeste por la vía Egnatia y a unas diez millas se desviaron hacia el norte por la calzada secundaria.

La leyenda de Alarico se había completado. Las historias, reales o inventadas, sobre la ferocidad del caudillo godo se contaban con estremecimiento en todas las ciudades y los pueblos. Y el *panicum gothorum*, ligado a Alarico, se extendió hasta los confines del imperio.

Dramatis personae

Adler. Exgladiador y guardaespaldas de Alarico.

Aelio. Oficial asistente del general Argobasto.

Alarico. Hijo de Rocestes y futuro rey de los godos.

Amanda. Sobrina de Rocestes. Esposa de Marco Probo. Madre de Valeria.

Amiano Marcelino. Historiador partidario del partido pagano. Fue autor de una historia de Roma llamada *Res gestae*.

Andragatio. General del ejército de Magno Máximo.

Aram. Clérigo persa. Preceptor de Calista.

Arcadio. Emperador de Oriente. Primogénito del emperador Teodosio.

Argobasto. General romano del ejército de Occidente.

Armín. Escriba godo en Alejandría. Preceptor de Alarico en esa ciudad y asistente del rey godo.

Artajerjes II. Emperador de Persia que sucedió Sapor I.

Atanarico. Rey de los godos y padre de Ataúlfo.

Aurelia. Esposa del emperador hispano Magno Máximo.

Bauto. General romano del ejército de Occidente.

Brand. Guardaespaldas de Alarico.

Briton Drumas. Militar alano del ejército godo.

Bulmaro. Exsoldado de los auxiliarles godos del ejército romano y asesino a sueldo.

Buterico. General godo del ejército romano.

Calista. Aristócrata persa y consejera del rey Alarico.

Claudio Claudiano. Poeta alejandrino. Amigo de Alarico durante la infancia, cuando ambos eran discípulos de la filósofa Hipatia.

Clío. Esposa de Teón el Astrónomo. Madre de Hipatia de Alejandría.

Constantino el Grande. Emperador romano que legalizó la Iglesia católica a comienzos del siglo IV.

Dentato. Tribuno al servicio del general Marcelino.

Domiciano. Emperador romano entre los años 81 y 96 d. C.

Estilicón. Asistente del emperador Teodosio.

Euquerio. Primogénito de Serena y Estilicón.

Eutropio. Eunuco y gran chambelán del emperador Teodosio.

Evagrio. Parabolano de Alejandría apodado «el Gigante».

Favrita. General godo conocido por su cultura y sus maneras de patricio.

Feretrio. Oficial ayudante del general Julio.

Filolao. Filósofo de Atenas amigo de Teón el Astrónomo.

Flacila. Aristócrata hispana. Primera esposa del emperador Teodosio.

Flavio Euquerio. Hermano del emperador Teodosio nombrado cónsul del año 381 d. C.

Fortunaciano. Responsable de las finanzas del emperador Valente.

Fritigerno. Gran caudillo del pueblo godo. Fue el conductor de la nación goda que atravesó el Danubio para instalarse en el interior del Imperio romano.

Gala. Segunda esposa del emperador Teodosio. Hija del emperador Valentiniano I y de su segunda mujer, Justina. Madre de Gala Placidia.

Gala Placidia. Hija de la emperatriz Gala y el emperador Teodosio. Nieta de Valentiniano I.

Galileo. Forma en que los paganos llamaban a Jesucristo; por extensión, denominaban «galileos» a todos los cristianos.

Gémina. Hetaira. Sirvienta y confidente de Asquenio, librero de Atenas y filósofo.

Gneo Fabio. Médico de la corte del emperador Teodosio y de su familia.

Graciano. Emperador de Occidente. Hijo de Valentiniano I y hermanastro de Gala y Valentiniano II.

Habibeth. Reina del Imperio persa. Esposa del rey de reyes Sapor III.

Helpidia. Nodriza de la nobilísima Gala Placidia.

Hipatia. Filósofa griega tutora de Alarico y Claudio Claudiano en Alejandría y Atenas.

Honorio. Hijo del emperador Teodosio y de su primera esposa, Flacila.

Joviano. Emperador, elegido después de la muerte de Juliano en la batalla de Ctesifonte.

Juliano. Emperador pagano llamado el Apóstata.

Julio. General romano que ordenó la matanza de los hijos de los caudillos godos tras la batalla de Adrianópolis.

Justina. Viuda del emperador Valentiniano I. Madre de la emperatriz Gala y del emperador Valentiniano II.

Lubila. Esposa del caudillo Rocestes y madre de Alarico.

Lupicino. Prefecto de la provincia de la Tracia. Fue el encargado de organizar el paso del Danubio por parte de los godos en el año 376 d. C.

Magno Máximo. General romano. Se sublevó en Britania a

instancia de su primo Teodosio y fue nombrado emperador por sus comandantes.

Marcelino. General romano. Segundo jefe del ejército de su hermano el emperador de Occidente, Magno Máximo.

Marco Probo. Patricio romano amigo del emperador Juliano. Después de la muerte de este se exilió en la Dacia para vivir con el pueblo godo.

Máximo de Éfeso. Filósofo neoplatónico amigo del emperador Juliano, a quien acompañó durante los cuatro últimos años de su vida.

Nemesio. Asistente de Estilicón. Esposo de Nila, la *ornatrix* de la princesa Serena.

Nila. Sirvienta siria. Esposa de Nemesio, el asistente de Estilicón. *Ornatrix* y confidente de la princesa Serena.

Plotino. Filósofo del siglo iii d. C. Fundador del neoplatonismo y el más importante de la época en que se desarrolla la novela. Juliano, Filolao, Prisco del Epiro y la familia de Hipatia fueron, entre otros, seguidores suyos.

Prisco del Epiro. Filósofo que acompañaba al emperador Julio y a la muerte de este buscó refugio en Atenas. Fue profesor de Alarico y Claudio Claudiano.

Procopio. General del emperador Juliano que mandaba el segundo ejército.

Pulcro. Magistrado de Alejandría que acogió a Alarico como rehén.

Quinto Aurelio Símaco. Presidente del Senado y líder del partido pagano. Prefecto de la ciudad de Roma. Se rebeló contra Teodosio apoyando al usurpador Magno Máximo.

Ricomero. General del ejército del Imperio Oriental.

Rocestes. Caudillo godo. Padre de Alarico.

Rufino. Responsable de las finanzas de Oriente que tenía sojuzgado bajo su autoridad al coemperador Arcadio.

Sabas. Predicador del credo cristiano arriano. Sacerdote ayudante de Ulfilas.

Sadira. Ornatrix de la reina de Persia que esta ofreció como regalo a la princesa Serena.

Sapor II. Rey de Persia.

Sapor III. Rey de Persia sucesor de Artajerjes II.

Sarus. Apodado «el Oso». Militar godo del ejército romano. Enemigo personal de Alarico desde la infancia.

Siskia. Hombre de confianza de Sarus.

Serena. Sobrina y consejera del emperador Teodosio.

Siricio. Papa de Roma.

Temistio. Filósofo y rétor en Constantinopla. Amigo de Teón el Astrónomo. Profesor de Alarico y Ataúlfo.

Teodosio. Emperador nacido en Hispania.

Teodosio el Viejo. Padre de Teodosio, el emperador hispano. Condenado a morir por el emperador Valentiniano I y ejecutado por el hijo de este, el emperador Graciano.

Teón el Astrónomo. Director del Museion y de la Biblioteca de Alejandría. Padre de Hipatia.

Ulfilas. Obispo cristiano de la nación goda. Arriano.

Urbica. Adivina al servicio de Aurelia, la esposa de Magno Máximo.

Usafro. Entrenador sármata de Alarico en Alejandría.

Valente. Emperador de Oriente. Hermano de Valentiniano I.

Valentiniano I. Emperador de Occidente. Hermano de Valente.

Valentiniano II. Emperador de Occidente. Hijo de Valentiniano I y de su segunda esposa, Justina. Hermano de la emperatriz Gala y hermanastro del emperador Graciano.

Valeria. Hija de Marco Probo y prometida de Alarico desde la infancia.

Vetio Agorio Pretextato. Influyente senador romano que apoyó la causa del emperador usurpador Magno Máximo.

Víctor. Primogénito del emperador Magno Máximo a quien este nombra césar.

Víctor. General sármata al servicio del emperador Valente.

Virio Nicómaco Flaviano. Patricio y senador de gran influencia entre el partido pagano.

Walfram. Oficial godo. Exgladiador que entrenó a Alarico.

Zalika. Prostituta en Tomis y amante de Bulmaro.

Agradecimientos

Deseo dar las gracias a los escritores Juan Pablo Villalobos, Enrique Ibañes y Josep Ferran, quienes escrutaron el manuscrito hasta la última línea y consiguieron que sea mucho mejor. Gracias también a Maribel Ruiz, tenaz lectora y crítica implacable del manuscrito desde que comencé su redacción. Y a Gloria Puig, la gota malaya, tozuda crítica de los caracteres psicológicos de los personajes. Ambas lo leyeron con especial detenimiento, encontraron lagunas e incoherencias e hicieron enriquecedoras sugerencias. Hubo otros amigos como Isabel López, Gemma Espejo, César Garzón, Montse Vendrell, Arsenio Martín, Susana Hernando, Eugenia Cisneros, Javier Puig y Pepe Pérez Bisbal, que lo leyeron y me estimularon con sus comentarios, por lo que les quiero dar las gracias asimismo. No puedo olvidar a quienes me ayudaron a mejorar mi escritura, entre ellos, especialmente, Nacho García Martín, Lolita Bosch, Jorge Carrión, José María Mico y Manel Martos, y tampoco a quienes leyeron algunas partes del manuscrito como Peña Loren, Michael Oudyn, David

Navarro y Raquel Aparicio. Finalmente quiero añadir una agradecimiento muy especial a mis editoras Cristina Castro y Ana Caballero, que contribuyeron a dar un toque de distinción al texto.

Índice

1. Dos traiciones y una derrota 11
2. Un romano en la tierra de los godos 17
3. Un halcón para Alarico 25
4. Y la paz dio la espalda a la Dacia 35
5. Un acuerdo humillante 43
6. Un futuro rey para el pueblo 51
7. El horror llega desde Asia 63
8. Una decisión polémica. 73
9. Un faro ilumina el futuro 85
10. En la casa de Teón el Astrónomo 105
11. Un amigo para Alarico 115
12. La fe y la muerte 125
13. Huir para sobrevivir. 139
14. Rumbo a Atenas. 147
15. En la patria de la filosofía 155
16. Occidente asustado 165
17. Un hispano como solución 169
18. Un nuevo emperador 183
19. El imperio en busca de Alarico 189
20. Los misterios de Eleusis 207
21. El *simposium* de Plutarco 213

22. En el corazón de Eleusis 235

23. Alarico, rehén del emperador 257

24. Un exilio dorado 265

25. Una visita inesperada 281

26. Un funeral de Estado 297

27. El general Julio quiere cambiar la historia 313

28. Bulmaro prepara su plan 329

29. El regreso de Alarico 347

30. El pavor del general Julio 369

31. A las puertas de Constantinopla 381

32. En el otro extremo del imperio 393

33. Los dilemas de Alarico 399

34. La venganza de Teodosio 405

35. El sueño imperial 413

36. Un emperador resolutivo 423

37. La diosa Victoria 437

38. La princesa Gala 441

39. La prisionera de Ctesifonte 451

40. Serena allana el camino 463

41. A la captura de Julio 471

42. A vueltas con la diosa Victoria 487

43. Flacila debe morir 493

44. Una guerra inevitable 507

45. Las legiones se enfrentan 517

46. La venganza de Alarico 529

47. El nacimiento de Gala Placidia 545

48. El asedio de Aquilea 551

49. El triunfo imperial 565

50. Traición, venganza y muerte 579

Dramatis personae 593

Agradecimientos 599